rororo

rororo

Eric Giacometti ist Journalist und Autor zweier Sachbücher. Jacques Ravenne ist das Pseudonym eines französischen Freimaurers. Er half Giacometti bei der Recherche und lieferte wichtige Hintergrundinformationen zum Wesen der Freimaurerei. Das französische Autorenduo landete mit «Das Schattenritual» (rororo 24335) auf Anhieb einen Bestseller. Nach «Die Casanova-Verschwörung» (rororo 24589) und «Die Bruderschaft des Blutes» (rororo 24899) liegt hier nun der vierte Band um den Pariser Kommissar und Freimaurer Antoine Marcas vor.

*«Das Buch hat das Zeug zum Thriller des Jahres.»*
WAZ über «Das Schattenritual»

*«Ein starker Thriller.»*
L'Express über «Die Casanova-Verschwörung»

*«Ein echter Sommer-Thriller. Pures Gold!»*
Le Parisien über «Die Bruderschaft des Blutes»

Eric Giacometti · Jacques Ravenne

# Im Zeichen der Assassinen

**Thriller** Deutsch von Anja Malich

Rowohlt Taschenbuch Verlag

Die Originalausgabe erschien 2008
unter dem Titel «La Croix des Assassins»
bei Éditions Fleuve Noir, Paris.

Deutsche Erstausgabe
Veröffentlicht im Rowohlt Taschenbuch Verlag,
Reinbek bei Hamburg, April 2010

Redaktion Katharina Rottenbacher
Umschlaggestaltung any.way, Sarah Heiß
(Foto: Getty Images)
Satz Dante PostScript (InDesign) bei
Pinkuin Satz und Datentechnik, Berlin
Druck und Bindung CPI – Clausen & Bosse, Leck
Printed in Germany
ISBN 978 3 499 25293 8

## Vorbemerkung

*Im Zeichen der Assassinen* ist ein frei erfundener Text, der jedoch wahre Elemente und Tatsachen enthält. Die Mitgliedschaft eines der beiden Autoren in einer Freimaurerloge bedeutet in keinerlei Hinsicht, auch nicht in indirekter Form, eine bestimmte geistige Abhängigkeit bei der Gestaltung dieses Romans oder der fiktiv geäußerten Ansichten seiner Protagonisten.

Im Anhang befindet sich u. a. ein Glossar mit den hier benutzten Begrifflichkeiten der Freimaurerei.

*Für Eva, meine Tochter*

*Für Mathieu, meinen Sohn*

*Meine Geschichten sind ziemlich phantastisch, wenn auch oft von der Wirklichkeit inspiriert. Sie sind extravagant und überschreiten die Grenze des Wahrscheinlichen, nicht jedoch die des Möglichen, glaube ich.*

Ian Fleming, Erfinder von James Bond

*Der Ritter Christi ist beim Töten ruhig und sicher, noch weniger fürchtet er selbst den Tod. Wenn er stirbt, soll es so sein. Wenn er tötet, dann für Christus …*

*Loblied auf die neue Miliz*
Saint Bernard de Clairvaux, 1128

*Eine bittere Sache, beklagenswert,*
*grausam, wenn man nur daran denkt,*
*schrecklich zu hören, ein scheußliches Verbrechen,*
*eine widerwärtige Untat, ein abscheulicher Akt,*
*eine verwerfliche Schande, etwas vollkommen*
*Unmenschliches, mehr noch, etwas, was jeglicher*
*Menschlichkeit entbehrt.*

Haftbefehl gegen die Templer
Philipp der Schöne, 1307

## Prolog

Akkon
Großer Saal
18. Mai 1291

Ein metallenes Geräusch hallte durch das Gewölbe des Großen Saals und ließ Guillaume de Beaujeu aus seiner Erstarrung auffahren. Durch die Vorhänge hindurch sah er einen Mann in Rüstung auf einem Brett liegen, das als Trage diente. Seit dem Beginn des Angriffs der Ungläubigen wurde der zu einem Lazarett umfunktionierte Saal immer voller. Ununterbrochen wurden verletzte und stöhnende Menschen in diesen mittlerweile überfüllten, stinkenden Raum gebracht, den Schmerzensschreie und Blutgeruch beherrschten.

Der Vorhang, der die improvisierte Ratskammer von den Bankreihen trennte, in denen die Verletzten lagen, konnte die Ausbreitung des Verwesungsgeruchs nicht aufhalten. Guillaume de Beaujeu, Großmeister des Templerordens, stützte den Kopf auf die Hände. Draußen tobte der Kampf. Am späten Vormittag war der Turm der Verdammnis an die Ungläubigen gefallen. Er trug seinen Namen zu Recht: Bislang war bei jeder Belagerung Akkons nach seinem Verlust die ganze Stadt gefallen. Jeder wusste, dass der Turm unbedingt zurückerobert werden musste, egal zu welchem Preis. Davon waren alle überzeugt – alle, außer Guillaume de Beaujeu. Er, der so viele Gefechte miterlebt, so vielen Feinden den Garaus gemacht und auf allen Schlachtfeldern des Orients Blut vergossen hatte, er, dessen Ruhm und Name dies- und jenseits des Mittelmeers in aller Munde war, ihn hatte der Mut zum Gegenangriff verlassen.

Seit dem verzweifelten Beschluss, alle verfügbaren Truppen zu mobilisieren und sich zur Wehr zu setzen, hatte er nur tatenlos dagesessen und darauf gewartet, dass seine Willenskraft zurückkehren und die peinliche Angst verschwinden würde. Vergebens, ihm fehlte jegliche Antriebskraft. Er war nicht mehr Guillaume de Beaujeu, Großmeister des Templerordens, sondern ein Mann am Ende seiner Kräfte, ein alter Ritter, der beim leisesten Stöhnen eines Verwundeten zu zittern begann.

Der Verwesungsgeruch wurde immer penetranter. Aus dem provisorischen Lazarett drang ein lauter werdendes Brüllen herüber, das dann jedoch plötzlich verstummte. Stattdessen wurde jetzt ein Gebet hörbar, mit dem eine weitere Seele in Gottes Hände gegeben wurde. Hölle und Paradies wurden heute gut gefüllt. Stöhnend krümmte sich Guillaume de Beaujeu. Er fühlte sich, als würde es ihn zerreißen. Dicke Schweißtropfen hatten sich auf seiner Stirn gebildet. Blanke Panik ergriff ihn.

«Er ist da!»

Der Vorhang wurde zur Seite geschoben, und die hagere Gestalt des Beichtvaters Caëtani erschien, die Hände unter dem Talar gefaltet. Beaujeu, dem das Entsetzen ohnehin schon ins Gesicht geschrieben stand, wurde aschfahl. Zwei Männer mit schwarzen Turbanen auf dem Kopf folgten ihm und zogen hinter sich den Vorhang hastig wieder zu. Ihre dunklen Augen glühten wie Kohle.

«Es ist an der Zeit, Meister», verkündete der Beichtvater.

Guillaume de Beaujeu wich zurück.

«Nein, Caëtani, nein, mir ist die Schande lieber als …»

«Hassan, Brahim, ergreift ihn!»

Die beiden Ungläubigen überwältigten ihn, und im nächsten Moment lag Guillaume de Beaujeu am Boden.

Brahim zog einen Zirkel aus seiner Tunika und setzte dem Großmeister eine der beiden Spitzen an die Schläfe.

«Ich habe diesem Mann die Hand Gottes aufgelegt. Nenn mir die erste heilige Zahl ...»

«... die nur Gott und sein wahrer Prophet kennen», beendete Hassan, der Guillaume de Beaujeu festhielt, den Satz. Der Ritter versuchte verzweifelt, sich zu befreien, doch es gelang ihm nicht.

«Allah hat seinem Propheten die Zahlen anvertraut», fuhr Hassan fort, «mit denen sich das Tor zum Paradies öffnet, mit denen sich der geheime Tempel auftut. Niemand hat Zugang, der nicht sein gesamtes Menschsein, die Sünde und die Schwäche, aufgegeben hat, die ihn von Gott trennen.»

«Miss die erste Zahl ab, um die nördliche Säule zu errichten», befahl Brahim.

Bedächtig holte Hassan ein Winkelmaß aus der Tasche, stellte damit die Öffnung des Zirkels ein, und schon ritzte die Nadel am Ende des zweiten Schenkels quer durch die Haut des Großmeisters.

«Wir haben die erste Zahl», verkündete Brahim. «Jetzt noch die zweite, dann ist der Winkel perfekt.»

Mit Hilfe des Winkelmaßes änderte Hassan die Gradzahl.

Der Zirkel wurde an einer anderen Stelle angesetzt und ritzte die Haut dieses Mal längs ein.

Auf Guillaume de Beaujeus Schläfe entstand ein blutiges Kreuz. Zielsicher stieß Brahim den spitzen Zirkel in die Mitte dieses Kreuzes.

«Ab jetzt, Guillaume de Beaujeu, wird dir Angst für immer fremd sein.»

Die stählerne Spitze durchbohrte den Schädel.

# ERSTER TEIL

*Und schein ein Heil'ger, wo ich Teufel bin.*
William Shakespeare, Richard III.

*Heutzutage muss ein Chef, der überleben will, revolutionär sein.*
Vladimir Boukovsky, russischer Dichter

# 1
# Paris
# Musée de Cluny

Aus den riesigen Lautsprechern, die in allen vier Ecken des Museumshofs angebracht waren, schallte eine ohrenbetäubende Technoversion der *Ode an die Freude.* Der Andrang war enorm. Frauen in Abendkleidern und Männer im Smoking defilierten im Blitzlichtgewitter der Kameras. Der Sicherheitsdienst wirkte überfordert. Bekannte Schauspielerinnen, magersüchtige Models, die Promis, die die letzten Seiten der Klatschmagazine füllten, sie alle lächelten gekonnt für die Fotografen, während sie gleichzeitig versuchten, so schnell wie möglich zum Eingang zu gelangen. Lange smaragdgrüne Banner, auf denen in Schwarz ein stilisiertes S prangte, hingen an den Mauern des Innenhofs. Als hätte das Anwesen einen neuen Besitzer, dem es wichtig war, all seine Gäste, die ihm an diesem Tag die Ehre erwiesen, daran zu erinnern.

Die Rufe aus allen Richtungen trugen zur Nervosität des Sicherheitschefs bei. Er stand auf einer Bank in der Ecke des Hofs und ließ die Menge nicht aus den Augen. Abgehackt hörte er die Stimmen seiner in der Menschenmenge verteilten Mitarbeiter durch seine Ohrstöpsel. Ab und zu blickte er beunruhigt auf die lange Gästeliste voller prominenter Namen. Eine ungefähr vierzig Jahre alte Frau in einem nachtblauen Kostüm stand neben ihm und beobachtete das Treiben amüsiert. Der Chef des Sicherheitsdienstes fluchte:

«Dreiundvierzig VIPs müssen noch rein. Bei so vielen Menschen ist es unmöglich, hier den Überblick zu behalten. Für diese Veranstaltung hätte es ein Dutzend größere Museen gegeben, stimmt's? Aber ausgerechnet dieses mittelalterliche Ding musste es sein. Wer ist der Schwachkopf, der auf diesem Museum bestanden hat?»

Die Frau löste ihren Blick von der Menge und lächelte ihn an.

«Das wissen Sie ganz genau. Gott höchstpersönlich. Und wenn der Big Boss der Stone Corporation Frankreich eine Entscheidung fällt, dann findet man sie besser genial. Also ist dieses Museum der perfekte Ort für den VIP-Abend des Jahres. Sehen Sie es positiv: Bewundern Sie lieber, was für eine wunderbare Figur Monica Bellucci in ihrer schwarzen Satin-Robe macht. Ich hasse sie schon, wenn ich sie nur anschaue.»

«Dafür habe ich keine Zeit! Ich habe oft genug gesagt, dass es unmöglich ist, Leute in so einem Museum zu überwachen. Jeder Idiot kann uns hier austricksen.»

«Sie langweilen mich mit Ihrem Pessimismus, Carlo. Machen Sie Ihren Job. Ah, da ist Victor ja!»

Die Frau stieg von der Bank und bahnte sich einen Weg an der Sicherheitsabsperrung entlang. Sie durfte Victor Léandre, seit sieben Monaten Chef der Stone, heute auf keinen Fall von der Seite weichen. Denn sie, Claire Bourdon, Kommunikationschefin des Unternehmens, hatte heute ihren entscheidenden Tag. Wenn nur eine Kleinigkeit schiefging, wäre sie ihren Job los.

Doch selbst sie hatte nicht verstanden, warum ihr Chef die Veranstaltung unbedingt im Musée de Cluny machen wollte. Der Louvre, der Grand Palais oder das Centre Pompidou wären für den Anlass viel angemessener gewesen.

Aber nein, Léandre hatte das Cluny gewollt. Er hatte ein Faible fürs Mittelalter. Also hatte sie sich gefügt. Seinem Vorgesetzten widersprach man nicht.

Sie beschleunigte den Schritt. Ihr attraktiver Chef ging zwanzig Meter vor ihr. Sie konnte sich einfach nicht daran gewöhnen, dass dieser ungewöhnliche Typ jetzt dieses riesige Unternehmen mit fünfzehntausend Angestellten leitete, das führend im Bereich der Informatik war. Der stets gutgelaunte, wortgewandte Mann in den Vierzigern mit dem zerzausten Haar, der eine Aversion gegen Krawatten hatte, war das genaue Gegenteil seines Vorgängers, ein steifer Funktionär im grauen Anzug. Die Ernennung eines so untypischen Kandidaten hatte alle mehr als überrascht. Als jahrgangsbester Absolvent der Elitehochschule ENA hätte der neue Vorstandsvorsitzende im Stab eines Ministers anfangen und dann seine Kontakte nutzen können, um in einem großen Industrieunternehmen Karriere zu machen. Doch er schlug einen anderen Weg ein. Nach einer kurzen Anstellung beim damaligen Premierminister hatte er zwei Jahre lang bei einer Hilfsorganisation am anderen Ende der Welt gearbeitet. Eine Entscheidung, die er aus ethischen, humanitären Gründen getroffen hatte, wie er beim Amtsantritt auf dem Willkommensempfang im Montparnasse-Turm erklärt hatte, wo das Unternehmen ansässig war. Anschließend dann die Kehrtwende und eine Karriere in der Privatwirtschaft. Jedes Jahr hielt er sich jedoch mindestens zwei Wochen für karitative Arbeit frei. Das Unternehmen hatte ihm sogar fast eine Million Euro zur Verfügung gestellt, um die Hilfsorganisation, für die er gearbeitet hatte, zu unterstützen. Außerdem hielt er seine Mitarbeiter immer wieder dazu an, afrikanischen Waisenkindern, Behinderten in Rumänien oder Tsunami-Opfern zu helfen.

Der Kerl war ein wahres Medientalent, dachte Claire Bourdon und ließ ihn nicht aus den Augen. Er hatte sogar einen Dienstwagen abgelehnt und kam stattdessen, zur Verblüffung der gesamten Führungsriege des Unternehmens, die ausnahmslos protzige Limousinen fuhr, mit dem Motorroller zur Arbeit.

Sie schloss zu ihm auf.

Schelmisch lächelte er sie an. Wieder einmal fiel ihr auf, wie attraktiv, fast jungenhaft, er war. Er griff nach ihrem Arm, als wollte er bei ihr Schutz suchen.

«Meine liebe Claire! Es ist wirklich ein Vorteil, kein Star zu sein. Man wird wenigstens in Ruhe gelassen. Gerade hat ein Fotograf zu mir gesagt, ich stünde im Weg, weil er einen Fernsehmoderator knipsen wollte.»

Sie lachte laut. Er war nicht nur attraktiv, sondern hatte auch einen ganz eigenen Humor. Eine Selbstironie, die ihm stets alle Sympathien einbrachte.

«Das ist ja wohl ein Scherz, lieber Victor. Sie sind heute Abend der Gastgeber. Ihr Foto wird in allen Magazinen und Zeitschriften abgedruckt werden. Der dynamische neue Chef der Stone Corporation Frankreich, umgeben von allen, die in Paris Rang und Namen haben. Keine Sorge, ich habe schon arrangiert, dass Sie mit den wichtigsten Stars fotografiert werden.»

Als sie das Portal erreicht hatten, wo sich unzählige Menschen drängten, flüsterte er ihr ins Ohr:

«Ich werde Ihnen etwas anvertrauen: Ich war heute Nachmittag schon hier, um die Örtlichkeiten zu besichtigen, und der Konservator war so freundlich, mir eine kleine Privatführung zu geben. Ist das nicht nett?»

Die Kommunikationschefin stimmte zu, musste aber gleichzeitig an die hundert Millionen Euro denken, die

Stone bezahlt hatte, um zum «Privilegierten Förderer» des Museums zu werden. Wenn jemand so viel spendete, war eine Privatführung ja wohl das Mindeste.

Sie grüßten die in kleinen Gruppen um das Buffet stehenden Menschen und posierten kurz für den Hausfotografen. Claire Bourdon setzte ihr strahlendstes Lächeln auf und stellte sich dicht neben ihren Chef. Das Bild würde später auf der ersten Seite der monatlich erscheinenden Unternehmenszeitung von Stone abgedruckt werden, deren Chefredakteurin sie war. Alle Kollegen würden sehen, wie gut ihr Verhältnis zum Chef war. Eines der Hauptziele des Abends war damit erreicht. Léandre fasste sie am Arm, um sich einen Weg durch die Menge zu bahnen, und zeigte diskret auf eine Gruppe Männer, die mit den regelmäßig in der *Gala* oder ähnlichen Blättern abgelichteten Promis nichts gemein hatten. Sie unterhielten sich angeregt.

«Das sind hohe Tiere aus dem Aufsichtsrat. Die müssen wir später unbedingt noch begrüßen.»

«Mit Vergnügen.»

Der Vorstandsvorsitzende der Stone Corporation runzelte die Stirn bei ihren Worten.

«Mit Vergnügen hat das nichts zu tun … das sind lauter Langweiler. Aber egal. Wussten Sie, dass ich eine wahre Passion fürs Mittelalter habe? Ich habe ganze Tage in diesem Museum zugebracht, als ich für die Prüfungen an der ENA gelernt habe. Manchmal habe ich fast geglaubt, in einem anderen Jahrhundert zu leben.»

Sie machte große Augen, als hätte er ihr ein spektakuläres Geheimnis anvertraut.

«Das ist doch schön, Victor», antwortete sie betont heiter. «Ich habe auch eine Vorliebe für … äh … Rüstungen und all so was …»

Er lächelte.

«Das überrascht mich nicht, Sie sind offenbar an allem interessiert. Dabei fällt mir ein, was halten Sie von dem neuen Stone-Hilfsprogramm für Frauen im Irak?»

«Wundervoll. Ich war begeistert, als ich davon gehört habe, Victor. Für Frauenrechte sollte man sich überall auf der Welt einsetzen.»

Im Small Talk war sie kaum zu schlagen – eine Fähigkeit, die sie sich im Laufe der Jahre an der Seite der Chefs führender französischer Aktiengesellschaften angeeignet hatte.

Sie stand jetzt direkt neben Léandre und wurde von der Menge noch näher an ihn herangedrängt. Sie wagte kaum, sich auszumalen, was passieren würde, wenn er mit ihr flirtete. Nicht, dass sie etwas dagegen hätte, allerdings schien dies nicht der geeignete Ort zu sein. Niemand würde sie bemerken. Zu viele Leute und kein einziger Fotograf, der die Szene festhalten könnte.

Léandre beugte sich zu ihr und lächelte sie herzlich an.

«Darf ich Ihnen noch etwas anderes anvertrauen?»

Claire Bourdon war im siebten Himmel, hingerissen von seinen leuchtend blauen Augen.

«Natürlich, aber Vorsicht, keine Dummheiten», kokettierte sie und sah ihm tief in die Augen. Dabei fiel ihr auf, dass er farbige Kontaktlinsen trug.

«Keine Sorge, ich will Sie lediglich … töten. Darf ich?»

## 2
## Akkon
## 18. Mai 1291

Plötzlich war die Sonne verschwunden. Eine riesige Wolke aus Pfeilen verdunkelte den Himmel, und im nächsten Moment regnete es Metallspitzen auf die Verteidiger der Festungsanlage. Seit dem Morgen waren sie diesen mörderischen Angriffen ausgesetzt, unterbrochen lediglich von Schüssen der Katapulte, die in der Stadt einschlugen. Die Ungläubigen hatten es besonders auf das am Hafen gelegene Venezianische Viertel abgesehen, um den Zugang zu den Schiffen zu blockieren und die Bevölkerung so an der Flucht zu hindern. Denn die Emire, die die arabischen Truppen anführten, waren auf Sklaven, Frauen und Kinder aus, die sie auf den Märkten Ägyptens und Syriens verkaufen wollten.

Wieder prasselte ein Pfeilregen auf die Wehrmauer nieder. Guy d'Aynac warf sich zu Boden und hoffte, sein Helm und sein Kettenhemd würden ihm Schutz vor den Pfeilen bieten. Hunderte von Spitzen prallten gegen die Mauer. Der Tempelritter drückte sich gegen die Wand und hörte das andauernde metallische Hämmern. Er fühlte sich wie in den Nächten seiner Kindheit, als der Hagel auf das Schieferdach des Familienanwesens prasselte und er barfuß über die eiskalten Fliesen in das Bett seiner Amme gerannt war. Genauso fürchtete er sich jetzt, zwanzig Jahre später. Eine entsetzliche Angst vor dem Weltuntergang packte ihn. Er kroch zwischen den Toten hindurch, die seit dem Morgengrauen immer zahlreicher wurden, und suchte Schutz an einer Stelle, wo die Mauer noch nicht beschädigt war. Sein Gesicht war schweißüberströmt, als er einen vorsichtigen Blick durch die nächste Schießscharte wagte.

Vor Schreck verschlug es ihm fast den Atem.

Allah beherrschte alles. Eine riesige Staubwolke wirbelte auf die Festungsanlagen der Stadt zu. Die Erde begann unter der unsichtbar näher rückenden Armee der Sarazenen zu beben, rhythmische Trommelschläge heizten den Sturmangriff an. Als sich der Staub gelegt hatte, hörte man einen Schrei des Entsetzens von der Mauer.

Eine gewaltige Welle von Soldaten brandete über den Horizont.

Der Turm der Verdammnis war zurückerobert worden und wurde bislang noch gehalten. Doch die Sarazenen begnügten sich nicht mehr damit, die Stadt mit unzähligen Pfeilen und Steinen zu beschießen. Sie hoben auch schmale, kaum sichtbare Gänge bis zum Fuß der Festungsanlagen aus, wo geschickte Baumeister die Fundamente untergruben, was die Mauer kurz vor der Erstürmung zum Einstürzen bringen würde. Seit Beginn der Belagerung waren auf diese Art bereits vier Türme gefallen, sodass die Angreifer die äußerste Verteidigungslinie niedergerungen hatten.

Eine einzige Mauer schützte die Stadt jetzt noch, sie wurde vom Turm der Verdammnis aus befehligt. Sie war die letzte Hoffnung der Christen, bevor sie hilflos mit ansehen müssten, wie ihre Feinde über die Stadt herfielen.

Fassungslos sahen die Christen, wie etliche Leitern an den letzten Schutzwall gelegt wurden, innerhalb kürzester Zeit wurden Taue um die Zinnen geschlungen.

Unten am Boden, im Staub des Kampfes, hämmerten die Krieger gegen die Mauer und brachen Steine heraus.

Die Christen wehrten sich nicht mehr. D'Aynac beobachtete von seinem Platz hinter den Schießscharten, wie die Verteidiger des Turms ihre Positionen aufgaben und versuchten, sich in Sicherheit zu bringen. Verstümmelte Körper fielen aus den Fenstern.

Bald war die Plattform ganz oben der einzige Zufluchtsort für die Überlebenden: Erschöpft und verstört wartete eine Handvoll Ritter auf die sichere Gefangennahme.

Doch was kam, war der Tod.

Ohne Rücksicht auf Verluste schlugen die arabischen Krieger ein Loch in den Sockel des Turms und füllten das Innere mit trockenem Holz. Als sie kurz darauf das Gemäuer durch Öffnungen in den höheren Stockwerken über Leitern wieder verließen, legte sich bleierne Stille über das Schlachtfeld.

Verzweifelt wandte d'Aynac den Blick ab, als die Flammen unaufhaltsam den Turm hinaufkrochen, der sich nun für alle, die sich darauf geflüchtet hatten, in einen Scheiterhaufen verwandelte.

Beißender Qualm hüllte die zerstörten Mauern ein und zog bald auch durch die Straßen der Stadt. Der Brandgeruch jagte den ohnehin verschreckten Einwohnern noch mehr Angst ein. In den Kirchen, wo die Feuerglocken läuteten, schlugen sich die verzweifelten Frauen schreiend auf die Brust, die Priester flehten Gott kniend um Gnade an. Doch der Qualm breitete sich genauso unerbittlich aus wie die Nachricht, dass eine Welle aus Gewalt und Tod die Stadt überrollen würde.

Jemand klopfte Guy d'Aynac auf die Schulter. Er blickte auf und sah sofort das rote Kreuz des Templerordens auf der Brust des Bruders, der vor ihm stand.

«Hier wirst du sterben. Steh auf und komm mit. Wir werden bei den Verwundeten gebraucht.»

Zögernd setzte sich d'Aynac in Bewegung.

«Worauf wartest du? Willst du dir unbedingt den Schädel durchlöchern lassen oder als Räucherbraten enden?»

Im Laufen sah d'Aynac aus den Augenwinkeln, dass die Flammen den Turm der Verdammnis inzwischen gänzlich erfasst hatten und schon an der Plattform leckten, auf der die Menschen Zuflucht gesucht hatten. Der Tempelritter vor ihm blieb stehen. Gefallene versperrten ihnen den Weg.

«So wahr ich Roger Flor heiße, möge Gott Mitleid haben mit euren Seelen und mir vergeben für das, was ich jetzt tun werde.»

Er bekreuzigte sich flüchtig, zog sein Schwert und schlug sich dann eine Bresche durch die Körper. Leichenteile fielen über die Brüstung des Wehrganges und zerschmetterten am Fuß des Gemäuers. Guy d'Aynac glaubte, sich übergeben zu müssen.

Nachdem sie sich einen Weg durch den Wehrgang entlang der Schießscharten gebahnt hatten, stiegen sie die enge Treppe hinab, die zum unterhalb der Verteidigungsanlagen liegenden Großen Saal führte. Der Rauch roch immer stärker nach verbranntem Fleisch, und Guy d'Aynac blieb mit weichen Knien stehen und musste würgen.

«Beeil dich! Speien kannst du später.»

Sie hasteten weiter, doch als sie schließlich die Tür zum Saal erreichten, konnte Guy d'Aynac nicht mehr an sich halten. Sein Mageninhalt ergoss sich auf den Boden.

## 3
## Paris
## Musée de Cluny

Claire Bourdon begann schallend zu lachen. Der Humor ihres Chefs gefiel ihr.

«Das ist die originellste Frage, die mir je gestellt worden ist. Haben Sie noch mehr davon auf Lager?»

Léandre kniff die Augen zusammen und verzog die Lippen kurz zu einem Lächeln.

«Sie nehmen mich nicht ernst. Sehen Sie, dieses Problem habe ich schon mein ganzes Leben.»

Sie lachte erneut, dieses Mal noch lauter.

«Victor, Sie sind unwiderstehlich!»

Ein Kellner kam mit Champagner vorbei. Victor Léandre nahm zwei Gläser. Die Kommunikationschefin wandte den Blick dem Tumult am Eingang zu. Als sie sich wieder umdrehte, hielt Léandre ihr eines der Gläser hin. Sie bedankte sich und trank einen kleinen Schluck. Das Getränk war sauer und perlte kaum. Das konnte kaum der Roederer sein, den der Lieferant in Rechnung gestellt hatte. Sie nahm sich vor, das später zu überprüfen.

«Also, dann erklären Sie mir mal, warum Sie mir gegenüber derart finstere Gedanken hegen.»

Ohne zu antworten, zog er sie zu einer großen Vitrine, in der ein langer weißer Umhang ausgestellt war. Ein rotes Tatzenkreuz prangte darauf, das im Laufe der Jahrhunderte lediglich ein wenig verblasst war. Seufzend legte er einen Finger an die Glasscheibe.

«Das ist der Mantel eines Tempelritters. Diese Männer haben unglaublichen Mut bewiesen, müssen Sie wissen. Sie haben Königreiche erobert, ein politisches und finanziell stabiles Imperium aufgebaut und das Schicksal vieler Völker besiegelt. Aber schließlich sind sie vom Sturm der Geschichte weggefegt worden.»

Nachdenklich blickte Claire Bourdon auf die Vitrine.

«Die Templer … Das erinnert mich an eine Fernsehserie aus meiner Jugend. *Die unseligen Könige*. Ich hatte eine Schwäche für Jean Piat, der Robert von Artois gespielt hat. Ein toller Typ.»

«Es war eine wundervolle Zeit. Überhaupt nicht so brutal und düster, wie man heute oft glaubt. Man denke nur an die Männer in ihren Rüstungen und die Burgen. Damals haben das Geistige und das Weltliche mit ebenbürtigen Waffen gekämpft. Als Kind habe ich mir vorgestellt, wie ich eine gefangen gehaltene Prinzessin befreie und auf ihre Burg zurückbringe. Ich habe mich für einen echten Ritter gehalten.»

«Sie sind Chef der Stone Frankreich geworden, das ist auch keine schlechte Karriere!»

Victor Léandre lächelte gequält.

«Ist Ihre Mordlust auf diese wundervolle Epoche zurückzuführen?», fragte Claire Bourdon. «Sie wissen doch, dass der Ritter seine Liebste nicht tötet, sondern sie erlöst und ihr viele Kinder schenkt.»

Ihr Chef sah sie befremdet an. Kalt erwiderte er:

«Stimmt, aber Sie sind keine Prinzessin. Sie sind meine Angestellte.»

Auf diese Antwort war sie nicht vorbereitet. Sie fühlte sich wie vor den Kopf gestoßen. Eine Hitzewelle stieg in ihr auf, ihr wurde schwindelig.

«Sehr witzig …»

Léandre verschränkte die Arme, stützte sich auf die Vitrine und sagte durch die Zähne:

«Dummerchen! Ich mache nie Witze!»

# 4
# Akkon
# Großer Saal
# 18. Mai 1291

Zitternd suchte Guy d'Aynac Halt. Er hatte beim Betreten des Saals die Augen geschlossen und fühlte sich außerstande, sie wieder zu öffnen. Auf dem Weg hierher hatte er Schreckliches gesehen. Zu sehen, was sich auf dem Wehrgang abspielte, wo die von den Pfeilen der Ungläubigen Durchbohrten lagen, und dabei die Schreie derer zu hören, die wie lebende Fackeln auf dem Turm der Verdammnis verbrannten, war entsetzlich gewesen. Doch er fürchtete, jetzt würde es noch schlimmer kommen.

Ein schwerer Schlag auf die Schultern holte ihn in die Wirklichkeit zurück. Wie in Trance stieg er einige mit Ruß bedeckte Stufen hinunter und hielt sich dann an einer Säule fest, um die Augen zu öffnen.

Der von kleinen Lämpchen schwach erleuchtete Saal erinnerte an einen steinernen Wald aus Säulen, auf denen ein gewaltiges Deckengewölbe ruhte, das von feinen, sich kreuzenden Rippen durchzogen war. Ein wahres Spinnennetz, das sich wie ein architektonisches Wunder über ihm aufspannte. Ein Juwel, das den Freimaurerbrüdern zu verdanken war, die keine Mühe gescheut hatten, um mit diesem Saal ihr Können zur Schau zu stellen.

Guy d'Aynac sah solch ein Meisterwerk, in dem alles bis in den letzten Winkel künstlerisch ausgestaltet war, nicht zum ersten Mal. Seitdem sich die Templer im Heiligen Land niedergelassen hatten, waren die besten Steinmetze von den Baustellen der Kathedralen abgeworben worden. Im Orient hatten sie sich dann die bewährte militärische

Bautechnik der Byzantiner sowie die feinen Arabesken der islamischen Architektur angeeignet. Und die Arbeiter der Templer waren stolz darauf, das Heilige Land mit nahezu uneinnehmbaren Festungen und Kirchen zum Ruhme Gottes überzogen zu haben.

An diesem Tag der Niederlage schien Gott jedoch weit entfernt zu sein. Das Hämmern der arabischen Krieger gegen das Tor des heiligen Antonius hallte von der Stadtmauer bis in das Gewölbe des Großen Saals wider. Die Stadt, die seit Jahrhunderten so viele Belagerungen erlebt hatte, wurde nur noch von einer einzigen Mauer geschützt, und es würde nicht mehr lange dauern, bis auch sie fiel.

Noch weiter entfernt schien Gott jedoch für all die Verwundeten zu sein, die hier in den Bankreihen lagen. Ein Soldat hielt sich mit beiden Händen den Bauch und konnte dennoch nicht verhindern, dass sich auf dem Boden unter ihm eine dunkle Blutlache ausbreitete. Neben ihm stöhnte ein Ritter mit zertrümmertem Knie, der noch seine Sporen trug. Und entlang der Wände lagen dicht an dicht schreiende und weinende Männer mit verbrannten Gesichtern und abgetrennten Gliedmaßen.

Roger Flor ging an den Säulen entlang, vorbei an übelriechenden Pfützen und auf die Seite geschobenen Leichen. Guy d'Aynac folgte ihm in den hinteren Teil, der von dem Großen Saal durch einen Vorhang aus blutbefleckten Leintüchern provisorisch abgetrennt war.

Dort lagen auf wackeligen Tischen zwei weitere Verwundete. Ein Mann, der eine lange schwarze Toga trug, legte gerade das Bein des einen frei. Seine Gesten waren rasch und sicher, doch sein Gesicht war blass, als er den Schenkel des Verwundeten untersuchte, in dessen Muskeln ein abgebrochener Pfeil steckte. Um die Wunde herum hatte sich ein schwarzer Kreis gebildet, der sich langsam grüngräulich verfärbte.

«Diese ungläubigen Schurken», fluchte Flor. «Der Pfeil war vergiftet. Der ist erledigt.»

Der schwarzgekleidete Operateur blickte auf und strich sich über den Bart, bevor er antwortete:

«Stimmt, Ihr habt recht. Aber es gibt noch Hoffnung.»

Und er deutete auf eine Stelle direkt über der Wunde.

Dieses Mal war es Flor, der blass wurde. Langsam fuhr der Arzt fort:

«Wenn Ihr ihn festhaltet und einer von Euch mir beim … Sägen hilft.»

Bei diesen Worten trat ein Ritter in einem dunklen Kettenhemd aus dem Halbdunkel hervor. Er trug einen zerrissenen Umhang mit dem Tatzenkreuz der Templer darauf und schien auf den zweiten Verletzten aufzupassen, der in eine graue Wolldecke gewickelt war.

«Das kann ich übernehmen.»

Roger Flor warf ihm einen finsteren Blick zu, sagte aber nichts, sondern griff entschlossen mit seinen Kettenhandschuhen nach dem Kopf des Verletzten und hielt ihn fest. Den Blick wandte er ab.

Der Arzt bückte sich und zog eine Säge unter dem Tisch hervor, aus der mehrere Zähne herausgebrochen waren. Er tauchte sie in einen Bottich mit trübem Wasser und sagte dann an d'Aynac gewandt:

«Und du hältst die Füße.»

## 5
## Paris
## Musée de Cluny

Claire Bourdon wandte sich gekränkt ab. Léandre war ihr Chef, doch das gab ihm noch lange nicht das Recht, sie so zu behandeln. Am liebsten hätte sie ihn geohrfeigt. Doch sie musste sich professionell verhalten. Sie durfte jetzt nicht emotional reagieren und vor allem keine Schwäche zeigen. Sie sah sich um, niemand beachtete sie. Nervös strich sie sich über den Rock. Für wen hielt er sich eigentlich? Sie hatte schon mit deutlich namhafteren Männern als diesem Emporkömmling eng zusammengearbeitet. Wenn seine Bemerkung heißen sollte, dass sie gefeuert war, hatte er sich ins eigene Fleisch geschnitten.

«Ich glaube, Sie haben zu viel getrunken, Monsieur Léandre. Und wenn Sie mir auf diese Art und Weise mitteilen wollen, dass ich entlassen bin, dann möchte ich doch um einen angemesseneren Rahmen bitten, damit ich meinen Anwalt verständigen kann. Bis dahin werde ich mich um unsere Gäste kümmern.»

Victor Léandre kniff ironisch die Lippen zusammen.

«Was für eine lächerliche Drohung! Da lobe ich mir doch das Mittelalter. Damals war alles klarer. Der Herr befahl, der Leibeigene gehorchte. Aber um auf Ihr Schicksal zurückzukommen, für Konversation wird Ihnen nicht mehr viel Zeit bleiben, fürchte ich. Bis zu Ihrem Tod sind es gerade noch zwei Minuten und …»

Sie schnitt ihm kurzerhand das Wort ab.

«Mir gefällt Ihr Humor nicht, Monsieur Léandre.»

«Wie Sie wünschen. Ich wollte Ihnen gerade nur erklären, wie Sie sterben werden.»

«Das ist nicht witzig.»

«In Kürze wird das Gift, das ich Ihnen ins Glas gemischt habe, nach und nach erst Ihre Muskeln lähmen und dann Ihr Herz. Ihr Verstand wird dann noch etwa zwanzig Sekunden klar bleiben. In der Zeit werden Sie Todesqualen erleiden.»

«Sie sind abartig», stammelte sie und wich zurück.

«Das … das hat mir die Person, mit der ich diese … Aufgabe besprochen habe, zumindest so beschrieben. Eines der ersten Symptome sind anscheinend leichte Hitzewallungen, gefolgt von Sehstörungen. Dann geben die Beine nach, und die Arme haben keine Kraft mehr … aber das Gehör bleibt intakt bis zum bitteren Ende.»

Wie in einem Albtraum spürte Claire Bourdon, wie sie innerlich glühte. Sie musste schlucken.

«Sie sind … wahnsinnig. Was geschieht mit mir …»

«Ich habe es Ihnen gerade erklärt. Sie hätten mir zuhören sollen.»

Ihr Champagnerglas fiel klirrend zu Boden. Léandres Gesicht schien abwechselnd näher zu kommen und sich dann blitzschnell wieder zu entfernen. Sie musste fort von hier. Sie brauchte sofort Hilfe. Dieses Schwein hatte sie tatsächlich vergiftet. Panik ergriff sie. Beim Flüchten rempelte sie zwei Frauen in schwarzen Kleidern an. Die Gäste um sie herum sahen sie erstaunt an. «Hilfe!», brüllte sie.

Plötzlich gaben ihre Beine nach, ihre Muskeln versagten. Sie sank in sich zusammen, landete mit den Knien hart auf den Fliesen und schlug dann lang hin. Sie begriff, dass ihr keine Zeit mehr blieb. Mit letzter Kraft griff sie nach dem Hosensaum eines Gastes wie nach einem Rettungsanker. Um sich herum hörte sie Schreie. Sie stammelte, ihre Zunge war schwer wie Blei. Die Worte blieben ihr im Hals stecken.

Benommen nahm sie Léandre wahr, der sich über sie gebeugt hatte. Das Deckenlicht leuchtete wie ein Heiligenschein um seinen Kopf.

«Claire hat einen Schwächeanfall. Ein Arzt, schnell!»

Er kam näher, als wollte er sie noch mehr provozieren.

Sie konnte ihn nicht einmal zurückstoßen, denn ihre Arme waren wie auf dem Boden festgenagelt. Ihr Nacken wurde steif, die Lippen starr, selbst ihre Lider zuckten nicht mehr, während sie in das lächelnde Gesicht ihres Henkers blickte. Sie war nur noch eine Puppe, die man in alle Richtungen biegen konnte. Léandre sagte etwas, doch seine Worte waren verzerrt, als kämen sie durch einen Tunnel.

Dann sprach er direkt in ihr Ohr:

«Du willst bestimmt wissen, warum ich das tue. Und ich sage es dir. Weil du ein ideales Versuchskaninchen für etwas bist, das du nicht begreifen würdest.»

Das durfte nicht wahr sein. Ihre Panik stieg ins Unermessliche. Das Ende war nah.

Kurz bevor sie starb, spürte sie, wie Léandre sie küsste.

## 6
## Akkon
## Großer Saal
## 18. Mai 1291

Das Geräusch der Säge war verstummt, und die letzten Tropfen Blut aus dem offenen Beinstumpf tropften zu Boden. Langsam schloss der Mediziner die Augen des Mannes, den er nicht mehr hatte retten können. Die Amputation war zu spät gekommen, das Gift hatte bereits das Herz erreicht. Sein Körper war aufgedunsen und das Gesicht zerfurcht.

Roger Flor, Guy d'Aynac und der Templer mit dem zerrissenen Umhang fassten sich an den Händen und murmelten hastig ein Gebet. Durch den Vorhang, der sie vom Rest des Saales trennte, drangen immer wieder Schmerzensschreie, dazu Schluchzen und flehendes Bitten. Der Tod wütete und forderte seinen Tribut.

Flor löste sich als Erster aus der *Bruderkette* und trat zu dem zweiten Verwundeten. Man sah, dass er sich unter der Decke, in die er von Kopf bis Fuß eingerollt war, noch bewegte. Er nahm dessen rechte Hand. Am Ringfinger glitzerte ein Siegelring.

Flor besah sich das Schmuckstück näher. Plötzlich blickte er erschrocken auf und fluchte leise, bevor er sich zu den anderen umdrehte und auf den Ring deutete.

«Wisst ihr, was das ist?», fragte er.

D'Aynac beugte sich vor und sah ein ihm unbekanntes Motiv in das Metall eingraviert: Auf einem verzierten Tablett prangte ein sauber abgetrennter Kopf mit zerzaustem Haar und geschlossenen Augen.

«Nein, keine Ahnung.»

«Und du?» Flor wandte sich an den Tempelritter mit dem zerrissenen Umhang.

«Ich auch nicht», antwortete dieser nach eingehender Begutachtung des Ringes. «Ich habe zusammen mit anderen Brüdern am Fuß des Turms der Verdammnis gekämpft, als man uns befahl, diesen Verwundeten in den Großen Saal zu bringen. Meine Brüder sind unterwegs gefallen, und ich habe ihn allein bis hierher geschleppt.»

Roger Flor zog die Decke zurück und entblößte das entstellte Gesicht des Verwundeten.

«Das ist das Wappen von Guillaume de Beaujeu. Dem Großmeister des Templerordens.»

Sofort begann der Arzt, den Großmeister zu untersuchen. Seine Hände zitterten. Dass der Templerorden gute Beziehungen zu den arabischen Emiren pflegte, war allgemein bekannt. Wenn die Stadt fiel, würde nur der Großmeister die nötige Autorität haben, mit den Ungläubigen zu verhandeln und ein weiteres Blutbad zu verhindern. Sollte der Großmeister sterben, würde den Christen in der Stadt ein schreckliches Massaker bevorstehen.

Um den Mann besser transportieren zu können, hatte man ihm die Rüstung ausgezogen. Eilig tastete der Mediziner unter dem schweißbefleckten Hemd den Körper des Verwundeten ab. Der Großmeister war nach wie vor bewusstlos, doch es war weder eine Wunde noch ein gebrochener Knochen auszumachen.

Der Arzt ging zum Nachbartisch, um seine Instrumente zu holen. D'Aynac folgte ihm. Die im Halbkreis angeordneten Werkzeuge aus dunklem Metall faszinierten ihn. Die meisten hatten eine Klinge – gerade oder gebogen, wahrscheinlich um bestimmte Körperstellen damit aufschneiden zu können. Andere erinnerten an Schaber in verschiedenen Größen. D'Aynac hatte noch das Geräusch der Säge im Ohr und mochte sich kaum ausmalen, wie diese Geräte klangen, wenn sie mit Knochen in Berührung kamen.

Der Arzt hatte das passende Instrument gefunden: einen kleinen Hammer aus poliertem Metall. Er stellte ein Knie des Großmeisters auf und klopfte kurz und fest dagegen. Mehrfach wiederholte er die Prozedur. Sein Gesichtsausruck wandelte sich von Zweifel in Ratlosigkeit.

«Ich verstehe das nicht. Er lebt, aber …»

Erst als der Verwundete schließlich den Kopf bewegte, sah der Arzt ein blau angelaufenes Hämatom über der rechten Schläfe, in dessen Zentrum sich eine blutende Wunde auftat.

Flor wurde aschfahl. D'Aynac dagegen zeigte keinerlei Regung. Seit der Amputation mit der Säge hatte er das Gefühl, dass ihm nichts mehr etwas anhaben konnte.

«Vielleicht ist er noch zu retten», behauptete der Arzt. «Aber nicht in diesem schmutzigen Verlies hier. Wir müssen ihn in Sicherheit bringen.»

Roger Flor versuchte sich zu konzentrieren, während das stumpfe Hämmern gegen das Tor des heiligen Antonius immer lauter wurde.

«Es gibt nur einen Ort, wo der Großmeister sicher wäre. Und das ist die Zitadelle des Tempels.»

Der Arzt nickte, gab jedoch zu bedenken: «Aber dafür müsste man ihn durch die ganze Stadt schleppen. In der derzeitigen Lage …»

Alle verstanden, was er meinte. Um zur Festung der Templer zu gelangen, musste man die ganze Stadt durchqueren. Der Weg würde durch ein Gewirr von engen Gassen führen, in denen unzählige verzweifelte Menschen in Richtung Hafen drängten. Bei diesen Bedingungen einen Verwundeten zu transportieren war Wahnsinn.

«Wir haben keine Wahl», entschied Roger Flor, «ihr müsst es tun. Hebt ihn an.»

Guy d'Aynac und der Tempelritter mit dem zerrissenen Umhang gehorchten. Flor ging vorweg, während sie mit dem Verwundeten den großen Saal durchmaßen, ohne die anderen Verletzten, die flehend die Hände nach ihnen ausstreckten, auch nur eines Blickes zu würdigen.

Auf dem Vorplatz blieb Roger Flor stehen.

«Und denkt immer daran: Der Großmeister muss um jeden Preis in die Zitadelle. Tot oder lebendig.»

Die beiden anderen Templer zögerten kurz, nickten dann jedoch.

«Und Ihr, was werdet Ihr tun?»

Flor deutete mit dem Kopf in Richtung des Saals.

«Ich kann die Brüder dort drinnen nicht allein lassen.»

Guy d'Aynac blieb keine Möglichkeit zu widersprechen. Ein donnernder Lärm, gefolgt von einem ohrenbetäubenden Echo, übertönte alles andere.

Das Tor des heiligen Antonius war gefallen.

Bevor die beiden sich auf den Weg machten, wandte sich d'Aynac seinem Schicksalsgenossen zu und gab ihm die Hand.

«Wenn ich schon keine Wahl habe, würde ich wenigstens gern wissen, mit wem ich sterbe.»

Der Name drang durch den Lärm hindurch an sein Ohr.

«Jacques. Jacques de Molay.»

## 7
## Paris
## Musée de Cluny

Victor Léandre war ein paar Schritte von Claire Bourdons leblosem Körper zurückgetreten, um den Sanitätern Platz zu machen. Er hatte die Anweisung erteilt, die Veranstaltung nicht zu unterbrechen. Nur wenige Gäste hatten von dem Schwächeanfall der Kommunikationschefin etwas mitbekommen. Léandre nahm sich ein weiteres Glas Champagner und entfernte sich.

Er war stolz auf sein Werk. Der Mord war vorzüglich gelungen, das Werk eines Profis. Niemand würde ihn verdächtigen, zumal das Gift schnell nicht mehr nachweisbar sein würde. Ein ganz normaler Fall von Herzversagen.

Dennoch war er nachdenklich. Ihm fiel auf, dass er keine besondere Freude beim Töten dieser Frau empfunden hatte, für die er sogar eine gewisse Sympathie gehegt hatte. Seit er dem Unternehmen vorstand, hatte sie zu seinen engsten Vertrauten gehört, und er fand sie ebenso attraktiv wie effizient. Aber sie war eben ausgewählt worden. Er ließ den Blick über die Menge schweifen und versuchte den Zeugen der Prüfung zu finden, doch niemand gab sich zu erkennen.

Victor Léandre stellte sein Glas ab. Schweißüberströmt kam der Chef des Sicherheitsdienstes auf ihn zu.

«Das ist eine Katastrophe, Monsieur Léandre. Ich verstehe das nicht, Claire war doch völlig gesund … Ich höre, Sie haben die Anweisung gegeben, das Fest nicht abzubrechen?»

«Sehr richtig, mein Lieber. Ich bin genauso schockiert wie Sie, aber wir müssen stärker sein als der Schmerz. Die Stone Corporation kommt zuerst. Wir dürfen diesen großen Abend, für den Claire sich so sehr eingesetzt hat, nicht verderben. Den Empfang fortzusetzen ist die größte Ehre, die wir ihr erweisen können. Glauben Sie nicht?»

Der Sicherheitsexperte nickte zwar, schien aber nicht überzeugt.

«Doch, Monsieur. Ich werde mal nachsehen, wie weit die Sanitäter sind, wenn Sie erlauben.»

«Selbstverständlich.»

Léandre sah dem stämmigen Mann nach und blickte dann auf die Uhr.

Gerade mal 22.40 Uhr.

Er hatte plötzlich Lust zu feiern – ein gutes Zeichen.

Die letzten Schmarotzer verließen das Museum, um das nächste Fest aufzusuchen, das sie nicht verpassen wollten. Die Kellner klappten die Tische zusammen und füllten riesige Müllsäcke, die auf dem nassen Gehsteig landeten. In wenigen Stunden würde jede Spur der Stone Corporation aus dem Museum verschwunden sein. Die Firmenbanner würden eingerollt und für die nächste Veranstaltung aufgehoben werden. Die Invasion hatte gerade mal vierundzwanzig Stunden gedauert, nicht mehr als ein böser Traum für die Cluny-Geister.

Victor Léandre saß allein im ersten Stock des Museums und betrachtete einen wunderschönen Wandteppich. Der Konservator hatte ihm erlaubt, noch zu bleiben, um die Atmosphäre in der Nacht zu erleben. Nur die Wachleute waren noch unterwegs, um jeden Winkel des Museums auf eventuelle Schäden zu überprüfen, zu denen es während des Abends gekommen sein könnte.

Der Chef der Stone Corporation war bei erstaunlich klarem Kopf. Er hatte nur wenig Champagner, dafür aber viel Wasser getrunken und sehr wenig gegessen, wie sein Psychotherapeut es ihm geraten hatte. Er lächelte. Ein Therapeut, der ihm half, seinen ersten Mord zu verarbeiten. Wie abgehoben. Da durfte man nicht geizig sein!

Er nahm sein Handy und wählte die Nummer, die er zu jeder Tages- und Nachtzeit anrufen durfte und heute natürlich ohnehin.

«Victor, wie geht es Ihnen?»

«Gut, sehr gut. Ich hätte nicht gedacht, dass es so … einfach ist. Haben Sie schon mit dem Zeugen gesprochen?»

«Ja. Alles wunderbar, bis auf eine Kleinigkeit. Er hat gesehen, wie Sie dem Opfer etwas ins Ohr geflüstert haben. Was haben Sie der Frau gesagt?»

«Eine kleine Neckerei vor ihrer langen Reise.»

«Das hätten Sie nicht tun dürfen. Die Übung – das Ritual, um genau zu sein – basiert darauf, dass Gefühle vollkommen ausgeklammert werden, egal, ob es sich um Mitleid, Sadismus oder ... eine Neckerei handelt. Das wussten Sie doch, oder?»

Léandre seufzte.

«Ja. Tut mir leid, dass ich mich dazu habe hinreißen lassen.»

«Schon gut, kann passieren. Kommen Sie morgen in meiner Praxis vorbei? Sagen wir gegen Abend?»

«Einverstanden. Um 15 Uhr habe ich ein Meeting mit Gewerkschaftsvertretern, ich könnte also gegen 18 Uhr bei Ihnen sein.»

«Sagen wir 20 Uhr. Bei Gewerkschaftlern weiß man nie so genau. Wir setzen unsere Sitzungen fort und werden die Zeit nutzen, um den kleinen Ausrutscher zu analysieren. Töten ist ein reinigender, konstruktiver Akt, für den man unbedingt einen klaren Verstand braucht, der frei von Schwächen und Trübungen jeder Art ist. Gute Nacht, Victor.»

«Ihnen auch eine gute Nacht, Doktor.»

## 8
## Paris
## 9. Arrondissement

Die Buchhandlung passte eigentlich gar nicht mehr in die große Geschäftsstraße. Eingeklemmt zwischen einem Mobilfunkgeschäft und einem Kebab-Imbiss und gegenüber einer kleinen Filiale eines Supermarktdiscounters, widerstand der Inhaber seit Jahren tapfer allen Angeboten einer spanischen Bekleidungsfirma und einer Videospielkette, die Räumlichkeiten zu kaufen. Er hätte sich lieber erhängt, als sich der barbarischen Invasion des Kommerzes zu beugen, die ihn jeden Tag ein wenig mehr bedrohte. Er war der letzte unabhängige Buchhändler des Viertels, sein letzter Konkurrent hatte vor kurzem nach vierzig Jahren im Geschäft das Handtuch geworfen.

Antoine Marcas betrat mit seinem Sohn den Laden. Seit zwei Monaten war er nicht mehr hier gewesen und war überrascht über die neue Einrichtung. Die Wände waren orange gestrichen, die Auslagen in den Schaufenstern sahen ganz anders aus als sonst, die Regale waren viel leerer, und tropische Pflanzen standen herum. Marcas legte seinem Sohn eine Hand auf die Schulter und sagte, wie immer, wenn sie hierherkamen: «Du darfst dir zwei Bücher aussuchen. Ein …»

«Ja, ich weiß», schnitt Pierre ihm das Wort ab, «ein klassisches Werk und eins zur Unterhaltung. Du könntest dir mal was Neues ausdenken, Papa.»

«Du hast eine Viertelstunde, länger nicht. Mach schon, ich begrüße inzwischen Laurent.»

Es machte ihm Spaß, seinen Sohn zu ärgern, er konnte nicht anders. Dabei war er so stolz auf ihn. Er war es gewesen, der den Namen Pierre ausgesucht hatte, nicht zum Gedenken an den ersten Papst der Christenheit, sondern in Anspielung auf den unbehauenen Stein, der jeden Freimaurer symbolisch daran erinnerte, dass man an sich arbeiten musste.

Der Buchhändler mit dem Dreitagebart und der spiegelglatten Glatze saß hinter dem Tresen und trank Tee. Vor ihm lag die Abendzeitung.

«Hallo, Laurent, ich suche ein Buch …»

«Wie gut, dass du dann nicht in eine Metzgerei gegangen bist», brummte Laurent. «Idiot!»

So hatte Marcas den *Bruder* aus der Espérance-*Loge* noch nicht erlebt.

«Wie bitte?», fragte er irritiert.

«Entschuldige, ich meine nicht dich, sondern diesen Komiker, diesen total nutzlosen Schreiberling, der sich hier über die bösen Buchhändler aufregt, die sich angeblich mit überteuerten Büchern bereichern. Er will unsere Gewinnspanne noch weiter senken.»

Er zeigte Marcas den Artikel in der Zeitung.

«Herrgott, ich weiß nicht, wie ich meine Rechnungen bezahlen soll. Meine gesamten Ersparnisse habe ich in diese neue Einrichtung gesteckt. Der Typ hat sicher noch nie einen Fuß in eine Buchhandlung gesetzt. Wenn ich den zu fassen kriege, gehe ich mit Barbara Cartlands Gesamtwerk im Hardcover auf ihn los. Wenn man mit Büchern viel Geld verdienen könnte, wüsste ich davon, verdammt nochmal.»

Der Buchhändler blickte von der Zeitung auf und runzelte die Stirn.

«Du siehst irgendwie anders aus, oder täusche ich mich?»

Marcas kratzte sich am Kinn. Der schwarze Spitzbart

kam ihm wie ein Fremdkörper vor, wie eine unkontrollierbare Wucherung, deren Entwicklung er jeden Tag erneut skeptisch im Spiegel begutachtete. Jahrelang hatte er sich geweigert, sich einen Bart wachsen zu lassen, doch nun hatte ihm eine Kollegin dazu geraten, worauf er sich auf das Abenteuer eingelassen hatte. Der Bart hatte das schlanke Gesicht mit den schmalen Lippen und den geschwungenen Brauen tatsächlich leicht verändert. Der Bart – zusammen mit seinem schwarzen, welligen Haar, das nur von wenigen silbernen Fäden durchzogen war – hatte ihm die Bemerkungen «Mafioso», «Pirat» und «Bin Ladens Cousin» eingebracht. Sein Sohn war begeistert, seine Exfrau entsetzt. Gleichstand.

«Macht seriöser, das hilft bei den Ermittlungen», antwortete Marcas und versuchte, überzeugt zu klingen.

Bei seinen Kollegen in der Zentralstelle für Kunstraub, deren stellvertretender Leiter er seit seiner Rückkehr aus New York war, hatte er nämlich alles andere als souverän reagiert.

Der Buchhändler sah ihn schmunzelnd an.

«Ich habe einen Kumpel, der die Buchabteilung in einem großen Kaufhaus leitet und diesem Schreiberling gern mal ordentlich die Leviten lesen würde. Du bist doch bei der Polizei. Hast du nicht zufällig die Adresse des ein oder anderen ehemaligen Kunden, Typ 120 Kilo schwerer Serbe, den man anheuern könnte, um diesen Kerl ein wenig zu erziehen?»

Marcas lächelte.

«Das habe ich besser nicht gehört. Sag mal, ich suche das neue Buch von Alain Bauer und Roger Dachez. Hast du das da?»

«Ach, das vom ehemaligen Grand-Orient-de-France-

Häuptling? Klar. Noch eine Freimaurerstory … Aber die ist gut recherchiert. Dafür besorgst du mir auch noch die Adresse des Verfassers dieses Artikels aus deinem Polizeicomputer.»

«Du weißt genau, dass das illegal ist.»

«War nur ein Scherz.»

Sein Sohn kam mit zufriedener Miene auf sie zu, während der Buchhändler den Titel heraussuchte. Triumphierend hielt Pierre ihm *Nana* von Émile Zola und ein Manga namens *Fullmetal Alchemist* hin. Marcas nahm beide.

«Gegen das eine ist nichts einzuwenden, aber fallen Mangas wirklich in die Kategorie Unterhaltung? Du willst mich wohl provozieren.»

«Nein, Papa, Mangas sind das, was früher für dich *Tim und Struppi* und *Asterix* waren, die dir ja immer noch heilig sind», antwortete sein Sohn in einem Ton, der keine weitere Diskussion zuließ.

Der Buchhändler steckte die Bücher in eine Plastiktüte.

«Dein Junior hat recht. Zola und Arakawa, jeder auf seine Art revolutionär.»

«Na gut», antwortete Marcas, ohne überzeugt zu sein.

Er blickte auf die Uhr. 19 Uhr. Ihm blieb gerade genug Zeit, um seinen Sohn zu seiner Ex zurückzubringen, bevor er in die Loge musste. Er bezahlte und verabschiedete sich mit den Worten: «Ich muss los, gleich nehme ich noch an einer *Tempelarbeit* teil, die ebenfalls revolutionär sein wird.»

«Musst du mir dann erzählen. Ein Kroate wäre übrigens auch okay.»

«Wofür?»

«Für den großen Bücherkreuzzug. Na, um dem Kerl wegen dieses Artikels eins vors Schienbein zu geben. Sonst kann es gut sein, dass hier in sechs Monaten ein Fastfood-

Laden aufmacht. Ich mache dir dann einen guten Preis für die Fritten.»

«Du kannst doch noch nicht einmal ein Ei kochen. Bis bald.»

Marcas und sein Sohn verließen die Buchhandlung. Es wurde bereits dunkel. Der Kommissar winkte ein Taxi heran, um seinen Sohn ins 17. Arrondissement zu bringen und dann wieder zurückzukommen. Sein Handy vibrierte. Er hatte eine SMS erhalten.

*Dringend. Ich muss dich später nach der Tempelarbeit unbedingt treffen. Andrivaux.*

## 9
## Akkon
## Genuesisches Viertel
## 18. Mai 1291

Die Welle der arabischen Angreifer hatte inzwischen die letzte Verteidigungslinie der Stadt genommen. Sie drangen durch alle Breschen in der Mauer und riefen Allahs Namen. Ein Siegesschrei, der bald in allen Gassen erschallen, von den Häusern widerhallen und die Kirchen und Festungen erschüttern würde. Der Schrei einer Menge, die nach Plünderung und Rache dürstete, um sich für zwei Jahrhunderte Invasion und Unterdrückung zu rächen.

Guy d'Aynac beschleunigte den Schritt. Die Zitadelle, der letzte Zufluchtsort der Templer, war noch weit. Wenn er und sein Begleiter sich nicht beeilten, würde der Großmeister auf einer schlammigen Straße verenden, von kopflosen Massen niedergetrampelt. Schon jetzt war es schwierig, inmitten der aufgeregten Menschen vorwärts zu kommen. Zudem schlug die Stimmung um, und viele, die um ihr Hab und Gut und nicht zuletzt um ihr Leben fürchteten, beschuldigten die Kreuzritter immer offener des Verrats und der Feigheit. Einige zeigten sogar drohend mit dem Finger auf die beiden Templer.

Als Nächstes werden sie uns aufhalten und bedrohen, dachte d'Aynac. Wir können froh sein, wenn sie uns nicht steinigen.

Zunehmend wurden sie von Männern mit finsterem Blick und erhobenen Fäusten beschimpft. Aus einem Fenster rief eine Frau ihnen Obszönitäten zu. Guy d'Aynac und Jacques de Molay gingen schneller und keuchten unter der schweren Last des Großmeisters.

Dann schallte wieder der Name Allahs durch die Straßen, lauter und näher als zuvor, und sofort breitete sich das Chaos weiter aus. Die Bürger der Stadt versuchten zu fliehen. Einige rannten auf die Kirchen zu, in denen die Totenglocken läuteten, andere fanden sich in Gruppen zusammen und versuchten gemeinsam, schneller vorwärts zu kommen. D'Aynac blieb am Straßenrand stehen. Eine kleine Unachtsamkeit würde genügen, um von der wild gewordenen Masse mitgerissen und zerquetscht zu werden.

«Hier weiterzugehen hat keinen Zweck», stellte auch Molay fest. «Die trampeln uns tot, lange bevor wir die Zitadelle erreichen.»

«Gut erkannt, Bruder, aber weißt du etwas Besseres?»

Molay blickte nach oben und deutete mit einer Hand zum Himmel, der vom Rauch der Brände verdunkelt war. Trotz ihrer katastrophalen Lage musste Guy d'Aynac lachen.

«Kannst du etwa fliegen?»

«Nein.»

Um sie herum versuchte jeder nur noch zu retten, was zu retten war. Eine Frau in einem Hermelinmantel zerrte einen Sack hinter sich her, aus dem scharlachrote Seidenroben quollen. Ein Geistlicher lief verstört mit dem Arm voller Kelche und einem goldenen Weihrauchgefäß an ihnen vorbei.

Ein Handwerker, der gerade einen beladenen Karren auf die Straße ziehen wollte, wurde von einer brüllenden Horde einfach überrannt und zerquetscht.

Besorgt warf d'Aynac einen Blick auf den verwundeten Großmeister. Noch atmete er. Molay starrte nach wie vor nach oben.

«Willst du etwa über die Dächer? Wenn wir zwei allein wären, würde ich dir sofort zustimmen, aber mit dem Großmeister … ist das unmöglich.»

«Wir gehen über die Speicher. Vergiss nicht, wir sind im Genuesischen Viertel, wo man mit wertvollen Tüchern und edlen Stoffen Handel treibt, mit Seide zum Beispiel, die hier verschifft wird. Wo glaubst du, bewahren sie das alles auf?»

Jetzt folgte auch d'Aynac seinem Blick. Die Genueser lebten vom Handel mit den Ungläubigen. Und sie lebten gut davon, wie man an den prunkvollen Häuserfassaden sehen konnte, die man auch bei den Venezianern und den Pisanern fand. Sie alle hatten sich jeweils in einem Teil der Stadt niedergelassen und hielten das Monopol auf einen bestimmten Handelszweig. Um sich vor der Konkurrenz zu schützen, war die Gemeinschaft in jedem Stadtteil in Familien organisiert, die jeweils eine Straße besaßen. Die Speicher ihrer Häuser waren miteinander verbunden, um den Transport und die Überwachung der Waren zu vereinfachen.

«Beim heiligen Antonius, das ist eine wunderbare Idee, werter Bruder! Worauf warten wir noch?»

Molay zog seinen Dolch hervor und hieb den verschlossenen Riegel der nächsten Tür entzwei, der laut klirrend auf das Pflaster fiel. Ängstlich blickten sich die beiden Ritter angesichts des Lärms um, doch das allgemeine Durcheinander und die Panik waren zu groß, als dass irgendjemand davon Notiz genommen hätte. Eilig betraten sie das Haus und stiegen die Treppe hinauf. Auf jedem Absatz befand sich eine edel verzierte Tür, hinter der sich eine Wohnung verbarg. D'Aynac musste daran denken, dass diese seit Jahrhunderten europäische Stadt nun bald unter die Herrschaft der Ungläubigen fallen würde. Welche Sünde hatten die Christen begangen, dass Gott sie diesen wütenden Horden und damit dem Tod übergab?

Bald gelangten sie an die Tür, die zum Speicher führte und nicht einmal verriegelt war. Normalerweise lief eine ganze Schar von Bediensteten und Mitarbeitern ständig zwischen dem zur Straße gelegenen Geschäft und dem Lager unter dem Dach hin und her. Heute wurden die beiden Templer jedoch von Stille begrüßt.

Langsam bewegten sie sich in dem Raum vorwärts, bis sich ihre Augen an die Dunkelheit gewöhnt hatten. Molay atmete schwer, und sein Schnaufen hallte von den hohen Wänden zurück, an denen er nach und nach die Schätze des Orients ausmachen konnte, die sich dort stapelten.

Die Waren schienen unversehrt. Schweres Tuch hing an Seilen, die im Gebälk befestigt waren, sorgsam gefaltete schillernde Seide lag in den lackierten Holzregalen. Es roch nach Gewürzen.

Vorsichtig legten sie Guillaume de Beaujeu auf den Dielen ab, und Guy d'Aynac lehnte sich erschöpft an einen

Turm aus Stoffballen. Molay rang noch nach Atem, ließ sich aber sofort neben dem Großmeister nieder und nahm dessen Hand.

«Sie ist eiskalt. Lange hält er nicht mehr durch. Bald wird seine Seele bei Gott sein.»

«Gott …», stöhnte d'Aynac. «Der sollte uns lieber vor den Ungläubigen bewahren.»

Molay antwortete nicht. Er gehörte nicht zu denen, die an der Gerechtigkeit Gottes zweifelten. D'Aynac fuhr fort: «Ich frage mich wirklich, warum dieser verdammte Roger Flor uns mit dieser Mission betraut hat. Sobald wir den Saal verlassen haben, war klar, dass wir unser Leben für einen Toten riskieren. Das ist Selbstmord.»

«Eine Mission ist eine Mission», schnitt Molay ihm das Wort ab. «Darüber brauchen wir nicht zu reden. Wir sind Ritter des Templerordens.»

«Gehorchen hindert aber nicht am Denken. Und ich sehe keinen Sinn darin, jemanden durch die Gegend zu schleppen, der bald nur noch eine sterbliche Hülle sein wird.»

«Sollen wir ihn wie einen Hund auf der Straße verenden lassen?», fuhr Molay ihn an.

D'Aynac stellte sich gerade hin. Er wollte auf jeden Fall vermeiden, dass dieser Molay ihm die Angst anmerkte, die ihn gepackt hatte.

«Unseren Großmeister würde ich natürlich nie im Stich lassen, und wenn ich selbst dabei draufgehe.»

Mit gemäßigterer Stimme antwortete Molay: «Das behaupte ich auch gar nicht, Bruder! Aber worauf willst du hinaus?»

Als würden sie belauscht, beugte sich d'Aynac vor und flüsterte: «Warum sollen wir ihn deiner Meinung nach um jeden Preis in die Zitadelle bringen?»

«Weil er der Großmeister ist! Und selbst wenn er stirbt, müssen wir ihn angemessen beerdigen.»

Mit einem verbitterten Lächeln deutete d'Aynac durch eine kleine Dachluke in Richtung Straße, wo die verzweifelten Bürger das Pflaster zum Beben brachten.

«Und du glaubst, dass unsere Brüder dafür Zeit haben werden? Die Stadt ist bereits eingenommen. In wenigen Tagen wird die Zitadelle gefallen sein. Es muss noch einen anderen Grund geben!»

Molay wollte gerade antworten, als ein dumpfer Schlag das Dach erschütterte. Scheppernd landete ein zerbrochener Ziegel auf den Dielen, kurz darauf folgte eine brennende Fackel. Im nächsten Moment loderte das Feuer unter einem der Tische, auf denen sich Stoffballen stapelten.

Die beiden Templer hasteten zu ihrem Meister, während weitere Dachziegel herabfielen. Tageslicht drang durch die Löcher. Panisch blickte d'Aynac auf und begann zu rennen. Ein Funkenregen ging vom Himmel nieder.

## 10
## Paris
## Boulevard Raspail

Victor Léandre parkte den grauen Motorroller vorschriftsmäßig auf einem der drei für Dr. Yarker reservierten Parkplätze. Er nahm den Helm ab und verstaute ihn im Top-Case, dann ging er in Richtung Fahrstuhl. Er hatte schlecht geschlafen, Albträume von verstümmelten Leichen und abgetrennten Köpfen hatten ihn gequält. Er war hochgefahren und enttäuscht gewesen, als er keine Frau neben sich gespürt hatte, in deren Armen er sich hätte verkriechen können. Doch dieses Verlangen hatte sofort wieder nachgelassen. Er war schon seit einiger Zeit an vielem nicht mehr interessiert und fand die Banalität des Alltags immer schwerer zu ertragen. Den ganzen Tag über war er schlecht gelaunt gewesen und hatte die Gewerkschaftler entsprechend schnell abgefertigt.

Fünf Minuten später lag er in der kleinen Praxis von Dr. Yarker auf der Couch. Der Therapeut hatte einen dichten roten Lockenschopf. Gelassen setzte er sich in einen Ledersessel und knöpfte seine Tweedjacke auf, bevor er nach seinem Notizbuch griff, das bereits halb vollgeschrieben war.

«Und?»

«Nichts und. Ich hatte bloß einen schlechten Tag.»

«Haben Sie an Ihr Opfer gedacht? Gewissensbisse gehabt? Kummer, Schuldgefühle?»

«Nein. Claire Bourdon gibt es nicht mehr, so einfach ist das. Ich habe beschlossen, ein Foto von ihr auf der Titelseite der nächsten Ausgabe unserer Unternehmenszeitung abzudrucken. Das war der einzige lustige Moment des Tages.»

«Warum?»

«Ich muss den Nachruf selbst schreiben. Meine Berater haben mich darum gebeten. Der Mörder soll die Grabrede halten! Was für eine feine Ironie, finden Sie nicht?»

Der Arzt nahm seine Brille ab und rieb sich gelangweilt die Lider.

«Vorsicht, Victor. Was Sie sagen, ist paradox. Indem Sie sich zynisch über diese Frau äußern, offenbaren Sie, dass Sie nach wie vor Gefühle für sie hegen. Ihr Opfer soll aber nichts weiter als ein *totes Objekt* sein.»

«Sie haben recht.»

«Noch etwas?»

«Nein, ich bekomme nur gerade Kopfschmerzen. Und …»

Victor Léandre drehte sich auf der Couch um, sodass er aus dem Fenster sehen konnte. Dann fuhr er fort: «Seltsame Träume. Dutzende Tote in seltsam verrenkten Positionen und abgetrennte Köpfe.»

«Das ist ein gutes Zeichen. Ihr Unterbewusstsein hat alles aufgenommen und beginnt sich von den moralischen Konsequenzen Ihrer Tat zu befreien. Aus Erfahrung kann ich Ihnen sagen, dass diese Albträume schnell abnehmen werden. Das Gegenteil wäre besorgniserregend.»

«Was meinen Sie damit?»

«Schöne Träume und Gewissensbisse in wachem Zustand. Bei einigen Leuten kommt es vor, dass der Prozess nicht automatisch abläuft. In solchen Fällen müssen wir weiter therapieren, bevor wieder getötet werden darf.»

Victor Léandre erhob sich.

«Wann findet die nächste Sitzung statt?»

«In drei Wochen. Nicht ungeduldig werden. Es wird nicht lange dauern, bis Sie Ihr zweites Opfer töten.»

## 11
## Sitz der Freimaurerloge
## 9. Arrondissement

Die Brüder und Schwestern strömten scharenweise in den größten Freimaurer-*Tempel* von Paris. Die Bankreihen waren bis auf den letzten Platz gefüllt, und der *Meister vom Stuhl* hatte Leute abweisen müssen, so gut hatte die Mundzu-Mund-Propaganda funktioniert. Zwei liberale Logen hatten diese Tempelarbeit mit viel Engagement seit mehr als sechs Monaten vorbereitet.

Antoine Marcas konnte ein Schmunzeln nicht unterdrücken. So etwas hatte man im Sitz der *Großloge* noch nicht oft erlebt: eine kabarettistische Tempelarbeit, nach «Aktualisiertem Pierre-Dac-Ritus», so benannt nach einem französischen Humoristen. Die Tempelarbeit wurde zu Ehren von Léo Campion gehalten, einem Freimaurer und Chansonnier, der seine Glanzzeit im letzten Jahrhundert hatte und für seinen bissigen, anarchischen Humor bekannt war.

Marcas rückte seinen *Schurz* zurecht und setzte sich in die Mitte. Von den Anwesenden kannte er ungefähr ein Dutzend Brüder und Schwestern, darunter den Vorsitzenden einer Polizeigewerkschaft und den Sprecher des *Großmeisters* der Großloge. Neben ihnen richtete ein Lehrer aus der Schule seines Sohnes, dessen politische Meinung der seinen diametral entgegenstand, mit gewichtiger Miene seine schwarze Fliege. Weiter rechts zwinkerte die temperamentvolle Redakteurin eines Frauenmagazins dem Meister vom Stuhl zu, der seinerseits Mitglied einer Akademie war, die jährlich einen Comedy-Preis vergab. Kurz, der gewohnte Personen- und Generationenmix.

Wie immer verspürte Marcas das Gefühl einer feierlichen Ruhe, wenn er in einem freimaurerischen Tempel saß, egal, ob er sich in Paris, in der Provinz oder im Ausland aufhielt. Alle Symbole waren an ihrem Platz. Am Eingang des Tempels standen die beiden *Säulen* des *Salomonischen Tempels*, von denen eine mit einem «J» für «Jachin» markiert war, die andere mit einem «B» für «Boas». Zwei hebräische Bezeichnungen, deren Mehrdeutigkeit immer wieder für Gesprächsstoff beim *Brudermahl* sorgte. An der Decke das

*Sternenzelt* und auf dem Boden das *Musivische Pflaster*, das schwarz-weiße Schachbrettmuster, das den ewigen Wechsel zwischen Licht und Schatten darstellte. Alles hatte eine Bedeutung, die alle *Initiierten* kannten. So stand der Buchstabe «G» an der Wand für Gott, oder – für atheistische Brüder – für Geometrie. Und über dem Platz des Meisters vom Stuhl am Ende des Tempels erstrahlte das *Allsehende Auge* als Zeichen der absoluten Weisheit. Marcas' Blick blieb auch auf den zwei Steinen am Boden haften, einem *unbehauenen* und einem *kubischen*. Sie beschrieben den Weg, den jeder Freimaurer beschreiten musste.

Der Meister vom Stuhl eröffnete die Tempelarbeit, und alle erhoben sich.

«Liebe Brüder und Schwestern, wenn die *Aufseher* durch die Säulen schreiten, werden wir uns statt des traditionellen *Erkennungszeichens* gegenseitig den Stinkefinger zeigen.»

Marcas glaubte seinen Ohren nicht zu trauen. Als der Meister vom Stuhl, der für diese Veranstaltung in «Wirt» umbenannt worden war, seine Begrüßung beendet hatte, schallte Musik durch den großen Tempel. Der Kommissar erkannte das Lied nach dem ersten Takt.

«Ich glaube, ich spinne. Das ist *Die Internationale*.»

Er lauschte. Es war die Melodie, der Text hingegen war verballhornt. Er nahm das kleine Heftchen, das ihm am Eingang ausgehändigt worden war, und verfolgte schmunzelnd den parodistischen Text.

Nach dem Lied zog der Meister vom Stuhl einen Schlagstock hervor und schlug damit hart auf das Pult vor sich, bevor er in äußerst derben Worten zu sprechen begann.

Amüsiert beobachtete der Kommissar die Brüder und Schwestern um sich herum. So etwas hatte er in seiner Zeit als Freimaurer noch nicht erlebt. Er musste an die Brüder einer gewissen Großloge denken, die für ihre traditionelle Haltung bekannt war. Sie hätten sich angesichts einer solchen Ausdruckweise in einem freimaurerischen Gemäuer vor Schreck die Ohren zugehalten.

Aus den Lautsprechern schallte jetzt Chorgesang. Wieder erkannte Marcas ein Lied, das traurige Berühmtheit erlangt hatte.

«Pétain. Die schrecken wirklich vor nichts zurück. *Maréchal, nous voilà.*»

Die Hymne, die während der deutschen Besatzungszeit im Zweiten Weltkrieg zu Ehren des «Retters Frankreichs», Marschall Pétain, gesungen worden war. Der hasste die Freimaurer noch mehr als die Juden und ließ alle Großlogen verbieten und auf den Index setzen. Der Text war auch hier wieder herrlich parodiert.

Marcas hatte Schwierigkeiten, ernst zu bleiben, und beobachtete heimlich, wie einige der Anwesenden vor Empörung den Mund kaum zubekamen. Die beiden Aufseher kamen durch die Bankreihen, und die Brüder und Schwestern zeigten ihnen einer nach dem anderen genüsslich den Stinkefinger. Dann setzten sich alle wieder, um sich von einem Bruder mit jovialem Gesichtsausdruck die abwechslungsreiche Biographie des Chansonniers und Freimaurers Léo Campion erzählen zu lassen.

Die Tempelarbeit verging wie im Flug, so gut hatte sich Marcas von den zahlreichen brillanten Beiträgen voll bissiger Bemerkungen unterhalten gefühlt. Fast bedauernd vernahm er die Schlussworte.

Die Zeit für das *Brudermahl* war gekommen. Marcas durchquerte die Menge und klopfte dem Bruder, der ihn zu dieser Tempelarbeit eingeladen hatte, auf die Schulter. Dieser unterhielt sich gerade mit dem belgischen Bruder Jiri Pragman, der den freimaurerischen Blog *Hiram* aufgebaut hatte.

«Und, wie hat es dir gefallen?», fragte der kräftige Belgier mit dem schelmischen Blick.

«Sehr lustig. Aber ich bin mir nicht sicher, ob dieser Campion den – wie soll man sagen – spiritueller veranlagten Brüdern auch so viel Freude gemacht hat. Einigen wäre fast die Luft weggeblieben.»

Der Bruder verdrehte die Augen.

«Nun hör aber auf! Wir sind schließlich auch spirituell. Wie sagte der gute Léo Campion so schön: ‹Man muss die ernsthaften Dinge mit Humor nehmen und die komischen Dinge ernst.› Apropos, die Großloge empfängt demnächst die fünf wichtigsten Kandidaten für die französischen Präsidentschaftswahlen. Kommst du auch? Es wird sicher voll werden unter dem Sternenzelt.»

Als Marcas gerade antworten wollte, legte ihm jemand die Hand auf die Schulter. Er drehte sich um. Vor ihm stand der *Großsekretär* der Großloge, Guy Andrivaux.

«Antoine, hast du meine SMS bekommen? Hättest du einen Moment Zeit für mich?», fragte er.

Die beiden anderen Brüder verabschiedeten sich mit einem komplizenhaften Lächeln.

«Ehrlich gesagt habe ich es ziemlich eilig», antwortete Marcas dem Großsekretär. «Ich bin heute Abend noch eingeladen und …»

«Ich versichere dir, es wird nicht lange dauern. Aber wir haben ein Problem.»

«Hoffentlich ist nicht schon wieder jemand im Logenhaus ermordet worden. Das letzte Mal hat es auch so angefangen.»

«Nein, ganz so schlimm ist es nicht, hoffe ich zumindest. Die Geschichte ist ein bisschen undurchsichtig.»

«Ist das Licht des freimaurerischen *Orients* nicht dazu da, Undurchsichtiges durchsichtig zu machen?», fragte der Kommissar.

«Nicht, wenn der Grund für die Verschleierung die … Templer sind.»

## 12
## Akkon
## Genuesisches Viertel
## 18. Mai 1291

Das Genuesische Viertel stand in Flammen. Die Bevölkerung floh orientierungslos und verzweifelt. Ein hölzerner Dachstuhl nach dem anderen brannte lichterloh, sodass sich das Feuer schnell über ganze Straßenzüge ausbreitete. Frauen heulten und fluchten vor Zorn, doch nicht über die Ungläubigen, sondern über die Tempelritter. Schnell hatte sich herumgesprochen, dass die Pfeile, die die Stadt in ein Flammenmeer verwandelten, von der Zitadelle aus abgeschossen wurden.

Nach dem Fall des Tors des heiligen Antonius war der Befehl erlassen worden, die Geschäftsviertel anzuzünden. Eine Entscheidung, die die Tempelritter aus strategischen Gründen getroffen hatten. Wenn alle Bewohner in Panik aus ihren brennenden Häusern auf die Straße flohen, würde der Zugang zur Zitadelle und zum Hafen versperrt sein. Ein zynisches Mittel, mit dem gleichzeitig die noch an der letzten Verteidigungslinie kämpfenden Soldaten daran gehindert wurden, vor den Angriffen der Sarazenen zu fliehen. Eine Flammenwand machte jeden Rückzug unmöglich. Sie hatten keine andere Wahl, denn als Helden zu sterben.

Außerdem würden die Ungläubigen, selbst wenn es ihnen gelänge, den Feuerwall zu überwinden, eine Stadt in Ruinen vorfinden, und sie müssten sich einen Weg durch die panische Masse der Fliehenden bahnen. Die Erstürmung würde ohnehin in einem Massaker enden, aber auf diese Art und Weise wurde der Vormarsch der Ungläubigen um einige Stunden verzögert.

Die beiden Templer, die den sterbenden Großmeister trugen, rannten um ihr Leben. Ihre Schritte hallten auf den Dielen der Speicher wider. Immer wieder mussten sie Stoffbergen ausweichen, während gierige Feuerzungen sie vor sich hertrieben. Guy d'Aynac hatte in dem Gewirr von Speichern, die sich alle ähnlich sahen, die schwierige Rolle der Führung übernommen. Hin und wieder gab es winzige Fenster zur Straße hinaus. Jedes Mal versuchte er dann das dunkle Gemäuer der Zitadelle zu entdecken, doch sie war wie vom Erdboden verschluckt. Eine Wolke aus Qualm und Asche hatte sich vor den Horizont geschoben, es war unmöglich, sich zu orientieren. Immer wieder wollte er aufgeben, doch die Flammen, die hinter ihnen alles verschlangen, ließen ihnen keine andere Wahl, als den Sterbenden weiter durch einstürzende Dachstühle einer versinkenden Stadt zu schleppen.

«Bist du dir sicher, dass wir hier richtig sind?»

Trotz des Gewichts, das sie zu tragen hatten und das ihnen die Arme taub werden ließ, zuckte d'Aynac wütend mit den Schultern.

«Es war dein Vorschlag, über die Speicher zu gehen!»

Molay war zu kurzatmig, um zu antworten. Klagen war ohnehin zwecklos, stattdessen lief er schneller.

Der Weg war nun beschwerlicher als zu Beginn, denn die Durchgänge wurden immer niedriger. Allerdings hatten die kleineren Öffnungen zwischen den Häusern auch etwas Gutes, da dadurch das Feuer gebremst wurde, dessen Tosen tatsächlich ein wenig nachzulassen schien. Doch die Freude war von kurzer Dauer, als sie plötzlich vor einer geschlossenen Mauer standen.

Eine Sackgasse.

Molay, dem Hals und Lungen brannten, brach zusammen. D'Aynac zeigte keinerlei Regung. Auch sein Herz raste, und er hatte Krämpfe in Armen und Beinen, doch seine Angst war stärker als der körperliche Schmerz. Sie mussten einen Ausweg finden. Er wollte nicht als Feigling sterben.

Links von ihnen an der Wand waren Stoffballen pyramidenförmig bis unters Dach gestapelt. D'Aynac ging darauf zu und trat gegen den untersten Ballen. Zwar stürzte das Gebilde nicht ein, aber es schwankte.

Dann schaute er sich die Mauer dahinter an. Sie war alt, und an einigen Stellen bröckelte der Mörtel. Dadurch ergaben sich kleine Spalte, die als Halt dienen konnten. Außerdem standen einige Mauersteine ein wenig vor, genug, dass man den Fuß daraufstellen konnte.

Als Kind hatte er viele Stunden damit verbracht, die unebenen Mauern alter Wehrtürme zu erklimmen. Unmöglich war es also nicht, hier Stein für Stein und Spalt für Spalt die Wand hinaufzuklettern und sich, oben angekommen, einen Weg durch die Dachziegel zu bahnen und den Großmeister dann mit Hilfe der Stoffpyramide ebenfalls hinaufzuhieven.

Fasziniert starrte der Tempelritter zum First hinauf, der sich in der Dunkelheit verlor.

Er musste es nur wagen.

Als er kurze Zeit später auf dem Dach saß, erkannte d'Aynac, dass sie das Ende des Viertels erreicht hatten. Und er konnte endlich die Zitadelle sehen. In der anderen Richtung türmte sich am Horizont eine dicke Rauchwolke auf. Anscheinend waren die Kämpfe nach wie vor in vollem Gange, während die Bewohner der Stadt allein oder in Gruppen über das Pflaster hasteten. Der Tempelritter betrachtete sie einen Moment. Von oben sahen sie aus wie Marionetten, die an unsichtbaren Fäden hingen. Seltsamerweise breitete sich eine eigentümliche Ruhe in ihm aus, und die seit vielen Stunden aufgestaute Anspannung und Angst fielen von ihm ab.

Das Haus lag an der Esplanade der Italiener, einem außergewöhnlich großen freien Platz mit Springbrunnen, der von schattenspendenden Zedern gesäumt war. Er bildete die Grenze zwischen dem Genuesischen Viertel und dem der Pisaner.

D'Aynac musste unwillkürlich lächeln.

Der Hass zwischen den beiden Seemächten war so groß, dass ein Genueser niemals neben einem Pisaner hätte wohnen wollen. Deshalb hatten die beiden Gruppen, als sich die einzelnen Stadtviertel entwickelten, zwischen sich einen öffentlichen Platz angelegt, dessen Größe ihre gegenseitigen Vorbehalte nur zu deutlich werden ließ. Doch vielleicht würde ihre Rivalität den beiden Tempelrittern jetzt das Leben retten.

«Gehen wir!»

Molay, der das Vordringen des Feuers durch die Speicher beobachtet hatte, fuhr herum. Sein Gesicht war mit Ruß verschmiert. D'Aynac war gerade von einem auf halber Höhe verlaufenden Dachbalken wieder zu Boden gesprungen und war von oben bis unten mit Kalk und Mörtel bedeckt. Die Landung war unsanft gewesen.

«Bist du wahnsinnig? Die Leute dort unten sind wie besessen. Willst du dich zu Tode trampeln lassen?»

D'Aynac ließ sich nicht aus der Ruhe bringen. Seitdem er das Dach erklommen hatte, war seine Angst wie weggeblasen. Er klopfte seine Kleider ab und antwortete seelenruhig: «Hör zu. Direkt unter uns ist die Esplanade der Italiener, darüber kommt das Feuer nicht. Zumindest im Moment nicht. Wenn wir den Platz überqueren, sind wir im Pisaner-Viertel. Und von dort erreichen wir die Zitadelle.»

Molay sah ihn ungläubig an.

«Und wie kommen wir da rüber? Sollen wir uns mitten ins Getümmel stürzen, mitsamt dem …?» Er deutete auf den Großmeister.

D'Aynac trat zu Guillaume de Beaujeu und betrachtete ihn. Sein Gesicht war fahl, die Augen geschlossen. Der Tempelritter legte eine Hand auf die Brust, wartete einen Moment, und als er sie langsam wieder anhob, sagte er:

«Ja, mitsamt dem Leichnam. Er ist tot.»

Molay bekreuzigte sich und reichte d'Aynac die Hand. Zum zweiten Mal an diesem Tag bildeten sie die Bruderkette. Nachdem sie des Toten gedacht hatten, sprachen sie das rituelle Gebet.

Molays Augen glänzten. «Wir haben unser Ehrenwort gegeben, dass wir den Großmeister in die Zitadelle bringen. Tot oder lebendig. Ich halte mein Wort.»

D'Aynac nickte mit zusammengepressten Lippen. Sein Tempelbruder legte ihm eine Hand auf die Schulter.

«Was den Weg angeht, hast du sicher recht. Wir sollten dabei Stellen meiden, an denen es eng wird, aber das wird auf dem großen Platz wohl kein Problem sein.»

«Die Fliehenden wollen ihn nur so schnell wie möglich überqueren, um zum Hafen zu gelangen, wo sie hoffen, ein Schiff zu finden, das sie aus dieser Hölle rausbringt.»

«Also werden sie rennen, als wäre ihnen der Teufel höchstpersönlich auf den Fersen! Umso besser für uns, so ist die Chance größer, dass wir unbemerkt bleiben.»

«Ich würde trotzdem gern wissen, woran er gestorben ist.»

Überrascht zuckte Molay mit den Schultern.

«Du hast doch die Verletzung an der Schläfe gesehen. So eine Verletzung mit dem Schwert überlebt kaum jemand.»

«Niemals war das ein Schwert!», widersprach d'Aynac.

Ein Knacken ließ ihn verstummen. Eine Flamme züngelte in ihren Speicher, kroch an der Wand hinauf und entfachte ein loderndes Feuer, das sich schnell ausbreitete.

Molay rollte den toten Großmeister rasch wieder in die Wolldecke ein, während d'Aynac bereits nach den Füßen griff und den Leichnam über die Stoffpyramide nach oben zu hieven begann, während er selbst, wie zuvor, an der Mauer hinaufkletterte.

Entweder sie würden das Dach erreichen oder bei lebendigem Leib verbrennen.

## 13
Paris
Sitz der Großloge
9. Arrondissement

Die beiden Männer saßen bequem in den weichen Sesseln im Büro des Großsekretärs. Durch das Fenster hatte man einen wunderbaren Blick auf den Westen von Paris. Etwas weiter im Norden sah man Sacré-Cœur, die von katholisch-konservativen Kräften als Buße für die Sünden der Kommunarden gebaute Basilika.

Andrivaux zündete sich gemächlich eine Zigarette an.

«Darf man hier rauchen?», erkundigte sich Marcas, während er bereits ein Etui aus gebürstetem Metall hervorholte, in das ein smaragdgrüner Zirkel eingelassen war.

«Hier beschwert sich niemand. Wie geht es dir?»

«Gut. Du hast vorhin so geheimnisvoll geklungen …»

Der Großsekretär setzte sich in seinem Sessel zurecht.

«Ich bin da in eine eigenartige Sache verwickelt. Ich erzähle dir gleich, worum es sich handelt, aber sag mir vorher noch, was du über die Templer weißt.»

Der Kommissar zögerte einen Moment, bevor er antwortete. Gerade hatte er einen Stapel Bücher auf dem Schreibtisch des Großsekretärs entdeckt, auf denen das Tatzenkreuz der Templer zu sehen war.

«So ungefähr das, was jeder weiß. Ein Ritterorden, der im 12. Jahrhundert gegründet wurde, um die Pilger zu schützen, glaube ich. Doch über den Schutz von Christen hinaus haben sie sich bald an die Eroberung des Heiligen Landes gemacht und mit der gesamten Christenheit Geschäfte getätigt und Geld verliehen.»

«Apropos Geldverleihen: Wusstest du, dass immer mehr

Historiker den Vorwurf anzweifeln, die Templer seien Wucherer gewesen? Sie meinen, dieser Stempel wurde den Templern bewusst von den damals herrschenden Königen aufgedrückt, um einen Grund für die Zerschlagung des Ordens zu haben.»

«Dann gab es also damals schon Staatspropaganda! Jedenfalls hat Philipp der Schöne sie 1307 massenweise verhaften lassen. Du siehst, wenigstens ein Datum weiß ich.»

Das Telefon klingelte, doch Andrivaux nahm nicht ab.

«Genau am 13. Oktober. Eine gewaltige Aktion. Nicht mehr als ein Dutzend Templer konnte entkommen. Doch in all ihren Komtureien waren die Kassen leer. Selbst hier, in der Pariser Templer-Festung, befand sich kein ein einziger Sou mehr.»

«Womit der Mythos eines Schatzes genährt wurde», ergänzte der Kommissar seufzend, «und die große Suche danach ihren Anfang nahm. Ich hoffe, dass du mich nicht hierherbestellt hast, um mit mir über den Schatz der Templer zu reden.»

«Nein, keine Sorge. Kennst du die Geschichte ihres Prozesses?»

«Ich weiß, dass sie gefoltert wurden und am Ende alles gestanden haben, was die königlichen Folterer von ihnen hören wollten.»

«Innerhalb weniger Wochen hat man sie zu perfekten Ketzern gemacht und ihnen die schlimmsten Gräueltaten angehängt», bestätigte der Großsekretär.

Marcas erinnerte sich an die Anklageschrift, die man in jedem Geschichtsbuch fand.

«Wenn ich mich recht erinnere, verleugneten sie angeblich die Existenz Christi während ihres Initiationsrituals, spuckten schamlos auf das Kreuz und betrieben ungeniert Sodomie.»

«Ganz zu schweigen davon, dass sie ein Götzenbild mit katzenartigem Kopf anbeteten.»

«Den berühmten Baphomet …», sagte Marcas, dem diese Geschichtsstunde Spaß zu machen begann.

Andrivaux hob die Hand.

«Du weißt genauso viel darüber wie ich! Noch eine Ergänzung: Ihr letzter Großmeister, Jacques de Molay, der sich bis zum Schluss weigerte, die Sünden seines Ordens zuzugeben, ist 1314 auf dem Scheiterhaufen gestorben. Auf der Île de la Cité. Vorher hat er noch die Nachkommen Philipp des Schönen für Jahrhunderte verflucht.»

Die Tür öffnete sich, und eine Frau in einem grauen Kostüm steckte diskret den Kopf ins Zimmer.

«Monsieur Andrivaux, der Großinspektor ist da.»

«Sagen Sie ihm, dass es noch einen Moment dauert.» Das Gesicht des Großsekretärs nahm einen verschlossenen Ausdruck an, als er sich wieder Marcas zuwandte.

«Und wenn ich dir jetzt sage, dass die Templer zurück sind?»

## 14
## Akkon
## Genuesisches Viertel
## 18. Mai 1291

Mittlerweile hatten sie den toten Großmeister fast bis auf die Spitze der Stoffpyramide gehievt und den Dachstuhl erreicht. Das Feuer breitete sich weiter aus und verwandelte den Speicher in einen Kamin. Mauersteine zersprangen in der Hitze. Mit einem Satz rettete sich d'Aynac gerade noch über ein zusammenbrechendes Stück Wand, ohne den Toten fallen zu lassen, der glücklicherweise auch noch von Molay gehalten wurde. Schweißgebadet bewegten sie sich parallel vorwärts und warfen immer wieder ängstliche Blicke auf die Flammen, die bereits die untersten Stoffballen erfasst hatten. Es würde nicht mehr lange dauern, bis alles zusammenbrach.

D'Aynac hatte das Gebälk erreicht und stieß mit dem Dolch einige Dachziegel zur Seite. Vom blutroten Himmel wurde Asche hereingeblasen. Ein beißender Geruch raubte ihnen den Atem. Das ganze Viertel brannte. Molay begann, mit seinem Dolch auf die Holzverstrebungen einzuschlagen. Bei jedem Schlag vibrierte das Dach. Unterdessen band d'Aynac ein Seil, das er im Speicher gefunden hatte, um Guillaume de Beaujeus Leichnam, denn wenn sie einen Weg aus dem Gebäude herausfinden würden, könnten sie ihn auf diese Art schneller hinter sich herziehen.

Dachziegel regneten plötzlich auf den Speicher nieder, und Molay schwang sich durch eine große Öffnung hinaus. D'Aynac warf ihm das Seil zu, und schon erhoben sich die sterblichen Überreste des Großmeisters über die Flammen.

Mit beiden Händen stemmte d'Aynac den Leichnam durch das von losen Dachziegeln umgebene Loch, bis Molay schließlich die Beine des Toten zu fassen bekam und ihn vollständig hinauszog.

Sogleich kletterte d'Aynac hinterher, doch er drohte den Halt zu verlieren. Die Angst war wieder da, doch sie wirkte jetzt als Kraft, die ihm den entscheidenden Impuls gab. Es war ihm gelungen, sie zu seinem Verbündeten zu machen. Zudem eilte jetzt Molay, nachdem er den Leichnam des

Großmeisters auf dem Dach abgelegt hatte, seinem Begleiter zu Hilfe und zog ihn mit einem Ruck aus dem Inferno.

«Lange hätte es nicht mehr gedauert, bis ich wie ein Ketzer verbrannt wäre. Du hast mir das Leben gerettet, Bruder», japste d'Aynac.

«Unter Rittern Christi schulden wir uns gar nichts. Jeder von uns erfüllt seine brüderliche Pflicht. Wer weiß, ob ich ohne dich nicht längst tot wäre», gab Molay zurück.

D'Aynac wusste nicht, was er darauf antworten sollte. Auch wenn er jetzt wieder zuversichtlicher war, verließen ihn seine körperlichen Kräfte doch zusehends. Das Blut pulsierte in seinen Schläfen, und er musste sich setzen.

Als er wieder aufblickte, sah er, dass Akkon zerstört wurde. Die eine Hälfte der Stadt war unter einer Rauchwolke verborgen, aus der an einigen Stellen Feuer aufloderte. Zerstörte Mauerkronen, eingestürzte Wehrgänge – bald würde Akkon wie eine dieser vom Wind ausgelöschten und vergessenen Wüstenstädte aussehen.

Ein lautes Krachen riss ihn aus den Gedanken. Der Großteil des Dachstuhls hinter ihnen war lärmend zusammengebrochen, vom Feuer zerfressen.

Auch der Rest des Daches würde bald einstürzen. Molay hatte den Leichnam des Großmeisters bereits am Seil die Hauswand hinuntergelassen und schickte sich nun an, selbst hinunterzuklettern. D'Aynac zögerte nicht länger und folgte ihm.

Das Viertel der Pisaner lag verlassen zwischen der mit viel Lärm näher rückenden Gefechtszone und dem wachsenden Tumult am Hafen, wohin die Bevölkerung geflohen war.

Die Straßen waren inzwischen wie ausgestorben. Die Türen einiger Läden standen offen, und man sah Elfenbein,

Schmuck und andere wertvolle Waren, die die Händler in ihrer Panik zurückgelassen hatten, auf den Verkaufstischen glänzen. Molay wurde langsamer, als schwere Schritte erklangen.

«Plünderer?», murmelte d'Aynac, legte den Leichnam vorsichtig auf dem Pflaster ab und griff nach seinem Dolch.

Eine Gruppe Kreuzritter kam mit erhobenem Schwert um die Ecke. Erleichtert seufzte d'Aynac auf. Auf ihren Kettenhemden prangten Leoparden. Engländer. Soldaten des englischen Königs.

«Templer! Wir sind Tempelritter!», rief Molay ihnen entgegen. «Wir tragen …»

«… einen verwundeten Kameraden», beendete d'Aynac den Satz und schlug die Decke auf. Das rußverschmierte Gesicht des Großmeisters kam zum Vorschein.

Doch die Engländer warfen nicht einmal einen Blick in seine Richtung. Beunruhigt schauten sie in die Gässchen, die in die Hauptstraße mündeten.

«Habt Ihr Ungläubige gesehen?», wollte der Anführer wissen.

«Seit wir die Stadtmauer und damit das Kampfgeschehen verlassen haben, nicht mehr.»

«Im Genuesischen Viertel vielleicht?»

«In dem Inferno – dass ich nicht lache», entgegnete d'Aynac.

Der Truppführer machte ein Handzeichen, worauf ein Soldat vortrat und einen Sack auf den Boden warf.

«Da Ihr so gern lacht, öffnet das hier!»

Interessiert beugte sich Molay vor. Der Sack war mit einem einfachen Knoten verschlossen. Er öffnete ihn.

Sein eigener Schrei ließ ihn zusammenfahren.

Der Kopf eines Sarazenen rollte über das Pflaster.

Von jeher war es bei den für ihre Grausamkeit bekannten Engländern üblich, den Feinden nach dem Kampf den Kopf abzuschlagen und diesen zu verkaufen. Besonders im Orient konnte man damit viel Geld verdienen.

Die Kehle war sauber durchtrennt. Um den Hals hing neben Muskel- und Nervenenden auch ein langer Papierstreifen. Neugierig trat d'Aynac näher. Auf dem mit Blut getränkten Streifen konnte man sorgfältig kalligraphierte arabische Schriftzeichen erkennen.

«Auf diese Weise erkennt man sie.»

Molay blickte den Engländer fragend an. «Sie tragen eine Art Botschaft um den Hals. Bisher haben wir bei allen, die wir zu fassen gekriegt haben, so einen Streifen gefunden.»

«Teufelsanbetungen», fügte einer der Soldaten hinzu. «Ich habe einen davon eingesteckt.»

Er wühlte in seiner Umhängetasche und holte einen langen, beschriebenen Papierstreifen hervor.

«Warum hebst du dieses teuflische Stück auf? Das bringt Unglück.»

Verschreckt ließ der Soldat das Papier fallen.

«Aber was machen diese Sarazenen in der Stadt?», fragte Molay beunruhigt.

«Vielleicht sind sie Kundschafter», überlegte d'Aynac.

«Komische Kundschafter! Sobald man sie sieht, greifen sie an, auch wenn sie zahlenmäßig unterlegen sind. Angeblich haben sie keine Angst vor dem Tod!», berichtete der Anführer.

Die beiden Templer sahen sich an. Wenn die Ungläubigen bereits in der Stadt waren, beeilten sie sich besser.

«Wir müssen so schnell wie möglich zur Zitadelle. Ist der Weg dorthin frei?»

Die Engländer hoben den Kopf des Sarazenen auf und steckten ihn wieder in den Sack.

«Wenn Ihr nicht den Weg über den Hafen nehmt, könntet Ihr es schaffen, aber der Zustand Eures Kameraden scheint mir nicht sehr gut zu sein.»

Schnell griff Molay nach der Decke, um Beaujeus Gesicht wieder zu verbergen.

«Ein Grund mehr, dass wir uns beeilen müssen. Wie kommen wir von hier am besten zur Zitadelle?»

«Wenn Ihr das Pisanische Viertel hinter Euch gelassen habt, geht Ihr gerade durch den venezianischen Teil. Falls Ihr nicht von den falschen Leuten aufgehalten werdet, gelangt Ihr direkt an das Tor der Zitadelle.»

Molay bückte sich und schulterte Beaujeu.

«Danke, Gott möge Euch beschützen.»

D'Aynac bekreuzigte sich und sah dem sich entfernenden Trupp nach, bevor er unauffällig den achtlos liegengelassenen Papierstreifen aufhob.

## 15
## Paris
## Sitz der Freimaurerloge

Marcas blickte auf die Uhr. Er war noch zu einer Party eingeladen, und das Gespräch mit Andrivaux drohte sich in die Länge zu ziehen. Sein Gastgeber zog genüsslich an seiner Zigarette und sprach dann weiter.

«Um ehrlich zu sein, wollte ich dich sprechen, um deine Meinung zu einer recht seltsamen Angelegenheit zu hören. Ich versuche mich kurzzufassen. Auf jeden Fall musst du wissen, dass mir die Geschichte vom Großinspektor zugetragen wurde. Seine Aufgabe kennst du. Er besucht Provinzlogen, um sich davon zu überzeugen, dass die freimaurerischen Grundsätze eingehalten werden. Eine angenehme Aufgabe. Man lernt ständig neue Brüder kennen, hört sich *Zeichnungen* an, nimmt am Brudermahl teil … Letzte Woche hat er jedenfalls nach einer Tempelarbeit im Südwesten in einem Landhotel übernachtet, das einem unserer Brüder gehört.»

«Erzähl mir jetzt nicht, dass der Cognac zu jung, die Zigarren zu trocken und die Entenleberpastete ungenießbar war.»

«Deine Ironie ist hier nicht angebracht: Unser Bruder, Großinspektor Pierre Saragosse, ist sehr beunruhigt von dort zurückgekehrt. Du wirst ihn übrigens gleich kennenlernen, er wartet im Vorzimmer.»

Der Kommissar runzelte ungeduldig die Stirn. Wenn es so weiterging, wäre die Party zu Ende, bis er dort ankäme.

«Könntest du mir jetzt endlich erzählen, was passiert ist?»

Das ließ sich der Großsekretär nicht zweimal sagen.

*Nachdem der Großinspektor die Logen der Region besucht hatte, freute er sich auf die Ruhe im* Château de l'aube dorée, *zumal es draußen in Strömen regnete. Es war bereits kurz nach Mitternacht, als er ankam. Der Großinspektor war erschöpft und hätte sich am liebsten sofort in seinem Zimmer im oberen Stockwerk schlafen gelegt. Ihm fielen bereits die Augen zu. Doch als ihm der Hotelbesitzer, sein Gastgeber, ein bauchiges Glas hinstellte und es mit bernsteinfarbenem Armagnac, dem Weinbrand aus der Region, füllte, wollte er nicht unhöflich sein.*

*«Wie war dein Tag, Bruder?»*

*Der Großinspektor trank einen Schluck Armagnac.*

*«Der ist vorzüglich.»*

*Der Hotelbesitzer wirkte zögerlich.*

*«Der Meister vom Stuhl in meiner Loge hat mir erzählt, dass du Großinspektor bist. Stimmt das?»*

*«Ja», antwortete Pierre Saragosse bescheiden. Er redete nicht gern über seine Tätigkeit.*

*Der Hotelchef blickte ihm direkt in die Augen.*

*«Ich habe etwas sehr Seltsames erlebt und weiß nicht recht, was ich davon halten soll.»*

*«Wenn ich irgendwie helfen kann ...»*

*Der Bruder schenkte sich ebenfalls ein Glas Armagnac ein.*

*«Also gut. Vor einem Monat hat ein Freimaurer-Bruder einige Tage in diesem Hotel verbracht. Er wollte sich das Anwesen und das dazugehörige Kellergewölbe anschauen. Er sei Historiker und forsche über die Ansiedlungen der Templer, erzählte er mir.»*

*«Der Templer?»*

*«Ja, dieser Landsitz hier wurde im 16. Jahrhundert über einer alten Komturei gebaut, die wiederum drei Jahrhunderte zuvor entstanden ist. Das Kellergewölbe ist riesig und stammt aus dieser Zeit. Der Bruder schien mit seinem Aufenthalt zufrieden zu sein und fragte mich zum Schluss, ob er im Gewölbe eine Tempelarbeit seiner Loge veranstalten könne.»*

*Pierre Saragosse nickte.*

*«Das kommt vor. Ich habe auch schon an Zeremonien außerhalb des Tempels teilgenommen. Sie finden oft an symbolischen Orten statt. In Jerusalem zum Beispiel, wo sich der alte Salomonische Tempel befindet, oder in einer Grotte in Griechenland, nicht weit von Delphi entfernt.»*

*Der Hotelier sah ihn eindringlich an.*

*«Ja, ich weiß. Nur dass am Abend der Tempelarbeit fünfzehn recht ... seltsam aussehende Brüder erschienen.»*

*«Inwiefern seltsam?»*

*«Statt Schurzen trugen sie einen Umhang mit einem roten Tatzenkreuz darauf. Und ich durfte nicht an ihrer Tempelarbeit teilnehmen. Der Älteste hat mir erklärt, es sei ein spezieller* Ritus, *bei dem sie lieber unter sich seien. Natürlich habe ich das akzeptiert. Schließlich haben sie mir für einen Abend so viel bezahlt, wie ich sonst in einer Woche verdiene. Sie haben sich dann zwei Stunden in das Kellergewölbe zurückgezogen und den Eingang von einem* Torwächter *bewachen lassen. Allerdings habe ich nicht widerstehen können.»*

*«Wem oder was nicht widerstehen können?», hakte Pierre Saragosse nach, der neugierig geworden war.*

*«Na ja, mir das Ganze heimlich anzusehen. Schließlich fand es in meinem Haus statt, und ich bin doch quasi einer von ihnen. Du hättest an meiner Stelle genauso gehandelt!»*

*«Da bin ich mir nicht so sicher.»*

*«Jedenfalls befindet sich neben dem großen Gewölbe noch ein kleineres. Ich habe mich auf einen Hocker gestellt und einen Stein aus der Mauer gelöst.»*

*«Hat dich niemand gehört?»*

*«Das ist ein alter Belüftungsschacht, der nur provisorisch geschlossen wurde. Ich habe den Mörtel rausgebrochen und …»*

*«Und …»*

*«Ich habe ihr Ritual mit angesehen, das offen gesagt sehr bizarr war.»*

*«Welchem Ritus ähnelte es?»*

*«Keinem der mir bekannten, und ich habe immerhin schon an Tempelarbeiten der Brüder der* Grande Loge de France, *der* Droit Humain *und sogar der* Grande Loge Nationale Française *teilgenommen.»*

*«Ah, sogar bei der* Grande Loge Nationale Française *bist du schon gewesen, das will was heißen», bemerkte Saragosse ironisch.*

*«Sie gingen im Kreis um eine Art Altar, auf dem einer von ihnen lag. An der Wand hatten sie ein Allsehendes Auge aufgehängt, mit einem Tatzenkreuz darunter. Beschwörungsformeln waren zu hören und zwischendurch erstickte Schreie. Ich hatte ganz schön Schiss. Ich dachte, vielleicht sind das solche Wahnsinnigen wie die Sonnentempler.»*

*Saragosse nickte. Immer wieder kam es vor, dass Brüder versuchten, alte Rituale wiederaufleben zu lassen oder neue zu erfinden. Meistens steckte nichts Böses dahinter, aber sicher konnte man nie sein.*

*«Und dann?»*

*«Nach gut zwei Stunden sind sie wieder rausgekommen und haben sich in den Raum begeben, den ich ihnen für das Brudermahl reserviert hatte. Ich habe drei Teilnehmer erkannt.»*

*«Wen denn?»*

*«Nur High Society! Einen Millionär, den man überall sieht, einen Fernsehmoderator und einen ehemaligen Minister. Aber das war noch nicht alles. Beim Brudermahl habe ich nämlich selbst serviert, und da war richtig was los! Ein hohes Tier von der Polizei plauderte mit einem vom Militär, und es waren sogar Ausländer da, mit italienischem Akzent. Die meisten kamen aber aus Paris. Das Stärkste war allerdings, dass sie, wenn ich es richtig mitbekommen habe, einen Abgeordneten und einen Unternehmer hier aus der Gegend initiiert haben.»*

*Pierre Saragosse runzelte die Stirn. Was er hörte, behagte ihm nicht und weckte viele böse Erinnerungen. Umhänge mit dem Tatzenkreuz, Brüder aus höheren Gesellschaftsschichten, das verhieß nichts Gutes. Die Tatsache, dass die Tempelarbeit zudem außerhalb des Tempels stattfand, deutete in diesem Zusammenhang stark auf eine* wilde Loge *hin.*

*«Hast du irgendwelche Namen, sodass ich herausfinden kann, ob jemand von uns dabei war?»*

*«Ja, der Mann, der das Gewölbe gebucht hat, hieß Jean Di Licio. Er hat mit einem Scheck bezahlt.»*

*«Das werden wir überprüfen. Wie haben sie sich verabschiedet?»*

*«Sie haben gesagt, dass sie im nächsten Monat wiederkommen wollten und die gleiche Summe zahlen würden, sie aber auf meine Diskretion zählten. Ich habe ihnen zugesagt. Im Moment ist Nebensaison. Ich hoffe, dass sie nichts Verbotenes tun?»*

*Der Großinspektor leerte sein Glas.*

*«Das kann ich dir leider nicht sagen.»*

Guy Andrivaux hatte seinen Bericht beendet. Marcas versuchte, ein Gähnen zu unterdrücken. Wenn er ehrlich war, ließ ihn die Story ziemlich kalt. Ein paar Spaßvögel, die Tempelritter spielten und damit naiven Reichen das Geld aus der Tasche zogen. Ein Klassiker.

Der Großsekretär drückte auf den Knopf der Gegensprechanlage.

«Sie können jetzt den Großinspektor hereinschicken.»

Ein Mann mit Bürstenfrisur betrat den Raum.

«Willkommen, Bruder Saragosse! Darf ich dir Antoine Marcas vorstellen? Ich habe ihm gerade deine Geschichte erzählt.»

Der Kommissar erhob sich und begrüßte den Großinspektor mit dem rituellen *Bruderkuss*.

Saragosse ließ sich neben Andrivaux nieder.

«Hast du die Identität des Mannes überprüft, der die Tempelarbeit im Gewölbe organisiert hat?», erkundigte sich Marcas.

«Ja, gleich nach meiner Rückkehr nach Paris habe ich in unserer Datenbank nachgeschaut und einen gewissen Bruder Di Licio gefunden. Es wurde schon beim Thèbes-Fall gegen ihn ermittelt. Das war diese Loge, in der sich nicht wenige Politprofis einer radikalen Esoterik hingegeben haben. Er ist damals gerade noch so aus der Sache rausgekommen.»

«Und was macht er beruflich?»

«Er ist Historiker, Schwerpunkt Mittelalter. Ratet mal, worauf er sich spezialisiert hat …»

«Ich wette, auf die Templer.»

«Bravo! Der Mann wurde bei uns vor zwanzig Jahren initiiert. Er ist sehr – wen wundert es – esoterisch orientiert und hat mehrere *Hochgrade* des französischen sowie diverser schottischer Riten inne. Auch an Tempelarbeiten von Logen, die den ägyptischen Ritus praktizieren, nimmt er anscheinend gelegentlich teil.»

«Mit anderen Worten: ein Kenner des Hauses.»

«Auf jeden Fall, und die Tatsache, dass dieser Herr in der Provinz Privatzeremonien zelebriert, gefällt mir gar nicht.»

«Warum nicht? Er kann doch mit den Brüdern machen, was er will?», fragte Marcas ein wenig überrascht.

«Nein, und zwar aus einem einfachen Grund: Die anderen Teilnehmer der Tempelarbeit im *Château de l'aube dorée* gehören nicht zu uns. Ich habe unsere Datenbank überprüft und auch bei den anderen Großlogen angerufen, sogar bei den kleineren. Ihr wisst, dass wir seit einigen Jahren gegenseitig bestimmte Daten austauschen, um schwarze Schafe möglichst schnell zu entlarven. Weder der Millionär noch der Moderator oder der ehemalige Minister sind Freimaurer. Das bedeutet, dass Bruder Di Licio ohne unser Wissen Initiationen durchführt.»

Der Großsekretär erhob sich und durchmaß den Raum. Die Hände hatte er auf dem Rücken verschränkt.

«Wir könnten Bruder Di Licio ausschließen. Dafür

müssten wir ihn nur bei seiner nächsten Tempelarbeit auf frischer Tat ertappen. Aber …»

«Aber», fügte Marcas leise hinzu, «dann riskiert ihr, dass ihr nicht wisst, wie die Sache weitergeht.»

Saragosse nickte zustimmend.

«Genau. Aber wir können keine illegale Loge dulden, die einer von uns leitet. Da er offenbar nur Reiche oder Promis rekrutiert, kann man davon ausgehen, dass es ihm ums Geld geht. Und wenn die Leute in unsaubere Geschäfte verwickelt sind, droht uns ein neuer Skandal wie der in der Echo-Loge im Südosten. Von so etwas würde sich unsere Großloge nur schwer wieder erholen. Wir brauchen also deine Hilfe.»

Marcas blickte skeptisch drein.

«Ich wüsste nicht, wie. Ich bin kein Privatdetektiv und außerdem …»

Andrivaux unterbrach ihn.

«Nein, aber du hast einen verdammt großen Anteil daran gehabt, dass der Bruder des Blutes zu Fall gebracht wurde. Du lässt dich nicht unterkriegen, und dass du Kommissar bist, ist auch nicht gerade von Nachteil.»

«Ich weiß noch immer nicht, wie ich euch behilflich sein könnte.»

Die beiden Männer tauschten einen kurzen Blick.

«Wir schon.»

«Ach ja, und wie?»

Andrivaux ließ die Fingerknöchel knacken.

«Indem du dich in diese wilde Loge einschleust.»

## 16
## Akkon
## Venezianisches Viertel
## 18. Mai 1291

Das Venezianische Viertel war zwar das kleinste, aber das belebteste der Stadt. Ohne die vom Himmel regnende Asche und das vom Hafen herüberdringende Geschrei wäre man nie auf die Idee gekommen, dass ganz in der Nähe, am Fuß der Stadtmauern, ein Kampf um Leben und Tod tobte. Anders als die anderen Europäer schienen es die Venezianer nicht besonders eilig zu haben, ihr Viertel zu verlassen. Im Gegenteil, die Werkstätten der Handwerker waren geöffnet, die Auslagen der Händler füllten die Straße, und die Bewohner unterhielten sich gelassen über die derzeitige Lage. Einige grinsten sogar hämisch. Sie empfanden die Niederlage der Abendländer als politische Rache.

Guy d'Aynac blieb plötzlich stehen. Die offen zur Schau getragene Ruhe der Venezianer empfand er als Provokation. Die missbilligenden Blicke, die die beiden Templer mit ihren verschwitzten, schmutzigen Gesichtern und den zerrissenen Kleidern hier ernteten, konnte er kaum ertragen.

«Das ist vollkommen verrückt», brach es aus ihm heraus. «Man könnte ja fast glauben, sie hielten die Ungläubigen für ihre Retter.»

«Genauso ist es auch!», erwiderte Molay.

D'Aynac starrte ihn verständnislos an. «Sie sind doch Christen wie wir!»

«Aber vor allem sind sie Händler», antwortete Molay und zog d'Aynac zu einer Kapelle weiter. «Setz dich hin und ruh dich ein wenig aus. Verhalte dich unauffällig und halte deinen Dolch versteckt.»

«Ich bin Tempelritter», begann d'Aynac, «und …»

«Es ist besser für uns, wenn sie uns für Bettler halten.»

Molay ließ den Leichnam wie einen Sack alter Lumpen auf den Boden gleiten und zog ihn dann aufrecht, sodass es aussah, als lehne der Tote schlafend an der Mauer. Schließlich holte er einen abgenutzten Lederbeutel aus der Tasche und stellte ihn vor sich auf die Erde, bevor er sich wieder dem Bruder zuwandte.

«Ich habe den Eindruck, dass du mit den Feinheiten der Politik des Orients nicht vertraut bist, werter Bruder.»

D'Aynac brummte etwas vor sich hin.

«Die Venezianer betreiben seit Jahrhunderten mit den Ungläubigen Handel. Sie hatten fast eine Monopolstellung, und die Geschäfte, die durch Freundschaftsabkommen und gegenseitige Botschafter untermauert waren, blühten.»

«Verräter sind sie!»

«Vor allem sind sie schlaue und tüchtige Geschäftsleute, doch durch den Kreuzzug haben sie viel verloren. Der Krieg – besonders, wenn es ein Heiliger Krieg ist – ist schon immer der Todfeind des freien Handels gewesen.»

«Aber wir sind hierhergekommen, um das Grab Christi zu befreien und den Pilgern den Weg zu ebnen, nicht, um uns durch Handel mit den Ungläubigen zu bereichern.»

«Das erkläre mal den Venezianern! In den vergangenen Jahrzehnten haben sie einen Großteil ihres Einflusses an andere Italiener verloren, zum Beispiel an die Genueser …»

«Und die Pisaner?»

«Genau. Man braucht sich nur anzuschauen, wie groß ihre jeweiligen Viertel sind. Seit Jahren müssen die Venezianer mit ansehen, wie die Genueser und die Pisaner ihnen das Geschäft streitig machen – sie freuen sich, dass ihre

Konkurrenten heute untergehen. Für sie ist heute ein Tag der Rache.»

«Aber die Ungläubigen werden keinen Unterschied machen», feixte d'Aynac wütend. «Sie werden alle umbringen.»

Molay schob seinen Umhang zurück. Eine tiefe Wunde zog sich über seinen Arm. Anscheinend hatte er sich beim Abstieg vom Dach verletzt. Vielleicht würde die Wunde bei den Passanten Mitleid erregen und war daher durchaus von Vorteil.

«Ja, wenn es sich nicht ausgerechnet um die Truppen des Sultans von Ägypten handeln würde. Die Venezianer haben nämlich ein Friedens- und Handelsabkommen mit Kairo geschlossen. Jetzt verstehst du, warum sie sich in Sicherheit wähnen und so entspannt sind.»

«Diese Schweine», murmelte d'Aynac. «Sie sollen alle in der Hölle schmoren.»

Klimpernd fiel eine Münze neben dem Lederbeutel auf das Pflaster. Eine Frau hatte ihnen ein Almosen gegeben. Molay steckte das Geldstück schnell ein und griff dann nach dem Saum des bestickten Kleides, um ihn zu küssen. Angewidert stieß ihn die elegant gekleidete Dame mit dem Fuß zurück.

Gekränkt griff d'Aynac nach seinem Dolch, doch Molay konnte ihn gerade noch bremsen. Plötzlich tauchten am Ende der Straße zwei Männer mit Turban auf. Sie waren in Begleitung eines Europäers, und um den Hals trugen sie lange Papierstreifen, die über ihren schwarzen Tuniken flatterten.

## 17
## Paris
## Sitz der Großloge
## 9. Arrondissement

Marcas fühlte sich plötzlich unwohl. Das Angebot hatte ihn kalt erwischt.

«Vielen Dank, sehr nett von euch, aber ich muss leider ablehnen. Als ich mich das letzte Mal von dir habe überreden lassen, wäre ich beinahe dabei draufgegangen. Meine Antwort ist deshalb Nein. Ihr müsst euch jemand anderen suchen.»

Entschlossen stand er auf, um das Gespräch zu beenden. Der Großinspektor sah ihn gereizt an.

«Was das für Folgen für unsere Großloge hat, interessiert dich wohl gar nicht?»

Marcas musterte ihn.

«Wenn ich eins klarstellen darf: Erpressung läuft nicht. Ich habe schon genug getan und muss mir derartige Unterstellungen nicht gefallen lassen. Sieh zu, wie du allein mit deinen Templerbrüdern fertig wirst.»

Andrivaux hielt ihn am Ärmel zurück.

«Ich habe dir noch nicht alles erzählt, Antoine. Sehr beunruhigend ist auch, dass …»

Marcas löste sich energisch aus dem Griff.

«Ich habe genug gehört. Guten Abend», verabschiedete er sich und verließ den Raum.

Der Kommissar war zufrieden mit seinem Abgang. Zumal er einen guten Grund hatte zu gehen, denn schließlich war er eingeladen und brauchte dringend Ablenkung. Er hatte keine Lust auf Schwierigkeiten, und diese Geschichte mit der illegalen Loge roch geradezu nach Ärger.

Kurz grüßte er den Wachmann am Eingang des Logenhauses, dann stand er auf der Straße. Zufrieden stellte er fest, dass seine Karte für das Pariser Fahrradverleihsystem noch gültig war, und so nahm er sich ein an einen Pfosten angeschlossenes Rad. Bis zu Anaïs' neuer Wohnung im Marais-Viertel war es mit dem Fahrrad nur eine Viertelstunde.

Die schöne Anaïs. Ihre Beziehung, die während des grausamen Abenteuers mit diesem Dionysos-Monster begonnen hatte, war nicht von langer Dauer gewesen. Er war sehr verliebt gewesen, doch bei ihrer Rückkehr nach Paris war der Zauber schnell verflogen. Nur drei Monate nach ihrem Kurztrip nach Biarritz hatten sie sich wieder getrennt. Marcas machte sich keine Vorwürfe, denn sie schien ähnlich empfunden zu haben und war offensichtlich nicht unglücklich über die zurückgewonnene Freiheit – zumal sie ein unstetes, bisweilen ausschweifendes Liebesleben führte. Ihren ursprünglichen Job bei einer Bank hatte sie aufgegeben und arbeitete jetzt im PR-Bereich. Von Zeit zu Zeit telefonierten sie miteinander, um Neuigkeiten auszutauschen. Auch wenn er sie nicht mehr liebte, so hegte er doch noch immer Gefühle für sie, in die sich manchmal sogar Bitterkeit mischte.

Die Einladung zu ihrer Einweihungsparty hatte er sofort angenommen. So konnte er seinen neuen Look testen. Vielleicht würde er sogar eine Frau kennenlernen, mit der er die Nacht verbringen konnte. In letzter Zeit hatte er immer nur flüchtige Beziehungen gehabt, ihm war einfach nicht nach einer festen Geschichte. Die letzten Fälle, in denen er ermittelt hatte, und das damit verbundene Eintauchen in düstere Welten, hatten einige seiner festen Prinzipien ins Wanken gebracht.

Vor dem Haus, in dem Anaïs wohnte, bremste er ab.

Aus der obersten Etage drang Musik. Er suchte nach einem Fahrradständer für das Leihfahrrad und fuhr um den Häuserblock herum. Als er schließlich einen entdeckte und gerade absteigen wollte, sauste ein Mann mit kahlrasiertem Schädel, ebenfalls auf einem Leihfahrrad, an ihm vorbei und schnappte sich den letzten freien Platz. Marcas fluchte, so etwas war ihm noch nie passiert. Irgendwo hatte er sogar einmal gelesen, dass die Benutzer dieses Fahrradsystems ausnehmend nette Leute wären.

«Hören Sie, das ist aber nicht die feine Art.»

Der Mann sah ihn verächtlich an.

«Meine Devise ist: Wer zuerst kommt, mahlt zuerst.»

Marcas knirschte mit den Zähnen. Er würde diesem Rüpel eine kleine Lektion erteilen. Ein wenig Machtmissbrauch konnte nicht schaden. Er zog seinen Polizeiausweis aus der Tasche und hielt ihn dem Typen unter die Nase.

«Und meine Devise ist: Ohne Papiere läuft gar nichts.»

Sein Gegenüber ließ sich nicht aus der Ruhe bringen. «Sind Sie im Dienst?»

«Als Polizist steht man vierundzwanzig Stunden am Tag im Dienst des Bürgers. Ihre Papiere bitte.»

Der Mann fing an zu lachen.

«Eins, zwei, drei, voilà, hier sind meine Papiere, werter Kollege. Dezernat für die Verfolgung des Bandenwesens», verkündete er und hielt Marcas einen Dienstausweis unter die Nase. «Und du?»

«Zentralstelle für Kunstraub.»

Marcas kam sich blöd vor. Der andere war ebenfalls Polizist und hatte noch dazu denselben Rang inne wie er selbst. Die Hände in die Hüften gestemmt, baute er sich vor Marcas auf.

«Polizeikrieg um einen Fahrradständer … Als Nächstes halten wir uns gegenseitig die Glock unter die Nase.»

«Ich laufe nicht mit meiner Dienstwaffe herum», knurrte Marcas, dem bewusst wurde, wie lächerlich die Situation war.

«Das dachte ich mir schon. Wenn man den ganzen Tag um die Mona Lisa rumschleicht und mit Antiquitätenhändlern Tee trinkt, braucht man schließlich keine Waffe. Kleiner Spaß. Ich überlasse dir den Platz und suche mir einen anderen.»

«Nein», erwiderte Marcas zutiefst verärgert.

Doch es war zu spät. Der Mann stieg bereits wieder auf sein Rad und verschwand mit ironischem Lächeln in der Dunkelheit.

*Ich habe mich total lächerlich gemacht!,* fluchte Marcas. Während er das Rad abstellte, kam ihm Andrivaux' seltsame Geschichte wieder in den Sinn.

## 18
## Akkon
## Venezianisches Viertel
## 18. Mai 1291

«Ruhig bleiben.»

Molays Ton ließ keine Widerrede zu. Während er sich zum Schein seinen verletzten Arm rieb, beobachtete er aus dem Augenwinkel die beiden Sarazenen, die die Straße hinunterkamen. Ihr Aufzug überraschte die beiden Templer. Sie trugen schlichte schwarze Tuniken und hatten, zumindest sichtbar, keine Waffe bei sich. Allerdings hatten sie den

Turban auch vor Mund und Nase gewickelt, sodass nur die matt schimmernden Augen frei blieben.

«Was glaubst du, wer der Mann ist, der sie begleitet?», fragte d'Aynac.

«Der Kleidung nach zu urteilen ein Venezianer. Wahrscheinlich wohnt er in diesem Viertel. Sieh mal, die Leute grüßen ihn wie einen Bekannten.»

Während die drei sich in ihre Richtung bewegten, kam ein Händler nach dem anderen aus seinem Geschäft und ging auf das Trio zu. Sie schüttelten dem Venezianer die Hand und verbeugten sich vor den Sarazenen, die keine Miene verzogen.

«Diese Schweine», zischte d'Aynac. «Verbeugen sich vor diesen Ketzern!»

«Halt den Mund und schau nicht so auffällig hin.»

Der Venezianer blieb vor einem weiteren Geschäft stehen und redete auf einen Händler ein, der daraufhin eine verneinende Geste machte.

«Die suchen etwas», flüsterte d'Aynac.

«Oder jemanden», ergänzte Molay. «Und sie gehen davon aus, dass die Venezianer ihnen helfen.»

«Verräter sind sie, diese Schweine! Zum Teufel mit ihnen, ihren Kindern und Kindeskindern …»

«Behalt deine Verwünschungen für dich», schnitt ihm Molay das Wort ab. «Bete lieber, dass man uns für echte Bettler hält, statt zu fluchen!»

D'Aynac blickte an sich und Molay hinab. Sie waren beide schmutzig, zerlumpt und stanken. Richtig überzeugend erbärmlich sahen sie aus.

Vor jedem Geschäft spielte sich die gleiche Szene ab. Jedes Mal stellte der Venezianer, nachdem man sich begrüßt hatte, seine Fragen und bekam anscheinend immer die gleiche Antwort. Die Händler schüttelten den Kopf oder verdrehten die Augen in Richtung Himmel. Die Ungläubigen fingerten derweil wortlos an dem seltsamen Papierstreifen um ihren Hals.

«Mein Gott, was will er bloß von ihnen wissen?»

«Keine Ahnung, aber auf jeden Fall ist es eine gründliche Kontrolle.»

Plötzlich sprang d'Aynac auf. Unter dem Leichnam hatte sich eine Blutlache gebildet, die langsam unter der Decke hervorsickerte.

Molay fluchte leise. «Jetzt merkt jeder, dass er tot ist.»

Panisch stellte sich d'Aynac vor den verstorbenen Großmeister und versuchte, den Blutfleck zu verbergen, doch mit seinen hektischen Bewegungen lenkte er die Aufmerksamkeit nur auf sich.

Einer der beiden Ungläubigen zeigte in seine Richtung, worauf der Venezianer zu ihnen herübersah. Dann sagte er etwas zu dem Händler, der gerade vor ihm stand und eine irritierte Geste machte. D'Aynac griff nach seinem Dolch.

In diesem Moment bebte plötzlich die Erde, und eine riesige Staubwolke wallte hinter den Häusern auf. Für einen Moment erstarrte das Leben in dem Viertel. Alle schauten in die gleiche Richtung. Ein weiterer Einschlag ließ die Mauern erneut erzittern. Jetzt machte sich auch hier Panik breit.

«Das große Katapult der Ungläubigen», murmelte d'Aynac. «Ich habe es schon an der Stadtmauer im Einsatz gesehen. Ein Teufelsding. Angeblich haben die Sarazenen einen ganzen Wald gefällt, um es zu bauen.»

Molay runzelte die Stirn. «Wenn es jetzt auf die inneren Stadtteile schießt …»

«Dann heißt das, dass die Mauern gefallen sind. Die Stadt wird nicht mehr lange existieren …»

«Wir müssen in die Zitadelle. Schnell.»

D'Aynac blickte die Straße hinauf. Die beiden Sarazenen hatten den Händler stehenlassen und kamen auf sie zu.

«Ja, aber zuerst müssen wir die beiden dort loswerden.»

## 19
## Paris
## Marais-Viertel

Nachdem er das Rad schließlich abgestellt hatte, ging Marcas die Rue du Temple hinunter, bog rechts ab und stand dann wieder vor dem Haus, in dem Anaïs wohnte. Die hohe Stimme des Sängers von *Dirty Flowers* schallte durch die Straße. Er blickte zu den beleuchteten Fenstern in der obersten Etage hinauf, wo sich einige Frauen und Männer auf dem Balkon unterhielten. Ohne zu zögern, betrat er das Gebäude und nahm den Aufzug. Ohrenbetäubender Lärm empfing ihn, als er oben ausstieg. Er fragte sich, wie Anaïs wohl ihre Nachbarn davon überzeugt hatte, dass sie nicht die Polizei riefen. Wahrscheinlich, indem sie alle eingeladen hatte.

Er drückte die Tür ein wenig auf und hörte von drinnen Gelächter. Die Wohnung schien wesentlich größer als Anaïs' vorige. Offenbar wurde PR-Arbeit ganz gut bezahlt. Bereits am Eingang drängten sich die Leute. Es herrschte eine Bombenstimmung.

Auf den ersten Blick kannte Marcas niemanden. Es sah so aus, als hätte sich Anaïs neue Freunde zugelegt. Ein Mädchen lächelte ihm zu. Er lächelte zurück. Als sie sich umdrehte, bewunderte er ihren Hüftschwung. Es versprach ein guter Abend zu werden. Kaum vorstellbar, dass er noch vor einer halben Stunde im Logenhaus gewesen war. Er genoss den Kontrast.

Am Ende des Flurs entdeckte er das Badezimmer. Wenn Anaïs ihre Gewohnheiten nicht geändert hatte, war die Badewanne voller Champagnerflaschen auf Eis. Er machte einen großen Bogen um ein sich leidenschaftlich küssendes Paar und fand, was er suchte. Eine Flasche in der Hand war immer ein wunderbares Sesam-öffne-Dich für eine Party. Jetzt musste er nur noch ein Glas finden.

*Et je monte le son, et je baisse le son.*

*Louxor, j'adore.*

Die Stimme erfüllte den gesamten Raum, als Marcas das riesige Wohnzimmer mit den großen, zur Straße gelegenen Fenstern betrat. Er lehnte sich seitlich gegen eine Wand, öffnete die Flasche mit einem Knall und schenkte sich ein Glas ein. Dabei ließ er den Blick über das Bücherregal schweifen, das vornehmlich mit Büchern über Wahrsagen, Astrologie und Tantrismus gefüllt war. Anaïs interessierte sich also immer noch für diesen Quatsch.

Plötzlich spürte er von hinten einen Mund auf seinem Hals. Eine Stimme flüsterte ihm ins Ohr: «Mein herzallerliebster Antoine.»

Anaïs drückte sich von hinten an ihn und strich ihm mit der Hand über die Brust. Er drehte sich um. Sie sah vollkommen verändert aus. Mit dem rabenschwarzen Pagenschnitt à la Juliette Binoche hätte er sie kaum wiedererkannt. Sie trug einen langen, enganliegenden Rock und ein schwarzes Oberteil, das ihre zarten Schultern frei ließ. Ihr Make-up war zwar diskret, ließ sie aber ein wenig älter aussehen. Marcas fand, dass sie fraulicher geworden war. Noch verführerischer. Selbstsicherer.

Sie küsste ihn zärtlich auf die Wange. Ein langer, warmer, wohltuender Kuss. Er ließ sie gewähren. Dann trat sie ein Stück zurück, musterte ihn und fuhr ihm mit der Hand durchs Haar.

«Ha, du hast ein paar graue Haare. Viele nicht, aber immerhin. Und der kleine Bart verleiht dir etwas … richtig Diabolisches.»

«Und du? Dein PR-Job läuft offensichtlich ganz gut.»

Sie lachte.

«Antoine Marcas. Geschiedener Vater, Bulle, falls er mal dafür Zeit hat, dickköpfig, jedoch zu süß, um allein zu sein, aber zu ungeschickt mit Frauen, um die Passende zu finden. Großzügig und egoistisch zugleich, ein typischer Junggeselle mit entsprechender Wohnung. Freimaurer, der selbst die schönste Frau sitzenlassen würde, um an irgendeiner blöden Tempelarbeit teilzunehmen. Immer donnerstags, wenn ich mich recht erinnere. Ich habe noch die herumliegenden Socken vergessen, die nie in ihre Hüllen zurückgeräumten DVDs und CDs, die Erdbeermarmelade, deren Haltbarkeitsdatum längst abgelaufen ist, die Manie, den Kühlschrank immer bis obenhin zu füllen, als gelte es eine Großfamilie zu ernähren, nicht zusammenpassende Bettwäsche …»

«Gut beobachtet … Warum haben wir uns eigentlich getrennt?»

Sie streichelte seine Wange.

«Das weißt du ganz genau. Auf meinen Wunsch sind wir in einen edlen Pariser Swingerclub gegangen. Dort haben wir ein abenteuerlustiges Paar getroffen. Du hattest ein wenig getrunken. Und mittendrin hast du mir auf einmal diese Szene gemacht, weil du eifersüchtig warst. Richtig ausfallend bist du geworden. Ich habe geweint. Du hast nichts verstanden. Das war unsere erste Krise, weitere folgten. Wir sind einfach zu unterschiedlich.»

«Stimmt, auf dem Gebiet bin ich ein bisschen altmodisch.»

«Und? Gibt es eine neue Frau in deinem Leben, oder begnügst du dich damit, die beiden weiblichen Wesen auf deinem Bild von der Erklärung der Menschenrechte neben dem Bücherregal anzustarren?»

Marcas hatte langsam genug von diesem Gespräch und beschloss, nicht darauf zu reagieren. Er war gekommen, um sich zu amüsieren, und nicht, um mit einer Verflossenen alte Geschichten aufzuwärmen.

«Beziehungsmäßig ist mein Leben gerade eine absolute Wüste. Du kennst nicht zufällig eine Frau, die weder in Swingerclubs verkehrt noch Fetischistin ist und auch keine Sado- oder Maso-Tendenzen hat? Jemand ganz Normales. Dann würdest du zumindest eine gute Tat in deinem Leben begehen. Aber bitte auch keine, die mich mit den bevorstehenden Wahlen nervt und von mir wissen will, wen ich wähle.»

Anaïs nahm seine Hand.

«Vielleicht kann ich dir weiterhelfen. Sie ist Ausländerin, sodass ihr vollkommen schnurz ist, wer unser nächster Präsident wird. Magst du Hexen?»

## 20
Akkon
Zitadelle der Templer
18. Mai 1291

Zweimal wurde laut gegen die schwere Tür des Kapitelsaals geklopft. Die Würdenträger des Tempels, die auf den steinernen Stufen saßen, drehten sich zu Thibaud Gaudin um. Er ersetzte Guillaume de Beaujeu als Großmeister, seit dieser verschwunden war. Den Kommandeur der Zitadelle, Pierre de Sivrey, irritierte diese einhellige Geste. Insgeheim zweifelte er an Gaudins Fähigkeiten, falls dieser tatsächlich eines Tages den Stuhl des Meisters einnehmen sollte. Gaudin traf unüberlegte Entscheidungen und war schnell mit seinem Latein am Ende, wenn die Lage kompliziert wurde. Aber er besaß ein natürliches Redetalent, und zahlreiche Brüder erlagen dem Charme seiner vollen und beruhigenden Stimme. Seit Beginn der Versammlung hatte fast nur er geredet, hatte groß getönt und bissige Kommentare abgegeben. Wenn man ihm zuhörte, glaubte man fast, dass der Templerorden, dem der Angriff der Sarazenen unmittelbar bevorstand, bald die Stadt Akkon retten würde. Es schien fast, als nähme Gaudin das Einschlagen der arabischen Wurfgeschosse, die die Mauern der Zitadelle erschütterten, gar nicht wahr.

Ein Soldat des Tempels kündigte einen Boten aus dem Kampfgebiet an.

Thibaud Gaudins durchdringende Stimme hallte durch das Gewölbe.

«Möge der Bote eintreten und uns endlich gute Nachrichten von unseren hochgeschätzten Freunden bringen, die für den Ruhm des Allmächtigen kämpfen.»

Pierre de Sivrey verzog das Gesicht.

Die zweiflügelige Tür wurde aufgestoßen, und ein mit Blut und Dreck beschmutzter Templer trat ein. Sofort erhoben sich alle Würdenträger. Der Neuankömmling hob die Hand, um das Wort zu ergreifen.

«Werte Brüder, ich bin Roger Flor.»

Ein überraschtes Murmeln war unter den Versammelten zu hören. Sie alle kannten den Katalanen Roger Flor. Doch in seiner rußverschmierten, zerrissenen Kleidung, die besser als jedes Wort die Brutalität und die Hoffnungslosigkeit der Gefechte zum Ausdruck brachte, hatte ihn niemand erkannt.

In den steinernen Rängen wurde es unruhig. Alle starrten Flor an, der wie durch ein Wunder der Hölle entkommen zu sein schien. Während die Ältesten des Tempelrats sich nach diesem Schock erst einmal wieder setzten, stürzten sich die anderen auf Roger Flor, um ihn zu umarmen und ihm ihre Treue zu bekunden.

Am meisten berührte die Situation zweifellos Pierre de Sivrey. Schon als er Guillaume de Beaujeu und Roger Flor mit der Elite der Tempelritter hatte losziehen sehen, um vom Turm der Verdammnis aus, auf den sich die arabischen Attacken konzentrierten, einen Gegenangriff zu starten, hatte er ein schlechtes Gefühl gehabt. Zumal einige Strategen in der Zitadelle bereits erklärt hatten, dass diese verzweifelte Aktion zu nichts führen und lediglich zahlreiche Opfer fordern würde.

Sivrey hatte es seinem Freund übelgenommen, dass er sich freiwillig für diese selbstmörderische Mission gemeldet hatte. Er seufzte. Seit Jahren kannte er Flor und hatte ihn bei vielen seiner zahlreichen Ideen unterstützt. Die verrückteste davon würde sich heute vielleicht als lebensrettend erweisen. Flor, der ewige Denker, war eines Tages auf die Idee gekommen, dass sich der Templerorden eine eigene Handels- und Kampfflotte zulegen sollte. Bis dahin hatte der Orden bei Bedarf die Dienste der venezianischen oder genuesischen Schiffe in Anspruch genommen, um Truppen oder Kriegsbeute zu transportieren. Zunächst hatte der Vorschlag einen Aufschrei der Empörung im Großen Rat hervorgerufen, wo die Konservativen das Sagen hatten. Doch nach und nach hatten einige Würdenträger, darunter Thibaud Gaudin, Gefallen an der Idee gefunden, unter anderem, weil sie insgeheim froh darüber waren, auf diese Weise Roger Flor als Anwärter auf den Posten des Großmeisters los zu sein.

Dank des heimlichen und berechnenden Ehrgeizes seiner Brüder hatte der Katalane seinen Traum tatsächlich in die Tat umsetzen können: eine Flotte, bestehend aus mehreren modernen Schiffen, die im Hafen von Akkon lagen.

Und es sah so aus, als wären die Schiffe nun die letzte Möglichkeit für die Templer, nach dem Fall der Stadt zu fliehen.

«Werte Brüder, ich bin quer durch die Stadt gekommen, um euch schlechte Nachrichten zu bringen. Die Schutzmauern sind überwunden, und in mehreren Vierteln wird Mann gegen Mann gekämpft. Bis zum Ende des Tages wird Akkon vollständig an die Sarazenen gefallen sein.»

Thibaud Gaudin erhob sich. Mit der Verkündigung der bevorstehenden Niederlage war er vor eine schwere Aufgabe gestellt. Er musste schnellstens die Aufmerksamkeit der Würdenträger auf etwas anderes lenken.

«Bruder Flor, der du vom Schlachtfeld kommst, dessen Kleider voller Blut sind, der die Anerkennung all unserer

Brüder erfährt, ein Wort, nur ein einziges, um uns eine Antwort auf unsere größte Sorge zu geben: Lebt unser Großmeister Guillaume de Beaujeu noch?»

Roger Flors überraschter Ausruf traf die Würdenträger wie ein Schlag. «Sind die Träger mit dem Körper denn noch nicht hier angekommen?»

## 21
## Paris
## Marais-Viertel

Aus den Lautsprechern plärrten in voller Lautstärke die unmelodischen Zeilen der Band *Enur.* Paare tanzten eng aneinandergeschmiegt. Anaïs zog Marcas durch die Gäste hindurch hinter sich her.

«Komm, ich werde dir jemanden vorstellen, der dir gefallen wird … und dich vielleicht auch ein bisschen reizt.»

Sie stieß die Tür zu einem kleinen Zimmer auf, das in leicht rötliches Licht getaucht war, und schloss sie hinter sich und Marcas wieder. Eine etwa dreißigjährige Mestizin saß dort vor einer jüngeren Frau, deren Hände sie umschlossen hielt, und fixierte mit ihren smaragdfarbenen Augen einen Punkt an der Wand. Dabei murmelte sie etwas vor sich hin.

«Das ist Orixa», erklärte Anaïs leise und drückte Marcas am Ellbogen. «Sie kommt aus Brasilien, wo sie eine bekannte Candomblé-Priesterin ist. Das ist eine Art Voodookult, auch wenn der Begriff nicht ganz passt. Orixa ist auch Sängerin. Ich organisiere ihre Frankreich-Tournee.»

Der Kommissar pfiff leise durch die Zähne.

«Hübsch, aber mir reicht schon meine Ex mit ihren

Tarotkarten. Du weißt genau, dass ich bei diesen Wahrsagern und Geistheilern sofort die Flucht ergreife.»

«Und ich dachte, dass die Freimaurer was für Esoterik, Okkultismus, Totenköpfe und magische Dreiecke übrighaben?», spottete Anaïs.

«Du weißt genau, wie ich darüber denke. Ich kann mit diesem ganzen Zeug nichts anfangen.»

«Mach mir die Freude und setz dich fünf Minuten zu ihr. Dafür stelle ich dir danach auch das zweitschönste Mädchen des Abends vor.»

«Das zweitschönste Mädchen, das Single ist?»

Sie lächelte und schob ihn in die Mitte des Zimmers. Die junge Frau, die bei der Mestizin gesessen hatte, erhob sich und verließ den Raum, wobei sie Anaïs zulächelte. Bevor Marcas sich noch dagegen wehren konnte, saß er auch schon vor der attraktiven Brasilianerin. Sie griff nach seinen Händen und blickte ihm tief in die Augen, bevor sie die Augen halb schloss.

«Wie heißt du?»

«Ähh … Antoine.»

«Ich lasse euch mal allein, ihr habt euch sicher viel zu erzählen», verabschiedete sich Anaïs und verließ den Raum.

Orixa trug ein wunderschönes weißes Kleid, das ihre Formen sanft umspielte. Ihre Haare waren zu einer Art Knoten hochgesteckt, um den ein cremefarbenes Band zu einem Kreuz geschlungen war. Die hohen Wangenknochen ließen ihre Augen weit auseinanderstehend erscheinen, was exotisch wirkte. Marcas spürte die Wärme ihrer Hände auf seiner Haut, als sie ihn mit leicht schräg gelegtem Kopf ansah.

«Ich werde dir etwas über deine Zukunft erzählen, Antoine.»

«Das ist nicht nötig. Holen wir uns lieber etwas zu trinken und reden über Brasilien.»

Sie schüttelte den Kopf.

«Später. Der heilige Antonius war ein sehr bedeutender Heiliger. Bei uns wird er Ogum genannt. Der Gott des Krieges und der Wege. Sein Tag ist der Dienstag, seine Farbe Nachtblau. Du bist gut geschützt.»

Er hoffte, dieses Theater würde bald ein Ende haben. Doch Orixa murmelte mit seltsam abgehackter Stimme weiter, ohne dass er etwas davon verstehen konnte, und wiegte sich dabei leicht vor und zurück. Das Schauspiel dauerte. Marcas wurde langsam langweilig. Plötzlich wurde Orixas Stimme lauter – fast wäre er vor Schreck aufgesprungen.

«Ogum … ich grüße dich. Ich sehe Kreuze, viele Kreuze um dich herum.»

«Das würde mich wundern, ich hab mit der Kirche nichts am Hut», erwiderte Marcas trocken.

«Ich sehe Männer mit Umhängen und … Du warst schon mal in Brasilien, oder?», fragte sie, während sie die Augen verdrehte und ihre Hände sich verkrampften.

Marcas fühlte sich zunehmend unwohl und hatte genug von der Geschichte. Er musste diesen Raum so schnell wie möglich verlassen.

«Nein, ich habe noch nie einen Fuß in das Land gesetzt», antwortete er. «Vermutlich inspiriere ich Sie nicht. Ich werde Sie lieber anderen überlassen, die interessanter für Sie sind.»

Er machte Anstalten aufzustehen, doch Orixa hielt seine Hände mit eisernem Griff fest. Sie schien wie besessen. Sicher hatte sie sich einen Schuss gesetzt oder Kokain geschnupft.

«Ogum … Ogum. Du bist unter uns. *Todos os santos …*»

Die Frau schwitzte stark, sprach nach wie vor abgehackt und stand vollkommen neben sich. Marcas wusste nicht, was er tun sollte. Anaïs hatte ihn mit dieser Wahnsinnigen allein gelassen, die eine unglaubliche Kraft an den Tag legte.

«Ich sehe Lansa, die Göttin der Nacht. Sie hat dich auch gesehen, Antoine … Ihr Mantel der Finsternis hüllt dich ein. Du wirst dein Herz verlieren. Wie sie.»

«Mir reicht es. Ich gehe jetzt. Lassen Sie mich los.»

«Sie werden dir dein Herz herausreißen, damit du bist wie sie, Antoine … sie legen dich in …»

«Zum Teufel, was soll dieses Gefasel?»

«In einen Sarg. Ogum und Lansa tragen dich zu Grabe … Sie beerdigen dich inmitten der Heiligen.»

Orixa begann zu kreischen und schüttelte wie eine Wahnsinnige den Kopf. Durch das Geschrei alarmiert, stürmten andere Gäste in den Raum, und die Priesterin fuhr zusammen, als würde ihr ein Elektroschock durch den Körper fahren.

«Antoine, du wirst sterben. In zwei Monden bist du tot.»

## 22
## Akkon
## Venezianisches Viertel
## 18. Mai 1291

Eine Mauer zerbarst, Steinsplitter flogen umher. Das bis dahin verschont gebliebene Venezianische Viertel war zur Zielscheibe der unzähligen Wurfgeschosse geworden, die jetzt willkürlich und zerstörerisch einschlugen. Die Katapulte der Belagerer schlugen pausenlos ein. Kaum war ein schwerer Stein durch ein Dach gekracht, landete ein weiterer auf der Erde, schlug ein Loch in die Straße und riss alles mit, was in seinem Weg lag.

«Das sind mindestens zwei», schrie d'Aynac und presste sich an die Tür der Kapelle. «Zwei Katapulte. Sie wollen die Sache heute noch beenden. Die Truppen selbst werden auch nicht mehr lange auf sich warten lassen.»

«Noch ein Grund, dass wir uns so schnell wie möglich aus dem Staub machen!»

«Kannst du die beiden Schergen noch sehen?»

Während Molay nach dem Leichnam griff, versuchte er durch den Staub hindurch etwas zu erkennen. Doch er konnte sie nirgends entdecken. Man musste auch verrückt sein, wenn man sich jetzt noch auf der Straße aufhielt. Sie waren sicher in einen der Läden geflüchtet.

«Nein! Sie sind verschwunden. Kein Wunder, in dieser Hölle!»

«Das sollten wir ausnutzen! Bewegen wir uns ganz nah an den Mauern entlang in Richtung Zitadelle. Es kann nicht mehr sehr weit sein.»

Ein Stein schlug krachend durch den Turm der Kapelle bis auf den Boden. Als die beiden Templer losliefen, regnete es Stein und Mörtel.

## Die Zitadelle der Templer

Der Tumult im Kapitelsaal nahm zu. Die Würdenträger diskutierten lautstark miteinander. Einige Anhänger Thibaud Gaudins forderten an Ort und Stelle eine Wahl. Solange der Schock der Nachricht noch wirkte, konnten sie auf seinen Sieg hoffen. Pierre de Sivrey griff Flor am Ärmel und rief: «Ist der Großmeister wirklich tot?»

Sofort wurde es still. Vielleicht hatte man Guillaume de Beaujeu allzu schnell abgeschrieben. Alle Blicke waren auf den Katalanen gerichtet.

«Als ich ihn in die Obhut zweier unserer Brüder gegeben habe, war er nur verwundet …»

Der Kommandeur der Zitadelle seufzte erleichtert auf.

«… aber seine Verletzung war tödlich. Und inzwischen ist unser Großmeister mit ziemlicher Sicherheit von uns gegangen.»

Bestürzung breitete sich im Saal aus. Guillaume de Beaujeu war zwar oft launisch gewesen, aber man hatte ihn stets für seinen Mut bewundert. Ihn zu verlieren verhieß für die Zukunft des Templerordens nichts Gutes.

«Lasst uns die Bruderkette bilden!», rief Thibaud Gaudin so durchdringend und gewichtig wie möglich. «Auf dass das Schicksal und der Tod, die ihn ereilt haben, uns nicht auch noch niederringen.»

Die Brüder antworteten im Chor: «Auf dass unsere Bruderschaft sich um das fehlende Glied zusammenschweiße.»

Die Würdenträger stiegen die Stufen herab und stellten sich im Kreis um die zentrale Säule auf, die die Gewölbedecke trug. Als Zeichen der Treue kreuzten sie die Hände vor der Brust, bevor sie sie ihren Nachbarn reichten.

Das Totenritual konnte beginnen.

## Venezianisches Viertel

Vorsichtig bewegten sie sich durch Schutt und Asche. Bei jedem Schritt tasteten sie mit der linken Hand nach der Häuserwand, um nicht vom Weg abzukommen. Mit jedem

Atemzug sogen sie Staub ein, der ihnen in den Lungen brannte. Jacques de Molay wurde immer langsamer. Sein Mund war trocken. Alles hätte er für ein wenig Wasser gegeben und horchte, ob nicht irgendwo das Plätschern eines Brunnens zu vernehmen war. Doch er hörte nichts als den rasselnden Atem seines Tempelbruders. Eigentlich musste sich am Ende dieser Straße die Intendantur befinden. Ein langgezogenes Gebäude, das bereits zur Zitadelle gehörte.

«Kannst du etwas sehen?», erkundigte sich d'Aynac, der hinter ihm ging.

«Nichts, aber wir sind auf dem richtigen Weg. Dessen bin ich mir sicher. Gott leitet uns.»

«Wenn Gott uns leitet, frag ihn, warum wir dann nicht die Türme der Zitadelle sehen können», kam brummend die Antwort.

«Sprich nicht so gotteslästerlich! Wegen des Staubs natürlich.»

«Machst du Scherze? Du kennst den Eingang der Zitadelle genauso gut wie ich. Auf beiden Türmen thront ein goldener Löwe. Die sieht man im Umkreis von zwei Meilen!»

«Sprich nicht so laut! Sonst hört uns noch jemand.»

Abrupt hörte der Hagel der Katapulte auf. Nahmen die Ungläubigen jetzt einen anderen Teil der Stadt unter Beschuss, oder war das der letzte Angriff gewesen? Nun, da die Erde nicht mehr bebte, sank auch der Staub nach und nach und gab den Blick auf die Straße vor ihnen frei. Tatsächlich erhob sich dort ein langes, dunkles Gemäuer mit rechteckigen Fenstern. Die Intendantur lag nur wenige Schritte vor ihnen.

Jacques de Molay wollte sich gerade umdrehen, um d'Aynac darauf hinzuweisen, dass sie am Ziel waren, als ein leises Rascheln ihn innehalten ließ – als würde jemand Papier zwischen den Fingern zerknittern.

## 23
Paris
Marais-Viertel

Marcas stürmte aus dem Zimmer und schlug die Tür hinter sich zu. Er war wütend, dieser Brasilianerin ausgeliefert gewesen zu sein. Er hatte sich lediglich ein wenig amüsieren wollen, stattdessen sagte ihm diese Wahnsinnige den baldigen Tod voraus. Zwar glaubte er nicht an diesen Quatsch, aber der Abend war ihm gründlich verdorben.

Anaïs erwischte ihn, als er sich gerade den Mantel anzog. Sie stellte sich ihm in den Weg und hielt ihn fest.

«Warte, bleib noch. Das mit Orixa tut mir leid. Sie ist gerade aus der Trance erwacht und kann sich an nichts erinnern.»

Gewaltsam löste er sich aus ihrem Griff.

«Super, ich habe mich auf einen netten Abend gefreut, und dann erzählt mir diese Spinnerin, dass ich bald sterben werde und dass man mir das Herz rausreißen wird. Ganz toll, deine Party!»

«Jetzt warte mal! Ich habe dir doch gesagt, dass es mir leidtut. Geh bitte nicht. Sie ist eine exzellente Hellseherin, ich …»

Marcas drehte sich um. Aus irgendeinem Grund verspürte er Lust, ihr wehzutun. Kalt sagte er:

«Hör auf. Mir reicht es. Eine Wahrsagerin aus Rio, das ist der Gipfel! Du Arme, du bist noch genauso leichtgläubig wie früher. Ein ideales Opfer für Sekten, genau wie damals. Geh doch zurück zu dieser Spinnerin, du brauchst wohl einen neuen Guru.»

Anaïs' Augen füllten sich mit Tränen.

«Hau ab, du Idiot!»

Als er die Wohnungstür öffnete, stand er direkt vor dem Mistkerl, der ihm den Platz für sein Rad hatte wegnehmen wollen. Sie musterten sich gegenseitig. Der Neuankömmling hielt Anaïs einen Blumenstrauß hin und nahm sie in den Arm.

«Was ist los, meine Schöne? Hat sich dieser Herr danebenbenommen?»

Er küsste sie erst auf die Stirn und dann auf den Mund. Anschließend warf er Marcas einen finsteren Blick zu. Anaïs wischte sich die Tränen aus den Augenwinkeln und hakte sich bei ihm unter.

«Schon gut. Nichts passiert. Der … Herr wollte gerade gehen.»

Marcas hätte sich gern bei ihr entschuldigt und zögerte kurz, sagte aber nichts. Ohne sich noch einmal umzudrehen, ging er.

Allerdings hatte er keine Lust, schon nach Hause zu gehen. Bei der Vorstellung, allein in seiner Wohnung zu sitzen, bekam er noch schlechtere Laune. Als er gerade darüber nachdachte, wohin er gehen sollte, klingelte sein Telefon. Sofort erkannte er Andrivaux' ernste Stimme.

«Ich wollte dir noch das Ende der Geschichte erzählen. Unser Bruder, der Hotelier, wurde erhängt in einem Zimmer seines Landsitzes gefunden.»

## 24
## Akkon
## Zitadelle der Templer
## 18. Mai 1291

Die Bruderkette hatte sich kaum aufgelöst, als die Diskussionen auch schon fortgeführt wurden, genauso hitzig wie nach dem spektakulären Auftritt Roger Flors. Die Stimmen wurden immer lauter. Sollte man sofort zur Wahl schreiten oder auf Guillaume de Beaujeus Leichnam warten? Diejenigen, die eine sofortige Wahl befürworteten, stritten heftig mit denen, die den Großmeister zunächst bestatten lassen wollten. Die Unterstützung für Thibaud Gaudin hatte deutlich nachgelassen. Offenbar hatten seine Worte einige, die vorher auf seiner Seite gestanden hatten, so sehr befremdet, dass sie an seinen Fähigkeiten zweifelten, den Orden in diesen schwierigen Zeiten zu führen. Viele wollten Zeit gewinnen, um einen geeigneten Kandidaten zu finden.

«Sieh sie dir an», flüsterte Pierre de Sivrey seinem Freund Roger Flor zu, «sie dreschen aufeinander ein, während der Feind vor der Tür steht. Das ist erbärmlich. Du solltest dich zur Wahl stellen und ihnen die Leviten lesen!»

Flor verzog das Gesicht. «Warum? Akkon ist verloren. Und morgen ist Sidon an der Reihe. Unsere Tage im Heiligen Land sind gezählt.»

«Uns bleiben noch die Festungen in Tortosa und Pèlerin. Sie sind uneinnehmbar und …»

Der Katalane zuckte mit den Schultern.

«Tortosa wird sich nur wenige Tage halten. Nur Pèlerin könnte erfolgreich Widerstand leisten. Dorthin müssen wir so schnell wie möglich, sobald der Leichnam des Großmeisters wieder aufgetaucht ist. Ich hoffe nur, dass die beiden

Brüder, denen ich ihn anvertraut habe, es bis hierher schaffen. Wenn nicht, wäre es das Ende des Templerordens.»

Pierre de Sivrey sah ihn überrascht an.

«Das verstehe ich nicht! Wieso wäre das das Ende unseres Ordens?»

Sie wurden durch eine laute Stimme unterbrochen. Thibaud Gaudin war auf den steinernen Stufen bis ganz nach oben gestiegen. Mit erhobener Hand bat er um Ruhe.

«Werte Brüder, mir ist bewusst, dass die Lage ernst ist. Wir müssen Entscheidungen treffen. Ich schlage deshalb vor, das Eintreffen der sterblichen Hülle Guillaume de Beaujeus abzuwarten und dann über die Wahl zu entscheiden.»

Ein zustimmendes Gemurmel war von den Versammelten zu hören. Gaudin spürte, dass seine Worte gut ankamen, und nutzte die Gunst der Stunde.

«Ich bitte euch aber, mich als Übergangs-Großmeister zu bestätigen und mich auf die Verteidigungsmauern der Zitadelle zu begleiten. Wenn uns der Wind entgegenbläst, müssen wir uns den Herausforderungen stellen und mit gutem Beispiel vorangehen!»

Lärmend stürzten die Würdenträger auf die zweiflügelige Tür zu. Nach diesen Worten waren sie wieder voller Tatendrang und bereit, gemeinsam Opfer zu bringen. Mit Erfolg hatte Thibaud Gaudin an ihre ritterlichen Tugenden appelliert. Selbst Sivrey musste anerkennen, dass sein Mut und sein Ehrgefühl als Templer neu belebt worden waren, und schickte sich ebenfalls an, den anderen zu folgen. Doch Roger Flor hielt ihn zurück.

«Sei nicht so töricht und lauf in dein Verderben wie all die anderen Dummköpfe hier. Glaub mir, wir haben eine Mission zu erfüllen. *Ich habe gesehen, was ich nicht hätte sehen sollen, und das hat mir die Augen geöffnet …*»

Sivrey erstarrte. Er hatte Flor noch nie so ernst erlebt.

«… und du wirst mir helfen.»

## 25
Paris
9. Arrondissement
Sitz der Großloge

«Der ehemalige Präsident der Vereinigten Staaten, Bill Clinton, ist Mitglied bei den Templern!»

Marcas hielt einen Moment in seinem Vortrag inne, um die Spannung zu steigern, zumal er wusste, dass vor dem Ende der Zeichnung niemand eine Frage stellen durfte.

«Clinton, genauso wie der Erfinder von Mickey Mouse, Walt Disney, der Schauspieler John Wayne, der Astronaut John Borman – sie alle gehörten einer amerikanischen Templerorganisation an, die sich *DeMolay Organisation* nennt und sich der Fortführung des geistigen Erbes Jacques de Molays verschrieben hat, dem letzten Großmeister der Templer. Ein Bund für junge Eliten, von dem es inzwischen auf der ganzen Welt Ableger gibt. Gegründet wurde er 1910 von amerikanischen Freimaurern der Loge Ivanhoe. Und die Organisation wächst schnell, nicht zuletzt durch aggressive Werbekampagnen, die sich an junge Amerikaner aus besseren Kreisen richten.»

Wieder machte er eine Redepause.

«Die *DeMolay Organisation* ist eine von fünfzig Vereinigungen, die sich als Erben der Tempelritter verstehen. *Militia Templi*, *Internationaler Oekumenischer Templer-Orden* und wie sie alle heißen … kurzlebige Splittergruppierungen, die hier und da auftauchen, nicht mitgerechnet. Hier geht es nur um Organisationen, die internationale Verbreitung erfahren haben, rechtmäßig registriert sind, eine eigene Website und offizielle Bankkonten haben.»

Marcas hielt inne und betrachtete seine Brüder in den Bänken, die ihm aufmerksam zuhörten. In der zweiten Reihe sah er Di Licio mit verschlossenem Gesichtsausdruck sitzen. Der Mann in den Sechzigern mit dem nach hinten gekämmten graumelierten Haar, der langen Adlernase und dem schmalen Mund gab sich stets hochnäsig und betont aristokratisch. Ganz eindeutig gehörte er der Sorte Brüder an, der man während des *Brudermahls* nicht einfach auf die Schultern klopfte.

Marcas blätterte eine Seite in dem kleinen Notizbuch um, in dem er sich einiges zu den Spuren des Templerordens in der Modernen Welt notiert hatte – der erste Schritt bei den Ermittlungen zu der wahrscheinlich illegalen Loge Di Licios.

Letztendlich hatte es nur einen Tag gedauert, bis Marcas sich doch bereit erklärt hatte, den Fall zu übernehmen. Da er sich in der Kunstraub-Abteilung ohnehin langweilte, konnte er sich erlauben, dieser Sache ein wenig seiner freien Zeit zu widmen. Ein Kollege von der Polizeizentrale hatte ihm bereits eine Kopie der von der lokalen Gendarmerie zusammengestellten Akte zukommen lassen. Die Autopsie hatte ergeben, dass es sich beim Tod des Hoteliers tatsächlich um einen Selbstmord handelte, nichts Verdächtiges also.

Um Di Licio näher zu kommen, hatte er zusammen mit Andrivaux den Plan ausgeheckt, in der Loge, die Di Licio häufig besuchte, einen Vortrag über die Templer zu halten. Der Großsekretär hatte dafür gesorgt, dass Marcas in die Loge eingeladen wurde, außerdem hatte er ein Foto von Di

Licio besorgt, damit Marcas ihn erkannte und ihn nach dem Vortrag ansprechen konnte.

Marcas fuhr fort: «Dem Großteil dieser Templergruppierungen geht es darum, das ritterliche Ideal zu erhalten. Ihre Riten veranschaulichen dies sehr gut: ein Umhang mit Tatzenkreuz, Degen und Ritterschlag. Die Verantwortlichen schmücken sich mit mehr oder weniger klangvollen Titeln wie Kommandeur, Hierophant, Seneschall oder Imperator.»

Wieder blätterte er um. Gleich würde er zum entscheidenden Teil seines Vortrags kommen. Bis hierher hatte er lediglich einen Überblick über die verschiedenen Templergruppierungen geliefert. Von jetzt an ging es um Inhalte.

«Man kann sich über diese Vereinigungen lustig machen, sich darüber mokieren, dass sie keine historischen Beweise liefern können, die ihre Verbindung zu den Templern bezeugen, man könnte sogar von Betrug reden. Das tragische Beispiel der Sonnentempler ist uns noch gut im Gedächtnis, aber … wir dürfen das Ideal der Templer nicht verurteilen. Ich bin überzeugt, dass einige vollkommen aufrichtig handeln. Wir selbst haben uns stets in direkter Nachfolge der Tempelritter gesehen, werte Brüder. Die umfassende Literatur zu diesem Thema ist euch bekannt. Die Faszination der Templer ist nach wie vor lebendig: phantastischer Schatz oder verlorenes Initiationsgeheimnis. Ich bin mir sicher, dass dieses Rätsel eines Tages aufgeklärt wird.»

Jetzt sah er eindeutig Missbilligung in einigen Gesichtern. Vielen Freimaurern, insbesondere in seiner Großloge, waren die Templer vollkommen egal. Ein Bruder aus einer liberalen Loge durchbohrte ihn fast mit seinem Blick. Marcas griff nach seiner Aktentasche und zog daraus vorsichtig ein Stück Papier in einer Plastikhülle hervor.

«Ich würde euch gern etwas Erstaunliches zeigen. Es handelt sich um ein unveröffentlichtes Dokument, das in einer Privatbibliothek in Espagnac-Sainte-Eulalie im Südwesten Frankreichs gefunden wurde. Einer unserer Brüder hat es in seinem Familienarchiv gefunden und mir anvertraut. Ich habe eine Abschrift davon angefertigt, deren Inhalt ich hier zusammenfassen werde.»

Marcas ließ den Blick erneut über die Anwesenden schweifen. Di Licio zeigte keine Regung. Der Kommissar fuhr fort:

«Das Dokument ist auf den 21. Juli 1719 datiert. Es wurde von einem gewissen Aymar Jacques, Baron von Ravaud-Viazac, verfasst. Nach einigen Ausführungen über die florierenden Finanzen seiner Pachtwirtschaft findet sich folgender Abschnitt:

‹*Mit großer Freude habe ich an einer Zeremonie zur Aufnahme in den Ritterstand teilgenommen, die vom geheimen Meister des Tempels geleitet wurde. Von nun an muss ich an meiner Perfektionierung arbeiten und der Lehre folgen, die zur Wahrheit der christlichen Botschaft führt. Und bis zu meinem Tod für das Ideal der armen Ritter unseres Herrn kämpfen …*›»

Marcas setzte eine ernste Miene auf.

«Sie hören, dass der Schreiber dieser Zeilen, die – wenn ich Sie daran erinnern darf – mehr als vierhundert Jahre nach der Zerschlagung der Templer geschrieben wurden – das Fortbestehen des Ordens bezeugt. Doch das ist noch nicht alles. Das Bemerkenswerteste kommt noch:

‹*Ich muss lernen, mich meiner Werkzeuge zu bedienen, meine Waffen im Vorhof des Tempels lassen. Und mich der Suche dessen, was verstreut und verloren ist, widmen …*›»

Der Kommissar musste ein Grinsen unterdrücken, als er sich erinnerte, wie der Konservator der Großloge diese

Zeilen vor drei Tagen genüsslich auf ein Originaldokument aus dem frühen 18. Jahrhundert geschrieben hatte. Das Original von Baron de Ravaud war nicht weiter interessant, aber diese beiden hinzugefügten Abschnitte, bei denen der Konservator die Tinte mit Hilfe eines Föhns hatte vergilben lassen, hatten dem Schreiben etwas Gralshaftes verliehen. Der Konservator hatte viel Freude beim Fälschen gehabt und bewusst freimaurerische Begriffe gewählt, die allen Brüdern geläufig waren. Zum einen, weil es einer guten Sache diente, zum anderen aber auch, weil er einmal im Leben einen Fälscher spielen durfte, wie er offen zugab.

«Ich glaube, dass wir hier einen neuen Beweis für das Fortbestehen des Templerordens nach seiner Zerschlagung haben, vor allem aber eine Bestätigung der Verbindungen zur Freimaurerei. Natürlich ist mir bewusst, dass einige von euch dieser Entdeckung noch immer skeptisch gegenüberstehen, doch man muss offen sein, um weiterzukommen. Angesichts einer generellen Ablehnung gegenüber den Templern möchte ich zum Ausdruck bringen, dass sich unsere Logen von der elitären Haltung dieser Ritter bei der Auswahl ihrer Mitglieder eine Scheibe abschneiden können. Ich habe gesprochen.»

Er wusste, dass er mit dieser letzten herablassenden Bemerkung einen Großteil der Versammelten gegen sich aufbrachte, aber er musste um jeden Preis Di Licio für sich gewinnen.

Der Meister vom Stuhl dankte dem *Redner* und wandte sich den Zuhörern zu.

«Werte Brüder, habt ihr Fragen?»

Marcas beantwortete ein Dutzend Fragen, so gut er konnte. Die meisten Brüder bezweifelten die Echtheit des Ravaud-Manuskripts und kritisierten Marcas' Haltung.

Di Licio hatte sich nicht zu Wort gemeldet, als wäre das Gesagte für ihn nicht von besonderem Interesse, aber das Brudermahl stand noch aus.

Als Marcas den Tempel gerade verlassen wollte, hielt der Bruder einer Loge, die für einen erklärten Antiklerikalismus bekannt war, ihn auf.

«Was soll denn der Blödsinn, Antoine?»

«Was meinst du?»

«Nun hör aber auf! Die Verklärung des ritterlichen Ideals. Das alles auch noch im Namen Christi … und dann der Satz über die elitäre Haltung. Hast du mit dem Degen einen Schlag auf den Kopf bekommen?»

«Ich habe mich lediglich als Historiker versucht. Das ist alles. Und du solltest dich toleranter zeigen, mein Lieber.»

«Ich hätte mir heute ein Dutzend interessanterer Zeichnungen anhören können!» Der Bruder schwenkte ein Heftchen mit dem Vortrags-Programm der verschiedenen Freimaurerlogen in Paris und der Île-de-France.

«Hör mal, was hier steht: ‹Surrealismus und Freimaurertum›, ‹Biometrie›, ‹Die Privatisierung der französischen Elektrizitätsgesellschaft aus Sicht ihres ehemaligen Vorsitzenden›. Das sind Themen! Stattdessen habe ich mir diesen esoterischen Quatsch über den Templerorden angetan!»

Der antiklerikale Bruder sah Marcas mitleidig an und entfernte sich kopfschüttelnd. In diesem Moment legte jemand eine Hand auf die Schulter des Kommissars. Er drehte sich um. Vor ihm stand lächelnd Di Licio.

«Ich habe euren kleinen Streit mit angehört und muss sagen, dass ich die Meinung des Bruders ganz und gar nicht teile. Sehr gute Zeichnung, wirklich!»

«Danke, aber angesichts seiner sehr … liberalen Grundhaltung ist seine Reaktion nachvollziehbar.»

Mit dem Handrücken strich sich Di Licio über das Jackett.

«Die Freimaurerei ist ein großes Haus, und viele Brüder schaffen es nie über das Erdgeschoss hinaus. Der wahre Sinn unserer Arbeit bleibt ihnen für immer verschlossen.»

«Man muss Toleranz zeigen. Über die Templer sind viele Geschichten im Umlauf, daher rührt das Misstrauen einiger Brüder.»

Mit geheimnisvollem Blick erwiderte Di Licio: «Und wenn ich dir sage, dass das Geheimnis der Templer tatsächlich existiert?»

## 26
## Akkon
## Viertel um die Zitadelle
## 18. Mai 1291

Die beiden schwarzgekleideten Sarazenen standen nicht weit von ihnen entfernt. Keinen von ihnen schienen die Geschosse zu beunruhigen, die jetzt wieder von den Katapulten abgefeuert wurden und in die nahe gelegenen, zum Hafen führenden Gassen einschlugen. Reglos hielten sie in einer Hand ihren Dolch, durch die andere zogen sie langsam den Papierstreifen um ihren Hals.

«Bestimmt so eine Art Rosenkranz», flüsterte d'Aynac. «Wahrscheinlich sprechen sie auch leise Gebete.»

Er sah diesen Brauch bei den Sarazenen zum ersten Mal, war aber nicht überrascht. Schließlich hatte er unzählige Templer dabei beobachtet, wie sie eine Perle ihres Rosenkranzes nach der anderen durch die Finger gleiten ließen, bevor sie in den Kampf zogen. Jeder bereitete sich auf seine Weise auf den Tod vor.

«Hast du ihre Augen gesehen?»

Molays Frage riss ihn aus seinen Gedanken. Die beiden Ungläubigen bewegten sich jetzt in ihre Richtung. Sie waren nur noch wenige Schritte entfernt. Ihre Blicke unter dem Turban waren eigenartig starr. Weder der Staub noch der Lärm der Geschosse oder das Geschrei, das aus der Stadt herüberdrang, schienen sie zu beeindrucken. Ihre volle Konzentration galt der Erfüllung ihrer Mission.

## Die Zitadelle der Templer

Erst als sie auf der Verteidigungsmauer der Festung ankamen, wurde den Würdenträgern das Ausmaß der Katastrophe bewusst. Die ganze Stadt war ein einziges Schlachtfeld.

Thibaud Gaudin ergriff das Wort, als würde er hier oben auf der Mauer selbst mitkämpfen:

«Werte Brüder, seit heute Morgen stehen unsere Truppen an allen Fronten. Seite an Seite versuchen die Soldaten aus dem Abendland, die Milizen der Stadt, die Hospitaliter und unsere eigenen Ritter gemeinsam das Schicksal zu wenden.»

Mit scharfer Stimme unterbrach Roger Flor Thibaud Gaudins Tirade.

«Ehrwürdige Brüder, wir sind nicht hier, um große Reden zu schwingen, sondern um wichtige Entscheidungen zu treffen. Und dafür müssen wir genau wissen, wo und wie die Kämpfe stattfinden. Pierre de Sivrey als Kommandeur der Festung möge uns darüber aufklären!»

Sivrey zögerte nicht.

«Es gibt zwei Breschen, durch die der Sultan seine Truppen schickt. Die Beduinen kommen von Osten und die Mamluken von Westen.»

Verstört sahen die Würdenträger, wie ganze Horden von Sarazenen die Stadt in Beschlag nahmen. Die Fahnen mit dem Halbmond flatterten bereits auf den Ruinen des Hauptquartiers der Hospitaliter.

«Wie lange wird es noch dauern, bis die ganze Stadt gefallen ist?»

«Das kommt darauf an, was du zur Stadt zählst», antwortete Sivrey. «Montmusard ist bereits gefallen, und die italienischen Viertel werden eins nach dem anderen folgen.»

«Deshalb greifen die Beduinen auch im Osten an. Sie sind nur leicht bewaffnet, aber plündern gewissenhaft», erläuterte Flor und zeigte auf die Scharen von weißgekleideten Ungläubigen, die in den Hauptstraßen der Stadt immer weiter vordrangen.

«Der Hafen selbst ist nicht geschützt», fügte der Kommandeur hinzu. «Er wird noch vor heute Abend eingenommen sein.»

«Und wir?», fragte einer der Würdenträger mit langem weißen Bart.

«Wir? Das hängt von den Mamluken ab! Sie sind die Elitetruppen des Sultans und haben bislang noch nicht ins Kampfgeschehen eingegriffen.»

«Sind das die Mamluken?», erkundigte sich ein anderer Würdenträger und zeigte mit dem Finger auf zwei Gestalten mit schwarzem Turban, die in einer nahe gelegenen Straße zu sehen waren.

Roger Flor versagte fast die Stimme.

«Nein! Das da sind die Assassinen!»

## Vor der Intendantur

Der Leichnam des Großmeisters lag unweit der Zitadelle im Staub. Die Ungläubigen kamen langsam, aber Schritt für Schritt auf sie zu.

Diese Satansbrut, dachte d'Aynac mit der Waffe in der Hand.

Einer der Sarazenen zog seinen Dolch und ließ die scharfe, spitz zulaufende Klinge mit einer Drehung durch die Luft sausen. Molay griff ebenfalls nach seinem Dolch. Sie hatten beide ihren Kampfdegen nicht dabei, der zu schwer gewesen wäre. Und sie hatten sicher nicht damit gerechnet, ihn am Fuß der Zitadelle noch zu brauchen.

Als hätten sie auf uns gewartet, dachte Molay.

Ein zweiter Dolch blitzte auf. Um den ersten Schlag abzuwehren, musste d'Aynac gleich in die Defensive gehen. Molay sprang vor, doch seine Klinge stach ins Leere. Sein Gegner war geschickt ausgewichen und schlug sofort zurück. Molay ging zu Boden, und als die Klinge des Dolchs auf das Pflaster traf, flogen Steinsplitter auf. Unterdessen hechtete d'Aynac über den Leichnam des Großmeisters, um dem Dolch des zweiten Sarazenen zu entkommen. Dieser blieb stehen und wirbelte mit seiner Waffe über dem Toten, was wiederum den Templer so zornig machte, dass er zustieß. Die Klinge riss eine tiefe Wunde in das Fleisch seines Gegners. Als d'Aynac die Waffe zurückzog, sah er, wie Blut aus der Wunde floss.

«Nur noch einer!», brüllte er und eilte Molay zu Hilfe, der sich inzwischen wieder aufgerappelt hatte, aber nur mit Mühe dem wirbelnden Dolch entging. Früher oder später würde der Sarazene ihn erwischen. Doch d'Aynacs Ausruf veranlasste den Mann, sich umzudrehen. Molay nutzte die

Gelegenheit, ihm den Dolch in den Hals zu stoßen. Lautlos sackte sein Gegner in sich zusammen.

Erschöpft vor Aufregung, sank d'Aynac zu Boden.

«Das sind keine Menschen!»

Die beiden Templer fuhren erschrocken herum und sahen Roger Flor, der mit erhobenem Schwert zu den beiden toten Sarazenen eilte.

«Und ich will wissen, warum.»

Seine schwere Waffe sauste pfeifend durch die Luft, und schon rollte der erste Kopf über das Pflaster.

## 27
Paris
Boulevard Raspail

Mit der Hand strich er über den weichen Stoff des Diwans. Victor Léandre mochte dieses Gefühl. Es ging ihm gut. Die Sonne schien durch das große Fenster auf den Bücherschrank aus Nussbaumholz. Die Temperatur war angenehm und hatte ihn in eine sanfte Lethargie versetzt. Die Uhr zeigte 15.45. Die Sitzung würde bald zu Ende sein.

Der Psychotherapeut sah ihn wohlwollend an.

«Sie haben Ihren ersten Mord begangen. Das Opfer war Ihre Kommunikationschefin – jemand, der Ihnen nahestand. Alles ist perfekt gelaufen, und ich merke, wie Sie aufgeblüht sind. Der Prozess ist angelaufen. Erzählen Sie mir, was Sie auf dem Weg zur ultimativen Erkenntnis als Nächstes vorhaben.»

Léandre mochte die warme und volle Stimme des

Therapeuten. Sie war so vertrauenerweckend, dass er sich sofort entspannte, wenn er sie hörte.

«Ich werde wie besprochen einen Unbekannten töten. Irgendjemanden, dem ich willkürlich auf der Straße oder in einer Bar begegne. Ein ‹Acte gratuit›.»

«Und welche Bedingung gibt es noch?»

«Ich muss mich mit dem Unbekannten anfreunden und ihn dann nach einer Woche umbringen. Unter uns gesagt, ich halte das für Zeitverschwendung. Man könnte die Sache auch gleich hinter sich bringen. Sie verstehen sicher, dass ich noch andere Dinge zu tun habe.»

«Sie sind zu ungeduldig. Die Lehrzeit ist hart, aber die strengen Regeln haben sich bewährt. Ich schlage Ihnen vor, nicht vor Ende dieser Woche mit der Vorbereitung zu beginnen. Idealerweise haben Sie die Tat bei Ihrem nächsten Besuch begangen, sodass wir dann darüber reden können.»

«Gibt es Präferenzen, was die Wahl des Opfers betrifft, Doktor?»

«Es sollte ein Mann sein. Es ist ratsam, dieses Mal jemanden des anderen Geschlechts zu nehmen. Halten Sie in einer Bar nach ihm Ausschau, am besten wählen Sie jemanden aus, dem es gerade schlecht geht. Einen Langzeitarbeitslosen, einen Kerl, dessen Frau Krebs hat oder der sitzengelassen wurde. Verstehen Sie, was für Typen ich meine?»

«Ja, jemand, der Mitgefühl braucht.»

«Genau. Sie müssen ihn trösten, ihm helfen, sein Vertrauen gewinnen. Und bei passender Gelegenheit, wenn er am verletzlichsten ist, tun Sie … das Notwendige. Für heute ist die Sitzung beendet.»

Victor Léandre erhob sich, zog einen Hunderteuroschein aus der Tasche und reichte ihn dem Psychotherapeuten. Dann nahm er seinen Mantel und hatte bereits die Türklinke in der Hand, als er noch einmal stehen blieb.

«Ich habe eine Frage.»

«Ja, bitte?»

«Warum muss ich Sie eigentlich bezahlen? Schließlich ist die Therapie doch Teil der Lehrzeit.»

Er hörte das typische Knarren des Sessels, das bedeutete, dass sich der Therapeut gerade bequem nach hinten lehnte.

Mindestens ein Dutzend Mal hatte Léandre dieses Geräusch gehört.

«Mein Lieber, Freud höchstpersönlich hat dieses Vorgehen erfunden. Der Patient zahlt bei jeder Sitzung, nach Möglichkeit bar. Durch das Übergeben des Geldes wird er erst richtig zum Patienten. Sie wollen doch jetzt nicht die Grundsätze der Psychoanalyse in Frage stellen, oder?»

Léandre lächelte. Er hatte mit so einer Antwort gerechnet. Doktor Yarkers Stimme hallte noch nach, als er den Raum verließ.

«Vergessen Sie nie die oberste Regel des Ordens. Töten Sie ohne Gefühl.»

# ZWEITER TEIL

*Schrecken verbreiten die Assassinen im Land,*
*unter Sarazenen-Prinzen nah und fern,*
*genauso wie bei Herrschern der Christen,*
*denn wie sie töten ist unerhört.*
Anonym, 1175

*Die Macht und die Liebe,*
*Kunst oder Entdeckung,*
*sie alle haben ihre Wurzeln im Tod.*
Maurice Druon

## 28
## Akkon
## Zitadelle der Templer
## 19. Mai 1291

Trommelwirbel schallte durch den Ehrenhof. Die Würdenträger, angeführt von Thibaud Gaudin, erhoben sich. In der linken Hand hielten sie das Schwert, die rechte hatten sie flach auf das Herz gelegt. Entlang der Mauern flatterten die Banner mit dem Tatzenkreuz im Wind. Oben im Wehrgang warteten die Soldaten in Paradeuniformen und mit der Bucina an den Lippen auf ein Zeichen des Zeremonienmeisters, um den Trauermarsch anzustimmen.

Pierre de Sivrey und Roger Flor betrachteten vom Balkon aus das Geschehen.

«Wurdest du nicht geladen, zwischen den Würdenträgern Platz zu nehmen?»

Der Katalane schüttelte den Kopf und blickte auf das Podium hinab, wo sich die Würdenträger mit ihrem Gefolge niedergelassen hatten.

«Nein. Ich habe das Gefühl, dass es unserem zukünftigen Großmeister gar nicht gefallen hat, wie ich ihm gestern auf der Mauer das Wort abgeschnitten habe.»

«Mich hat man auch nicht gefragt. Wir sind also beide *personae non gratae*.»

Gegen eine Säule gelehnt, betrachtete Roger Flor die zum Begräbnis Geladenen. Besonders fiel ihm ein schwarzgekleideter Bruder links von Thibaud Gaudin ins Auge.

«Sag mal», fragte der Katalane und deutete auf das Podium, «kennst du den Bruder mit dem dunklen Umhang?»

Sivrey beugte sich vor und flüsterte dann: «Alessandro Caëtani. Er kommt aus einer venezianischen Komturei. Er ist Priester. Übrigens ein Priester, der …»

Neugierig spitzte der Katalane die Ohren und beugte sich näher.

«… der einen Pakt mit dem Teufel hat. Es heißt, dass er Probleme mit der Inquisition hatte.»

«Was hat er dann zwischen den Würdenträgern zu suchen?»

Sivrey erklärte mit gedämpfter Stimme: «Angeblich hat er dem Großmeister die Beichte abgenommen, kurz bevor dieser im Kampf gefallen ist.»

Ein tiefer, langanhaltender Ton schallte von den Mauern herab. Der Sarg des Großmeisters wurde in den Ehrenhof getragen. Unter den Trägern waren auch d'Aynac und Molay. Trommeln gaben den Rhythmus für die im Gleichschritt marschierenden Ritter vor, die den Leichnam trugen.

Pierre de Sivrey trat zurück, um den Sarg, der mit der Fahne des Templerordens umwickelt war, nicht sehen zu müssen.

«Ich habe das Gefühl, mit ihm würde die ganze Welt zu Grabe getragen! Das gesamte Heilige Land. Fast glaube ich, dass wir nie mehr in den Orient zurückkehren und dass selbst unsere Toten keine Ruhe finden werden.»

Roger Flor sah kurz zu ihm hinüber, schien mit den Gedanken jedoch woanders zu sein. Sogleich blickte er wieder auf den Priester, der sich jetzt erhob, um Guillaume de Beaujeus Sarg auf dessen letzte Reise zu begleiten. Als sich der Katalane schließlich doch wieder seinem Freund zuwandte, hatte er eine kühne Idee.

«Wo wird er beigesetzt?»

«In der Krypta der Kapelle. Die Maurer haben die ganze Nacht gearbeitet, um die Grabstätte fertigzustellen.»

Auf dem Ehrenhof wurde Haltung angenommen. Bevor die Träger mit dem Sarg in die Krypta hinabstiegen, stellten sie ihn noch einmal ab. Sivrey fügte hinzu:

«Doch ich bezweifle, dass unser verstorbener Großmeister eines Tages eine Ruhestätte finden wird, die seinem Rang würdig ist.»

«Den Ungläubigen wird sicher nicht daran gelegen sein», stellte Flor zynisch fest.

«Werter Bruder, das ist Blasphemie! Hier wird ein großer Ritter zu Grabe getragen!»

Doch der Katalane fuhr fort: «Nein, glaub mir, die Dummköpfe dort unten begraben gerade den gesamten Templerorden. Und uns gleich mit, wenn wir es zulassen!»

Im Hof wurde es still. Ein Würdenträger nach dem anderen kniete vor der sterblichen Hülle des Großmeisters nieder. Ein letztes Zeichen der Anerkennung für ihn, der seiner Berufung treu geblieben und als Ritter gestorben war.

Pierre de Sivrey war ebenfalls niedergekniet und sprach leise ein Totengebet.

«Wenn du so unseren Orden retten willst …»

Das war dem Kommandeur der Festung zu viel, und er sprang auf. «Unseren Orden retten? Wer bist du, dass du vorgibst, etwas retten zu wollen, was wahrscheinlich bereits gar nicht mehr existiert?»

Flor antwortete nicht, sondern starrte Sivrey nur an, worauf dieser errötete.

«Von so etwas hast du gestern bereits geredet, aber du warst im Fieberwahn, mein armer Roger, du hast phantasiert! Du hattest Visionen. Vertrau mir, wir können jetzt nur noch beten und auf die Barmherzigkeit Gottes hoffen!»

Ohne äußerlich die Ruhe zu verlieren, antwortete Flor: «Jetzt hör mir mal gut zu: Ich habe gesehen, was ich gesehen habe! Und das war keine diabolische Vision oder Einbildung, das kannst du mir glauben!» Kurz blickte er hinunter und sah, wie der Sarg in die Krypta getragen wurde. «Davon bin ich heute mehr denn je überzeugt.»

Sein Freund und Waffenbruder sah ihn überrascht und verunsichert an.

«Mehr kann ich im Moment nicht dazu sagen. Deshalb bitte ich dich, mir zu vertrauen ... und mir zu helfen.»

Pierre de Sivrey erinnerte sich an ihre zwanzigjährige ungetrübte Freundschaft, die von gemeinsamen Kämpfen und Idealen geprägt gewesen war.

«Was soll ich tun?»

Flor fasste seinen Freund am Arm.

«Mich zuerst einmal so schnell wie möglich zu diesem gelehrten Bruder bringen, der die Sitten und Sprachen der Ungläubigen studiert hat. Wie heißt er noch gleich?»

«Othon Gauffridy. Er verbringt seine Tage ausschließlich in der Bibliothek. Das dürfte kein Problem sein. Was noch?»

Roger Flor beugte sich über die Brüstung des Balkons. Jetzt betraten auch die Würdenträger die Krypta.

«Bist du heute Abend für die Bewachung der Zitadelle verantwortlich, Pierre?»

«Ja, natürlich.»

«Dann vergiss bitte, eine Wache vor die Kapellentür zu stellen.»

## 29
## Paris
## 9. Arrondissement
## Restaurant Corso

Die Bedienung brachte zwei Gläser Champagner. Marcas machte es sich auf seinem Stuhl bequem und wartete darauf, dass Di Licio von der Toilette zurückkehrte. Die Einladung, zu zweit essen zu gehen, hatte er sofort angenommen, und sie waren zu Fuß zum Square d'Anvers gegangen, wo Marcas ein erstklassiges italienisches Restaurant kannte. Zum Zeitvertreib musterte er die beiden hübschen jungen Frauen am Tresen. Eine der beiden lächelte ihn an, worauf er kurz bedauerte, nicht allein unterwegs zu sein. Neben ihnen unterhielt sich der junge Wirt des Corso, Arthur, angeregt mit Karim, einem weiteren Stammgast und Sport-Chefredakteur eines Boulevardblatts.

«Nein und nochmals nein, mein Plakat vom Halbfinale der WM 82 verkaufe ich nicht. Frankreich gegen Deutschland, das ist ein Mythos.»

Marcas hörte nicht mehr, was der Journalist antwortete, denn in diesem Moment kehrte Di Licio an den Tisch zurück und setzte sich.

«Worauf trinken wir?», erkundigte sich Marcas.

«Auf die armen Tempelritter natürlich.»

Di Licio hob sein Glas und rezitierte mit getragener Stimme: *«Non nobis domine, non nobis ...»*

Marcas lächelte. Das war eindeutig ein Test. Der lateinische Spruch war das Motto des Templerordens. Er beendete den Satz: «... *sed nomini tuo da gloriam*. Auf die kühnen Krieger. Über welches Geheimnis wolltest du vorhin, am Ende der Tempelarbeit, mit mir sprechen?»

Di Licio stellte sein Glas ab und öffnete die Speisekarte. Mit dem Zeigefinger ging er die Gerichte durch.

«Das werde ich dir gleich sagen, aber erst einmal suchen wir uns jetzt etwas zu essen aus, dann haben wir mehr Ruhe. Ich nehme gegrillten Tintenfisch, das ist gut für die Linie. Und dazu wäre ein Mouton Cadet eines guten Jahrgangs genau das Richtige.»

Marcas bestellte Penne Boscaiola mit Seitlingen in Crème fraîche – sein Lieblingsgericht. Dann wartete er darauf, dass sein Gegenüber anfing zu erzählen. Der jedoch fand offensichtlich Gefallen daran, ihn auf die Folter zu spannen.

«Ich komme gleich darauf zu sprechen, aber ich vergehe fast vor Neugier. Dürfte ich vielleicht einen Blick auf das Dokument vom Baron de Ravaud werfen?»

Marcas holte es aus der Aktentasche und legte es auf den Tisch.

«Vorsicht, es ist empfindlich.»

Di Licio rückte seine Lesebrille zurecht und zog das Papier aus der Plastikhülle. Aufmerksam las er den Text und hielt ihn dann ins Licht einer Lampe.

«Spektakulär. Wenn du das öffentlich machst, wird das in Freimaurerkreisen wie eine Bombe einschlagen. Das ist das fehlende Glied in der Geschichte der Freimaurerei. Es tut mir leid, dass ich dir diese Frage stellen muss, aber bist du sicher, dass es echt ist?»

«Hundertprozentig. Der Freund, der es mir anvertraut hat, ein Nachfahre des Barons de Ravaud, kennt sich mit Manuskripten aus. Er besitzt selbst eine große Handschriftensammlung, ich habe volles Vertrauen in ihn.»

Di Licio schob das Papier wieder in die Hülle und gab es Marcas zurück.

«Ich möchte dir natürlich zu dieser Entdeckung gratulieren, aber außerdem wollte ich noch einmal betonen, dass mir deine These über das Elitesystem der Templer sehr gut gefallen hat. Könntest du den Gedanken weiter ausführen?»

Marcas' Gesichtsausdruck wurde ernst. Jetzt musste er überzeugend sein.

«Ich glaube nicht mehr daran, dass wir alle gleich sind, und ich habe keine Lust mehr, mich mit minderbemittelten Brüdern abzugeben. Die Welt wurde immer von Eliten geführt – so müsste es auch bei den Freimaurern sein. Es kommt mir so vor, als könne mir meine Loge nichts mehr geben, und ich frage mich tatsächlich, ob ich nicht meinen Schurz zurückgeben soll. Ich hätte wirklich Lust, mich mit Brüdern zusammenzuschließen, die einer höheren … Schicht angehören.»

Di Licio leerte sein Glas in einem Zug und nickte zustimmend.

«Ich habe noch eine andere Frage. Würde dein Freund, der Sammler, das Dokument verkaufen? Ich kenne Leute, die bereit wären, viel Geld dafür zu bezahlen.»

Marcas setzte sich aufrecht hin und tat beleidigt.

«Ich bin enttäuscht, werter Bruder. Ich dachte, du würdest mir von den Templern und ihren Idealen erzählen, stattdessen versuchst du mit mir zu handeln. Ich habe nichts zu verkaufen.»

Di Licio lächelte.

«Beruhige dich, Antoine. Das war nur ein, zugegeben ungeschickter, Trick, um auszuloten, ob du wirklich gute Absichten hast. Eigentlich wollte ich mit dir über etwas viel … Persönlicheres sprechen.»

Der Kommissar antwortete nicht, nickte aber.

«Deinen Ausführungen zum Fortbestehen des Ordens

habe ich aufmerksam gelauscht. Aber was wäre, wenn ich dir sagen würde, dass es eine Gruppe gibt, die noch viel diskreter agiert als alle, die du genannt hast? Eine den Freimaurern nicht unähnliche Gruppierung, in der Männer und Frauen mit dem gleichen gesellschaftlichen Ideal vereint sind und die Idee der Templer weiterführen. Eine Bruderschaft, der brillante Köpfe angehören, die allesamt vom geistigen und symbolischen Niveau der heutigen Logen enttäuscht sind. Sie alle haben ein gemeinsames Interesse: das verloren geglaubte Geheimnis der Templer. Aus Gründen, die du im Moment nicht zu wissen brauchst, sind uns Details bekannt, mit denen bewiesen werden kann, dass es dieses Geheimnis gibt.»

«Was sind das für Brüder?»

«Ausschließlich Entscheidungsträger. Hohe Tiere bei der Polizei wie du, Politiker, Intellektuelle, Unternehmer. Brüder und Schwestern, die in diesem Land etwas zu sagen haben und die … etwas verändern wollen.»

Marcas zwang sich, cool zu bleiben. Sein Gegenüber lächelte wieder.

«Würdest du gern dazugehören?», fragte Di Licio ihn.

## 30
## Paris
## Saint-Merri-Viertel

Erst im letzten Moment sah er die Müllcontainer, die ihm an der Straßenecke den Weg versperrten. Mit dem rechten Knie prallte er dagegen, verlor das Gleichgewicht und stürzte auf die Straße. Er wusste, dass seine Flucht zu

Ende war. Zu dicht war sein Peiniger hinter ihm. Er hatte zu viel getrunken, sein Kopf drehte sich, und er wusste nicht einmal, warum der Kerl ihn verfolgte. Étienne Cimesse blickte auf und sah das Portal der Kirche Saint-Merri direkt vor sich. Im Licht der Straßenlaterne entdeckte er über dem Eingang eine Skulptur, die ihn anzugrinsen schien.

Er hörte die Schritte seines Verfolgers und das Rasseln des Kettenschlosses. Étienne wusste nicht, wie ihm geschah. Er hatte alles vergeigt: sein Leben, seine wenigen Liebschaften, seine Arbeit und sogar die Wiedereingliederung für rückfällige Alkoholiker. Und jetzt auch noch dieser Typ, der ihm seit zwei Tagen die Drinks bezahlte. Er war sympathisch gewesen und hatte ihn sogar in ein gutes Restaurant eingeladen. Er war Chef eines großen Unternehmens und hatte behauptet, Étienne erinnere ihn an einen Cousin, der nach einer üblen Liebesgeschichte verrückt geworden war.

*Ich lass dich nicht allein nach Hause gehen, Kumpel. Wir nehmen meinen Roller.*

Étienne klammerte sich an den Rädern des Müllcontainers fest. Er musste sich verstecken, bevor dieser Wahnsinnige wieder zuschlug.

*Gib mir deinen Helm, ich leg ihn in den Top Case. Dann bring ich dich in deine Wohnung*, hatte der Kerl gesagt, nachdem er den Roller angehalten hatte.

Kaum hatte Étienne daraufhin den Helm abgenommen, hatte ihm sein Gönner plötzlich grundlos ins Gesicht geschlagen. Mit aller Kraft. Das Blut war nur so aus seiner Nase gespritzt.

Étienne war zu Boden gegangen. Die Stimme des anderen hatte unter dem Helm wie ein Echo geklungen.

«Ich werde dich töten, mein Freund. Mit meinem Kettenschloss, ein ganz solides Stück, von der Firma Abus, made in Germany. Die machen die besten Schlösser der Welt. Ich habe eigentlich nichts gegen dich, aber es ist Teil der Lehre.»

Étienne hatte sich aufgerappelt und war losgerannt. Der Kerl war ihm gefolgt, als würde er sich hier gut auskennen.

«Achtung, Étienne, die Mülltonnen, du wirst dir wehtun.»

Der Dreckskerl hatte recht. Er war voll reingerannt. Seine Nase war nur noch eine formlose Masse, und er spuckte Blut. Hinter sich hörte er ein Räuspern.

Er drehte sich um und sah den Mann, der ihn verächtlich musterte. Der grüne Integralhelm mit den roten Sternen verbarg sein Gesicht. Am Anfang hatte er das noch lustig gefunden, ein Firmenchef mit einem Teenie-Helm. Dieser hatte mit einem Grinsen darauf reagiert, als Étienne ihn darauf angesprochen hatte.

*Grün steht für meine politische Überzeugung, und die Sterne sind für die Reisen ins All, die ich in meinem Kopf unternehme.*

Die roten Sterne schienen jetzt eher für Blut zu stehen. Plötzlich entdeckte er ein Stück Rohr, das aus dem Müllcontainer herausragte, und ergriff es. Doch sein Henker packte ihn bereits von hinten am Kragen, und Étienne merkte, wie er hochgezogen wurde. Er nahm ein metallisches Rasseln an seinem rechten Ohr wahr. Im nächsten Moment spürte er bereits etwas Kaltes um den Hals. Er musste würgen. Der Druck wurde unerträglich.

Ohne nachzudenken, schlug er mit dem rostigen Rohr hinter sich, dorthin, wo er das Schienbein des Mannes vermutete. Zwar nahm der Druck auf seinen Hals jetzt nicht mehr zu, aber sein Peiniger ließ auch nicht los.

«Nicht schlecht! Das ist aber nicht sehr freundlich, Étienne, ich wollte doch nur alles richtig machen. Mein

Coach hat gesagt, ich dürfe auf keinen Fall in Rage geraten.»

Er zerrte sein Opfer an der Kette über das Pflaster. Vor Étienne verschwamm alles, und er bekam keine Luft mehr. Er war am Ende und ergab sich seinem Schicksal. Niemand auf dieser Welt würde ihn vermissen.

Plötzlich schallte die Stimme seines Angreifers durch die Gasse. «Mein Kopf …»

Der Druck auf den Hals ließ nach, und Étienne sank zu Boden. Als er aufblickte, sah er, wie der Mann mit beiden Fäusten auf seinen Helm einschlug und sich schwankend krümmte.

Er begann zu schreien.

## 31

Akkon
Zitadelle der Templer
19. Mai 1291

Die Bibliothek befand sich im ältesten Teil der Festung auf der dem Meer zugewandten Seite. Sie lag in einem Turm, der von den ersten Templern erbaut worden war zu einer Zeit, als Akkon noch ein kleines Dorf gewesen war. Seitdem war nicht nur die Stadt stetig gewachsen, sondern auch der Templerorden war größer und wichtiger geworden. Die Bauten des Ordens erstreckten sich inzwischen über einen riesigen Felsvorsprung, der ins Mittelmeer hinausragte. Durch die Fenster der Bibliothek konnte man bei guter Sicht schon früh die aus dem Abendland kommenden Schiffe sehen. Zu Akkons besten Zeiten waren fast jeden Tag große Schiffe mit Pilgern sowie große Handelsschiffe angekommen, deren Laderäume nur darauf warteten, mit den Schätzen des Orients gefüllt zu werden. Ein immer wieder faszinierendes Spektakel, das Bruder Othon Gauffridy jedoch kaum interessierte, da er ununterbrochen und hochkonzentriert über einem Buch, der Übersetzung einer Handschrift oder der Entschlüsselung einer Papyrusrolle saß. Seit Jahren hielt er sich in diesem Gemäuer auf, umgeben von einer Bibliothek, deren Wert und Geheimnisse nur er allein kannte. Jeder neue Großmeister hatte schnell begriffen, wie wichtig Gauffridy für den Templerorden war, zum Beispiel, wenn es darum ging, feine Nuancen diplomatischer Korrespondenz mit arabischen Prinzen zu entschlüsseln. Er allein verstand, was zwischen den Zeilen stand. Daher stellte niemand seine Marotten in Frage: seine beharrliche Weigerung, seinen Schlupfwinkel zu verlassen, die Besessenheit für Bücher und seine Empfindlichkeit.

Als gefragter Berater und anerkannter Wissenschaftler hatte sich Othon Gauffridy im Laufe der Jahre eine Sammlung islamischer Manuskripte zugelegt, die von der Grenze Arabiens bis zu den Oasen am Nil einzigartig war. Jeder Tempelritter des Orients wusste, dass bei der Einnahme einer Stadt oder bei der Durchsuchung einer Karawane auch das kleinste Schriftstück aufbewahrt und dem Bibliothekar in der Zitadelle von Akkon übergeben werden musste. Dieser las und übersetzte alles. Zwei junge Schreiber standen in seinem Dienst, deren Aufgabe darin bestand, alle politischen Informationen aus den Briefen und entwendeten Verträgen herauszufiltern. Von dieser diskreten Arbeit wusste niemand etwas, doch sie war für das politische Handeln im Heiligen Land von unschätzbarem Wert.

An diesem Morgen im Mai war Gauffridy jedoch nicht in die Lektüre einer seiner Lieblingsschriften vertieft wie sonst, sondern stand am offenen Fenster und blickte hinaus aufs Meer. Wellen brachen sich an dem Riff, das die Landspitze umgab. Sie überspülten bereits die ersten Felsen. Bald würde die Brandung an den Mauern der Festung niedergehen und diese bis aufs Fundament erschüttern – das Unwetter hatte sich seit Tagen angekündigt und schien jetzt unmittelbar bevorzustehen.

Der Bibliothekar seufzte. Der Vergleich zwischen der See, die immer wütender tobte, und der Erstürmung der Zitadelle durch die Ungläubigen, die Akkon bereits erobert hatten, drängte sich ihm auf. In Kürze würden die Kreuzritter im Heiligen Land nur noch bloße Erinnerung sein. Jedes Volk und jede Religion würde sich mit seinem eigenen Wissen, seinem Groll und seinem Hass zurückziehen, sich womöglich jahrhundertelang gegenseitig nicht beachten.

Othon Gauffridy drehte sich um und betrachtete die Bücher. Das gesamte Gedankengut des Islam war hier versammelt. Von den ersten Koran-Versionen über die Kommentare der Schriften des Propheten bis zu sufistischen Mystiken und Schriften von Theologen aus Bagdad. Ganz zu schweigen von den weltlichen Schriften der Schismatiker und all der Sekten, die einen noch reineren Islam forderten und dem Lauf der Geschichte zum Opfer gefallen waren.

Auf Schafleder geschriebene Manuskripte, dünne Papyrusrollen, die aus dem Flussbett des Nil gefischt worden waren und die knisterten, wenn man sie zusammenrollte, und sogar Papier, das angeblich im Fernen Osten erfunden worden war.

Die ganze muslimische Zivilisation befand sich hier in dieser Bibliothek, und das Wissen, dass sie die gewaltsame

Einnahme der Zitadelle nicht überstehen würde, schmerzte Othon Gauffridy unendlich.

Sein ganzes Leben hatte er inmitten von Büchern zugebracht. Zorn gegenüber anderen und Hass auf den Feind waren ihm fremd, doch dieses Mal ging die Ungerechtigkeit zu weit. Die Arbeit eines ganzen Lebens durfte nicht einfach einer Plünderung zum Opfer fallen und in Vergessenheit geraten.

Er wurde rot vor Zorn und schlug mit der Faust auf den Fensterrahmen. Er durfte nicht zulassen, dass das Schicksal eine solche Wende nahm. Wütend rief er: «Niemals werde ich es zulassen, dass die Bücher in Flammen aufgehen. Und wenn ich meine Seele dafür an den Teufel verkaufen muss!»

In diesem Moment klopfte es an der Tür.

## 32
## Paris
## Place Beauvau
## Innenministerium

Am Eingang brauchte er nicht einmal seine Papiere zu zeigen – der Ministerialbeamte, der ihn empfing, fungierte als sein persönliches Sesam-öffne-Dich. Vor einigen Jahren war Marcas regelmäßig im Ministerium gewesen und hatte bei wichtigen Fällen an den Besprechungen des Ministerrats teilgenommen. Damals herrschten andere politische Verhältnisse, und er hatte eine wichtigere Funktion innegehabt. Seitdem war sein Stern jedoch ein wenig gesunken; inzwischen setzte er nur noch selten einen Fuß ins Ministerium. Er blickte auf die Uhr. Mit ein wenig Glück würde die Besprechung höchstens eine Stunde dauern – er war kurzfristig für seinen Vorgesetzten eingesprungen, der nach einem Autounfall auf der Place de l'Étoile ans Bett gefesselt war.

Der Beamte brachte ihn in einen der zum Garten hinausgehenden Säle, wo Marcas auf die anderen Teilnehmer wartete. Der schöne Blick ins Grüne mutete fast absurd an, wenn man wusste, wie viele dunkle Geheimnisse seit mehr als einem Jahrhundert in dieser grünen Oase besprochen und gehütet wurden.

Er dachte an Di Licios Angebot, sich der mysteriösen Loge anzuschließen. Und daran, dass er schließlich eingewilligt hatte, an einer Tempelarbeit teilzunehmen, die in einem Landschloss im Departement Oise nördlich von Paris stattfinden sollte. Di Licio hatte ihm die Spielregeln erklärt:

*Das ist keine normale Tempelarbeit. Du musst fünf Tage Urlaub nehmen und einpacken, was du für diesen Zeitraum brauchst.*

Als Marcas zu bedenken gegeben hatte, dass nicht jeder so kurzfristig fünf Tage Urlaub bekäme, war er daran erinnert worden, dass die Loge ihre Mitglieder nicht unter normalen Angestellten rekrutierte.

Sofort nach dem Restaurantbesuch hatte Marcas den Großsekretär Andrivaux angerufen, um ihn über die neuesten Entwicklungen zu unterrichten. Sie hatten vereinbart, dass es vorerst bei dieser einen Tempelarbeit bleiben sollte.

Er zog sein Zigarettenetui aus der Tasche, mit dem er öfter geistesabwesend spielte, selbst wenn er nicht rauchte. Manchmal trauerte er den Zeiten nach, in denen er – teilweise dank der Freimaurerei – eine steile Karriere gemacht hatte. Die Linken waren an der Macht, und er hatte sich aus einem republikanischen Ideal den Freimaurern angeschlossen, gleichzeitig aber von ihrem Netzwerk profitiert. Von dem Tag, an dem er seinen Job im Zentralen Nachrichtendienst angetreten hatte, bis zu dem Zeitpunkt, an dem er verstanden hatte, dass seine Loge in L'Haÿ-les-Roses den größten Ring von Steuerbetrügern beherbergte, den man sich vorstellen konnte, war alles viel zu schnell gegangen. Empört hatte er die Praktiken angezeigt, doch man hatte ihm zu verstehen gegeben, dass diese Eigenschaft nicht die beste Qualität eines Polizisten sei. Er hatte die Loge dann verlassen – einige Jahre bevor die Sache an die Öffentlichkeit kam und die Großloge ihren guten Ruf verlor.

Am anderen Ende des Raumes räusperte sich jemand. Der Sekretär des Beraters deutete auf die Tür, die in den Claude-Érignac-Salon führte, wo die Strategiebesprechungen stattfanden.

Als Marcas eintrat, stellte er auf den ersten Blick fest, dass sich auch dort nichts verändert hatte. Die bombastischen Porträts, die unbequemen Stühle aus vergoldetem Holz, die blassviolette Farbe der Tischtücher. Nachdem er die vier übrigen Teilnehmer begrüßt hatte, die inzwischen auch eingetroffen waren, nahmen sie alle vor dem großen Spiegel Platz. Er kannte einen von ihnen, einen stellvertretenden Direktor beim Zoll. Er hatte mit ihm in einem Fall zusammengearbeitet, in dem es um das Abfangen von Bildern aus Anvers ging. Die anderen hatte er noch nie gesehen.

Der Ministerialbeamte hatte die Dossiers zu dem Fall, um den es heute ging, bereits ausgeteilt, als ein Sekretär hereinkam und Marcas eine kleine Karte mit dem Briefkopf des leitenden Staatssekretärs höchstpersönlich zusteckte, auf der nur ein Satz stand.

*Kommen Sie nach der Besprechung in mein Büro.*

Marcas ließ die Nachricht in der Tasche verschwinden und wartete geduldig das Ende der Sitzung ab. Eine halbe Stunde später stand er im Büro des leitenden Staatssekretärs. Der Mann in den Vierzigern mit dem kurzrasierten Haar schüttelte ihm kraftvoll die Hand und lächelte ihn an.

«Mein lieber Marcas. Ich habe schon viel von Ihnen gehört. Setzen Sie sich doch.»

«Ach ja? Ich wusste gar nicht, dass die Zentralstelle für Kunstraub so viel von sich reden macht.»

Der Staatssekretär lachte.

«Nein, ich habe die Berichte meiner Vorgänger zu den heiklen Fällen gelesen, in denen Sie ermittelt haben. Den Mord in der Botschaft in Rom, die Sache mit den Neonazis von Thulé, das Komplott der Dionysos-Sekte und dann, vor nicht allzu langer Zeit, der Doppelmord in Ihrer Großloge.»

«Ich habe viel Glück gehabt.»

«Keine falsche Bescheidenheit. Sie agieren abseits der ausgetretenen Pfade, aber Sie haben Erfolg. Ich würde Sie gern um etwas bitten.»

Marcas setzte sich in seinem Stuhl auf. «Aha?»

Der Staatssekretär lächelte inzwischen nicht mehr.

«Wir haben seit geraumer Zeit ein Auge auf einen Ihrer Brüder geworfen, einen gewissen Di Licio. Der Herr steht bei uns unter Beobachtung. Werfen Sie mal einen Blick in dieses Kuvert.»

Marcas öffnete den braunen Umschlag. Darin lagen Schwarz-Weiß-Fotos, auf denen er sich in Di Licios Begleitung in dem italienischen Restaurant erkannte. Auf einem Bild schüttelten sie sich vor dem Eingang die Hand, auf einem anderen aßen sie gerade.

«Mein lieber Marcas, Sie erzählen mir jetzt genau, worüber Sie sich mit diesem Herrn unterhalten haben. Und von Ihrer Antwort wird abhängen, wie Ihre Karriere in Zukunft verlaufen wird.»

## 33
## Paris

Er erwachte schweißgebadet. Das Laken war so nass, als ob er literweise Wasser verloren hätte. Das winzige Zimmer, in dem er sich befand, kannte er nicht. Es war weiß und kahl wie ein Krankenhauszimmer. Neben der gepolsterten Tür stand ein metallener Arzneischrank. Gegenüber dem Bett war eine Kamera mit einem roten, leuchtenden Punkt auf ihn gerichtet. Victor Léandre setzte sich auf. Er trug ein weißes OP-Hemd, in seinem linken Unterarm steckte eine Infusion und … sein rechtes Handgelenk war mit einer Handschelle am Bett festgekettet.

Doch das war noch nicht alles. Auf dem Kopf spürte er etwas Schweres. Eine Art Kappe, aus der elektrische Kabel kamen, war mit einem dünnen Gummiband auf seinem Schädel befestigt. Auf einem Monitor links von sich sah er eine elektronische grüne Linie mit der Gleichmäßigkeit eines Metronoms ausschlagen.

Bruchstückhaft kamen die Erinnerungen zurück. Die dunkle Gasse, der Alkoholiker vor ihm an der Mülltonne am Boden, das schwere Kettenschloss, und dann … diese Kopfschmerzen, die ihn plötzlich heimgesucht hatten. Der unerträgliche Schmerz in dem Moment, als er sein Opfer hätte strangulieren müssen. Und dann das schwarze Loch.

Er legte sich wieder hin. Offenbar war er in ein Krankenhaus gebracht worden. Er versuchte seine Gedanken zu ordnen. Jemand musste einen Krankenwagen gerufen haben. Aber wer? Er hatte den Alkoholiker nicht ermordet. Irgendjemand musste die Polizei alarmiert haben. Dafür sprach die Tatsache, dass er mit Handschellen ans Bett gefesselt war. Sein Herz schlug schneller. Die Bullen würden das Ganze untersuchen. Wahrscheinlich hatte dieser Idiot schon alles ausgeplaudert und ihnen detailliert berichtet, dass er handgreiflich geworden war. Er musste nachdenken. Die Polizei würde ihn in die Zange nehmen.

Wenn er ihnen sagte, dass er Victor Léandre, Vorstandsvorsitzender der Stone Corporation war, würden sie ihn sicher etwas respektvoller behandeln. Wahrscheinlich waren sie ohnehin bereits im Besitz seiner Papiere, denn sie hatten ihm seine Kleider ausgezogen. Und wer glaubte schon eher einem Alkoholiker als dem Chef eines der größten amerikanischen Unternehmen in Frankreich? Er würde ihnen eine schlüssige Erklärung liefern. Er war auf seinem Roller vorbeigefahren, hatte den Mann am Boden liegen sehen und versucht, ihm zu helfen. Doch es sei ein Hinterhalt gewesen. Der Kerl hätte versucht, ihn anzugreifen, als er näher gekommen sei. Das würde man ihm abnehmen.

Er machte es sich im Bett bequem und zog die Decke bis zum Hals. Ein wenig unangenehm würde es werden, aber mehr nicht. Auf jeden Fall musste er Plantado, seinen Anwalt, anrufen, ein Meister seines Fachs. Dann würde er seinem Coach erklären müssen, warum er seine Aufgabe nicht erfüllt hatte. Und er musste herausfinden, woher dieser plötzliche Kopfschmerz gekommen war. Vielleicht war es eine Folge der Lehre. Seit er damit angefangen hatte, plagten ihn öfter hartnäckige Migräneanfälle. Der Psychotherapeut würde ihm eine logische Erklärung dafür liefern und ihm die entsprechenden Medikamente verschreiben. Die nächste Sitzung sollte in vier Tagen stattfinden. Und was die Lehre anging, musste er einfach nur ein anderes Opfer finden und es dann besser machen. Er würde eine andere Bar aufsuchen, um sich einen anderen Trottel auszusuchen.

Wieder schlug sein Herz schneller. Die Bar in der Rue Jean-Pierre-Timbaud. Drei Abende hatte er dort mit diesem Étienne verbracht. Wenn der Idiot die Bullen dazu brachte, dort nachzufragen, würde der Barkeeper alles bestätigen. Verdammt! Er war zu selbstsicher gewesen. Er musste sich etwas anderes überlegen.

*Ja, Herr Inspektor, trotz meiner gesellschaftlichen Stellung gehe ich gern ab und zu auf einen Drink in eine einfache Bar. Mir ging es in den letzten Tagen nicht besonders gut. Jemand, der mir sehr nahestand, ist letzte Woche vor meinen Augen gestorben. Das hat mich ganz schön mitgenommen.*

Er wollte sich auf die Seite drehen, aber die Handschellen ließen das nicht zu. Sie saßen so fest, dass ihm das Metall ins Fleisch schnitt.

Er blickte auf den kleinen roten Punkt an der Kamera. Die Schwestern hatten sicher bemerkt, dass er aufgewacht war. Er musste sich beruhigen und überzeugend das Opfer spielen, ohne zu übertreiben. Vielleicht sollte er sogar vorschlagen, dass die Stone Corporation dem Krankenhaus eine Spende zukommen lassen würde, und für die gute Arbeit der Polizei würde er sich ebenfalls erkenntlich zeigen.

Als er Schritte und gedämpfte Stimmen vor der Tür hörte, setzte er sich aufrecht, um den Bullen gegenüber nicht allzu unterlegen zu wirken.

Die Tür öffnete sich, und eine Krankenschwester mit

einem kleinen Wagen sowie ein leicht korpulenter Mann in einer Tweedjacke traten ein. Letzterer legte eine Hand auf das Bettgestell. In der anderen hielt er Léandres Brieftasche.

«Leutnant Aubry. Entschuldigen Sie die Störung. Sie sind doch Victor Léandre, dreiundvierzig Jahre, Vorstandsvorsitzender der Stone Corporation, wohnhaft in der Rue Baccusat Nummer 3 in Puteaux?», fragte der Mann gelangweilt.

«Ja. Was ist mit mir passiert? Wo bin ich? Warum die Handschellen?»

Léandre hoffte, aufrichtig erstaunt und gleichzeitig müde zu wirken. Die Krankenschwester prüfte die Infusion und öffnete ein kleines Etui, das auf dem Wagen lag. Der Leutnant verschränkte die Arme.

«Wir haben Sie an der Metro-Station Stalingrad aufgesammelt. Sie waren bewusstlos.»

«Jemand hat mich zusammengeschlagen. Ich wollte den Kerl sogar noch nach Hause bringen, er war besoffen, jedenfalls tat er so …»

Der Polizist schnitt ihm das Wort ab.

«Das reicht, Léandre. Sie lügen.»

Ein kalter Schauer lief Victor Léandre über den Rücken. Im selben Moment zog die Krankenschwester, die sich neben ihn gesetzt hatte, ein Skalpell hervor. Während sie die Klinge an seinem Unterarm ansetzte, nahe der Stelle, wo man ihm die Infusion gelegt hatte, konnte er den Vanilleduft ihres Parfums riechen. Er versuchte, ruhig zu bleiben.

«Entschuldigen Sie, aber wissen Sie eigentlich, wer ich bin? Ich …»

Der Polizist hob die Hand, um ihn zum Schweigen zu bringen.

«Léandre, wir verschwenden nur Zeit. Schauen Sie lieber auf Ihren Arm.»

Bevor er sich wehren konnte, schnitt die Krankenschwester mit dem Skalpell entschlossen ins Fleisch. Hellrotes Blut spritzte auf die Bettdecke.

## 34
Akkon
Zitadelle der Templer
19. Mai 1291

«Guten Tag, Maître Gauffridy», grüßte Sivrey respektvoll. «Darf ich Euch einen unserer Brüder vorstellen, von dem Ihr sicher bereits gehört habt: Roger Flor. Ihm ist die Flotte des Templerordens unterstellt.»

Der Katalane verbeugte sich, während er aus den Augenwinkeln die bis unter die Gewölbedecke mit Büchern vollgestopfte Bibliothek betrachtete.

Neugierig musterte Gauffridy den Bruder, der ihn äußerlich an Herkules erinnerte, den die unter der Last der Schriften fast zusammenbrechenden Regale aber offensichtlich faszinierten.

«Interessiert Ihr Euch für Bücher, Maître Flor?»

Sivrey ließ ihm keine Zeit zu antworten.

«Maître Gauffridy, ich werde Euch nicht unnötig mit den Details der mehr als schwierigen Lage, in der wir uns befinden, belasten. Aber Akkon ist den Ungläubigen in die Hände gefallen, und das gesamte Heilige Land ist bedroht. Unser Bruder Flor ist auf einer Mission hier, die ebenso heikel wie geheim ist. Dafür braucht er Eure Hilfe.»

«Die Hilfe, die ich zu geben vermag, ist nur ein schwacher Abglanz der Bücher, die Ihr hier versammelt seht, verehrter Bruder, und das ist nicht viel in diesen düsteren Zeiten.»

«Ihr seid allzu bescheiden, Maître. Ich habe keine Zweifel, dass Euer Wissen unserem Bruder Flor sehr weiterhelfen wird. Wenn Ihr mich jetzt bitte entschuldigen würdet, die Verteidigung der Zitadelle lässt sich leider nicht aufschieben.»

Pierre de Sivrey verbeugte sich und verließ dann eilig die Bibliothek.

«Du bist also der Flottenkommandant?», hakte Gauffridy nach, ohne sich mit Höflichkeiten aufzuhalten.

«Zu Euren Diensten, Maître.»

Der Gelehrte verzog die Lippen zu einem spöttischen Lächeln.

«Na, dann sag mir mal, wozu uns deine Schiffe dienen werden?»

«Um die Verwundeten und all jene, die für die Templer gekämpft haben, in Sicherheit zu bringen, wenn Gott uns die Zeit dafür lässt.»

«Menschen, immer geht es nur um Menschen», brummte der Bibliothekar, «für meine Bücher wird natürlich kein Platz mehr sein.»

Verblüfft ließ der Katalane den Blick über die Regale schweifen.

«Ja, meine Bücher! Weißt du, dass hier Schätze lagern, die für die Menschheit von großer Bedeutung sind? Ein Wissen, das morgen in Flammen aufgehen und damit für immer verloren sein wird. Welch ein Verlust, mein Gott, welch ein Verlust!»

Roger Flor hatte von jeher die Gabe besessen, eine Situation schnell einschätzen und Entscheidungen treffen zu können. Vor ihm stand der Mann, der mehr über die muslimische Welt wusste als jeder andere. Genau diesen Mann brauchte er.

«Ihr wisst, dass all unsere Schiffe im Hafen bereitliegen, um unsere Brüder nach Sidon in Sicherheit zu bringen.»

Gauffridy klopfte nervös mit den Fingern auf den Tisch.

«Allerdings …»

Der Bibliothekar klopfte immer schneller.

«… gibt es noch ein weiteres Schiff. Auf ihm soll der Schatz des Ordens transportiert werden. Aber ich glaube nicht, dass der Laderaum damit ausgefüllt sein wird.»

Othon Gauffridys Gesicht hellte sich auf.

«Und du glaubst, dass …»

«Und ich glaube, dass wir uns einigen können.»

Sofort rief der Bibliothekar: «Frag mich, was du wissen willst!»

«Alles über die Assassinen!»

## 35
## Paris
## Place Beauvau

In dem Raum war nichts als das Ticken der goldverzierten Pendeluhr im Empirestil zu hören. Marcas schwieg. Offenbar waren er und Di Licio verfolgt und fotografiert worden, womöglich hatte man sogar ihr Gespräch belauscht. Er musste aufpassen, was er sagte. Dieses Durchkreuzen seiner eigenen Ermittlungen machte ihn nervös. Der Staatsminister sah ihn an, ohne die Miene zu verziehen.

«Wir haben über die Templer geredet», sagte Marcas schließlich.

«Ach ja? Haben Sie deren Schatz in einer Ihrer Logen gefunden? Haben Sie sich vielleicht darüber unterhalten, wie Sie das Geld dem Staat zukommen lassen können, um dessen Kassen aufzufüllen?»

Marcas ging nicht auf die Ironie des Staatssekretärs ein.

«Wir kamen gerade von einer Tempelarbeit, bei der ich einen Vortrag über den Templerorden gehalten habe. Ich habe dort über ein wichtiges historisches Dokument referiert, das erst vor kurzem aufgetaucht ist. Di Licio, seines Zeichens Historiker und anerkannter Spezialist in diesem Feld, hat mich zum Essen eingeladen, weil er sich mit mir darüber unterhalten wollte. Das können Sie überprüfen.»

Das Telefon klingelte. Der Staatsminister hob ab, ohne Marcas aus den Augen zu lassen.

«Sagen Sie der Ministerin, dass ich gleich da bin, ich muss nur noch schnell eine Kleinigkeit regeln. Die Unterschriftenmappe liegt bereits auf ihrem Schreibtisch.»

Er legte auf und lehnte sich in seinem Sessel zurück.

«Die Templer ... Marcas, ich habe den Eindruck, dass Sie mich für dumm verkaufen wollen. Seit Jahren verursachen Sie jedes Mal, wenn Sie – stets allein – in Erscheinung treten, einen Haufen Probleme.»

«Ich bitte Sie, Herr Staatssekretär. Ich kann Ihnen die Handynummern von einem Dutzend angesehener Leute geben, die bei der Tempelarbeit anwesend waren. Und sie werden alle bestätigen, was ich Ihnen gerade erzählt habe.»

«Das glaube ich Ihnen sofort. Das Ärgerliche ist, dass ich Ihrer netten Bruderschaft nicht angehöre und Ihre lieben Brüder sonst was behaupten können, um Sie zu decken. Ich will offen mit Ihnen reden, Marcas. Ich bin der Meinung – der sich übrigens immer mehr Regierungsmitglieder anschließen –, dass es nicht nur bei der Polizei zu viele Freimaurer gibt. Ihrer Katzbuckelei und Ihren Seilschaften misstraue ich zutiefst.»

«Über dieses Thema diskutiere ich nicht, Herr Staatssekretär.»

«Lassen Sie mich ausreden, Marcas. Der Nachrichtendienst, den Sie ja selbst nur zu gut kennen, hat mir vor drei Monaten eine Akte über Di Licio zukommen lassen. Überall in Frankreich taucht er auf. Und sicher nicht, um neue Etappenziele für die Tour de France ausfindig zu machen. Nein, man sieht ihn in Marseille und Toulouse, und jedes Mal umgibt er sich mit wichtigen Persönlichkeiten.»

«Alles andere wäre auch erstaunlich, das weiß der Nachrichtendienst besser als jeder andere: In der Provinz sind die Freimaurer ein Sammelbecken derer, die Rang und Namen haben.»

Der Staatssekretär verzog das Gesicht zu einer Grimasse.

«Nicht nur in der Provinz ... Um auf Di Licio zurückzukommen: Der Nachrichtendienst hat eine interessante Beobachtung gemacht. Jene Leute sind nämlich keine Freimaurer, oder falls sie es gewesen sind, dann sind sie es nicht mehr, sondern haben ihren Schurz abgegeben. Und die meisten von ihnen sind einflussreiche Unternehmer oder hohe Politiker aus verschiedenen politischen Lagern. Einer meiner Mitarbeiter, der sich mit dem Fall beschäftigt hat, wies mich darauf hin, dass es nach dem Aufbau eines mächtigen Netzwerks riecht, und das gefällt mir gar nicht.»

«Und was soll ich nun machen?»

«Ich bin noch nicht fertig. Man hat Di Licios Bankkonten überprüft und seine Steuererklärungen unter die Lupe genommen. Offenbar hat dieser Herr großzügige Zuwendungen von einer ausländischen Stiftung erhalten. Möchten Sie wissen, wie sie heißt?»

«Ja, aber aus reiner Neugier, ich weiß noch immer nicht, was ich damit zu tun haben soll.»

«Templar Fellowship Society …»

«Ach, wie Simon Templar, der Held aus *The Saint*, der Fernsehserie, die ich als Kind immer gesehen habe», antwortete Marcas mit einem spöttischen Lächeln.

«Mag sein … Jedenfalls hat sich diese Stiftung zum einen auf Ausgrabungen mittelalterlicher Stätten, die mit den Templern in Verbindung gebracht werden, spezialisiert und zum anderen auf die Finanzierung kultureller Aktivitäten und Entwicklungshilfe in der Dritten Welt. Doch ihre Einkommensquelle ist bislang unklar.»

Der Staatssekretär erhob sich und lehnte sich gegen den Kamin. Dann fuhr er fort:

«Ich möchte, dass Sie über diesen Di Licio und seinen Versuch, Lobbying im großen Stil zu betreiben, Ermittlungen anstellen. Berichten Sie nur mir. Natürlich werden wir Ihren Chef in der Zentralstelle für Kunstraub informieren, damit er Sie von anderen Aufgaben entbindet.»

Marcas war sich sicher, dass er nicht der Einzige mit diesem Auftrag sein würde und die Truppe, die Di Licio bislang beschattet hatte, ihre Ermittlungen ebenfalls fortsetzte.

«Ich will vermeiden, dass es in Frankreich zu so einer Sache wie damals mit der P2-Loge kommt. Sie wissen, wovon ich spreche.»

Marcas unterdrückte ein Seufzen. Natürlich hatte der Staatssekretär es nicht lassen können, auf die korrupten Freimaurer der Loge P2 anzuspielen, die in den 70er und 80er Jahren viel Anlass zum Gerede gegeben hatte. Die

Loge *Propaganda Masonica Due* bestand aus Armeeangehörigen, Polizisten, Bankiers und Politikern und hatte sich zum Ziel gesetzt, die Republik Italien umzukrempeln und eine Diktatur zu errichten. Zwanzig Jahre lang war sie in alle politischen und finanziellen Skandale des Landes verwickelt gewesen. Damit bot sie ein Paradebeispiel für die Entgleisungen der Freimaurerei, das all jene, die von der Verschwörung der Freimaurer überzeugt waren, gern immer wieder auf den Plan brachten. Ihr Großmeister hatte eigenmächtig eine ganze Reihe zwielichtiger, aber mächtiger Leute initiiert, ohne den Logenverband davon in Kenntnis zu setzen.

«Ob Sie mir glauben oder nicht, ich verabscheue diese korrupten Verbrecher, durch die wir in Verruf geraten sind, noch viel mehr als Sie.»

«Regen Sie sich nicht auf, Marcas. Ich kenne Ihre Personalakte und weiß, dass Sie ehrlich sind. Ich habe die Berichte Ihrer Vorgesetzten gelesen, die alle voll des Lobes für Sie sind. Genau deshalb möchte ich auch, dass Sie mir helfen. Außerdem haben Sie als Freimaurer direkten Zugang zu Di Licio, und er wird keinen Verdacht schöpfen.»

«Habe ich eine Wahl?»

«Man hat immer eine Wahl, Marcas. Besonders die, Gutes zu tun.»

## 36
Paris

Léandre blickte auf das Blut, als wäre es nicht sein eigenes. Die Krankenschwester war zurückgetreten, um nichts abzubekommen. Der Polizist lächelte ihn an.

«Der Blutsbeweis ... Der dürfte eigentlich nicht wehtun.»

Victor Léandre sah ihn überrascht an. Er war nicht in einem Krankenhaus, und der Mann vor ihm war kein Polizist, sondern gehörte der Bruderschaft an.

«Was soll dieses Schauspiel?»

Der Unbekannte hatte einen Schlüssel aus der Tasche geholt und öffnete die Handschellen.

«Das war Doktor Yarkers Idee. Er hat im Moment so eine sadistische Ader.»

Die Krankenschwester drückte eine Kompresse auf die Wunde und legte dann einen Verband an.

«Wo bin ich?»

«In seiner Klinik, in Paris. Du stehst zehn Stunden unter Beobachtung. Wir haben dich heute Nacht von der Straße aufgelesen.»

«Wie das?»

«Unsere Leute haben dich beschattet. Das ist so üblich. Von dem Moment an, in dem du dich auf den heiligen Pfad begibst, ist eine solche Sicherheitsmaßnahme nötig. All unsere Kandidaten waren dem ausgesetzt, auch ich.»

Der Vorstandsvorsitzende der Stone Corporation massierte sich die Hand.

«Was ist passiert?»

«Das wird dir der Doktor selbst erklären. Er erwartet dich in seinem Büro, zweite Tür rechts. Deine Sachen liegen in dem Schrank dort. Dein Roller steht vor dem Haus, die Schlüssel sind am Empfang. Bis später, ich bleibe in der Nähe.»

Der Mann verließ den Raum und schloss die Tür hinter sich. Léandre beobachtete die Krankenschwester, die das Skalpell desinfizierte. Sie beachtete ihn nicht.

«Ich dachte, dass eine Krankenschwester dazu da ist, Patienten zu pflegen. Nicht gerade nett, mich so übel zuzurichten.»

Die junge Frau drehte sich um und lächelte ihn freundlich an. Sie sah gut aus. Das kastanienbraune Haar trug sie kurz geschnitten, und sie hatte ein ausdrucksvolles Gesicht mit einem ironischen Mund.

«Sie wissen ganz genau, dass das dazugehört. Auch ich hatte das Vergnügen. Nicht bewegen, ich werde Ihnen die Elektroden und die Infusion entfernen.»

Sie beugte sich über ihn. Wieder roch er ihr Vanilleparfum und bemerkte, dass ihr Kittel über den festen Brüsten spannte. Die Krankenschwester-Phantasie, ein Klassiker. Aber sie war anders als andere Schwestern. Sie gehörte der Bruderschaft an. Sie hatte bereits getötet.

«Wenn Sie mir die indiskrete Frage erlauben, Mademoiselle, wie viele Menschen haben Sie denn bereits ins Jenseits befördert?»

Sie sortierte die Elektroden neben dem Kontrollbildschirm.

«Neun.»

Léandre war verblüfft.

«Im Vergleich zu Ihnen bin ich ein Anfänger. Ich habe erst einen einzigen Mord begangen, den zweiten habe ich gerade versaut. Allerdings hatte ich starke Migräne. Wollen Sie mir nicht ein wenig Nachhilfe geben? Ich könnte jemanden gebrauchen, der mich für eine Weile an die Hand nimmt.»

Sie sah ihn lächelnd an.

«Das ist das erste Mal, dass mich ein … Bruder anmacht. Das wird hier gar nicht gern gesehen. Die Kopfschmerzen sind übrigens anfangs ganz normal. Aber das wird der Doktor Ihnen gleich erklären. Er ist ein sehr guter Pädagoge. Mich hat er am Anfang auch begleitet.»

«Geben Sie mir trotzdem Ihre Handynummer? Ich verspreche auch, ganz artig zu sein. Als Vorstandsvorsitzender bin ich ein verantwortungsvoller Mensch. Vielleicht darf ich Sie wenigstens zum Essen einladen? Wenn Sie mich dann langweilig finden, können Sie mir ja den Laufpass geben.»

Die Krankenschwester legte den Finger auf die Lippen.

«Wenn der Doktor damit einverstanden ist, gern. Ich frage ihn, wenn Sie weg sind. Hinterlassen Sie Ihre Nummer einfach bei der Empfangsdame, sie ist eine Freundin von mir.»

Sie setzte den kleinen Wagen in Bewegung und verließ den Raum. Victor Léandre hatte ebenfalls keine Zeit zu verlieren, zog sich rasch an und trat auf den Gang hinaus. Das Zimmer des Arztes hatte er schnell gefunden und klopfte.

«Kommen Sie herein, Victor.»

Er betrat einen Raum, der zwar größer war als das Zimmer, in dem er gelegen hatte, aber ebenso unpersönlich. Doktor Yarker studierte eine Leuchttafel mit Röntgenbildern. Ein Schädel von allen Seiten war darauf zu sehen.

«Hier ist er also, Ihr wertvoller Kopf. Es fällt einem schwer zu glauben, dass er einem Idioten gehört.»

Léandre zuckte zusammen.

«Wie bitte?»

«Ich hatte Ihnen doch gesagt, Sie sollen noch ein bisschen warten, bevor Sie wieder töten. Darüber haben Sie sich einfach hinweggesetzt. Mit dem Ergebnis, dass Sie im entscheidenden Moment die Kontrolle verloren haben. Ich hoffe, das wird Ihnen eine Lehre sein.»

Wie betäubt setzte sich Léandre auf einen Stuhl, der an der Wand stand. So hatte noch nie jemand mit ihm gesprochen. Dieser Quacksalber würde noch sein blaues Wunder erleben.

«Bei meinem Eintritt in den Orden wusste ich genau, was ich tat. Vielleicht war ich mit meinem zweiten Mord ein wenig vorschnell, na und? Ich leite ein Unternehmen mit fünfzehntausend Angestellten. Die Minister reißen sich darum, mit mir essen zu gehen. Hören Sie endlich auf, mich wie ein kleines Kind zu behandeln, und erklären Sie mir lieber, was mit mir los war.»

Der Arzt studierte die Röntgenbilder noch einen weiteren Moment, bevor er sich seufzend Léandre zuwandte.

«Ihre Tiraden beeindrucken mich überhaupt nicht. Ich habe ausschließlich mit höhergestellten Persönlichkeiten zu tun, Victor. Das ist ja gerade das Besondere an meiner Rolle als Coach. Vereinfacht gesagt, haben Sie die Kontrolle und damit das Bewusstsein verloren, weil sich Ihre Neuronen neu organisieren müssen. Die Freisetzung des Tötungstriebs tritt in Konflikt mit dem, was Ihre Eltern und die Gesellschaft Ihnen beigebracht haben. Bei den meisten Probanden haben wir diese Bewusstseinsveränderung beobachtet. Das ist auch der Grund, weshalb es einer Eingewöhnungszeit bedarf und wir unsere Novizen überwachen.»

«Was ist aus dem Typen geworden, den ich erwürgen wollte?»

«Unsere Leute, die Ihnen gefolgt sind, haben alle Spuren verwischt. Sie haben Glück, das Opfer ist an einem Herzinfarkt gestorben, als wir eingeschritten sind.»

Léandre entspannte sich ein wenig.

«Und jetzt?»

«Jetzt müssen Sie nur zusehen, dass Ihnen der Mord beim nächsten Mal glückt, dann werden Sie mit Sicherheit in die … nächsthöhere Stufe aufgenommen.»

## 37
Akkon
Zitadelle der Templer
19. Mai 1291

Das Schmettern der Bucina weckte ihn. Guy d'Aynac fuhr hoch. Der Schlafsaal war leer. Die Ritter waren offenbar alle auf den Mauern der Festung und warteten auf den Angriff. Seit dem Vortag hielten die Ungläubigen die Stadt besetzt, hatten sie bislang jedoch nicht geplündert. Sie ließen ihre Leute in allen Vierteln Patrouille laufen, während einige spezielle Trupps versuchten, die ohnehin kleiner werdenden Brände vollständig zu löschen.

Diese Strategie überraschte die Templer. Zumal die Elitetruppen, die Mamluken, mit der Waffe im Anschlag noch vor der dünnen Verteidigungslinie zum Schutz des Hafens standen. Dort war das Durcheinander unbeschreiblich. Hunderte von Menschen drängten sich am Kai und versuchten mit allen Mitteln auf die bereits überfüllten Schiffe zu kommen. Lediglich die Flotte der Templer blieb von diesem Chaos verschont, da sie vor dem Hafen auf See ankerte und dort auf Befehle wartete. Unterdessen versorgten Geistliche, Mönche, Priester und Tempelritter die Bevölkerung am Kai mit Nahrung und beruhigenden Worten. Doch auch sie konnten nicht verhindern, dass sich wildeste Schachereien entwickelten. Die Menschen bestachen die Seeleute, um vor anderen auf ein Boot gelassen zu werden. Gold und Schmuck wurden für einen Platz im Laderaum geboten, und bürgerliche Frauen prostituierten sich offen, so groß war die Angst, den Ungläubigen in die Hände zu fallen.

Guy d'Aynac blickte aus einem der Rundbogenfenster

in den Hof hinunter. Grauer Regen peitschte gegen die Mauern. Offenbar war er nach der Odyssee durch die Stadt so erschöpft gewesen, dass er direkt nach der Beerdigung, als er sich eigentlich nur für eine kleine Ruhepause hatte zurückziehen wollen, eingeschlafen war. Aber er hatte seine Mission erfüllt. Die Würdenträger hatten ihre Tat gelobt und ihm und Molay die ehrenvolle Aufgabe zugesprochen, den Sarg des Großmeisters zu seiner letzten Ruhestätte zu tragen. D'Aynac erschauderte, denn das Bild der beiden abgeschlagenen Köpfe ließ ihn nicht los. Selbst im Schlaf hatte er immer wieder vor Augen, wie Roger Flor die Schädel aufgesammelt und sich an den Gürtel gehängt hatte. Die blutigen Turbane hatten auf dem Gewand des Katalanen rote Flecken hinterlassen.

Um das Bild loszuwerden, blickte Guy d'Aynac abermals aus dem Fenster. Trotz des Sturzregens überquerte ein Bruder den Ehrenhof. In einen schwarzen Umhang gehüllt, die Kapuze jedoch auf den Schultern, als könne ihm das Wetter nichts anhaben, ging er gemessenen Schrittes über das Pflaster. Kurz blieb er stehen, um sich zu orientieren, und sein Blick blieb an dem Fenster hängen, von dem aus d'Aynac ihn beobachtete. Dieser presste sich an die Wand. Sein Herz raste, und er begann zu zittern.

Dieses Gesicht! Trotz des Regens hatte er es erkannt. Er hatte die Person schon einmal gesehen, beobachtet, gefürchtet ... Plötzlich fiel es ihm wie Schuppen von den Augen, und er sah die Szene in allen Einzelheiten wieder vor sich: Der Mann hatte die beiden unheimlichen Kämpfer mit dem Turban und dem Papierstreifen begleitet!

Die Wange an die Steinumrandung des Fensters gedrückt, spähte d'Aynac auf den gepflasterten Hof hinunter. Hinter dem Regenvorhang war der Unbekannte jetzt nur noch als Silhouette zu erkennen, die sich in Richtung der Intendantur entfernte.

Wieder ertönte die Bucina, dann war es still. Das war kein Alarmsignal. Zumal es nach wie vor regnete und während eines Unwetters normalerweise kein Angriff zu erwarten war. Guy d'Aynac hastete aus dem Schlafsaal. Er musste so schnell wie möglich Molay finden.

Die Kapelle leerte sich nicht. Sofort nach Beendigung ihres Dienstes kamen die Templer einer nach dem anderen, um dem verstorbenen Großmeister die letzte Ehre zu erweisen. Nachdem sie den Grabstein berührt hatten, knieten sie nieder und sprachen das Totengebet. Auch Molay hatte dies getan. Trotz der Müdigkeit war er nach der Bestattungszeremonie einer der Ersten gewesen, die sich hier eingefunden und des Großmeisters gedacht hatten. Fasziniert von der Ergriffenheit der Brüder, die teilweise laut schluchzten, hatte er die Krypta seitdem nicht verlassen. Zum ersten Mal hatte er das Gefühl, einem wahrhaft historischen Ereignis beizuwohnen. Er empfand es sogar als erhebend, fast berauschend. Seit er mit Guillaume de Beaujeus Leichnam hier angekommen war, hatte sich seine Sichtweise geändert. In der Krypta und angesichts der knienden Menschen spürte er, dass seine Mission noch nicht beendet war und dass das Schicksal noch etwas mit ihm vorhatte. Als wäre er zu einem Wächter des Tempels geworden. Er schüttelte den Kopf. Es wurde Zeit, dass er diesen Ort verließ. Das schummerige Licht in der Krypta und der Weihrauchgeruch hatten ihn benommen gemacht. Er brauchte Licht und frische Luft und musste schnellstens seinen angestammten Platz unter den Brüdern wieder einnehmen.

Im Ehrenhof blickte er in den heftigen Regen und entdeckte auf allen Verteidigungsmauern Ritter, die das feindliche Lager beobachteten. Molay fragte sich, wo wohl Roger Flor war. Er erschauderte, wahrscheinlich wegen des Windes. Oder doch, weil ihm das Bild des Katalanen mit dem Schwert in der Hand …

«Jacques!»

Er zuckte zusammen und fuhr herum.

Guy d'Aynac war offenbar aufgewacht.

## 38
Paris
9. Arrondissement

Regen peitschte gegen die Fensterscheiben der Wohnung, und durch den Kamin pfiff der Wind. Richtiges Pariser Wetter, dachte Marcas und trank sein Glas Curaçao aus. Er hatte gerade ein langes Telefongespräch mit seinem Sohn beendet, jetzt würde er sich endlich den Ermittlungen widmen können. Der Junge wurde immer … jugendlicher, und Marcas fand es nicht leicht, im Gespräch mit ihm den richtigen Ton zu finden. Pierres Noten in der Schule waren schlechter geworden, und seine Mutter schaffte es nicht mehr, sich richtig gegen ihn durchzusetzen. Mit dem Resultat, dass Marcas, der seit seiner Scheidung eher die Rolle des Verwöhnvaters innegehabt hatte, zu einem strengen Bewacher der Lernfortschritte seines Sohnes geworden war. Er verzog das Gesicht.

*Jetzt bist du mal an der Reihe, am Wochenende dafür zu sorgen, dass er seine Hausaufgaben macht,* hatte seine Exfrau erst kürzlich während ihres allmonatlichen Gesprächs von ihm gefordert. Allerdings war er selbst in Mathe und Physik immer eine Niete gewesen, und das waren ausgerechnet die Fächer, in denen sich auch Pierre schwertat. Der hatte natürlich schnell erkannt, dass das Wissen seines Vaters auf diesem Gebiet begrenzt war, und stellte ihm nur zu gern unmögliche Fragen, auf die Marcas keine Antwort wusste.

Ob Gleichungen, Integrale, Trigonometrie oder euklidische Geometrie – Marcas versagte kläglich, was ihm Pierres Gespött eingebracht hatte. Freimaurern müsste der Umgang mit *Winkelmaß* und *Zirkel* doch eigentlich bekannt sein, stichelte er respektlos. Mistkerl, hatte Marcas missmutig geantwortet. Wenn es so weiterging, würde er noch Nachhilfeunterricht bezahlen müssen, um Pierre wieder auf den richtigen Weg zu bringen.

Außerdem hatte sich sein Sohnemann das ganze Wochenende über die Notizen, Fotos und Kopien zur Geschichte der Templer lustig gemacht, die der Kommissar in seinem Arbeitszimmer aufgehängt hatte.

*Du hast ja deine Wände neu dekoriert, Papa! Darf ich meine Sachen auch hier aufhängen?*

Das Ganze ergab ein riesiges Konstrukt mit verschiedenen Verzweigungen, das an einen Stammbaum erinnerte.

Marcas ging einen Schritt zurück, um einen Blick auf das Gesamtwerk zu werfen. In der Mitte prangte ein großes Bild von einem Ritter in Rüstung, der einen weißen Umhang trug, auf dem das rote Tatzenkreuz des Ordens zu sehen war.

*Wie gut, dass du Single bist, Papa, einer Frau würde so was gar nicht gefallen,* hatte sein Sohn noch grinsend hinzugefügt.

Marcas trat noch ein Stück weiter zurück und ließ sich auf den roten Sessel fallen. In einer Endlosschleife liefen die *Gymnopédies* und die *Gnossiennes* von Erik Satie auf seinem iPod, den er an einen Lautsprecher angeschlossen hatte. Die Klaviermusik half ihm, sich zu konzentrieren.

Der Regen wurde heftiger. Marcas dachte an sein Gespräch mit dem Staatssekretär. Natürlich hatte er den Auftrag angenommen. Er konnte es sich nicht leisten, jemand so Mächtigen gegen sich aufzubringen, zumal auch Andrivaux einen Verdacht gegen Di Licio hegte und ebenfalls den Vergleich mit der Loge P2 gezogen hatte. Allerdings hatte Marcas darauf verzichtet, die Freimaurerei grundsätzlich zu verteidigen, schließlich wusste er genau, dass es unter ihnen immer solche gab, deren moralische Gesinnung zweifelhaft war. Eine französische Variante der P2-Affäre wäre für das ohnehin angeschlagene Image der Freimaurerei fatal. Er dachte an all die Brüder, mit denen er zu tun hatte und denen nichts vorzuwerfen war, die diskret auftraten und von beispielhafter Aufrichtigkeit waren. Sie alle nervte das verzerrte Bild der Freimaurer, das bestimmte Medien verbreiteten. Aber *ein* schwarzes Schaf genügte schließlich …

Wieder betrachtete er die unzähligen Zettel an der Wand. Einige Tage vor der Zeichnung über die Tempelritter hatte er damit begonnen, alles zu diesem Thema hier aufzuhängen, um sich zumindest einen groben Überblick über die Templer zu verschaffen.

Der Orden schien aus einem einzigen Stamm hervorzugehen.

*1111:* Gründung des Ordens

*1307:* Brutale Gefangennahme der Templer durch Philipp den Schönen. Verhöre und Folter der Templer. Konfiszierung der Besitztümer.

*1314:* Ihr letzter Großmeister, Jacques de Molay, wird auf der Île aux Juifs verbrannt.

Danach wurde es komplizierter.

Rechts an der Wand befand sich die offizielle Version, wie sie in den Geschichtsbüchern stand: In Europa war der Orden seitdem aufgelöst. Die Tempelritter wurden festgenommen, die Besitztümer gingen an den Souveränen Ritter- und Hospitalorden vom heiligen Johannes von Jerusalem, von Rhodos und von Malta – kurz dem Johanniterorden – über, der inzwischen als Malteserorden bekannt war. In einigen Ländern wurden die Templer jedoch wieder befreit und in andere Ritterorden wie Calatrava und Alcantara in Spanien und den Christusorden in Portugal integriert. Der sagenumwobene Schatz wurde natürlich nie gefunden, genauso wenig wie ein weltbewegendes esoterisches Geheimnis, über das immer wieder gemutmaßt wurde. Marcas hatte sich ein Dutzend Bücher von führenden Historikern zu diesem Thema besorgt, die die Gerüchte alle nicht ernst nahmen.

Auf der linken Seite der Wand hatte Marcas diverse aufrührerische und okkulte Theorien zum Überleben des Templerordens gesammelt. Er erhob sich, um die verschiedenen Hypothesen mit einem schwarzen Filzstift einzurahmen.

*Die schottische Hypothese:* Eine kleine Flotte des Ordens ist gerade noch rechtzeitig mit dem Schatz nach Schottland geflohen.

*Die französische Hypothese:* Einige Templer konnten einen Tag vor der großen Gefangennahme aus Paris entkommen – mit unbekanntem Ziel. Es gibt Hinweise, dass sie auf Schloss Gisors in der Normandie aufgenommen worden sind.

*Die portugiesische Hypothese:* Eine in La Rochelle vor Anker liegende Flotte der Templer ist in Richtung Lissabon gesegelt und hat sich in der Komturei von Tomar niedergelassen. Da die Templer in Portugal nicht sehr zahlreich waren, hat der König sie geduldet.

*Die amerikanische Hypothese:* Einige Schiffe der Templer sind bis in die Neue Welt gelangt, mehr als ein Jahrhundert vor Kolumbus.

*Die deutsche Hypothese:* Die teutonischen Tempelritter, ein anderer militärischer Orden, haben den Schatz in ihre Obhut genommen, der seitdem in einer baltischen Provinz verborgen ist.

*Die Aude-Hypothese:* Der berühmte Schatz, den Abt Saunières in Rennes-le-Château entdeckt hat, ist der des Templerordens.

*Die provenzalische Hypothese:* Der Schatz liegt in einer riesigen Grotte am Verdon-See.

*Der Ursprung der Freimaurer:* Die Freimaurer haben die Rituale der Templer übernommen und deren Tradition fortgesetzt. Die ersten Dokumente, die diese Theorie unterstützten, sind um 1740 aufgetaucht und kursierten bald in allen Logen Europas. Für sachliche Historiker lediglich ein kleiner Knacks im romantischen Freimaurerbild, für andere eine beunruhigende These.

Das gefälschte Dokument in Marcas' Schublade unterstrich diese Verbindung. Das Bild vom fehlenden Glied, das Di Licio gebraucht hatte, schien gerechtfertigt. Er rahmte auch diese Hypothese mit dem Filzstift ein.

*Fortbestehen im Okkultismus:* Eine der abenteuerlichsten Hypothesen. Verbreitet wurde sie von modernen Templergruppen ohne jegliche historische Beweise. Der Orden habe entweder dank eines Adjutanten Molays, eines Verantwortlichen der Komturei oder gar dank eines geheimen Meisters überlebt. Und natürlich nahmen Esoteriker jeglicher Couleur solche Theorien im 21. Jahrhundert nur zu gern auf. Angefangen bei harmlosen Gruppierungen, deren Initiierte in weißen Gewändern durch die Wälder liefen, bis hin zu den düstersten Auswüchsen wie Luc Jourets Sonnentemplern, deren Geschichte in einem Massaker endete.

Der Vollständigkeit halber hatte der Kommissar auf der Suche nach zusätzlichen Informationen auch auf seinen Lieblings-Webseiten und -Blogs nachgeschaut. Durch sie war er auf das Wappen des freimaurerischen Templergrades des Bruders Francis aus Nizza gestoßen.

Marcas' Handy klingelte. Er stellte den iPod leiser und erkannte die Stimme des Großsekretärs. Sie klang angespannt.

«Ich habe schlechte Neuigkeiten.»

«Was ist passiert?»

«Der Logeninspektor Pierre Saragosse ist verschwunden.»

## 39
## La Défense
## Richalot-Turm

Léandre saß nackt im Sessel und genoss das Spektakel, das sich ihm bot, während er genüsslich einen Gin trank. Die Krankenschwester vögelte den neuen Kommunikationschef und stöhnte dabei leidenschaftlich. Ihre Brüste hoben und senkten sich im Rhythmus ihres Beckens.

Nachdem sie sich in der Klinik kennengelernt hatten, war kaum ein Tag vergangen, bis die junge Frau angerufen und seine Einladung angenommen hatte. Sie hatten im *Castel* zu Abend gegessen, und dann folgte das klassische Programm, bis zu dem Moment, in dem sie ihn über ihre sexuellen Vorlieben aufgeklärt hatte. Entweder ein flotter Dreier mit zwei Männern oder gar nichts. Er war zunächst überrascht gewesen, hatte ihre Bedingung dann jedoch akzeptiert und für den nächsten Abend ein Date mit Martinet verabredet. Er war nicht nur der frisch gekürte Nachfolger Claire Bourdons, sondern auch der größte Rammler unter der Sonne, mit dem Victor selbst auch schon das Vergnügen gehabt hatte. Und nun trieb es sein Mitarbeiter vollkommen ungeniert vor seinen Augen mit ihr. Léandre fand, dass er ein sensationeller Chef war, der seine Angestellten rundum versorgte. Er stellte sein Glas ab und gesellte sich wieder zu dem Paar. Die Krankenschwester empfing ihn lächelnd, und auch Martinet drehte sich zu ihm um.

«Wollen Sie mal wieder, Chef? Ich muss unbedingt duschen, mir ist unglaublich heiß.»

«Mit Vergnügen, mein lieber Martinet.»

Martinet verließ den Raum, und in weniger als zehn Sekunden hatte die Frau den Partner gewechselt. Ungeniert machte sie einfach weiter und beugte sich zu Léandre hinab. Er genoss es und gab sich ganz hin. Ein warmer Schauer durchlief ihn. Sie legte ihre Lippen an sein Ohr und flüsterte:

«Süß ist er, dein Freund. Und gut im Bett.»

Léandre verzog das Gesicht – Konkurrenz mochte er nicht, weder im Beruf noch im Privatleben. Ihm kam ein Gedanke. War sie nicht durch die gleiche Lehre gegangen wie er? «Könntest du ihn jetzt umbringen? Auf der Stelle?», flüsterte er zurück.

Sie lächelte.

«Natürlich. Zumindest, wenn ich eine Waffe dabeihätte.

Aber ich wüsste nicht, warum ich das tun sollte. Dafür habe ich viel zu viel Spaß mit ihm gehabt. Bist du etwa eifersüchtig?»

«Nein. Nur neugierig, ob nach abgeschlossener Lehrzeit das Handeln noch durch Gefühle beeinflusst wird.»

Sie fing an zu lachen.

«Was für Gefühle? Er hat gut gefickt, das ist alles. Wenn er vor uns einen Herzinfarkt erleiden würde, könnte das meine Lust nur noch steigern, während ich mit dir vögele. Apropos, du solltest weniger reden und lieber ein bisschen aktiver werden.»

Das ließ sich Léandre nicht zweimal sagen und küsste sie leidenschaftlich auf den Mund.

Aber er dachte daran, dass er nicht vergessen durfte, seine Rechnung mit Martinet zu begleichen. Konkurrenz konnte er wirklich nicht ertragen.

## 40
## Akkon
## Zitadelle der Templer
## 19. Mai 1291

Draußen tobte der Sturm, Regen peitschte gegen das Fenster der Bibliothek, und die Wellen klatschten schäumend gegen die Mauern der Zitadelle. Zwischen den Zinnen des Wachtturms hindurch pfiff der Wind.

Othon Gauffridy zündete eine Öllampe an, die er auf einen langen, mit Büchern, Pergamentbögen und Gänsefedern bedeckten Eichenholztisch stellte. Sie verbreitete nur wenig Licht.

«Warum benutzt Ihr keinen Kerzenleuchter, Maître?», wagte Roger Flor zu fragen.

«Damit ich hier einen Brand verursache? Ein einziger Funke, ein einziger Wachstropfen, und schon wäre es um die Bücher geschehen! Glaub mir, Feuer ist der Feind der Erleuchtung des Geistes.»

Vom schroffen Ton überrascht, musterte der Katalane den Bibliothekar des Ordens genauer. Er fragte sich, wie dieser magere Kümmerling mit derart schmalen, hängenden Schultern und knochigen Händen überhaupt in den Templerorden aufgenommen worden war. Doch die Bruderschaft hatte sich seit ihrer Gründung weiterentwickelt und stand inzwischen auch für Denker und Einsiedler offen: Männer, die nicht mit dem Schwert kämpften, mit deren Wissen man aber Schlachten gewinnen konnte. Insbesondere die geheimen Schlachten.

«Wer hat dir von den Assassinen erzählt?»

«Niemand hat mir von ihnen erzählt. Ich habe sie gesehen und will mehr über sie wissen», antwortete Flor.

Gauffridy sah ihn sonderbar an und verzog das Gesicht dann zu einem Lächeln.

«Werter Bruder, wenn du mehr über sie wissen willst, musst du mir mehr erzählen.»

Verblüfft sah Roger Flor den alten Mann an, der hier, in seinem Refugium, die Regeln festlegte. Kurz war er versucht, den Bücherwurm daran zu erinnern, dass sein Überleben, genau wie das seiner Bücher, nur von seinem, Rogers, guten Willen abhing. Doch dann hielt er es für sinnvoller, sich diplomatisch zu verhalten.

«Ich habe sie gestern gesehen. Und zwar an einem Ort, an dem ich sie nicht vermutet hätte.»

«Woher weißt du, dass es welche waren?»

«Ich habe ihre dunklen Tuniken gesehen und den Turban, der wie ein Schleier ihr Gesicht verbirgt, dazu die Papierstreifen, die sie um den Hals hängen haben.»

In diesem Moment brach sich eine gewaltige Welle krachend am Fuß des Turms. Gischt spritzte bis ans Fenster der Bibliothek. Gauffridy sprang auf.

«Sie trugen einen Papierstreifen um den Hals, sagst du?»

«Ja. Einen beschriebenen Papierstreifen, den sie immer wieder durch die Finger gleiten ließen wie einen Rosenkranz.»

«Dann hast du wirklich Assassinen gesehen», bestätigte der Bibliothekar. «Was haben sie getan?»

Der Katalane blickte aus dem schmalen Fenster, das auf den Ehrenhof hinausging. Durch den Regenvorhang konnte man zwei Personen erkennen, die schnell den Hof überquerten. Kurz war er abgelenkt, aber dann überlegte er, wie er die Antwort formulieren sollte.

## 41
## Paris
## Montparnasse-Turm
## Sitz der Stone Corporation

Die Wolken zogen schnell über Paris hinweg. Der Wind blies sie nach Süden, doch im Norden, aus Saint-Denis, kamen riesige schwarze Kumulus-Gebilde erbarmungslos näher. Lange würde es nicht mehr dauern, bis der Regen auf die Stahl-und-Glas-Konstruktion des Montparnasse-Turms, dieses Symbols des erfolgreichen Frankreich, niederginge. Der Turm ließ die umstehenden Gebäude zwergenhaft erscheinen, doch auch er würde die sintflutartigen Regenfälle voll abbekommen.

Die in der zweiundfünfzigsten Etage im Émeraude-Salon Versammelten kümmerte die Wettervorhersage herzlich wenig. Sie hatten allesamt Chauffeure, die in der Tiefgarage auf den für die Besucher der Stone Corporation reservierten Plätzen warteten.

Die vollzählig anwesenden Mitglieder des Aufsichtsrats hatten sich in ihren bequemen Stühlen zurückgelehnt, nachdem die Sekretärin die große Tür aus Milchglas geschlossen hatte. Sie hatte die Anweisung, niemanden einzulassen und kein Telefongespräch durchzustellen. Ein Ritual, das seit mehr als zehn Jahren peinlich genau befolgt wurde. Die zwanzig Herren und Damen kannten sich alle. Entweder saßen sie gemeinsam in den Räten diverser Großunternehmen, oder sie gehörten denselben Clubs und Netzwerken an. Der Stone Corporation war es gelungen, die besten Köpfe für sich zu gewinnen. Bankiers, wichtige Unternehmer, Financiers. In diesem Raum war versammelt, was in Paris Rang und Namen hatte, ein Konzentrat der führenden Aktiengesellschaften. Das Jahresdurchschnittsgehalt jedes Einzelnen betrug mindestens eine Million Euro.

Die Führungsebene des amerikanischen Mutterkonzerns hatte das System der Kooptation der französischen Aufsichtsräte, das den Mitgliedern erlaubte, selbst neue Kandidaten vorzuschlagen und hinzuzuwählen, nicht nur akzeptiert, sondern sogar begrüßt. Die Seilschaften hatten nämlich nicht nur den Zugang zu bestimmten Märkten sehr erleichtert, auf sie war auch zurückzuführen, dass die Stone Corporation zügig alle gesetzlichen Bestimmungen erfüllte. Die guten Verbindungen einiger Aufsichtsratsmitglieder zur Nationalversammlung hatten mehr als einmal verhindert, dass ein unpassender Gesetzesentwurf mit allzu strengen Auflagen durchgesetzt wurde. Das war positiv angewandte Macht.

Der Aufsichtsratsvorsitzende, Laurent de Ramsay, temperamentvoller Chef einer großen Versicherung und in seiner Freizeit Mitglied des Malteserordens, ergriff mit ruhiger Stimme das Wort.

«Gut. Wir haben heute nur einen Punkt auf der Tagesordnung: die Prüfung des Rentabilitätsplans, den der Vorstandsvorsitzende des Unternehmens vorgelegt hat. Ich habe den Eindruck, dass der Plan in allen Punkten mit den globalen Zielen übereinstimmt, die die Gruppe festgelegt hat.»

Er wurde von einem Räuspern unterbrochen. Ein etwa sechzig Jahre alter, ernst dreinblickender Mann hob die Hand.

«Ich teile die positive Haltung des Rats gegenüber dem Plan Power 10, auch wenn ich den Namen albern finde. Dennoch habe ich noch nicht ganz verstanden, warum Victor Léandre Arbeitsplätze streichen will. In dem Dokument, das er vorgelegt hat, sehe ich dafür keine überzeugende Begründung. Ein Sozialplan würde uns erstens teuer zu stehen kommen, und zweitens glaube ich nicht, dass wir Kündigungen angesichts des Anstiegs des Nettogewinns rechtfertigen könnten.»

Der Aufsichtsratsvorsitzende lächelte.

«Solche Details sollten wir lieber Léandre selbst überlassen. Sind wir nicht alle stets darum besorgt, nicht zu viele Mitarbeiter auf der Lohn- und Gehaltsliste zu haben? Natürlich sind wir verantwortungsvolle Menschen, und Ethik ist für Unternehmen der Zukunft ein wichtiger Gesichtspunkt, aber ich …»

Ein gedrungener Mann in einem braunen Samtsakko, der eine große Werbeagentur leitete und als Einziger nicht im strengen, dunkelgrauen Anzug erschienen war, schlug mit der flachen Hand auf den Tisch.

«Erspar uns dieses Geschwafel. Das kannst du den Journalisten erzählen! Wir sind hier unter uns, Laurent. Die Wahrheit ist, dass dein Vorstandsvorsitzender ziemlich unerfahren ist, und wenn ihr ihn nicht auf diese Stelle gehievt hättet, hätte er nie auch nur einen Fuß in dieses Unternehmen bekommen. Sag uns lieber, wie er das verantworten kann, dein Wunderknabe.»

Die beiden Männer funkelten sich wütend an. Der Aufsichtsratsvorsitzende ließ sich nicht einschüchtern.

«Léandre garantiert uns den Gewinn, die Mittel sollten uns doch egal sein, oder? Ich bin sicher, dass die siebenhundertvierundzwanzig betroffenen Arbeitnehmer schon etwas anderes finden werden.»

Der Leiter der Werbeagentur senkte den Kopf und lächelte sarkastisch.

«Amen, Vater, und nun betet alle schön, bevor ihr zum Arbeitsamt stempeln geht», entgegnete er, wohl wissend, dass sein Gegenüber ein einflussreiches Mitglied im Kreis der katholischen Führungskräfte war und keine Messe ausließ.

Der Aufsichtsratsvorsitzende ließ sich jedoch nicht beirren und fuhr verärgert fort: «Wie du weißt, ist zwar der Umsatz der Stone Frankreich in diesem Monat um 12 Prozent gestiegen. Der Nettogewinn hingegen bleibt mittelmäßig, und mit Léandres Plan werden wir auch hier zulegen. Außerdem tut sich an der Börse im Moment noch nicht viel. Wenn die Nachricht von Power 10 aber erst zu den Analysten durchgedrungen ist, stehen die Chancen gut, dass der Kurs wieder steigt. Womit auch die Vorzugsaktien für einige von uns … beachtlich steigen werden. Ich schlage vor, dass wir jetzt über Plan Power 10 abstimmen. Wer ist dafür?»

Alle bis auf einen hoben die Hand.

«Mir gefällt dieser Léandre nicht», schimpfte der Leiter der Werbeagentur. «Dem scheinen alle egal zu sein. Ein Sozialplan wäre zudem katastrophal für das Image des Unternehmens. Und mir persönlich geht es gegen den Strich, gute Leute, die sich für das Unternehmen engagiert haben, auf die Straße zu setzen.»

Seine Nachbarin zur Rechten, eine blasiert wirkende Frau mit streng aufgestecktem Haar, die Chefin einer Lobbying-Agentur, sah ihn verächtlich an.

«Mein lieber Brossier, dass ein Werbefritze auf das Image einer Firma bedacht ist, verstehe ich, aber ersparen Sie uns bitte Ihre Moralpredigten. Wenn ich mich recht erinnere, hatten Sie in den 80er Jahren auch wenig Skrupel, sich dank Ihrer Freimaurerbrüder gewisse öffentlich ausgeschriebene Aufträge zu sichern und auf Kosten der Steuerzahler ein Vermögen zu machen. Hat nicht sogar einer Ihrer Angestellten wegen Korruption drei Jahre im Knast gesessen?»

Wütend konterte der Leiter der Werbeagentur: «Zumindest habe ich meine Karriere nicht mit einer PR-Kampagne für eine neofaschistische Partei begonnen, Anne.»

Bevor die Frau noch antworten konnte, ging der Aufsichtsratsvorsitzende dazwischen.

«Nicht streiten, Freunde. Wir sind uns also einig, dass wir Léandre grünes Licht geben – einstimmig, mit einer Ausnahme. Aber man sollte wissen, was man aufs Spiel setzt, Brossier. Hält Ihre Agentur nicht den Werbeetat der Stone?»

«Das ist nicht meine Agentur …»

«Ja richtig, Sie sind nur Minderheitsaktionär. Die meisten Anteile hält Ihre Frau, wenn ich richtig informiert bin.»

Brossier antwortete nicht.

«Wie dem auch sei! In diesen wirtschaftlich schwierigen Zeiten scheint es mir gewagt, auf einen jährlichen Werbeetat von neunhundertfünfzigtausend Euro zu verzichten.»

Brossier verstand die Botschaft und sagte in gemäßigtem Tonfall:

«Ich akzeptiere die Entscheidung des Aufsichtsrats, aber Sie werden sie noch bereuen, das verspreche ich Ihnen.»

In weniger als einer Viertelstunde war das Schicksal von siebenhundertvierundzwanzig namenlosen Angestellten besiegelt – die Entscheidung war von Leuten getroffen worden, die diesen Menschen niemals begegnen würden, aber jedes Jahr deutlich mehr kassierten, als die zukünftigen Arbeitslosen in ihrem ganzen Leben verdienen würden.

## 42
## Akkon
## Zitadelle der Templer
## 19. Mai 1291

«Komm!»

Molay war zunächst von Guy d'Aynacs Ausruf überrascht gewesen. Dann jedoch war er hinter seinem Kameraden hergerannt, der durch den Regen hastete.

Die Intendantur befand sich in dem Flügel, der in Richtung Hafen lag. Eine bewusste taktische Entscheidung, um Angriffe von der Seeseite parieren zu können. Das Dach bestand aus einer einfachen, mit Schießscharten versehenen

Plattform, die die Brandgefahr minimierte. Die oberste Etage war für die Würdenträger reserviert und war sowohl durch den bewachten Balkon als auch durch das verzwickte Labyrinth des Waffenarsenals geschützt. In jedem Stockwerk waren Lager für bestimmte Ausrüstungsgegenstände untergebracht, angefangen bei Waffen bis zum Zaumzeug für die Pferde.

Wenn man als neuer Tempelritter in die Zitadelle kam, ging man von einer Etage in die nächste, um seine Ausrüstung zusammenzustellen. D'Aynac versuchte, ruhig zu bleiben und sich an seinen letzten Besuch in diesem Irrgarten zu erinnern, doch es gelang ihm nicht.

Außer Atem erreichte er die offenstehende Eingangstür. In dem flackernden Licht einer nur noch schwach brennenden Fackel waren die untersten Stufen einer Treppe zu erkennen. Vorsichtig wagte er sich weiter vor und lauschte. Von oben hörte er Schritte auf der Treppe. Gerade wollte er hinaufgehen, als ihn Molay schimpfend und mit triefend nassem Haar erreichte: «Bist du verrückt geworden? Was ist in dich gefahren, dass du losrennst, als wäre eine Horde Mamluken hinter dir her?»

D'Aynac legte den Finger auf die Lippen und flüsterte ihm ins Ohr: «Er ist hier! Ich habe ihn gesehen!»

Molay sah ihn fragend an.

«Wer denn, um Himmels willen?»

«Der Europäer, der mit den beiden Ungläubigen unterwegs war», wisperte d'Aynac, «im Venezianischen Viertel.»

Vage erinnerte sich Molay an den Mann mit der langen Robe eines Bürgers, der mit den Händlern gesprochen hatte.

«Das kann nicht sein! Wie sollte er in die Zitadelle gekommen sein. Einer der Honoratioren der Stadt!»

«Ja, einer der Honoratioren, der jetzt einen schwarzen Umhang trägt und hier hineingegangen ist.»

«Du träumst.»

Ein entferntes Knirschen war von oben zu hören. D'Aynac setzte einen Fuß auf die Treppe.

«Ich bin mir sicher, dass er es war! Komm!»

Molay zögerte noch.

«Aber wie sollen wir ihn je finden? Das Gebäude hat drei Stockwerke plus die der Würdenträger.»

Ein spöttisches Lächeln huschte über d'Aynacs Gesicht. Er griff nach der Fackel und leuchtete damit über den Boden. Feuchte Fußspuren glänzten auf den Stufen.

«Siehst du, wir brauchen ihnen nur zu folgen.»

# DRITTER TEIL

*Wenn du das Leben aushalten willst,*
*richte dich auf den Tod ein.*
Sigmund Freud

## 43
## Im Departement Oise

Mit Fernlicht fuhr er auf einer schmalen, gewundenen Straße durch die Nacht – bei strömendem Regen und zu Mahlers Fünfter Symphonie, die vom gleichmäßigen Geräusch der Scheibenwischer begleitet wurde.

Marcas nahm den Fuß vom Gas, da er kaum zehn Meter weit sehen konnte und die Straße spiegelglatt war. Der kleine schwarze Pfeil auf dem Monitor des Navigationsgeräts am Armaturenbrett zeigte nach rechts. Nach fünfzig Metern würde er abbiegen müssen. Er hatte Di Licios Einladung angenommen, einige Tage auf dem Anwesen der Familie zu verbringen, da sich ihm auf diese Art und Weise die Gelegenheit bot, seine Ermittlungen voranzutreiben. Allein im Dunkeln auf der einsamen Straße, war er sich allerdings nicht mehr so sicher, ob es eine gute Idee gewesen war.

Mit einer Hand fingerte er eine goldfarbene Zigarette mit Karamellgeschmack aus einem Päckchen, das ihm ein befreundeter Arzt aus Holland mitgebracht hatte. Er liebte es, neue Marken auszuprobieren.

Am Tag zuvor hatte er noch bei Andrivaux in der Großloge angerufen, um sich zu erkundigen, ob es Neuigkeiten über das Schicksal des Großinspektors gebe. Als dieser nicht nach Hause zurückgekehrt und auch nicht in seinem Maklerbüro erschienen war, hatte eine Mitarbeiterin besorgt die Polizei und diverse Freunde alarmiert, darunter auch den Großsekretär. Marcas und Andrivaux waren sich einig: Ein

Toter und dazu noch ein Vermisster, das war ein bisschen zu viel auf einmal. Für alle Fälle hatte der Kommissar einem Freund bei der Kripo die Adresse von Di Licios Landschloss hinterlassen. Dem Staatssekretär hatte er dagegen nur gesagt, dass er übers Wochenende wegfahren würde, um auszuspannen. Er wollte vermeiden, dass man ihn erneut beschattete.

Die Leuchtziffern am Armaturenbrett zeigten 22 Uhr. Er würde fast noch pünktlich zum Essen kommen. Schließlich bog er nach rechts in eine weitere Landstraße ein, die von dunklen, im Wind schwankenden Nadelbäumen gesäumt war, und bremste dann ein wenig ab, denn die Einfahrt zu dem Anwesen konnte nicht mehr als hundert Meter entfernt sein.

Noch immer war es ihm nicht gelungen, ruhiger zu werden und seine Angst zu unterdrücken. Angst. Natürlich. Er war davor nicht gefeit. Angst, die einen unvermittelt übermannte. Dumm, aber notwendig. Erniedrigend und heilsam zugleich. Wenn Di Licios Freunde den armen Hotelier umgebracht hatten, würde ihm womöglich das gleiche Schicksal blühen. Er versuchte sich einzureden, dass sie keinerlei Grund hatten, ihm an den Kragen zu wollen.

Eine Steinmauer, deren Krone mit Glasscherben zum Schutz vor Eindringlingen bestückt war, verlief parallel zur Kurve. Dahinter erhoben sich zwei Türmchen, zwischen denen, angestrahlt von den Scheinwerfern seines Autos, ein großes schmiedeeisernes Tor lag. Am rechten Turm war eine Kamera installiert, die auf die Zufahrt gerichtet war. Der Kommissar blieb mit dem Wagen neben einer Gegensprechanlage stehen, die in eine dunkle, steinerne Säule eingelassen war. Das Passwort, das Di Licio ihm hatte zukommen lassen, wusste er auswendig: *Necum-Necack*.

Ein freimaurerischer Begriff für Rache, der auf das Schicksal Philipps des Schönen wenige Monate nach Jacques de Molays Tod auf dem Scheiterhaufen anspielte.

Marcas ließ das Fenster hinunter. Aus dem Lautsprecher war ein Knacken zu hören. Laut sprach er die beiden Wörter in den Regen hinaus. Kurz darauf öffnete sich das Tor geräuschlos und gab den Blick auf eine breite, sanft ansteigende Allee frei, die zu einem Wäldchen hinaufführte. Am Ende einer Kurve brachte der Kommissar das Auto vor einem Schlagbaum zum Stehen, neben dem eine Art Portiershäuschen stand. Ein kahlköpfiger Mann, der einen schwarzen Lederblouson mit einem Rollkragenpullover darunter trug, saß vor einem Kontrollbildschirm und blickte den Kommissar darüber hinweg misstrauisch an. An der Wand hinter ihm hingen mehrere Waffen. Der Mann schob die Scheibe vor sich auf und rief: «Guten Abend. Dürfte ich bitte Ihre Papiere sehen?»

Fast hätte Marcas ihm seinen Polizeiausweis unter die Nase gehalten, besann sich dann aber gerade noch eines Besseren. Schließlich war er nicht im Dienst, nicht offiziell zumindest. Er reichte dem Wachmann seinen Pass. Dieser hatte einen Knopf im Ohr und murmelte einige Worte, bevor er den Pass zurückgab.

«Nach fünfzig Metern biegen Sie rechts ab. Schönes Wochenende», verabschiedete der Glatzkopf ihn sachlich.

Marcas folgte den Anweisungen und fuhr einen Kiesweg entlang. Er kam an drei Wachleuten im Kampfanzug vorbei, die vor Nässe glänzende, große schwarze Hunde an der Leine hielten. Was auch immer hier vor sich gehen mochte, Marcas behagten diese gewaltigen Schutzmaßnahmen für das Treffen eines esoterischen Ordens nicht.

Hinter der nächsten Kurve lag endlich das Renaissance-

Schlösschen, ein fast perfekter Nachbau von Azay-le-Rideau. Marcas parkte neben den anderen Fahrzeugen: Sportwagen-Cabriolets und Luxuslimousinen, die meisten mit Pariser Kennzeichen. Nachdem er den Motor abgestellt hatte, sammelte er die Sachen zusammen, die auf dem Beifahrersitz verstreut lagen, und steckte sie in eine kleine Reisetasche. Im Rückspiegel sah er einen Mann im Regenmantel, der mit einem Schirm in der Hand auf sein Auto zukam. Rasch drückte er die Zigarette im fast vollen Aschenbecher aus, öffnete die Tür und schlüpfte unter den aufgespannten Schirm.

«Herzlich willkommen. Monsieur Di Licio hat mich gebeten, Sie in Empfang zu nehmen. Ich gehe gleich nochmal zurück, um Ihr Gepäck zu holen», sagte der Mann mit leichtem englischen Akzent.

Sie überquerten den gepflasterten Vorplatz, und keine Minute später standen sie in der Eingangshalle des Schlösschens. Eine angenehme Wärme herrschte in dem Raum, dessen Wände mittelalterliche Teppiche zierten. Gegenüber der Eingangstür hingen ein Ritterhelm und ein langes Schwert, dessen Metall mit den Jahren angelaufen war.

Der Mann, der ihn bis hierher geleitet hatte, nahm ihm den Mantel ab und deutete auf eine offene Tür zur Linken.

«Im Grünen Salon am Ende des Korridors wird gerade ein Imbiss serviert. Wenn der Herr mir bitte noch sein Handy geben würde. Monsieur Di Licio verabscheut diese modernen Dinge», erklärte der Mann unterwürfig.

Nur widerwillig gab Marcas sein Telefon ab. Jetzt hatte er keine Möglichkeit mehr, Kontakt zur Außenwelt aufzunehmen. Schnell strich er sein Sakko glatt und betrat den Korridor. Endlich würde er die Mitglieder dieser wilden Loge kennenlernen.

## 44
## Akkon
## Zitadelle der Templer
## 19. Mai 1291

Roger Flor blickte aus dem Fenster der Bibliothek und zögerte noch. Reden würde ihn teuer zu stehen kommen. Er hatte das Gefühl, ein Geheimnis preiszugeben, was womöglich unvorhersehbare Folgen hatte. Doch die Zweifel legten sich, er drehte sich um und sah Gauffridy eindringlich an.

«Als die Ungläubigen den Turm der Verdammnis eingenommen haben, setzten die Kreuzritter zum Gegenangriff an. Jeder verfügbare Kämpfer sollte daran teilnehmen. Und unser Großmeister hat beschlossen, die Ritter selbst anzuführen.»

«Ein selbstmörderisches Unterfangen», bemerkte der Bibliothekar. «Man startet keinen Gegenangriff, um einen Turm zurückzuerobern, selbst wenn er eine wichtige strategische Bedeutung hat. Man untergräbt ihn, man sorgt dafür, dass er unbrauchbar wird, aber man erobert ihn nicht zurück.»

«Dieser Meinung war auch Guillaume de Beaujeu», erwiderte Flor mit ernster Stimme, «aber letztlich hat sein Ehrgefühl über die Vernunft gesiegt.»

«Und er hat sich von seinem törichten Gefühl leiten lassen?»

«Er hatte erhebliche Zweifel und war sich ziemlich sicher, die edle Blume des Templerordens in den sicheren Tod zu führen. Glaubt mir, er ist die Angst nicht mehr losgeworden und war nicht in der Lage, sich dem Angriff anzuschließen.»

Roger Flor seufzte. Das Geständnis war ihm schwergefallen, aber zumindest hatte er die Wahrheit gesagt.

«Was soll das heißen? Bei der Beisetzung des Großmeisters haben doch alle behauptet: ‹Unser Bruder hat wie ein Löwe gekämpft und ist als Held gefallen!›»

«Das stimmt», bestätigte Flor, «er hat so gut gekämpft wie nie zuvor.»

Gauffridy sah ihn erstaunt an, und sein Gegenüber lächelte verbittert. Was er nun sagen würde, missfiel ihm zutiefst.

«Als ich den Großmeister in der improvisierten Ratskammer verließ, um zum Kampfgeschehen zurückzukehren, war er ein gebrochener Mann mit schmerzverzerrtem Gesicht, der am ganzen Leib zitterte. Doch als er wenig später nachkam und die Führung der Truppen übernahm, war er ein anderer Mensch. Eisenhart.»

Der Katalane atmete langsam ein, bevor er weitersprach: «Er hatte in der Zwischenzeit Besuch.»

«Ich verstehe nicht ganz …», begann Gauffridy, schwieg dann jedoch, um Flor weiterreden zu lassen.

«Noch jemand ist gleichzeitig mit mir aus dem Saal gehuscht, ein weiterer Bruder. Er hat es eilig gehabt.»

«Kanntest du ihn?»

«Nein, allerdings …», begann der Katalane zögernd, «… habe ich ihn seitdem wiedergesehen. Bei der Beisetzung unseres Großmeisters. Es handelt sich um den Priester, der neben Thibaud Gaudin saß.»

Im schwachen Licht der Öllampe konnte Flor nicht erkennen, ob seine letzte Bemerkung ihre Wirkung erzielt hatte. Das Gesicht des Bibliothekars zeigte keinerlei Regung.

«Hast du sehen können, wohin der Mann gegangen ist, als er den Saal verließ?»

Der Katalane nickte.

«In Richtung des Venezianischen Viertels.»

Gauffridys Augen leuchteten in der Dunkelheit.

«Und du hast ihn später wiedergesehen?»

«Ja, bei seiner Rückkehr. Von der Stadtmauer aus habe ich beobachtet, wie er den Großen Saal, wo sich der Großmeister zu jenem Zeitpunkt nach wie vor aufhielt, wieder betrat.»

Er sprach langsam, als fiele ihm jedes Wort schwer.

«Und, kam er … allein?»

«Nein, er war in Begleitung von zwei Unbekannten.»

Die beiden Brüder sahen sich an.

«Die Assassinen?», fragte der Bibliothekar.

«Ja, die Assassinen», bestätigte Roger Flor.

## 45
## Paris
## La Défense
## Richalot-Turm

Zu dieser späten Stunde war niemand mehr auf den Wegen zwischen den Bürokomplexen zu sehen. Zehntausende Angestellte hatten brav ihre U-Bahn oder ihren Zug nach Hause genommen. Lediglich einige Touristen trotzten dem unwirtlichen Wetter, um sich die im Dunkeln beleuchtete «Arche de la Défense» anzusehen.

Victor Léandre war allein in seinem Appartement im obersten Stockwerk eines der wenigen Wohngebäude in diesem Stadtteil und starrte gedankenverloren auf einen großen Plasmabildschirm an der gegenüberliegenden Wand.

Der DVD-Spieler begann leise zu surren, und im nächsten Moment wurde der Bildschirm hellblau. Léandre rief sich den Ablauf des Rituals ins Gedächtnis zurück, den Doktor Yarker mit ihm besprochen hatte: Er machte es sich auf dem weichen Sofa bequem, stellte die heiße Tasse Tee, die den Inhalt einer braunen Ampulle enthielt, vor sich hin und legte die Hände auf die Knie.

Die Zeremonie konnte beginnen. Den ganzen Tag hatte er sich auf diesen Moment gefreut. Der Aussetzer, der passiert war, als er zum zweiten Mal töten wollte, belastete ihn inzwischen nicht mehr. Er musste nach vorn schauen. Allein. Er fühlte sich dazu bereit. Den ersten rituellen Mord hatte er begangen und brannte nun darauf, die nächste Stufe zu erklimmen. Er wollte noch so viel erreichen.

In dem geräumigen, strahlend weißen Appartement war es vollkommen still. Alles war sorgfältig aufgeräumt, nichts lag herum. Fast sah es ein wenig steril aus. Die wenigen Möbelstücke und Dekorationsgegenstände wirkten wie aus einem Katalog, als wohnte der Besitzer gar nicht hier. Die gerahmten Fotos an der Wand zeigten jedoch fast ausschließlich Léandre bei diversen gesellschaftlichen Veranstaltungen. Das auf Hochglanz polierte Parkett roch nach Ambra. Hier hatte kein Staubkorn eine Chance. Victor Léandre ließ seine Putzfrau täglich kommen. Komplette Reinheit in allen Bereichen des Lebens war seine Devise. Und jedes Mal, wenn eine Frau bei ihm geblieben war, musste am nächsten Tag noch intensiver gereinigt und die Bettwäsche sofort entsorgt und durch neue ersetzt werden. So auch nach dem gestrigen Schäferstündchen zu dritt.

Schnell geschnittene Szenen liefen über den Bildschirm: Kampfszenen von Rittern in Rüstung in einem riesigen Flammenmeer. Das Soundsystem des Heimkinos sorgte für die entsprechende akustische Untermalung. Léandre drehte die Lautstärke voll auf. Die darunterliegende Etage gehörte ihm ebenfalls, kein Nachbar würde sich über den Lärm beschweren.

Ein Männerchor ertönte, der immer lauter wurde.

*O fortuna*
*Velut luna*
*Statu variabilis*
*Semper crescis*
*Aut decrescis*
*Vita detestabilis*

*O fortuna*, der wuchtige Chorsatz, mit dem die *Carmina Burana* einsetzte, erfüllte den Raum. Carl Orffs Musik versetzte ihn immer wieder in Hochstimmung. Er war durch den Film *Excalibur* von John Boorman erstmals auf die Musik aufmerksam geworden, die ihn von Anfang an begeistert hatte. In dem Film begleitete sie König Arthurs durch grüne Wälder galoppierende Reiter. Doch in den tieferen Sinn dieser Gesänge hatte ihn erst der Meister eingeweiht, der ihn zudem auf die unheimliche Macht aufmerksam gemacht hatte, die sie auf Menschenmengen und Initiierte ausübt. Nur wenige kannten den Text.

*O Fortuna!*
*Wie der Mond*
*So veränderlich,*
*Wächst du immer*
*Oder schwindest! –*
*Schmähliches Leben …*

Die Wände vibrierten durch die Kraft, die von den Lautsprechern ausging. Die Filmszenen wechselten nun immer schneller. Ritter mit Helmen galoppierten dichtgedrängt und mit gezückten Lanzen über den Strand auf eine Gruppe Soldaten zu. Auf ihren langen Umhängen, die im Wind flatterten, war ein rotes Kreuz zu sehen. Die Zeitlupe setzte die kraftvollen Bewegungen besonders in Szene. In dem Moment, als die beiden Armeen aufeinandertrafen, hatte *Carmina Burana* ihren Höhepunkt erreicht. Großaufnahmen zeigten fanatische Blicke unter den Helmen, Lanzen, die die Feinde durchbohrten. Währenddessen schallte das Klirren der Schwerter gegen Schilder durch den ganzen Raum.

| | |
|---|---|
| *Sors immanis* | *Schicksal,* |
| *Et inanis* | *ungeschlacht und eitel!* |
| *Rota tu volubilis* | *Rad, du rollendes!* |

Léandre war wie hypnotisiert von der Szene, obwohl er sie zum hundertsten Mal sah. Sein Herz klopfte schneller, seine Muskeln waren angespannt. Wie gern hätte er in dieser ruhmreichen Zeit gelebt und zumindest einmal die Aufregung einer Schlacht erlebt, statt in diesem deprimierenden Jahrhundert, wo die Macht ständig zugunsten von egalitären Prinzipien verhöhnt wurde. Gierig saugte er die Bilder des Blutvergießens und der Toten auf und rüstete sich damit für die eigene grenzenlose, brutale Machtausübung.

Mit den letzten Tönen des Gesangs wurde auch die Kampfszene langsam ausgeblendet.

*Omnia sol temperat.*

Die liturgische Männerstimme schwoll wieder an, als würde sie aus einem dunklen Brunnen aufsteigen. Der weniger bekannte vierte Teil aus der Carmina erfüllte jetzt die Wohnung. Ganz anders als das wilde Ausbrechen zuvor war er langsam und getragen.

Léandre wusste, was jetzt kommen würde.

Er hielt es kaum noch aus, doch er musste sich gedulden.

Auf dem Bildschirm erschien das Tatzenkreuz. Prächtig und leuchtend rot vor schwarzem Hintergrund, umgeben von lodernden Flammen. Ein elektronisch erzeugter pulsartiger Ton mischte sich unter den Klostergesang, sehr langsam und mit der Gleichmäßigkeit eines Metronoms. Léandres Herzschlag wurde langsamer.

Seine Pupillen weiteten sich, er atmete ruhiger und tiefer. Der Gesang wurde ausgeblendet, nur ein einziger dunkler und durchdringender Ton blieb. Er hörte die Worte des Meisters.

*Das Kreuz ist ein Symbol des Übergangs …*

*Jedes Symbol hat eine bestimmte Kraft, die seit Ewigkeiten in uns schlummert, daraus besteht das Universum.*

*Die Kraft ist ungeheuerlich.*

Plötzlich erhellte ein Blitz den Raum. Das Kreuz hatte ein Eigenleben. Auf diesen Moment hatte er gewartet. In Trance kippte er zur Seite.

## 46
Akkon
Zitadelle der Templer
19. Mai 1291

Die Fußspuren führten Molay und d'Aynac die Stufen hinauf. Mit gezücktem Dolch folgten die beiden Templer den Spuren. Immer wieder blieben sie stehen, die Sinne von Angst geschärft. Oben angekommen waren plötzlich keine Spuren mehr zu sehen. Auf den Fliesen lag ein Teppich, der die Feuchtigkeit aufgesaugt hatte.

Hier, im höchstgelegenen Teil der Festung, lagen die

Zimmer der Würdenträger, die von einem langen Bogengang abgingen. An jeder Tür war das Wappen eines Ritters zu sehen. Während Molay am Ende der Treppe als Wache stehen blieb, ging d'Aynac nervös weiter.

Über der Zitadelle tobte ein Gewitter, und der Schein grell zuckender Blitze drang durch das Fenster am Ende des Ganges. Aus den ersten Zellen, deren Türen allesamt geschlossen waren, drang kein Geräusch. Dennoch hätte d'Aynac schwören können, dass sich der Unbekannte dort, in einem dieser Zimmer, aufhielt.

Molay fürchtete unterdessen, dass die Würdenträger bald eintreffen würden. Sie hatten sich am Nachmittag im Kapitelsaal versammelt, um den neuen Großmeister zu wählen. Die Wahl Thibaud Gaudins war so gut wie sicher, und die Honoratioren des Templerordens würden danach eilig in ihre Zellen zurückkehren.

Ein weiterer Blitz ließ ihn zusammenzucken. Kurz sah er im grellen Licht seinen Gefährten mit dem gezückten Dolch auf eine halb geöffnete Tür am Ende des Ganges deuten. Molay schüttelte den Kopf, rannte aber sofort zu ihm. D'Aynac trat gegen die Tür, die mit einem lauten Knall aufschlug, und stürzte in das Zimmer. Es war leer.

«Er muss uns gehört haben. Auf jeden Fall haben wir ihn bei seinem Vorhaben gestört», stellte Molay fest und zeigte mit dem Finger auf einen Lederbeutel, aus dem das stumpfe Ende eines Meißels herausragte.

Der kleine Raum mit den Kalkwänden sah aus wie die Zelle eines Mönches, hell und karg. Eine schmale Fensteröffnung zeigte auf den Ehrenhof. Auf den Steinfliesen befand sich ein Strohlager. D'Aynac ging zu dem Tisch mit dem schlichten Kerzenleuchter. Auf einem Stuhl lag ein Schwert.

«Du siehst doch, dass hier nichts ist, lass uns gehen!»

Grollender Donner unterstrich Molays Aufforderung.

«Bei diesem Hundewetter gehen die Würdenträger sicher nicht über den Ehrenhof, und außerdem werden sie sich nach der Wahl erst einmal im Refektorium stärken», widersprach d'Aynac.

Molay beugte sich aus dem Fenster. Der Regen prasselte noch immer auf das Pflaster. Die ganze Zitadelle schien im Dunkeln zu liegen. Nur in der obersten Etage des Wachtturms brannte ein einziges Licht.

«Und?», erkundigte sich d'Aynac und ging zu der Wand, an der sich das Strohlager befand.

«Niemand zu sehen», räumte Molay ein. «Aber das ist kein Grund, hierzubleiben. Außerdem weiß ich nicht, was wir überhaupt suchen. Kannst du es mir bitte sagen?»

D'Aynac tastete mit einer Hand über die Wand und hielt bei jeder Unebenheit inne.

«Dasselbe wie der, den wir verfolgen.»

Molay brummte. Das Zimmer eines Würdenträgers zu durchwühlen gehörte nicht zu den Aufgaben eines Tempelritters.

«Warte. Wir sind in eine schmutzige Geschichte hineingeraten. Noch können wir wieder rauskommen, bevor …»

Sein Gefährte schnitt ihm das Wort ab.

«Sieh dich in diesem Zimmer genau um. Wenn du hier etwas verstecken wolltest, wo würdest du es tun?»

Molay zuckte mit den Achseln. In dem Zimmer befanden sich lediglich ein Tisch und ein Strohlager.

«In der Decke?»

D'Aynac blickte nach oben und schüttelte den Kopf. Nackte Balken stützten ein einfaches Brett, das mit der Zeit dunkel geworden war.

«Im Boden vielleicht?», schlug Molay vor und leuchtete mit der Fackel über die Steinfliesen.

Abermals schüttelte d'Aynac den Kopf. Jede einzelne rechteckige Fliese sah aus, als wiege sie so viel wie eine komplette Rüstung.

«Dann bleiben nur die Wände», überlegte er laut. «Sie sind mit Kalk verputzt. Eine gute Methode, um eine Öffnung zu überdecken. Nimm deinen Dolch.»

Molay zögerte einen Moment, dann tat er jedoch, was d'Aynac von ihm verlangte. Wenn sie sich beeilten, würde es ihnen vielleicht noch gelingen, ohne allzu viele Unannehmlichkeiten aus dieser Geschichte herauszukommen.

«Klopf die linke Wand mit dem Griff ab. Ich nehme die andere Seite.»

Mit kleinen, schnellen Schlägen tasteten sie sich die Wände entlang. Stets war jedoch der gleiche dumpfe Ton zu hören. Molay war nahe daran aufzugeben. Er wusste nicht, wo das Ganze hinführen sollte. Seit ihrer Stadtdurchquerung hatte er das Gefühl, sich in einem Wachtraum zu befinden, und er verstand nicht d'Aynacs Besessenheit, dieses Geheimnis zu entschlüsseln.

«Schluss damit. Hier ist nichts.»

«Das glaubst auch nur du!», erwiderte d'Aynac.

Mit seinem Dolch hatte er gerade ein Stück Putz gelöst, das auf den Fliesen in tausend Stücke zerbrach. Darunter kam dunkles Holz zum Vorschein.

«Hab ich es doch gewusst», rief er triumphierend und klopfte mehr Putz von der Wand.

«Großer Gott, dafür können wir in den Kerker geworfen werden.»

Mit einem letzten Hieb wurde eine Holzklappe sichtbar.

«Gleich werden wir es wissen!»

«Was werden wir wissen?», fragte plötzlich jemand hinter ihnen. Roger Flor. Der Katalane trat ein und ging auf Guy d'Aynac zu, der vor Schreck den Dolch fallen ließ. Er fasste sich jedoch rasch wieder und sagte:

«Du willst es wirklich wissen? Dann komm her!»

Flor trat vor das Geheimfach.

Knarrend öffnete sich die Klappe, und den entsetzten Tempelbrüdern fielen die Köpfe der beiden Assassinen vor die Füße.

## 47
## Im Departement Oise

Am Ende des Korridors waren Lachen und laute Stimmen zu hören. Marcas folgte dem Lärm und gelangte in einen Raum, in dem ein Dutzend Männer und Frauen in bequemen Sesseln saßen oder am Kamin standen. Der Salon war im Art-déco-Stil eingerichtet, ergänzt durch einige moderne Designer-Stücke. Als der Kommissar eintrat, verstummten die Gespräche. Alle Blicke waren auf ihn gerichtet, einige wirkten neugierig, andere misstrauisch. Obwohl er gesellschaftliche Veranstaltungen mochte, behagte es ihm gar nicht, derart im Zentrum der Aufmerksamkeit zu stehen. Di Licio stand auf und kam lächelnd auf ihn zu.

«Der werte Marcas. Willkommen! Wir haben nur auf dich gewartet, um mit dem Essen zu beginnen. Komm, ich stelle dich unseren Freunden vor.»

Die meisten Gäste erhoben sich.

«Das ist Pierre Darriulo, Chef von ‹Narval Finances›. Neben ihm Nicholas Watt. Er ist Engländer und Darriulos

Pendant bei der ‹City-Bank›. Und das dort ist Boris Frasnevitch, aufgeklärter Oligarch, auch wenn er es hasst, als solcher bezeichnet zu werden.»

Die drei Herren – der eine fast kahlköpfig, der zweite mit sorgfältig gescheiteltem Haar und der dritte mit Bürstenfrisur – grüßten mit einem Kopfnicken.

Di Licio fuhr fort: «Die Dame rechts von ihnen hast du sicher bereits erkannt: Aline Gaste, die unvergleichliche Sprecherin der 20-Uhr-Nachrichten. Die Herren, mit denen sie sich so angeregt unterhält, sind Laurent de Ramsay, unter anderem Aufsichtsratsvorsitzender der Stone Corporation hier in Frankreich, und Jean-Marc Domazi, der im Parlament für Europafragen verantwortlich ist.» Marcas nickte nun ebenfalls zum Gruß. Er war überrascht, auch die Chefredakteurin eines Monatsmagazins inmitten dieser illustren Gesellschaft zu sehen.

«Die Dame vor dem Kamin ist die Komtesse Aurélia de Crécy-Valois. Sie gehört einer der ältesten Familien Frankreichs an und ist PR-Chefin eines großen Pariser Luxushotels. Wie es sich gehört, ist sie umringt von diversen Herren, als da wären: Monsignore Layol di Lupe, Sonderbeauftragter im Vatikan, Colonel El Regnerez von der brasilianischen Botschaft und Doktor Yarker, Psychotherapeut, ein intimer Kenner insbesondere der weiblichen Psyche.»

Marcas grüßte auch diese Gruppe, wobei sein Blick einen Moment an der Komtesse hängen blieb. Die elegante Brünette um die dreißig sah ihn mit strahlenden Augen fast belustigt an. Ihr gleichmäßig ovales Gesicht war allerdings von einer Narbe am Kinn gezeichnet, die wie ein alter Schmiss aussah. Sie war keine klassische Schönheit, hatte aber eine geheimnisvolle, verführerische Ausstrahlung. Die helle Haut bildete einen scharfen Kontrast zu ihrem dunklen Haar. Vielleicht ist sie eigentlich blond und nur gefärbt, überlegte Marcas. Offensichtlich war jedoch, dass sie keinerlei Berührungsängste mit Männern hatte.

Zum Abschluss stellte ihm Di Licio zwei Herren und eine Dame vor, die deutlich älter waren als die anderen Gäste und sich als Einzige bei seiner Ankunft nicht aus den bequemen Sesseln erhoben hatten.

«Und hier sind nun unsere ehrwürdigsten Freunde. Marcus Mazurer, dem das gleichnamige Presseimperium gehört, und Joan Acot, Mäzenin und Gründerin der international agierenden gemeinnützigen Organisation ‹Natura›, sowie Paul-Henri Barsac, den ich dir ja wohl nicht vorstellen muss.»

Marcas staunte nicht schlecht. Barsac, ehemaliger Innenminister Frankreichs und ein mit allen Wassern gewaschener Politiker, war vor einem Jahrzehnt ein mächtiger Mann im Parlament gewesen, bevor er aus obskuren Gründen plötzlich von der politischen Bühne verschwunden war. Damals munkelte man, der alte Gaullist sei im Besitz einer ganzen Sammlung kompromittierender Akten über alle, die in Paris Rang und Namen hatten. Der leitende Staatssekretär des jetzigen Ministers wäre sicher hocherfreut, wenn er wüsste, dass Barsac Mitglied der Loge war. Erfreut, aber auch beunruhigt zugleich, wenn man an die enge Beziehung dachte, die Barsac noch immer zu einigen hohen Tieren bei der Polizei pflegte.

«Ich habe unsere Freunde bereits über deinen Lebenslauf aufgeklärt», sagte Di Licio zu Marcas und legte ihm den Arm um die Schultern.

«Nehmt ihr häufiger Mitglieder aus dem einfachen Volk auf? Ich bin sicher der am wenigsten wohlhabende Teilnehmer dieses Abends», sagte Marcas, als sie sich in den Nachbarraum begaben. Di Licio lächelte, während die Geladenen an einem großen rechteckigen Tisch Platz nahmen.

«Nein, aber keine falsche Bescheidenheit. Du bist schließlich die Nummer zwei bei der Polizei, wenn es um den Schutz unserer Kunstwerke geht. Wir laden jedes Mal drei neue Kandidaten ein, drei, weil es eine symbolische Zahl ist. Dieses Mal besteht das Trio aus der Komtesse, dem Chef der ‹City Bank› und dir selbst. Es wird dich überraschen, wie erlesen unsere Gruppe ist.»

«Landwirtschaftliche Hilfskräfte, Lagerarbeiter mit Migrationshintergrund und Kassiererinnen gibt es bei euch also nicht?», konnte sich Marcas eine ironische Bemerkung nicht verkneifen, da er diesen Snobismus ablehnte, den er auch in gewissen Freimaurer-Logen bemerkt hatte. Er gehörte zu denjenigen, die den fehlenden sozialen Mix bei den Freimaurern bedauerten.

Di Licio lachte laut auf.

«Dein Humor gefällt mir! Wir hätten nur zu gern so einen Kandidaten, doch leider kennt niemand von uns solche Leute. Das ist der Nachteil des Kooptations-Systems, in dem nur ein von den Mitgliedern nominierter Kandidat aufgenommen werden darf.»

«Dürfte ich denn jetzt erfahren, was mich erwartet?», erkundigte sich Marcas.

«Gern. Wir alle, die wir hier versammelt sind, werden euch während des Essens Fragen stellen und uns dann nach dem Kaffee zusammensetzen, um darüber zu beraten, ob ihr aufgenommen seid oder nicht. So einfach ist das.»

«Und wenn ich abgelehnt werde?»

«Dann darfst du heute trotzdem hier übernachten und reist morgen ab. Du musst dich dann nur verpflichten, uns zu vergessen.»

«Und wenn ich in eure Gruppe gewählt werde?»

Nach kurzem Schweigen antwortete Di Licio: «Dann wirst du den Templerorden rächen.»

## 48
## Paris
## La Défense
## Richalot-Turm

Das rote Kreuz wurde immer größer und wuchs über den Bildschirm hinaus, bis es schließlich das ganze Zimmer einnahm. Léandres Geist löste sich aus der körperlichen Hülle und ging in das Kreuz über. Er wurde das Kreuz. Eine unglaubliche, maßlose, unersättliche Energie erfüllte ihn. Vor Glück hätte er weinen können, wenn nur seine Tränendrüsen funktioniert hätten. Und das war erst der Anfang.

Das Kreuz begann sich langsam um sich selbst zu drehen. Mit dem Rest Verstand, der ihm geblieben war, wusste Victor, dass er mit Hilfe eines Strudels in ein anderes Universum gezogen würde.

Sein Körper gehorchte ihm nicht mehr und war wie versteinert. Er blickte auf ihn, so wie man von einem Schiff auf das langsam schwindende Ufer zurücksah. Dann gab er sich vollständig dem Kreuz hin. Das Templersymbol drehte sich immer schneller und mit ihm sein Geist.

Plötzlich hörte alles auf.

Er war nicht mehr in seinem Appartement im obersten Stockwerk eines Hochhauses in La Défense. Das Zimmer war verschwunden, das Kreuz ebenfalls. Er schwebte jetzt in einem dunklen Himmel unter einem Sternenzelt.

Orientierungslos glitt Victor Léandre durch die Finsternis. Der Schmerz und die Qualen waren so gewaltig, dass sie jegliche Vorstellungen überstiegen. Doch sein Körper war nur noch eine Illusion. Es war sein Geist, der über trostlose Welten flog, über vernichtete Zivilisationen und Berge von Männer-, Frauen- und Kinderleichen, durch das Alter weiß gewordene Knochen und wieder zu Staub gewordene Menschen. Fast konnte er sich in die Seelen der Toten hineinversetzen, doch das durfte er nicht. Er schwebte über dem Reich des absoluten Nichts, die erbärmliche Lage auf Erden war nur noch Erinnerung. Aber es gelang ihm nicht, sich davon zu lösen, auch wenn ihn die düstere Schönheit dieses chaotischen Universums faszinierte. Hier waren die Menschheit und das Leben eine Krankheit, eine Obszönität, eine Blasphemie, die es auszurotten galt. Durch das Kreuz war es ihm gelungen, die Grenzen seiner Welt zu übertreten, doch weiter kam er nicht. Es gelang ihm nicht, ins Innerste dieses absoluten Dunkels vorzudringen. Er war nicht willkommen und nahm die unheilvolle Anwesenheit einer namenlosen Macht wahr, die jedes Atom durchdrang, das er sah. Der Tod wollte ihn nicht, er war seiner offenbar nicht würdig. Vor seinen Augen begann alles zu verschwimmen, und er merkte, wie er wieder in den Strudel geriet. Er versuchte sich zu wehren, doch es war zu spät.

Ein schwarzer Totenkopf tauchte bedrohlich in der Ferne auf. In seinen dunklen Augenhöhlen leuchteten Myriaden von Sternen – Zeugen vernichteter Universen.

Der Tod der Welten. Millionen Initiierte waren vor ihm durch diese Prüfung gegangen und hatten sie bestanden. Er musste lernen, seine Angst zu beherrschen, wie der Meister es ihm bereits mehrfach erklärt hatte. Sonst würde sie ihn auffressen.

Diese Etappe war notwendig, schließlich hatte er bereits gemordet. Er sah Claire Bourdons Gesicht vor sich, als sie durch das Gift Todesqualen erlitt. Er hatte ihr den Tod geschenkt. Er war der Tod und konnte ihm in die Augen schauen, ohne mit der Wimper zu zucken.

Der Totenkopf füllte sein gesamtes Universum. Er sah in ihm fast etwas Feminines. Eine düstere und perverse Schönheit, verführerisch und absolut. Verglichen mit diesem Schädel, war er nichts. Er fühlte sich erbärmlich und unendlich klein angesichts dieser übergroßen Todesmacht. Das Gebilde vor ihm blies ihm den Horror ins Gesicht.

## 49
## Akkon
## Zitadelle der Templer
## 19. Mai 1291

Den beiden Rittern blieb vor Erstaunen die Luft weg. Sie starrten Roger Flor an, der bemerkenswerterweise keinerlei Anzeichen von Wut zeigte. Ohne den beiden blutverschmierten Köpfen weiter Beachtung zu schenken, ging er zum Fenster, zog ein Buch aus seinem Wams und legte es auf den Tisch.

«Wenn ich mich recht erinnere, war die Aufgabe, mit der ich euch betraut hatte, damit beendet, dass ihr den Leichnam unseres verstorbenen Großmeisters zu seiner letzten Ruhestätte bringt. Was tut ihr also hier?»

Vielsagendes Schweigen war die Antwort. Flor drehte sich zu dem Geheimfach um.

«Außerdem kann ich mich nicht daran erinnern, euch erlaubt zu haben, meine Zelle zu betreten.»

D'Aynac und Molay erstarrten, während der Katalane die beiden ansah wie ein Jäger seine in der Falle sitzende Beute.

«Und schon gar nicht, sie zu durchsuchen», fuhr er fort und trat wieder an das Geheimfach.

D'Aynac hielt den Blick zu Boden gesenkt. Molay überlegte, welche Strafe auf das Demolieren der Zelle eines Würdenträgers stand. Doch was sie getan hatten, war so ungeheuerlich, dass die Gesetzesschreiber diesen Fall wahrscheinlich gar nicht bedacht hatten. Kurz sah er sich bereits hoch oben vom Wachtturm hängen, doch Flors sarkastischer Tonfall beruhigte ihn seltsamerweise. Wenn man jemanden an den Galgen bringen wollte, verhielt man sich selten ironisch.

Lässig beugte sich der Katalane vor und griff die beiden Köpfe der Assassinen am Haarschopf. D'Aynac wandte den Blick ab.

«Ein nettes Pärchen, stimmt's? Ich frage mich, ob eure auch so hübsch sein werden?»

Molay stützte sich an der Wand ab. Seine Beine drohten unter ihm nachzugeben. Verstört sah er Flor an, der die Köpfe wieder ablegte, als d'Aynac unvermittelt rief: «Jemand ist in Eure Zelle eingedrungen, wir haben ihn verfolgt.»

«Tatsächlich?», erkundigte sich Flor entrüstet. «Ihr scherzt.»

«Er war es, der etwas in Eurem Zimmer gesucht hat. Er hat übrigens sein Werkzeug dagelassen», fügte d'Aynac hinzu und deutete auf den Lederbeutel.

Der Katalane trat dagegen, und der Meißel sowie ein dunkler Holzhammer fielen klirrend auf die Steinfliesen.

«Wer war dieser Mann? Ein Bruder?»

D'Aynac schüttelte den Kopf.

«Das Gewand der Tempelritter trägt er nicht, aber wir haben ihn schon mal gesehen. Gestern. Im Venezianischen Viertel. Er war es, der die beiden … die beiden Ungläubigen begleitet hat, die Ihr später enthauptet habt.»

«Ein Italiener?», fragte Flor weiter.

«Ja, gestern war er wie die Händler des Viertels gekleidet. Aber als ich ihn gerade im Ehrenhof gesehen habe …»

An den Schläfen des Katalanen traten die Adern hervor.

«Er trug einen schwarzen Umhang, stimmt's? Dann kann es nur Caëtani sein!»

«Ich verstehe überhaupt nichts mehr», sagte d'Aynac. «Diese Männer, die Ihr enthauptet habt, haben sie im Venezianischen Viertel nach uns gesucht? Warum sind sie uns gefolgt?»

Roger Flor sah ihn erstaunt an. «Woher sollte ich das wissen?»

«Warum bewahrt Ihr sonst die Köpfe auf? Warum versteckt Ihr sie in diesem Geheimfach?»

D'Aynacs Stimme klang nun fest und entschlossen. Er blickte Flor direkt in die Augen und schien vollkommen furchtlos. Er war bereits zu weit gegangen, um jetzt einen Rückzieher zu machen oder in Panik zu geraten. Seine Angst war verschwunden, als er einen Schritt auf den Katalanen zuging. «Maître, wir haben ein Recht darauf, Antworten auf diese Fragen zu bekommen.»

Wütend presste der Katalane die Lippen aufeinander.

«Selbst wenn er Templer ist», schob d'Aynac noch hinterher, «und damit dem Orden zu absolutem Gehorsam verpflichtet.»

Roger Flor deutete auf das Loch in der Wand.

«Und das bezeichnet ihr als Gehorsam?»

D'Aynac hielt seinem Blick stand.

«Maître, wir haben die brennende Stadt durchquert, wir haben Mauern einstürzen und unsere Brüder durch die Hand wild gewordener Horden von Ungläubigen sterben sehen …»

Roger Flor versuchte ihn durch eine Geste zu beschwichtigen, doch d'Aynac schenkte ihm keine Beachtung und trat sogar noch näher an ihn heran.

«Maître, wir wollen lediglich wissen, ob das Überbringen des Leichnams etwas anderem gedient hat, als Ihr uns gegenüber behauptet habt.»

Kurz blitzten die Augen des Katalanen auf, als wäre ihm ein Gedanke gekommen.

«Wollt ihr die Wahrheit wissen?»

D'Aynac nickte. Molay, noch immer an die Wand gelehnt, verfolgte den Dialog wortlos.

«Dann sollt ihr sie erfahren. Heute Nacht.»

## 50
## Im Departement Oise

Das Abendessen war fast beendet. Sämtliche Speisen waren auf dem Niveau eines Gourmetrestaurants gewesen, was Marcas beeindruckt hatte. Während er noch das köstliche Mango-Soufflé genoss, das mit einem Hauch Armagnac abgeschmeckt war, beobachtete er die anderen Gäste. Man hätte glauben können, dass es sich um eines jener Treffen handelte, von denen er manchmal auf den Gesellschaftsseiten in der Presse las: Gespräche über Politik, Gott und die Welt, Klatsch über Promis und wer mit wem oder auch nicht sowie Insiderwissen über die Entwicklungen an der Börse. Nichts, was darauf hinwies, dass er sich unter Mitgliedern einer gefährlichen Sekte oder einer französischen Neuauflage der P2-Loge aufhielt.

Der Kommissar hatte genau zugehört, ohne zu viel von sich selbst preiszugeben. Er wusste, dass jedes Wort, jede Aussage genau analysiert werden würde. Di Licio und die drei älteren Geladenen hielten sich weitgehend im Hintergrund und tauschten lediglich vielsagende Blicke. Die Anwesenheit des Ex-Ministers Barsac beunruhigte ihn ein wenig. Zu gern hätte er ihn zum Reden gebracht, doch er wollte nicht das Risiko eingehen, Misstrauen zu erregen.

Als das Gespräch auf die Templer kam, war Marcas ein wenig redseliger geworden. Auf Aufforderung Di Licios hatte er in groben Zügen den Inhalt seiner Zeichnung zu diesem Thema wiedergegeben und auch die Entdeckung des Rauvaud-Manuskripts erwähnt. Einige Gäste hatten Fragen dazu gestellt, die zeigten, dass sie sich mit dem Thema auskannten. Di Licio hatte an seinem Cognac genippt, ohne sich an der Diskussion zu beteiligen. Dennoch hatte er seine Gäste genau aus den Augenwinkeln beobachtet, bevor er schließlich das Wort ergriffen hatte:

«Ein Großmeister, dem man absoluten Gehorsam schwört, dem man bis zum Tod treu bleiben muss, die Bildung einer Elite, die sich dem Rest der Menschheit überlegen fühlt … Zwischen den Templern, dem Faschismus und der Freimaurerei gibt es erstaunliche Ähnlichkeiten. Es ist kein Zufall, dass der Großmeister der italienischen Loge P2 ein alter Faschist war.»

Marcas hatte schon viel gehört, aber das war der Gipfel.

Doch er beließ es bei einem unauffälligen Kopfschütteln. Auch Aurélia de Crécy, die Komtesse, runzelte die Stirn.

«Die P2-Loge? War die nicht in die Skandale in Italien verwickelt?», fragte sie.

Paul-Henri Barsac, der sich gerade eine Zigarre anzündete, schaltete sich ein:

«Zu diesem Thema wird viel Unfug geredet. In den 60er Jahren hat Don Gelli, ein ehemaliger Funktionär unter Mussolini, die Führung in der Loge Propaganda Masonica Due übernommen, die im weitesten Sinn zum Grand Orient gehört. Sehr schnell hat er im Alleingang einflussreiche Persönlichkeiten, Politiker, hochrangige Armeeangehörige, Polizisten und Medienleute initiiert. Zunächst wurde er von der CIA unterstützt, die sein antikommunistisches Netzwerk Gladio finanziert hat. Sie wollten vermeiden, dass die Roten die Macht übernehmen, was ich verstehe. Gelli hat ein gewaltiges Werk, *Il manifesto*, verfasst, das die Grundlage seines Machtstrebens darstellte.»

«Sie hatten aber auch etwas mit den Attentaten am Bahnhof von Bologna zu tun und mit dem Skandal der Bank Ambrosiano …»

Der ehemalige Innenminister blies den Zigarrenrauch in einer weißen Wolke aus.

«Ich war selbst Mitglied bei der P2, zumindest in ihrem französischen Ableger. Das waren Jugendsünden. Wenn Gelli Ende der Achtziger nicht gestoppt worden wäre, hätte er Großes vollbringen können.»

Marcas trank einen kleinen Milchkaffee. Der mächtigste Innenminister, den Frankreich je hatte, war Mitglied der mafiösen Loge P2 gewesen! Er erinnerte sich noch daran, im Internet einen Artikel über das verzweigte Netzwerk der P2-Loge gelesen zu haben.

«Die Loge P2 hat keine Führung mehr», warf er vorsichtig ein.

«Na ja, abgesehen davon, dass eines ihrer bekanntesten Mitglieder, Silvio Berlusconi, das höchste Amt seines Landes innehat. Schade, Gelli hatte Verbindungen in ganz Europa und Südamerika aufgebaut. Ein großer Mann, dieser Gelli. Wissen Sie, dass er noch immer Ehrenpräsident der Freimaurer-Loge Memphis Misraïm ist? Ich habe ihn in seiner bemerkenswert bescheidenen Villa am Comer See besucht, wo er sich seinen Gästen als Poet präsentiert ...»

Marcas hätte sich fast verschluckt. Gelli ein Poet! Er wagte sich gar nicht vorzustellen, wie seine Logenbrüder reagiert hätten, wenn sie gehört hätten, wie hier eine der Symbolfiguren für das Abdriften in krumme und politische Geschäfte der Freimaurerei verherrlicht wurde. Er begann die Idee hinter Di Licios Loge zu verstehen. Templer mit faschistischer Gesinnung.

Die Komtesse und der City-Banker hatten unterdessen angefangen, leidenschaftlich über den Schatz der Templer zu diskutieren.

Marcas war fasziniert von dem zartgliedrigen Gesicht der Komtesse, das im Kerzenschein gar nicht mehr so blass aussah. Ein leicht raues Timbre verlieh ihrer Stimme eine eigentümliche Färbung. Er fand sie ausgesprochen attraktiv und versuchte etwas zu dem Gespräch beizutragen.

«Woher kommt Ihr ausgeprägtes Interesse für die Templer? In einem Nobelhotel gehören historische Recherchen doch eigentlich nicht gerade zum Alltagsgeschäft.»

Sie wandte sich ihm zu. Ihre Pupillen waren auffällig geweitet, und ihr Blick wirkte jetzt kalt.

«PR-Arbeit in einem Hotel ist nicht mit Oberflächlichkeit gleichzusetzen, wie Sie vielleicht denken. Dann könnte ich bei Ihnen ja auch davon ausgehen, dass Sie jemand sind, der von Recht und Ordnung besessen ist. So wie Sie über das Templer-Manuskript reden, zeigen Sie, dass Ihre Neugier größer ist, als Sie zugeben wollen.»

Marcas merkte, dass seine Bemerkung ungeschickt gewesen war. Bei Frauen, die ihm gefielen, verhielt er sich immer falsch. Seinen Worten hatte der ironische Unterton gefehlt. Er versuchte es noch einmal: «Nein, das wollte ich damit nicht sagen. Ich glaube nur nicht, dass Sie mit Ihren – bestimmt vermögenden – Kunden in die Verlegenheit kommen, über die Templer zu reden.»

Sie lächelte.

«Monsieur … Marcas. War das Ihr Name? Bevor ich im Hotel angefangen habe, habe ich Geschichte studiert. Ich habe meine Doktorarbeit an der Université de Mirail in Toulouse über den esoterischen Mythos der Templer geschrieben. So habe ich auch unseren Gastgeber kennengelernt. Er war einer der Gutachter meiner Arbeit.»

«Ihre Theorie war klug», bestätigte Di Licio. «Eine exzellente Verteidigung, die Ihnen viel Lob eingebracht hat, wenn ich mich richtig erinnere.»

«Aber keine Auszeichnung», antwortete die Komtesse schlagfertig.

«Das stimmt. Aber dafür gab es einen guten Grund», erwiderte der Gastgeber.

«Welchen denn?»

«Wenn mich mein Gedächtnis nicht täuscht, haben Sie die Quellen des Mythos nicht genau genug ausgewertet. Die Templer erfinden sich ständig neu. Und das ist kein Zufall, wie so vieles auf dieser Welt.»

Scharf schoss Aurélia de Crécy zurück: «Sie reden zu viel und doch nicht genug, Di Licio. Aber wir sind aus einem bestimmten Grund hier. Wollen Sie jetzt vielleicht mit Ihrem Spiel beginnen?»

Insgeheim war Marcas der Komtesse dankbar, die feindselige Stimmung initiiert zu haben.

Im Raum wurde es still. Niemand sagte etwas, woran Marcas bemerkte, dass Di Licio einen großen Einfluss auf die anderen ausübte. Dieser wartete einen Moment, bevor er sprach:

«Wie Sie wissen, beziehen sich die freimaurerischen Texte aus dem 18. Jahrhundert direkt auf eine Verbindung zwischen den Templern und den *Söhnen der Witwe*, wie die Freimaurer gern genannt werden. Die freimaurerische Tradition hat sich im Laufe der Jahrhunderte gefestigt und in allen Logen verbreitet. Daher auch das große Interesse der Öffentlichkeit und die zahlreichen Bücher zu diesem Thema. Esoterik und die Schätze der Templer haben bereits häufig die Phantasie der Menschen angeregt. Und wenn ich Euch jetzt sagen würde, dass wir am Ursprung all dieser Erkenntnisse über die Templer stehen?»

«Wir?», hakte Marcas nach.

«Unser Orden. Stell dir vor, Antoine, eine Loge wie die deine, aber bei uns werden die Mitglieder noch viel strenger ausgewählt, und sie alle haben dieselbe Hoffnung – der Menschheit mit Hilfe des Templerideals zu einer größeren Freiheit zu verhelfen.»

«Die Freimaurerei strebt auch danach, dem Menschen zu einer größeren Freiheit zu verhelfen.»

Di Licio klopfte mit dem Zeigefinger auf den Tisch.

«Sicher, aber du gibst doch bestimmt zu, dass dir das nicht reicht. Unser Orden hat Zugang zu etwas Außergewöhnlichem, das wir mit anderen teilen wollen.»

Marcas ließ den Blick über die Anwesenden schweifen,

die Di Lico seltsam ergeben ansahen, als verstünden sie etwas anderes als das Gesagte.

«Wie heißt der Orden?», erkundigte sich der City-Banker.

«Das werdet ihr alle drei erfahren, wenn ihr bereit seid, euch den Prüfungen zu unterziehen.»

## 51
Akkon
Zitadelle der Templer
19. Mai 1291

Othon Gauffridy hatte alle Hände voll zu tun. Regal für Regal nahm er die Bücher heraus und streichelte sie liebevoll wie Kinder, denen eine große Reise bevorstand. Doch da nicht alle im Laufe der Jahre angesammelten Bände mitgenommen werden konnten, musste er eine Auswahl treffen, was ihm das Herz zerriss. Zunächst sortierte er alle Titel aus, die er doppelt besaß, und behielt nur jeweils das besser erhaltene und wertvollere Exemplar. Was die Qualität eines Werkes anging, hatte Gauffridy jedoch eigene Maßstäbe. Im Abendland bestimmten die mächtigen Herrscher, die prunkvolle Bibliotheken ihr Eigen nannten, den Wert eines Buches nach seinem Bekanntheitsgrad. Je mehr Abschriften es von einem möglichst reich bebilderten Werk gab, desto wichtiger war es, dieses in seiner Sammlung zu haben und von Gästen bewundern zu lassen. Der Bibliothekar der Templer hatte einen anderen Ansatz. Kalligraphische Meisterleistungen und wunderschöne Abbildungen ließen ihn kalt. Er hielt sie für Produkte menschlicher Eitelkeit, die zwar gut gelungen sein mochten, aber seiner Meinung nach nicht mit wahrem Wissen verwechselt werden durften. Ihm ging es um die Inhalte. Seltene, unveröffentlichte und vor allem … aufwühlende Texte. Solche, die in Europa verbrannt wurden, und ihre mutigen Besitzer im Zweifelsfall gleich mit. Während seines letzten Italienaufenthalts hatte Gauffridy selbst erlebt, wie jemand mit einem verbotenen Buch erwischt und daraufhin ins Feuer geworfen worden war. Denn wenn es um unter der Hand weitergegebene Texte wie Hexenalmanache und alchemistische Maximen ging, verstand die Inquisition keinen Spaß. Gleiches galt für die Apokryphen, in denen Worte und Taten Christi viel Raum für Interpretationen und Streitigkeiten boten. Also Bücher, die gefährlich für die Religion, aber noch gefährlicher für den Templerorden waren. Munkelte man im Umfeld des Papstes nicht bereits, dass die christlichen Ritter im Orient durch den Kontakt mit den Ungläubigen vom Glauben abfielen?

Mit einer Geste wischte Gauffridy seine Bedenken vom Tisch. Wichtig war, dass er vorsichtig blieb. Er hatte schon seit langem entsprechende Maßnahmen ergriffen. Zum einen, indem er heikle Texte in harmlosen versteckte. So verbarg sich das Thomasevangelium, das die Kirche nicht anerkannte und verboten hatte, zwischen den Seiten eines dicken naturwissenschaftlichen Folianten. Alle zwanzig Seiten war ein Abschnitt des verbotenen Textes eingefügt – niemand würde zwischen den Beschreibungen der Pflanzenwelt des Mittelmeeres danach suchen. Auf diese Weise existierte innerhalb der offiziellen Bibliothek eine geheime Sammlung, von der nur Gauffridy wusste.

Er sortierte weiter. Die Bücher, die er Roger Flor anvertrauen wollte, nach rechts und die Werke, die er zurückließ, nach links. Die Ausgaben des Korans würden nicht mit auf die Reise gehen. Er musste sie hierlassen und darauf hoffen, dass die Ungläubigen rechtzeitig erkannten, worum es sich handelte, und sie nicht siegestrunken verbrannten. Der Bibliothekar seufzte. Jahrelang hatte er zwanzig verschiedene Fassungen der heiligen Schrift der Muslime verglichen und die Unterschiede betrachtet. Was wurde hinzugefügt, was ausgelassen? Eine Arbeit, die er noch nicht beendet hatte und wohl nie beenden würde. Die Arbeit eines Gelehrten, die er allerdings immer mehr vernachlässigt hatte, nachdem ihm eines Oktobermorgens im Jahr 1287 ein von den Strapazen der Reise noch schwer gezeichneter Templer einen mit Schweiß und Blut befleckten Stoß Pergamente auf den Tisch gelegt hatte.

## 52
## Im Departement Oise

Dicke Holzscheite brannten prasselnd in dem großen Kamin, der im Laufe der Jahrhunderte dunkel geworden war. Auf der anderen Seite des Raumes stand auf einem gewaltigen schwarzen Marmorsockel die metallene Rüstung eines Tempelritters in Originalgröße samt Schwert. Unter dem eckigen Helm mit dem Sehschlitz in Form eines Kreuzes schien ein Ritter drohend auf die Menschen im Raum hinabzublicken. Man hatte den Eindruck, dass er nur auf den Befehl wartete, sein Schwert zu schwingen, so lebensecht wirkte er.

Gemeinsam mit seinen Mitbewerbern saß Marcas in einem kleinen Salon und wartete auf die Rückkehr der

Logenmitglieder, die gerade darüber entschieden, wie es mit ihnen weiterginge. Nicholas Watts, der Mann von der City-Bank, hatte während des Essens zu viel Wein getrunken und zwang Aurélia de Crécy, die Marcas verzweifelte Blicke zuwarf, ein Gespräch auf. Dabei fläzte er sich in seinem Sessel.

«Unter uns gesagt ist diese Geschichte mit dem Templerorden ziemlich albern. Esoterik gut und schön, aber es gibt wichtigere Dinge. Zum Beispiel muss ich einige Millionen Pfund gewinnbringend anlegen. Verstehen Sie, ich brauche die Geschäftskontakte, die mir der Orden bringen kann.»

Die Komtesse sah ihn eindringlich an.

«Niemand hindert Sie daran zu gehen. Es gibt sicher Clubs, die eher materiell orientiert sind und Sie liebend gern aufnehmen würden.»

«Na ja ... so habe ich das nicht gemeint, denn die Templer waren nicht zuletzt glänzende Geschäftsleute und vorzügliche Bankiers. Ihr Netzwerk an Komtureien, ihre Eroberungen im Heiligen Land, das alles haben sie wegen des Geldes gemacht. Und Philipp der Schöne hat sie verhaften lassen, um an das Vermögen zu kommen und damit die Staatskasse aufzufüllen. Dieses ganze esoterische Gefasel ist allerdings Quatsch. Big Business ist das wahre Geheimnis des Templerordens und das wirklich Faszinierende ...»

Marcas blickte auf die Uhr; seit fast einer halben Stunde berieten sich die Logenmitglieder nun schon. Ihr Aufnahmesystem war ihm nach wie vor ein Rätsel. Traditionell wurden Initiationen – genau wie bei den Freimaurern – einzeln vorgenommen und nicht zu zweit oder gar zu dritt.

«Und Sie, werter Herr Marcas, was ist Ihre Motivation, in Di Licios kleinen Kreis aufgenommen zu werden? Ihre Entdeckung des Manuskripts, das die Verbindung zur Freimaurerei beweist, müsste Ihnen eigentlich einen Ehrenplatz in diesem Zirkel sichern», wandte sich die Komtesse an den Kommissar und klang ehrlich interessiert.

«Ich habe das Gefühl, dass die Freimaurerei mir nichts Neues mehr bieten kann, würde aber gern mehr über die Symbolik und die Mysterien der Templer erfahren. Und Sie?»

«Mir geht es ähnlich. Fast wäre ich Freimaurerin geworden, habe mich aber im letzten Moment dagegen entschieden. Meine Arbeit macht mir Spaß, mein Leben ist angenehm, doch mir fehlt etwas auf der spirituellen Ebene. Als Di Licio mir dann von seiner Gruppe erzählte, habe ich …»

Sie unterbrach sich, als die große, mit Schnitzereien verzierte Holztür geöffnet wurde und Di Licio erschien.

«Werte Freunde, ich habe gute Neuigkeiten. Ihr alle drei seid in unseren kleinen Kreis aufgenommen worden. Die Diskussionen waren heftig, und teilweise gingen die Meinungen weit auseinander, aber die Wahl ging für jeden von euch positiv aus. Wir müssen euch jetzt vorbereiten.»

«Du hast von Prüfungen gesprochen», sagte Marcas.

«Genau. Dich, der du bereits Freimaurer bist, dürfte das nicht überraschen. Zumindest am Anfang ist einiges ähnlich. Ihr werdet ein zweites Mal geboren werden. Für Aurélia und Nicholas hingegen … Nun denn, ihr werdet die Gelegenheit haben, eine richtige Initiation zu erleben, noch dazu eine Templerinitiation. Hört genau zu, was ich sage. Noch könnt ihr zurück.»

«Was müssen wir tun?», erkundigte sich Marcas entschlossen.

Als Freimaurer hatte er selbst bereits viele *Suchende* auf die *Initiation* vorbereitet und wusste genau, dass die warnenden Worte dazu dienten, den *Neophyten* zu verunsichern.

«Folgt mir.»

Di Licio stellte sich vor den Kamin und legte fast beiläufig die rechte Hand auf ein Tatzenkreuz, das in die Mauer eingelassen war. Das Templersymbol gab etwa zehn Zentimeter nach.

Ein leises Klicken war auf der anderen Seite des Raumes zu hören. Die Rüstung begann sich langsam zu drehen, und der Sockel rückte zur Seite und gab den Blick auf eine Öffnung im Boden frei, aus der Licht heraufschien.

«Wir begeben uns nun ins Innere der Erde. Bitte sehr», verkündete Di Licio schulmeisterlich.

Die drei sahen sich kurz fragend an und folgten dann ihrem Gastgeber: zuerst die Komtesse, dann der Banker und zum Schluss Marcas.

Sie stiegen eine im Laufe der Zeit blank polierte Steintreppe hinab. Kleine grüne Lampen, die in die Mauern eingelassen waren, strahlten ein nüchternes Licht aus. Ein kalter Luftzug war zu spüren. Marcas hörte, wie sich hinter ihnen der Marmorsockel wieder über die Öffnung schob, sodass er und seine Begleiter nun von der Außenwelt abgeschnitten waren. Niemand würde ihnen zu Hilfe kommen können, wenn ihnen etwas zustieße.

Die kurze Treppe führte in ein Gewölbe, von dem zwei alte Holztüren abgingen, auf denen jeweils ein Tatzenkreuz prangte – ein schwarzes und ein rotes. An der Wand hing ein Kleiderhaken mit drei weißen Umhängen. Auch hier unten war alles mit jenem nüchternen grünen Licht beleuchtet.

«Zieht bitte das heilige Ordensgewand an. Ihr werdet gleich abgeholt», informierte sie Di Licio, ging auf eine der beiden Türen zu und lehnte sich dagegen.

«Es ist ein bisschen frisch hier», sagte Nicholas Watts und rieb sich die Hände.

«Das ist noch nichts im Vergleich zu dem, was euch erwartet», warnte Di Licio.

Bevor sie sich versahen, drehte sich die Tür, vor der Di Licio stand, um die eigene Achse, und im nächsten Moment war er verschwunden.

Die drei Bewerber zuckten zusammen. Marcas beschloss, die Sache in die Hand zu nehmen. Mit diesem Trick und diesem Gewölbe wollte man sie nur beeindrucken. Was die Umhänge anging, musste er fast lachen, zu sehr erinnerten sie an den albernen Karneval der Sonnentempler. Nichtsdestotrotz nahm er einen vom Haken, befühlte kurz den Stoff und legte ihn dann der Komtesse über die Schultern.

«Das ist gute Wollqualität, zumindest erfrieren werden wir nicht.»

Er hängte sich ebenfalls einen Umhang um, während der Banker nach dem letzten griff. Auf jedem war ein schwarzes Tatzenkreuz auf der Höhe des Herzens eingestickt. Sie rochen nach Weihrauch.

«Und was sollen wir jetzt tun?», fragte Nicholas Watts höhnisch, aber seine Stimme verriet, wie mulmig ihm zumute war.

Wie zur Antwort ging eine grüne Lampe nach der anderen aus, bis nur noch eine einzige brannte. Sie leuchtete von der Decke des Gewölbes wie ein Heiligenschein.

«Ich glaube, wir sollten nachschauen, was dort ist. Wir haben wohl keine andere Wahl», sagte die Komtesse.

Im Lichtkegel der letzten Lampe lag ein Gegenstand auf dem Boden. Sie traten näher, um ihn genauer zu betrachten. Es handelte sich um einen braunen Lederkoffer. Marcas öffnete die mit edlem Gold überzogenen Verschlüsse und ließ den Deckel aufspringen. Entsetzt schrie Aurélia de Crécy auf.

In dem Koffer lag der Kopf eines Mannes auf einem schwarzen Samtkissen, eine Eisenkrone war in die weiße Haut des Schädels gedrückt. Am Rand des Metalls war getrocknetes Blut zu sehen. Die vor Schreck weit aufgerissenen Augen starrten die drei Bewerber an.

«Ich kenne das Gesicht», sagte Marcas mit tonloser Stimme.

## 53
## Oase von Tiberias
## Oktober 1287

Plünderungen waren bei den Templern von Anfang an gang und gäbe gewesen. Den neu Initiierten erzählte man, dass Hugues de Payns, der Begründer des Ordens, die ersten schwierigen Jahre der Organisation durch Schutzgelder finanzierte, die er auf dem Weg zwischen Caesarea und Haifa eintreiben ließ. Schließlich beschützte man christliche Pilger, die nach Jerusalem wollten. Vor allem aber erpresste man die arabischen Karawanen, die unglücklicherweise diese Strecke entlang der Küste gewählt hatten. Somit lebten die Tempelritter, anders als die übrigen Kreuzritter, nicht zurückgezogen in ihren Festungen. Im Gegenteil, sie unternahmen zahlreiche Erkundungen und kontrollierten ständig, auch in Friedenszeiten, das Gebiet, was sie bei den Pilgern, die sich von ihnen beschützt fühlten, beliebt machte. Und für die anderen Kreuzritter waren sie als wertvolle Informationsquelle unerlässlich.

So kam es, dass an diesem Tag im Oktober 1287 eine Gruppe Templer unauffällig in einem Palmenhain am Südufer des Sees Genezareth auf der Lauer lag. Seit Jahrhunderten machten die Karawanen, die zwischen Ägypten und Persien unterwegs waren, hier halt, um zu rasten und ihre Tiere zu tränken. Trotz des Krieges, der die Kreuzritter zum Feind fast aller arabischen Königreiche der Region machte, hatten sich die Ritter aus dem Abendland wohlweislich davor gehütet, die Handelsstraße zu unterbrechen, die den hinteren Orient mit dem Niltal verband. Seide, Gewürze und Elfenbein wurde durch die Wüste getragen, um dann von den ägyptischen Häfen übers Mittelmeer nach Venedig oder Genua gebracht zu werden, von wo die Waren an alle europäischen Höfe verkauft wurden. Umgekehrt landeten Spezialitäten des Abendlandes wie edle Kettenhemden, verzierte Schwerter, Goldschmiedearbeiten und Schmuck nach langer Reise auf einem Basar in Isfahan, wenn nicht gar im fernen China.

Jeder Karawane verkauften die Templer in alter Tradition entweder ihre Funktion als vertrauensvolle Beschützer oder aber ihre wohlwollende Neutralität. Die meisten arabischen Händler zahlten das Schutzgeld, ohne zu murren, einige protestierten der Form halber, aber nur selten widersetzte sich jemand gewaltsam und ging damit das Risiko ein, Fressen für die Aasgeier in der Wüste zu werden. Lieber zahlte man und kam mit dem Leben davon.

Schon seit Tagen hatten die in der Gegend patrouillierenden Tempelritter eine Karawane angekündigt, die auf dem Weg zurück nach Syrien war, nachdem sie ihre Waren nach Kairo gebracht hatte. Mehreren Kundschaftern zufolge waren die Kamele zurzeit ohne Lasten unterwegs, wahrscheinlich, um auf den Basaren von Damaskus neu beladen zu werden. Folglich konnte man auf prall gefüllte Geldbeutel der Händler hoffen.

Für die plündernden Templer ein Geschenk Gottes.

Der See Genezareth, an dem die Oase lag, war ein Heiligtum der gesamten Christenheit, weil Jesus dort das Wunder vollbracht hatte, vor den Augen seiner erstaunten Jünger über Wasser zu gehen. Deshalb war dies einer der Orte, die seit Jahrhunderten Millionen von Gläubigen anzogen. Der Gruppe, die an der Oase Stellung bezogen hatte, war die spirituelle Bedeutung des Ortes jedoch gleichgültig. Der Anführer hatte allen Pferden bereits einen Maulkorb anlegen lassen, um zu vermeiden, dass ihr Wiehern sie an die Karawane verriet. Aus einer Dattelpalme beobachtete einer von ihnen den schnell näher kommenden Kamelzug. Die anderen Ritter verließen den Brunnen im Zentrum der Oase, verwischten ihre Spuren und versteckten sich hinter hohen Palmen.

Die Technik des Überfalls war oft geprobt.

Zuerst wartete man, bis die ganze Karawane ihren Platz in der Oase gefunden hatte. Dann, wenn Mensch und Tier sich am Wasser gelabt hatten und sich zur Siesta niederließen, brauchte man nur aus dem Hinterhalt zu kommen, sie auf Pferden zu umzingeln und den Tribut zu fordern.

Sie mussten nicht lange warten. Die erschöpfte Karawane wollte die Oase so schnell wie möglich erreichen. Sobald sie an der ersten Palme waren, sprangen die Kameltreiber von den Rücken der Tiere und eilten zum Brunnen. Ihre Gesichter waren schmutzig. Einige schienen am Ende ihrer Kräfte zu sein. Die Templer, die sie aus ihrem Versteck beobachteten, bekamen das unangenehme Gefühl, dass hier etwas faul war. Sie hatten mit einer Gruppe wohlhabender Händler gerechnet und nicht mit einer Horde gehetzt wirkender, hohlwangiger Gestalten.

Nur ein einziger Mann war nicht abgestiegen, und

einige schwarzgewandete Ungläubige hatten sich diskret, aber mit wachsamem Blick um ihn herum postiert. Er war ohne Zweifel der Anführer der Karawane. Man brachte ihm Wasser, doch genau wie seine schwarzen Wächter lehnte er ab. Offensichtlich drängte es ihn, wieder aufzubrechen, während die Kamele und ihre Treiber nach Rast und Schatten lechzten.

Diese verdächtige Unruhe brachte die Templer dazu, schneller zu handeln als zunächst geplant. Sie mussten die Unstimmigkeiten innerhalb der Karawane nutzen. Die Kameltreiber würden wahrscheinlich keinerlei Widerstand leisten. Wichtig war, die Bewacher des Anführers in den Griff zu bekommen. Der Anführer der Templer wies seine Männer im Versteck an, auf ein Pfeifsignal hervorzuspringen und die Karawane sofort zu umzingeln.

Dem ersten Ritter, der sich kurz darauf mit gezogenem Schwert zeigte, blieb allerdings keine Zeit zu verstehen, was geschah, geschweige denn zu reagieren. Es war keinesfalls sein erster Überfall, nur waren die arabischen Händler bislang immer vor ihm auf die Knie gefallen, wenn er bloß seine Waffe durch die Luft geschwungen hatte. Deshalb traf ihn der höllische Schmerz im rechten Bein vollkommen unerwartet. Blut spritzte, und sein Pferd bäumte sich auf.

Sofort preschten die anderen Ritter hervor. Der aufgewirbelte Sand nahm den Kämpfenden die Sicht. Nicht wenige fielen und wurden von den aufgebrachten Pferden niedergetrampelt, sodass die vom Widerstand überraschten Templer gnadenlos die Gegner niedermetzelten.

Als sich der Sand wieder gelegt hatte, standen mehrere Ritter nicht mehr auf, doch die Ungläubigen lagen ausnahmslos am Boden. Viele krümmten sich schwer verletzt, einige von ihnen murmelten mit einem Papierstreifen in der Hand, den sie fest umklammert hielten, Gebete. Der Kommandant der Templer ließ sie alle töten und wies seine Leute dann an, die Verfolgung der Kameltreiber aufzunehmen, die sich in den Palmenhain geflüchtet hatten. Bei diesem missglückten Überfall durfte es keine überlebenden Ungläubigen geben. Die Kamele würden sie einfangen und die Toten in einem Massengrab tief unter der Oase vergraben.

Sie durchsuchten jeden einzelnen Leichnam, ohne jedoch etwas Wertvolles zu finden. Nicht ein Stück Gold oder Geld. Die Ritter kochten vor Wut. Selbst als sie unmittelbar neben dem Brunnen den mit Sand bedeckten Leichnam des Anführers der Karawane entdeckten, mussten sie, nachdem sie ihm die Kleider vom Leib gerissen hatten, feststellen, dass auch er keinerlei Besitztümer bei sich hatte.

Doch schnell wich der Zorn der Verblüffung, als einer der Templer nach dem Gewand des Anführers griff, um es zu durchsuchen, und das charakteristische Knistern von Pergament vernahm. Mit zarter Schrift beschriebene Bögen waren in das Futter eingenäht. Der Templer blickte zu seinen Kameraden hinüber, die mit dem Rücken zu ihm ein Loch aushoben. Er nahm die Pergamentbögen und ließ sie in seinem Wams verschwinden.

In Akkon kannte er einen Bibliothekar, der sich sicher dafür interessieren würde.

## 54
## Paris
## La Défense
## Richalot-Turm

Léandre erwachte auf dem dicken Teppich in seinem Wohnzimmer. Er fühlte sich ausgeschlafen und bei klarem Verstand. Dieser Trip war so gut gewesen wie all die Linien Koks zusammen, die er in den letzten Jahren geschnieft hatte. Energiegeladen wie schon lange nicht mehr stand er auf und betrachtete den Fernseher, über dessen Bildschirm sich Schwerter senkrecht in einem Sternenhimmel bewegten. Er erinnerte sich an jede Einzelheit seiner Reise, das Kreuz, das ihm die Türen geöffnet hatte, das Verlassen seines Körpers, die Begegnung mit dem Totenkopf … und den plötzlichen Rückweg.

Gleich nach dem nächsten Mord würde er sich wieder auf so einen Trip begeben. Denn noch hatte ihn der Tod nicht gewollt, hatte ihn als zu weich und unerfahren abgetan.

Die Wanduhr zeigte halb eins. Zwei Stunden war er bewusstlos gewesen. Er machte einige Lockerungsübungen, wie der Doktor es ihm gezeigt hatte, und dann eine Reihe von Liegestützen. Er war in blendender Verfassung. Doktor Yarker hatte nicht zu viel versprochen. Während die Verwandlung fortschritt, fühlte er sich immer besser, immer weniger angreifbar, sowohl geistig als auch physisch. Jegliche Anzeichen von Schwäche waren verschwunden.

Er schaltete den DVD-Player aus und wechselte zu einem Nachrichtensender. Dann bereitete er sich eine Tasse Kakao und ein Biomüsli zu. Im Fernseher waren Bilder von Demonstrationen in Myanmar zu sehen. Die Polizisten schlugen mit Schlagstöcken auf Studenten und buddhistische Mönche in orangefarbenen Gewändern ein. Die Bilder waren abgehackt, wahrscheinlich von einem Amateur gedreht. Dann wurde die Großaufnahme einer jungen Frau gezeigt, die von drei Männern mit Helmen angegriffen wurde. Als die Kamera noch dichter an sie heranzoomte, sah man das blutige Gesicht der Demonstrantin, die ihre Peiniger vergeblich um Erbarmen anflehte. Ihre Schmerzensschreie und ihr Klagen schallten in voller Lautstärke durch das schicke Appartement.

Léandre starrte gefühllos auf den Bildschirm. Er stellte den Fernseher auf Standbild und versuchte, am Unglück der Frau teilzuhaben. Doch die tränennassen Augen und das Blut, das ihr über die Stirn lief, riefen in ihm nur … Langeweile hervor.

Also ließ er den Fernseher weiterlaufen und genoss die heiße Schokolade. Die Nachrichtensendung ging zum nächsten Bericht über, in der ein Politiker im Wahlkampf einen neuen TGV-Abschnitt irgendwo in Frankreich einweihte. Léandre konnte sich über die Präsidentschaftswahlen nur amüsieren. Ihm war seit langem klar, dass die wahre Macht von der Wirtschaft ausging. Er wollte gerade weiterzappen, als er im darauffolgenden Beitrag einen Patienten von Doktor Yarker erkannte, dem er mehrfach in dessen Praxis begegnet war. Der Mann wirkte selbstsicher, schüttelte Hände und antwortete souverän auf die Fragen der Journalisten. Léandre musste daran denken, wie derselbe Mann verschreckt im Wartezimmer auf und ab gelaufen war. Offenbar hatte der Psychotherapeut Wunder an ihm vollbracht.

Victor stellte den Fernseher aus, trank den letzten Schluck der heißen Schokolade und war bereit, die Nacht durchzuarbeiten. Er konnte tun und lassen, was er wollte, schließlich war er der Chef. Nachdem er vom Aufsichtsrat über den positiven Entscheid informiert worden war, hatte er jetzt freie Hand, seinen Plan zur Personalreduzierung in die Tat umzusetzen. Das Meeting mit der Leiterin der Personalabteilung war für neun Uhr am nächsten Morgen angesetzt. Gemeinsam mussten sie die Akten der siebenhundert irgendwas Angestellten – die genaue Zahl vergaß er immer wieder – durchgehen, die gefeuert werden sollten sowie die Gesamtsumme der Abfindungen ausrechnen. Es war immer das gleiche Problem in Frankreich: Ständig musste man in die Tasche greifen, sei es nun, um Leute einzustellen oder loszuwerden. Finanzierung der Umschulung, Hilfe bei der Arbeitssuche, Prüfung des Sozialplans durch das Handelsgericht. Die angelsächsische Gesetzgebung war in der Beziehung ganz anders, solche Umständlichkeiten gab es dort nicht. Seine Personalchefin würde jedenfalls nicht arbeitslos werden.

Die Alternativen lagen klar auf der Hand. Entweder er entließ die Alten, die nicht mehr so produktiv waren, was allerdings ein Vermögen an Abfindungen kosten würde, oder er entschied sich für die sparsamere Variante und schmiss die Jüngeren raus, die aber motivierter waren, sodass er riskierte, das Unternehmen zu schwächen. Oder weder noch. Denn da er schließlich ein verantwortungsvoller Chef war, würde er sich nicht von den guten und leistungsstarken Kräften der Stone Frankreich trennen, egal ob alt oder jung. Folglich würden die Sozialfälle und diejenigen gehen müssen, die der Firma ein Klotz am Bein waren. Pech für diejenigen, die geopfert wurden, aber sie würden ja umgeschult werden.

Er fragte sich, was wohl die Herrscher im Mittelalter

getan hatten, wenn sie sich in Zeiten der Not von allzu zahlreichen Leibeigenen trennen mussten. Damals war die Antwort einfach gewesen: Sie ließen sie mit dem Segen der Kirche verhungern. Er ging ins Bad und betrachtete sich im Spiegel.

Als er sich rasiert hatte und die feuchtigkeitsspendende Lotion mit Aktiv-Selen auf seine Wangen auftrug, kam ihm die Idee.

*Das ist gigantisch ... Wenn mir das gelingt ... Niemand hat es je gewagt, so weit zu gehen ... Das ist viel besser, als einfach einen weiteren Mord zu begehen, wie es der Doktor verlangt. Der Meister wird stolz auf mich sein.*

Er war ganz aufgeregt. Doktor Yarkers Lehre zeigte offenbar Wirkung. Warum war er nicht eher darauf gekommen? ... Eine saubere, klare Lösung statt Abfindungen. Schnell zog er sich an und versuchte im Geist eine Liste der vielen Parameter zu erstellen, die zu beachten waren, wenn er sein Vorhaben in die Tat umsetzen wollte. Er zog die Tür zu seinem Appartement zu. Der Plan war von bestechender Einfachheit.

Er würde alle Betroffenen ermorden. Auf einen Streich.

## 55
## Akkon
## Zitadelle der Templer
## 19. Mai 1291

Gauffridy betrachtete die bei der Plünderei in der Oase erbeuteten fleckigen Seiten. Seit mehr als vier Jahren hortete er sie nun im Verborgenen und hatte viele Nächte darüber gebrütet. Schlaflose Nächte, in denen er Literatur gewälzt, sich das Hirn zermartert und über ein Wort, eine Zahl nachgegrübelt hatte, um das Rätsel endlich zu lösen. Damals, als der Ritter ihm das schmutzige Manuskript gebracht hatte, hatte er zunächst wenig Interesse gezeigt. Dennoch hatte er natürlich nach den Umständen gefragt, unter denen es in die Hände des Ritters gelangt war. Viel war nicht aus dem Templer herauszubekommen gewesen. Es sei ein normaler Überfall gewesen, hatte er berichtet, mit der Besonderheit, dass einige Mitglieder der Karawane erbitterten Widerstand geleistet hätten. Dieser ungewöhnliche Widerstand war es gewesen, der insgeheim Gauffridys Neugier geweckt hatte. Sicher gab es Händler, die Söldner beschäftigten, um ihre Karawane zu beschützen, doch es war allgemein bekannt, dass diese Hilfssoldaten normalerweise beim ersten Anzeichen eines ernsthaften Angriffs die Flucht ergriffen. In Lebensgefahr brachten sie sich jedenfalls nicht. Es musste also etwas anderes dahinterstecken. Womöglich war der Anführer eine einflussreiche Persönlichkeit und die Kämpfer seine Leibwachen gewesen.

Die Lösung verbarg sich zweifelsohne in dem Manuskript. Gauffridy merkte sofort, dass der Text nicht leicht zu verstehen war. Und die wahrscheinlich einzigen Menschen, die ihm mehr dazu hätten sagen können, lagen zehn Fuß tief im Sand der Oase von Tiberias verscharrt.

Ein Detail hatte sich jedoch in das Gedächtnis des Bibliothekars eingeprägt. Als der Tempelritter, der ihm die Schriften gebracht hatte, den Kampf mit den schwarzgekleideten Wächtern kurz beschrieben hatte, war ihm sofort die Sekte der Assassinen in den Sinn gekommen, deren Mitglieder einen Papierstreifen mit Anbetungen ihres heiligen Begründers um den Hals trugen.

Besonders den letzten Bogen des Manuskripts hatte er sich immer wieder angeschaut. Anatomische Abbildungen waren dort zu erkennen sowie Messinstrumente und sogar Koordinaten. Außerdem waren einige, wenn auch unvollständige, Elemente eines Rituals darauf verzeichnet, die Teil einer Initiation zu sein schienen.

Eines Tages kam ihm plötzlich die Erleuchtung, und er verstand auf einmal, was damit gemeint war.

Er erkannte, dass man sich, um ein Assassine zu werden, einem mysteriösen Ritual unterziehen musste, das aus einem normalen Menschen einen unerbittlichen Mörder machte.

Ein Ritual, das ihm seitdem zum Teil bekannt war.

Der Bibliothekar blickte aus dem Fenster. Es wurde Nacht. Auf der Verteidigungsmauer der Festung loderten Kohlenfeuer im Wind, der Regen hatte jedoch nachgelassen. Morgen würde die letzte, alles entscheidende Schlacht stattfinden.

Gerade hatte sich Gauffridy wieder an seinen Schreibtisch gesetzt, als es an der Tür klopfte. Zweimal kurz und dann nach einer Pause noch einmal.

Gauffridy wiederholte den gleichen Code auf der Tischplatte.

Die Tür wurde geöffnet. Sofort hellte sich das Gesicht des Bibliothekars auf.

«Willkommen, Bruder Caëtani.»

## 56
## Im Departement Oise

«Das ist ja grauenhaft!», rief Aurélia de Crécy.

«Shit», fluchte Nicholas Watts.

Nachdem er instinktiv zurückgewichen war, beugte sich Marcas nun wieder vor. Das Antlitz des Geköpften war von Leid und Schmerz gezeichnet. Der Kopf hatte feine Züge und hellbraunes Haar, das im Nacken und an den Schläfen gelockt war. Der Kommissar überwand seinen Ekel und streckte die Hand nach dem Kopf aus. Er wusste, dass er diesen Mann vor langer Zeit schon einmal gesehen hatte. Vor mehr als dreißig Jahren, um genau zu sein. Mit dem Zeigefinger drückte er auf die Wange. Sie fühlte sich hart an, wie Plastik. Marcas packte den Kopf an den Haaren und hob ihn hoch.

«Darf ich Ihnen Georges Marchal vorstellen?»

«Legen Sie den Kopf sofort wieder hin», befahl die Komtesse.

«Wer ist dieser Mann?», fragte der Banker gequält.

«Das ist der Kopf von Georges Marchal, einem bekannten Schauspieler der 60er Jahre, der in der Fernsehserie *Die unseligen Könige* Philipp den Schönen gespielt hat – er ist aus Wachs. Unsere Freunde haben einen seltsamen Humor.»

«Einen schlechten Geschmack, wenn Sie mich fragen», erwiderte die Komtesse, während sie sich den Kopf genauer ansah.

«Eine außerordentlich gut gelungene Reproduktion, die einen Platz in Madame Tussauds Wachsfigurenkabinett verdient hätte», schwärmte Marcas, «und er ist so schwer wie ein echter Kopf. Die Botschaft ist klar: Wir haben das abgeschlagene Haupt des Königs vor uns, der die Zerschlagung des Templerordens und die Ermordung seines Großmeisters Jacques de Molay angeordnet hat.»

«Stimmt! Philipp der Schöne war der ruchloseste König, den es je in Frankreich gegeben hat», sagte eine hohl klingende Stimme, die durch das Gewölbe schallte. Die drei Bewerber drehten sich suchend um, doch es war unmöglich zu bestimmen, woher sie kam. Das Echo war aus allen Richtungen zu hören.

«Eidbrüchig, habgierig, grausam. Von Jacques de Molay verflucht, ist er acht Monate nach dem Tod des Großmeisters gestorben. Ich rate euch, den Kopf für die nächste Prüfung mitzunehmen.»

Im nächsten Moment öffnete sich knarrend eine der Türen. Die drei Bewerber traten in einen Gang. Links und rechts an den Wänden hingen nummerierte Gemälde, auf denen Szenen der Gefangennahme und des Martyriums der Templer dargestellt waren. Auf dem einundzwanzigsten und letzten Gemälde war Jacques de Molay auf dem Scheiterhaufen zu sehen. Dahinter, am Ende des Ganges, befand sich eine Klappe im Boden.

«Watts, halten Sie mal den Kopf», sagte Marcas.

Der Banker sah ihn angewidert an. Lieber hätte er höchstpersönlich die Klappe aufgerissen, doch sie war mit einem Zahlencode verschlossen.

Wieder hörten sie die hohl klingende Stimme: «Ihr habt genau zwei Minuten Zeit, um die Zahlenfolge herauszufinden, sonst steht euch ein Jahr des Unglücks bevor.»

Hinter ihnen fiel die Tür zu, durch die sie gekommen waren, und über ihnen rasselten Ketten. Langsam kamen aus der Decke knirschend Metallspitzen auf sie zu.

«Die sind ja wahnsinnig!», kreischte der Banker. «Lasst mich sofort hier raus! Ich bin herzkrank.»

Marcas versuchte, seine eigene Angst zu unterdrücken und einen klaren Gedanken zu fassen. Die Komtesse fasste unruhig nach seinem Arm. Sie mussten das Rätsel so schnell wie möglich lösen.

«Watts, Sie setzen sich jetzt erst einmal hin und beruhigen sich. Konzentrieren wir uns. Der Kopf ist der von Philipp dem Schönen, hinter der Klappe könnte sich der Kopf eines weiteren Verfolgers der Templer befinden.»

Die hohl klingende Stimme verkündete: «Die Zahlenkombination des Schlosses hat mit den Gemälden zu tun.»

«Es gab noch drei weitere maßgebliche Gegner des Templerordens», wusste Aurélia de Crécy. «Papst Clemens V., der dem König hörig war, Guillaume de Nogaret, königlicher Justizminister und enger Berater, sowie Enguerrand de Marigny, der Finanzminister des Staates, der Philipp dazu gedrängt hat, den Schatz der Templer zu beschlagnahmen.»

«Jetzt hören Sie auf mit diesem Blödsinn und helfen mir lieber, die Klappe aufzukriegen», brüllte Watts.

Wieder knirschte es über ihnen. Die Spitzen waren noch einen guten Meter entfernt.

«Schnell, sehen wir uns die Bilder und die dazugehörigen Zahlen an», schlug Marcas vor. «Ich nehme die rechte Seite und einer von Ihnen die andere.»

Aurélia de Crécy und Marcas standen gerade vor den ersten Bildern, als der Banker plötzlich auf die Tür, durch die sie gekommen waren, zuraste, und mit der Schulter dagegenrammte. Sein Kopf war feuerrot, und Schweiß stand ihm auf der Stirn.

«Ich habe Enguerrand und den Papst gefunden!», rief die Komtesse. «Auf den Bildern Nummer 17 und 12.»

«Ich habe Nogaret, 13», brüllte Marcas.

Erbarmungslos senkten sich die Metallspitzen. Marcas hastete zu der Klappe und probierte eine Kombination der sechs Zahlen aus. Fehlanzeige.

«Habt ihr etwa Angst?», schallte die Stimme durch den Gang. «Diese Angst haben auch die Templer empfunden, als sie in die Verliese der Inquisition gebracht und dort gefoltert wurden. Ich habe euch gewarnt, ihr werdet eine echte Initiation durchleben. Die Gefahren sind real. Du, Marcas, verstehst jetzt sicher langsam, warum die Freimaurerei mit ihren Pseudo-Initiationen, die nicht einmal die sensibelsten Gemüter aus der Ruhe bringen, ausgedient hat.»

«Ich will nicht sterben, lassen Sie mich raus, ich flehe Sie an», bettelte der Banker, der verzweifelt gegen die Tür hämmerte.

Die Spitzen waren kurz über ihren Köpfen. Marcas versuchte es mit anderen Kombinationen der Zahlen. Vergeblich. Ein Aufschrei war zu hören. In seiner Panik war Watts mit dem Kopf gegen eine Spitze gestoßen, Blut lief ihm über die Stirn. Mit aschfahlem Gesicht hielt er sich den Bauch.

«Ich … flehe … Sie an … ich …»

Aurélia de Crécy eilte zu ihm.

«Er bekommt einen Herzinfarkt. Hören Sie auf», schrie sie. «Er stirbt!»

Niemand antwortete. Erbarmungslos bewegten sich die Spitzen weiter hinab.

## 57
## Akkon
## Zitadelle der Templer
## 19. Mai 1291

Roger Flor hatte die beiden Templer entlassen und sie für den letzten Glockenschlag um Mitternacht wieder zu sich bestellt. Sobald ihre Schritte im Bogengang verhallt waren, hatte er die beiden Köpfe in einem Sack verstaut und sich diesen über den Rücken geworfen. Ein simples Versteck, aber es würde seinen Zweck erfüllen. Bevor er sich ebenfalls auf den Weg in den Ehrenhof machte, steckte er noch das Buch ein, das er aus Gauffridys Bibliothek mitgebracht hatte.

Die Pflastersteine im Hof waren rutschig, und es regnete so stark, dass Flor einen Moment lang Probleme hatte, sich zu orientieren. Doch dann sah er den Flügel, in dem er Pierre de Sivrey finden würde. Um diese Zeit würde der Kommandeur in der Wachstube die letzten Anweisungen zur Verteidigung der Zitadelle geben. Flor ging zügig und drückte dabei das Buch unter seinem Umhang an sich, um es vor Nässe zu schützen. Als er an der Kapelle vorbeieilte, sah er, dass keine Wache davorstand. Der Katalane lächelte innerlich. Sivrey hatte Wort gehalten.

Über eine Wendeltreppe gelangte man in die Wachstube, vor der ein weiterer Raum lag, in dem die Gesandten von verschiedenen Beobachtungspunkten und Stellen der Festung eintrafen. In der Wachstube herrschte ein ständiges Kommen und Gehen. An einem niedrigen Tisch saß Pierre de Sivrey und sprach mit den Boten, Offizieren und Verwaltern.

Seitdem um die Stadt gekämpft wurde, fand man den

Kommandeur der Zitadelle jede Nacht über diesen Tisch gebeugt, wo sich die neuesten Berichte und einander häufig widersprechende Informationen stapelten.

Roger Flor betrachtete das Treiben, das seinen Freund umgab. Pausenlos brachten Knappen neue Lageberichte oder ein Beamter eine aktuelle Liste der Vorräte, und jedes Mal analysierte Sivrey den Fall, zog Schlüsse und gab Anweisungen.

«*Ordo ab chaos*», rief Flor, als er den Sack abstellte. «Du bist wirklich die Verkörperung dieser Devise.»

«Aus dem Chaos wächst die Ordnung», übersetzte Sivrey. «Du weißt ja gar nicht, wie recht du hast! Bist du auf der Mauer gewesen?»

«Noch nicht.»

«Dann nichts wie hin. Was man von dort sieht, ist ziemlich lehrreich. Die Ungläubigen sind dabei, die Stadt zu entvölkern. Ein Viertel nach dem anderen. Sie sind glänzend organisiert.»

Ruhig trat der Katalane an den Kamin, in dem ein Zedernscheit brannte, und fragte dann: «Rücken sie mit großer Truppenstärke an?»

«Noch sieht man sie zwar nicht, aber man kann sie erahnen. Sie bewegen sich im Schein von Fackeln in Kolonnen durch die Nacht. Wir schätzen, dass auf eine Fackel zehn Männer kommen.»

Roger Flor hielt die Hände vors Feuer und gab einen Seufzer des Wohlbefindens von sich.

«Und wie viele Fackeln haben die Wachsoldaten gezählt?»

«Inzwischen mehr als neunhundert.»

Ein Knappe betrat den Raum. Sivrey sah ihn fragend an.

«Ich komme von der westlichen Mauer. Mein Truppenführer lässt ausrichten, dass das Lager der Ungläubigen in Aufruhr ist. Sie rücken mit einem Belagerungsturm an.»

«Kehr auf deinen Posten zurück. Ich werde einen Kundschafter schicken, damit er mir bestätigt, was du sagst», entließ ihn der Kommandeur.

Roger Flor hatte nicht auf die Nachricht reagiert. Er ließ seinen nassen Umhang von den Schultern gleiten und breitete ihn sorgfältig über einer Truhe aus, die er an den Kamin zog.

«Willst du die Nacht hier verbringen?», fragte Sivrey.

«Wenn es dir recht ist. Ich habe zu tun.»

«Und was gedenkst du zu tun, jetzt, da die Erstürmung unmittelbar bevorsteht?»

Der Katalane schob nun auch noch eine Bank vor den Kamin und machte es sich darauf, so gut es ging, bequem. Bevor er antwortete, zog er das Buch unter seinem Umhang hervor.

«Ich muss etwas lesen.»

## 58
## Paris
## Tour Montparnasse

Die Büros waren leer. Abgesehen von den Nachtwächtern war Victor Léandre der einzige Mensch in den auf 95 Stockwerke verteilten 90 000 Quadratmetern. Mit dem Roller hatte er von La Défense bis hierher über Porte Maillot, Place de l'Étoile und den Invalidendom weniger als eine halbe Stunde gebraucht. Unterwegs hatte er an seinem Plan gefeilt, über siebenhundert Angestellte zu liquidieren.

In seinem geräumigen Büro angekommen, hatte er sich mit einer Tasse Kaffee und einem roten Marker an dem großen Sitzungstisch niedergelassen.

Vor sich hatte er zehn Stapel mit farbigen Dokumentenmappen. Insgesamt waren es 1500 Akten, die die Personalchefin für ihn ausgewählt hatte. Sie alle enthielten den Lebenslauf, die Stationen innerhalb des Unternehmens und die Protokolle der fünf letzten Evaluierungsgespräche. Die Personalchefin hatte sie nach Farben vorsortiert. Grüne Mappen für die Angestellten, die unbedingt zu halten waren, entweder weil sie Schlüsselstellen innehatten oder aufgrund von hervorragenden Beurteilungen. Die lilafarbenen für diejenigen, auf die man verzichten konnte, deren familiäre Situation aber schwierig war. Schwarze Mappen waren schließlich für Mitarbeiter, die von ihren Vorgesetzten als inkompetent eingestuft worden waren: Faulpelze, Leute, die immer wieder negativ auffielen oder bei den Spesenabrechnungen schummelten, kurz, all diejenigen, die, um es mit den Worten des Big Boss der Stone Corporation zu sagen, die nicht die richtige «Stone-Haltung» hatten.

Überrascht stellte Léandre fest, dass die Anzahl der schwarzen Mappen am geringsten war. Es waren nicht mehr als fünfzig. Er machte sich nicht einmal die Mühe, sie zu öffnen, sondern legte sie gleich auf die Seite. Blieben noch ungefähr 670 Mappen der beiden anderen Kategorien, aus denen er auszuwählen hatte. Willkürlich schlug er eine lilafarbene Akte auf, trank einen Schluck lauwarmen Kaffee und begann zu lesen.

Cécile Bauchard, Mitarbeiterin in der PR-Abteilung, dreißig Jahre, verheiratet mit einem griechischen Bildhauer. Eine temperamentvolle Blondine, die auf dem Foto fröhlich lächelte. Er erinnerte sich daran, ihr auf dem Flur schon einmal begegnet zu sein. Nach kurzem Zögern malte er einen dicken roten Strich auf die Mappe. Rausschmeißen.

Er nahm die nächste Mappe, in der sich die Unterlagen eines gewissen Laurent Alves befanden, der die Postproduktion leitete. Ein gutaussehender Mann in den Vierzigern, kompetent, drei Kinder. Sehr guter Mitarbeiter, ehemaliger Journalist. Einziger negativer Punkt in seiner Akte: Er mailte oft anrüchige Filmchen an seine Kollegen und verkehrte offenbar regelmäßig im Nachtclub *Castel*. Pech gehabt, dachte Léandre. Das Verschicken von persönlichen E-Mails während der Arbeitszeit war nicht zu tolerieren. Auch diese Mappe markierte er mit einem dicken roten Strich. Zum Tode verurteilt.

Jean-Mari Simoni, Finanzchef. Ein feister Kerl, der viel zu selbstzufrieden war. Léandre blätterte seine Akte durch. Der Mann war mehrfach geschieden und hatte diverse Alimente zu zahlen, was er dadurch finanzierte, dass er seinen Untergebenen die Prämien strich und sich selbst einen Bonus von mehreren tausend Euro bewilligte. Durchgefallen. In diesem Fall hatte Léandre sogar das Gefühl, dass es dem Mann recht geschah.

Cécile Bauchards, Laurent Alves' und Jean-Marie Simonis Schicksal hatte er in weniger als einer Minute besiegelt. Wenn er so weitermachte, wäre er noch vor Tagesanbruch fertig.

Ein Urteil über diese Menschen zu fällen verlieh Léandre ein unglaubliches Machtgefühl. Fast hätte er Martinet vergessen, der bei ihrem flotten Dreier so gut im Bett gewesen war, wie die Krankenschwester es formuliert hatte. In die Hölle mit ihm.

Ihm kam die eisige Finsternis, die er heute Nacht erlebt

hatte, wieder in den Sinn. Diese vier würden zusammen mit all den anderen auf seiner Liste die unzähligen Leichname des «Sozialplans» bilden. Und er, Victor Léandre, erreichte damit endlich den göttlichen Zustand der ewigen Nacht.

## 59
## Akkon
## Zitadelle der Templer
## 19. Mai 1291

«Und, hast du sie?», fragte Gauffridy mit gedämpfter Stimme, kaum dass Caëtani die Bibliothek betreten hatte. Der Venezianer verneigte sich, bevor er antwortete: «Nein, Maître. Ich wurde von zwei Rittern verfolgt. Zwar war ich kurz in Flors Zimmer, habe die Köpfe aber nicht gesehen.»

«Wie dumm bist du eigentlich?», stöhnte der Bibliothekar. «Hast du vielleicht geglaubt, er lässt sie offen auf dem Bett liegen, um dir eine Freude zu machen? Er hat sie natürlich versteckt!»

«Maître», entgegnete Caëtani ruhig, «ich hatte ja vor, sein Zimmer zu durchsuchen, und habe sogar das entsprechende Werkzeug mitgenommen, aber, wie ich bereits sagte, wurde ich bei meiner Arbeit gestört.»

Gauffridy hob die Brauen. Sein Gesicht glänzte vor Zorn, doch er versuchte sich zu beherrschen.

«Und diese Männer, die dich verfolgt haben, kennst du sie?»

«Ich fürchte, ja.»

«Verdammt!», fluchte der Bibliothekar deutlich lauter als

zuvor. «Dir muss man auch jedes Wort aus der Nase ziehen! Wer war es?»

Alessandro Caëtani atmete tief ein und dann wieder geräuschvoll aus. Gauffridy würde nicht erfreut sein.

«Es waren die beiden Ritter, die Guillaume de Beaujeus Leichnam in die Zitadelle gebracht haben.»

Der Bibliothekar schlug mit der Faust auf den Tisch. Die Strategie, die er sich seit Roger Flors Besuch zurechtgelegt hatte, war damit hinfällig. Auf der gegnerischen Seite gab es jetzt zwei zusätzliche Bauern in diesem Schachspiel. Er musste seine gesamte Taktik überdenken.

Der Venezianer dachte ebenfalls nach. Er beobachtete den hageren Alten, von dem sein eigenes Schicksal seit Jahren abhing. Der Bibliothekar hatte ihn aus den Klauen der Inquisition befreit, doch der hinterhältige Fuchs hatte dies nur getan, um ihn an sich zu binden.

«Alessandro, du hast jetzt nacheinander bei zwei entscheidenden Missionen versagt. Zuerst, als du den Leichnam unseres Großmeisters herbringen solltest, damit niemand erfährt, was mit ihm gemacht wurde, um ihm zu neuem Mut und Entschlossenheit zu verhelfen.»

Caëtani ballte wütend die Hände zu Fäusten. Er fühlte sich so ungerecht behandelt, dass sich ihm fast der Magen umdrehte.

«Aber das Wichtigste habe ich erreicht, Maître. Ich habe Guillaume de Beaujeus Vertrauen gewonnen und ihn im rechten Moment initiiert.»

«Ja gut», zischte Gauffridy, «doch was ist mit dem zweiten Auftrag, den ich dir erteilt habe: Wo sind die Köpfe der beiden Ungläubigen, die dir bei der Zeremonie geholfen haben? Auch sie sind initiiert worden, und es darf nicht die geringste Spur von ihnen zurückbleiben, das weißt du ganz genau!»

«Vergesst nicht», erwiderte Caëtani verzweifelt, «dass ich es war, der die beiden Assassinen aufgetan und den Tausch ausgehandelt hat: die Rückgabe der Schriften von Tiberias – beziehungsweise eine Abschrift derselben – gegen die Initiation des Großmeisters.»

«Sei still!», schnitt ihm Gauffridy das Wort ab und warf einen Blick in Richtung Tür. «Glaubst du etwa, ich hätte den Assassinen das Manuskript einfach so wiedergegeben? Die Initiation des Großmeisters war doch nur ein Köder. Ich wollte das gesamte Geheimnis herausbekommen. Aber du hast alles vermasselt!»

Der Venezianer war fassungslos. Wenn der Bibliothekar geglaubt hatte, die Assassinen würden ihm ihr Geheimnis verraten, hatte er wirklich den Verstand verloren. Doch er hielt es für schlauer, seine Rolle weiterzuspielen.

«Ich werde es wiedergutmachen, Maître, das schwöre ich.»

Gauffridy zuckte mit den Achseln. Er war damit beschäftigt, das Schachbrett vor seinem geistigen Auge neu zu ordnen. Einige Figuren verschwanden, andere wurden verschoben. Eine neue Partie begann.

«Ich gebe dir eine Chance, deinen Fehler wiedergutzumachen, Caëtani, aber nur eine einzige.»

Der Venezianer sank auf die Knie und senkte den Kopf. Es war besser, wenn der alte Fuchs den Zorn in seinem Gesicht nicht bemerkte.

«Sagt mir, was ich tun muss, Maître.»

«Roger Flor war hier, um mich über die Assassinen auszufragen. Er hat dich und die beiden Assassinen gesehen, als ihr den großen Saal betreten habt, um den Großmeister zu initiieren, und er ist schlau genug, die Wahrheit herauszufinden.»

«Maître …»

«Seine Neugier habe ich befriedigen können. Ich habe ihm ein Buch gegeben, in dem ich alles, was man über die Assassinen weiß, zusammengefasst habe.»

«Wie bitte?»

Gauffridy warf einen kurzen Blick auf den Tisch, wo das Tiberias-Manuskript lag, und grinste. Er hatte Flor lediglich einen Knochen hingeworfen, an dem er sich die Zähne ausbeißen würde.

«Das Buch ist wie ein Labyrinth. Je mehr Flor zu verstehen glaubt, desto weiter entfernt er sich von der eigentlichen Bedeutung.»

Der Venezianer senkte den Kopf ein wenig tiefer, als würde er so viele Enthüllungen nicht verkraften.

«Hör mir gut zu. Ich habe mit diesem unglückseligen Katalanen einen Vertrag geschlossen. Roger Flor wird heute Abend hier vorbeikommen, um die Bücher abzuholen, die er auf ein in Richtung Sidon auslaufendes Schiff bringen will.»

Caëtanis Pupillen weiteten sich im Halbdunkel. Wie hatte es der alte Fuchs geschafft, Roger Flor dazu zu bringen? Was hatte er ihm im Gegenzug dafür geboten?

«Natürlich wartest du, bis er alle Bücher eingeladen hat.»

Der Venezianer blickte auf. Der Bibliothekar grinste breit.

«Ich werde tun, was Ihr von mir verlangt, Maître. Aber womit soll ich warten?»

Gauffridy schürzte die Lippen und entblößte seine Zähne wie eine Raubkatze, die im nächsten Moment zubeißt.

«Damit, ihn zu töten natürlich!»

## 60
## Im Departement Oise

Nicholas Watts krümmte sich in seinem weißen Umhang am Boden. Marcas hockte unterdessen über der Klappe und versuchte sich weiter an dem Zahlenschloss – ohne Erfolg. Wenn er die richtige Kombination nicht fand, würden sie alle drei in Kürze aufgespießt werden. Er dachte an die letzten Worte ihres Gastgebers.

«Aurélia, was hat Di Licio nochmal genau gesagt?»

«Dass wir die Zahlenkombination finden müssten.»

«Ich weiß, aber danach?»

«Dass uns sonst ein Jahr des Unglücks bevorsteht oder so etwas Ähnliches.»

Plötzlich kam Marcas eine Idee.

«Das Jahr des Unglücks! Aurélia, ist damit vielleicht das Jahr der Gefangennahme der Templer gemeint?»

«1307.»

Er drehte die Rädchen und hängte 1307 an jeweils eine der drei Nummern der in Frage kommenden Gemälde. Erst 12, dann 13 und dann 17. Die Klappe ließ sich noch immer nicht öffnen.

«Es funktioniert nicht», fluchte Marcas.

«Versuchen Sie es mit dem Jahr der Verbrennungen. 1314.»

Die Spitzen befanden sich nur noch knapp über seinem Kopf, obwohl er auf dem Boden hockte. Er probierte verschiedene Kombinationen.

13 und 1314. Nichts.

17 und 1314. Nichts.

Er hatte nur noch eine Hoffnung. Er versuchte es mit der letzten Zahlenserie.

12 und 1314.

Ein leises Rasseln war zu hören, und die Spitzen verharrten in ihrer Position. Mit einem Klicken öffnete sich die Klappe.

Marcas schnaufte. Die 12, die Zahl des Papstbildes, hatte funktioniert. 12, 1314. Plötzlich machten Di Licios Worte Sinn. Die Folge 12, 13, 14. Und wenn man die Ziffern einzeln zusammenzählte, 1 + 2 + 1 + 3 + 1 + 4, kam man auf 12, was in der Numerologie einer 3 entsprach.

Wieder war ein Kettenrasseln zu hören, die Spitzen verschwanden in der Decke. Dann meldete sich die unsichtbare Stimme:

«Bravo! Sehr scharfsinnig, werte Freunde. Und nun holt euch, was sich unter der Klappe verbirgt, und setzt dann euren Weg fort.»

«Er ist tot», kreischte Aurélia de Crécy über Nicholas Watts' leblosem Körper. «Ich will nicht mehr. Schweine!»

Als Marcas die Klappe öffnete, verbarg sich darunter tatsächlich ein zweiter Kopf. Er war mit der kleinen Tiara eines Pontifex geschmückt.

«Clemens V., der Papst, der Philipp dem Schönen hörig war. Der zweite Gegner der Templer», rief Marcas, ließ den Kopf aber, wo er war, und eilte zu den beiden anderen.

Er maß Watts' Puls und bewegte dann dessen Kopf. Anschließend öffnete er ihm die Augenlider, die aber sofort wieder zufielen. Auf dem weißen Umhang waren Blutflecken von der Kopfverletzung zu sehen.

«Er atmet nur noch schwach», sagte Marcas langsam. «Wahrscheinlich hat die Verletzung einen Herzinfarkt ausgelöst. Wenn er nicht schnell ärztliche Hilfe bekommt, stirbt er.»

Abermals schallte die unsichtbare Stimme durch das

Gewölbe: «Ihr müsst eure Initiation zu Ende bringen! Dieser Mann ist an seiner Feigheit gescheitert, er hat es nicht verdient, zum Tempelritter ernannt zu werden.»

«Scher dich zum Teufel», schrie Aurélia de Crécy. «Wir lassen ihn hier nicht liegen.»

Marcas gefiel, dass sie sich nicht unterkriegen ließ. An der kriminellen Natur der Loge Di Licios hatte er jetzt keinerlei Zweifel mehr. Aber nun ging es vor allem darum, hier lebend wieder herauszukommen, um diesen Wahnsinn zu stoppen. Während er Watts hochhob und ihn schulterte, dankte er dem *Großen Baumeister*, dass dieser den Banker nicht mit der Statur eines Rugbyspielers gesegnet hatte.

Vor ihnen öffnete sich jetzt eine Tür, hinter der ein Gang lag, der ebenfalls schwach von grünem Licht beleuchtet wurde.

«Aurélia, nehmen Sie die beiden Köpfe mit, vielleicht brauchen wir sie noch», sagte er laut und fügte dann leise hinzu: «Wir müssen das Spiel weiterspielen und die Prüfungen absolvieren. Das ist unsere einzige Chance, hier wieder rauszukommen.»

Sie stimmte wortlos zu, dann machten sie sich auf den Weg. Marcas wusste, dass er mit dem Banker über der Schulter nicht lange würde gehen können. Sie gelangten in einen weiteren Raum.

Zum Verschnaufen legte er Nicholas Watts auf den Boden und musterte das ungefähr fünfzehn Meter lange, rechteckige Gewölbe, dessen Decke normale Zimmerhöhe hatte. Die Wände wiesen unzählige Löcher auf, in der Mitte prangte jeweils ein grinsender Teufel mit weit aufgerissenem Mund. Am gegenüberliegenden Ende des Raums war eine dreieckige Tür in die Mauer eingelassen.

Sie war geschlossen. In der Mitte des Raumes thronte auf einem Sockel der Kopf eines bärtigen Mannes mit einem Lorbeerkranz.

Die Bodenfliesen bildeten ein riesiges schwarz-weißes Schachbrettmuster, das aussah wie das Musivische Pflaster in den Freimaurertempeln. Doch hier nahm es die gesamte Breite ein, eine Anspielung auf den Beauceant, die schwarz-weiße Templerfahne. Es gab noch einen weiteren Unterschied zu dem Pflaster in den Logen: Auf jeder weißen Fliese befand sich jeweils ein Symbol. Vier unterschiedliche Motive waren auf den Quadraten abgebildet. Ein Tatzenkreuz, ein Totenkopf, ein Zirkel in einem Winkelmaß sowie ein G in einem Stern. Die beiden letzten waren Freimaurersymbole.

Hinter ihnen war ein leises Knirschen zu hören. Der Kommissar drehte sich um. Eine Metalltür schob sich vor den Gang, durch den sie gekommen waren.

«Die Fliesen sind sicher vermint», wisperte die Komtesse.

«Das werden wir gleich sehen, geben Sie mir die Köpfe.»

Er griff nach Philipp dem Schönen und rollte ihn mit Schwung über den Boden. Nichts geschah.

«Ihr habt aber nicht viel Respekt für Frankreichs Könige», höhnte die unsichtbare Stimme. «Und jetzt nehmt euch schnell den letzten Kopf, sonst wird Baphomets Atem euch ins Jenseits befördern.»

Marcas Blick ging sofort zu den grinsenden, katzenähnlichen Teufeln an den Wänden. Aurélia de Crécy, die sich gegen die Metalltür gelehnt hatte, tat es ihm gleich.

«Das ist Baphomet. Die Miliz Philipps des Schönen behauptete damals, dieses Götzenbild, halb Mensch und halb Dämon, in Hunderten Templer-Komtureien gefunden zu haben.»

Marcas kniete sich neben den Banker, um noch einmal dessen Puls zu prüfen. Mit versteinertem Gesicht blickte er auf.

«Es ist vorbei, er ist tot. Sein Herz hat aufgehört zu schlagen.»

«Um Gottes willen! Und nur, um dieser Loge voller durchgedrehter Spinner anzugehören», murmelte Aurélia de Crécy.

«Ihr verliert Zeit. Die Uhr tickt, und ihr werdet Baphomets Atem nicht entkommen», mahnte die Stimme.

Marcas deckte den leblosen Körper des Bankers mit dem blutbefleckten Umhang zu und erhob sich. Vorsichtig setzte er einen Fuß auf eine schwarze Fliese, worauf sofort ein schrilles Pfeifen aus einem der Löcher in der Mauer drang.

Der Kommissar konnte gerade noch zurückweichen, als auch schon eine feine Stahlnadel auf Brusthöhe durch den Raum schoss und sich in die gegenüberliegende Wand bohrte.

«Nicht bewegen», schrie die Komtesse.

«Ich darf nur auf die weißen Fliesen treten, das ist die Lösung», rief Marcas.

«Nein, das wäre zu einfach», erwiderte Aurélia de Crécy.

«Egal, ich versuch's trotzdem.»

Vorsichtig stellte er einen Fuß auf eine weiße Fliese mit Winkelmaß und Zirkel darauf.

Pfeifend schoss eine weitere Nadel aus der Wand, dieses Mal auf Kopfhöhe.

Marcas hielt die Luft an. Er überlegte, was er über die Symbolik der Templer wusste, und hatte tatsächlich eine

Idee. Abermals betrachtete er das Pflaster, als die Komtesse plötzlich zu kreischen begann.

«Marcas, die Baphomet-Figuren, sehen Sie mal!»

Er blickte auf. Die Mäuler der grinsenden Teufel stießen dicken grünen Rauch aus.

Schon meldete sich wieder die hohl klingende Stimme:

«Gut beobachtet. Baphomet atmet das hochgiftige Nervengas Tabun aus. Die ersten Symptome sind Erbrechen, Atemnot, dann greift es die Muskeln an. Was danach kommt, ist die Hölle. Euch bleiben genau drei Minuten, um die Köpfe zu nehmen und die Tür zu erreichen, bevor es zu spät ist. Drei, eine wunderbar symbolische Zahl. Mit der Drei entkommt ihr dem Tod.»

## 61

Akkon
Zitadelle der Templer
19. Mai 1291

Roger Flor lag auf der Bank vor dem Kamin in der Wachstube und dachte über den Bibliothekar nach – ein komischer Kauz, dessen ganzes Denken von Büchern beherrscht war. Er würde seine Seele verkaufen, um seine Bücher zu retten. Hunderte Bände mussten auf das Schiff gebracht werden, auf dem sich bereits der Schatz der Templer befand. Der Katalane schätzte, dass es etwa zehn Touren bedurfte, bis die von Gauffridy getroffene Auswahl an Büchern im Laderaum verstaut wäre. Natürlich musste man dabei diskret vorgehen, damit die Würdenträger des Ordens keinen Verdacht schöpften. Was bedeutete, dass nur vertrauenswürdige Leute den Transport übernehmen konnten. Roger Flor lächelte. Er wusste, wo sie zu finden waren.

Dann vertiefte er sich in das Büchlein, das der Bibliothekar ihm am Ende ihres Gesprächs gegeben hatte. Diese Geste hatte den Katalanen überrascht, zumal er sonst nicht oft Bücher in der Hand hielt.

Mit einem ironischen Lächeln hatte Gauffridy ihm erklärt, was es mit diesen in einen schäbigen Einband eingeschlagenen Seiten auf sich hatte. Offenbar hatte er im Laufe der Jahre alle Berichte und Informationen über die Assassinen gesammelt, die sowohl von Christen als auch von Muslimen gefürchtet wurden.

Im Orient sprach man viel von ihnen – stets mit Grauen in der Stimme. Immer wieder hieß es, dass sie in unzugänglichen Schlössern lebten, dass sie von allen Religionen als Ketzer betrachtet wurden, dass die Leidenschaft für das Morden ihr einziger Grund zu leben sei. Sowie ein neues Verbrechen begangen wurde, das man ihnen zuschrieb, waren diese Gerüchte wieder im Umlauf.

Im Kamin fiel ein Holzscheit in sich zusammen, Funken flogen durch die Luft. Roger Flor warf einen kurzen Blick aufs Feuer, vertiefte sich dann aber wieder in die Lektüre.

Offensichtlich war Gauffridy nicht der Erste, der sich für die Assassinen interessierte. Von Beginn an hatten ihre seltsamen Grundsätze und die Brutalität ihres Handelns die Chronisten fasziniert. Ob Christen oder Muslime, alle hatten versucht, die Geheimnisse dieser Sekte zu entschlüsseln. Zu allen Zeiten hatten nicht nur die Kreuzritter, sondern auch die Kalifen Ägyptens oder Bagdads Diplomaten und Spione und teilweise sogar ganze Armeen mobilisiert, um diesen Fanatikern das Handwerk zu legen. Doch wie Phönix aus der Asche standen sie immer wieder auf, unter Berufung auf Hassan ibn al-Sabbah, den berüchtigten Gründer der Sekte.

Dieser Sohn wohlhabender Händler aus der Stadt Qum in Persien war eine seltsame Figur. Nichts schien ihn für eine Rolle als bewunderter Prophet und unerbittlicher Mörder zu prädestinieren. Nichts, außer einer übertriebenen Verbundenheit mit der Religion seiner Familie, der Schia, die in seinem Land als die ketzerische Form des Islam betrachtet wurde. Eine absolute Frömmigkeit, die ihn dazu brachte, eine neue religiöse Sekte zu gründen, um den wahren Glauben in der gesamten muslimischen Welt wiederherzustellen.

Roger Flor blätterte rasch um. Das Schicksal dieses Mannes, das von verbissenem Willen und Blutvergießen geprägt war, begann ihn zu faszinieren.

Natürlich hatte er sich viele Feinde gemacht, was dazu geführt hatte, dass er jahrelang zwischen Nil und Euphrat hin- und hergeirrt war, bevor er sich auf einer uneinnehmbaren Festung niederließ, der Burg Alamut in Persien.

Dem Katalanen fiel es nicht schwer, sich vorzustellen, wie dieser Geächtete mit einer Handvoll Anhänger durch den Orient zog. Wie oft war er selbst schon in dürren Wüsten und schroffen Gebirgen unterwegs gewesen, um eine Mission zu erfüllen, die die Großmeister des Ordens ihm anvertraut hatten. Diese Erfahrungen von Einsamkeit und Opferbereitschaft hatten ihn so sehr geprägt, dass sie ihm jetzt zu dem Mut und der Beharrlichkeit verhalfen, die Rettung des Templerordens zu versuchen.

Innerhalb weniger Jahre hatte Hassan ibn al-Sabbah, der auch «der Alte vom Berge» genannt wurde, seine Organisation in drei Provinzen eingeteilt, die jeweils unter der Führung eines Würdenträgers standen. Persien, wo er in der

Festung von Alamut selbst seine Mörder ausbildete, Syrien, wo die Assassinen die gewaltige Burganlange Masyaf besaßen, und Ägypten, wo die Sekte zwar mächtig war, aber im Verborgenen operierte.

Zwei Jahrhunderte lang hatten erst der Alte vom Berge und später seine Nachfolger eine Politik des Schreckens verfolgt. Jeder christliche Prinz oder muslimische Emir, der sich ihrer Macht widersetzte, wurde systematisch ermordet. Die Methode war immer die gleiche: Ein Assassine schleuste sich in das Umfeld der zu beseitigenden Person ein und schlug im passenden Moment zu. Getötet wurde stets in der Öffentlichkeit und mit einem Dolchstoß.

Am faszinierendsten war jedoch die Entschlossenheit, mit der die Mörder ihr Opfer unerbittlich auslöschten, ohne Risiken zu scheuen, als spiele ihr eigenes Leben keine Rolle. Entsprechend hatten sich auch die wenigen Assassinen, die je gefasst wurden, der Folter gegenüber erstaunlich gleichgültig gezeigt. Während ihre Körper tagelang malträtiert wurden, murmelten sie nur ununterbrochen Lobpreisungen auf ihren Anführer, den Alten vom Berge.

Ihre Kontrolle über Körper und Geist war einzigartig und blieb ein unergründliches Rätsel.

Angeblich lag das Geheimnis der Assassinen in Alamut, der Festung der Sekte in Persien, wo ihr Meister lebte. Man erzählte sich, dass sich dort, verborgen hinter hohen Mauern, prachtvolle Gärten befanden und von dort manchmal das helle Lachen junger Mädchen herausdrang. Und hinter vorgehaltener Hand erzählte man sich, dass der Alte vom Berge seinen besten Kämpfern ein Gebräu aus Pflanzenextrakten zu trinken gab, bevor er sie eine Nacht und einen Tag in der Obhut dieser betörenden Grazien ließ.

Wenn die fanatischen Krieger danach wieder erwachten,

waren sie davon überzeugt, im von Allah versprochenen Paradies gewesen zu sein. Dann erklärte der Meister ihnen, der Tod habe keine Bedeutung und sei für sie nur ein Übergang, bevor sie für immer die Freuden des Gartens Eden genießen dürften.

Der Katalane zuckte mit den Schultern. Alles nur Legenden! Es schien fast so, als würde damit ein anderes Geheimnis überdeckt, ein viel mächtigeres und grausameres.

Roger Flor blickte sich um. In der Wachstube war es inzwischen ruhiger geworden. Pierre de Sivrey unterhielt sich leise mit einigen Rittern. Der Katalane seufzte leise. Er bewunderte die Hingabe seines Freundes, der am nächsten Tag würde kämpfen müssen. Doch die Schlacht um Akkon war bereits verloren. Dafür würde eine neue beginnen, die viel subtiler war und viel länger dauern würde. Und er, Roger Flor, würde sie führen.

## 62
## Paris
## Tour Montparnasse

Victor Léandre arbeitete weiter an seinem Sozialplan. Er öffnete eine Akte nach der anderen, betrachtete die Fotos, suchte nach Unzulänglichkeiten oder dem kleinsten Makel und damit nach einem Vorwand, um seine Entscheidung zu rechtfertigen. Die Arbeit hatte einen besonderen Reiz, da er wusste, dass dem Mitarbeiter allein durch den roten Strich der sichere Tod blühte und seiner Familie ein Martyrium. Irgendwo hatte er gelesen, dass die mit der Judenfrage betrauten Funktionäre der Vichy-Regierung während der deutschen Besatzung beim Erstellen der Listen derer, die in die Konzentrationslager geschickt werden sollten, genauso vorgegangen waren.

Durch das viele Blättern und Sortieren tat ihm mittlerweile die Hand weh. Und seine Augen brannten durch das grelle Neonlicht in seinem Büro.

Der Tod. Er verkörperte den Tod. Kalt, unausweichlich, grausam. Die Macht, willkürlich auswählen zu können, ließ ihn glauben, eine geheimnisvolle Kraft habe von ihm Besitz ergriffen. Vor seinem geistigen Auge sah er die Gesichter der Angestellten vorbeiziehen, die er ins Nichts schicken würde.

Dabei kam das Beste erst noch. Denn anders als bei einem normalen Sozialplan konnte er auch Leute aus dem Betriebsrat und Gewerkschaftler auswählen. Arbeitnehmervertreter zu ermorden würde ihm besondere Freude bereiten. Das war etwas, wovon jeder Arbeitgeber träumte. Und er würde es in die Tat umsetzen. Er suchte die Unterlagen von diesen Dutzend Quälgeistern heraus, die der Führungsebene der Stone Frankreich seit Jahren auf die Nerven gingen. So zum Beispiel diese Maria Nick, deren Unterlagen er gerade durchblätterte und die für seinen Geschmack eindeutig zu viel meckerte. An den Galgen mit ihr!

Das Einzige, was er bedauerte, war, dass er sich nie von seinen Freunden aus dem Arbeitgeberverband für seine neuartige Form des Sozialplans würde feiern lassen können. Eifrig machte er weiter. Er markierte die hundertfünfzig Namen der Angestellten, die sich beharrlich für den Erhalt der 35-Stunden-Woche einsetzten, für Léandre ein nicht zu entschuldigender Fehler.

*Faulpelze, die das System ausnutzen, anstatt mit gutem Beispiel voranzugehen. Durchgefallen.*

Schließlich nahm er sich die folgsamen Führungskräfte vor, die Schützlinge der Personalchefin. Er fühlte sich edel, da er auch auf dieser Ebene die Unfähigen auszumerzen gedachte, diejenigen, die die Karriereleiter erklommen hatten, weil sie sich bei seinen Vorgängern eingeschleimt oder die Vorgesetzten um den Finger gewickelt hatten. Er stieß auf die Akte von Pierre Saint-Celle, den er sofort erkannte. Ein Mann in den Dreißigern, der eine absolute Niete war. Er war absolut unfähig, seine Leute zu führen, und schrieb die ganze Zeit E-Mails, um seine Stellung zu wahren. Der Archetypus eines Ja-Sagers, den es im Umfeld des Big Boss so häufig gab. Der Kerl glaubte, nur weil er von Zeit zu Zeit in Léandres Büro einen Whisky bekam, wäre er sein Freund. Victor Léandre wurde nicht gern für einen Idioten gehalten, schon gar nicht von Leuten mit Speichellecker-Mentalität. Ein roter Strich – niemand würde Pierre Saint-Celle nachweinen.

Der Chef der Stone Frankreich stand auf und reckte sich. Mit der Durchsicht der Akten würde er noch einige Stunden beschäftigt sein. Also beschloss er, eine Pause einzulegen und sich Gedanken über die beste Vorgehensweise zu machen, wie er alle Opfer gemeinsam in den Tod schicken konnte.

Er stellte sich an das große Fenster, das eine einzigartige Aussicht auf die großen Pariser Denkmäler bot. In der Ferne sah er Sacré-Cœur. Die beleuchteten Straßen bildeten ein endloses Lichtermeer. Was für eine wunderschöne Stadt, dachte er träumerisch. Niemals würde er je genug davon bekommen, sie nachts, während der Arbeit, zu betrachten. Er fragte sich, wie viele Menschen wohl genau in diesem Moment dort unten in den Straßen starben. Alte, die ihr Leben gelebt hatten, Autofahrer, die von der Straße abkamen, Menschen, die einem Herzinfarkt oder irgendeiner Krebsart erlagen, niemand führte genau Buch darüber, wie viele Personen in Paris in einem bestimmten Augenblick den letzten Seufzer von sich gaben. Schade …

Er seufzte. So anregend diese morbiden Gedanken auch sein mochten, sie halfen ihm nicht dabei, sein Problem zu lösen: Wie sollte er all die Aussortierten umbringen? Das war keine leichte Aufgabe. Er könnte eine Bombe hochgehen lassen, die er sich über einen Handlanger von Doktor Yarker besorgen lassen würde. Oder das Essen in der Kantine vergiften. Oder die Bremsen in den Autos der entsprechenden Angestellten manipulieren. Zu kompliziert …

Er setzte sich in den bequemen Ledersessel mit der hohen Lehne, legte die Füße auf den Tisch und ließ den Blick schweifen. Die freudige Erregung über die neue Herausforderung ließ langsam nach. Im Mittelalter wäre die Sache mit einer schönen Hungersnot oder einem kleinen Massaker erledigt gewesen.

Auf seinem Computer lief als Bildschirmschoner eine Abfolge von klischeehaften Touristenmotiven: Kokospalmen an einem weißen Sandstrand, ein Maya-Tempel im Dschungel, sprudelnde Wasserfälle im Morgenlicht. Léandre verzog das Gesicht, er verabscheute diese weichgezeichneten Darstellungen der Realität, die den arbeitenden Massen das große Glück versprachen. Urlaub und die 35-Stunden-Woche hatten die Religion ersetzt. Sie waren heutzutage das Opium des Volkes. Alle dachten nur noch daran, so wenig wie möglich zu arbeiten. Das Motiv der Pyramide von Gizeh im Sonnenuntergang machte ihn regelrecht zornig. Gerade wollte er eine Taste drücken, um den Bildschirmschoner für eine Weile nicht mehr sehen zu müssen, als er im letzten Moment innehielt.

*Die Pyramide ... Genau. Warum bin ich nicht eher darauf gekommen?*

Er hatte die todsichere Methode gefunden, um sich seiner Angestellten zu entledigen.

## 63
## Akkon
## Zitadelle der Templer
## 19. Mai 1291

Caëtani erhob sich. Othon Gauffridy sah ihn lächelnd an. Der Venezianer kannte dieses Lächeln nur zu gut. Das erste Mal hatte er es gesehen, als der Bibliothekar ihn aus dem Kerker der Inquisition geholt hatte. An jenem Morgen hatte Maître Othon, wie er von den Mönchen dort genannt wurde, einen genauso selbstsicheren Ausdruck gehabt, da er wusste, dass er sich gerade einen Sklaven fürs Leben verschafft hatte. Auf Bitten des Bibliothekars war der Inquisitor gern bereit gewesen, die unglücklichen Ereignisse zu vergessen, die Allessandro in das feuchte Verlies geführt hatten. Doch Caëtani wusste nur zu gut, dass er nun von Gauffridys Gutdünken abhängig war.

Caëtani verzog das Gesicht. Jahrelange Unterwürfigkeit, nur um den kurzen Moment vergessen zu machen, in dem er als junger Priester den unwiderstehlichen Reizen eines jungen Mädchens erlegen war, das bei ihm gebeichtet hatte. Er bekreuzigte sich im Halbdunkel der Bibliothek. Einmal – ein einziges Mal nur! – hatte er gesündigt und sich den fleischlichen Gelüsten hingegeben. Aber es hatte genügt, um sein ganzes Leben zu einem Albtraum werden zu lassen, in dem er diesem alten Gelehrten und Tyrannen dienen musste.

Othon Gauffridy hing ebenfalls seinen Erinnerungen nach. Seit langem hatte er nach einem diskreten, bewaffneten Gehilfen gesucht, der seinen Willen in der Welt jenseits der Bibliotheksmauern vollstreckte.

Dieses Bedürfnis war nach der Entdeckung des Manuskripts, in dem das Initiationsritual der Assassinen zumindest teilweise beschrieben war, zur Notwendigkeit geworden. Sofort hatte Gauffridy begriffen, dass er ein besonderes Dokument in den Händen hielt, mit dem die geheime Kette durchbrochen werden konnte, die die Macht der Assassinen ausmachte. Von nun an musste der Orden fürchten, dass ihr Ritual der Macht bekannt würde.

Eine Furcht, die immer größer werden würde, solange Gauffridy ihnen keinen Boten schickte.

Caëtani erinnerte sich an seine erste Begegnung mit den Assassinen. Nachdem er nächtelang, eskortiert von einer Handvoll ausgewählter Templer, gewandert war, hatte er schließlich die Festung Masyaf erreicht, das Zentrum der Sekte in Syrien.

Am Tor hatte ihn einer der Würdenträger der Assassinen in Empfang genommen. Nach der Begrüßung hatte dieser ihn mit auf die Wehrmauer genommen, wo Wachen regungslos gen Horizont starrten. Caëtani hatten diese statuengleichen Männer irritiert. Der Würdenträger bemerkte seine Verwunderung.

«Sie haben sich ihrem Meister, dem Alten vom Berge, mit Leib und Seele verschrieben. Sie würden ihm bis in die Hölle folgen!»

Caëtani hatte gequält gelächelt, um deutlich zu machen, dass er auf diese Kriegsrhetorik nicht hereinfiel.

«Glaubt Ihr mir nicht?»

Der Würdenträger hatte die Antwort nicht abgewartet und sich stattdessen zweimal auf die Brust geklopft. Auf der Stelle hatten sich die beiden neben ihm stehenden Wachen über die Brüstung gestürzt. Beim dumpfen Aufprall der Körper auf den Felsen hatte Caëtani verstanden, dass auch sein Leben am seidenen Faden hing, und er hatte den Bibliothekar verflucht, der ihn in diese Höhle des Löwen geschickt hatte.

Caëtani musste an seine vielen Missionen, gefährlichen Annäherungen, geheimen Treffen, die abgebrochenen und wiederaufgenommenen Verhandlungen, an all die Gefahren denken, bis Guillaume de Beaujeu schließlich initiiert worden war, was aber den Verlust Akkons nicht hatte verhindern können. Ohne die Hartnäckigkeit dieses verfluchten Roger Flors hätte alles längst vergessen sein können. Er war es gewesen, der – misstrauisch geworden – angeordnet hatte, dass der Leichnam des Großmeisters in die Zitadelle gebracht werden sollte. Und er war es auch gewesen, der vor seinen Augen die beiden Assassinen geköpft hatte, während Caëtani selbst sich hinter einer Tür versteckt gehalten hatte. Dieser Roger Flor würde sterben müssen.

Doch zunächst wandte er sich wieder Othon Gauffridy zu. Er sah ihn eindringlich an und verknüpfte die Fäden seiner geheimen Gedanken wie eine Spinne ihr Netz. Der Alte hatte sein Leben bereits viel zu lange bestimmt.

Der Bibliothekar sah nichts. Kurz knackte sein Genick, dann sank der Kopf auf den Tisch. Ein leiser Mord.

Caëtani betrachtete den krummen, leblosen Körper des Bibliothekars, bevor er die nur noch schwach leuchtende Lampe umkippte. Das brennende Öl breitete sich schnell über die Pergamentrollen aus, das Feuer erfasste die Bücher, und die gesamte Bibliothek ging in Flammen auf.

## 64
## Im Departement Oise

Baphomets Mäuler bliesen ihren tödlichen Atem aus. Marcas hatte keine Idee, wie sie aus dieser teuflischen Falle herauskommen sollten. Wenn er und Aurélia de Crécy versuchten zu laufen, würden sie im Handumdrehen durchbohrt werden, aber wenn sie stehen blieben, würde das Gas sie vergiften. Eine Welle der Panik übermannte ihn. Di Licios Initiationsprüfung funktionierte gut, zu gut. Die reale Gefahr hatte nichts mehr mit der freimaurerischen Initiation zu tun, die ein Kinderspiel war im Vergleich zu dem, was er gerade durchlebte.

«Die Zahl Drei», rief die Komtesse plötzlich hinter ihm.

Marcas drehte sich um und sah, wie sie gezielt auf zwei verschiedene Fliesen trat.

«Denken Sie an Di Licios Worte, mit der Drei entkommt man dem Tod. Wenn Watts nicht tot wäre, würden wir zu dritt über diese Fliesen gehen.»

«Ja und?»

«Es muss auf drei Fliesen gleichzeitig Druck ausgeübt werden. Versuchen wir es nochmal. Ich bleibe, wo ich bin, und Sie stellen einen Fuß auf eine andere Fliese.»

Marcas zögerte. Seine Muskeln waren zum Zerreißen gespannt.

«Bewegen Sie sich, Marcas! Wir müssen hier raus», flehte die Komtesse. «Sonst bringt uns das Gas um.»

Er sah, wie die giftigen grünen Schwaden sich immer weiter ausbreiteten.

«Ein Schritt, nur ein Schritt. Sie brauchen nur den Fuß auf die nächste Fliese zu stellen.»

Langsam hob der Kommissar den Fuß über eine Fliese, auf der das Tatzenkreuz abgebildet war. Zwischen seiner Sohle und dem Boden waren nur wenige Zentimeter. Wie hypnotisiert blickte er auf die dunklen Löcher in der Mauer und wartete darauf, dass eine weitere Stahlnadel daraus hervorschießen und ihm die Eingeweide durchbohren würde.

«Bitte», rief Aurélia de Crécy. «Wir haben keine Zeit mehr. Setzen Sie den Fuß auf!»

Marcas schluckte trocken, schloss die Augen und setzte den Fuß auf. Nichts geschah. Erleichtert seufzte er auf.

«Bravo», rief die Komtesse. «Und jetzt gehen Sie einfach weiter geradeaus. Ich richte mich nach Ihnen. Wir brauchen immer drei Füße gleichzeitig auf drei Fliesen mit Tatzenkreuz.»

Der Rauch nahm mittlerweile zwei Drittel des Raumes ein und sank immer tiefer. Jeder Schritt kostete Marcas viel Überwindung, doch schließlich erreichte er den dritten Wachskopf mit dem Lorbeerkranz. Die Komtesse hielt noch den Papstkopf im Arm und hob nun auch Philipp den Schönen wieder auf, der noch am Boden lag. Gebückt, um die toxische Substanz nicht einatmen zu müssen, bewegten sie sich nun auf die Dreieckstür zu.

«Schneller, sonst schaffen wir es nicht», schrie sie.

Marcas beeilte sich, es waren nur noch fünf Fliesen. Die grüne Wolke breitete sich weiter aus. Er nahm einen süßlichen Geruch wahr und sah gleichzeitig, wie sich die dreieckige Tür wie von Zauberhand öffnete.

Nur noch wenige Sekunden, dachte Marcas nervös, als er das Ende des schwarz-weißen Pflasters erreichte. Er drehte sich um und sah den Rauch bereits über dem Scheitel der Komtesse, die sich noch auf den Fliesen befand, wabern. Ohne lange nachzudenken, warf er den Wachskopf durch die offene Tür und zog die junge Frau am Ärmel zu sich.

Pfeifend schossen zwei Nadeln aus der Wand.

## 65

Akkon
Zitadelle der Templer
19. Mai 1291

Ein Schrei ließ Roger Flor von seiner Lektüre auffahren.

«Der Sturmangriff!»

Die Knappen und Ritter in der Wachstube eilten zu den Schießscharten, die zur Stadt hinausgingen. Im gleichen Augenblick übertönte auch schon ein gewaltiges Dröhnen, das wie das Echo einer riesigen Glocke klang, die Schreie. Ein dumpfer Aufprall erschütterte die Zitadelle. Dachziegel regneten von oben herab, und im feindlichen Lager brandete ein Freudengeheul auf.

«Ein Wehrturm ist vom Katapult getroffen!»

Roger Flor sprang von seiner Bank auf und bahnte sich einen Weg zu einer Fensteröffnung. Aus dem Turm, der die Bibliothek beherbergte, schlugen Flammen. Othon Gauffridys Bücher brannten.

Pierre de Sivrey stand hinter seinem Tisch und rief Befehle, die niemand hörte. Wieder war aus dem Lager der Ungläubigen ein Dröhnen zu hören, und der Einschlag folgte unmittelbar darauf. Der Kamin in der Wachstube fiel wie ein Kartenhaus in sich zusammen. Balken stürzten zu Boden, und die schweren Fliesen zersprangen klirrend.

Roger Flor sprang über den Schutt und hastete dann durch eine Staubwolke hindurch die Treppe hinunter, wo noch die Fackeln brannten.

Auf dem Ehrenhof herrschte Chaos. Aus allen Richtungen kamen Ritter gelaufen, einige mit Waffen in der Hand, andere brüllten widersprüchliche Befehle. Flor blieb vor dem Eingang zur Kapelle stehen; hier hatte er sich mit d'Aynac und Molay für später verabredet. Wenn sie auch nur ein Fünkchen Verstand besaßen, würden sie jetzt kommen.

Der Katalane rührte sich nicht vom Fleck, während die Panik um ihn herum wuchs. Die Intendantur wurde getroffen, und das Stockwerk der Würdenträger drohte einzustürzen. Ritter drängten sich bereits vor dem schweren Tor, das zum Hafen führte. Offensichtlich wollten einige in ihrer Verzweiflung flüchten, doch Roger Flor griff nicht ein. Stattdessen blickte er in Richtung des Schlaftrakts, aus dem die Brüder herausgestürzt kamen, die gerade nicht auf der Mauer Wache schoben.

D'Aynac, mit gezücktem Schwert, entdeckte er zuerst, dann sah er Molay dicht hinter ihm. Als sie den Katalanen erblickten, rannten sie zu ihm.

Flor schob sie unter den Vorbau der Kapelle, wo es fast vollkommen dunkel war. Durch die Wucht des Katapults waren die Fenster zerborsten und die meisten Kerzenleuchter erloschen.

Gemeinsam eilten sie zur Krypta hinab. Im schwachen Schein einer einzigen Kerze tastete Flor nach dem Gitter, mit dem sie zugesperrt war. Dann griff er nach d'Aynacs

Schwert und schlug damit die Stangen entzwei. Klirrend landeten die Metallteile auf dem Boden. Der Zugang zur Gruft war frei.

«Ihr wolltet die Wahrheit?», fragte Flor. «Dann los!» Er schob sie hinein.

## 66
## Paris
## Tour Montparnasse

Entlastung 1. So hatte Léandre in seinem Computer den Ordner genannt, in dem er alle Schlüsselinformationen für die Liquidierung der siebenhundertvierundzwanzig Männer und Frauen gesammelt hatte. Den ersten Unterordner nannte er «Pharao» und machte sich daran, die Mail zu schreiben, die er am Morgen an seine Stellvertreter schicken würde.

**Von: Victor Léandre**
**An: Alle Vizedirektoren**
**Betreff: Pharao-Projekt**

Liebe Freunde,
aufgrund der derzeitigen angespannten Lage in unseren Märkten und mit dem Ziel, jedem Angestellten der Stone Frankreich die Möglichkeit zur vollen Entfaltung zu geben, habe ich mich dazu entschlossen, ein Budget für ein Motivationsseminar bereitzustellen.
Ich möchte ausgewählte Angestellte der Stone

Frankreich zu einem gemeinsamen Wochenende einladen, um mich mit ihnen über die Werte, die uns zusammenhalten, zu verständigen. Durch Gespräche, Entspannung und gemeinsames Erleben soll dieser kurze Aufenthalt dazu dienen, sich außerhalb der Firma kennenzulernen.
Stattfinden soll diese Zusammenkunft in Ägypten, entweder in Kairo, in Luxor oder am Roten Meer, wo um diese Jahreszeit ideale klimatische Bedingungen herrschen. Die Mitarbeiter werden in einem exzellenten Fünf-Sterne-Hotel untergebracht. Von der Führungsebene erwarte ich volle Unterstützung des Projekts. Jede Absage muss begründet werden, und jeder Abteilungsleiter ist für die Teilnahme seiner Untergebenen verantwortlich.
Die Veranstaltung wird in allen Ankündigungen als Belohnung für die Angestellten dargestellt.
Das Pharao-Projekt soll in zwei Monaten stattfinden.
Ich werde eine entsprechend spezialisierte Agentur mit der Organisation beauftragen.
Ich danke Ihnen im Voraus für Ihren vollen Einsatz im Interesse der Stone.

Zufrieden las er sich den Text noch einmal durch und verbesserte noch einige Formulierungen, bevor er die Mail losschickte. Victor Léandre wusste, dass alle mit Begeisterung drei Tage nach Ägypten fahren würden, zumal die Kosten vollständig von der Firma getragen würden. Er verkaufte sich gern als menschlicher und verantwortungsvoller Chef …

Dann wandte er sich wieder dem Wichtigsten zu. Er öffnete eine Suchmaschine, um die Webseite zu finden, auf der verzeichnet war, welche ägyptische Luftfahrtgesellschaft die meisten Flugzeugabstürze zu verbuchen hatte.

## 67
## Akkon
## Zitadelle der Templer
## 19. Mai 1291

Unten angekommen, sahen sie Guillaume de Beaujeus Grab mit dem Trauerflor. Der schwarze Granit des Sarges schillerte im Schein der Kerzen, mit denen die Krypta erhellt wurde. Molay kniete nieder und begann zu beten. Von oben drang der Lärm des hektischen Hin und Her auf dem Ehrenhof herab. Roger Flor schüttelte den betenden Templer.

«Beten nützt nichts mehr! Steh auf. Dein Gefährte braucht gleich deine Hilfe.»

Molay gehorchte. Der Katalane rollte eine lederne Mappe auseinander, die Meißel und Holzhammer enthielt. D'Aynac erkannte sofort, dass es sich um die Werkzeuge handelte, die sie in Flors Zelle gesehen hatten.

«Worauf wartet ihr? Nehmt sie.»

D'Aynac griff nach dem Meißel, Molay nach dem Hammer. Das kalte Metall jagte d'Aynac einen Schauer über den Rücken, als hätte eine leblose Hand nach ihm gegriffen. Zögernd stand er vor der Grabstätte.

«Hier! Setzt da an!»

Roger Flor deutete mit dem Finger auf den Spalt zwischen den Seitenwänden des Sargs und der schweren Platte, mit der er verschlossen war.

D'Aynac machte sich an die Arbeit. Mit jedem Schlag spürte er, wie seine Angst nachließ. Er war dabei, eine Grabstätte zu schänden, was ihm ein unerwartetes Gefühl von Macht und Freude bereitete.

Auf dem Boden häuften sich die Marmorsplitter. Flor griff nach einem langen Kerzenhalter und hieb damit seitlich gegen die Platte. Lediglich Molay beteiligte sich nicht. Er hatte einen Kloß im Hals, während er die Szene mit dem Hammer in der Hand betrachtete. Mit Guillaume de Beaujeus Grab wurden auch all seine Prinzipien, sein ganzer Glauben zerstört.

Plötzlich drang ihm ein übler Geruch in die Nase. Er musste würgen und stürzte die Treppe hinauf. Auch d'Aynac war der Gestank nicht entgangen, der aus dem Schlitz drang, den er mit dem Meißel geschlagen hatte. Doch mit schweißnassem Haar und glänzenden Augen hämmerte er nur noch fiebriger, wodurch er den Leichengeruch zu verdrängen versuchte, der sich in der Krypta ausbreitete.

«Komm sofort wieder runter!» Die feste Stimme Roger Flors schallte durch das Gewölbe. «Wir brauchen deine Muskelkraft.»

Langsam und mit aschfahlem Gesicht kehrte Molay zurück. Inzwischen war der Schlitz im Sarg groß genug, um den schweren Fuß des Kerzenleuchters hineinzuschieben und ihn als Hebel zu verwenden.

Mit Hilfe der beiden Brüder drückte Roger Flor mit seinem ganzen Gewicht auf den Leuchter, der sich ächzend bog und die Platte dann unvermittelt mit einem lauten Krachen sprengte.

«Nehmt ihn an den Schultern und den Füßen.»

D'Aynac wollte sich bereits bücken, doch Molay hielt ihn am Arm zurück.

«Was soll das? Die Zitadelle fällt ohnehin! Warum lassen wir ihn nicht in Frieden ruhen?»

«Um ihn in Sicherheit zu bringen», antwortete Flor. «Genauso wie die beiden …» Er sprach das letzte Wort nicht aus, sondern tippte mit den Fingern auf den Sack, den er sich an den Gürtel gebunden hatte. «Wir können ihn nicht den Ungläubigen überlassen. Nicht, nachdem ihr euer Leben riskiert habt, um ihn hierherzubringen.»

Molay wollte antworten, doch in dem Moment war ein Einschlag zu hören und zu spüren. Das Katapult hatte mit voller Wucht die Kapelle getroffen.

## 68
## Im Departement Oise

Aurélia de Crécy rieb sich den Ellbogen, mit dem sie hart auf den Boden geschlagen war, nachdem Marcas sie von den Fliesen gezogen hatte.

«Danke, dass Sie mich davor bewahrt haben, durchbohrt zu werden, aber das gibt einen ordentlichen blauen Fleck.»

Marcas schnappte nach Luft. Er lag neben ihr jenseits der dreieckigen Tür, die sie vor den tödlichen Stahlnadeln schützte. Der kleine Raum, in dem sie sich jetzt befanden, war, abgesehen von einem Wandteppich mit einem schwarz-weißen zweiköpfigen Adler, vollkommen kahl. Leise war eine Cembalo-Sonate zu hören. Marcas blickte an die Decke und entdeckte in einer Ecke eine Kamera.

«Ohne Sie hätte ich es nicht geschafft», sagte er ernst.

«Durch jahrelanges Extremskifahren lernt man, in brenzligen Situationen die Kontrolle zu behalten.»

Er betrachtete sie genauer. In ihrem weißen Umhang sah sie aus, als wäre sie direkt einem Mittelalter-Film entsprungen. Sie machte sich daran, den Umhang aufzuknöpfen.

«Ziehen Sie ihn nicht aus, wir sind doch Anwärter auf den Grad des Tempelritters. Koste es, was es wolle, wir müssen dieses Spiel zu Ende spielen. Sonst werden sie uns gleich um die Ecke bringen», flüsterte er.

Plötzlich wurde die Musik abgestellt, und die Stimme schallte durch den Raum: «Die Prüfungen sind vorbei, ihr habt die Hindernisse und vor allem eure Angst überwunden. Nehmt jetzt bitte die Köpfe von Jacques de Molays Henkern und geht hinter den preußischen Adler.»

Sofort sprangen beide auf. Marcas war auf der Hut, da er eine weitere Falle fürchtete. Er hob den Wandteppich an und betrat, gefolgt von Aurélia de Crécy, ein großes Kirchenschiff mit weißen Wänden. An beiden Seiten standen hell leuchtende Fackeln aufgereiht.

Im Chorgestühl saßen die Männer und Frauen, mit denen sie zu Abend gegessen hatten. Sie waren jetzt alle mit einem weißen Umhang bekleidet, auf dem ein Tatzenkreuz prangte. Doch Marcas sah in ihnen nun nicht mehr die einflussreichen und mächtigen Personen, die ihn zuvor noch beeindruckt hatten, sondern seelenlose Wesen, die sich einem tödlichen Spiel verschrieben hatten.

In der Mitte der Kapelle, wo sonst der Altar steht, befand sich ein zwei Meter hohes Wappen, auf dem zwei Symbole zu sehen waren, der gleiche zweiköpfige Adler wie auf dem Wandteppich in dem Raum, aus dem sie gekommen waren, sowie ein rotes Tatzenkreuz. Vor dem Wappen standen drei Lanzen. Darunter stand ein Thron, auf dem Di Licio saß, der ebenfalls einen Umhang trug.

«Tretet näher», rief er.

Seine aristokratischen Gesichtszüge und der hochmütige Blick wirkten starr wie bei einer Statue aus Eis. Lediglich die stechenden Augen zeugten davon, dass er lebendig war.

Marcas und Aurélia de Crécy gingen mit den drei Wachsköpfen im Arm auf ihn zu, vorbei an den anderen Logenmitgliedern, die sie unbewegt ansahen. Nach wie vor war der Kommissar entschlossen, das Spiel bis zum Ende zu spielen, es gab kein Zurück mehr. Er wusste, dass diesen Männern und Frauen das Leben nichts bedeutete. Entsprechend schien Watts' Tod sie nicht aus der Fassung zu bringen. Als sie bei dem Zeremonienmeister angekommen waren, erhob sich dieser.

«Kniet nieder.»

Folgsam taten sie, was er verlangte.

«Es ist an der Zeit, euch jetzt den wahren Namen unserer Loge zu verraten: Kadosh Kaos.»

Wie jeder Freimaurer kannte Marcas das erste Wort, Kadosh. Damit wurde einer der Hochgrade, der sogenannte Rachegrad, bezeichnet. Der zweite Begriff sagte ihm nichts. Wieder erschallte Di Licios Stimme:

«Kadosh, um Jacques de Molay und den Templerorden zu rächen. Kaos, um die Kirche zu zerstören und den Tempel wiederzuerrichten. Aufseher, nehmt die Köpfe der Henker, die unsere Anwärter mitgebracht haben, und bringt sie an ihren Platz.»

Marcus Mazurer, Paul-Henri Barsac und Joan Acot traten aus der Gruppe vor, nahmen jeder einen Wachskopf und stülpten sie auf die Lanzen, die vor dem Wappen standen. Dann begaben sie sich auf ihre Plätze zurück.

«Philipp der Schöne, Clemens V., Guillaume Nogaret.

Die drei Verdammten sind tot, die Rache ist vollstreckt. Anwärter, erhebt euch.»

Marcas und die Komtesse gehorchten abermals. Di Licio sah sie wohlwollend an.

«Ihr habt über den Tod triumphiert wie andere vor euch. Allein die Initiation der Templer zeigt, aus welchem Holz ein Mensch wirklich geschnitzt ist.»

Marcas fand diese Platituden unerträglich. Di Licio hatte die Initiation für seine Zwecke zu einer zynischen Parodie verfremdet. Er befand sich in den Fängen von Komikern, die Tempelritter spielten. Und der arme englische Banker war gestorben, weil er bei diesem Wahnsinn mitgemacht hatte. Di Licio fuhr fort:

«Wie bei jeder Initiation muss der Schleier der Illusion reißen, damit ihr die wahre Realität betreten könnt. Der Seneschall möge bitte vortreten.»

Marcas fragte sich, wann diese Komödie wohl ein Ende haben würde. Hinter sich nahm er Schritte und das Rascheln von Stoff wahr. Jemand legte ihm und der Komtesse eine Hand auf die Schulter.

«Bruder Seneschall, waltet Eures Amtes. Wir werden sehen, ob sie auch die allerletzte Prüfung bestehen.»

Ein metallenes Geräusch war zu hören – ein Schwert, das aus der Scheide gezogen wurde. Unruhig sah Aurélia de Crécy Marcas aus den Augenwinkeln an. Womöglich wurden sie jetzt geköpft, ohne dass jemand auch nur mit der Wimper zuckte. Marcas versuchte die Situation abzuschätzen. Er könnte Di Licio übermannen und ihn als Geisel nehmen, aber er hatte keine Waffe. Und die Komtesse würde nach wie vor diesem Typen mit dem Schwert ausgeliefert sein.

«Antoine Marcas, Aurélia de Crécy, dreht euch um!»

Sie hatten keine Wahl und gehorchten.

Als sie den Seneschall mit erhobenem Schwert vor sich sahen, blieb Marcas vor Überraschung der Mund offen stehen.

«Sie?»

## 69
## Akkon
## Zitadelle der Templer
## 19. Mai 1291

Die ganze Krypta bebte, und unter der Wucht des Einschlags begann das Mauerwerk zu bröckeln. Schutt polterte die Treppe hinab. Steine regneten zu Boden.

«Los, raus hier», schrie Flor. «Es wird alles einstürzen.»

D'Aynac zerrte den Leichnam an den Füßen hinter sich her, bis Molay ihm zu Hilfe kam und den Toten unter den Achselhöhlen packte. Zusammen schleppten sie ihn die Treppe hoch. Nach und nach brach die Kapelle in sich zusammen. Eine Säule zerbarst. Flor rannte in Richtung Portal. Eine Skulptur fiel aus dem Giebel herab und hätte den Templern fast den Fluchtweg versperrt.

«Schneller», brüllte Flor und schob d'Aynac in Richtung Ausgang. «Sonst kommen wir hier nicht mehr raus.»

In buchstäblich letzter Sekunde taumelten die drei Männer ins Freie und ließen sich erschöpft ein Stück von der Kapelle entfernt auf den Boden fallen.

Mit ohrenbetäubendem Lärm stürzte hinter ihnen die Kapelle ein.

Roger Flor richtete sich als Erster auf. Der Ehrenhof

war wie ausgestorben. Wahrscheinlich stand jeder verfügbare Mann auf der Mauer der Festung und rüstete sich für die Erstürmung.

«Nehmt den Großmeister und tragt ihn wie einen Verletzten.»

Benommen setzte sich d'Aynac in Bewegung, und Molay stolperte hinter ihm her. Das Feuer in der Bibliothek erhellte den menschenleeren Hof. Flor deutete auf die Tür zu dem Turm.

«Hier rein. Schnell.»

Die Treppe war noch begehbar. D'Aynac war bereits auf der ersten Stufe, doch der Katalane hielt ihn zurück: «Nein! Nach unten.»

Sie drehten sich um und standen vor einem verschlossenen Gitter. Ein modriger, feuchter Geruch drang aus der dunklen Tiefe herauf.

Flor zog einen Schlüssel hervor und steckte ihn in das Schloss.

«Der Turm ist der älteste Teil der Zitadelle, er steht auf einem Felsen, der in Richtung Meer ausgehöhlt ist. Die ersten Brüder haben diesen Gang gebaut, um Zugang zur Bucht zu haben, wo ein Boot für die Würdenträger liegt. Hier, nehmt meinen Ring.» Der Katalane zog einen Siegelring vom Finger. «Den gebt ihr dem Kapitän, dann nimmt er euch mit.»

«Und was werdet Ihr tun?», erkundigte sich Molay.

Flor blickte die Treppe im Turm hinauf, die zu Othon Gauffridys brennender Bibliothek führte.

«Ich muss ein Versprechen einlösen. Wartet nicht auf mich.»

Er machte sich auf den Weg nach oben, kehrte aber noch einmal zurück und warf d'Aynac den Sack über die Schulter, den er die ganze Zeit mitgeschleppt hatte. Dieser musste sich unwillkürlich schütteln, als er daran dachte, dass sich die Köpfe der beiden Assassinen darin befanden.

«Man weiß ja nie. Nun geht.»

Die beiden Templer liefen mit der Leiche die Treppe hinunter, während der Katalane abermals die Stufen hinaufstieg. Durch den Brand wurde es immer heller, je höher er stieg. Es wurde immer heißer. Schweiß lief ihm in die Augen. Die Chancen, Othon Gauffridy und seine Bibliothek zu retten, waren minimal, doch Roger Flor hatte sein Wort gegeben.

Als er die Treppe hinaufblickte, sah er plötzlich einen Schatten an der Wand. Flors Herz begann zu rasen. Er hastete weiter. Eine gebückte Gestalt kam ihm entgegen.

«Gauffridy?», rief der Katalane und wollte ihm zu Hilfe eilen.

Doch plötzlich richtete sich der Schatten auf. Ein Dolch blitzte auf und stach zu. Dreimal. Roger Flor sank mit einer Bauchwunde in sich zusammen.

«Nein, Caëtani!»

## 70
## Im Departement Oise

Vor ihnen stand, quicklebendig, Nicholas Watts.

Er lächelte fast freundschaftlich. Aurélia de Crécy und Marcas trauten ihren Augen nicht. Schließlich hatten sie ihn tot in dem Raum mit den Baphomet-Figuren zurückgelassen, und jetzt erschien er hier, als wäre nichts geschehen.

«Willkommen im Schoß der Loge Kadosh Kaos, wo

vieles anders scheint, als es ist. Kniet nieder, um den Ritterschlag zu empfangen.»

Der Seneschall senkte das Schwert auf Schulterhöhe der beiden Anwärter, die kurz zögerten, sich dann aber wieder auf die Knie begaben.

«Schwört ihr, dem Orden treu zu dienen und ihn niemals zu verraten?»

«Ich schwöre», antworteten die Komtesse und der Kommissar.

«Schwört ihr, dass ihr die Lehre, die mit Erniedrigungen, aber auch Weisheit und Ritterlichkeit einhergeht, mit vollem Einsatz absolvieren werdet?»

«Ich schwöre.»

«Schwört ihr, die Werte des Templerordens zu verteidigen, selbst wenn ihr Schmerz und Pein erleidet?»

«Ich schwöre.»

Der Seneschall wandte sich an Di Licio.

«Großmeister, das Ritual ist beendet.»

*«Non nobis domine, non nobis, sed nomini tuo da gloriam»*, rezitierte Di Licio und hob die Arme wie ein Priester.

*«Non nobis domine, non nobis, sed nomini tuo da gloriam»*, wiederholten die Mitglieder der Loge im Chor.

«Erhebt euch, ihr seid jetzt Kadoshs Ritterlehrlinge, ein Mann und eine Frau frei von jeglicher zeitlicher oder spiritueller Knechtung.»

Marcas und die Komtesse erhoben sich. Sie waren erschöpft und müde. Die anderen Mitglieder der Loge traten nacheinander zu ihnen und gaben ihnen den Bruderkuss. Di Licio klatschte dreimal in die Hände.

«Bevor ihr den ultimativen Stempel des Übergangs erhaltet und damit in die profane Welt zurückkehrt, dürft ihr noch Fragen stellen, Ritterlehrlinge.»

Marcas sah Aurélia de Crécy an und ergriff dann das Wort: «Was sollte diese Farce mit Watts' Tod?»

«Der Seneschall hat eine Pille geschluckt, die den Puls verlangsamt und ihn wie tot erscheinen lässt. Eine sehr alte Substanz, die zahlreiche Tempelritter vor den Fängen der Inquisition gerettet hat. Ihr habt ihn zunächst nicht liegen lassen, was für eure Loyalität spricht, die damit geprüft werden sollte.»

«Aber das Gas! Die Spitzen!», rief die Komtesse. «Das waren echte Gefahren.»

«Nein. Der Mechanismus war so eingestellt, dass er auf einer bestimmten Höhe stehen geblieben wäre. Bei dem Gas handelte es sich um vollkommen ungefährlichen Rauch. Wenn man sich einmal einbildet, dass etwas gefährlich ist, baut sich das Gehirn eine neue Wirklichkeit auf. Wenn ihr die Spitzen berührt hättet, hättet ihr gemerkt, dass sie aus Gummi sind.»

«Aber Watts hat sich an einer der Spitzen verletzt», wandte die Komtesse ein.

«Alles Inszenierung. Die Spitze, gegen die er mit dem Kopf gestoßen ist, enthielt falsches Blut, wie man es im Film verwendet.»

«Und die Nadeln?»

«Optische Täuschung, ein holographischer Lichtstrahl, präzise abgestimmt mit dem passenden Geräusch. Wenn ihr aufgepasst hättet, wäre euch aufgefallen, dass die Nadeln, nachdem ihr sie auf die gegenüberliegende Wand habt stoßen sehen, verschwunden sind. Euer Hirn war auf Überleben eingestellt und hat alle Informationen verzerrt wahrgenommen.»

Marcas war unbegreiflich, wie er darauf hatte reinfallen können. Di Licio hatte die klassische Dramaturgie einer Initiation lediglich auf die Spitze getrieben. Er war erleichtert: Die wilde Loge der Tempelritter war schlicht und einfach eine esoterische Sekte, von denen es Hunderte auf der Welt gab. Die Mitglieder hatten Spaß an starken Gefühlen. Die einzige Besonderheit lag in dem sozialen Gefüge dieser Gruppe. Auch hier war das System der Kooptation, der Hinzuwahl durch persönliche Empfehlung, auf die Spitze getrieben worden, und Di Licio konnte sich damit rühmen, ein erstklassiges Netzwerk aufgebaut zu haben: Ex-Minister, Industrielle, Journalisten, Polizisten, die Auswahl war darauf ausgelegt, alle Seiten der Macht abzudecken. Eine P2-Loge, die sich als Templerloge tarnte.

Wenn er wieder in Paris wäre, würde er dem Großsekretär der Großloge sofort Bericht erstatten. Ob Di Licio aus der Freimaurerloge augeschlossen werden sollte, würde dieser dann selbst entscheiden können. Den *Grad* des Ritters Kadosh gab es ja bereits, er wurde in vielen Logen vergeben. Di Licio würde also problemlos wegen unrechtmäßigen Gebrauchs des Ritus ausgeschlossen werden können. In einem zweiten Bericht an den leitenden Staatssekretär, dessen Ahnung richtig gewesen war, würde er den genauen Aufbau der Loge darlegen, und dann sollte dieser mit den Informationen machen, was er wollte. Di Licio manipulierte diese Leute, indem er mit ihrem Ego spielte, und nutzte diese Instrumentalisierung ohne Zweifel zu seinem eigenen Vorteil.

Doch Marcas selbst ging diese Geschichte nichts mehr an. Er wollte nur noch so schnell wie möglich den weißen Umhang ablegen und von diesem Landsitz verschwinden. Rückblickend hatte er eine Heidenangst gehabt und schwor sich, es Di Licio heimzuzahlen, indem er in seinen Berichten Klartext redete.

«Und jetzt dreht euch bitte um und blickt in die Mitte des Tempels.»

«Der Seneschall und der Erste Aufseher nehmen bitte ihre Plätze ein, um die Lehrlinge zum Ausgang zu geleiten.»

Nicholas Watts und der Prälat Monsigneur Layol di Lupe stellten sich hinter Marcas beziehungsweise Aurélia de Crécy. Beide trugen dunkle Kettenhandschuhe.

«Die Kapläne mögen jetzt bitte die mystische Leiter bringen.»

Der Pressemagnat Marcus Mazurer und der Ex-Minister Paul-Henri Barsac stellten vor ihnen eine zwei Meter hohe Holzleiter auf. In jede Sprosse waren Symbole eingraviert. Auf die letzte Sprosse war in Schwarz der Buchstabe «K» gemalt.

«Vor euch seht ihr die Jakobsleiter, die es dem Menschen ermöglicht, seine menschliche Verfassung zu überwinden und die Erleuchtung zu erlangen. Sie besteht aus sieben Stufen, die euren Aufstieg in der Loge Kadosh Kaos symbolisieren. Seit Jahrhunderten haben die Templer und ihre Nachfahren diese Tradition beibehalten. Ihr werdet jetzt die erste Sprosse erklimmen.»

Die Leiter überraschte Marcas nicht. Während seiner Recherche über das Fortleben der Templer im Freimaurertum war er immer wieder auf die Leiter als wichtiges Element des Ritus für den Übergang zum Rachegrad gestoßen. Er spürte, wie Mazurer ihm eine schwere Hand auf die Schulter legte. Er rechnete damit, nun zu der Leiter geführt zu werden, wo er symbolisch den Fuß auf die erste Stufe der Erkenntnis würde stellen müssen. Aus den Augenwinkeln blickte er zu Aurélia de Crécy hinüber und versuchte herauszufinden, wer von ihnen zuerst würde gehen müssen.

Verblüfft sah er jedoch, wie sie plötzlich zu Boden sank. Der weiße Umhang bildete eine Art Blüte um sie herum. Er wollte ihr zu Hilfe eilen, doch in dem Moment spürte er bereits eine eiserne Faust auf seinem Kopf. Die Kapelle verschwamm hinter dem Blut, das ihm über die Augen lief.

Er verlor das Gleichgewicht.

Markus Mazurer und Paul-Henri Barsac betrachteten die leblosen Körper, als handelte es sich um Abfall, und kehrten dann an ihren Platz zurück. Der Großmeister hob den Arm, worauf zwei große Männer in schwarzen Anzügen, auf denen ebenfalls ein Tatzenkreuz war, hinter einem Vorhang hervortraten und die beiden Körper forttrugen.

Die Tempelritter begaben sich einer nach dem anderen zum Ausgang, über dem ein großes «K» prangte. Di Licio drehte sich zu dem großen Wappen um und strich mit der Hand über das Gesicht Clemens V., der aufgespießt davorstand.

Mit dem Finger fuhr er über die Wange bis zum rechten Auge, wo er entschlossen mit dem Zeigefinger an der Stelle kratzte, wo das Lid anfing. Wachs fiel zu Boden. Sein Finger bohrte sich durch die oberste Schicht und riss mehrere Fetzen bis zum Kinn ab. Darunter kam echte Haut zum Vorschein.

Di Licio fing an zu lachen.

«Lieber Freimaurer-Bruder … Dich unter den Zügen eines Papstes wiederzusehen. Welch feine Ironie …»

Die Augen des Großinspektors Saragosse würden für immer starr bleiben.

# VIERTER TEIL

*Die Loge P2 war nicht auf einen Staatsstreich aus, sondern schleuste ihre Leute geschickt in die entscheidenden Stellen des Staates ein. Auf militärischen und politischen Gipfeln waren die Journalisten unter ihnen damit beauftragt, die Umsetzung der angestrebten Ziele zu unterstützen und zu lenken.*

Tina Anselmi, Präsidentin des italienischen Untersuchungsausschusses zur Freimaurerloge P2.

Interview in *Il Giorno 1992*. Aus der Akte über die Loge P2 auf der Website www.amnistia.net.

## 71
## Château Pèlerin
## August 1291

Die Nachricht, dass Akkon gefallen war, hatte die Welt der Kreuzritter erschüttert. Die Zitadelle hatte den wiederholten Sturmangriffen der Mamluken des Sultans nicht standgehalten. Jahrhundertealte Schutzmauern waren unter den letzten Verteidigern zusammengebrochen. Seitdem hatten sich die Ungläubigen auch die Stadt Tyr einverleibt und belagerten Sidon. Eine Templersiedlung nach der anderen fiel und mit ihnen das christliche Königreich im Orient, fortgefegt vom Wind der Geschichte.

Pierre de Sivrey hatte noch bis zum Schluss gekämpft, bevor er in einem kleinen Boot zu einem Schiff des Ordens gerudert war, das auf offener See kreuzte und Überlebende auflas. Nach einer kurzen Zwischenstation in Sidon hielt er sich nun schon seit mehreren Wochen in den Mauern des Château Pèlerin auf, der letzten Festung der Templer im Heiligen Land.

Vom ehemaligen Templerrat war außer ihm keiner mehr übrig, sodass man ihn kurzerhand zum Kommandeur der Burg ernannt hatte. Die meisten Würdenträger waren in der Schlacht gefallen oder befanden sich auf dem Weg in Richtung Zypern, wo sich das Hauptquartier des Ordens befand. Thibaud Gaudin hatte sich, kaum dass er gewählt worden war, ebenfalls ins Exil begeben. Besiegt und umgeben von Gegnern, hatte er sich dabei an den

Templerschatz geklammert wie ein Schiffbrüchiger an ein Floß.

Unmittelbar nach seiner Ankunft in der Festung hatte Pierre de Sivrey sich nach dem Schicksal der beiden Ritter Guy d'Aynac und Jacques de Molay erkundigt, worum ihn Roger Flor gebeten hatte – ein schwer verwundeter Roger Flor, den er in der Menge der Verletzten gefunden hatte. Der Katalane hatte nicht erklären können, was ihm widerfahren war, und seine vom Schmerz verzerrten Worte waren nur schwer verständlich. Doch wie besessen hatte er mehrfach zwischen unzusammenhängenden Satzfetzen über die Sekte der Assassinen, illegal Geköpfte und den toten Guillaume de Beaujeu diese zwei Namen erwähnt. Sivrey hatte nicht lange bei seinem alten Gefährten bleiben können, weil der letzte Angriff begonnen hatte. Als er seinen Posten das nächste Mal für einen Moment hatte verlassen können, war Roger Flor nicht mehr da gewesen. Andere Verletzte hatten an seiner Stelle gelegen, und niemand hatte ihm sagen können, was aus dem Katalanen geworden war.

Ein apokalyptischer Wind wehte durch das Château Pèlerin, den letzten Rückzugsort der Templer, und Pierre de Sivrey fröstelte.

Die Kämpfe waren außerordentlich brutal gewesen. Noch bevor die Zitadelle eingenommen war, fiel schon der Hafen. Und damit war die gesamte Bevölkerung, der es gelungen war, aus der Stadt zu fliehen, ihrem Schicksal ausgeliefert gewesen. Während das Durcheinander in der Festung auf dem Höhepunkt war, hatten die Templer von den Wehrmauern aus die ganze Zeit die Schreie der Männer gehört, die man auf den Kais massakriert hatte, während die Frauen und Kinder an Ketten abgeführt wurden – in eine Zukunft als Sklaven. Auf dem Ehrenhof der Zitadelle hatten sich unterdessen die Verletzten gestapelt, die zu der auf offener See kreuzenden Templerflotte gebracht werden sollten. Ganze Flügel der Festung waren eingestürzt. Der Wehrturm, in dessen oberem Teil sich die Bibliothek befunden hatte, war nahezu ausgebrannt.

Nach zehn Tagen ununterbrochenem Kampf war die Zitadelle verloren gewesen.

In Pèlerin genoss Pierre de Sivrey als Kommandeur der Burg einige Privilegien. Er hatte private Räume und eine Kapelle für sich, wo er immer mehr Zeit verbrachte. Viel Hoffnung für die Zukunft des Templerordens hatte er nicht, und so wandte er sich unablässig an Gott. Aber dieser blieb stumm.

Bisweilen kamen ihm Sätze in den Sinn, die Roger Flor am Tag der Bestattung des ehemaligen Großmeisters gesagt hatte. Er hatte immer geglaubt, sein Freund hätte zu viel Phantasie, doch Flor hatte recht gehabt: Jetzt konnte nur noch ein Wunder den Templerorden retten. Allerdings würde es in der Tat einem Wunder gleichen, das verlorene Geheimnis der Assassinen zu finden, das der Katalane unbedingt hatte aufspüren wollen. Sivrey war dagegen gewesen, sich darauf zu konzentrieren. Seine letzte Hoffnung beruhte nun darauf, dass der neue Großmeister, Thibaud Gaudin, die Templerflotte zusammenrief und Truppen und Lebensmittel zur Unterstützung des Château Pèlerin schickte. Oft blickte Sivrey, wenn er den Himmel anflehte, deshalb auf das weite Meer hinaus, wo weiße Wolkenschleier wie Engelflügel den Horizont verhüllten.

An diesem Morgen ging er wie jeden Tag in die Kapelle, kniete vor dem Kruzifix nieder und bat um Rat und Erleuchtung. Wieder bat er so inständig, wie er konnte, dass Gott ihm den Weg weisen möge. Wieder antwortete ihm nichts als Schweigen. Umsonst waren die Kerzen abgebrannt, der Weihrauch vergeblich ins Gewölbe aufgestiegen. Gott hatte seinen Tempel verlassen. Sivrey fühlte sich so einsam und verloren, dass er glaubte zu träumen, als er ein Klopfen an der Tür der Kapelle vernahm. Er erhob sich und öffnete. Ein alter Ritter mit vom Wetter gegerbtem Gesicht stand vor ihm.

«Maître, Ihr wolltet informiert werden.»

Sivrey, der noch in Gedanken versunken war, sah ihn fragend an.

«Schiffe nähern sich der Burg.»

Der Kommandeur wachte aus seinen Gedanken auf.

«Zeig sie mir.»

Die beiden Männer gingen zur Wehrmauer und weiter zum südöstlichen Ende der Festung, dem ältesten Teil. Von dort hatte man den besten Blick auf die Schiffe beim Anlegemanöver.

Der Ritter deutete auf eine Leiter.

«Dort müssen wir rauf. Zu der Zeit, als dieser Turm gebaut wurde, gab es noch keine Wendeltreppen.»

Sivrey hielt sich an einer Sprosse fest und begann mit dem Aufstieg. Der alte Ritter folgte ihm ächzend. Als sich der Kommandeur auf die Plattform schwang, sah er, wie die Schiffe in der Ferne langsam drehten und Kurs auf den Hafen nahmen. Endlich Hilfe.

«Das ist der Pierre-Encise-Turm. Er wurde von unserem Begründer Hugues de Payns vor mehr als einem Jahrhundert erbaut. Hier hat alles angefangen», schnaufte der Alte.

Eine Böe blähte die Segel des vordersten Schiffes auf. Sie waren schwarz. Pierre de Sivrey bekam weiche Knie. Die

Farbe der Segel wies darauf hin, dass das Schiff Verletzte an Bord hatte. Und Tote.

«Und hier wird alles enden», murmelte er bestürzt.

## 72
## Die Residenz

Mühsam öffnete Marcas die Augen. Er hatte einen trockenen Mund, sein Nacken schmerzte. Als Erstes bemerkte er, dass es seltsam feucht roch. Dann vernahm er leise ein regelmäßiges Rauschen, das von dem großen Erker gegenüber von seinem Bett kam. Er setzte sich auf. Durch eine Lücke in dem dunkelblauen Vorhang drang Licht in das Halbdunkel. Es gelang ihm nicht, das Geräusch zuzuordnen, aber er wusste, dass er sich nicht mehr auf Di Licios Landsitz befand. Dafür war es im Zimmer zu warm, fast schwül.

Er sah sich um. Auch die Einrichtung des Zimmers passte nicht zu dem mittelalterlichen Stil des Île-de-France-Anwesens. Die Wände waren in einem verwaschenen Orange gestrichen. Über einer Kommode hing ein Bild, auf dem eine dunkelhäutige Frau in einem weißen Kleid mit einem Krug in der Hand zu sehen war. Daneben stand ein Schrank aus gebeiztem Tropenholz.

Er spürte einen stechenden Schmerz an der Schläfe. Als er mit den Fingern über die Stelle strich, spürte er eine dicke Beule. Er erinnerte sich daran, wie er in Di Licios Kapelle vor der Leiter gestanden hatte, doch was danach geschehen war, wusste er nicht mehr, es war wie ein schwarzes Loch. Er hatte keine Ahnung, wie lange er bewusstlos gewesen war, aber als er sich an seinen normalerweise stets ordentlich gestutzten Bart griff, fühlte er, dass die Bartstoppeln auf seinen Wangen rau und dicht waren. Mindestens zwei Tage, urteilte er. Er fühlte sich noch benommen, aber immerhin fiel ihm jetzt auf, dass er unter dem weißen Baumwolllaken splitterfasernackt war.

Er versuchte die Abfolge der Ereignisse zu rekonstruieren. In seinem Kopf schwirrten die Bilder zusammenhanglos umher. Die Ankunft in dem Landschloss, die bewaffneten Wachleute, der grüne Rauch und die Nadeln, die abgehackten Köpfe, Watts' lebloses Gesicht, derselbe Watts quicklebendig in der Kapelle. Und schließlich Aurélia de Crécy, wie sie vor seinen Augen zusammensackte.

Die Initiation war nichts als ein schlechter Scherz gewesen, um ihnen Angst einzujagen. Doch Marcas gelang es nicht, die Logik hinter alldem zu erkennen. Warum hatte man sie betäubt?

Er versuchte aufzustehen, aber ihm wurde sofort schwindelig, und vor ihm verschwamm alles, als wenn das Blut sein Gehirn nicht erreichte. Er stützte sich mit der Hand an den Bettpfosten aus hellem Holz ab und setzte sich wieder. An der Wand rechts neben dem Erker bemerkte er in einem großen vergoldeten Rahmen das Porträt eines Mannes, der einen Bart im Stil der Großbürger des 19. Jahrhunderts trug. Im Hintergrund waren ein Dampfschiff und eine Art Hafenkräne zu sehen. Der ungefähr Sechzigjährige hatte einen fast verächtlichen Blick und trug einen weißen Umhang mit dem roten Tatzenkreuz. Das Zeitalter der Industrialisierung und der Templerumhang passten für Marcas nicht zusammen. Er hatte das Gefühl, der Mann auf dem Porträt ermahne ihn zur Ruhe.

Er versuchte erneut aufzustehen, langsamer als beim

ersten Mal, um zu vermeiden, dass ihm wieder schwindelig wurde. Dann machte er unter dem herablassenden Blick des Mannes auf dem Gemälde einige vorsichtige Schritte. Neben dem Bett entdeckte er ein Paar schwarze Sandalen und stellte fest, dass sie ihm passten. Seine Gastgeber achteten auf Details.

Er kam sich lächerlich vor, splitterfasernackt, aber mit Sandalen. Als er den Schrank öffnete, lagen darin zu seiner Erleichterung zwei weiße Baumwollhosen, einige Hemden derselben Farbe und ebenfalls in der richtigen Größe. Schnell zog er sich an und fühlte sich gleich ein wenig besser.

Er ging zu dem Erker. Der würzige Geruch nach feuchter Erde mischte sich jetzt mit einem undefinierbaren fruchtigen Duft. Das Rauschen wurde lauter. Er zog die Vorhänge auf und blickte überrascht hinaus.

## 73
## Château Pèlerin
## Lazarett
## 6. August 1291

Das Lazarett des Château Pèlerin befand sich in einem roten Ziegelbau, der am Vorplatz lag. Der lange, geflieste Raum war stets sauber, gut durchlüftet und seit der Ankunft der Schiffe mit den schwarzen Segeln immer voll. Alle Ritterorden im Heiligen Land hatten in ihren Komtureien auch Lazarette. Ursprünglich zur Behandlung von Pilgern eingerichtet, hatten sich die Templerlazarette bald auf einen wenig erforschten Bereich der mittelalterlichen Medizin spezialisiert: chirurgische Eingriffe nach Kriegsverwundungen. Von denen gab es viele, angefangen bei Huftritten bis zu allen möglichen Verstümmelungen; die Bandbreite der Verletzungen durch eine Hieb- oder Stichwaffe, eine Axt, vergiftete Pfeile oder Ähnliches war groß und erforderte spezielle Fähigkeiten, über die die Mediziner aus dem Abendland selten verfügten.

Die arabische Medizin hingegen hatte das gesamte Wissen der Antike, von Hippokrates bis zu den Militärärzten der römischen Legionäre, verinnerlicht. Außerdem waren die Ärzte des Orients – insbesondere in den Kriegsregionen – stets bereit, neue Techniken auszuprobieren. In dieser Hinsicht war das Heilige Land für jeden Chirurgen, der danach strebte, seine Kunst zu perfektionieren, ein Segen.

Die Templer waren von den zahlreichen Medizinern, mit denen sich die arabischen Herrscher umgaben, von jeher fasziniert gewesen, und sie hatten daraufhin beschlossen, einige von ihnen zu sich zu holen.

So kam es, dass die komfortable Stellung Fouad Al-Sakkas als gefragter Mediziner an den arabischen Prinzenhöfen durch einen überraschenden Angriff der Kreuzritter auf das Lager des Emirs von Jaffa in Palästina ein jähes Ende gefunden hatte. In Ketten und an den Schweif eines Pferdes gebunden, war der Chirurg der Kalifen und Sultane in ein Zelt mitten in der Wüste geschleppt worden, wo schmutzige, bärtige Abendländer mit einem roten Kreuz auf der Brust ihn vor die Wahl gestellt hatten, entweder auf der Stelle die Kehle durchgeschnitten zu bekommen oder bei ihnen als Arzt zu arbeiten.

Die Entscheidung war schnell gefällt, und noch mit seiner Seidenrobe bekleidet hatte Fouad Al-Sakka ohne Wasser und ohne Betäubung auf dem Château Pèlerin eine Amputation vorgenommen. Da er danach reichlich Gelegenheit zum

Üben hatte, hatte er seitdem seine Technik deutlich verfeinert. Bei Knochenbrüchen, Blutungen und Schädeltraumata genoss Fouad, der Geschickte, wie ihn seine Patienten hoffnungsvoll nannten, einen ausgezeichneten Ruf.

Niemand hatte ihn je danach gefragt, aber er sehnte sich tatsächlich keineswegs nach seinem früheren Leben zurück. Im Gegenteil. Eine geheime Leidenschaft trieb ihn seit Jahren um, die er während seiner Zeit als Mediziner der Mächtigen niemals hatte befriedigen können. Al-Sakka war fasziniert von der Anatomie und den Mysterien des menschlichen Körpers. Doch diese noch unerforschte Wissenschaft verlangte experimentelles Arbeiten post mortem – dem hätten seine reichen Patienten kaum zugestimmt. Keiner von ihnen wollte nach seinem Tod dem faszinierten Blick Doktor Al-Sakkas ausgeliefert sein und sich von ihm den Bauch aufschneiden, den Schädel öffnen oder die Gesichtsmuskeln freilegen lassen.

Mit seiner Gefangennahme war das anders geworden. Seine neuen Patienten, die eine Kavallerie-Truppe niedergetrampelt hatte oder deren Schädel von einer Axt deformiert worden war, hatten normalerweise nur geringe Überlebenschancen und starben schnell, sodass ihre Leichen willkommenes Arbeitsmaterial waren. Zwar verbot die Kirche das Aufschneiden von Toten, doch niemand überprüfte jemals, was Fouad der Geschickte tat. Diese Freiheit bereitete ihm große Freude und versetzte ihn bei jeder Ankündigung einer großen Schlacht in Ekstase.

Entsprechend hatte die Ankunft der Verwundeten aus Akkon wahre Glücksgefühle in ihm ausgelöst, und er hatte sofort begonnen, sie zu sortieren. Die meisten waren, betäubt von Opiaten, in einen tiefen Schlaf gefallen. Sie würden noch früh genug aufwachen, dachte Al-Sakka, um festzustellen, dass sie nur noch mit einem Auge sehen konnten oder ein Holzbein zum Gehen brauchten.

«Magister», rief ihn ein Gehilfe auf Lateinisch, wie es im Abendland üblich war, «Ihr werdet im unteren Saal gebraucht.»

Kurz lächelte Al-Sakka, wurde dann jedoch gleich wieder ernst. Im unteren Saal lagen die Sterbenden, seine zukünftigen Versuchsobjekte.

Mit einem Kopfnicken gab er seinem Gehilfen zu verstehen, dass er mehr wissen wollte, denn dort unten geschah selten Unerwartetes. Normalerweise war Al-Sakkas Auswahl treffend und endgültig.

«Einer der Verwundeten ist aufgewacht. Er phantasiert und verlangt nach einem Priester.»

Überrascht rief der Arzt: «Nach einem Priester? Aber warum?»

Der Gehilfe sah ihn ein wenig verächtlich an. Dieser Ungläubige würde die christlichen Gebräuche nie verstehen.

«Um zu beichten, natürlich.»

Fouad Al-Sakka erschrak: Wenn er einen Priester in den unteren Saal ließ, würde es ihm selbst an den Kragen gehen. Den Gottesmännern würde es gar nicht gefallen, wenn sie mitbekämen, dass die Verstorbenen für anatomische Experimente benutzt wurden, noch dazu durchgeführt von einem Ungläubigen. Auf Fragen würde der Verdacht folgen, dann die Inquisition – und seine Karriere wie auch sein Leben würde jäh enden.

Al-Sakka gab sich trotz seiner Nervosität ruhig.

«Keine Sorge, ich bin gleich da. Spricht er? Das ist ein gutes Zeichen, ein sehr gutes Zeichen …», sagte er und hastete, innerlich zitternd, in den unteren Saal.

## 74
## Brasilien
## Salvador de Bahia
## Unterstadt
## Mercado Modelo

Der Atlantikwind hatte die letzten Wolken fortgeweht, lediglich einige Pfützen auf der Straße erinnerten an die Regengüsse, die am frühen Morgen auf die Kolonialstadt niedergegangen waren. Jetzt herrschte wieder strahlender Sonnenschein. Die Hitze brannte auf der Haut und drang durch die Kleidung der zwei Millionen Einwohner, die in der ehemaligen Sklavenhochburg ungeduldig auf ein Sinken der Temperaturen warteten. An der Avenida do Contorno, der verstopften Straße, die am Meer entlangführte, schwankten einige wenige Palmen in der Brise. Riesige Frachter kreuzten vor der Küste der *Bahia de Todos os Santos*, der Allerheiligen-Bucht, die nach dem Tag der Entdeckung benannt war, da Amerigo Vespucci dort am 1. November 1501, an Allerheiligen, an Land gegangen war.

Der rot-weiße Toyota-Kleintransporter blieb am Mercado Modelo stehen, wo ohrenbetäubendes Rufen und Hupen und eine laut aus Radios plärrende Mischung von elektronischer und Percussion-Musik die Straßen erfüllte. Die Andenkenläden für die Touristen, die sich in einem schlichten Gebäude Richtung Hafen befanden, waren kaum begehbar vor lauter Menschen. Naive Gemälde mit den Gottheiten der afro-brasilianischen Religion Candomblé, große Atabaque-Trommeln, Muschelketten – die Geschäfte waren voll mit Souvenirs für die Touristen, die mit dem riesigen Aufzug aus der Oberstadt herunterkamen. Dunkelhäutige Frauen in traditionellen weißen Kleidern flochten lächelnd Ausländerinnen mit allzu feinem Haar Zöpfe, während Männer mit nacktem Oberkörper geschmeidig akrobatische Capoeira-Figuren vorführten.

Der Motor des Kleintransporters lief noch. Neben dem Fahrer, einem kleinen farbigen Mann mit harten Zügen, saß eine Frau mit heller Haut und Sommersprossen im Gesicht, die den Blick über den Platz schweifen lief. Dann blickte sie mit von fehlendem Schlaf geröteten Augen zum Fahrer hinüber.

«Manoel, du hast doch gesagt, dass sie hier sind, oder?»

«Ja, eine Bekannte, die hier arbeitet, hat heute Nachmittag zwei Kinder und zwei Erwachsene gesehen, die in schlechter Verfassung zu sein schienen. Weit können sie nicht sein.»

«Am besten steigen wir aus und suchen sie zu Fuß. Vielleicht haben sie sich irgendwo versteckt.»

Beide trugen ein grünes T-Shirt, auf dem der Name einer Hilfsorganisation stand. Die Frau warf sich einen Rucksack über die Schulter und schlug die Tür hinter sich zu. Die Sonne schien auf den Berg, wodurch der Aufzug, der in die Oberstadt hinaufführte, in einem goldenen Licht erschien. Auch die baufälligen besetzten Häuser links und rechts der hohen, klobigen Betonverschalung am Hang, wirkten fast heimelig.

Fischgeruch hing in der Luft. Anna würdigte die Andenkenläden keines Blickes. Hochkonzentriert ging sie am Straßenrand entlang und schaute suchend in die Lücken zwischen den parkenden Autos. Nach einer Weile wollte sie gerade enttäuscht kehrtmachen, als Manoel ihr von der anderen Seite des Platzes zuwinkte. Sie bahnte sich einen Weg durch die Menge der Touristen, wobei sie fast einen dicken, ungefähr sechzigjährigen Mann angerempelt hätte,

dessen Haut so rosa glänzte wie eine tiefgefrorene Garnele. Er war in Begleitung eines jungen farbigen Mädchens, das nicht älter als fünfzehn war. Der Anblick dieser widernatürlichen Paare, von denen es um diese Jahreszeit nur so wimmelte, war für Anna nichts Neues, sodass sie ihnen kaum noch Beachtung schenkte.

Manoel hockte neben einer leuchtend blauen Telefonzelle vor einem kleinen, ungefähr fünf Jahre alten halbnackten Jungen, der in gekrümmter Haltung auf dem Boden lag. In seinem Haar waren dunkle Flecken zu sehen, getrocknetes Blut. Anna hockte sich ebenfalls vor ihn und legte eine Hand auf die Stirn des Jungen, dann fühlte sie seinen Puls. Sie stützte sich mit dem Arm auf dem Boden ab und blickte ernst drein.

«Er ist tot. Ruf den Leichenwagen. Risse im Postkartenidyll. Gleich neben den fetten, vor Dollars nur so strotzenden Touristen stirbt jemand den Hungertod.»

«Das ist nicht fair. Die Touristen können nichts dafür. Sie bringen wenigstens Geld her.»

«Das war ja auch kein Vorwurf, ich habe lediglich auf den Kontrast hingewiesen. Ganz Bahia besteht aus Kontrasten. Kontraste … bis es einem zum Hals raushängt.»

Manoel bekreuzigte sich und rief mit seinem Handy den Leichenwagen.

«Alles klar, sie holen den Kleinen ab. Gehen wir weiter. Vielleicht finden wir noch andere.»

Anna erhob sich und sah sich um. Ihr Blick blieb an einer Reihe Autos hängen, die auf dieser Seite des Marktes geparkt waren. Sie sah zu Manoel hinüber und deutete auf einen funkelnden grünen Chevrolet. Vor der Stoßstange hatte sie entdeckt, wonach sie suchte: Ein kleines, ungefähr zehnjähriges Mädchen in einem schmutzigen Kleid, aber mit wunderschönen grünen Augen, das neben einer älteren Frau kauerte. Beide hatten einen glasigen Blick und nicht einmal mehr die Kraft, um die Hand zum Betteln auszustrecken.

Anna und ihr Fahrer waren ein eingespieltes Team. Er eilte zurück zum Kleintransporter, während sie zu dem kleinen Mädchen und der Frau lief. Die beiden schliefen oder waren benommen vom *Cachaça*. Der Zuckerrohrschnaps führte zu einer Erhöhung des Blutzuckerspiegels. Als sie sah, dass der Kleintransporter am Straßenrand hielt, hob Anna das Mädchen schnell hoch. Es wog nicht einmal halb so viel wie die meisten Kinder seines Alters. Sie trug das Kind zur Ladefläche und legte es auf eine Matratze, wo sich bereits zwei weitere Obdachlose befanden. Anschließend trug sie mit Hilfe des Fahrers auch die abgemagerte und nach Urin stinkende Frau in den Kleintransporter. Dann warf sie einen letzten Blick zwischen die Autos, um sicherzugehen, dass sich dort nicht noch ein weiteres Kind versteckte.

«Fahren wir, Manoel. Wir müssen zurück.»

Der Kleintransporter setzte sich in Bewegung und bog von der Avenida do Contorno auf die Avenida 7 de Setembro ein, die in den Süden der Stadt führte, in Richtung des belebten Viertels Barra. Gedankenverloren starrte Anna auf die Straße. Der Fahrer rauchte eine Zigarette und hatte das Radio eingeschaltet. Carlos Jobims warme, weiche Stimme erfüllte die Fahrerkabine.

«*Doutora*, wie schaffen Sie das nur? Sie sind jetzt seit fast vierundzwanzig Stunden auf den Beinen. Ich habe gehört, dass Sie vor dieser Tour auch schon unterwegs waren. Sie müssen diese Leute verdammt gern haben.»

Anna lächelte.

«Das ist nichts Besonderes, Manoel. Ich tue nur meine

Pflicht. Mehr nicht. Aber ich bin tatsächlich todmüde. Achtung, der Bus vor uns!»

Der Kleintransporter konnte gerade noch einem klapprigen Bus ausweichen, der ohne zu bremsen vor ihnen auf die Straße eingebogen war. Sie erreichten den Leuchtturm von Barra, wo sich unzählige Touristen sowie Einheimische drängten, die den Blick auf die Bucht genossen. Sonnenstrahlen drangen durch die letzten dunklen Wolken über Itaparica im Westen.

Die Insel war und blieb der Lieblingsort der Bewohner Bahias für romantische Momente. Sofern man das nötige Kleingeld hatte, dachte Anna. Und sofern man nicht in die Richtung des Hauptplatzes von Barra schaute, der von einem monströsen Betonturm dominiert wurde. Sie arbeitete jetzt seit sechs Monaten für die Hilfsorganisation in Bahia, aber an die anarchistische Architektur dieser ansonsten so reizvollen Stadt hatte sie sich noch immer nicht gewöhnt. Die Stadt bestand einerseits aus eleganten Häusern aus der Kolonialzeit, die mit ihren liebevollen Bemalungen und Verzierungen Zeugen einer vergangenen Epoche waren, und andererseits aus Gräueltaten aus Beton, die nur von allen Geistern verlassene Architekten entworfen haben konnten. Egal in welchem Stadtviertel, überall stand neben etwas Schönem auch etwas Hässliches. Selbst Pelourinho, die historische Altstadt mit den wunderschönen Kirchen und leuchtend bunten Häusern, grenzte an eine Ansammlung schäbiger Kästen. Diese Mischung machte Anna schwindelig. Sie war an die Logik europäischer Städte gewöhnt, die fast immer in reiche, arme und historische Viertel unterteilt waren.

«Halt mal an, ich habe Durst.»

Der Kleintransporter blieb neben einem Stand mit einem

riesigen Berg grüner Kokosnüsse stehen. Anna reichte einer zahnlosen, runzligen Alten eine Zwei-Real-Note durch das offene Fenster, woraufhin die Verkäuferin nach einer kleinen Machete griff und mit Schwung den oberen Teil einer Frucht abtrennte. Sie wischte den Rand ab, steckte einen Strohhalm in die Öffnung und reichte sie dann Anna.

*«Obrigada.»*

Neben dem Kleintransporter waren Freudenschreie zu hören. Kinder liefen in Richtung des unterhalb der Straße gelegenen Strandes, wo Männer in Badehosen barfuß Fußball spielten. Eines der Kinder stolperte im Lauf und stieß gegen den Sonnenschirm, unter dem die Alte saß. Er fiel gegen den Wagen der Hilfsorganisation und schlug dabei auf Annas Unterarm, der auf der heruntergekurbelten Scheibe lag.

«Achtung», rief der Fahrer der jungen Ärztin noch zu, doch zu spät.

Anna begutachtete ihren Arm: Der rostige Stiel des Sonnenschirms hatte ihre Haut aufgeschürft. Blut tropfte auf den Sitz.

«Ist nicht schlimm, nur eine Schürfwunde.»

Der Fahrer nahm einen Erste-Hilfe-Kasten aus dem kaputten Handschuhfach.

«Nicht dass Sie sich eine Infektion zuziehen.»

«Das ist nichts. Ich bin so müde, dass ich den Schmerz gar nicht spüre. Sehen wir zu, dass wir von hier wegkommen, ich kümmere mich gleich um die Wunde.»

Während sie ein Desinfektionsmittel auftrug, warf sie einen Blick hinter sich. Der Zustand eines der Obdachlosen war besorgniserregend. Der Klebstoff, den er inhaliert hatte, hing überall an ihm. Dieser Mist konnte innerhalb weniger Monate alle Neuronen zerstören, und sie bezweifelte, dass er es schaffen würde, davon loszukommen. Den anderen ging es glücklicherweise nicht ganz so schlecht.

Der Kleintransporter setzte sich wieder in Bewegung und fädelte in den Verkehr ein. Obwohl die Polizei überall ihre Beamten postiert hatte, hielt sich niemand an die Geschwindigkeitsbegrenzung. Im Stadtviertel Ondina wurden die Autos jedoch langsamer, und Anna merkte, wie das gleichmäßige Brummen des Motors langsam ihre Augen zufallen ließ. Sie trank einen Schluck Kokosmilch. Am Nachmittag musste sie unbedingt einige Stunden schlafen, bevor um 22 Uhr die Abendveranstaltung begann. Zu spät kommen würde nicht akzeptiert werden, auch wenn ihre Mission noch so erfolgreich gewesen war.

## 75
## Château Pèlerin
## 6. August 1291

Die lebende Fracht war aus den Laderäumen der Schiffe gelöscht worden.

Während die besonders schwer Verwundeten im Lazarett behandelt wurden, hatte man sofort angefangen, die anderen zu befragen, um herauszufinden, wer sie waren und welche Funktion sie innerhalb des Templerordens innehatten. Zusätzlich waren Leibesvisitationen durchgeführt worden, wodurch man versuchte, dem Chaos und dem Durcheinander unter den Neuankömmlingen Herr zu werden. Die Anweisung zu diesen strengen, aber wirksamen Maßnahmen hatte Pierre de Sivrey gegeben, der befürchtete, Spione im Dienst der Ungläubigen könnten sonst in die Burganlage gelangen, oder schlimmer noch – er hatte noch Roger Flors letzte Worte im Ohr –, ein Assassine würde mitten in der Festung mit seinem Dolch zustechen.

Die ankommenden Templer hatten viel zu berichten. Auf Zypern hatten sie unter erbärmlichen sanitären Bedingungen hausen müssen, während sich der neue Großmeister Thibaud Gaudin in das Hauptquartier des Ordens zurückgezogen hatte und es nicht eilig zu haben schien, ins Heilige Land zurückzukehren. Zahlreiche verwundete Templer lagen im Hafen buchstäblich auf dem Boden, während Thibaud Gaudin derweil ein höfisches Leben im großen Stil führte. Rachegefühle und Wut machten sich unter den Tempelrittern breit. Und als schließlich niemand mehr wusste, was mit all den Verletzten zu tun war, hatte man sie nach Pèlerin verschifft, um sie loszuwerden.

Die Befragungen fanden stets in zwei Teilen statt. Zunächst erkundigte man sich nach dem Namen des Templers und der Komturei, der er angehört hatte. Informationen, mit der die sorgfältig geführten Listen auf den neuesten Stand gebracht wurden. Danach befragte man jeden Neuankömmling nach seinen ehemaligen Aufgaben im Heiligen Land, nach den Vorgesetzten, unter denen er gedient hatte, nach seinen Kameraden. Das gesamte Personal der Burg nahm an dieser Befragung teil. Wenn jemand des Betrugs verdächtigt wurde, brachte man ihn sofort in einen speziellen Raum, wo Pierre de Sivrey persönlich mit ihm sprach. Dabei handelte es sich in der Regel um Einzelpersonen, die keine Kameraden hatten, die hätten bestätigen können, wer sie waren. Sivrey befragte sie dann immer nach dem Ereignis, das ein Schlüsselmoment in der Laufbahn eines jeden Tempelritters darstellte: die Initiation. Lügen und Erfinden würde hier schwerfallen.

Dabei wurde Sivrey jedes Mal aufs Neue bewusst, wie sehr dieses Ritual im Laufe der Jahrhunderte verkommen war. Aus einer ritterlichen Prüfung war eine alberne Mutprobe geworden. Jede Generation hatte eine Neuerung beigetragen, und viele Brüder hatten keine Ahnung von den symbolischen Werten ihrer Initiation, auch wenn sie die Fragen des Kommandeurs richtig beantworten konnten.

Bis dato hatte diese Befragungsmethode gut funktioniert. Alle Neuankömmlinge hatten als Templer identifiziert werden können. Lediglich die Verletzten, deren Zustand ununterbrochene Behandlung verlangte, waren nicht befragt worden. Einige von ihnen würden ohnehin nicht überleben. Bei den anderen musste man abwarten.

Am 6. August 1291 ereignete sich gegen Mittag jedoch Unerhörtes. Zwei Ritter, von denen man immerhin schon wusste, dass sie dem Orden angehörten, weigerten sich, befragt zu werden, und verlangten, einen Würdenträger zu sprechen.

Der Fall war einzigartig.

Als Pierre de Sivrey von einem Knappen davon erfuhr, reagierte er gereizt. Zu der Enttäuschung, dass die Schiffe keinerlei Verstärkung gebracht hatten, kam noch ein neues Gefühl der Niedergeschlagenheit: Die Brüder, die er den ganzen Morgen befragt hatte, glaubten nicht mehr an die Zukunft ihres Ordens. Aus dem Heiligen Land vertrieben und ihrer Mission beraubt, sahen sie sich bereits wieder in Europa, was viele unter ihnen, deren ritterliche Zukunft in den Sternen stand, entmutigte.

Sivrey betrachtete den Knappen, einen Jüngling.

«Und du bist dir sicher, dass es sich um Templer handelt?»

«Ja, Maître. Mehrere unserer Brüder haben sie erkannt. Eindeutig.»

«Und sie wollen sich den Regeln nicht beugen, die für den Zutritt in die Burganlage gelten? Mit welchem Recht? Das ist Rebellion!»

Der Knappe, der Schlimmstes befürchtete, zögerte, bevor er antwortete.

«Sie haben nach ihren Waffen gegriffen, als ich ihre Sachen durchsuchen wollte.»

Der Kommandeur sprang vom Stuhl auf. Nie zuvor hatte ein Templer Derartiges gewagt. Wütend schlug er mit der Hand auf den Tisch.

«Entwaffnen! Auf der Stelle entwaffnen!»

Der Knappe stürzte aus dem Raum, um den Befehl auszuführen.

«Und bring sie zu mir! Mit dem Hals in der Schlinge!»

## 76
## Brasilien
## Bundesstaat Bahia
## Residenz

Marcas blinzelte. Was er sah, war traumhaft. Eine Bucht mit weißem Sandstrand, der von unzähligen hohen, sich im Wind wiegenden Palmen gesäumt war, glitzerte im goldenen Sonnenlicht. Links ragten Felsen auf. Rechts führte ein Anleger ins Meer hinaus, an dem in den Wellen schaukelnde Boote festgemacht waren. Am leuchtend blauen Himmel waren vereinzelt dunkle Wolken zu sehen, die von der Sonne angestrahlt wurden und sie abwechselnd bedrohlich oder schillernd wirken ließen. Die Brandung schimmerte in transparentem Grün.

Marcas stand am Erkerfenster und fragte sich, ob er nicht träumte. Schließlich war er eben noch bei Regen und Kälte in einem Landschloss bei Paris gewesen, während er sich jetzt plötzlich mitten in einer Umgebung befand, die aus einer GEO-Reportage über die schönsten Strände der Welt hätte stammen können.

Er schob die Glastür auf und trat auf einen Balkon aus weißem Stein hinaus. Ein sanfter, warmer Wind empfing ihn. Die Sonne stand noch nicht hoch am Himmel, dennoch war es warm. Als er sich vorbeugte, sah er, dass sich unter dem Balkon ein tropischer Garten bis zum Strand erstreckte. Riesige, leuchtend rote Orchideen, Berge von orange blühenden Helikonien, fuchsienfarbene und blaue Bougainvilleen und sogar mehrfarbige Blüten hoben sich vor dem Grün der Palmen und dem strahlenden Weiß der Küste ab. An einigen Stellen waren Pfützen zu sehen, als wäre in der Nacht ein Unwetter niedergegangen. Geblendet von dieser Explosion an Farben, schloss Marcas für einen kurzen Moment die Augen.

«Ich glaube, wir befinden uns irgendwo in Afrika oder auf einer karibischen Insel, was meinen Sie?»

Marcas fuhr zusammen und drehte sich in die Richtung, aus der die weibliche Stimme gekommen war. Auf dem Nachbarbalkon saß, fünf Meter von ihm entfernt, Aurélia de Crécy auf einem Sessel im Kolonialstil, die Füße auf dem dazu passenden Hocker. Sie trug ein weißes Leinenkleid und ein Tuch in ihrem schwarzen Haar.

«Ich wusste gar nicht, dass Di Licio auch als Reiseveranstalter arbeitet», antwortete Marcas und trat in ihre Richtung ans Geländer. «Das ist wohl unser Geschenk zur Initiation.

Wenn man die Prüfung besteht, lässt man sich bewusstlos schlagen und gewinnt eine einwöchige Reise nach Mauritius oder auf die Bahamas. Jedenfalls ist es wunderschön hier.»

«Es ist toll, Tempelritter zu sein», bestätigte sie mit ironischem Unterton, «zumal man ins Paradies eingeladen wird. Spaß beiseite, ich sitze hier seit einer guten halben Stunde und warte darauf, dass mir jemand die verschlossene Tür öffnet. Im Garten habe ich niemanden gesehen, und man hört zwar Motorengeräusch und Stimmen in der Ferne, aber ich kann nicht sagen, woher sie kommen. Ich bin sehr froh, Sie zu sehen.»

Sie erhob sich aus ihrem Sessel und trat ans Geländer.

«Offenbar bleibt uns nichts anderes übrig, als auf den guten Willen unserer Brüder von der Loge Kadosh Kaos zu hoffen. Im Moment haben wir nichts zu befürchten, denn wenn sie uns hätten loswerden wollen, hätten sie das schon längst getan.»

Ein Schwarm smaragdgrüner Vögel flatterte vom Dach des Gebäudes herab und flog dann schrill krächzend in Richtung Meer. Marcas folgte ihnen mit den Augen.

«Ich verstehe ehrlich gesagt gar nichts mehr. Das einzig Greifbare, was mich an unser Erlebnis bei Di Licio erinnert, ist die Beule», sagte er und massierte sich die Schläfe.

«Geht mir genauso», sagte sie, «davon bin ich im Übrigen aufgewacht. Das wäre auch anders zu lösen gewesen. Sie hätten uns zum Beispiel einen Schlaftrunk aus einem mittelalterlichen Kelch trinken lassen können oder so etwas. Ich kann immer noch nicht glauben, dass Di Licio und die anderen so eine Farce veranstalten. Ist das bei den Freimaurern genauso?»

Marcas setzte sich auf die Brüstung und verschränkte die Arme.

«Nein, niemals würde man jemanden in Lebensgefahr bringen oder mit einer hypothetischen Gefahr spielen. Es stimmt schon, in dem Kadosh-Kaos-Ritual wird die Verbindung zur Freimaurerei durch den Namen Kadosh gezogen, einem hohen Freimaurergrad, der an die Rache der Templer erinnert. Das Wort stammt aus dem Hebräischen und lässt sich mit ‹heilig› übersetzen. Und auch das riesige Wappen an der Wand hinter Di Licio hatte Ähnlichkeit mit dem der Freimaurer. Trotzdem haben sie den Bogen überspannt. Von Geköpften und Prüfungen dieser Art habe ich noch nie gehört. Genauso wenig wie von der Loge Kadosh Kaos.»

Aurélia de Crécy ließ den Blick über die prachtvolle Landschaft schweifen.

«Fest steht, dass diese Leute mächtig genug sind, um uns ans andere Ende der Welt zu verschicken, ohne die Zoll- und Einreiseformalitäten einhalten zu müssen, die für Normalsterbliche gelten. Ich weiß nicht, wie lange wir ohne Bewusstsein waren, aber wir befinden uns Tausende von Kilometern von Frankreich entfernt.»

Marcas hörte ein Klopfen an seiner Tür. Im nächsten Moment wurde im Schloss ein Schlüssel umgedreht. Kurz sah er zu der Komtesse hinüber. Offenbar hatte es auch bei ihr geklopft, denn sie drehte sich ebenfalls zu ihrem Zimmer um. Der Kommissar ging zur Balkontür. Als er einen weißgekleideten Mann neben seinem Bett stehen sah, rief er in Richtung seiner Nachbarin: «Gleich werden wir erfahren, wie alles zusammenhängt.»

## 77
## Château Pèlerin
## Lazarett
## 6. August 1291

Fouaud Al-Sakka eilte in den Saal im Untergeschoss, öffnete die Tür und schloss sie hinter sich sofort wieder mit dem Sicherheitsriegel. Der Gestank war unerträglich. Einige der hier Liegenden waren bereits tot, und die fortschreitende Verwesung sorgte für unerträgliche Ausdünstungen. Doch der Chirurg war daran gewöhnt. Er zählte die Leichen und stieg, während er sich ans Ende des Saals begab, über einen Toten, der von seinem Strohlager gerollt war.

Der Unbekannte, zu dem er wollte, lag an der Wand und führte mit schwacher Stimme Selbstgespräche. Al-Sakka hatte ihn ganz nach hinten legen lassen, in die Ecke, die für jene bestimmt war, die dem Tod nahe waren. Anscheinend eine diagnostische Fehlleistung. Doch als der Mann gebracht worden war, hätte ihm niemand auch nur die geringste Chance eingeräumt. Körper und Hände waren verbrannt, die Haut hing ihm in Fetzen herunter, und die Augen waren mit Eiter verklebt.

«Bruder, Bruder …»

Die Stimme schien aus dem Jenseits zu kommen. Ein raues Ächzen.

Neugierig trat Al-Sakka näher. Der Mann war in den rauchenden Ruinen von Akkon, das jetzt wieder zu Sidon gehörte, aufgelesen und nach Pèlerin gebracht worden. Er hätte bereits zehnmal tot sein müssen.

Der Arzt beugte sich vor. Er suchte in dem rohen Fleisch den Mund. Nie wieder würde er die menschliche Muskulatur so gut studieren können. Außerdem musste man den Mann nicht mehr enthäuten, da es bereits geschehen war.

«Bruder, ich habe gesündigt. Meine Seele ist verdammt, wenn du mir nicht zuhörst. Vergib mir meine Verbrechen.»

Al-Sakka hörte solche Klagen nicht zum ersten Mal. Wenn sie fürchteten, verdammt zu sein, reagierten die Christen alle gleich. Entweder riefen sie heulend nach ihrer Mutter, oder sie verlangten nach einem Beichtvater. Ein wahrlich seltsames Volk, das seit zwei Jahrhunderten den gesamten Orient niedermetzelte, mit dem letzten Lebenshauch aber um Verzeihung für alle Sünden bat. Er schüttelte den Kopf. Nein, diese Kreuzritter würde er niemals verstehen. Für ihn waren sie Barbaren und Kinder zugleich …

Er fuhr zusammen. Der Verletzte hatte mit seiner hageren, eitrigen Hand nach seinem Kittel gegriffen.

«Ah, Bruder, du bist wirklich da», rief der Verwundete und tastete gierig den Stoff ab.

Al-Sakka verstand sofort. Wenn er operierte, trug er stets einen Kittel. Er war aus grobem Stoff und ähnelte in Schnitt und Material dem Talar eines Priesters.

«Bruder, ich bin ein widerwärtiger Sünder. Ich habe verraten und gelogen. Ich habe gestohlen und getötet. Wenn meine Reue kein Gehör findet, werde ich in den Flammen der ewigen Hölle verbrennen!»

Die Stimme des Sterbenden schallte immer lauter durch den Saal. Bald würden die Gehilfen aufmerksam werden und herbeieilen. Al-Sakka spürte, wie sich alles in ihm zusammenzog. Einen Skandal musste er um jeden Preis vermeiden.

Er beugte sich vor.

«Ich bin ganz nah bei dir und höre dir zu, mein Bruder …»

Der Arzt zögerte. Für diese Fälle musste es eine besondere Formulierung geben, die die Christen benutzten. Fraglich war nur, welche. Al-Sakka wischte sich den Schweiß von der Stirn. Er musste seine Rolle weiterspielen und so schlicht wie möglich formulieren.

«Erzähl mir, wie du heißt, Bruder.»

Schweigen. Einen Moment glaubte er, der Verwundete sei gerade gestorben. Was für ein Glück, ein Geschenk des Himmels. Doch dann vernahm er wieder den hechelnden Atem aus der blutigen Brust, der Unbekannte lebte noch.

Abermals beugte sich der Mediziner vor.

«Dein Name, Bruder, damit ich dich anhören und dich von deinen Sünden befreien kann.»

Die heiligen Worte waren ihm ganz plötzlich in den Sinn gekommen. Fouad war selbst überrascht. Wahrscheinlich hatte er sie irgendwo gehört und unbewusst in seinem Gehirn gespeichert.

Ein Krächzen wie aus einer andern Welt wurde hörbar, das den Körper zum Beben brachte. Wie eine ferne Erinnerung.

«Ich heiße …»

Instinktiv wich Al-Sakka zurück. Mit der Antwort spuckte der Mann auch Blut aus.

«Ich heiße … Caëtani.»

## 78
## Issy-les-Moulineaux
## Sitz von Omnium TV

Die Wand mit den Monitoren in der Eingangshalle von Omnium TV war mehr als zehn Meter hoch. Das Bildermosaik änderte Farbe und Form so schnell, dass einem beim Zusehen schwindelig wurde. Dazu Marmorböden, eine monumentale Calder-Skulptur in der Raummitte und florale Wandbemalungen wie in dem neueröffneten Musée du quai Branly – der Sender hatte nicht gegeizt, um seinen Besuchern etwas zu bieten. Ein gewollt edles Dekor, was man von dem, was hier produziert wurde, nicht unbedingt behaupten konnte: eine zusammengewürfelte Mischung aus armseligen Soaps, reißerischen Dokumentationen und niveaulosen Talkshows. Lediglich einige wenige Sendungen stachen aus dieser Mischung heraus und hatten journalistische Substanz.

Die drei Repräsentanten der Stone Corporation Frankreich gingen auf den Eingang zu. Sie hatten eine Verabredung mit der Moderatorin von *Transversales*, einer jener wenigen Sendungen mit Niveau. Das Konzept beruhte auf Gesprächen zwischen einem Vertreter aus dem gesellschaftlichen Leben sowie einem Politiker und einem Unternehmer.

«Sie hätten den Termin wirklich verschieben sollen. Ich habe im Moment genug andere Dinge zu tun», beschwerte sich Léandre gereizt bei seinem neuen Kommunikationsleiter Martinet und der Pressesprecherin des Unternehmens, die ihn begleiteten.

Er hatte die letzten zwei Nächte durchgearbeitet und das bereits seit drei Wochen feststehende Interview vollkommen vergessen.

Die Pressesprecherin ließ sich nicht einschüchtern.

«Monsieur Léandre, die Warteliste, um als Gast in dieser Sendung auftreten zu dürfen, ist länger als die des Petersdoms im August. *Transversales* hat in der Gunst der Zuschauer letzte Woche noch einmal dazugewonnen. Die Sendung ist im Moment ‹the place to be›.»

«Natalia hat recht. Vor einem Monat waren Bernard Arnault und François Pinault dort zu Gast», bekräftigte Martinet.

«Wenn Sie meinen», brummte Léandre, der nicht aufhören konnte, an sein Projekt zu denken, und sich dazu beglückwünschte, zumindest Martinet bereits auf seiner Liste zu haben. Natalia, die ihm ebenfalls ein wenig zu anmaßend erschien, würde er noch hinzufügen. Wie ein Verrückter hatte er an dem Sozialplan gearbeitet. Zwar hatte die Trance seine Auffassungsgabe verzehnfacht, und er hatte sich ein wenig wie nach einer guten Linie Koks gefühlt, aber er war ständig gereizt und glaubte, sich abreagieren zu müssen. Das war eine der Nebenwirkungen, von denen sein Coach gesprochen hatte.

*Sie dürfen unter keinen Umständen die Kontrolle über sich verlieren. Werden Sie auf keinen Fall emotional. Egal, welchen Trieb Sie verspüren, unterdrücken Sie ihn.*

Sie gingen durch die Kontrollschleuse, die von drei kräftigen Männern im Anzug bewacht wurde. Ein rotes Lämpchen leuchtete auf. Einer der Wachleute wandte sich an Léandre und fragte ihn höflich:

«Haben Sie zufällig einen Schlüssel oder ein Handy in der Tasche? Wenn ja, nehmen Sie den Gegenstand bitte heraus und gehen noch einmal durch die Schleuse.»

Léandre blickte ihn von oben herab an und sagte dann zu seiner Pressesprecherin:

«Sagen Sie diesem Gorilla, dass ich nicht der Al-Qaida angehöre und wir schon genug Zeit verloren haben.»

Er wollte gerade weitergehen, als sich ihm der zweite Wachmann in den Weg stellte und nach seinem Arm griff.

«Tut uns leid, aber so sind hier die Sicherheitsvorschriften.»

Léandre spürte Wut in sich aufsteigen.

«Weißt du eigentlich, wer ich bin? Ich könnte deinen Sender morgen kaufen, dann wärst du in null Komma nichts draußen. Lass mich sofort los.»

Die Pressesprecherin versuchte, ihn zu beruhigen.

«Regen Sie sich doch nicht auf, Monsieur Léandre, die machen nur ihren Job.»

Der Vorstandsvorsitzende der Stone Corporation drehte sich zu ihr um; überzeugt, alle gegen sich zu haben, auch seine Untergebenen. Doch das würde er sich nicht bieten lassen.

«Du kleine Schlampe, du hältst jetzt sofort die Klappe, ich bezahle dich nicht, damit du mir in den Rücken fällst.»

Innerlich kochte er und hatte Lust, zuzuschlagen, nur zum Spaß, um sich abzureagieren und um jemandem wehzutun. Pure, triebhafte Gewalt. Er blickte den Wachmann böse an.

«Entweder lässt du mich jetzt durch, du Idiot, oder du spürst gleich meine Faust in deiner Rattenfresse.»

Die Kommenden und Gehenden in der Eingangshalle wurden aufmerksam und beobachteten neugierig, was sich an der Schleuse abspielte, während einer der Wachleute telefonisch die Rezeption informierte. Sein Kollege, der von Léandre bedroht worden war, warf ihm nervöse Blicke zu, blieb aber höflich.

«Beruhigen Sie sich, ich will lediglich Ihre Taschen kontrollieren.»

«Du hast überhaupt nichts von mir zu wollen, du Scheißkerl», polterte Léandre.

Im nächsten Moment hatte er bereits zugeschlagen. Mitten in den Magen.

Dem Wachmann blieb die Luft weg. Schmerzverzerrt krümmte er sich vor den Augen seiner fassungslosen Kollegen und vor Léandres Mitarbeitern.

## 79
## Château Pèlerin
## 6. August 1291

Sivrey saß an seinem Schreibtisch und wartete darauf, dass man ihm die beiden Templer brachte, die die Befragung verweigerten. Er war bis aufs Äußerste erbost. Die beiden Rebellen würden seinen Zorn zu spüren bekommen. Abermals blickte er auf den neuesten Bericht seiner Kundschafter. Die Lage war katastrophal. Im ganzen Land, das die Kreuzritter seit zwei Jahrhunderten besetzten, wurden die Kämpfer des Sultans als Befreier empfangen. Überall begehrten muslimische Bauern, Händler und Adelige auf. Ein wahrer Befreiungskrieg. Die Christen hatten sich in die Küstenstädte und Bergfestungen zurückgezogen, wo sie auf das unerbittliche Ende warteten.

Sivrey erhob sich und trat an die Fensteröffnung, die auf das Hinterland hinausführte. Pèlerin war mit seinen hohen Türmen, den konzentrischen Mauern und den gefüllten Waffenlagern schon immer die mächtigste Templer-Festung im

Heiligen Land gewesen. Doch wenn nun die Ungläubigen mit ihren gesammelten Truppen angriffen, würde auch sie wie ein Strohhalm hinweggefegt werden. Und mit dem Château Pèlerin auch endgültig die Zukunft des Templerordens.

Das Blut pulsierte in seinen Schläfen. Sivrey war bleich vor Ärger. Niemals würde er es zulassen, dass die Templer zu einem Orden wurden, der nur noch aus Statisten bestand. Egal welchen Preis er dafür zahlen musste. Er spürte, wie die Anspannung immer stärker wurde und ihn auf Ideen und Pläne brachte, die er nie zuvor gehabt hatte. Als würde Roger Flors Geist in seinem Kopf wieder zu neuem Leben erweckt.

«Maître?»

Der Kommandeur drehte sich um und sah, dass der Knappe zurückgekehrt war.

«Ich bringe die beiden Ritter, wie Ihr verlangtet. Sie erwarten Euer gerechtes Urteil.»

«Dann her mit ihnen.»

Sivrey setzte sich wieder und richtete sich in seinem Stuhl auf. Er war gerecht, aber Regelverstöße konnte er nicht tolerieren, und wenn er ein Exempel statuieren musste … Er ballte die Hände zu Fäusten.

Die Tür öffnete sich. Von mehreren Wachen begleitet, traten zwei Männer mit einem Strick um den Hals ein und fielen vor ihm auf die Knie.

*Landstreicher*, dachte der Kommandeur, nachdem er sie gemustert hatte.

Den beiden Brüdern hing die Kleidung in Fetzen am Leib, ihre Gesichter waren schmutzig, das Haar verklebt. Störrisch hielt einer von ihnen einen dunklen Sack fest, der ihm am Gürtel hing. Der andere drückte eine Strohmatte an sich wie eine Reliquie.

«Die beiden sind durchgedreht. Ich verschwende gerade meine Zeit mit Idioten», murmelte Sivrey.

In dem Moment sah er, dass durch die Strohmatte Blut sickerte. Der Mann stöhnte, und Sivrey bekam plötzlich Mitleid.

«Wie heißt du, Bruder?»

Leise murmelte der Angesprochene durch seine aufgesprungenen Lippen: «D'Aynac ... Guy d'Aynac.»

Sivrey sprang auf.

«Und du?», fragte er, an den anderen gewandt.

Der Zweite blickte aus einem zerfurchten Gesicht zu ihm auf.

«Jacques ... de Molay.»

## 80
## Brasilien
## Bundesstaat Bahia
## Sitz der Hilfsorganisation

Der Kleintransporter hielt bei dem Pförtner, der den Zugang zum Gäste- und Bettentrakt der Hilfsorganisation kontrollierte. Vor dem Eingang war auf einer großen Tafel ein Mosaik aus Porträts von glücklich lächelnden Schwarzen und Mestizen zu sehen. Darüber standen in goldenen Lettern die Anfangsbuchstaben des Namens der Hilfsorganisation sowie der Slogan *Libertad o muerte.*

Ein Mann in grünem T-Shirt und mit farblich passender Kappe trat lässig aus dem Pförtnerhäuschen und öffnete die lange Schranke, deren Farbe abblätterte und die unter ihrem eigenen Gewicht zusammenzubrechen drohte. Der

Fahrer lenkte den Kleintransporter zum Hauptgebäude, das wie eine Pyramide ohne Spitze aussah. Männer in weißen Kitteln standen rauchend davor und erwarteten sie mit Metallbetten auf Rollen. Als der Wagen auf den Eingang zufuhr, warfen die Pfleger ihre Zigarettenstummel fort und machten sich bereit.

In weniger als zwei Minuten waren die Hilfsbedürftigen in die Betten gelegt und ins Gebäude transportiert worden. Anna nahm ihren Rucksack und stieg aus.

«Danke für alles, Manoel. Bis nächste Woche.»

«Ruhen Sie sich ein wenig aus, ich hole Sie am Donnerstag wieder ab. Und passen Sie gut auf die armen Leute auf.»

Der Fahrer sah noch, wie sie ihm zum Abschied winkte, dann beschleunigte er und verließ das Gelände so schnell wie möglich. Er würde es gerade noch rechtzeitig zur Übertragung des Fußballspiels São Paulo FC gegen SC Corinthians, seinen Lieblingsverein, nach Itapoa schaffen, wo er wohnte.

Anna betrat die Klinik. Sie nickte der Rezeptionistin am Empfangstresen zu und füllte das Formular für Neuzugänge aus. In eines der Felder trug sie die Zahl 4 ein. Sie unterschrieb und öffnete dann die erste Tür auf der rechten Seite, die in einen großen Wartesaal führte. Dort drängten sich jeden Tag Hunderte von bedürftigen Familien, um sich kostenlos behandeln zu lassen.

Babys weinten, Frauen jammerten, Alte murmelten vor sich hin. Seit Monaten bot sich Anna jeden Tag der gleiche traurige Anblick. Die Gesichter wechselten, die Leiden blieben dieselben: Unterernährung, Geschlechtskrankheiten, Aids, Krätze, Hepatitis. Also alles wie immer. Allerdings würde sie heute nicht hier behandeln. Sie ging weiter und stieß die Flügeltür zum Verwaltungstrakt auf, wo sie an Büroräumen vorbeikam. Dann stieg sie eine schmale Treppe zwei Stockwerke hinab und gelangte schließlich an eine graue Tür ohne Aufschrift. Dort zog sie eine Plastikkarte aus der Tasche, die sie durch einen kleinen rechteckigen Kasten neben dem Schloss zog. Ein Klicken war zu hören, und die Tür öffnete sich. Kühlere Luft empfing sie. Anna schloss die Tür wieder hinter sich. Sie befand sich in einer Tiefgarage, in der Schienen verlegt waren und fünf grüne Elektroautos standen. Mit ihnen konnte man unterirdisch die drei Kilometer zwischen der Klinik und der Residenz zurücklegen. Sie setzte sich in einen der Wagen und drückte auf einen roten Knopf am Armaturenbrett. Brummend setzte sich das Auto auf den Schienen in Bewegung. Hundemüde, wie sie war, ließ sie sich von seinem Tuckern in den Schlaf wiegen. Sie dachte an die Armen vom Mercado Modelo und sagte sich, dass sie Glück hatten, ihr begegnet zu sein.

Ihrem Leben würde endlich ein Sinn gegeben werden.

## 81

## Château Pèlerin
## Lazarett
## 6. August 1291

Bevor Caëtani noch etwas sagen konnte, eilte Fouad Al-Sakka in Richtung Tür, um zu prüfen, ob niemand ihn belauschte. Seit dem Fall Akkons fürchtete er, beschattet zu werden. Viele Christen begegneten ihm mit Skepsis. Ein Missverständnis, Groll oder – schlimmer noch – ein Gerücht genügte, und er würde am Galgen auf dem Hauptplatz enden. Ganz davon zu schweigen, dass er dort ebenfalls enden würde, wenn seine arabischen Brüder die Zitadelle einnähmen – dann als Verräter. Al-Sakka lebte auf Messers Schneide und wusste nicht, wohin er sich wenden sollte, um seine Haut zu retten.

«Bruder, hörst du mich?»

Der Chirurg ließ sich wieder neben dem Sterbenden nieder, dessen Atem noch schwächer geworden war. Das Heben und Senken der Brust war kaum noch wahrnehmbar. Wenn Al-Sakka Glück hatte, würde dieser Caëtani das Ende des Tages nicht mehr erleben. Unterdessen hatte er keine andere Wahl, als ihm zuzuhören.

«Bruder», stammelte der Verwundete, «segnet mich, denn ich habe gesündigt, darum bitte ich Euch im Namen unseres Erlösers.»

Ohne zu zögern, machte Al-Sakka ein Kreuzzeichen über dem, was ehemals Caëtanis Gesicht gewesen war. Er war sich nicht sicher, ob die Geste korrekt ausgeführt war, aber unter den gegebenen Umständen …

«Ich bin bereit für deine Beichte», erklärte der Chirurg, «du kannst mir alles sagen.»

Nach einem Seufzer begann der Verwundete zu sprechen: «Ich werde sterben, Bruder, und mein Gewissen plagt mich. Überall sehe ich das Blut, das ich vergossen habe, die Lügen, die ich verbreitet habe, all die Unschuldigen, die ich missbraucht habe. Ich spüre die Geister um mich herum, und sie quälen mich. Sie zerren mich in die Hölle. Ich bin verdammt … verdammt …»

Nervös stammelte Al-Sakka auf gut Glück ein paar Worte, die er zufällig mit angehört hatte, wenn im Lazarett gebeichtet wurde.

«Bekenne deine Sünden, Bruder, bekenne deine Sünden! Die Barmherzigkeit Gottes ist unermesslich.»

«Herr, verzeih mir, dass ich Othon Gauffridy und Roger Flor umgebracht habe! Erbarme dich. Erbarme dich!»

Als er diese Namen hörte, fuhr Al-Sakka zusammen. Im Château Pèlerin kannte jeder den Namen des Bibliothekars und des Flottenkommandanten. Und nun bekannte sich dieser Unbekannte dazu, beide ermordet zu haben.

«Meinst du Gauffridy, den …»

«Ja, genau den. Ich habe ihn in seiner Bibliothek getötet. Er ist inmitten seiner verbotenen Bücher gestorben. Das war sein Fehler, sein großer Fehler. Er war es, der mich auf den falschen Weg geführt hat.»

«Und Roger Flor?»

«Er … er musste sterben, damit niemand das Geheimnis erfährt.»

Fouad Al-Sakka war ein methodisch veranlagter Mensch. Nach kurzem Überlegen ergaben sich für ihn zwei Hypothesen. Entweder war Caëtani bereits im Wahn, oder er sagte die Wahrheit und dann … der Mediziner holte tief Luft … dann …

«Welches Geheimnis?»

«Das der Assassinen», kam wispernd die Antwort.

Abermals fuhr Al-Sakka zusammen. Die Assassinen! Seine Miene verfinsterte sich. Als er noch am Hof des ägyptischen Sultans gewesen war, hatte allein dieser Name für Angst und Schrecken gesorgt. Aus Angst, dass ein Mitglied der Sekte anwesend sein und im nächsten Moment zuschlagen könnte, hatte man den Namen stets nur hinter vorgehaltener Hand geflüstert.

«Ich habe mich mit ihnen verabredet, damit Guillaume de Beaujeu das Kreuz erhält.»

«Welches Kreuz?», fragte der Chirurg erstaunt.

«Das, welches der Winkel errechnet. Das, wo Himmel

und Hölle aufeinandertreffen und sich verlieren! Das, wo Teufel und Gott dasselbe Gesicht haben.»

Fouad Al-Sakka begann zu zittern und wusste nicht, was er tun sollte. Der Verwundete sprach in Rätseln, im Wahn. Er versuchte, ihn zu beruhigen.

«Hab Vertrauen in Gott, Bruder. Er allein wird dich von deinen Sünden und Qualen befreien. Beichte alles, was du weißt, und du wirst ins Paradies kommen.»

Plötzlich begann Caëtani Blut zu spucken. Seine Hand zuckte. Das Ende war nahe.

«Das Geheimnis … das Geheimnis … an der linken Schläfe … zwischen Ohr und Augenbraue … zeichne dort, wo sich zwei Zahlen treffen … das Kreuz, und in der Mitte …»

Fasziniert beugte sich Al-Sakka vor, um den Sterbenden besser zu verstehen.

«… und in der Mitte … errichtest du …»

Caëtanis Hand zuckte nicht mehr, als er den Mund noch einmal öffnete und mit letzter Kraft hervorstieß: «… die erste, die nördliche Säule!»

## 82
Brasilien
Bundesstaat Bahia
Residenz

Der ebenfalls weißgekleidete Mestize verneigte sich respektvoll vor Marcas.

«Ich heiße Caetano. Willkommen in der Residenz, Senhor Marcas», sagte er mit sanfter Stimme auf Französisch mit portugiesischem Akzent. «Wenn Sie mir bitte folgen wollen. Sie werden zum Frühstück erwartet.»

Bei näherer Betrachtung wirkte der Mann kräftiger, als Marcas zunächst angenommen hatte. Unter seinem T-Shirt zeichneten sich beeindruckende Muskeln ab.

«Wo sind wir?», erkundigte sich der Kommissar sofort. «Warum hat man uns fortgebracht? Ich bin Polizist, und Sie machen sich gerade strafbar.»

Der Mestize lächelte breit, als würde Marcas ihm eine lustige Geschichte erzählen.

«Dazu kann ich Ihnen nichts sagen, Senhor, aber sicher klärt sich alles im Frühstücksraum. Die junge Dame wird ebenfalls dorthin kommen.»

Im Flur vor dem Zimmer waren Schritte zu hören.

«Antoine?», rief Aurélia de Crécy und stand auch schon im Türrahmen. «Ich sterbe vor Hunger, Sie nicht?»

Zum Überlegen blieb ihm keine Zeit, sie hatte ihn bereits am Arm gegriffen, und gemeinsam folgten sie nun dem Mestizen. Sie stiegen eine Treppe zwei Etagen hinauf und gingen dann einen Korridor entlang, bis sie auf einen verglasten Balkon kamen, wo etwa ein Dutzend runde Tische fürs Frühstück gedeckt waren. Der Ausblick auf das türkisfarbene Meer war grandios. Der obere Teil der Verglasung war getönt, um das Sonnenlicht zu filtern, und eine Klimaanlage sorgte unauffällig für frische Luft. An der naturweißen, kahlen Wand neben der Fensterfront fiel Marcas ein großes rotes Tatzenkreuz ins Auge. Das gleiche, das sie bei der Loge Kadosh Kaos gesehen hatten. Mitten auf dem Balkon war ein großes Buffet mit Obst und diversen exotisch aussehenden Speisen aufgebaut. Der Mestize bat sie an einen Tisch, an dem drei Stühle standen.

«Bitte bedienen Sie sich am Buffet. Gern bereiten wir

Ihnen Eier mit Speck zu. Kaffee, Tee oder was immer Sie trinken mögen, gibt es natürlich auch.»

Aurélia de Crécy setzte sich. Marcas tat es ihr gleich. Langsam begann er zu verstehen, was der Ausdruck «Goldener Käfig» bedeutete.

«Warum keinen Champagner? Schließlich sind wir Ehrengäste. Haben Sie den nicht im Angebot?», fragte er ein wenig gereizt.

«Champagner zum Frühstück, du hast einen interessanten Geschmack, lieber Marcas», rief hinter ihm eine männliche Stimme, die der Kommissar sofort erkannte.

Di Licio hatte den Frühstücksraum betreten. Er trug ein helles Hemd zu einem dunklen Anzug und hatte eine Zeitung unter dem Arm. Er ließ sich auf dem dritten Stuhl nieder, gab einem der Kellner ein Zeichen und deutete auf seine Tasse. Anschließend nahm er die Hand der Komtesse und hauchte einen Kuss darauf.

«Du siehst bezaubernd aus. Eine so attraktive Schwester hat es in unserem Orden schon lange nicht mehr gegeben. Was man von dir nicht gerade behaupten kann, Antoine. Du müsstest dich dringend rasieren. Du wirkst ein wenig ungepflegt.»

Aurélia de Crécy antwortete Di Licio mit einem Lächeln, sah ihn dabei aber eindringlich an.

«Wir erwarten eine Erklärung, warum wir entführt wurden!»

«Langsam, langsam. Ihr macht lediglich eine kleine Reise, um diesen traumhaften Ort kennenzulernen. Das ermöglichen wir allen Initiierten der Loge Kadosh, und meines Wissens hat sich noch nie jemand darüber beschwert. Freunde stellen uns einen Privatjet zur Verfügung, der für diese kleinen Unternehmungen sehr hilfreich ist.»

«Dafür hätten Sie uns aber nicht bewusstlos schlagen müssen», unterbrach ihn die Komtesse.

«Warum wir das tun, werdet ihr zum gegebenen Zeitpunkt herausfinden. Es ist eine schmerzhafte, aber notwendige Phase. In einigen Tagen werden sich alle Fragen von selbst klären, und ihr werdet die Freude haben … Ich verrate es lieber noch nicht.»

«Wo sind wir?», fragte Marcas, während er sich Kaffee einschenkte.

«In Brasilien, genauer gesagt im Bundesstaat Bahia, ein Dutzend Kilometer nördlich der Stadt Salvador de Bahia. Eine wunderschöne Gegend. Von euren Zimmern müsstet ihr eigentlich den Strand gesehen haben.»

Der Mestize stellte eine große Schüssel mit geschnittenem Obst vor Di Licio ab: saftige Mangos, goldene Ananas, knallrote, dicke Kirschen, rosafarbene und weiße Guaven, dunkelviolette glänzende Açaí.

«Die Açaí kann ich nur empfehlen, sie stammen von einer Amazonas-Palme und werden auch ‹weinende Früchte› genannt. Ernährungswissenschaftlern zufolge hat kein pflanzliches Produkt mehr Antioxidantien. Das sind Substanzen, die, wie ihr wisst, vor dem Altern schützen.»

«Danke, dass du dich um unsere Gesundheit sorgst. Sind wir hier in einem Templer-Ferienclub?»

Während sich Di Licio die Früchte schmecken ließ, trank Aurélia de Crécy in kleinen Schlucken Tee und ließ ihn nicht aus den Augen.

«Eine nette Idee. Die muss ich mir merken. Ihr habt das Privileg, euch im Hauptsitz unserer Loge zu befinden. Kadosh Kaos hat sich, genau wie die Freimaurerei, von der sie einige Elemente übernommen hat, in mehreren Ländern angesiedelt, wie ihr noch feststellen werdet. Und für Brasilien hat sich die Loge diesen traumhaften Ort ausgesucht.»

«Ich habe in meinem Zimmer das Porträt eines Mannes mit Umhang gesehen, das aus dem 19. Jahrhundert zu stammen scheint …?», erkundigte sich Marcas neugierig.

«Bei mir hängt auch so eins», bestätigte die Komtesse. «Wer ist das?»

Di Licio legte sein Besteck hin und tupfte sich die Lippen mit einer Serviette ab.

«Frühere Führer unseres Ordens … Auch darüber werdet ihr zu gegebener Zeit mehr erfahren. Im Moment genügt es zu wissen, dass es Kadosh Kaos seit mehreren Jahrhunderten gibt und ihr jetzt das Privileg habt dazuzugehören.»

Marcas hatte das Gefühl, dass der Historiker Di Licio mit ihnen spielte.

«Sind wir Gefangene?»

Di Licio brach in Gelächter aus.

«Nicht im Geringsten, ihr könnt euch frei bewegen. Der Strand ist einzigartig. Caetano kann euch durch einen Teil der Residenz führen. Sie ist so groß, dass nicht einmal ich sie ganz kenne. Schließlich befinden wir uns in Brasilien, wo alles überproportional ist.»

«Und wenn ich zum Beispiel Lust hätte, rauszugehen, um mir Salvador de Bahia anzuschauen? Wäre das ein Problem?», fragte die Komtesse betont unschuldig.

Di Licio schob seinen Stuhl zurück und erhob sich.

«Seid nicht misstrauisch, Freunde. Ich wiederhole, ihr seid keine Gefangenen. Caetano begleitet euch gern auch in die Stadt, wenn ihr es wünscht, aber empfehlen würde ich es nicht … noch nicht.»

«Warum nicht?»

«Ihr leidet noch unter dem Jetlag, und womöglich wirkt

auch die Initiation noch etwas unangenehm nach. In einigen Tagen ist nichts gegen einen solchen Ausflug einzuwenden. Für heute stehen ohnehin einige medizinische Standard-Untersuchungen auf dem Programm.»

Marcas und Aurélia de Crécy horchten auf.

«Was für Untersuchungen?»

Di Licio blickte ungeduldig auf die Uhr.

«Nichts Schlimmes, aber ich muss jetzt wirklich los. Euer Termin ist in einer Viertelstunde in unserem Medizinischen Zentrum. Wenn ihr mit dem Frühstück fertig seid, wird man euch abholen.»

«Kann ich meine Familie anrufen?», wollte die Komtesse noch wissen. «Sie machen sich bestimmt schon Sorgen.»

Die Licio legte ihr eine Hand auf die Schulter.

«Natürlich, am Nachmittag kannst du mit ihnen sprechen», sagte er und klang verbindlich. «Ich würde dich lediglich um ein wenig Diskretion bitten, was deinen Aufenthaltsort angeht. Mit eurer Zugehörigkeit zu der Loge geht – wie bei allen Geheimbünden – eine gewisse Verschwiegenheit einher. Noch einmal, nichts ist verboten, ich bitte euch nur um ein wenig Geduld.»

Marcas biss von seinem Croissant ab, das es mit dem aus der Bäckerei bei ihm um die Ecke durchaus aufnehmen konnte.

«Und wenn ich nach Frankreich zurückwill?»

«Du bist ein freier Mann, also wird dir sofort ein Flug Bahia–Paris gebucht. Dafür erwarten wir, dass du das, was du gesehen hast, für dich behältst. Das Gleiche gilt für dich, Aurélia. Ich verlange von euch nur, dass ihr zwei Tage bleibt. Danach könnt ihr selbst entscheiden. Hier geschehen außerordentliche Dinge. Genaueres werdet ihr beim Abendessen erfahren, das um Punkt 20 Uhr beginnt. Caetano wird euch etwas Passendes zum Anziehen bringen.»

«Was für außergewöhnliche Dinge?»

Di Licio nahm seine Hand von der Schulter der Komtesse und blickte mit geheimnisvollem Blick in Richtung des Tatzenkreuzes an der Wand.

«Wir werden die Welt verändern.»

## 83
## Château Pèlerin
## Sternsaal
## 6. August 1291

Im Untergeschoss der Burg befand sich der sogenannte Sternsaal, auf dessen Boden ein perfektes Achteck zu sehen war. Traditionsgemäß war er dem ersten Tempel, den der Orden an der Stelle des Salomonischen Tempels im spirituellen Zentrum Jerusalems errichtet hatte, genau nachgebaut. Normalerweise wurden die Türen zu diesem Tempel nur zweimal im Jahr, anlässlich von Initiationen, geöffnet. Nach einem geheimen Ritual wurden die suchenden Knappen in diesem Saal zu Tempelrittern. Aber genau in diesen Saal hatte Pierre de Sivrey Guy d'Aynac und Jacques de Molay bestellt, nachdem er beiden zuvor lange zugehört hatte.

Mit gestutzten Bärten und frischen Kleidern sahen die beiden Ritter inzwischen wieder wie Menschen aus. Fasziniert schauten sie sich im Sternsaal um. Sie selber waren beide in einer kurzen und düsteren Zeremonie in einer französischen Provinzkomturei initiiert worden. So war es bei

Rittern üblich, die schworen, ihr Leben für die Verteidigung der heiligen Stätten Christi zu opfern.

Pierre de Sivrey räusperte sich, und d'Aynac und Molay wandten sich ihm zu und musterten nun den vierten Anwesenden, den Hofchirurgen Fouad Al-Sakka, der ihnen gerade von Sivrey vorgestellt worden war. Letzterer begann zu sprechen.

«Wenn ich euch richtig verstanden habe, hat Roger Flor euch während der Schlacht um Akkon damit beauftragt, Guillaume de Beaujeus Leichnam vom Großen Saal an der Stadtmauer in die Zitadelle des Ordens zu bringen.»

«Ja, Maître», antwortete Molay, dem besonders daran gelegen war klarzustellen, dass sie die Mission erfolgreich beendet hatten.

«Und derselbe Roger Flor hat euch später, während des Sturmangriffs der Ungläubigen auf die Zitadelle, den Befehl gegeben, das Grab des Großmeisters zu öffnen und den Leichnam herauszuholen, den er euch dann erneut anvertraut hat.»

«Ja, und wir haben ihn bis hierher …»

«Ich weiß», schnitt Sivrey ihm das Wort ab. «Ich habe ihn gesehen.»

Al-Sakka, der in der Ecke saß, konnte sich nicht beherrschen. Seine Neugier war zu groß.

«Wie ist es euch gelungen, den Verfall des Körpers aufzuhalten?»

Molay starrte auf den Boden, als hätte er nicht zugehört, doch dafür rührte sich jetzt d'Aynac.

«Das Schiff, das uns zunächst nach Zypern brachte, hat unterwegs in einer kleinen Bucht mit einem Strand festgemacht. Wir haben uns einen großen Sack aus dem Laderaum geholt, den toten Großmeister hineingelegt und den

Sack dann mit Sand gefüllt. Während der gesamten Reise haben wir ihn an Deck in die Sonne gelegt. Mir war aufgefallen, dass sich», Guy d'Aynac räusperte sich, «Tote, die in Sand begraben sind …»

«… besser halten, ist es das?», fragte der Chirurg und beobachtete die Ritter mit wachsendem Interesse.

«Ja.»

Sivrey ergriff wieder das Wort. Diese technisch anmutende Diskussion über den Leichnam des Großmeisters behagte ihm nicht. Den neuesten Berichten der Kundschafter zufolge kämpften sich die Ungläubigen immer weiter vor. In einigen Tagen würden sie vor der Burg stehen. Ihm war daran gelegen, diese Sache so schnell wie möglich zu klären.

«Und Roger Flor hat euch auch noch zwei Köpfe anvertraut, die ihr um jeden Preis retten solltet.»

«Ja, er hat zwei Ungläubige geköpft, die uns im Venezianischen Viertel von Akkon gefolgt waren.»

«Es handelte sich um Assassinen», ergänzte Molay, «und sie wurden von einem Italiener, einem gewissen Caëtani, geführt.»

Bei der Erwähnung dieses Namens sahen sich Sivrey und Al-Sakka kurz an. Damit schien das, was der Sterbende dem Chirurgen gebeichtet hatte, zu stimmen.

«Wie war der Name? Caëtani?», fragte Al-Sakka noch einmal nach.

«Ja. Roger Flor zufolge hieß der Italiener so, der mit den beiden Assassinen unterwegs war», bestätigte d'Aynac.

Abermals betrachtete Pierre de Sivrey die beiden Ritter, die der Zufall zu ihm geführt hatte. Er hatte sie seit ihrer Ankunft genauestens beobachtet. Molay wirkte von Tag zu Tag deprimierter und fingerte nervös an seinem Kittel. Ein guter Soldat, dachte Sivrey, aber einer, der Schwierigkeiten hatte, sich an eine Welt zu gewöhnen, in der alles immer schlechter wurde. Ganz anders reagierte d'Aynac, der wie gemacht für undurchsichtige Vorgänge und heikle Situationen zu sein schien. Doch bei genauerer Betrachtung hatte er bisweilen zu viel Feuer im Blick, als wäre er tief in seinem Inneren doch unsicher. Dieser Mann war gefährlich und vor allem auf seinen eigenen Vorteil bedacht.

Sivrey beschloss, mit der Wahrheit nicht hinterm Berg zu halten: «Dieser Caëtani, von dem ihr sprecht, ist hier.»

## 84

Issy-les-Moulineaux
Studio von Omnium TV

Die beiden anderen Wachleute zögerten keine Sekunde und übermannten den Vorstandsvorsitzenden der Stone Corporation, der keinerlei Widerstand leistete.

«Ich habe mein Versprechen nicht gehalten. Deine Rattenfresse hat nichts abgekriegt. Aber deine Bauchmuskulatur kannst du vergessen, Gorilla», höhnte Victor Léandre und beobachtete, wie sich der Wachmann, dem er einen Schlag in die Magengrube verpasst hatte, mit zusammengebissenen Zähnen wieder aufrichtete.

«Nein, halten Sie den Mund …!», kreischte die Pressesprecherin.

Eine blonde Frau im Kostüm kam angelaufen.

«Was ist hier los?»

«Nur ein Missverständnis», rief der Kommunikationschef.

Einer der Wachleute nahm die Frau beiseite und erzählte ihr, was vorgefallen war. Sie runzelte die Stirn und musterte Léandre. Dann gab sie leise Anweisungen, worauf die Leute vom Sicherheitsdienst den Chef der Stone Corporation losließen. Die Frau wandte sich an ihn.

«Ich bin Carola Guecha und bei Omnium TV für PR zuständig. Verzeihen Sie bitte den Zwischenfall, Monsieur Léandre. Wenn Sie mir jetzt bitte in die Maske folgen würden.»

Léandre setzte ein triumphierendes Lächeln auf und klopfte dem Wachmann, den er angegriffen hatte, auf den Rücken.

«Nichts für ungut! … Aber Sie sollten an Ihren Reflexen arbeiten. So kommt man weiter im Leben: Schläge einstecken, damit man das nächste Mal besser austeilen kann.»

Der kräftige Mann warf ihm einen bösen Blick zu, während er seine Krawatte zurechtzog. Martinet reichte ihm seine Karte.

«Rufen Sie mich morgen an … damit wir Sie entschädigen können», sagte er verlegen lächelnd. «Unser Chef ist im Moment ein bisschen gestresst, nehmen Sie es nicht persönlich.»

«Das wird euch teuer zu stehen kommen», zischte der Wachmann und griff nach der Karte.

Carola Guecha führte Léandre und sein Kommunikations-Team durch eine Drehtür in einen langen Korridor, von dem Büros mit gläsernen Trennwänden abgingen.

«Hier entlang. Wenn Sie in der Maske gewesen sind, geht es dort in den Aufnahmebereich, wo ich mit Ihren Mitarbeitern in einem Raum neben dem Studio auf Sie warten werde. Die Sendung dauert ungefähr vierzig Minuten. Danach würden unser Chefredakteur und die Marketingchefin Sie gern bei einem Glas Champagner begrüßen.»

«Natürlich», antwortete Léandre, «Ich möchte ohnehin gern mit ihnen über die Vergabe von Werbeblocks fürs nächste Jahr reden.»

Die Stone-Pressesprecherin, die hinter ihrem Chef ging, flüsterte ihrem Kollegen Martinet ins Ohr: «Léandre macht mir Angst. Hast du sein sadistisches Lächeln gesehen, als er den armen Kerl geschlagen hat?»

«Vergiss es und tu so, als hättest du nichts bemerkt. Im Moment sollte man sich bei der Stone Corporation besser still verhalten. Es gibt Gerüchte, dass Leute entlassen werden», flüsterte der Kommunikationsleiter. «Ich muss meine Eigentumswohnung noch die nächsten zwölf Jahre abbezahlen und habe nicht vor, das mit Arbeitslosengeld zu tun.»

Inzwischen fühlte sich Victor Léandre wieder viel besser. Seinem Trieb nachzugeben hatte ihm gutgetan, aber Doktor Yarker würde er besser nichts davon erzählen. Auf keinen Fall im Affekt handeln, hieß die Regel. Er musste wieder zur Ruhe kommen, um sein Projekt vernünftig weiterplanen zu können.

Eine charmante Brünette empfing sie an einer Tür.

«Ich überlasse Sie jetzt Valérie. Bis gleich», sagte die PR-Chefin des Senders und entfernte sich mit Léandres Kollegen.

Die Brünette führte ihn in einen kleinen Raum voller Spiegel, die über schmalen Tischen mit unzähligen Kosmetikartikeln an der Wand hingen.

Léandre schloss die Augen, während sie sich seinem Gesicht widmete. Abermals rekapitulierte er die einzelnen

Schritte des Plans, den er am frühen Morgen erarbeitet hatte.

Er sah alles klar vor seinem geistigen Auge: In Orly nähme die Sache ihren Anfang. Die Angestellten würden in Bussen zum Flughafen gebracht – alle gut gelaunt, da sie glaubten, dass ihnen ein paar erholsame, sonnige Tage bevorstünden. Dann flögen sie mit zwei Linienmaschinen nach Kairo, wo sie zwei Tage blieben, um die Pyramiden zu besichtigen. Zumindest das konnte er noch für sie tun, bevor sie in die Hölle geschickt wurden. Dann würden sie drei kleinere, eigens für diesen Zweck gemietete Flugzeuge eines ortsansässigen Unternehmens besteigen. Zielflughafen Luxor. Leider würden die drei Maschinen nie ankommen und irgendwo über der ägyptischen Wüste abstürzen. Es würde immens getrauert werden, und der Skandal wäre dem Ausmaß der Katastrophe entsprechend groß. Dann würde sich eine unbekannte islamische Gruppierung zu dem Anschlag bekennen, von der man aber automatisch annähme, sie stünde Al-Qaida nahe.

Ideal wäre, wenn die Leichen nicht allzu zerfetzt wären, sodass man die Särge in einem großen Hangar aufreihen könnte. Siebenhundertvierundzwanzig Särge wie die Zinnsoldaten, alle aus weißem Holz. Davor die in Tränen aufgelösten Familien. Das könnte eine Super-Veranstaltung werden, die von Fernsehsendern aus der ganzen Welt übertragen würde, mit dem Vorstandsvorsitzenden erhaben auf dem Podium hinter einem Mikrophon. Er hielte eine düstere, bewegende Rede. Im Beisein von aufmerksamen Journalisten würde er sogar die Gründung einer Stiftung zur Hilfe von Al-Qaida-Opfern versprechen.

Die Visagistin war fast fertig. Zum Abschluss fuhr sie ihm mit dem Wattebausch übers Gesicht, an den Nasenflügeln hinab und wieder hinauf zu den Schläfen, bis sie mit einer kreisenden Bewegung auf der Stirn endete. Das Gefühl war sehr angenehm, außer an der Schläfe, wo er empfindlich war. Als er die Augen öffnete, blickte er der vor ihm stehenden Visagistin direkt in den Ausschnitt und sah ihre runden, festen Brüste. Sie hatte seinen Blick bemerkt und lächelte verlegen. Einen Moment lang überlegte er, ob er ihr seine Handynummer geben sollte, doch er hatte Wichtigeres zu tun.

«Ich bin fertig, Monsieur Léandre. Viel Erfolg für die Sendung. Danach kommen Sie ohnehin nochmal auf meinen Stuhl.»

«Mit dem größten Vergnügen», konnte er sich nicht beherrschen zu antworten.

Léandre erhob sich. Eine Assistentin wartete bereits, um ihn in den Aufnahmebereich zu bringen. Auf dem Weg dorthin sah er die vielen Leichen vor sich, die bald in der Wüste verstreut lägen.

Im Studio wartete bereits die Moderatorin auf ihn, die er sofort erkannte. Außerdem saßen dort ein Sänger, der eine Hilfsorganisation in Ruanda gegründet hatte, und der temperamentvolle französische Justizminister. Léandre begrüßte alle und setzte sich dann neben die Gastgeberin. Ein Techniker befestigte ein kleines Mikrophon an seinem Revers.

«Worüber werden Sie mich interviewen?», fragte er die Moderatorin. «Meine Sekretärin hat es mir gesagt, aber ich habe es ehrlich gesagt vergessen.»

«Das Thema heißt: ‹Vom Glück zu arbeiten›. In Ihrem Fall geht es um Ihre Angestellten.»

Léandres Gesicht hellte sich auf.

«Wunderbar. Das ist mein Steckenpferd. Nichts bereitet mir mehr Freude als zufriedene Mitarbeiter. Sie sind dann so viel motivierter. Im Moment arbeite ich an einer besonderen Überraschung für sie.»

## 85
Château Pèlerin
Sternsaal
6. August 1291

Als sie hörten, dass Caëtani in der Burg war, sprangen die beiden Templer von ihrer Bank auf. Rachegefühle standen ihnen in die plötzlich verhärteten Gesichter geschrieben. Sivrey hob besänftigend die Arme.

«Entspannt euch. Er ist tot. Aber bevor seine Seele diese Erde verließ, hat er geredet. Mit dem Chirurgen, der hier bei uns ist. Und er hat bemerkenswerte Dinge gesagt.»

Fouad Al-Sakka nickte nur. Er hatte lange gezögert, bevor er um eine Audienz bei Pierre de Sivrey, dem Kommandeur, gebeten hatte – zu obskur und auch gefährlich erschien ihm das, was er gehört hatte. Doch er war schon seit einiger Zeit auf der Suche nach einer Möglichkeit, sein Leben für die Christen wertvoller zu machen. Vielleicht ergab sie sich nun durch Caëtani und das Geheimnis, das dieser ihm anvertraut hatte.

«Caëtani hat zwei Morde zugegeben», begann der Kommandeur. «Er hat sich dazu bekannt, Othon Gauffridy, den Bibliothekar des Templerordens, und meinen geliebten Freund Roger Flor umgebracht zu haben.» Sivreys Stimme zitterte. Ganz deutlich spürte er den Geist des Katalanen Flor im Sternsaal. Dann fing er sich wieder. Sentimentalität war jetzt fehl am Platz.

«Er hat es in beiden Fällen getan, um ein Geheimnis nicht ans Licht kommen zu lassen. Das Geheimnis der Assassinen.»

Kurz war es still, doch dann begann Guy d'Aynac den Raum mit großen Schritten zu durchmessen und dabei laut zu reden. Bis zu diesem Moment hatte in seinem Kopf ein heilloses Durcheinander geherrscht, doch plötzlich begann er klarzusehen.

«Ein Geheimnis … ein Geheimnis, dem Gauffridy versuchte auf die Spur zu kommen und hinter dem auch Roger Flor her war, und das folglich mit Guillaume de Beaujeus Leichnam und den Köpfen der Assassinen zu tun hat, die Flor uns anvertraut hat. Ist das so?»

Sivrey sah zu Al-Sakka hinüber, der jedoch noch immer keine Anstalten machte, selbst das Wort zu ergreifen. Offenbar wartete er darauf, dass der Kommandeur selbst den wahrhaft brisanten Teil übernahm.

«Wahrscheinlich. Zumal dieser Caëtani, am Ende seines Geständnisses und kurz bevor er starb, von Winkelmaß und Zirkel sprach …»

«… aber auch von Augenbrauen, Ohren und Schläfen. Alles Begriffe aus der Anatomie», schaltete sich der Chirurg nun doch mit klarer Stimme ein.

«Ein Geheimnis, das wir auf jeden Fall herausfinden müssen», rief d'Aynac aufgeregt.

Molay hingegen war nicht überzeugt. Was er soeben gehört hatte, schien ihm des Templerordens nicht würdig zu sein. Er dachte an die Stunden, die er betend in der Krypta vor Guillaume de Beaujeus Grab verbracht hatte. Da er sich geschworen hatte, ein Ritter zu sein, der seinem Ideal treu blieb, richtete er sich jetzt ruckartig auf und wandte sich an Pierre de Sivrey.

«Maître, ich höre nur noch von Zweifeln und Verdacht, Fabeln und Mysterien. Das muss ein Ende haben. Ich vertraue auf Eure Weisheit und will mich Euren Anweisungen beugen. Was gibt es zu tun?»

Die Antwort kam von Al-Sakka. Er zeigte auf die blutbefleckten Säcke und sagte:

«Wir müssen sie öffnen.»

## 86
## Brasilien
## Bundesstaat Bahia
## Sitz der Hilfsorganisation

Die Obdachlosen, die auf dem Mercado Modelo aufgelesen worden waren, bekamen Infusionen mit Beruhigungsmitteln und Flüssignahrung. Sie lagen in Betten in einem Raum, der Platz für ungefähr zwanzig Personen bot. Die Pfleger hatten sie gewaschen und umgezogen. Wenn sie nicht so mager gewesen wären, hätte man sie für Patienten einer ganz normalen Klinik halten können. Zwei Männer in weißen Kitteln gingen an den Fußenden der Betten entlang und sahen sich die Ergebnisse der Blutuntersuchung an. Die Proben hatte man gleich nach ihrer Ankunft genommen.

«Wir können nur zwei von ihnen behalten, die anderen beiden sind in allzu schlechter Verfassung», sagte der ältere der beiden Männer, der einen weißen Bart hatte und eine Brille trug.

«Der Alkohol und der Klebstoff haben sie zugrunde gerichtet. Das wird immer schlimmer. Das letzte Mal war es auch schon so, die meisten haben nicht einmal mehr verstanden, was man ihnen gesagt hat. Vollkommen benebelt. Die braucht man gar nicht erst durch den Scanner zu schicken», stimmte sein Kollege ihm zu.

In dem fensterlosen Raum hing der Geruch von Desinfektionsmittel. Der Mann mit der Brille machte ein Handzeichen in Richtung der in einer Ecke befestigten Kamera.

«Die beiden Unbrauchbaren bitte in die Ambulanz bringen, wo sich die Tagesschicht um sie kümmern kann. Wir müssen sie ein wenig aufpäppeln und dann in die Hände des Sozialdienstes geben. Bereiten Sie die Unterlagen für die Übernahme des Sorgerechts vor. Die beiden anderen können wir vielleicht für die neuen Tests brauchen. Wo ist eigentlich Anna?»

«Sie ruht sich aus, nachdem sie die ganze Nacht unterwegs war. Sie ist eine unglaublich effiziente Frau. Von ihrer Sorte bräuchte man mehr. Die Loge wäre gut beraten, auf sie achtzugeben», erwiderte der Jüngere.

«Keine Sorge, die Loge weiß, wie vielversprechend sie ist. Ich muss sie heute Abend vor der Zeremonie unbedingt sprechen. Sagen Sie den Krankenschwestern, dass sie die Routinekontrollen durchführen und Platz schaffen sollen. Es ist noch eine andere Mannschaft unterwegs. Sie war in Porto Seguro und müsste im Laufe der Nacht wieder eintreffen. Hoffen wir, dass ihre Ausbeute besser ist.»

Die beiden Männer verließen den Raum und ließen die armen Menschen zurück, deren Schicksal gerade besiegelt worden war.

## 87
Château Pèlerin
Lazarett
6. August 1291

Fouad Al-Sakka mochte es bequem. Der Raum, in dem er seine Forschungen durchführte, sein Anatomiesaal, war fast gemütlich. Die kahlen Wände waren mit langen Stoffbahnen behängt. In das zum Hof hinausgehende Fenster war eine nachtblaue, in Bleiglas gefasste Scheibe eingesetzt, und in allen vier Ecken sorgten Harzkerzen für die Beleuchtung. Als Sivrey diesen Raum des Lazaretts betrat, von dessen Existenz er bis dahin nicht gewusst hatte, nahm er all diese Details erstaunt wahr. Da er erst seit kurzem im Château Pèlerin war, kannte er bei weitem nicht alle Ecken der Festung, an der jahrhundertelang gebaut worden war. Und er bezweifelte, dass die Sarazenen, die dabei waren, die Küste systematisch zu zerstören, ihm Zeit lassen würden, sie zu entdecken.

Seit der Chirurg vorgeschlagen hatte, den Leichnam und die beiden Köpfe aus Akkon genauer anzuschauen, fürchtete der Kommandeur, dass diese Untersuchung Ungeheuerliches zutage bringen könnte. Folglich hatte er Molay und d'Aynac erst einmal auf ihre Kammern geschickt. Allerdings fühlte sich Sivrey ein wenig besser, seit er den makellos eingerichteten Raum betreten hatte. Nicht ein Instrument mit spitzer Klinge war zu sehen und kein einziger Blutspritzer. Selbst der lange Eichentisch, der den Raum fast zweiteilte, wirkte harmlos. Als würde im nächsten Moment ein Festessen darauf serviert werden.

Fouad Al-Sakka erschien durch eine niedrige Tür, die hinter einem Wandteppich verborgen war. In jeder Hand trug er einen der Köpfe, die auf den ersten Blick aussahen wie zusammengeflickte Beutel, an denen Blut und Dreck klebten.

Mit Schwung ließ er sie nacheinander auf den Tisch rollen, bevor er sie aufrecht vor sich hinstellte.

Die Gesichtszüge waren schlaff und nicht mehr zu erkennen. Die Augen waren in die Höhlen gesunken. Das Haar fiel büschelweise aus.

Sivrey wich angewidert zurück, was der Chirurg nicht zu bemerken schien.

«Ich habe eine erste Untersuchung durchgeführt. An der Haut war nichts Auffälliges zu erkennen.»

«Und das bedeutet?»

Ein gieriges Lächeln machte sich auf Al-Sakkas Gesicht breit.

«Ich werde das Fleisch vom Knochen abschälen müssen.»

Dem Kommandeur stockte der Atem.

«So wie man einen Handschuh auszieht.»

Nachdem der Chirurg seine Arbeit erledigt hatte, waren die Köpfe nicht mehr als die von Menschen zu erkennen. Das Haar lag auf dem Boden, und der Tisch war mit hart gewordenen Hautfetzen übersät. Darüber hinaus hatte Al-Sakka mit entschlossener, fast eleganter Bewegung nach und nach kleine gelbliche Stapel aus Muskeln und Nerven angehäuft.

Sivrey war zwar angewidert, hatte aber die ganze Zeit stoisch zugesehen.

Der Chirurg trat einen Schritt zurück, um sein Werk zu betrachten.

«Eure Arbeit bewundern könnt Ihr später! Jetzt untersucht die Schädel!», forderte Sivrey streng.

«Selbstverständlich, Maître.»

Zunächst sah sich Fouad Al-Sakka die linke Schläfe an, die Stelle, wo, Caëtani zufolge, die nördliche Säule errichtet werden sollte, um sich Zugang zum inneren Tempel zu verschaffen.

Behutsam strich er mit dem Finger an der entsprechenden Stelle über einen der Schädel. Doch er spürte nichts, keine Unebenheit oder bemerkenswerte Delle. Er strich erneut darüber, noch immer fiel ihm nichts auf.

Das sei die erste Säule, hatte Caëtani gesagt.

Einen Moment lang betrachtete der Chirurg die Haut- und Fleischabfälle auf dem Tisch. Vielleicht wurde die Spitze des Zirkels doch nur durch das Fleisch gestochen und erreichte den Knochen gar nicht? Dann war es logisch, dass er nichts fühlte.

Er nahm sich den anderen Schädel vor und begann seine Untersuchung der linken Schläfe dieses Mal mit geschlossenen Augen, um etwaige Veränderungen der Oberfläche besser wahrzunehmen. Bei jedem Niveauunterschied, wie klein er auch sein mochte, hielt er inne, um erneut mit dem Finger darüberzufahren.

Er strich, tastete, fühlte.

Vergeblich.

## 88
## Brasilien
## Bundesstaat Bahia
## Residenz

Mit Wucht krachte die Welle auf ihn nieder, während er auf dem Weg zurück an den Strand war. Marcas verlor fast das Gleichgewicht, bevor er erneut unter Wassermassen begraben wurde. Seit Jahren schon hatte er sich nicht mehr von der Brandung durchwirbeln lassen. Aus den Augenwinkeln sah er Aurélia de Crécy, die elegant im Hohlraum einer Welle auf ihrem kleinen Surfboard dahinglitt.

Er spürte, wie sich seine Muskeln vor Erregung zusammenzogen, was seit Ewigkeiten nicht mehr vorgekommen war. Der Gegensatz zwischen der Kraft der Sonne, die bereits hoch am Himmel stand, und dem wunderbar erfrischenden Wasser verhalf ihm zu neuem Leben. Er fühlte sich wie neugeboren. Eine fast zwei Meter hohe Welle baute sich vor ihm auf. In dem Moment, als sie über ihm zusammenbrach, tauchte er mit so viel Schwung unter ihr hindurch, dass er selbst überrascht war. Er spürte die Macht des Sogs über sich und schnappte nach Luft. Seine Sinne waren wie erweitert, die Farben kamen ihm intensiver vor und die Geräusche lauter, während das Salz ihm fast Nase und Gaumen verbrannte. Er bedauerte, dass er sich in den letzten Jahren nicht mehr Urlaub gegönnt hatte. Als er aus dem Wasser lief, bemühte er sich um einen betont sicheren Schritt, stieß sich aber prompt die Zehen an einem Stein. Doch er spürte keinen Schmerz, zu sehr war er damit beschäftigt, seine Schicksalsgenossin beim Surfen zu bewundern. Das schlechte Gewissen gegenüber seinem Sohn, der zu dieser Zeit im regnerischen Paris hinter den schmucklosen Mauern des Lycées Carnot pauken musste, wurde immer größer. Wenn Pierre wüsste, dass sein Vater sich gerade an einem menschenleeren brasilianischen Strand vergnügte, wäre er sicher neidisch.

Marcas setzte sich auf sein warmes Badetuch, das auf dem weißen Sand ausgebreitet lag, und blickte aufs Meer. Wenn er schon für einige Tage in Brasilien festsaß, musste er wenigstens das Beste daraus machen. Zum Glück war er nicht nach Grönland oder Russland verschleppt worden.

Er dachte an die medizinische Untersuchung am Morgen. Sie hatten ihm eine beruhigende Röntgenaufnahme von seinem Schädel gezeigt. Die Routineuntersuchungen waren ebenfalls gut gelaufen. Er hatte sich noch nie so fit gefühlt, wahrscheinlich lag es am Klima. Beim Anblick seines Spiegelbildes in den Räumen des Arztes hatte er sogar wieder Lust bekommen, Sport zu treiben, denn er hatte einen kleinen Bauchansatz entdeckt. Sonst achtete er nie so genau darauf, doch jetzt konnte er sich seinen Körper plötzlich gut mit ein wenig ausgeprägteren Muskeln im Schulter- und Brustbereich vorstellen. Wegen seines Bauchansatzes hatte er ein wenig gezögert, ob er wirklich mit Aurélia de Crécy zum Strand gehen sollte. Zumal die Komtesse eine Top-Figur hatte und im Bikini umwerfend aussah. Auf dem Weg zum Strand hatte er sich sogar bei dem ein oder anderen erotischen Gedanken ertappt.

Lebendig. Er fühlte sich lebendig. Kein Adjektiv hätte seinen Zustand besser beschreiben können. Seine Haut war allein durch die Wärme der Sonne getrocknet. Er cremte sich mit der Sonnenschutzlotion ein, die ihm die Krankenschwester nach der Untersuchung gegeben hatte.

«Soll ich dir den Rücken eincremen? Ich glaube, als Schicksalsgenossen können wir uns ruhig duzen.»

Er hatte Aurélia de Crécy nicht kommen hören. Sie stand vor ihm und schüttelte sich das Wasser aus den Haaren.

«Gern – eincremen und duzen. Ich wusste gar nicht, dass du surfen kannst.»

«Habe ich schon länger nicht mehr gemacht. Aber im Moment habe ich eine unbändige Energie, was mich selbst erstaunt. Eigentlich komisch, als ich in Di Licios Schlösschen ankam, hatte ich gerade eine Grippe hinter mir.»

Sie legte sich bäuchlings auf ihr Handtuch. Wassertropfen liefen ihr die Wirbelsäule hinab bis zum Rand des weißen Bikinihöschens. Marcas konnte nicht anders, als auf ihren Po zu starren und sich vorzustellen, sie zu berühren. Er rechnete nach, dass es fast drei Wochen her war, seit er zum letzten Mal Sex gehabt hatte.

*Antoine, beherrsch dich. Du musst am rauen, unbehauenen Stein deiner Triebe arbeiten. Bring deinen Testosteronspiegel wieder auf Normalstand. Begib dich zum Orient der Ruhe und Ausgeglichenheit*, beschwor er sich selbst mit verballhornten Freimaurerregeln. Herrgott, aber wenn ich doch vor Lust sterbe und ihr am liebsten sofort den Bikini vom Leib reißen und sie nehmen würde?

«Gibst du mir die Sonnencreme?», fragte sie.

«Äh, ja … klar», stammelte Marcas und reichte ihr die schwarze Flasche. «Wie kommst du eigentlich zu diesem Vornamen … Aurélia?»

Sorgfältig cremte sie ihm den Körper ein.

«Mein Vater ist ein großer Bewunderer der Werke Gérard de Nervals. Kennst du ihn?»

Marcas tat so, als würde er sich über sich selbst ärgern. «‹Ich bin der Dunkle, der Witwer, ohne Trost, der Fürst von Aquitanien› …. *El Desdichado … Reise in den Orient* und natürlich *Aurélia*. Darauf hätte ich auch selbst kommen können!»

Er wandte den Blick vorsichtshalber von der Komtesse ab, um keine Erektion zu riskieren. Dieser Aufenthalt in Brasilien hatte einen seltsamen Effekt auf ihn, alles war so viel intensiver. Ihm gelang es sogar zu verdrängen, dass er demnächst einen Bericht über diese eigenartige Loge abliefern musste – sofern er lebendig entkam. Er ließ den Blick über das Meer schweifen und erblickte eine schwarze Yacht, so elegant wie ein Raubvogel, die sich schnell der Bucht näherte. Eine Flagge, die Marcas als die Panamas identifizierte, flatterte am Heck. Ein Stück vom Anleger entfernt wurde sie langsamer.

«Wir bekommen Besuch», sagte Aurélia de Crécy, die sich aufgerichtet hatte.

Leise pfiff er durch die Zähne.

«Die ist mindestens sechzig Meter lang, hat zwei Brücken und sieht brandneu aus. Dieses Spielzeug kostet locker um die neunzig Millionen Dollar.»

«Gehörst du einem freimaurerischen Yachtclub an?», fragte die Komtesse mit Ironie in der Stimme.

«Nein, aber oft haben die Käufer der Gemälde großer Meister ein Faible für solche Boote. Wir haben neulich in meiner Abteilung, die für Kunstraub verantwortlich ist, einen kleinen Einführungskurs in die beliebtesten Statussymbole mafiöser Russen bekommen. Ein Kollege hat uns einen detaillierten Vortrag über die Vorlieben gewisser Oligarchen gehalten.»

«Vielleicht ist sie gemietet?»

«Möglich, aber für mindestens zweitausend Euro pro Tag.»

Das Surren eines Elektroautos wurde in der Nähe hörbar, und es dauerte nicht lange, bis sie ein kleines weißes Fahrzeug auf Schienen zum Anleger fahren sahen. Im selben Moment startete ein ebenholzfarbenes Schnellboot von der Yacht und preschte in Richtung Anleger.

Marcas und Aurélia de Crécy erhoben sich, um die Insassen zu erkennen. Hinter dem kleinen weißen Auto tauchte ein zweites auf und fuhr in dieselbe Richtung.

«Vielleicht sollten wir uns schnell umziehen. Es ist gut möglich, dass wir den Gästen in der Residenz vorgestellt werden», überlegte Marcas.

Seine Neugier war kaum zu bändigen, seit er die Luxusyacht entdeckt hatte. Sie nahmen ihre Handtücher und machten sich auf den Weg zurück zur Residenz. Dennoch beobachteten sie, wie das Schnellboot anlegte und sechs Personen, die meisten von ihnen Männer, ausstiegen. Die Person, die die Neuankömmlinge in Empfang nahm und ihnen die Hand schüttelte, erkannte er auf den ersten Blick: Di Licio. Die Gruppe begab sich zu den kleinen Autos, während die Mannschaft des Schnellboots das Gepäck auslud. Plötzlich tauchte ein blaues Flugzeug über der Bucht auf und drehte ein Looping. Marcas und Aurélia de Crécy beobachteten, wie die Maschine schnell sank, um offensichtlich auf dem Grundstück des Anwesens zu landen. Sie flog einige hundert Meter an der Residenz vorbei und verschwand dann aus ihrem Sichtfeld.

«Riesen-Yacht, Privatjet, die Mitglieder der Loge gönnen sich alles», stellte die Komtesse fest und legte eine Hand über die Augen, damit sie nicht geblendet wurde.

«Genau das beunruhigt mich», antwortete der Kommissar.

## 89

Château Pèlerin
Lazarett
6. August 1291

Bei den beiden rechten Schläfen hatte der Chirurg mehr Glück. Eine winzige Erhebung im Schädel verriet, dass an jener Stelle – womöglich erfolgreich – versucht worden war, durch den Knochen zu bohren.

«Glaubt Ihr, dort ist ein richtiges Loch?», erkundigte sich Sivrey.

«Um das zu wissen, müsste man … alles, was sich noch an Gehirnresten im Inneren des Schädels befindet, herauskratzen.»

Die Antwort lähmte den Kommandeur. Sofort stellte er sich die entsprechenden Handgriffe vor und bekam weiche Knie. Als hätte Al-Sakka Sivreys Vorbehalte gespürt und wollte sich daran weiden, setzte der Arzt zu einem chirurgischen Vortrag an: «Es gibt drei Möglichkeiten, das Gehirn zu entfernen. Die schnellste ist, den Schädelknochen aufzusägen und das Hirn zu entnehmen. Eine klare, saubere Angelegenheit mit einem Nachteil: Beim Sägen riskiert man, Spuren einer vorherigen Schädelöffnung zu zerstören. Und da es genau jene Spuren sind …»

«Hört auf», keuchte Sivrey, der bei der Erwähnung der Säge an das fürchterliche Geräusch denken musste, das sie verursachte.

«Zweite Möglichkeit: Man geht über den Hals vor. Da er bereits abgetrennt ist, vereinfacht es die Sache. Entfernen muss man lediglich noch den Kehlkopf, die Zunge, die …»

«Und wie macht man es dann mit dem Gehirn?», unterbrach ihn der Kommandeur, der sich immer schlechter fühlte.

«Je nachdem, in welchem Zustand es sich befindet, schneidet man es in Scheiben und kratzt die Reste, die unweigerlich noch an der Schädelwölbung kleben, mit einem Schaber aus. Aber auch hier besteht das Risiko, mögliche Beweise zu zerstören, nach denen wir suchen.»

«Ihr habt von drei Möglichkeiten gesprochen.»

Der Chirurg betrachtete Sivreys aschfahles Gesicht und

verkniff sich ein Lächeln. Diese Kreuzritter waren wirklich zartbesaitete Naturen.

«In der Tat, und diese dritte Methode werde ich anwenden. Zuerst bohre ich die Nasenhöhlen bis zum Gehirn auf und gieße dann ein natürliches Lösungsmittel hinein. Dann braucht man nur noch zu warten, dass die Zeit ihr Übriges tut. Nach zwei Stunden ist das Gehirn zu einem leicht bitteren Sirup geworden.»

Erstaunt sah Pierre de Sivrey den Chirurgen an.

«Und woher weiß man, dass der Sirup bitter ist?»

Al-Sakka tat überrascht.

«Aber irgendwie muss man ihn doch herausbekommen.»

«Und wie soll das funktionieren?»

Der Chirurg verzog den Mund zu einer abscheulichen Grimasse.

«Indem man ihn aufsaugt, natürlich!»

## 90
Paris
Boulevard Raspail

Langsam, aber sicher wurde er wütend. Er war kurz davor, sich von der Couch zu erheben und die Praxis zu verlassen, um nie wiederzukommen. Dabei hatte alles so gut angefangen. Er hatte Doktor Yarker seinen einzigartigen Plan vorgestellt, wie er siebenhundertvierundzwanzig Angestellte auf einmal auslöschen würde. Alles war durchdacht und berechnet, um jegliche Unwägbarkeit auszuschließen. Der Orden brauchte nur noch grünes Licht zu geben, dann konnten die Saboteure angeheuert werden, was angesichts der üppigen finanziellen Mittel des Ordens eine reine Formalität war.

Nie zuvor hatte jemand eine Tötungsaktion in diesem Ausmaß geplant. Nachdem er seinen Plan vorgestellt hatte, war er auf die begeisterte Reaktion des Therapeuten gespannt gewesen. Doch nichts dergleichen folgte.

Stattdessen hatte Doktor Yarker seine Brille abgenommen, sich die Lider massiert und ihm hochmütig eine Lektion erteilt.

«Victor, Sie schießen weit über das Ziel hinaus. Indem Sie sich entschlossen haben, die Lehre des Ordens zu absolvieren, verpflichten Sie sich, die einzelnen, lange erprobten Schritte genau einzuhalten. Sie haben erst einen einzigen Mord auf dem Konto, und nun wollen Sie gleich siebenhundertvierundzwanzig auf einmal begehen. Das geht nicht. Ganz abgesehen von dem logistischen Aufwand für so eine Aktion.»

«Warum?», hatte Léandre überrascht gefragt. «Haben Sie auf einmal Skrupel?»

«Seien Sie nicht albern, ich versuche, an Ihre Intelligenz zu appellieren. Verstehen Sie denn nicht, dass es auf die langsam ansteigende Zahl der Morde ankommt und damit verbunden auf die psychischen Auswirkungen auf Sie, wenn Sie die Tat vollbringen? Sein Opfer eigenhändig zu töten ist dabei ein entscheidendes Element, das bei Ihrem – zugegeben verführerischen – Vorschlag nicht gegeben ist. Deshalb würde ich Ihnen wärmstens empfehlen, davon Abstand zu nehmen und zu vernünftigeren Größenordnungen zurückzukehren. Erzählen Sie mir lieber von dem Ritual. Was haben Sie während des letzten Trips gesehen?»

Gereizt hatte Léandre daraufhin seinen temporären

Übertritt in die andere Welt ausführlich beschrieben: das aus dem Bildschirm hervorquellende Kreuz, den Sog in dem chaotischen und bedrohlichen Universum, den Anblick der Leichenhaufen und schließlich, zum Abschluss, den Schädel. Der Psychotherapeut machte sich Notizen und erläuterte ihm zwischendurch das ein oder andere Detail.

Léandre erzählte nur widerwillig, immer wieder musste er an sein Projekt denken, das einfach abgebügelt worden war.

«Gut, ich bin mit Ihren Fortschritten zufrieden.» Doktor Yarker klappte sein Notizbuch zu und ließ es in eine Schublade gleiten. «Das Ritual scheint Wirkung gezeigt zu haben. Aber es wäre gut, wenn Sie jetzt eine Woche Pause machten. Lüften Sie Ihren Kopf aus, treiben Sie ein wenig Sport, gehen Sie ins Kino und kommen Sie Donnerstag wieder. Dann können wir entspannt über Ihren nächsten Mord sprechen.»

Er bedeutete Léandre, dass die Sitzung beendet war, worauf sich dieser missmutig erhob.

«Ich habe vorgestern einen Ihrer Patienten im Fernsehen gesehen. Jemand Wichtigen.»

«Das wundert mich nicht, die Mitglieder des Ordens werden mit Bedacht ausgewählt.»

«Manchmal frage ich mich, wie viele Leute dem Orden wohl angehören.»

Der Psychotherapeut legte lächelnd einen Finger auf die Lippen.

«Diskretion ist eine der vielen Tugenden unserer Loge.»

Léandre mochte es nicht, wenn Yarker ironisch wurde und ihn wie ein Kind behandelte. Ihn, den Chef eines der größten Unternehmen Frankreichs. Er war schließlich nicht irgendwer.

«Und wenn ich direkt mit dem Meister darüber spreche?», versuchte er es trotzig erneut.

«Worüber denn?»

«Über mein Projekt.»

Doktor Yarker spielte mit den Bügeln seiner Brille.

«Sie haben sich da in etwas hineingesteigert», sagte er streng. «Natürlich ist es Ihnen freigestellt, aber ich würde mich wundern, wenn er anders reagierte als ich. Er war es, der die Methode erarbeitet hat, dass sich alles langsam entwickeln muss. Außerdem hält er sich im Moment im Ausland auf. Also vergessen Sie es. Bis Donnerstag.»

Der Psychotherapeut schüttelte dem Vorstandsvorsitzenden der Stone Corporation die Hand und begleitete ihn bis zur Tür des Behandlungszimmers. Nachdem er noch beobachtet hatte, wie Léandre seinen Helm nahm und dann missmutig die Praxis verließ, wandte sich Henry Yarker an seine Assistentin.

«Verschieben Sie meinen nächsten Termin bitte um eine Viertelstunde.»

«Aber es ist die Fernsehmoderatorin.»

«Egal, und stellen Sie keinen Anruf durch. Unter keinen Umständen.»

Nachdem er die Tür hinter sich geschlossen hatte, eilte er zu seinem Schreibtisch, nahm den Telefonhörer ab und wählte eine Nummer. Das typische Knacken in der Leitung bei Auslandsgesprächen war zu hören. Jemand nahm den Hörer ab.

«Yarker am Apparat. Wir haben ein Problem. Léandre verhält sich nicht nach Plan. Er will den Prozess unbedingt beschleunigen.»

«Das ist ärgerlich», sagte die Stimme. «Er ist schon der Dritte in diesem Monat. Wie hoch ist das Risiko?»

«Er hat sich in den Kopf gesetzt, siebenhundertvierundzwanzig Angestellte seiner Firma zu ermorden, damit ihn der Sozialplan nicht so teuer zu stehen kommt. Er ist vollkommen übergeschnappt, dabei befindet er sich erst ganz am Anfang des Prozesses. Bislang hat er nur ein einziges Mal getötet. Außerdem ist beunruhigend, was er mir über seinen letzten Trip erzählt hat.»

«Inwiefern?»

«Er hat den Totenkopf gesehen. Normalerweise geschieht das erst viel später. Er rast in einem angsterregenden Tempo durch die einzelnen Etappen. Sein Mordtrieb entwickelt sich für meinen Geschmack ein wenig zu schnell.»

Am anderen Ende der Leitung herrschte Schweigen, weshalb der Psychotherapeut erneut das Wort ergriff: «Was sollen wir tun?»

«Im Moment nichts. Aber wir erhöhen die Anzahl der Leute, die ihn überwachen.»

«Der letzte Bewerber mit ähnlichem Profil ist in der Psychiatrie gelandet, nachdem er seine ganze Familie mit der Axt erschlagen hat. Auch er hatte den Totenkopf gesehen. Und vergiss nicht den durchgeknallten Börsenhändler, der seiner Bank einen Schaden in Milliardenhöhe zugefügt hat. Er hielt sich für unbesiegbar. Wir hatten größte Schwierigkeiten, dass er nicht mit uns in Verbindung gebracht wurde.»

«Na und … Wir finden neue Leute, aber auf Léandre habe ich immer gesetzt. Du weißt, dass es nicht eilig ist. Dennoch hast du recht, dass sein Sozialplan zu einem ungünstigen Zeitpunkt kommt. Aber ich habe eine andere Idee. Ich könnte ihn in einem anderen Unternehmen gut gebrauchen, das wichtiger für den Orden ist. Wir werden unseren ungestümen Victor befördern. Und was den Rest angeht, hoffe ich, dass unsere Hoffnungen nicht enttäuscht werden ...»

## 91
## Château Pèlerin
## Lazarett
## 6. August 1291

Gerade war Guillaume de Beaujeus Leiche gebracht worden. Lange betrachtete Pierre de Sivrey die zusammengeschrumpfte Mumie, zu der der ehemalige Großmeister geworden war. *Vanitas vanitatis*. Das war alles, was von dem Mann übriggeblieben war, dessen Name auf allen Schlachtfeldern des Orients berüchtigt gewesen war – ein runzeliges Stück Haut, bei dem die Knochen durch das getrocknete Fleisch hindurchschienen.

Mit einer Handbewegung bedeutete er Fouad Al-Sakka, sich an die Arbeit zu machen. Da dieser bereits Übung hatte, gelang es ihm, die Haut großflächig entlang eines Schnitts von den Schläfen bis zum Kinn abzulösen. Vorsichtig tastete er jedes Stück nach dem kleinsten Hinweis ab, doch das Gesicht des Großmeisters hatte während der abenteuerlichen Reise nach seinem Tod sehr gelitten. Überall waren Stoßeinwirkungen festzustellen. Auch hier würde der Chirurg das Fleisch entfernen und den Schädelknochen untersuchen müssen.

Die Aufgabe war jedoch leichter zu bewerkstelligen als bei den beiden Assassinen, denn die getrocknete Muskelmasse ließ sich viel besser entfernen. Die Oberfläche des

Schädels glänzte und schien makellos. Nachdem Fouad Al-Sakka die Stirn sowie die Umgebung der Augenhöhlen und des Kiefers freigelegt hatte, begann er mit dem Schaber, das knorpelige Gewebe über dem Ohr zu lösen. Er arbeitete präzise, wobei er jedes neu zugängliche Stück Schädel mit dem Finger abtastete.

Und er fand, was er suchte.

Wie bei den Assassinen stieß er auf dieselbe Eigentümlichkeit: ein winziges durch den Knochen gebohrtes Loch im Schädel.

Bei Guillaume de Beaujeu war die Bohrung sogar von außen deutlich sichtbar. Al-Sakka rief Sivrey zu sich und zeigte ihm seinen Fund.

«Genau wie bei den Assassinen», stellte der Kommandeur fest, nachdem er einen kurzen Blick auf den Schädel geworfen hatte.

«Ja, ein Loch zwischen dem Ohr und der rechten Braue.»

Mit zusammengebissenen Zähnen beugte sich Sivrey noch einmal über den Kopf des ehemaligen Großmeisters.

«Was schließt Ihr daraus?»

Al-Sakka überlegte, was er noch von Caëtanis Geständnis wusste und was die Untersuchungen der drei Schädel ergaben.

«Die Assassinen verwenden offenbar einen Zirkel, den sie an einer bestimmten Stelle an der linken Schläfe ansetzen, um damit einen Punkt an der rechten Schläfe festzulegen. Jeder Punkt wird durch das, was Caëtani *Zahlen* nannte, definiert …»

«Und das Winkelmaß?»

«Damit wird wahrscheinlich Maß genommen, um genau zu bestimmen, wo die Zirkelnadel einritzen soll. An der Stelle, an der sich die beiden Linien treffen, wird …»

«Was wird dort?»

Al-Sakka wurde nicht gern bei seinen anatomischen Ausführungen unterbrochen, aber er ließ es sich nicht anmerken.

«Dort wird ein winziges Loch durch die Schädeldecke gebohrt, und …»

Dieses Mal stellte Pierre de Sivrey keine Frage.

«… und man erreicht das Gehirn.»

Der Kommandeur und der Chirurg saßen nebeneinander und starrten auf die Schädel vor sich, die sich durch nichts mehr unterschieden. Die unbändige Neugier der Lebenden hatte sie entstellt, lange bevor der Verfall sein Werk vollenden konnte. Man hatte ihnen die Haut aufgeschlitzt und das Fleisch abgerissen. Wofür?

Sivrey schien in Gedanken versunken, während sich Al-Sakka seine Schlussfolgerungen noch einmal durch den Kopf gehen ließ. Wenn es ein Geheimnis gab, dann war es so lange nicht gelüftet, wie man die Zahlen nicht wusste, das heißt die genaue Stelle, wo man den Zirkel an der linken Schläfe ansetzen musste: die Stelle, wo sich die nördliche Säule erheben würde.

Das Klopfen an der Tür riss sie aus ihren Gedanken. Ein Knappe trat ein, der außer Atem war und ein hochrotes Gesicht hatte.

«Maître … es gibt Neuigkeiten …»

«Ist ein Schiff angekommen?», fragte Sivrey.

Der Knappe versuchte zu antworten, musste aber erst einmal nach Luft schnappen.

Der Kommandeur sprang auf, hielt nach seinem Schwert Ausschau, das er beim Hereinkommen abgelegt hatte, und rief:

«Verstärkung, endlich!»

Die Miene des Knappen verfinsterte sich.

«Maître … bitte …», murmelte er.

«Oder etwa nicht?», fragte Pierre de Sivrey nervös, während er sich den Gürtel umlegte.

«Es … es ist kein Schiff.»

«Wie?»

Der Kommandeur packte den Knappen am Kragen, sodass dieser würgte.

«Die Sarazenen! Sie stehen vor den Toren der Festung.»

## 92
## Brasilien
## Bundesstaat Bahia
## Residenz

Marcas und die Komtesse gingen in der Residenz in Richtung ihrer Zimmer. In der Halle hatte man ihnen bereits die Handtücher abgenommen und einen Fruchtcocktail angeboten. Da sie keinen anderen Gästen begegnet waren, hatten sie beschlossen, erst einmal duschen zu gehen, zumal der Mestize ihnen von seinem Chef ausgerichtet hatte, dass sie sich um 15.30 Uhr für eine wichtige Zeremonie im Tempel der Residenz bereithalten sollten. Bis dahin waren noch fast eineinhalb Stunden Zeit. Erstaunlicherweise waren beide von dem ausgiebigen Bad im Meer überhaupt nicht müde, sondern angenehm entspannt.

Marcas folgte der Komtesse die Treppe hinauf und konnte nicht anders, als heimlich ihre erstklassige Figur zu bewundern. Er fand sie so attraktiv, dass er kaum noch an etwas anderes denken konnte. Als er den zarten blonden Flaum in ihrem Nacken bemerkte, hätte er sie am liebsten geküsst. Er war wie besessen – er wollte mit ihr schlafen, so einfach war das. Vor dem Zimmer des Kommissars verlangsamte Aurélia de Crécy den Schritt ein wenig, sodass er sie unwillkürlich berührte.

Sie drehte sich um und sah ihn mit glühenden Augen an. Er war schlecht rasiert, doch das machte ihn nur noch männlicher. Sie wollte, dass er sie in seine Arme schloss und ihr mit ernster, sinnlicher Stimme etwas ins Ohr flüsterte. Dass seine starke Hand über ihren Nacken strich und dann entschlossen zu ihrer Taille hinabgleiten würde. Er sollte sich wie ein Mann benehmen. Sogar ein wenig brutal durfte er sein.

Für den Bruchteil einer Sekunde sahen sie sich an, dann nahm Marcas ihr Gesicht so fest in die Hände, dass er sich selbst wunderte, und küsste sie. Sie erwiderte seinen Kuss, noch wilder und heftiger als er. Dann zog er sie an sich und stieß seine Zimmertür auf. Sie waren so versessen aufeinander, als hätten sie seit Jahren keinen Sex mehr gehabt. Er liebkoste sie an allen erdenklichen Stellen ihres Körpers, doch sie wehrte sich und warf ihn überraschend energisch aufs Bett. Ihre gierige Zunge drang in seinen Mund ein; sie auf sich zu spüren, fast das Gefühl zu haben, von ihr dominiert zu werden, erregte ihn nur noch mehr. Er erkannte sich nicht wieder, das sexuelle Verlangen übermannte ihn und mischte sich mit einem ihm bis dato unbekannten Bedürfnis nach physischer Gewalt, das nicht mehr zu kontrollieren war. Er packte sie an den Haaren und schlug ihr mit der freien Hand auf den Po. Sie lächelte, als wäre nichts gewesen, und drückte sich, erregt von der Grobheit dieses Mannes, den sie kaum kannte, an ihn. Dann zog sie Marcas links und rechts über den Schläfen mit beiden Händen ebenfalls an den Haaren. Sie wollte ihn lieben und ihn gleichzeitig leiden sehen. Und er sollte sie leiden lassen, während er sie nahm. Kurz hatte sie einen Anflug von Scham, der jedoch sofort wieder verschwand. Erneut küsste sie ihn leidenschaftlich. Dieser erotische Kampf gefiel ihr. Sich an seiner unrasierten Haut zu reiben und das Salz des Meeres zu schmecken, elektrisierte sie förmlich. Als sie Marcas' Hand zwischen ihren Beinen spürte, durchflutete sie ein wohliger Schauer. Sie richtete sich auf und gab ihm eine schallende Ohrfeige. Schon immer hatte sie Lust gehabt, sich ihren Liebhabern gegenüber so zu verhalten, hatte es bislang jedoch noch nie gewagt. Jetzt hielt sie jedoch nichts mehr zurück, sie wollte ihm wehtun. Und sie wollte, dass er sich rächte, indem er in sie eindrang. Er richtete sich ebenfalls auf, drückte sie aufs Bett und legte sich auf sie.

Marcas war schweißgebadet. Er spreizte ihre Beine, die sie zusammenzuhalten versuchte, fand aber schließlich den ultimativen Zugang.

«Ja», flüsterte sie ihm ins Ohr, während er in sie hineinstieß, genauso grob, wie sie es sich erhofft hatte.

Wieder riss sie ihn an den Haaren und zog dabei seinen Kopf hoch. Ihre grünen Augen schienen ihn förmlich zu durchbohren. Keuchend bewegte er sich auf ihr.

Sie krallte sich an ihm fest und drehte den Kopf dann brüsk zur Seite. Er nutzte die Gelegenheit, leckte ihr mit der Zunge über die Haut und kitzelte mit der Spitze ihr Ohr. Sie fühlte sich seiner Macht vollkommen ausgeliefert. Ihr Lustgefühl steigerte sich unweigerlich, und sie spürte, dass sie einen Orgasmus haben würde, wenn er so weitermachte. Kurz hielt er inne, um sie anzusehen, doch als sie ihn anschrie, er möge nicht aufhören, drehte er sie, ohne sich zurückzuziehen, auf die Seite, winkelte ihr Bein an und setzte seine stoßenden Bewegungen fort. Sie spürte ihn noch tiefer in sich, was unerträglich wurde. Gellend schrie sie vor Lust. Doch es war nicht ihr Schreien, das seinen Orgasmus auslöste, sondern ihr irrer Blick, als wenn sie das Bewusstsein verlöre. Für den Bruchteil einer Sekunde, in dem Moment, als er sich aus ihr zurückzog und sich über ihr ergoss, sah er ein rotes Kreuz vor sich und ... einen Totenkopf.

## 93
Château Pèlerin
6. August 1291

Die ersten Truppen des Sultans hatten bereits Position bezogen. Dahinter wirbelten Staubwolken von den Hängen herab – ein ununterbrochener Strom Verstärkung kam auf die Burg zu.

Mit den Ellbogen auf die Brüstung des Encise-Turms gestützt, blickte Sivrey auf die sich nähernde Masse. In der Ferne erkannte er schwere Kriegsmaschinerie. Die Katapulte und Belagerungstürme waren so zahlreich, dass sie eine dunkle Mauer bildeten. Der Kommandeur spürte, wie die Anspannung um ihn herum stieg. Keiner der Ritter sagte etwas, wie hypnotisiert starrten alle reglos auf die riesige Welle, die bald auf sie niedergehen würde.

Fouad Al-Sakka hatte nie Zeit gehabt, über seinen eigenen Tod nachzudenken. Durch die Tür des Anatomiesaals hörte er seine Gehilfen aufgeregt hin und her rennen, Schreie und Flüche drangen zu ihm, bisweilen meinte er sogar ein mit vor Angst zitternden Stimmen gesprochenes Gebet zu vernehmen. Er selbst glaubte an keinen Gott und machte sich keine Illusionen, was die Unsterblichkeit seiner Seele anging. Die drei Köpfe vor ihm waren dafür Beweis genug. Nach dem Tod kam nichts, rein gar nichts! Der Chirurg ließ sich auf einen Stuhl fallen. Abermals betrachtete er die Schädel, die er so eingehend untersucht hatte. Ein Gefühl der Vergeudung, aber auch der Ungerechtigkeit machte sich in ihm breit. Er würde sterben, ohne das Rätsel gelöst zu haben, ohne die Wahrheit zu kennen. Seltsamerweise quälte ihn diese finale Niederlage mehr als die Angst vor dem eigenen Tod.

An der Tür war ein Klopfen zu hören.

«Magister, macht auf!»

Hoffnungsvoll eilte Al-Sakka zur Tür und entriegelte das Schloss. Er hatte darum gebeten, einen Priester zu sprechen. Vielleicht konnte er das Rätsel doch noch lösen. Ein zerzaust aussehender Gehilfe trat ein und stammelte: «Er … er ist gerade eingetroffen.»

Gemessenen Schrittes ging der Chirurg durch den Saal, in dem die Verwundeten lagen. Eine seltsame Stille herrschte hier. Der Priester kniete neben einem Bett und nahm eine Beichte ab. Als er Al-Sakka kommen hörte, drehte er sich um und erhob sich. Der Gottesmann war bereits ziemlich alt, und das Aufstehen bereitete ihm Mühe.

«Ah, Magister …», sagte er und legte dem Arzt die Hand auf die Schulter, «… da seid Ihr ja! Ihr seid nicht davon überzeugt, dass ich etwas bewirke, oder? Schließlich müht Ihr Euch ab, diese Elenden zu retten, sie auf Erden zu behalten. Dabei gibt es nur ein einziges wahres Leben. Und um dorthin zu gelangen, muss man sterben. Ich komme, um die Seelen dieser sterbenden Körper zu retten, um ihnen Gottes Erbarmen zu schenken, ihnen ihre Fehler zu vergeben. Von nun an gehören sie mir.»

Al-Sakka wollte etwas antworten, doch der Priester fuhr bereits fort:

«Ihr versteht mich, oder? Die Seele ist es, die behandelt werden muss …»

Verständnislos sah der Chirurg den Priester an.

«… denn nun wird sie bald, in der Beichte gereinigt, durch die Säulen ins Paradies eintreten.»

Fouad erstarrte.

«Habt Ihr *Säulen* gesagt?»

Der Priester sah ihn überrascht an.

«Ja, die Säulen, die am Eingang zum Paradies stehen. Die südliche …»

«Und die nördliche?» Die Stimme des Chirurgen überschlug sich fast.

«Ja, aber warum …»

Al-Sakka sah dem Priester in die Augen.

«Ich flehe Euch an! Mit diesen Säulen, ist mit ihnen zufällig eine *Zahl* verknüpft?»

«Aber sicher, ihre Größe.»

«Und die wäre?»

«Erstes Buch der Könige, 7. Kapitel, Zeile 15», begann der alte Mann. «Am Salomonischen Tempel, der das Sinnbild des Paradieses ist, stehen zwei Säulen, und man sagt, dass jede von ihnen achtzehn Ellen hoch ist. Aber es handelt sich nur um eine symbolische Zahl!»

Den Rest hörte Al-Sakka nicht mehr. Er war bereits auf dem Weg zurück in den Anatomiesaal.

## 94
Brasilien
Bundesstaat Bahia
Residenz

Nach ihrem leidenschaftlichen Schäferstündchen waren Marcas und Aurélia de Crécy aneinandergeschmiegt liegen geblieben und hatten sich zärtlich geküsst – in scharfem Kontrast zu der vorhergehenden Brutalität. Sie wechselten kein einziges Wort, denn beiden war bewusst, dass sie wie besessen gewesen waren und sich von einer riesigen Welle der Lust hatten mitreißen lassen. Sie waren verlegen und selig zugleich. Die Komtesse war schließlich aufgestanden und leise in ihr Zimmer gegangen, um sich frisch zu machen.

Nachdem sie geduscht hatte, zog sie wieder ihr weißes Leinenkleid an und legte den Templerumhang um. Als sie Marcas anschließend in seinem Zimmer abholte, musste er lachen.

«Warum lachst du?»

«Weil ich mir gerade vorgestellt habe, dass du unter deinem Umhang nackt bist und ich dich nochmal nehme …»

«Wäre einen Versuch wert», antwortete sie neckisch, «aber vorher sind wir noch mit unseren Brüdern und Schwestern von den Tempelrittern verabredet.»

Bevor sie aus der Tür traten, zog er sie an der Taille zu sich heran und küsste sie noch einmal zärtlich.

«Danke, das war erstklassig.»

«Ganz meinerseits, mein schöner Tempelritter mit dem Dreitagebart.»

Sie stiegen die Treppe hinab und sahen in der Eingangshalle weitere Gäste, die sich dort bereits versammelt hatten und genauso gekleidet waren wie sie. Dennoch kamen sie sich in ihrem Aufzug, der nicht in das brasilianische Klima der Subtropen passte, ziemlich lächerlich vor. Alle drehten sich zu ihnen um. Marcas erkannte einen Teil der Anwesenden von dem Abend auf Di Licios Landschloss. Doch es waren auch einige neue Gesichter dabei, wahrscheinlich die Gäste, die mit der Yacht und dem Flugzeug gekommen waren. Di Licio unterhielt sich mit gewichtiger Miene mit ihnen und begrüßte den Kommissar und die Komtesse mit einem Kopfnicken. Plötzlich tauchte Paul-Henri Barsac, der ehemalige Innenminister, wie aus dem Nichts auf. Auch er trug den langen weißen Umhang, der ihn erstaunlich schlank machte.

«Schön, euch wiederzusehen, werte Freunde», rief er heiter und begrüßte die beiden mit dem Bruderkuss. «Ich werde mich ein wenig um euch kümmern, da ihr neu seid. Am besten folgt ihr mir mit zwei Schritten Abstand und macht das Gleiche wie ich. Gehen wir.»

Die Gruppe verließ die Residenz und ging einen gewundenen, schmalen Pfad hinauf, der von der Küste wegführte und von einer Mauer gesäumt war. Nach ungefähr dreihundert Metern gabelte er sich, und sie standen vor einer kurz gemähten Wiese. Darauf erhob sich eine majestätische, strahlend weiße Kirche mit einem achteckigen, ungefähr zwanzig Meter hohen Turm. Der Kontrast zwischen dem Weiß der Kirche und dem sanften Grün des Grases verlieh dem Anblick etwas Unwirkliches, als wäre das Gotteshaus dort hingezaubert worden und könnte sich jeden Moment in Luft auflösen. Die ersten Mitglieder der Gruppe betraten die Kirche durch eine Tür an der rechten Seite, an der das Wappen mit dem zweiköpfigen Adler zu sehen war.

«Ich beneide euch», murmelte Barsac seinen beiden Schützlingen zu. «Ihr werdet nun zum ersten Mal die Herrlichkeit des Kreuzes erleben. Während des Rituals müsst ihr nur leise die Worte nachsprechen.»

Als sie sich der Kirche näherten, fiel Marcas auf, dass die beeindruckende, von der Sonne beschienene Fassade anders aussah als bei traditionellen Kirchen. Es gab kein Eingangsportal, stattdessen eine riesige weiße Marmorplatte, die sich vom Boden bis zum Dach erstreckte. Als sie noch näher kamen, glaubte er die Umrisse eines riesigen Tatzenkreuzes in die Platte eingraviert zu sehen, die bei genauerem Hinsehen aus mehreren großen Marmorfliesen zusammengesetzt war.

Der Kommissar und die Komtesse betraten die heilige Stätte. Als sie im Mittelschiff standen, sahen sie sich verblüfft um.

Von innen betrachtet, leuchtete die Mauer atemberaubend schön in einem orangefarbenen Licht, da die Sonne zu dieser Zeit mitten auf den halb transparenten Stein schien. Tausende Marmorierungen, so zart, dass sie die Sonnenstrahlen durchließen, bildeten unzählige Kontraste innerhalb des Orange, als wäre die ganze Platte mit einer übernatürlichen Energie geladen.

Und in der Mitte strahlte mächtig und leuchtend rot das Tatzenkreuz, als hätte es ein Eigenleben. Sein Schatten fiel auf den weißen Steinboden der Kirche, deren Innenraum leer war. Weder ein Altar noch ein Kruzifix oder eine Figur von Jesus, der Jungfrau oder den Heiligen war zu sehen. Die kleinen Fenster, die in regelmäßigen Abständen in die Wände eingelassen waren, zierte ebenfalls das Tatzenkreuz. An der Stirnseite der Kirche dagegen prangte ein riesiges Wappen aus schwarzem Marmor, so düster wie ein Grabstein und eine genaue Nachbildung desjenigen aus dem Landschloss mit den drei Totenköpfen davor. Außer dem Tatzenkreuz war hier kein einziges christliches Symbol zu erkennen.

Plötzlich wurde das Mittelschiff von tiefem Chorgesang erfüllt, der an die gregorianischen Gesänge erinnerte und aus unsichtbaren Lautsprechern schallte. Im Zentrum der Kirche, genau an der Spitze des Schattenkreuzes, war ein zwei Meter langes Rechteck in den Boden eingraviert, in dessen Mitte sich wiederum das Templersymbol befand.

Auf Di Licios Einladung stellten sich alle Kadosh-Templer nebeneinander vor der orangefarbenen Mauer auf und gaben sich die Hand, um eine Kette zu bilden, wie Marcas es auch aus der Freimaurerloge kannte. Er stand zwischen Aurélia de Crécy und Barsac. Den beiden Novizen wurde fast schwindelig angesichts der riesigen Marmorwand, die wie ein Tor zum Paradies wirkte … oder zur Hölle.

Mit fanatischem Blick starrte Di Licio auf das rote Kreuz, als seine Stimme durch den Tempel schallte.

«An diesem Ort und zu dieser Stunde, von Mitternacht bis Mittag, erkläre ich die Tempelarbeit der Loge Kadoh Kaos für eröffnet. Möge die Kette gesprengt werden, damit sie sich neu und verstärkt wieder zusammenfügte. Bruder Seneschall, tretet vor.»

Die Logenmitglieder ließen die Hände sinken, und der Mann, den Marcas als den Pressemogul erkannte, stellte sich an die linke Wand an ein marmornes Pult.

«Seid ihr Kadosh-Ritter?», rief er mit lauter Stimme.

«Ja, das bin ich», antworteten die Templer im Chor.

«Was bedeutet das Wort?»

«Heilig.»

«Welcher Aufgabe soll sich ein Kadosh-Ritter widmen?»

«Der Ritter, der die Schwelle des Todes überschritten hat und in das Heiligtum des Lebens eingetreten ist, soll für die Wahrheit des Kreuzes kämpfen.»

«Wofür steht das Kreuz?»

«Für die Kraft, den Tod, das Leben und die Wahrheit.»

«Brüder und Schwestern, seht die Wahrheit des Kreuzes.»

Der Seneschall stellte sich wieder zurück in die Reihe. Dann erfüllte tosende Orgelmusik anstelle des Chorgesangs den Raum. Die Templer starrten auf das scharlachrote Tatzenkreuz, als wollten sie sich hypnotisieren lassen. Auch Marcas und die Komtesse spürten die Kraft des Symbols, das sie unweigerlich in den Bann zog. Außerdem merkte Marcas, dass die Beule an seiner Schläfe warm wurde.

Das Kreuz wurde größer. Zunächst glaubte der Kommissar an eine optische Täuschung, doch die Arme des Kreuzes weiteten sich mehr und mehr. Er konnte den Blick nicht abwenden, so faszinierend war das Spektakel. Gleichzeitig spürte er in seinem Körper einen unglaublichen Energieschub, der fast genauso stark war wie die sexuelle Erregung, die ihn am Nachmittag in andere Sphären katapultiert hatte. Es war ein unvergleichliches Gefühl von Kraft und Leben. Er fühlte sich stark.

«Ich glaube, ich habe Halluzinationen», sagte er laut, ohne sich darum zu kümmern, ob es jemand hörte.

Während der Freimaurerrituale hatte er sich nie so gefühlt. Nie. Niemals würde er zu diesen langweiligen Zeremonien zurückkehren können. Die Komtesse schien sich in einem ähnlichen Trancezustand zu befinden. Sie murmelte etwas, das er nicht verstand.

Er glaubte zu wanken, obwohl sich sein Körper nicht

bewegte. Alles verschwamm, die leuchtend orange Wand verschwand. Er hatte einen Traum.

Zwei Männer in Templerumhängen trugen einen alten Mann auf einer Trage herbei und legten ihn dann vor seinen Füßen ab. Der alte Mann stöhnte vor Schmerzen.

## 95
## Château Pèlerin
## 6. August 1291

Pierre de Sivrey hatte den Befehl zur Evakuierung gegeben. Jegliche Bemühungen, die Festung zu verteidigen, hielt er für zwecklos. Am Kai lagen noch drei Schiffe, die die Garnison nach Zypern bringen konnte. Die Verwundeten würden sie allerdings zurücklassen müssen, was der Kommandeur noch nicht bekanntgegeben hatte. Zunächst wollte er sicherstellen, dass die Evakuierung gut verlief. Wenn Gott dies überhaupt noch zuließ.

Mit einer Handbewegung bedeutete er dem Knappen, der ihn bis zum Sternsaal begleitet hatte, abzutreten. Er wollte allein sein, um an diesem Ort, an dem so viele Tempelritter initiiert worden waren, zu meditieren. Und um die Entscheidung zu treffen, um die es eigentlich ging.

Im Anatomiesaal machte sich Al-Sakka sofort auf die Suche nach einem Winkelmaß und einem Zirkel. Er benutzte diese Instrumente nicht zum ersten Mal, um anatomische Messungen vorzunehmen, aber er hatte es noch nie so eilig gehabt. Achtzehn. Achtzehn war die *Zahl*. Er nahm das Winkelmaß und maß achtzehn Einheiten ab, dann schnitt er einen Faden in dieser Länge ab. Das Herz klopfte ihm bis zum Hals. Der weiße Faden brannte ihm förmlich zwischen den Fingern. Endlich war er am Ziel.

Währenddessen focht Sivrey einen inneren Kampf. Ihn, der stets für seinen eisernen Willen bekannt gewesen war, quälten schlimmste Zweifel. Sein Gewissen lehnte sich gegen ihn auf. Die wildesten Gedanken gingen ihm durch den Kopf und machten ihn geradezu schwindelig. Doch er wusste, dass es nur Ängste und Phantasmen waren. Moralische Trugbilder, die versuchten, ihn von der Entscheidung abzubringen, vor der er sich so sehr fürchtete.

Al-Sakka unternahm einen weiteren Versuch, auch wenn er sich bereits dachte, dass er wieder falschliegen würde. Der Faden glitt ihm durch die Finger. Er hatte dreißig verschiedene Kombinationen ausprobiert, alle möglichen Winkel. Vergeblich. Doch dann bemerkte er den Fehler. Die *Zahl* war achtzehn. Aber die Frage war, in welcher Maßeinheit?

Trotz des mit der Evakuierung verbundenen Aufruhrs herrschte im Sternsaal Stille. Ein friedlicher Rückzugsort zum Nachdenken. Der Kommandeur saß auf dem Boden und zwang sich, rational zu bleiben, um die Entscheidung abzuwägen. Dennoch kam er stets zu der gleichen fixen Idee zurück. Der aus dem Heiligen Land vertriebene Templerorden würde nur mit Hilfe einer ungeheuerlichen Tat überleben. Doch davon hing die Zukunft ab. Seit er die Schädel gesehen hatte, wusste Sivrey, was zu tun war, ob er wollte oder nicht. Es war ihm sofort klar gewesen. Ihm blieb keine Wahl. Egal, wie hoch die Risiken waren.

Al-Sakka warf das Winkelmaß zu Boden. Ein Täuschungsmanöver steckte dahinter, das war es. Es war nutzlos, wie alles andere auch. Wie der Zirkel. Wie … Al-Sakka verharrte in seiner Bewegung. Noch einmal nahm er den Zirkel und zog die Schenkel weiter auseinander. Auf einer gezackten Scheibe dazwischen konnte man wählen, wie weit man sie öffnen wollte. 15 … 16 … 17 … 18.

Ein letztes Mal ging der Kommandeur in sich. Er zögerte noch immer. Doch dann musste er wieder an Roger Flor denken. Er sah ihn vor sich, wie er blutend, in dem verzweifelten Versuch, den Templerorden zu retten, seine letzten Worte sprach … Die Emotionen übermannten Sivrey, und die Entscheidung war gefallen … endgültig. Sie würden weitere Opfer bringen müssen.

Im Lazarett wurde ein von Schluchzen unterbrochenes Murmeln hörbar. Die Verwundeten, die dazu noch fähig waren, hatten angefangen zu beten. Währenddessen maß Al-Sakka hinter verschlossenen Türen erneut die Schädel ab. Zuerst hatte er es mit einem auf 18 eingestellten Zirkel versucht, doch die Öffnung war nicht groß genug gewesen. Er wollte schon aufgeben, als ihm wieder einfiel, dass Caëtani gesagt hatte, die nördliche Säule sei die erste der Säulen, demnach gab es eine zweite. Und wenn für jede Säule die Zahl 18 galt … musste man die beiden Zahlen addieren. Fieberhaft zog Al-Sakka den Zirkel doppelt so weit auseinander.

Sivrey sprach die letzten Worte des Vaterunsers. Seine Entscheidung war getroffen, doch ruhiger war er auch durch das Gebet nicht geworden. Er wusste, dass er mit dem Teufel spielte und dass man bei diesem Spiel schnell seine Seele verlieren konnte. Doch er war der letzte Würdenträger des Templerordens, der sich noch im Orient befand, und wenn er nicht die Verantwortung übernahm …

Er erhob sich und öffnete die Tür, hinter der ein Ritter Wache stand.

«Man bringe mir Jacques de Molay und Guy d'Aynac», befahl der Kommandeur.

## 96
## Paris
## Montparnasse-Turm
## Sitz der Stone Corporation Frankreich

Seit dem Morgen kursierte ein Gerücht, das sich beim Mittagessen weiterverbreitete. Martinet war es gewesen, der es in Umlauf gebracht hatte: Der Aufsichtsrat wolle Léandre absetzen, nachdem dessen Pläne, eine Reise nach Luxor für ausgewählte Angestellte auf Firmenkosten zu organisieren, bekanntgeworden waren. Niemand hatte es glauben wollen, spontan war eine Sympathiebewegung zur Unterstützung des jungen, dynamischen Chefs entstanden. Nach dem Motto: der geizige Aufsichtsrat gegen den genialen Chef. Kurz vor Feierabend hatte sich sogar der Betriebsratsvorsitzende zu einer E-Mail hinreißen lassen, in der er sich erkundigte, warum der Rat so hart durchgreifen wolle. Léandre hatte sich in seinem Büro verschanzt und war noch immer wütend. Er analysierte genauestens, was passiert war, seit Doktor Yarker seine Pläne durchkreuzt hatte. Er wusste, dass sich die teuflische Maschinerie in dem Moment in Gang gesetzt hatte, als er dem Psychotherapeuten davon erzählt hatte. Da der Vorsitzende des Aufsichtsrats, Laurent de Ramsay, ebenfalls Mitglied der Loge war, hatte Doktor Yarker anscheinend seine Kontakte genutzt und das Ägypten-Projekt gestoppt.

*Feiglinge,* murmelte er immer wieder, während er in seinem Büro auf und ab schritt. Ihm war klar, dass seine Tage bei der Stone Corporation gezählt waren.

Das Telefon klingelte. Seine Sekretärin meldete einen privaten Anruf aus dem Ausland, einen gewissen Di Licio … Er nahm den Anruf sofort an.

«Wie geht es dir, Victor?»

«Bei allem Respekt, ich bin tief gekränkt. Die Loge hat durch euren Mann im Aufsichtsrat meinen Plan zunichtegemacht, und es kursieren Gerüchte, dass ich abgesetzt werden soll.»

«Beruhige dich, deine Idee ist wunderbar, aber sie kommt zu früh. Das war nicht der richtige Moment. Wir werden ganz sicher darauf zurückkommen, aber erst in ein paar Monaten, zu einem Zeitpunkt, an dem sie noch mehr Wirkung zeigt.»

«Und wie sieht es mit meiner Zukunft bei der Stone Corporation aus?»

«Du wirst dich etwas anderem zuwenden müssen. Aber du bekommst ein viel interessanteres Angebot. Ich setze große Hoffnungen in dich … *Non nobis domine …*»

«… *sed nomini tuo da gloriam.* Darauf vertraue ich.»

Er legte auf. Nach wie vor war er verärgert und verließ sein Büro, um für einen Moment frische Luft zu schnappen. Kurze Zeit später stand er im Fahrstuhl und überlegte, was ihm die Loge wohl anbieten würde. Schließlich hatte sie ihm auch den jetzigen Posten verschafft. Auf dem Weg nach unten hielt der Fahrstuhl an, und einige Mitarbeiter stiegen zu ihm in die Kabine. Er erkannte drei Angestellte darunter, die auf seiner Liste für den Todesflug gestanden hatten. Eine von ihnen sagte laut: «Monsieur Léandre, Sie sollen wissen, dass wir alle hinter Ihnen stehen.»

«Cécile hat recht», bekräftigte der Blonde neben ihr. «Wir könnten eine Unterschriftensammlung organisieren. Stimmt es, dass es wegen dieser Reise nach Ägypten ist? Das ist skandalös.»

Léandre lächelte besänftigend.

«Nun ja, ich kann dazu nichts sagen, aber Sie müssen wissen, dass ich an Sie alle glaube, egal, was passiert. Sie alle sind hervorragende Mitarbeiter. Diese Reise nach Ägypten war mein bescheidener Beitrag, unsere guten Erfolge mit den Mitarbeitern zu teilen. Deshalb bedaure ich, dass sie nicht stattfindet. Es ging mir um das Teilen der Werte, die uns verbinden. Meine Zukunft spielt im Übrigen keine Rolle, ich werde zu meiner Hilfsorganisation nach Bahia zurückkehren, um Bedürftigen zu helfen.»

Beim Verlassen des Fahrstuhls verabschiedete er sich noch kurz. Dann machte er sich auf den Weg in Richtung Ausgang.

Victor Léandre trat auf den Vorplatz hinaus und hatte Mühe, ernst zu bleiben. Er biss sich auf die Lippen, um nicht laut zu lachen.

## 97
Château Pèlerin
Sternsaal
6. August 1291

D'Aynac und Molay, die beim letzten Mal vom Anblick des Sternsaals so fasziniert gewesen waren, fanden jetzt, da die älteste Festung des Templerordens den Ungläubigen in die Hände fallen würde, die Pracht nur noch lächerlich. Ohne ein Wort darüber zu wechseln, empfanden beide ähnlich. Doch das war der einzige Punkt, in dem sie sich einig waren. Seit ihrer Ankunft auf dem Château Pèlerin hatte d'Aynacs Nervosität dazu geführt, dass Molay sich immer mehr in sich selbst zurückzog. D'Aynac war rastlos und redete viel. Molay hingegen schwieg. Mehr und mehr verkörperte er die ursprünglichen Tugenden des Templerordens. Streng moralisch handeln und sich dem Willen Gottes fügen.

Jetzt standen sie beide vor dem Kommandeur, der sie schweigend beobachtete, seit sie den Saal betreten hatten. Sivrey versuchte zu erraten, wer von den beiden wohl die letzte Mission annähme, die er ihnen unterbreiten würde. In der Hand knüllte er eine Nachricht zusammen, die er gerade erhalten hatte. Nur wenige Worte waren hastig von Al-Sakka auf das Papier gekritzelt worden. Als er sie gelesen hatte, wurde ihm so schwindelig, dass er glaubte, das Bewusstsein zu verlieren.

Gott hatte ein Zeichen gesandt, ein Wunder war geschehen.

«Werte Brüder, in wenigen Stunden wird es den Templerorden im Orient nicht mehr geben. Ich habe deshalb alle Ritter gebeten, sich sofort auf die Schiffe zu begeben.

Pèlerin wird evakuiert. Und wir werden nicht zurückkehren.»

Der Kommandeur hielt inne, um die Reaktion der beiden Templer auf diese Worte abzuwarten. Doch keiner der Ritter sagte etwas.

«Unser Begründer, Hugues de Payns, hat unseren Orden mit einem einzigen Ziel ins Leben gerufen: das Heilige Land zu schützen. Zwei Jahrhunderte lang haben wir dies getan. Wir haben Blut vergossen, uns geopfert und unsere Seelen Gott dem Allmächtigen anvertraut. Wir haben ohne Unterlass gekämpft, aber heute haben wir den Kampf verloren. Endgültig.»

Abermals verstummte Sivrey. Der Sternsaal wirkte unendlich groß.

«Werte Brüder, ich bin davon überzeugt, dass der Templerorden diese Niederlage nicht überstehen wird. Dennoch darf das, was seine Stärke und seinen Ruhm ausgemacht hat, nicht sterben. Die Tugenden, die aus uns außergewöhnliche Männer gemacht haben, dürfen nicht verschwinden. Uns muss es weiterhin geben, um zu bezeugen, dass wir das normale menschliche Dasein überwinden können. Ein Ideal, das fast allen Menschen, egal ob mächtig oder arm, Angst macht. Den Mächtigen, weil sie fürchten, ihre Macht zu verlieren, und den Armen, weil sie neidisch sind auf die Willensstärke, die sie nicht haben. Glaubt mir, auf dem Gipfel schlägt der Blitz immer zuerst ein.»

Die Ritter zeigten keinerlei Regung, sie waren wie versteinert.

«Um zu überleben, werden wir wohl unser Gesicht ändern, uns unter die anonyme Masse mischen und so die Zeit überdauern müssen. Sterben, um gestärkt wieder aufzuerstehen. Deshalb habe ich euch kommen lassen. Ich habe heute beschlossen, dass einer von euch in dieser Übergangszeit die Rolle eines geheimen Meisters übernimmt. Dieser Meister des Übergangs muss sich …»

Pierre de Sivrey brach ab. Er blickte in die unbewegten Mienen vor sich und zögerte einen Moment … aber er war schon zu weit gegangen.

«Ich habe hier eine Nachricht von unserem Chirurgen Al-Sakka. Er hat das Geheimnis der Assassinen gelüftet. Einer von euch muss es wagen.»

Erschöpft verstummte der Kommandeur.

Einer der Ritter trat einen Schritt vor.

«Maître, ich habe Guillaume de Beaujeus Leichnam in Akkon durch die brennende Stadt geschleppt und seine sterblichen Überreste bis hierher gerettet. Der Orden lebt und wird immer weiterleben. Er kann gar nicht verschwinden, und Ihr könnt nicht in seinem Namen sprechen. Was Ihr von uns verlangt, ist halsbrecherisch und rebellisch. Ich verweigere Euch den Gehorsam.»

Sivrey antwortete nicht und wandte sich stattdessen dem anderen Ritter zu, der nur fünf Worte sprach: «Ich nehme die Aufgabe an.»

## 98
## Brasilien
## Bundesstaat Bahia
## Residenz

Mit irrem Blick krümmte sich der alte Mann auf den Fliesen und hielt sich den Bauch. Sein Gesicht war schmerzverzerrt, Speichel lief ihm über die aufgesprungenen Lippen.

Die versammelten Templer wandten den Blick vom Kreuz ab und starrten auf den Unglückseligen zu ihren Füßen.

Marcas nahm das menschliche Wrack zwar wahr, empfand jedoch keinerlei Mitleid. Er wusste, dass er träumte, dennoch sah er deutlich die Komtesse neben sich, die genauso unbeteiligt wirkte. Sie hatten beide nur ein Bedürfnis: wieder auf das Kreuz zu blicken. Ihre Körper spürten sie nicht mehr.

Der Alte brüllte vor Schmerzen. Ein Mann, der Ähnlichkeit mit Di Licio hatte, ergriff das Wort:

«Der Kadosh-Ritter hat kein Mitgefühl, wenn sich jemand für das Böse entschieden hat. Dieser alte Mann hat zwei Kinder vergewaltigt und ermordet, deren einziger Fehler es war, auf der Straße zu spielen. Er wurde festgenommen, dann jedoch aus Mangel an Beweisen wieder freigelassen. Die staatliche Rechtsprechung hat versagt, die unserer Racheloge hat ihn verurteilt. Das Gift wirkt gerade in seinem Körper, in wenigen Minuten wird er sterben. Habt ihr Mitleid?»

«Nein», antworteten die Templer.

Die Stimmen hallten nach wie ein Echo in einer Schlucht. Marcas wusste nicht mehr, wo er war. Er fühlte sich wie ein Zuschauer, der die Szene unbeteiligt beobachtete. Der alte Mann schluchzte und streckte die Händen nach den Templern aus, um sie in seinen letzten Minuten um Erbarmen anzuflehen.

«Empfindet ihr Hass?»

«Nein.»

«Ihr könnt ihn seinem Schicksal überlassen und eure Aufmerksamkeit wieder dem Kreuz schenken, der Quelle der Erkenntnis.»

Der Greis fuhr hoch, als hätte ihn der Schlag getroffen.

Er reckte den Hals und schien innerlich zu zittern. Dann sank sein lebloser Körper schwerfällig zu Boden. Zufrieden wandte Marcas den Blick wieder dem Kreuz zu. Auch die Komtesse verfiel wieder in den Trancezustand. Die Orgel brauste auf, während die lichtdurchlässige Außenwand den Raum jetzt glutrot färbte. Der alte Mann war verschwunden, der Albtraum hatte sich verflüchtigt. Marcas und Aurélia de Crécy spürten ihre Körper wieder, ihr Blick war ekstatisch.

## 99
## Château Pèlerin
## Lazarett
## 6. August 1291

Al-Sakkas Hände zitterten leicht, als er nach dem Zirkel griff. Am Ende eines jeden Schenkels blitzte eine winzige Metallspitze. Meisterhaft filigran geschmiedete Nadeln, deren sich der Chirurg bei manchen schwierigen Operationen bediente. Langsam öffnete er den Zirkel und bildete eine Einstellung nach der anderen ab.

«Dem Kommandeur habe ich nichts davon gesagt, aber …»

Der reglos auf einem Stuhl sitzende Ritter reagierte nicht.

«Ich habe nachgedacht. Es kann nicht sein, dass dieselbe Gradzahl auf unterschiedliche Schädel zutrifft. Daher muss es zu Fehlern kommen, und die Anzahl der misslungenen Versuche müsste …»

Der Ritter, der die Augen auf die Tür gerichtet hatte

wie auf eine unsichtbare Zielscheibe, beendete den Satz für ihn.

«… sehr hoch sein? Natürlich! Man muss nicht nur die Operation über sich ergehen lassen, um zu erleben, was es mit dem Geheimnis auf sich hat, Gott muss deinen Schädel auch noch so geformt haben, dass er mit der Öffnung des Zirkels übereinstimmt. Das Schicksal ist dafür verantwortlich, ob du zu den Auserwählten gehörst oder nicht.»

«Auserwählt?», hakte Al-Sakka nach, dessen Hand immer stärker zitterte.

«Ja, auserwählt! Und es gibt nur eine Sache, die man tun kann, um zu wissen, ob man dazugehört.»

«Und die wäre?», murmelte der Chirurg und setzte dem Ritter die beiden Zirkelspitzen an den Kopf.

«Pardon, zwei Dinge!»

Die Stimme des Ritters klang schroff.

«Aufhören zu zittern.»

Wie fremdgesteuert umklammerte Al-Sakka die beiden Schenkel des Zirkels.

«Und zustechen!»

Das Brüllen drang durch die Tür und das gesamte Untergeschoss bis in den darüberliegenden Saal, wo die Verwundeten lagen. Doch niemand schenkte ihm Aufmerksamkeit. Das Brüllen aus dem Vorzimmer des Todes gehörte zu den normalen Geräuschen.

Zum ersten Mal in seinem Leben war Al-Sakka ohnmächtig geworden. Als er wieder zu sich kam, war der Ritter aufgestanden. Blut lief ihm aus der Wunde an der rechten Schläfe.

«Ich muss dich verbinden.»

Entschieden hielt ihn der Ritter zurück.

«Nicht nötig.»

«Warum nicht?», fragte der Chirurg besorgt.

«Weil ich nichts spüre.»

Der Ritter nahm den Zirkel, betrachtete die rote Spitze und stieß sie sich dann unvermittelt in die Handfläche.

Al-Sakka wich zurück. Er hatte plötzlich Angst.

«Wer bist du, dass du solche Dinge tust?»

Der Ritter drehte sich um.

«Wer ich bin?»

Der Zirkel flog durch die Luft, dem Chirurgen mitten ins Gesicht.

«Ich bin der Meister des Übergangs.»

## 100
## Brasilien
## Bundesstaat Bahia
## Residenz

Marcas und Aurélia de Crécy folgten der Prozession aus dem Tempel hinaus. Langsam verschwand der Nebel aus ihren Köpfen. Sie hatten das Gefühl, gerade aus einem Traum erwacht zu sein, in dem das prächtige Kreuz eine zentrale Rolle gespielt hatte und der Todeskampf des Alten nur ein nichtiges Detail gewesen war. Sie waren wie benommen.

Die Sonne war noch warm, und der Schweiß lief ihnen unter dem Umhang über die Körper. Paul-Henri Barsac, der am Ende des Zuges ging, beobachtete sie. Das Krächzen bunter Vögel war aus den Bäumen zu hören. Um sie herum strotzte alles vor Leben, und Marcas merkte, dass er die Töne und Farben seiner Umgebung so bunt und klar wahrnahm wie nie zuvor.

Als sie wieder bei der Residenz ankamen, gingen einige hinauf in ihre Zimmer, während sich andere an die Bar setzten. Marcas und Aurélia de Crécy wirkten unentschlossen. Barcas besprach sich kurz mit Di Licio und kam dann auf sie zu: «Werte Freunde, ihr habt euch jetzt wirklich einen Drink verdient, kommt mit. Wir sind euch eine Erklärung schuldig.»

Die drei Franzosen setzten sich an einen Tisch. Ein Kellner brachte ihnen eisgekühlte Caipirinhas in kleinen achteckigen Gläsern. Barsac trank seins sofort zur Hälfte aus und sah sie dann mit väterlicher Miene an.

«Schöner Tempel, nicht wahr? Der Architekt hat dieselben Materialien verwendet wie in der Kathedrale von Lille: extrem dünne Marmorfliesen, die das Sonnenlicht brechen. Wie habt ihr euch gefühlt?»

Marcas wusste nicht, was er sagen sollte. Die Komtesse murmelte: «Es war wie im Traum, ich hatte das Gefühl, mich plötzlich in einer ganz anderen Welt zu befinden, ich war frei und voller fast … flüssiger Energie. Es war wunderschön, ich habe so etwas noch nie zuvor erlebt.»

«Habt ihr noch etwas anderes gesehen?»

Marcas nippte an seinem Caipirinha und stellte das Glas dann wieder auf den Tisch. Sein Mund war trocken, und er musste sauer aufstoßen. Der Drink schmeckte ihm nicht. Er sah auf.

«Ich … ein Mann, ein Greis, ist vor meinen Füßen gestorben. Aber ich war vollkommen gleichgültig. Auch Hass oder Wut habe ich nicht empfunden … Ein Teil von mir empfindet Scham, ein anderer findet es normal. Was habt ihr mit uns gemacht?»

«Ich hatte genau den gleichen Traum», rief die Komtesse. «Und mich hat es auch völlig kaltgelassen, dass er so litt!»

Barsac verschränkte die Arme. Seine geschwungenen Augenbrauen verliehen ihm etwas Ironisches.

«Das kommt vor, keine Sorge. Nachdem ihr in Frankreich bewusstlos geworden seid, hat man euch hierhergebracht, damit ihr euch ausruhen könnt. Der Schlag, den ihr abbekommen habt, hat immer Nachwirkungen, die erst nach einer Weile verschwinden. Die Stelle am Schädel, an der ihr getroffen worden seid, hat die Besonderheit, dass sich dort gewisse Nervenzentren befinden, die für das Zusammenspiel der beiden Gehirnhälften wichtig sind. Ich bin kein Mediziner, aber wenn diese Stelle durch einen exakten Schlag auch nur leicht verletzt wird, öffnet sich anscheinend die Tür zu einem erweiterten Bewusstsein. So habt ihr Zugang zu dem Schönen in Form des Kreuzes gehabt, aber auch zu dem Hässlichen in Form des Todeskampfes dieses Mannes. Wenn ihr in der Lehre des Ordens weiter fortschreitet, werdet ihr noch ganz andere Dinge zu sehen bekommen.»

Marcas spürte, wie ihm schlecht wurde.

«Ich möchte aber nicht auf diese Art mein Gewissen verlieren, ich fühle mich dann verletzlich», beschwerte sich die Komtesse mit zitternder Stimme.

Der ehemalige Innenminister gab dem Kellner ein Zeichen und deutete auf die Gläser.

«Das täuscht! Wir haben euch gestärkt. Jeder von uns hat diese Phase durchgemacht. Nach und nach werdet ihr gewisse menschliche Schwächen ablegen, die euch daran hindern, Fortschritte zu machen. Prost!»

Marcas stand ruckartig auf. Das Gespräch wurde immer absurder. Er blickte von der Komtesse zu Barsac und fragte sich, ob sie beide verrückt geworden waren. Ihm war hundeübel.

«Ich fühle mich nicht gut, bitte entschuldigt mich», stammelte er mit weichen Knien.

«Soll ich dir helfen?», fragte Aurélia de Crécy, doch ihre Stimme klang seltsam unbeteiligt.

Barsac mischte sich ein.

«Das ist normal. Bei einigen Leuten ruft die erste Zeremonie im Tempel eine derartige Reaktion hervor. Deshalb seid ihr ja auch zur Beobachtung in der Residenz, damit man den Schock abfangen kann. Wir werden dich in die Klinik bringen lassen.»

Die Übelkeit übermannte Marcas, und er übergab sich mitten auf den Tisch.

Der Mestize kam herbeigeeilt und fasste ihn an den Schultern, um ihn zu stützen. Ehe Marcas sich versah, saß er in einem der kleinen Elektroautos und wurde weggebracht.

Marcas saß teilnahmslos in dem Auto. Das Gesicht des leidenden Greises tauchte wieder vor ihm auf. Noch immer war ihm nicht klar, ob er die Bestrafung des Mannes nur geträumt hatte oder ob er einer Täuschung zum Opfer gefallen war wie in Di Licios Landschloss. Seine Magenwände zogen sich zusammen, als wollten sie einen Fremdkörper ausstoßen, und in seinem Kopf brodelte es.

«Fahren Sie schneller! Schneller!»

Der Mestize blickte sich lächelnd zu ihm um, sagte aber nichts. Vor einem Bunker, der mit einer metallenen Schiebetür verschlossen war, hielt er an und drückte an einem Pfosten auf einen schwarzen Knopf, woraufhin sich die Tür öffnete. Das Fahrzeug rollte eine kleine Schräge hinab und fuhr dann surrend durch eine schmale Unterführung, in der es feucht roch. Marcas sah Lampen über sich. Fast glaubte er, sich wieder in dem Tunnel in New York zu befinden, der zur Freiheitsstatue führte. Er fühlte sich zurückversetzt in die Zeit, als er dort einen Mörder verfolgt hatte. Er war nicht mehr in Brasilien, sondern unter dem Hudson. Doch er musste zur Vernunft kommen. Schließlich stoppte das Fahrzeug in einer Art Hangar, wo bereits zwei Krankenschwestern mit einer Trage warteten.

Wenige Minuten später lag er allein in einem großen leeren Raum in einem Krankenbett. Erneut zog sich alles in ihm zusammen, und er übergab sich auf das frische Bettzeug. Eine brünette Krankenschwester kam mit einem Glas in der Hand herbeigeeilt und zwang ihn, den Inhalt zu trinken. Er hatte das Gefühl, sein Kopf würde explodieren. Um ihn herum wurde alles schwarz.

## 101

Château Pèlerin
Lazarett
6. August 1291

Der Ritter wollte gerade mit einem der Schädel in der Hand den Raum verlassen, als die Tür zum Anatomiesaal aufgestoßen wurde.

«Hast du es getan? Hast du dir den Kopf durchlöchern lassen, um diesem verdammten Geheimnis auf die Schliche zu kommen … O nein, du hast ja sogar schon …»

Der Templer, der den Raum betreten hatte, deutete auf die am Boden liegende Leiche des Chirurgen. Der Ritter antwortete nicht, sondern wischte sich lediglich mit der rechten Hand das Blut ab, das an seiner Schläfe klebte.

«Und du glaubst, dass ich dem tatenlos zusehen werde? Du und Sivrey, ihr seid verrückt geworden. Durch Roger Flors Hirngespinste habt ihr den Verstand verloren. Ihr seid es, die die wahre Gefahr für den Templerorden darstellt.»

«Lass mich durch, Bruder. Stell dich nicht zwischen mich und mein Schicksal.»

«Nein!»

Der Templer gab den beiden Knappen, die vor der Tür nur schemenhaft zu erkennen waren, ein Zeichen. Im nächsten Moment stürzten sie sich auf den Ritter. Als er auf dem Boden aufschlug, begann die Wunde an seiner Schläfe wieder zu bluten.

«Bindet ihn auf dem Tisch fest.»

Der Ritter spürte die Riemen nicht, die sich in seine Handgelenke schnitten und seine Knöchel zusammenschnürten. Er sah seinen Bruder an, der ihn gerade verriet. Vor seinem geistigen Auge sah er Bilder vorbeiziehen: wie sie gemeinsam Akkon durchquert hatten, in Roger Flors durchwühlter Kammer gestanden hatten, Guillaume de Beaujeus geschändetes Grab … Er sah all dies, doch es berührte ihn nicht. Darüber war er hinaus.

Der Templer beugte sich über ihn.

«Ich müsste dich töten, dich für immer vernichten. Aber ich kann nicht, es gelingt mir nicht, dich so sehr zu hassen. Für mich wirst du immer mein Bruder bleiben, auch wenn du nur noch ein seelenloses Monster bist. Also …» Einen Moment lang versagte ihm die Stimme, «… werde ich tun, was man mit einem Bruder macht, der Verrat verübt hat. Das Gleiche, was Gott mit Kain gemacht hat.» In der Hand der beiden Knappen blitzte eine Klinge auf.

«Damit alle Menschen vor dir fliehen, werde ich dich für immer brandmarken.»

Der erste Schnitt durchtrennte das Gesicht von einer Seite zur anderen. Der zweite schlitzte die Stirn auf und spaltete Nase und Lippen.

Auf dem Gesicht des Ritters entstand ein rotes Kreuz.

## 102
## Brasilien
## Bundesstaat Bahia
## Residenz

Di Licio legte den Telefonhörer auf und sah Barsac nachdenklich an. Durch die offenen Fenster seines Büros in der obersten Etage der Residenz wehte eine leichte, fast frische Brise herein.

«Marcas hat das Medikament bekommen und ruht sich jetzt aus. Wie ärgerlich, ich habe große Hoffnungen auf ihn gesetzt. Aber jetzt zeigen sich bei ihm die gleichen Nebenwirkungen wie bei den anderen Bewerbern letzten Monat, dem stellvertretenden Direktor des Internationalen Währungsfonds und dem Präsidenten dieses Staats, dessen Namen ich immer wieder vergesse.»

Barsac zog an einer Havanna.

«Du weißt, dass der Prozess nicht bei jedem gleich verläuft. Trotz jahrelanger Erfahrung erleidet man hin und wieder eine Niederlage oder muss erkennen, dass man nur mit einer sensibleren Herangehensweise weiterkommt. Professor Cavalcanti hat uns das immer wieder gesagt. Deshalb will er immer mehrere Probanden.»

Di Licio klopfte ungeduldig mit der Hand auf den Tisch.

«Der macht mich langsam nervös. Mehr als einmal sind wir fast erwischt worden. Erinnerst du dich an die Untersuchung, als Präsident Lula an die Macht gekommen ist? Glücklicherweise ist es unseren Freunden von der Militärpolizei gelungen, die Akte zu schließen. General El Regnerez hat übrigens die letzten Prüfungen erfolgreich bestanden. Den Gefangenen, den er am Wickel hatte, hat er ermordet, ohne den bei ihm üblichen Sadismus an den Tag zu legen. Normalerweise müsste er nächste Woche vom Präsidenten zum Stabschef ernannt werden.»

«Und die kleine Blondine, die bei der Global Bank of Hongkong für den Parketthandel verantwortlich ist? Macht sie sich besser als dieser Jüngling aus Paris, wegen dem uns einige Milliarden flöten gegangen sind?»

Di Licio spielte mit seinem Feuerzeug.

«Ja, sie ist sehr begabt. Die Investmentfonds haben drei Millionen Dollar hinzugewonnen, weil sie auf eine Übernahme der von den Brüdern Zambi geleiteten Safrex spekuliert hat.»

«In gewisser Hinsicht ein Insiderhandel unter Initiierten.»

«Sehr witzig … das trifft ja wohl bei allen Rittern der Loge Kadosh zu, oder?»

Barsac lachte laut und zog erneut an seiner Zigarre. Der süßliche Geruch breitete sich in dem Raum aus, während die Schwaden in Richtung Fenster abzogen.

«Unser Seelenklempner hat mir am Telefon ein wenig über den großen Plan dieses werten Léandre erzählt. Irgendwie gefällt er mir, auch wenn sein Sozialplan vollkommen durchgeknallt ist. Eindeutig vielversprechender als dein Marcas, der sich so mädchenhaft anstellt. Willst du Léandre die Sache durchziehen lassen?»

«Nein», antwortete Di Licio, «er wird den Job wechseln. Ich habe Großes mit Victor vor, aber bis dahin ist es noch ein weiter Weg. Wir haben in den letzten Jahrzehnten etwas Beeindruckendes aufgebaut. Und trotz unserer Macht ahnt niemand auf der Welt etwas von der Existenz der Loge.»

«Und sie muss weiter im Verborgenen bleiben. Genau darin liegt unsere Stärke. Manchmal frage ich mich allerdings, ob wir durch die Initiation nicht zu etwas geworden sind, was nicht mehr als menschlich zu bezeichnen ist.»

Di Licio erhob sich und sah ihn eindringlich an.

«Natürlich, denn in gewisser Hinsicht sind wir bereits … tot.»

## 103

La Rochelle
13. Oktober 1307
Sitz des Vogts

Die Männer standen bewaffnet im Gardesaal. Im Kamin brannte ein Feuer. Der Spätherbst war bereits ungemütlich kalt. Einige traten von einem Fuß auf den anderen, um sich zu wärmen, andere bliesen in ihre Hände. Sie waren am frühen Morgen mit der Anweisung geweckt worden, ihre Kampfausrüstung anzulegen. Die wildesten Gerüchte kursierten. Angeblich hatte es einen Aufstand der Bürger gegeben. Andere behaupteten, der englische König habe den Hafen angegriffen. Die erfahrensten Soldaten zuckten nur mit den Schultern. Der Hafen war von der Flotte der Templer besetzt. Fast zwanzig bewaffnete Schiffe, die im Mittelmeer Krieg gegen die Galeeren der Berber geführt hatten, lagen dort. Kein Herrscher würde sich mit einer solchen Armada anlegen wollen, also konnte es sich nur um einen Aufstand oder ein Komplott handeln.

Der Vogt stürmte, gefolgt von seinen Begleitern, in den Saal. Er war groß und wirkte noch steifer als sonst. Er begrüßte weder die Hauptleute noch die Unteroffiziere. Sein Gesicht war fahl. Er hielt eine lange Pergamentrolle in der Hand, an der das rote Seidenband des Königs baumelte. Nach und nach verstummte das Getuschel, und alle Anwesenden blickten auf den Vogt, der die Botschaft fest umklammert hielt. Die Stille im Raum wurde nur vom Knistern des Feuers im Kamin unterbrochen.

«Ich weiß, dass ihr alle unserem König Philipp treu ergeben seid, Soldaten!»

«Möge Gott ihm den Thron erhalten und ihn stets unter seinen heiligen Schutz stellen», antwortete die Truppe im Chor.

Der Vogt nickte zufrieden. Seine Wangen hatten wieder ein wenig Farbe angenommen. Er fuhr fort:

«Viele von euch haben bereits für unseren Herrscher an den Grenzen des Königreichs gekämpft, gegen die Feinde Frankreichs, doch heute …»

Die Stimme des Vogts wurde leiser, als fürchtete er, belauscht zu werden.

«Doch heute sind die Feinde unter uns, mitten in unseren Städten. Sie bedrohen die Stabilität des Königreichs. Sie verunglimpfen die Religion. Sie sind treulose Ketzer!»

Ein Murmeln ging durch die Truppe. Der Vogt hielt die Pergamentrolle hoch, und das rote Siegel, das von den Flammen im Kamin angestrahlt wurde, war für jeden deutlich zu sehen.

«Hier ist der Befehl des Königs!»

Aus dem Murmeln wurden eindeutige Zustimmungsbekundungen.

«Soldaten! Im Namen König Philipps befehle ich euch, alle Templer dieser Stadt festzunehmen und zu verhaften.»

Er machte eine Pause, bevor er weitersprach.

«Und wer Widerstand leistet, wird getötet!»

## Hafenkomturei

«Und?»

Der Ritter kniete vor dem Mann nieder, der ihn verhörte. Auch wenn er dessen Gesicht nicht sah, da es von einer dunklen Kapuze verborgen war, wusste der Ritter, dass er ihm gegenüber Respekt zeigen musste und zu absolutem Gehorsam verpflichtet war. Vor ihm stand der Meister des Übergangs.

«Maître, wie ich Euch bereits gesagt habe, wir haben Spione am Sitz des Vogts. Sie haben leichtes Spiel, da es ein Viertel mit vielen Tavernen ist. Die Garnison wurde gerade geweckt, und man hat Tumult aus dem Gardesaal gehört.»

Der Mann mit der Kapuze faltete die Hände so kraftvoll, dass die Gelenke knackten. Der Befehl, die Templer festzunehmen, war bereits einen Monat im Voraus an alle Vögte und Seneschalle gegangen. Ein Monat, um die Zerschlagung des Templerordens vorzubereiten: die Gefangennahme, die Verhaftung und die Übernahme ihrer Besitztümer. Ein Monat, in dem sich auch einige Abtrünnige gezeigt hatten. Jacques de Molay, der Großmeister, hatte Nachrichten von Komtureien im ganzen Königreich erhalten, die bedrohlich klingende Gerüchte gemeldet hatten. Aber er hatte ihnen keinen Glauben schenken wollen.

Der Meister des Übergangs erhob sich und ging zum

Fenster. Der vom Meer aufsteigende Nebel rückte immer näher und lag über dem Hafen wie ein Leichentuch. Von den Schiffen sah man nur noch die Masten und die Wanten, die aussahen wie ein enthäutetes Skelett.

In wenigen Stunden würde der Templerorden endgültig der Vergangenheit angehören. Zweihundert Jahre Geschichte wären nur noch Erinnerung und Legende. Sterben, um wiederaufzuerstehen.

Ein leises Hüsteln riss ihn aus seinen Gedanken. Er drehte sich um. Der Ritter trat zu ihm.

«Maître, die Männer des Vogts sind gerade ausgeschwärmt. Unseren Spionen zufolge sind sie schwer bewaffnet.»

«Wie lange braucht man, um die Stadt zu durchqueren?»

«Eine halbe Stunde.»

Der Meister des Übergangs wandte den Blick wieder zum Fenster. Der Nebel wurde dichter. Bald würde die gesamte Templerflotte darin verschwunden sein.

«Hast du mein Gepäck in das Flaggschiff gebracht?»

«Ja, das ist erledigt. Habt Ihr noch andere Wünsche?»

Der Meister des Übergangs nickte.

«Begleite mich zum Hafen.»

## Sitz des Vogts

Nach und nach trudelten die Nachrichten ein. Sie waren alle gut.

Der Vogt rieb sich die Hände. In der Komturei am Hafen von Envaux hatten sich die Templer kampflos ergeben; in Le Mung hatten die Brüder noch geschlafen, als sie übermannt wurden; in Beauvais-sur-Matha hatte man zwei Ritter zusammen in einem Bett gefunden, was dem Justizminister des Königs, Guillaume Nogaret, der die ganze Operation zu verantworten hatte, eine Heidenfreude bereitete. *Sünde. Sodomie. Scheiterhaufen.* Diese beiden Brüder würden alles sagen, was man von ihnen hören wollte, um ihre eigene Haut zu retten.

Abermals rieb sich der Vogt die Hände, während er den Bericht diktierte, der noch am selben Morgen nach Paris geschickt würde. Im Gardesaal trafen die ersten Gefangenen ein. Benommen blickten sie zu Boden, ohne zu wissen, wie ihnen geschah. Der Vogt unterschrieb Internierungsbefehle. In wenigen Stunden würden die Folterer des Königs mit ihrer Arbeit beginnen.

«Hochwürden?»

«Ja.»

Der Vogt ging auf den Hauptmann zu, den er zur Hafenkomturei geschickt hatte.

«Alle Templer sind jetzt festgenommen, auch wenn sie am Anfang Widerstand geleistet haben.»

«Verluste?»

«Nein, keine.»

«Reaktionen aus der Bevölkerung?»

«Nichts, Hochwürden, außer …»

Aber der Vogt hörte nicht mehr hin. Die Hauptkomturei von La Rochelle war gefallen. Jetzt würde er die nächsten Befehle erteilen können. Bislang hatte er nicht einmal mit seinen eigenen Leuten darüber gesprochen, so geheim waren sie.

«Hauptmann, versammelt Eure Soldaten und marschiert in Richtung Hafen!»

Die Stimme des Vogts klang klar und voll. Dies war sein Ruhmestag.

«Bringt die Schiffe der Templer unter Eure Kontrolle!»

Der Hauptmann wurde bleich und fiel auf die Knie.
«Hochwürden, die Flotte ist verschwunden!»

## 104
## Brasilien
## Bundesstaat Bahia
## Klinik

Die Krankenschwestern schoben Marcas in seinem Bett eilig durch die Korridore. Flügeltüren, die die verschiedenen Abteilungen trennten, schlugen auf und zu. Schließlich gelangten sie in einen großen, überfüllten Raum, in dem reges Treiben herrschte. Männer, Frauen, aber auch Kinder warteten stehend, sitzend oder auf Liegen ausgestreckt darauf, behandelt zu werden. Der Kommissar sah ein kleines, weinendes Mädchen, das die Hand einer alten Frau mit verbundenem Kopf hielt. Nicht weit von ihnen entfernt saß ein Paar mit einem jungen Mann, der einen von Blut durchtränkten notdürftigen Verband an der Hand hatte. Angespannt wirkende Schwestern liefen mit Krankenakten in der Hand zwischen den Patienten und ihren Angehörigen hin und her.

Marcas wurde durch diese Notaufnahme nur hindurchgeschoben. Zwei Türen weiter wurde er in ein kleines Behandlungszimmer gerollt, in dem eine junge Frau mit müdem Gesicht und Stethoskop um den Hals hinter einem Schreibtisch saß. Sie trug ein Schild, auf dem in silbernen Buchstaben «Doktor Anna Margareta de Suza» stand.

Als die beiden Krankenschwestern den Raum verließen, richtete sich der Kommissar in seinem Bett auf. Die Ärztin sah ihn einige Sekunden mit leerem Blick an, dann erhob sie sich und kam wie eine Schlafwandlerin auf ihn zu.

Ohne ein Wort zu sagen, maß sie seinen Blutdruck und legte dann das Stethoskop auf seine Brust. Marcas hatte das Gefühl, sich abermals übergeben zu müssen.

«Sprechen … sprechen Sie Französisch? Was ist los mit mir?»

*«No, senhor …»*

Nachdem sie mit dem Stethoskop fertig war, untersuchte sie mit Hilfe eines Leuchtstifts seine Augen. Sie drehte seinen Kopf hin und her und drückte mit der Hand auf die Schwellung an seiner Schläfe. Er spürte nicht den geringsten Schmerz.

*«Obrigado …»*

Marcas verstand kein Wort. Er deutete auf seinen Magen und zog eine Grimasse.

«Ich habe Magenkrämpfe, zum Donnerwetter.»

Die Frau sah ihn kopfschüttelnd an, als wollte sie seine Aussage verneinen.

Dann öffnete sie den obersten Knopf ihres weißen Kittels und deutete auf eine Goldkette, die sie um den Hals trug. Daran baumelte ein kleines goldenes Tatzenkreuz.

*«Templario.»*

Marcas klammerte sich ans Bett. Sie erzählte etwas über die Templer, ohne auf seine Krämpfe zu achten.

«Die Templer sind mir im Moment ziemlich egal, geben Sie mir jetzt sofort etwas gegen diese Krämpfe. So etwas wird es in Ihrer blöden Klinik ja wohl noch geben.»

«Sie spricht Ihre Sprache nicht und kann nichts für Sie tun.»

In der Tür stand ein Mann mit den Händen in den Taschen seines weißen Kittels. Er war klein und hatte eine

Glatze sowie einen komischen Spitzbart. Sein Aussehen stand im Kontrast zu dem eisigen Blick und dem schneidenden Ton seiner Stimme. «Sie werden jetzt ein Mittel bekommen, das Ihren Magen beruhigen wird. Ihr Zustand ist vollkommen normal, fast jedenfalls.»

«Was ist los mit mir?»

«Sie sind nicht der einzige Initiierte aus Europa, dem so etwas passiert. Das hat mit der Ernährung zu tun. Sie haben wahrscheinlich zu viel Obst gegessen. Aber das geht vorbei. In einer halben Stunde werden Sie in die Residenz zurückgebracht. Unterdessen wird Ihnen ein wenig Ruhe guttun.»

«Wer sind Sie?», erkundigte sich Marcas und schluckte weißliches Wasser aus einem Glas, das die Frau ihm hinhielt.

«Ich bin der Leiter dieser Klinik. Mein Name ist Professor Cavalcanti. Haben Sie in letzter Zeit irgendetwas Besonderes geträumt?»

Überrascht stellte Marcas das Glas auf dem kleinen Tisch ab.

«Ja, ich habe gesehen, wie ein alter Mann ermordet wurde. Das ergab überhaupt keinen Sinn.»

«Seinen Träumen sollte man stets Beachtung schenken. Die Abendländer müssen lernen, den Botschaften aus dem Unterbewusstsein mehr Respekt zu zollen …»

Marcas wollte gerade antworten, als der Glatzkopf auch schon auf dem Absatz kehrtmachte und ihn mit der Ärztin allein ließ. Schwerfällig ließ Marcas sich auf das Bett zurückfallen und wischte sich mit einer Ecke des Lakens den Schweiß von der Stirn. Doktor de Suza verließ ebenfalls den Raum und bedeutete ihm im Gehen noch, dass er schlafen solle. Dann fiel die Tür ins Schloss, und der Kommissar war allein. Sein Magen gluckerte seltsam, während er versuchte, ruhiger zu atmen. Er ärgerte sich, den Professor nicht nach der nächsten Toilette gefragt zu haben.

Erst nach einer Viertelstunde entspannte sich sein Magen ein wenig. Er war noch immer allein und musste zunehmend dringender auf die Toilette. Schließlich hielt er es nicht mehr aus und trat auf der Suche nach einem WC auf den leeren Korridor hinaus. Alle Türen waren geschlossen, und auf keiner war ein WC-Zeichen zu sehen. Als er in einen anderen Gang abbog, kam er an einem großen Raum vorbei, der wie ein Operationssaal aussah. Durch runde Fenster in der Tür sah man zwei Ärzte und eine Krankenschwester bei der Arbeit. Sie standen um den Kopf eines Patienten. Das Gesicht war abgedeckt. Einer der Ärzte schien auf Höhe der Schläfe zu bohren. Instinktiv fasste Marcas sich an die gleiche Stelle. Kalter Schweiß lief ihm über den Rücken, als ihm bewusst wurde, dass auch die Komtesse und er womöglich genau dort behandelt worden waren, bevor man sie in ihre Zimmer gebracht hatte. Plötzlich kam die Krankenschwester auf die Tür zu, worauf er schnell zurücktrat und weiterging. Er kam noch an zwei weiteren Operationssälen vorbei, bis er schließlich mit Erleichterung die Tür zu den Toiletten erblickte. Kurze Zeit später machte er sich eiligen Schrittes auf den Rückweg, um zu sehen, was in den Operationssälen geschah. Er musste unbedingt herausfinden, was man mit ihnen gemacht hatte. Als er unerwartet am Ende eines Ganges vor einer schwarzen Tür stand, merkte er, dass er sich in der Richtung geirrt hatte. Gerade wollte er umkehren, als von der anderen Seite der Tür ein Schrei zu hören war. Er spitzte die Ohren. Ein zweiter Schrei drang an sein Ohr, dieses Mal schriller und heller, wie von einer Frau. Vorsichtig drückte er gegen einen Flügel der Tür. Ein kurzes Klicken, danach wieder ein Heulen, dieses Mal von einem Mann. Ein weiterer, mit Neonröhren beleuchteter Gang tat sich vor ihm auf. Wieder vernahm er das seltsame Klicken und kurz darauf ein Stöhnen. Marcas wagte sich einige Schritte vor, bis er vor einer verglasten Schleuse stand, die zu einem weiteren Operationssaal führte. Von dort kamen die Schreie. Er reckte den Hals, um erkennen zu können, was dort drinnen geschah.

Was er sah, ließ ihn erstarren.

## 105
## Portugal
## Burg Tomar
## 14. Januar 1314

Der Weg war lang und die Morgenluft eisig kalt. Der Wind und der Schnee, die das Land beherrschten, lähmten jeglichen menschlichen Willen. Der Meister des Übergangs spürte die Kälte jedoch nicht. Während seine Begleiter unter dem Frost litten, ritt er gleichgültig weiter. Von Zeit zu Zeit ließ er den Blick über die Landschaft schweifen, durch die er sieben Jahre zuvor schon einmal gezogen war. Er erinnerte sich daran, und auch wenn er nichts dabei empfand, waren die Erinnerungen da – auch ohne Gefühle ließen sie sich nicht aufhalten.

Ein Reiter, der als Kundschafter vorgeritten war, kehrte zurück und sprang vom Pferd.

«Maître, Tomar liegt direkt hinter dieser Kuppe. Ich habe den Kommandeur gesprochen. Er erwartet Euch.»

Der Meister des Übergangs drehte sich zu seinen Begleitern um, die so erschöpft von der langen Reise waren, dass sie ihm nur noch mit Schwierigkeiten folgen konnten. Dennoch gab er nun seinem Pferd die Sporen, denn er hatte es plötzlich eilig anzukommen. Eine Lust, die er schon seit Jahren nicht mehr verspürt hatte.

Burg Tomar war die Hauptkomturei der Templer in Portugal. Eine finstere Festung, in der lediglich die Kammern der Brüder Fenster hatten. Der Kommandeur erwartete ihn im hohen Saal. Früher, in den Hochzeiten des Ordens, wäre er einem Würdenträger wie dem Meister des Übergangs entgegengekommen. Er hätte den Meister am Tor begrüßt, wie es sich für jemanden von seinem Rang gehörte. Doch die Zeiten hatten sich geändert, und die Templer von Tomar konnten es nicht riskieren, die Aufmerksamkeit der Außenwelt auf sich zu lenken.

«Maître, wir freuen uns, Euch wiederzusehen», begrüßte ihn Jordi Perena und verbeugte sich. «Euer Besuch ist uns in diesen schweren Zeiten, in denen der Orden auf die Probe gestellt wird, eine besonders wertvolle Stütze.»

Genau wie sieben Jahre zuvor, während ihrer ersten Begegnung, war das Gesicht des Meisters des Übergangs unter seiner schweren Kapuze verborgen. Ob er gealtert war, konnte man also nicht sagen. Seine Stimme war auf jeden Fall noch die gleiche, sie klang voll und warm. Eine Stimme, die keinen Zweifel zuließ.

«Der Orden ... Dieses Wort müsst Ihr aus Eurem Vokabular streichen. Der Papst hat ihn aufgelöst. Offiziell gibt es uns nicht mehr. Und sind die meisten unserer Brüder nicht entweder tot oder in Gefangenschaft, unsere Besitztümer geplündert oder beschlagnahmt? Gebraucht dieses Wort also nicht mehr. Nie mehr.»

Perena verbeugte sich ein zweites Mal. Mit dem Meister

des Übergangs diskutierte man nicht. In Portugal hatten die Templer nur einige Dutzend Mitglieder, die sich alle hier, auf Burg Tomar, befanden. Man hatte sie festnehmen wollen, doch sie waren vorbereitet und hatten ihre Verteidigung lange geplant. Schließlich hatten sie tatsächlich die Erlaubnis bekommen, weiter in ihrer Komtureifestung zu bleiben.

Genauso wie der Mann mit der Kapuze es vorausgesagt hatte.

«Ich weiß noch immer nicht, wie ich Euch danken soll, Maître. Ihr habt uns von der Festnahme unserer Brüder in Frankreich unterrichtet. Und Ihr seid es gewesen, der uns auf das Verhör vorbereitet hat. Ihr habt uns gerettet.»

«Das war vor sieben Jahren. Seitdem habe ich Euch viele Brüder geschickt, denen es gelungen ist, den Fängen der Könige und Kirchenoberen zu entkommen. Was ist aus ihnen geworden?»

«Sie sind hier. Wir haben sie aufgenommen und ihnen Schutz geboten. Viele Franzosen, aber auch Spanier und Italiener. Tomar ist für die verfolgten Brüder zu einer Art Refugium geworden.»

Der Meister des Übergangs sprach jetzt leiser. Eine alte Angewohnheit. So oft hatte er seine Identität und sein ganzes Leben geändert, dass der Klang seiner Stimme ihn oft selbst überraschte. Ihm war es lieber, wenn er sie selbst nicht erkannte.

«Wie habt Ihr sie versteckt?»

«Wir haben sie auf verschiedenen Gutshöfen untergebracht, die wir in der Gegend besitzen. Einige sind Holzfäller geworden, andere züchten Vieh oder bestellen Felder. Sie alle tragen das einfache Gewand des Landarbeiters, während sie darauf warten, dass die Stunde der Rache schlägt.»

Das Glockengeläut schallte laut aus dem engen Tal herauf, wo sich die zur Festung gehörende Stadt befand.

«Wo sind sie jetzt?»

«Sie sind alle hier und warten auf Euch. Wie Ihr es verlangt habt. Sie können es kaum erwarten, ihrem Retter zu danken.»

«Und der neue Tempel?»

Die Glocken läuteten erneut. Der Kommandeur wartete, bis sie verstummt waren, bevor er antwortete.

«Wir haben all Eure Wünsche ausgeführt. Die alte Krypta ist genau so umgestaltet worden, wie Ihr es wolltet.»

Der Meister des Übergangs schwieg und blickte auf die Bodenfliesen. Ein Mosaik aus miteinander verwobenen Linien, die ein Labyrinth ergaben. Das Bild eines Lebens. Der Meister atmete unter seiner Kapuze tief ein und kam dann zum Wesentlichen.

«Eine letzte Frage. Wie Ihr wisst, sind unsere Brüder in Frankreich und anderen Königreichen verfolgt worden. Die Herrscher sind dabei brutal vorgegangen. Was hört Ihr vom portugiesischen König?»

Perenas Gesicht hellte sich auf. Auch hier hatte er seine Mission erfüllt – auf ganzer Linie.

«Seine Majestät hat uns gegenüber angekündigt, dass in den nächsten Jahren ein neuer Ritterorden gegründet wird, der Christusorden. Alle in Portugal lebenden Templer sollen dort aufgenommen werden. Der König will eine Flotte aufbauen und hat großes Interesse an unseren nautischen Fähigkeiten.»

Die Stimme des Kommandeurs zitterte vor Stolz, als er diese Nachricht verkündete.

«Dann war es ja gut, dass ich Euch vor sieben Jahren die Seefahrer dagelassen habe.»

Jordi Perena schaute überrascht auf.

«Maître, habt Ihr auch das vorhergesehen …?»

Langsam blickte der Meister des Übergangs unter seiner Kapuze auf.

«Führt mich in die Krypta.»

## 106
## Brasilien
## Bundesstaat Bahia
## Klinik

Der Saal war vollständig weiß gefliest. An einer Wand war ein riesiger Bildschirm angebracht, auf dem ein zwinkerndes Auge zu sehen war. Um die erweiterte Pupille schillerte eine blaue Iris. Das bewegte Bild hätte gut als Videokunst in ein Museum für Moderne Kunst gepasst.

Fünf Männer und zwei Frauen waren mit Gummiriemen auf vertikal aufgerichteten Metalltischen festgeschnallt. Sie trugen alle weiße Unterwäsche und hatten rote Striemen am ganzen Körper. Vor ihnen standen genauso viele elegant gekleidete Männer und Frauen, die eine Peitsche in der Hand hielten, deren geflochtener Lederriemen dunkel gefärbt war – von Blut. Eine dieser Personen, eine etwa vierzigjährige blonde Frau, hieb auf einen mageren, alten Mann ein, der nicht einmal mehr die Kraft zum Schreien hatte. Vergeblich versuchte er mit flehendem Blick seiner Henkerin in die Augen zu sehen, doch die Halsmuskeln waren mittlerweile zu schwach, um seinen Kopf zu halten.

Neben den Peinigern und ihren Opfern saßen zwei Männer in weißen Kitteln sowie ein weiterer, in Zivil gekleideter Mann hinter einem großen Computermonitor, der mit einer auf die Folterer gerichteten Kamera verbunden war.

Marcas erkannte einen der beiden Mediziner: Der Mann, der sich vorhin als Professor Cavalcanti vorgestellt hatte, studierte die Gesichter der Peiniger, als suchte er etwas Bestimmtes. Dann blickte er auf den großen Bildschirm an der Wand, auf dem inzwischen ein anderes Auge zu sehen war, das schneller zwinkerte und eine braune Iris hatte. Der Professor sagte etwas, und im nächsten Moment landete ein Peitschenhieb auf einer festgeschnallten jungen Frau, die laut aufbrüllte. Außer sich, warf sie den Kopf hin und her und versuchte, sich zu befreien, doch es war zwecklos.

Wieder sah der Professor zu dem Auge auf dem Bildschirm auf, hob die Hand und wandte sich dann jemandem zu, der sich in einem Teil des Raumes aufhielt, den Marcas nicht einsehen konnte. Ein weiterer Mann im weißen Kittel tauchte auf. Er schob einen kleinen Wagen mit Glasfläschchen, die eine violette Flüssigkeit enthielten. Vor jedem der Gefolterten blieb er stehen und trug die Flüssigkeit mit einem Wattebausch auf die blutenden Wunden auf.

Die Henker hatten ihre Peitschen niedergelegt. Einige von ihnen scherzten mit ihrem Nachbarn, andere lockerten ihre Schultern, als hätten sie gerade an einer Gymnastikstunde teilgenommen. Ein stämmiger Mann mit kurzgeschorenem Haar stellte sich direkt vor sein Opfer – ein jugendlicher Mestize –, nahm ein Glas Wasser vom Wagen und ließ die Flüssigkeit über dessen halb geöffnete Lippen laufen. Die Frau, die den Alten ausgepeitscht hatte, ging in Richtung Tür und massierte sich den Nacken. Marcas erkannte sie als einen der Gäste, die am Nachmittag mit der Yacht angekommen waren.

Schnell versteckte er sich. Sadisten! Diese Leute waren vollkommen wahnsinnig. Er wusste nicht, welche Logik hinter alldem steckte, aber er wusste, dass er so schnell wie möglich ins Behandlungszimmer der Ärztin zurückmusste, bevor auffiel, dass er verschwunden war. Er hastete in die Halle zurück, von wo er jetzt in den richtigen Gang einbog. Vor der Tür zu dem Behandlungszimmer wäre er fast mit Doktor de Suza zusammengestoßen. Sie sah ihn misstrauisch an, worauf er sofort seine Hand auf den Bauch legte und in einem portugiesisch ausgesprochenen Spanisch etwas von «servicios, toiletas» murmelte. Mit strengem Blick bedeutete die Ärztin ihm, sich wieder hinzulegen. Marcas gehorchte. Fragen über Fragen schwirrten in seinem Kopf herum. Wer waren diese Leute? Warum nahmen Ärzte an den Folterungen teil? Welche Verbindung gab es zu Di Licios Orden? Auch wenn er diese Fragen nicht beantworten konnte, wusste er doch nun mit Sicherheit, dass er und Aurélia de Crécy sich in den Händen von gefährlichen Verbrechern befanden. Im Moment konnte er jedoch nichts anderes tun, als zu warten, bis man ihn abholte. Fassungslos fiel ihm auf, dass er nicht einmal Mitleid mit den armen Gefolterten empfand.

Nicht viel später wurde er von einem Pfleger abgeholt, der ihn zur Residenz zurückbringen sollte. Mit einem Handzeichen verabschiedete er sich von der Ärztin, die seinen Gruß erwiderte und ihn nicht aus den Augen ließ, bis er den Raum verlassen hatte.

Einige Minuten später saß er wieder in einem der kleinen Elektroautos, die unterirdisch zwischen den einzelnen Gebäuden des Anwesens hin und her fuhren.

An der Residenz angekommen, dankte Marcas dem Pfleger und ging sofort zu dem Zimmer der Komtesse, wo er laut an die Tür klopfte. Sie öffnete in einem edlen, weißen Kleid mit schmalen Trägern und umarmte ihn erleichtert.

«Antoine, endlich! Ich habe mir langsam Sorgen gemacht. In einer halben Stunde beginnt das Dinner mit den Logenmitgliedern. Geht es dir besser?»

«Ja», sagte er laut und fügte flüsternd hinzu: «Komm mit runter in den Garten. Wir müssen reden.»

«Ich bin noch nicht geschminkt», antwortete sie kokett. «Sie haben mir alles gebracht, was eine Dame meines Ranges so benötigt.»

«Dafür ist jetzt keine Zeit, ich muss dir etwas sehr Wichtiges sagen, und in unseren Zimmern sind vielleicht Wanzen. Bitte, wir sind in Gefahr», flehte er sie leise an. Dann sagte er lauter: «Ich hätte Lust, vor dem Essen nochmal ans Wasser zu gehen. Die Stimmung dort ist um diese Zeit bestimmt sehr romantisch. Kommst du mit?»

Neugierig sah sie ihn an, worauf er ihre Hand nahm und sie in den tropischen Garten führte. Es war bereits dunkel, und Blumenduft hing in der noch warmen Luft. Die Brandung war stärker geworden. Marcas und Aurélia de Crécy gingen auf einem von grünen Lämpchen gesäumten Weg in Richtung Meer. Am Strand zog die Komtesse ihre Schuhe aus, während er ihr die Hände um die Taille legte und vorgab, sie auf den Hals küssen.

«Hör genau zu, was ich dir jetzt sage, und tu so, als würdest du mich umarmen.»

Er berichtete, ohne ein Detail auszulassen, von den Folterern mit den Peitschen, den auf den Tischen festgeschnallten Opfern und dem Bildschirm, auf dem die Augenbewegungen der Henker zu sehen waren. Als er geendet hatte, stammelte sie erschrocken: «Wir müssen sofort weg von hier.»

«Nein, zuerst müssen wir mehr über diese Leute herausfinden. Bislang schöpft niemand Verdacht. Ich will wissen, welches Ziel hier verfolgt wird und welches Ausmaß das Verbrechen hat.»

«Kommt nicht in Frage, das ist viel zu gefährlich! Ich bin schließlich keine Kriminalkommissarin. Sie machen Experimente mit Menschen und haben unser Gehirn manipuliert, während wir bewusstlos waren! Die Veränderungen sind bereits spürbar. Die Zeremonie im Tempel, ich habe noch nie eine so intensive mystische Erfahrung gemacht. Das macht mir Angst.»

«Bitte! Wir müssen am Dinner teilnehmen und so tun, als ob nichts wäre.»

Er nahm sie in die Arme, um sie zu beruhigen, und sie entspannte sich ein wenig.

«Wir sind zu zweit, und du weißt ja: Gemeinsam ist man stärker», sagte er leise und küsste sie.

«Redest du all deinen Eroberungen so einen Schwachsinn ein?», flüsterte sie zurück und küsste ihn ebenfalls. «Ich bekomme schon Gänsehaut, wenn ich nur daran denke, mit diesen durchgedrehten Idioten in einem Raum sein zu müssen.»

Hinter ihnen hüstelte jemand, und erschrocken drehten sie sich um. Vor ihnen stand, mit den Händen in den Taschen seines Jacketts, Di Licio.

## 107
Portugal
Burg Tomar
14. Januar 1314

Sie stiegen die Stufen zur Krypta hinab. Ursprünglich hatten die Burgbewohner bei Belagerungen in diesem Raum Zuflucht gesucht, weil er Zugang zu einem Brunnen bot. Zudem war er dunkel und kühl, sodass hier auch Lebensmittel aufbewahrt wurden. Für die Templer war dieser Zufluchts- und Lagerraum inzwischen zu einer Krypta geworden, da die Tradition verlangte, dass die Kommandeure der jeweiligen Burg in ihrer Komturei begraben wurden.

Der Meister des Übergangs hatte dieses Gewölbe umgestalten lassen, da die Festung aufgrund der geringen Anzahl der Templer in Portugal keinen Initiationssaal besaß.

Bereits beim Eintreten wusste er, dass sein Wunsch erfüllt worden war. Auf beiden Seiten des Raumes befanden sich Bankreihen, in denen nun die Brüder in ihren weißen Umhängen mit dem verbotenen roten Tatzenkreuz saßen. Auf dem Boden war aus weißen und schwarzen Fliesen ein Schachbrettmuster gelegt worden. Ein Symbol des vollkommenen Gleichgewichts, das er zum obersten Ziel der Brüder machen wollte. Als er an ihnen vorüberschritt, erhoben sie sich und sahen mit glänzenden Augen den Mann an, der dem zerschlagenen Orden wieder neue Lebenskraft verleihen sollte. Sein Blick war unter der Kapuze fest auf den Boden gerichtet.

Nur ein einziges Mal schaute er auf: als er auf beiden Seiten des Altars Winkelmaß und Zirkel in einen unbehauenen Stein eingraviert sah, der jeweils auf einem Sockel thronte – die Instrumente der Offenbarung.

Am Fuß der drei Stufen, die zum Altar hinaufführten, blieb er stehen und gab zwei Brüdern in seinem Gefolge ein Zeichen. Sie traten daraufhin vor und stellten eine mit kunstvollen Schnitzarbeiten versehene Holztruhe auf die Altarplatte. Die Blicke der Anwesenden richteten sich sofort auf die goldenen Riegel, mit denen die Truhe verschlossen war.

Der Meister des Übergangs stieg die Stufen hinauf und ließ sich auf einem der beiden Stühle nieder, die vor dem Altar standen. Dem Kommandeur bedeutete er, sich neben ihn zu setzen. Dann traten nacheinander die Tempelritter vor, die rechte Hand flach aufs Herz gelegt.

Der Meister des Übergangs musterte sie. Er sah die von der Sonne des Orients zerfurchten Gesichter, ihre trotz der Qualen noch aufrechte Haltung und vor allem ihren glühenden Blick. Solche Männer brauchte er.

«Werte Brüder, ich bin heute Abend zu euch gekommen, um über uns, über den abgeschlagenen Baum, zu sprechen. Sein Stamm ist zerstört, seine Zweige gebrochen. Jeder hält ihn für tot und will ihm mit Axt und Säge zu Leibe rücken. Bald werden nur noch der kahle Stumpf und Reste der Rinde übrig sein, die in der Erde verfaulen.»

Die Anwesenden standen wie versteinert und lauschten der Stimme, die voll und laut unter der dicken Wollkapuze hervordrang.

«Werte Brüder, der Baum, wie ihr ihn kanntet, wird nicht zu neuem Leben erweckt werden können. Der Riese, dessen Schatten sich vom Abendland bis ins Morgenland erstreckte, steht nicht wieder auf. Er ist tot, enthauptet aus Gier, Hass und Neid, weil die Könige habgierig sind und die Kirche blind ist.»

Ein Murmeln wurde laut. Enttäuschung machte sich breit.

«Nein, ein Baum, der sich über Nationen erhebt, werden wir nie wieder sein. Wir haben für zu viel Schatten gesorgt und sind zu hoch gewachsen. Und es ist unser Hochmut, der uns zu Fall gebracht hat.»

Das Murmeln wurde aufgeregter. Der Meister des Übergangs hatte mit dieser Reaktion gerechnet. Unmerklich sprach er eine Spur lauter.

«Und dennoch, in diesen Tagen, in denen alle uns am Boden wähnen, in denen sich alle an unserem Absturz bereichern und ergötzen, bin ich hier, um euch zu sagen, dass wir in anderer Form wiederaufleben werden.»

Der neben ihm sitzende Jordi Perena beugte sich gespannt vor.

«Werte Brüder, uns ist alles vorgeworfen worden. Nicht an Gott zu glauben, die königliche Autorität nicht anzuerkennen und sogar ein urzeitliches Götzenbild anzubeten.»

Die Brüder nickten. Unter Folter hatte man sie gezwungen zuzugeben, dass sie das Kreuz Christi bespuckten, gegen den König intrigierten und eine katzenartige Figur namens Baphomet anbeteten.

«Werte Brüder, ich sage euch: Alles, was man uns vorwirft, soll sich bewahrheiten.»

Mehrere Brüder sprangen auf. Ihre Augen funkelten rachelustig.

«Wir werden Gott verleugnen und den Papst zu Fall bringen!»

Hasstiraden wurden laut.

«Wir durchdringen und verderben jegliche Autorität. Wir graben allen Königen der Erde ein Grab.»

Beleidigungen und Flüche schallten durch das Gewölbe. Der Meister des Übergangs hob die Hand, um zur Ruhe zu mahnen.

«Werte Brüder, heute Abend wird jeder zu seiner Bestimmung aufbrechen. Wohin ihr auch geht, beruft geheime Versammlungen wie diese ein. Überall werden neue Brüder zu euch stoßen, denen ihr die wahre Lehre nahebringt.»

Der Kommandeur warf sich dem Meister des Übergangs zu Füßen.

«Danke, Maître, danke, dass Ihr uns den Weg gezeigt habt. Ihr habt unseren Leib gerettet und haucht unseren Seelen neues Leben ein.»

Der Meister des Übergangs stieß ihn ein wenig zurück.

«Werte Brüder, eure Mission wird damit noch nicht beendet sein. Seht die Truhe auf dem Altar. In ihr verbirgt sich ein großes Geheimnis.»

Beidhändig schob er langsam die Riegel zurück und klappte die vordere Wand herunter.

Ein Schädel kam zum Vorschein, der an einer Schläfe durchbohrt war.

«Werte Brüder! Ehrt den wahren Meister!»

Die Templer fielen auf die Knie.

«Dankt eurem Großen Ahnen, der weder Gut noch Böse kennt. Weder Schmerz noch Mitleid!»

Jordi Perena starrte verblüfft auf den Schädel mit den leeren Augenhöhlen, dem vorstehenden Kiefer und der flachen Stirn.

«Es wird behauptet, dass wir ein Götzenbild anbeten. Doch hier ist der wahre Baphomet, der Erzengel der Erkenntnis, den wir um jeden Preis wiederfinden müssen, auf dass er uns gottgleich machen wird!»

Jubel schallte durch das Gewölbe. Faszination und Begeisterung malten sich auf den Gesichtern der Templer ab.

«Werte Brüder, ihr müsst euch auf die Suche nach diesem alten Geheimnis machen. Dieser Schädel, diese Reliquie ist der Beweis, dass es existiert hat. Es ist unmöglich, dass es vollständig verschwunden ist.»

Mit ausgestreckten Händen deutete der Meister des Übergangs auf die beiden Symbole links und rechts von sich.

«Nehmt das Winkelmaß und den Zirkel als Zeichen, die euch leiten sollen, denn sie sind Instrumente des Wissens. Sie sollen von nun an das Tatzenkreuz ersetzen.»

Alle Augen waren auf den Schädel und den Meister gerichtet, der den Übergang vollzogen hatte.

«Werte Brüder, die Suche ist in euch. Ihr müsst das Geheimnis der Ahnen finden. Ihr müsst die Glieder der Kette neu zusammenfügen, die uns wieder zu unserer Bestimmung zurückführt. Schwört mit mir, dass ihr nicht eher ruhen und inneren Frieden finden werdet, bis wir sind, was wir sein sollten, und das noch für viele Jahrhunderte!»

«Wir schwören!»

«Dann lasst euer menschliches Dasein hinter euch!», rief der Meister und warf seine Kapuze ab.

Als sie sein Gesicht sahen, schrien die Brüder entsetzt auf.

## 108
Brasilien
Bundesstaat Bahia
Residenz

Für einen Moment erhellte die Flamme des Feuerzeugs Di Licios Gesicht. Es verlieh ihm etwas Theatralisches. Er zündete sich eine Zigarette an und blies den Rauch in den Himmel.

«Aurélia, du siehst bezaubernd aus in deinem Kleid. Ein hübsches Liebespaar gebt ihr ab, ihr beiden. Zwei Logenmitglieder glücklich vereint, damit könnte man fast Werbung für uns machen. Leider muss ich euch unterbrechen, weil unsere Abendveranstaltung um genau 20 Uhr beginnt.»

«Wir wollten nur noch für einen Moment diesen überwältigenden Blick genießen», sagte Aurélia de Crécy und löste sich von Marcas.

«Ihr habt recht, als ich noch jünger war, habe ich solche Augenblicke auch … genossen. Antoine, du schaffst es gerade noch, dich umzuziehen, wir haben sehr strenge, ein wenig altmodische Regeln. Ordentlich gekleidet zu sein ist eine davon.»

Eine kräftige Brise wehte vom Meer zu ihnen herüber. Di Licio blickte zu den dicken Wolken, die sich am Horizont türmten. Eine massive, schwarze Wand wälzte sich auf die Küste zu.

«In zwei Stunden ist der Regen da. Das steht fest», stellte Di Licio sachlich fest. «Zeit reinzugehen, zum Glück findet das Dinner drinnen statt.»

Sie gingen durch den Garten zurück, während die Brandung hinter ihnen gewaltig toste.

«Ich habe gehört, dass es dir wieder bessergeht. Wie findest du unsere kleine Klinik, Antoine?», erkundigte sich Di Licio.

«Sie ist … toll. Wer wird dort sonst noch behandelt?»

Die Kieselsteine knirschten unter ihren Füßen.

«Alle! Vor allem Arme, Bedürftige, Kinder, um die sich niemand kümmert. Und davon gibt es in diesem Land weiß Gott viele. Es ist das Werk von Professor Cavalcanti, der die Loge Kadosh Kaos zusammen mit Barsac und meiner

Wenigkeit gegründet hat. Ihm ist es auch zu verdanken, dass die Organisation seit Jahrzehnten hier ihren festen Sitz hat und staatliche Unterstützung erhält. São Paulo, Brasilia, Rio … Wir sind überall in den Favelas der brasilianischen Großstädte tätig und versuchen das dort herrschende Elend etwas zu lindern. Doktor de Suza hast du ebenfalls bereits kennengelernt. Sie leistet wunderbare Arbeit. Den ganzen Tag ist sie unterwegs, um Bedürftige in den Straßen von Bahia aufzulesen. Trotz ihrer Müdigkeit wird sie heute Abend dabei sein.»

Als sie die Residenz erreicht hatten, griff Marcas nach der Hand der Komtesse. In der Dunkelheit wirkte das Gebäude seltsam bedrohlich auf ihn.

«Warum ausgerechnet Brasilien?»

«Das wirst du nachher erfahren. Wir werden unseren Neulingen den Orden heute Abend vorstellen. Die Geschichte ist wunderbar. Macht es gut, bis später. Caetano erwartet euch in der Halle, um euch in den Speisesaal zu bringen.»

Er entfernte sich.

«Glaubst du, dass er was mitgekriegt hat?», flüsterte Aurélia de Crécy.

«Keine Ahnung. Wir haben leise gesprochen, aber wir müssen ab jetzt noch vorsichtiger sein.»

Die beiden gingen auf ihre Zimmer. Marcas zog sich schnell ein weißes Hemd und einen schwarzen Anzug an, während die Komtesse sich rasch schminkte. Nicht einmal zehn Minuten später standen sie bei dem weißgekleideten Mestizen in der Halle.

Der Speisesaal befand sich in einem riesigen verglasten Innenhof, der im Kolonialstil eingerichtet war. In den vier Ecken standen große farbige Granittöpfe mit Palmen, von der Brüstung hing eine riesige, bis zum Boden reichende Fahne mit dem roten Tatzenkreuz.

In dem großen Raum saßen dichtgedrängt mindestens hundert elegant gekleidete Männer und Frauen an festlichen, mit scharlachroten Rosen dekorierten Tischen. Sie unterhielten sich angeregt. Der Kommissar und die Komtesse wurden an den Mitteltisch geführt, wo bereits Di Licio Platz genommen hatte. Die anderen Gäste begrüßten sie höflich nickend.

Marcas erkannte die Frau in dem roten Kleid, die ihm gegenübersaß und ihn anlächelte. Das Blut gefror ihm in den Adern. Sie war die Blondine, die vorhin den armen Alten ausgepeitscht hatte.

Di Licio erhob sich und begann: «Liebe Freunde, darf ich euch Antoine Marcas und Aurélia de Crécy vorstellen, zwei neue Tempelritter. Sie sind heute Nachmittag im Tempel in unsere Welt übergetreten.»

Dann stellte der Meister der Loge ihnen umgekehrt die anderen Gäste am Tisch vor. Schon bei den Titeln wurde Marcas schwindelig. Ausschließlich Firmenchefs und hohe Funktionäre. Die Dame im roten Kleid verbeugte sich, als Di Licio ihren Namen nannte: Carola de Lint, stellvertretende Direktorin bei der WHO, der Weltgesundheitsorganisation. Die Peitschenschwingerin gehörte der Institution an, die im Bereich Gesundheit weltweit am anerkanntesten und mächtigsten war! Er bemühte sich, sich nichts anmerken zu lassen, als er ihren Gruß erwiderte.

Schließlich stieg Di Licio auf eine beleuchtete Empore und wirkte fast zerbrechlich vor der riesigen weißen Leinwand im Hintergrund. Als das Licht abgedunkelt wurde, verstummte nach und nach das Gemurmel im Raum.

«Liebe Freunde, danke, dass ihr gekommen seid. Wir

haben uns hier versammelt, um gemeinsam das templerische Ideal zu leben, das die Jahrhunderte überdauert hat. Im Namen aller möchte ich mich bei unseren brasilianischen Brüdern bedanken, die uns auch in mitunter schwierigen Zeiten immer unterstützt und unter ihren Schutz gestellt haben. Genauso haben es ihre portugiesischen Vorfahren im Jahr 1307 gemacht, als sie unsere verfolgten Brüder aufgenommen haben. Wir wollen ihnen jetzt gemeinsam unsere Ehrerbietung zum Ausdruck bringen.»

Ein Scheinwerfer strahlte einen Tisch an, an dem ein Dutzend Männer in Galauniformen saßen. Die Offiziere erhoben sich lächelnd und grüßten in die applaudierende Runde. Dann bat Di Licio um Ruhe.

«Bevor wir mit dem Essen beginnen, möchte ich vorschlagen, dass wir uns traditionsgemäß unseren wunderbaren Film anschauen. Möge das Kreuz euch beschützen.»

Das Licht erlosch vollständig, und ein Tatzenkreuz erschien auf der weißen Leinwand. Marcas spürte abermals die eigenartige Anziehungskraft des Symbols, die er bereits während der Zeremonie im Tempel empfunden hatte.

Musik schallte aus Lautsprechern. Marcas erkannte sofort, dass es sich um die *Carmina Burana* handelte.

Das Kreuz verschwand, und Kampfszenen wechselten mit Sequenzen dahinpreschender Reiter ab. Tempelritter in Rüstung galoppierten dichtgedrängt durch eine Sandwüste, andere verteidigten auf der Wehrmauer eine Festung gegen die Muslime. Als Nächstes waren elf Männer in einer Krypta zu sehen. Sie bildeten einen Kreis und hielten mit beiden Händen ein Schwert. Doppelt belichtete Flammen loderten auf. Dann erschien ein Porträt von Jacques de Molay, gefolgt von einem Bild Philipps des Schönen und schließlich dem des Papstes Clemens V., untermalt von den Schmerzensschreien der zum Tode auf dem Scheiterhaufen Verdammten. Marcas erkannte die Schlüsselelemente der Geschichte der Templer und hatte das Gefühl eines Déjà-vu.

Dann wieder ein Szenenwechsel. Eine Wagenkolonne auf regennassen Straßen, in einem Hafen liefen eilig Schiffe aus. Sturm. Eine Karte zeigte die Strecke, die sie im Atlantik und im Golf von Gascogne zurücklegten, entlang der Asturiden bis nach Lissabon. Die Porträts von Würdenträgern des Templerordens waren zu sehen, deren ebenfalls eingeblendete Namen Marcas jedoch nichts sagten. Eine Festung, Tomar in Portugal, und dann Schiffe, auf deren aufgeblähten Segeln das Tatzenkreuz prangte. Eine andere Karte zeigte die verschiedenen Routen über den Atlantik, von denen eine nach Brasilien, genauer gesagt nach Bahia führte. Und wieder Porträts von ernst dreinblickenden Herren im weißen Templergewand. Die Sequenzen wechselten immer schneller: Stahlwerke, Kräne, Dampfschiffe, Bilder vom Ersten und Zweiten Weltkrieg und dazwischen immer wieder Männer in weißen Umhängen. Ein Datum erschien in roten Ziffern: 1964. Es wurden Panzer in Großstädten gezeigt, Militärs, die vor einer begeisterten Menge Reden schwangen, das Bild eines Generals im weißen Umhang, der Bau eines Gebäudes, das aussah wie die Klinik, in der Marcas behandelt worden war, lachende Kinder, die geimpft wurden, und Arme im Elend, die die Hand entgegenstreckten und Nahrung bekamen – über ihnen waren das Tatzenkreuz und Jacques de Molay als Übervater eingeblendet. Schließlich sah man Frauen und Männer im Businessoutfit, die vor Computerbildschirmen saßen. Der Film endete damit, dass die Erdkugel vor einem Sternenhimmel aufstieg und das Tatzenkreuz noch einmal für einige Sekunden eingeblendet wurde.

Ein richtiger Propagandafilm, dachte Marcas, eine Mischung aus amerikanischen Werbespots für Scientology und Megaproduktionen aus Hollywood. Die Lichter gingen wieder an. Der gesamte Film hatte gerade einmal zwei Minuten gedauert. Die Leinwand wurde hochgezogen. Di Licio ergriff abermals das Wort: «Jetzt bleibt mir nur noch, euch ein schönes Brudermahl mit unseren neuen Rittern zu wünschen. Die Zeremonie im Tempel ist für 22.30 Uhr anberaumt. Guten Appetit.»

Unter dem Beifall der Anwesenden kehrte er an seinen Tisch zurück, und ein Aufgebot an Kellnern begann gegrilltes Gemüse als Vorspeise zu servieren. Di Licio legte seine Hand auf die der Komtesse.

«Wundere dich nicht, das Essen besteht ausschließlich aus Obst und Gemüse. Vor einem Reinigungsritual Fleisch zu essen ist verboten.»

«Wird es so ein Ritual sein wie heute Nachmittag?»

«Nicht ganz. Allerdings ist das Ritual nachher den älteren Mitgliedern vorbehalten. Die neuen dürfen nicht daran teilnehmen. Ihr könnt nachher also tun und lassen, was ihr wollt», sagte er mit einem Augenzwinkern.

Marcas kostete das Gemüse. Es war exzellent. Obwohl er die Propaganda durchschaute, hatte ihn der Film nicht kaltgelassen. Die These, dass der Orden über Portugal und dann nach der Entdeckung der Neuen Welt in Brasilien überlebt haben sollte, fand er nachvollziehbar. Er wandte sich Di Licio zu.

«Ein sehr interessanter Film. Kann man die Archive des Ordens einsehen? Wie du weißt, interessiert mich dieses Thema brennend.»

«Natürlich, du kannst gern darin stöbern. Die Archive sind in unserer Bibliothek, neben meinem Büro im obersten Stockwerk. Zusammengefasst kann man sagen, dass der portugiesische König Dinis I. die Templer geschützt hat, indem er den Christusorden aus der Taufe hob und den Rittern dann bei der Strukturierung ihrer neuen Organisation freien Lauf ließ. Ein Konvoi von mehreren Ordens-Schiffen hatte überstürzt aus dem Hafen von La Rochelle auslaufen müssen – mit einem Teil des Templerschatzes an Bord.»

«Der berühmte Schatz?»

«Drei Truhen insgesamt! Die Besitztümer der Komtureien in der Bretagne, der Normandie und des Poitou, die ein Seneschall des Molay-Ordens zusammengeführt hat. Dieses Vermögen hat es dem Orden ermöglicht, sich dauerhaft in Portugal niederzulassen und sich dem Königreich erkenntlich zu zeigen. Als Oberhaupt des Christusordens wurde schon bald ein neuer Großmeister ernannt, doch ihre tragische Geschichte hatte die Templer gelehrt, sich bedeckt zu halten. Da sie auch in Portugal nicht davor gefeit waren, dass ein Nacheiferer Philipps des Schönen den Thron besteigen würde, wurde eine Doppelspitze mit einem geheimen Großmeister eingesetzt, dem der offizielle Großmeister des Christusordens untergeordnet war. Einer seiner Nachfolger hatte dann eine geniale Idee.»

Marcas verschränkte die Arme. Ungeachtet der kriminellen Machenschaften der Loge Kadosh Kaos fand er Di Licios Ausführungen ungeheuer spannend.

«Was für eine Idee?»

«Die Eroberung der Neuen Welt – und damit der Anteil an den unglaublichen Reichtümern, die es hier gab! Der Christusorden hat ganze Wälder gekauft, die königliche Seefahrtschule gegründet und die größte Werft der damaligen Zeit aufgebaut. Alle bewaffneten Schiffe, die bei der Entdeckung Amerikas dabei waren, haben uns gehört. Du kennst doch Kolumbus' Karavellen, die *Santa María*, die

*Pinta* und die *Niña*. Sie alle hatten das Tatzenkreuz auf den Segeln. Vasco da Gama war ebenfalls Mitglied des Ordens, genauso wie Kolumbus' Schwiegervater.»

«Und warum ausgerechnet Brasilien?»

«Cabral, der Seefahrer, der Brasilien entdeckt hat, war auch Mitglied des Ordens. Als der Christusorden mit der Zeit zu mächtig wurde, wollte die portugiesische Krone kontrollierenden Einfluss nehmen, sodass der Orden seine Aktivitäten in die spätere Republik Brasilien verlegte. Die Großmeister haben sich dann auch hier niedergelassen. In euren Zimmern hängen Gemälde von zweien dieser großen Persönlichkeiten.»

«Und was hatte das Datum 1964 in dem Film zu bedeuten?»

«Am 31. März jenes Jahres hat die brasilianische Armee, unterstützt von der Mittelklasse, das korrupte und in Misskredit geratene Regime João Goularts gestürzt. Die kommunistische Unterwanderung, die das Land bedrohte, musste gestoppt werden. Es war eine Art Nationalrevolution, um Brasilien wieder auf den rechten Weg zu bringen. Der damalige Großmeister war, wie übrigens auch einige Freimaurer, einer der Initiatoren des Staatsstreichs.»

Inzwischen war Marcas nicht mehr nur fasziniert, sondern auch ein wenig ärgerlich. Seit wann unterstützten die Freimaurer Militärdiktaturen? Was erzählte dieser Kerl eigentlich? Doch er musste sich zurückhalten und sagte nur:

«Die Freimaurer waren immer gegen Diktaturen, wie du weißt, insbesondere in Südamerika. Salvador Allende in Chile zum Beispiel hat das deutlich zu spüren bekommen.»

Einer ihrer Tischnachbarn, ein brasilianischer Richter, mischte sich ein:

«Es tut mir leid, dass ich dir widersprechen muss. Du täuschst dich. Nichts ist so einfach, wie es scheint. Auch Pinochet war initiiert, und das hat ihn nicht daran gehindert, diesen Kommunisten Allende aus gutem Grund ermorden zu lassen. Ähnlich verhält es sich in Brasilien. Hier haben die Freimaurer seit der Unabhängigkeit des Landes immer eine Schlüsselrolle im politischen Leben gehabt. Liberale Reformen, Abschaffung der Sklaverei, Aufstände, um den König zu stürzen, die Freimaurer waren stets dabei. Andrade e Silva, der Vater der Unabhängigkeit, war ebenfalls initiiert. Und 1964 hat ein Teil der Großlogen beim militärischen Staatsstreich applaudiert.»

Marcas war am Boden zerstört, sein ganzes Weltbild geriet ins Wanken. Immer wieder hatte er gehört und gelesen, dass die Freimaurerei, auch wenn sie vor schwarzen Schafen natürlich nicht gefeit war, sich nie mit Diktaturen eingelassen hatte. Jetzt war er vollkommen entmutigt. Peitschte dieser Richter ebenfalls arme Leute aus?

Einer der Militärs klopfte Di Licio auf die Schulter, worauf dieser sich erhob, sich kurz mit besorgter Miene mit dem Offizier unterhielt, und sich dann wieder setzte. Marcas beugte sich zu ihm hinüber.

«Was ist los?»

«Colonel Dos Santos befehligt die Militärpolizei der gesamten Region. Seine Truppen sind für den Erhalt der öffentlichen Ordnung zuständig. Er hat mir von einem Vorfall in einer Ambulanz der Hilfsorganisation in Salvador de Bahia berichtet. Es ist der fünfte in diesem Jahr. Die Unruhestifter sind immer die gleichen.»

«Was für ein Vorfall?», erkundigte sich die stellvertretende Direktorin der WHO.

«Die Anhänger des Candomblé, das ist der lokale Voodookult, mögen uns nicht besonders. Sie haben durch uns an Einfluss verloren und rächen sich, indem sie andere gegen uns aufhetzen. Es ist immer die gleiche Geschichte. Diese obskuren Sekten lehnen die Errungenschaften des Fortschritts ab und hindern die Armen daran, sich in unseren Zentren behandeln zu lassen. Dieses Mal ist die Truppe unseres werten Colonels ohne Rücksicht auf Verluste gegen sie vorgegangen. Das Problem ist, dass einer von ihnen den Schlagstock ein wenig zu heftig eingesetzt hat, weshalb uns wieder einmal eine leidige Untersuchung der Staatsanwaltschaft ins Haus steht.»

«Das ist traurig, diese Leute sind so undankbar. Wir kennen dieses Problem bei der WHO auch. Letzten Monat ist eine unserer Sanitätseinheiten zur Ausrottung des Denguefiebers in Nigeria von lokalen Hexenanbetern angegriffen worden. Sie haben einen Arzt und eine Krankenschwester mit der Machete aufgeschlitzt.»

Marcas traute seinen Ohren kaum. Diese Frau folterte einen alten Menschen und erdreistete sich dann, den Moralapostel zu spielen? Als er überlegte, ob sich wohl alle hier Versammelten derartigen Barbareien hingaben, lief ihm ein kalter Schauer über den Rücken. Aber niemand würde ihm glauben, wenn er von diesen Ungeheuerlichkeiten berichtete. Er brauchte Beweise.

«Ich muss unbedingt Beweise für das Komplott hier finden. Lenk du Di Licio ab», flüsterte er der Komtesse ins Ohr.

Aurélia de Crécy nickte, worauf sich Marcas entschuldigte und den belebten Speisesaal verließ. Er versicherte sich, dass niemand auf dem Flur war, und als er einem Kellner begegnete, erklärte er ihm in seinem schlechten Spanisch, dass er etwas in seinem Zimmer vergessen hätte. Dann eilte er in die oberste Etage der Residenz, wo sich am Ende eines Ganges Di Licios Büro befand. Über der Tür waren jedoch zwei Überwachungskameras angebracht, also ging Marcas wieder in das Stockwerk, in dem sich sein Zimmer befand, und trat auf den Balkon hinaus, um nachzusehen, ob er über die Fassade klettern konnte. Als er einsehen musste, dass die Aktion zu halsbrecherisch war, änderte er seine Meinung und lief hastig die Treppe wieder hinunter. Sie mussten fliehen, zum Teufel mit den Beweisen.

## 109
Paris
18. März 1314

Der Wachmann war eingedöst, doch als schwere Schritte die Wendeltreppe erschütterten, fuhr er hoch. Die Schritte waren gleichmäßig und verlangsamten sich weder angesichts des auf den Fliesen getrockneten Blutes noch aufgrund des Verwesungsgeruchs, der aus den Kerkern heraufdrang.

«Der Beichtvater», sagte der Wachmann leise zu sich selbst, «es ist so weit.»

Das Abendlicht fiel durch die Schießscharte, die auf die Seine zeigte. Die letzten Boote des Tages fuhren über den Fluss, und die Rufe der Schiffer schallten durch den Nebel.

Der Wachmann nahm Haltung an und verkündete:

«Vater, der Gefangene schläft noch.»

«Egal, schließ auf!»

Die Stimme war zwar gedämpft, zischte aber wie der Riemen einer Peitsche. Der Soldat trat vor und öffnete die drei Schlösser, mit denen das Verlies für Staatsgefangene gesichert war.

Sobald er die Tür geöffnet hatte, drang ein bestialischer Gestank heraus.

«Pater, verzeiht», stammelte der Wachmann, «aber die Inquisitoren haben ihn bis gestern ausgefragt …»

Der Beichtvater warf einen Blick in das Verlies. Ein schmaler, dunkler Raum mit einer steinernen Bank an der Wand. Ganz hinten konnte man ein hölzernes Gerüst erahnen, von dem Seile herabzuhängen schienen. Der Boden war mit vergammeltem Stroh und getrockneten Exkrementen bedeckt.

Der Priester zuckte zusammen. Eine Ratte war von einem steinernen Tisch gesprungen, auf dem sich ein dunkler Umriss abhob, der aussah wie ein Mensch.

«Ich hatte keine Zeit sauber zu machen, bevor …»

Langsam schob der Priester seine Kapuze nach hinten. Der Wachmann wich zurück. Statt eines Gesichts wurde eine lederne Maske sichtbar.

«Schweig!»

Stumm vor Schreck nickte der Soldat, der den Blick nicht von der Maske abwenden konnte, durch die zwei Augen blitzten – klar und kalt wie ein Wintermorgen.

«Gefällt dir mein Gesicht nicht?»

Eiskalter Schweiß lief dem Wachmann über den Rücken.

«Doch, Vater, ich schwöre es! Aber ich habe mit dem Beichtvater gerechnet, der sonst immer kommt.»

Der Maskierte wandte sich wieder in Richtung Verlies.

«Glaubst du etwa, dass dein Gefangener ein normaler Gefangener ist?»

«Nein, natürlich nicht, es ist der Großmeister der …»

«Er *war* es», schnitt der Beichtvater ihm das Wort ab. «Der Templerorden existiert nicht mehr.»

«Ja, Vater, er existiert nicht mehr», wiederholte der Wachmann, «natürlich, er existiert nicht mehr.»

«Jetzt besorg mir eine Fackel.»

Langsam betrat der Priester das Verlies. Das schmutzige Stroh raschelte unter seinen Füßen, und die verlassene Gestalt auf dem steinernen Tisch regte sich – ein Wunder, nach all dem, was sie durchgemacht hatte.

Der Wachmann kam mit der Fackel, und der Priester deutete auf eine Ecke, wo eine Metallspitze aus der Wand ragte.

«Steck sie dort rein.»

Flackerndes Licht erhellte den Raum. Der Soldat warf einen kurzen Blick auf den Gefangenen, der zitternd dalag.

«Wenn Ihr noch etwas braucht …»

«Abtreten!»

Der Wachmann verbeugte sich und verschwand in der Dunkelheit.

## 110
Brasilien
Bundesstaat Bahia
Residenz

Die Gäste waren gerade beim Nachtisch angelangt – eine in Zitronen-Kokosmilch schwimmende Tarte –, als Marcas den Saal wieder betrat. Er betrachtete das Dessert mit wenig Begeisterung, während er sich setzte. Di Licio musterte ihn.

«Alles in Ordnung?»

«Nein, ich bin noch nicht wieder auf dem Damm. Leichte Verdauungsprobleme. Aber wird schon vorbeigehen.»

«Es dauert, bis man sich an die veränderte Ernährung gewöhnt hat.»

Marcas flüsterte Aurélia de Crécy zu:

«Tu so, als ob du über das, was ich sage, lachst, die anderen schauen zu uns. Ich bin nicht in sein Büro gekommen, wir müssen es während der Zeremonie recht versuchen, aber dann sollten wir abhauen. Wir haben eine Stunde, wenn sie im Tempel sind, mehr nicht.»

Die Komtesse lachte laut auf.

Die stellvertretende WHO-Direktorin und einer der anderen Gäste blickten aufmerksam zu ihnen herüber. Laut sagte Marcas jetzt: «Das einzige Mal, als ich in diesen Club wollte, wurde ich rausgeschmissen. Samstagabend bei *Castel* reinzukommen ist schwieriger, als Freimaurer zu werden. Die Leute haben keinen Sinn mehr für wahre Werte. Ich hoffe, dass die Zugehörigkeit zur Loge Kadosh Kaos mir die Türen zu den angesagten Pariser Clubs öffnet.»

Nach dem Essen verließen die Gäste auf ein Zeichen des Meisters den Saal, um sich für die nächtliche Zeremonie umzuziehen. Di Licio verabschiedete sich von Marcas und Aurélia de Crécy.

«Das Ritual beginnt um zwei Uhr morgens, bis dahin werden wir meditieren. Es wird also einen Großteil der Nacht dauern, und wir sehen uns erst morgen früh wieder. Nutzt die Zeit, um euch auszuruhen. Morgen erwartet euch eine weitere Zeremonie.»

«Eine letzte Frage ... Die Gäste des heutigen Abends, sind das mehr oder weniger alle Mitglieder der Loge?», erkundigte sich Marcas.

«Weltweit haben wir ungefähr zweitausend Mitglieder. Alle sorgfältig ausgewählt, und alle waren nach ihrer Initiation hier in Bahia in der Residenz.»

«Aber sind sie auch alle auf deinem Anwesen bei Paris initiiert worden?»

«Nein, es gibt drei Initiationszentren. Eins in Europa, eins auf dem amerikanischen Kontinent und eins in Russland.»

«Wie lange werden wir in diesem Paradies bleiben? Mich zieht es jedenfalls nicht unbedingt ins graue Paris zurück», log Marcas.

Di Licio lächelte.

«Höchstens vier Tage. Danach werdet ihr von einem Logenmitglied nach Paris zurückbegleitet. Er ist Psychotherapeut und wird euch während der langen Lehrzeit auf dem Weg zum Templer und bei den Prüfungen, die ihr im Laufe des Jahres bestehen müsst, zur Seite stehen.»

«Was für Prüfungen?», erkundigte sich die Komtesse.

«Geduld ist eine wichtige Tugend, meine Liebe. Wir sehen uns morgen.»

Di Licio gab ihr einen Handkuss und entfernte sich. An der Tür drehte er sich noch einmal um.

«Ihr könnt gerne an den Strand gehen, wenn ihr wollt, aber verlasst die Wege nicht. Die Wachen sind im Moment ziemlich nervös wegen der Unruhestifter in der Ambulanz. Nachts zögern sie nicht lange, bevor sie schießen.»

Er hob zum Abschied die Hand. Marcas und Aurélia de Crécy gingen in Richtung des tropischen Gartens. Der Vollmond beleuchtete das Anwesen. Jasminduft lag in der Luft, als sie den Weg zum Strand hinuntergingen. Der Kommissar ergriff Aurélias Arm.

«Die Botschaft ist klar, er lässt uns nicht aus den Augen.

Ich glaube, wir sollten irgendwie versuchen, die Zeremonie zu beobachten. Ich würde zu gern wissen, ob es eine Verbindung zu den Auspeitschungen in der Klinik gibt. Ich bin mir fast sicher.»

Aurélia de Crécy unterbrach ihn ungeduldig.

«Du hast doch gehört, dass wir dort nicht erwünscht sind. Mich kriegst du jedenfalls nicht dorthin. Ich will weg von hier, Antoine, sofort. Ich will nicht wieder komplett die Kontrolle über mich verlieren wie heute Nachmittag. Das macht mir Angst.»

«Wir werden abhauen, aber erst später heute Nacht. Wir müssen auf jeden Fall warten, bis das Ritual anfängt.»

## 111
Paris
18. März 1314

Der geschundene Körper bewegte sich nun etwas stärker, als hätte das flackernde Licht der Fackel ihn schließlich aus der Bewusstlosigkeit geweckt, in die ihn der Inquisitor mit seinen Qualen versetzt hatte. Der Beichtvater bemerkte, dass man die Gestalt mit Händen und Füßen an den Stein gefesselt hatte. Ein Blick auf die Knoten verriet, dass hier ein Profi am Werk gewesen war: Er hatte genug Spiel gelassen, damit sich das Opfer bewegen konnte, wobei jedoch höllische Schmerzen entstanden, da an jedem Knoten winzige, im Licht der Fackel funkelnde Kristalle hafteten.

Vorsichtig griff der Priester nach einem der Kristalle und leckte daran. Er schmeckte … nach Salz! Genau, wie er vermutet hatte. Er kannte diese Foltermethode. Man tauchte die Seile in ein Bad mit Salzwasser, und die Kristalle setzen sich dann an den Knoten ab. Wenn der Gefolterte an den Seilen zu zerren begann, weil er die Qualen nicht mehr aushielt, schnitten sie sich tief in sein Fleisch. Und sobald das Salz mit der Wunde in Kontakt kam, wurde ein neuer Schmerz spürbar – stechend und fürchterlich, ohne jegliche Hoffnung auf Linderung.

Die Gestalt hatte kein Gesicht mehr. Das von Schweiß und Blut dunkle Haar hing strähnig um den Kopf, Speichel klebte im Bart, und der Rest war unter einer dicken Schorf- und Schmutzschicht verborgen. Der Beichtvater streckte die Hand nach der Stelle aus, wo sich die Augen befinden mussten, zog sie dann aber doch wieder zurück. Der Mann musste ihn nicht sehen.

Wichtig war nur, dass er ihn hörte.

Ein leichter Luftzug ging durch den Raum. Die Flamme flackerte. Der Priester blickte in Richtung eines Strohhaufens an der Wand. Dort war der Platz für die Gehilfen des Folterers, wenn das Verhör unterbrochen wurde und der Gefangene, wenn überhaupt, wieder ein wenig Kräfte sammeln konnte, um die nächsten Folterungen zu überstehen.

Mit dem Fuß schob er das Stroh auseinander. Eine halb verstopfte Öffnung in der Wand tat sich dahinter auf. Als er sie vollständig freigelegt hatte, fegte ein eisiger Wind durch den Raum.

Von der Steinplatte wurde ein ersticktes Stöhnen wie aus einem Grab hörbar. Dazu kam ein leises, nur schwer zu ertragendes Geräusch.

Der Beichtvater drehte sich um. Mit zitternden, verkrampften Fingern kratzte der Mann über den Stein.

«Könnt Ihr mich hören?»

Das Kratzen der Fingernägel wurde schneller.

Der Beichtvater trat vor und beugte sich über den Gefesselten. Er zog ein Paar Handschuhe aus dem Gürtel, schob das strähnige Haar des Gefesselten auseinander und sah sich dessen Gesicht genauer an. Die Stirn war eine einzige eitrige Masse. Die Nase schien nur noch an einer Sehne zu hängen.

Er bewegte die Hand in Richtung des schiefen Mundes, drückte die Lippen auseinander und schob einen Finger zwischen die verbleibenden Zähne. Erst schlug der Gefesselte panisch um sich, gab dann aber plötzlich erschöpft jeglichen Widerstand auf. Langsam, fast behutsam, zog der Priester den Lederhandschuh zurück.

Die Zunge war nicht herausgerissen worden.

Folglich würde der Mann sprechen können.

Doch zunächst musste er zuhören.

«Verurteilter, der Tag ist gekommen.»

«Welcher Tag?», stieß der Gefolterte verängstigt hervor.

Der Beichtvater lächelte hinter seiner ledernen Maske.

«Der Tag Eures Todes.»

## 112
## Brasilien
## Bundesstaat Bahia
## Residenz

Die Templer zogen über den vom Mondlicht erhellten Hügel. Die Prozession sah aus wie eine leuchtende Schlange in der Dunkelheit, weil jeder Ritter eine Fackel in der rechten Hand trug. Marcas lag flach auf dem Bauch hinter einem Busch und zählte 60 Personen, die in nur etwa zwanzig Metern Entfernung an ihm vorüberzogen.

Aurélia de Crécy war in ihrem Zimmer geblieben. Da sie davon überzeugt waren, abgehört zu werden, hatten sie gemeinsam Sex vorgetäuscht. Sie hatte wunderbare falsche Lustschreie von sich gegeben und dann allein weitergemacht, während Marcas sich über den Balkon aus dem Staub gemacht hatte.

Er wartete nicht ab, bis der Zug den Tempel erreicht hatte, sondern sprang auf und lief im Schutz des Gebüschs voraus. Als er vor dem Eingang drei bewaffnete Wachen bemerkte, fluchte er innerlich und schlug einen großen Bogen zur Rückseite des Gebäudes. Als er nur noch dreißig Meter entfernt war und sah, dass hier keine Wache in der Nähe war, sprintete er los. Eine positive Seite hatte die Initiation bei der Kadosh-Loge wenigstens: Er fühlte sich bestens in Form und war nicht einmal außer Atem, als er die Tempelmauer erreichte. Er schlich daran entlang und fand schließlich, was er suchte: eine kleine Holztür mit einem Vorhängeschloss. Mehrmals schlug er kräftig mit einem Stein darauf, und tatsächlich löste sich der an dem Holz befestigte Metallring nach einigen Versuchen.

Er trat ein und befand sich in einer Art Abstellraum, wo sich Tische, Sitzbänke und Werkzeuge stapelten. Gegenüber erblickte er im Halbdunkel eine weitere Tür und öffnete sie einen Spaltbreit. Der Geruch von Weihrauch drang ihm in die Nase. Er sah den Innenraum des Tempels vor sich, in dem er einige Stunden zuvor ein so intensives Erlebnis gehabt hatte. Als er schließlich wagte, die Tür ein wenig weiter zu öffnen, drang ein Klagen an sein Ohr, das wie ein langsamer Choral klang. Neugierig schlich er weiter. Obwohl eine große Säule ihm den Blick versperrte, konnte er eine Gruppe von Männern und Frauen erkennen, die vor der Wand an Pfeiler gefesselt waren. Die marmorne Außenmauer war jetzt nicht mehr orangefarben, sondern weiß, nahezu aschfahl. Das Tatzenkreuz in der Mitte war jedoch nach wie vor rot. Blutrot. Marcas bemerkte, dass es von zwei Strahlern angeleuchtet wurde, die an beiden Seiten des Dachstuhls befestigt waren. Dieses Kreuz faszinierte ihn. Er erinnerte sich daran, wie es ihn am Nachmittag in den Bann gezogen hatte, und spürte prompt wieder, wie seine Entschlossenheit ins Wanken geriet. Das Kreuz rief ihn erneut, doch er zwang sich, den Blick abzuwenden. Allerdings spürte er nun ein Brennen am Hinterkopf und schloss einen Moment die Augen. Er hatte das Gefühl, als wenn sich das Kreuz in seinen Kopf bohren wollte, und versuchte es zu verdrängen.

Nachdem er sich vergewissert hatte, dass sich in diesem Teil des Tempels keine Wache befand, schlich er von einer Säule zur nächsten, um sich in der Nähe des Eingangs zu verstecken.

Beim Näherkommen erkannte er die Gefesselten. Es handelte sich um jene Unglückseligen, die er in dem geheimen Operationssaal der Klinik gesehen hatte. Jetzt waren sie nackt, ihre Körper gezeichnet von den Peitschenhieben. Sie schienen betäubt zu sein, denn sie blickten abwesend ins Leere und atmeten schwer. Marcas wurde zornig. Er empfand kein Mitleid, aber das Gefühl, nichts tun zu können, brachte ihn in Rage. Selbst wenn er sie befreite, würden die armen Teufel sich kaum bewegen können.

Plötzlich brauste Orgelmusik auf, und die Templer betraten langsam das Gebäude. Mit ekstatischem Blick führte Di Licio die Prozession an. Marcas drückte sich so eng wie möglich an die Wand. Die Männer und Frauen stellten sich in drei Reihen halbkreisförmig um die Pfeiler mit den

Gefesselten. Das Brausen der Orgel wurde leiser, und eine Stimme ertönte.

«Von Mitternacht bis Mittag, Brüder und Schwestern der Loge Kadosh Kaos, sind wir hier versammelt, um heute den Übertritt einiger unserer Mitglieder in den Grad des Meisters zu feiern. Zwei Jahre lang haben sie darauf hingearbeitet. Mindestens dreimal haben sie ihre Waffe bereits in lebendes Fleisch versenkt. Heute Abend sollen sie nun Gelegenheit bekommen, ihre Opfergabe vor uns als ihren Zeugen darzubringen. Tretet vor, Brüder und Schwestern.»

Eine Handvoll Männer und Frauen traten aus dem Halbkreis heraus und stellten sich vor die gefesselten Opfer. Unter ihnen erkannte Marcas auch wieder die stellvertretende WHO-Direktorin. Jeder von ihnen zückte einen Dolch.

«Adonai Kaos», rief Di Licio.

«Adonai Kaos», wiederholte die Gruppe im Chor mit erhobenen Waffen.

«Welche Waffe symbolisiert den Kampf?»

«Das Schwert, das flammende Schwert des heiligen Michael, die unnachgiebige Klinge des heiligen Georg, der den Starken Kraft verleiht.»

Marcas wurde bewusst, dass er gerade einer pervertierten Freimaurer-Tempelarbeit beiwohnte. «Von Mitternacht bis Mittag» war das Gegenteil von dem, was in den Logen galt. Er fühlte sich stark an satanische Messen erinnert, in denen alle Symbole umgedreht wurden. Der Starke war im Recht, der Schwache wurde bestraft. Das Böse wurde zum Guten.

«Sprecht das Heilige Wort.»

«Shaitan Bealim Adonai», murmelten die angehenden Meister im Chor.

In diesem Moment schienen die Opfer aus ihrer Starre

zu erwachen. Als sie ihre Henker erkannten, weiteten sich ihre Augen vor Schrecken. Ein junger Mann brüllte, ein alter heulte und flehte um Erbarmen. Eine Frau versuchte, sich loszureißen. Angesichts dieses widerlichen Spektakels fühlte sich Marcas vollkommen machtlos.

«Von Mitternacht bis Mittag. Die Lämmer sind dargebracht. Sie werden ins Licht des ewigen Kreuzes zurückkehren. Ich habe gesprochen.»

Ein Trommelschlag war zu hören. Kurz darauf ein zweiter. Alle zehn Sekunden wiederholte sich der Ton und wurde jedes Mal lauter.

Der Totentanz begann.

Die Templer gingen im Rhythmus der Trommelschläge auf ihre Opfer zu. Sie ließen den Dolch sinken und beugten sich vor, um ihre jeweiligen Opfer auf die Lippen zu küssen. Anschließend traten sie zurück. Hoffnung flackerte in den Blicken der Gefesselten auf, als hofften sie, dass ihnen nur ein übler Streich gespielt wurde. Doch dann hoben die Tempelritter erneut ihre Dolche, wobei ihre Bewegungen so synchron waren, dass sie stundenlang dafür geübt haben mussten. Abermals gingen sie auf ihre Opfer zu und legten nun die linke Hand auf deren Stirn.

Sie stießen alle gleichzeitig zu.

Marcas wandte den Blick entsetzt ab. Noch nie hatte er etwas so Abartiges erlebt. Diese armen Menschen wurden als Opferlämmer geschlachtet. Das unheilbringende Kreuz über ihnen vibrierte in einem ungesunden Licht wie ein Dämon, der sich im Blut der Unschuldigen suhlt.

Die Tempelritter traten zurück und betrachteten ihr Werk, ohne auch nur die Miene zu verziehen. Die Hand der Frau von der WHO war rot vom Blut, auch auf ihrem Umhang waren leuchtend rote Flecken zu sehen.

Die Trommelschläge verstummten. Abermals ertönte die Stimme.

«Der Kadosh hat die Schwelle des Todes überschritten und tritt nun in den heiligen Schrein des Lebens ein, wo wir ihn willkommen heißen.»

Ein Mörder nach dem anderen ließ den Dolch zu Boden fallen. Die anderen Logenmitglieder traten zu ihnen, um jedem Einzelnen den Bruderkuss zu geben, während die Opfer hinter ihnen langsam verbluteten.

Fassungslos vor Entsetzen beobachtete Marcas, wie die Templer ihr Ritual fortsetzten und lateinische Verse aufsagten, die er nicht verstand. Er musste fort von hier. Jetzt. Er schlich durch den Tempel zurück in den Abstellraum und stieß schließlich die kleine Holztür nach draußen auf, durch die er hereingekommen war. Die Luft war frisch, und er atmete tief ein und wieder aus, als könnte er damit das Böse, das er gerade miterlebt hatte, einfach wegatmen. Als er die Tür geschlossen hatte, hörte er schwere Schritte hinter sich. Ihm blieb gerade noch genug Zeit, sich umzudrehen, doch dem ungeheuren Schlag in den Magen konnte er nicht mehr ausweichen.

## 113
Paris
18. März 1314

Der Beichtvater war auf den Treppenabsatz getreten, um nach dem Wachmann zu rufen. Dieser kam daraufhin vom Hof hinab, den die Gefangenen überqueren mussten, bevor sie in die Folterkammer geführt wurden.

«Steht der Wagen bereit?»

«Er ist gerade mit der Eskorte eingetroffen.»

«Und der Scheiterhaufen?»

Der Soldat bekreuzigte sich. Tod durch Feuer war die schlimmste der gewaltsamen Todesarten. Und da der ehemalige Großmeister als Staatsverräter verurteilt worden war, ließ man bei ihm keine Gnade walten, auch nicht jene, ihn zu erdrosseln, bevor die Flammen ihn auffraßen.

«Er ist bereit. Wir warten nur noch auf den König.»

Der Beichtvater nickte und kehrte in die Zelle zurück.

Jacques de Molay war auf der feuchten, mit Blut befleckten Steinplatte verstummt, erschöpft von den wenigen Worten, die er von sich gegeben hatte. In der eisigen Luft verursachte sein flacher Atem Dunstwölkchen. Sein Körper würde nicht mehr lange durchhalten. Unruhig griff der Beichtvater nach dem knochigen Handgelenk des Gefangenen. Sieben Jahre, seit sieben Jahren vermoderte der Großmeister nun schon in Gefangenschaft.

Einst hatte er einen Ritterorden geführt, der sich über ganz Europa erstreckt hatte. Er, dem der größte Militärverbund der Christenheit unterstellt gewesen war, er, der der großzügige Financier von Prinzen und der gefürchtete Freund der Könige gewesen war, er, der Großmeister, vegetierte in einem Gefängnis dahin wie ein Leprakranker, verachtet und von den Seinen verlassen. Er war nur noch ein menschliches Wrack, geschlagen und krank – und auch sein Geist schwand dahin.

Seit sieben Jahren war er ständig hungrig und lebte in Schlamm und Schmutz. Seit sieben Jahren wurde er gefoltert, seit sieben Jahren war der Templerorden endgültig zerschlagen und zerstört.

Beim Anblick dieses ausgemergelten Alten, der vor Kälte schlotterte und dem das Herz bis zum Halse schlug, war der Beichtvater unter seiner Ledermaske fast gerührt. Gott gibt und Gott nimmt, dachte er, aber er musste schmunzeln, wenn er an die Worte des Evangeliums dachte. Wie oft hatte Gott Hilfe von den Menschen bekommen!

Von Menschen, die vor nichts zurückschreckten, weder vor Folter noch dem Scheiterhaufen. Weder vor willkürlichen Festnahmen noch vor falschen Zeugenaussagen. Wie eben auch König Philipp der Schöne, der den Orden mit kaltem und erbittertem Hass zerschlagen ließ. Er war es gewesen, der die riesige Massenverhaftung im Oktober 1307 angeordnet hatte. Tausende von Festnahmen an einem einzigen Vormittag. Ein Beispiel, das die übrigen Herrscher Europas das Staunen lehrte. Selbst Papst Clemens V. hatte der königlichen Justiz nicht widerstehen können und die Verurteilung des Templerordens gebilligt, deren Mitglieder immerhin zwei Jahrhunderte lang im Namen Christi in den Kampf gezogen und gefallen waren.

Der Beichtvater ließ den zitternden Haufen Elend nicht aus den Augen. Am Abend vor der Festnahme hatte der König den mächtigen Großmeister, den Paten seines Sohnes, noch geküsst und als seinen Bruder bezeichnet. Am nächsten Morgen war Molay der Sodomie, der Ketzerei und des Götzendienstes beschuldigt worden. Hauptanklagepunkte, die durch die Folter bewiesen und schließlich mit dem Scheiterhaufen geahndet wurden.

Der Beichtvater bekreuzigte sich. Er musste an die verkrüppelten ehemaligen Tempelritter denken, die jetzt an Kirchentüren bettelten und ihre in einer Kiste verstauten verkohlten Beine herzeigten.

«Wer seid Ihr?», drang auf einmal die zittrige Stimme von der Steinplatte zu ihm herauf.

«Der Beichtvater, den Gott geschickt hat, Euch in den Himmel einzulassen, sofern Ihr Eure Fehler zugebt und bedauert.»

«Meine Fehler?»

Als der Priester sich vorbeugte, glaubte er kurz, ein höhnisches Lachen zu hören, das jedoch gleich von einem Stöhnen erstickt wurde.

«Ja, Eure Fehler. All Eure Brüder haben sich dazu bekannt, und Ihr selbst habt …»

«Ich habe nie irgendetwas zugegeben, es sei denn, Ihr und Euresgleichen habt mich unter Folter dazu gezwungen.»

«Ich bin Beichtvater und kein Inquisitor. Ich bin gekommen, um Eure Seele zu retten. Mit mir könnt Ihr ehrlich und im Vertrauen reden.»

«Warum tragt Ihr dann eine Maske?»

Mit glasigen Augen blickte der Großmeister in das lederne Gesicht über sich.

Vor einigen Tagen hatte man ihn gewaltsam in dieses Loch gebracht. Er hatte eine Erklärung gefordert, aber die Wachen waren stumm geblieben. Erst beim Anblick der Steinplatte, der Blutflecken und der glühenden Kohle hatte er verstanden, was ihm bevorstand.

«Ich muss Eure Fragen nicht beantworten. Erzählt mir lieber von Euren Sünden.»

«Es gibt keine. Ich habe keine Sünden begangen.» Er atmete immer ungleichmäßiger. «Gott ist mein Zeuge. Ich habe nicht gesündigt!»

Ein lautes Klopfen erschütterte die Tür. Die Wachen des Königs traten ein. Es war Zeit.

Der Beichtvater zog sich zurück, während Molay losgebunden wurde. Er konnte sich nicht mehr auf den Beinen halten. Man zog ihm einen makellosen weißen Umhang über.

Eine der Wachen höhnte: «Damit man dich besser sehen kann …»

Der Großmeister blickte ihn stumpf und verständnislos an.

«… wenn du verbrennst und in die Hölle geschickt wirst.»

## 114
## Brasilien
## Bundesstaat Bahia
## Residenz

Als Marcas aufzustehen versuchte, bekam er einen Tritt in die Seite, der ihn gegen die Mauer des Tempels schleuderte. Der Wachmann packte ihn am Kragen, zog ihn hoch und hieb ihm das Knie ins Gesicht. Vor Wut wie gelähmt, spürte der Kommissar keinen Schmerz, sackte jedoch abermals in sich zusammen. Der Wachmann holte sein Handy hervor und blickte ihn herablassend an, als Marcas plötzlich unbändige Kräfte in sich spürte. Präzise schlug er seinem Angreifer die Faust in den Schritt, worauf dieser taumelnd das Telefon fallen ließ. Im nächsten Moment hatte Marcas bereits einen Stein aufgehoben und ihn mit Wucht auf das Knie des Wachmanns geschlagen, der nun endgültig das Gleichgewicht verlor und am Boden lag. Marcas trat noch einmal nach, als wollte er ihn für all die Widerwärtigkeiten der Kadosh-Loge bestrafen. Wut übermannte ihn und er setzte sich rittlings auf den Bauch seines Opfers und schlug immer wieder mit dem Stein gegen dessen Schläfe. Blut sickerte durch das gegelte Haar des Wachmanns. Marcas hatte sich nicht mehr unter Kontrolle. Er war nicht mehr er selbst, sondern jemand, der bewusst den Kopf dieses Brasilianers zerschlug. Es machte ihm Spaß und Angst zugleich.

Als er aufstand, war der Wachmann tot, das Gesicht nur noch ein einziger Brei. Der mörderische Trancezustand ließ nach, und Marcas gewann die Beherrschung wieder. Er durchsuchte die Taschen des Toten und fand einen Plastikbutton sowie eine Brieftasche. Auch die Pistole, die am Gürtel befestigt war, und das am Boden liegende Handy steckte er ein. Er blickte auf die Uhr. Halb vier Uhr morgens. Er hatte gar nicht bemerkt, wie schnell die Zeit vergangen war.

Nach einer kurzen Verschnaufpause zog er den Leichnam in den Abstellraum und schloss die Tür. Jetzt musste er wirklich so schnell wie möglich fort von hier. Früher oder später würden die anderen Wachen die Leiche entdecken und nach ihm suchen.

So schnell er konnte, lief Marcas durch die üppige Vegetation. Zweige stachen ihm ins Gesicht, dreimal rutschte er auf dem feuchten Untergrund aus, aber er rannte weiter, bis er unter den Balkons der Residenz stand. Alles war still. Er kletterte in den ersten Stock hinauf und zog sich über das Geländer. Der Mond schien in das Zimmer. Aurélia de Crécy lag auf dem Bett und rauchte nervös eine Zigarette. Rauchschwaden waberten durch den Raum. Als er an ihr Fenster klopfte, sprang sie sofort auf und öffnete ihm.

«Mein Gott, wo warst du so lange? Du bist ja voller Blut.»

«Schnell, wir müssen sofort weg. Ich musste einen Wachmann umbringen. Zieh dich an. Ich erzähl dir alles unterwegs.»

Er lief ins Badezimmer. Sein Spiegelbild erschreckte ihn. An seinem Kinn klebte Blut, das Haar war zerzaust, und er hatte dunkle Ringe unter den geröteten Augen. Auch seine Hände waren rot vom Blut des Wachmanns. So sieht ein Wahnsinniger aus, dachte er, während er sich kaltes Wasser über Gesicht und Hände laufen ließ.

Die Komtesse hatte sich inzwischen eine Bluse über ihr Kleid gezogen und erwartete ihn auf dem Balkon. Gemeinsam kletterten sie hinunter und standen in weniger als einer Minute im Garten.

«Ich habe mitbekommen, dass der Ausgang der Residenz zwei Kilometer von hier entfernt ist. Das können wir schaffen. Von dem Moment, wenn sie den toten Wachmann entdecken und Alarm schlagen, bis zu dem Zeitpunkt, in dem sie merken, dass unsere Zimmer leer sind, haben wir genug Zeit, um das Grundstück zu verlassen», sagte Marcas.

Mit einem seltsamen Leuchten in den Augen blickte sie ihn an und zog ihn dann ruckartig zu sich heran, um ihn zu küssen. Er spürte ihre warmen Lippen auf seinem Mund und merkte, wie ihre Zunge in seinen Mund eindrang.

«Wir kommen hier wieder raus. Da bin ich mir ganz sicher», sagte sie, nachdem sie sich wieder von ihm gelöst hatte.

Dann liefen sie landeinwärts zwischen vom Mondlicht beschienene Palmen. Mit der Pistole fühlte sich Marcas deutlich sicherer. Vereinzelt fielen Regentropfen auf die Palmwedel, und eine frische Brise ließ die Bäume leicht schwanken. Die Tropfen wurden schnell mehr, und schon bald verwandelte strömender Regen den Boden in eine einzige rutschige Schlammwüste. Plötzlich ging erst eine und kurz darauf eine zweite Sirene los.

«Sie haben den Wachmann gefunden. Das ging schnell.»

Sie rannten trotz des rutschigen Untergrunds schneller.

In der Ferne war ein Brummen zu hören, und plötzlich tauchte am Himmel ein Suchscheinwerfer auf. Das Brummen wurde zu einem Dröhnen.

«Ein Hubschrauber, schnell auf die Seite», schrie Marcas.

Sie flüchteten hinter den dicken Stamm einer Palme. Der Hubschrauber flog über sie hinweg wie ein Raubvogel, während der Lichtkegel den Boden absuchte.

Marcas und Aurélia de Crécy kauerten sich dicht aneinander. Das Dröhnen der Rotorblätter beherrschte alles, dann wurde das Geräusch wieder leiser. Sie standen auf und setzten ihre irre Flucht durch den starken Regen fort, bis sie an eine über drei Meter hohe Mauer kamen, die das Anwesen umgab.

«Mist, die ist zu hoch, da kommen wir nie rüber.»

«Wir müssen bis zum nächsten Ausgang daran entlanglaufen», sagte die Komtesse entschlossen.

Bereits nach hundert Metern kamen sie zu einer Gittertür, die mit einer rostigen Kette verschlossen war.

Marcas zog die Pistole und sprengte das Schloss mit einem Schuss. Sie öffneten die Tür und folgten dem Weg, der parallel zu dem Grundstück verlief. Es war der einzige, der weit und breit zu sehen war. Nach einer Weile gelangten sie an ein langes Feld, hinter dem Straßenlaternen aufragten, was auf eine größere Straße hindeutete. Außerdem zeichneten sich am Horizont Häuser ab. Der Regen prasselte auf sie nieder, als wollten die Naturgewalten sie aufhalten. Wieder hörten sie das Dröhnen des Hubschraubers in der Ferne. Als sie schließlich schlammverschmiert die Straße erreichten, versteckten sie sich unter einem provisorischen Blechdach, das für geschlagenes Holz errichtet worden war. Marcas nahm das Handy des Wachmanns und drückte auf die Tasten. Es funktionierte nicht. Er sah in dessen Brieftasche nach. Ausweis, Führerschein, das Foto einer lächelnden Frau mit einem Kind, der Mitgliedsausweis eines Fußballvereins sowie eine Handvoll Fünf- und Zehn-Real-Scheine. Er steckte das Geld ein und versteckte die Brieftasche dann zwischen zwei Baumstämmen.

«Warum tust du das?», fragte Aurélia.

«Wenn uns die Polizei schnappt, will ich nicht, dass sie seine Sachen bei mir finden.»

«Und die Pistole?»

«Die behalte ich noch, zumindest bis wir uns an einem zivilisierteren Ort befinden. Uns bleibt nichts anderes übrig, als den Bus zu nehmen. Irgendwo hier wird es ja wohl eine Haltestelle geben.»

Bis auf die Haut durchnässt, gingen sie an der Straße entlang und sprangen jedes Mal zur Seite, wenn ein Auto kam. Schließlich kamen sie zu einer Bushaltestelle, doch Marcas wusste, dass die Zeit gegen sie arbeitete. Die Loge würde sie für ihren Verrat bezahlen lassen.

## 115
Paris
Île aux Juifs
18. März 1314
Abends

Der Karren, der die Verurteilten brachte, kam nur langsam voran. Die Menge drängte sich, um die beiden Männer zu sehen, die hingerichtet werden sollten. Außer dem vor sich hin starrenden Großmeister hatte man auch den Würdenträger Geoffroy de Charnay gebracht, der auf seinem kahlrasierten Schädel das Zeichen der Schmach trug: eine Mitra aus Papier in Anspielung auf die Bischofsmützen, die man den Ketzern für den Scheiterhaufen verpasste. Der Pöbel zeigte mit dem Finger auf die beiden Kriminellen, von denen sich Gott und die Menschen abgewandt hatten. Einige ließen sich sogar dazu hinreißen, die Verurteilten zu bespucken, und machten damit ihrem Hass auf die Mächtigen Luft, was leicht war, wenn diese bereits in Ungnade gefallen waren.

Der Scheiterhaufen war eilig errichtet worden, da der König und seine Berater die Sache, die das Königreich seit sieben Jahren umtrieb, endlich aus der Welt schaffen wollten. Die Gehilfen des Henkers waren in die benachbarten Häuser geschickt worden, um Holz zu besorgen, doch die Scheite, die man ihnen gegeben hatte, waren noch grün und würden eher qualmen als brennen. Das Volk und der König aber wollten ein wahres Höllenfeuer, in dem sich die Verurteilten in der Glut vor Schmerzen heulend krümmten. Um sie nicht zu enttäuschen, spickten der Henker und seine Gehilfen die Holzscheite mit trockenen Weinreben und gossen unauffällig Nussöl über die Kreuze, an denen die

Gefolterten befestigt würden. Das Öl würde in ihre Hemden dringen und das Spektakel noch vergrößern.

Die beiden Verdammten waren so schwach, dass die Wachen sie auf dem Weg zum Scheiterhaufen stützen mussten. Wie sie mit ihren schmutzigen Bärten und dem verstörten Blick auf ihren dürren Beinen wankten, brachten sie den Pöbel zum Toben. Von Spott und Verachtung begleitet, näherten sie sich dem Scheiterhaufen. Den Beichtvater, der sein Gesicht nach wie vor versteckt hielt, schien der Hass des Volkes nicht zu berühren. Die sich langsam vorwärts bewegende dunkle Gestalt erinnerte sie alle daran, dass er es war, der im allerletzten Moment die Tore zum Paradies öffnete – oder auch nicht.

Der Henker hatte gerade noch eine letzte Weinrebe befestigt, als die Verurteilten am Fuß des Scheiterhaufens ankamen, über dem sich die zwei Kreuze erhoben. Zuerst zog man Geoffroy de Charnay hinauf, der keinerlei Widerstand leistete. Dann war der Großmeister an der Reihe. Ein Gehilfe nahm ihn an den Füßen, ein zweiter packte ihn unter den Achseln, und so stiegen sie über den Scheiterhaufen bis zum Kreuz. Der Henker band Jacques de Molay an den Handgelenken und Knöcheln daran fest.

Es wurde still.

Langsam kletterte der Beichtvater zu dem ehemaligen Großmeister hinauf. Unterdessen begannen am Fuß des Scheiterhaufens die Priester für das Konvertieren *in extremis* der Ketzer zu beten.

Der Beichtvater trat zu dem Templer, der nicht mehr bei Bewusstsein zu sein schien. In dem Moment, als er sich zu dessen Gesicht vorbeugte, murmelte der Großmeister jedoch: «Niemals werde ich für Verbrechen Reue zeigen, die ich nicht begangen habe! Niemals!»

«Aber wer verlangt das von dir?»

Überraschung machte sich in Molays zerstörten Zügen breit.

«Bist du nicht gekommen, um meine Seele zu retten?»

«Deine Seele hast du schon vor langer Zeit verloren.»

Ein kalter Schauer lief dem Verurteilten über den Rücken. Er stammelte: «Du bist der Teufel, nicht wahr? Ich bin verdammt!»

Beinahe zärtlich strich ihm der Beichtvater mit dem Handschuh über die Stirn.

«Nein, ich bin nicht das Böse.» Seine Kapuze berührte fast die Lippen des Großmeisters.

«Ich bin etwas viel Schlimmeres. Ich bin deine Vergangenheit.»

Verzweifelt schüttelte der Großmeister den Kopf. Er konnte keinen klaren Gedanken mehr fassen. Die Folter, die Geständnisse, seine Wahl, die Jahre im Heiligen Land …

«Erinnerst du dich nicht an mich, Jacques?»

«Nein», schrie Molay, «nein!!»

«Dann sieh mich an!»

Der Beichtvater ließ seine Kapuze fallen. Das Brüllen war bis zur Seine zu hören.

Guy d'Aynac sprang zur Seite und gab dem Henker ein Zeichen.

Die Fackel entzündete den Scheiterhaufen sofort.

# FÜNFTER TEIL

*Leiden bringt Gedanken hervor wie ein Bienenstock Bienen.*

*Ein Mensch, der klagt im Schmerz, aus seinen Wunden entsteht ein Strahlen, das viel schöner ist als all die alten Lügen.*

Aragon, *Les poètes*.

## 116
Brasilien
Bundesstaat Bahia
Auf der Straße

Marcas blickte auf die Uhr: 4.10 Uhr. Etwa ein Dutzend Personen hatten sich in den Unterstand an der Haltestelle geflüchtet und warteten auf den Bus. Der Weg zur Arbeit in Salvador war weit.

Marcas und Aurélia de Crécy mischten sich unter die Brasilianer und taten so, als würden sie nicht bemerken, dass sie in ihrer schmutzigen und triefend nassen Kleidung schief angesehen wurden. Ein gut trainierter dunkelhäutiger Mann in einem braunen Blouson, der sich sein Handy ans Ohr hielt, musterte schmunzelnd die Kurven der Komtesse. Sie senkte den Blick und schob sich hinter den Kommissar. Sie wusste genau, dass ihr Kleid und die durchweichte Bluse nicht viel verbargen.

Als die Wartenden den Bus im Regen kommen sahen, begann ein wildes Schieben und Winken. Mit quietschenden Bremsen kam er neben ihnen zum Stehen. Den spöttischen Blick des Modellathleten im Nacken, stiegen Marcas und Aurélia de Crécy ein. Ein kleiner alter Mann mit einer schäbigen Kappe auf dem Kopf fungierte an der Tür als Schaffner.

«Bus, Salvador?», fragte Marcas und deutete in die Richtung.

*«Si, Senhor.»*

Marcas gab dem Schaffner, der zur Komtesse hinüberschielte, vier Real. Bevor sie sich einen Platz suchten, drehte sich der Kommissar noch einmal um, weil er sichergehen wollte, dass sie nicht verfolgt wurden, konnte aber niemanden sehen.

Zu dieser frühen Stunde war der Bus voll mit verschlafenen Menschen, die es nicht besonders eilig hatten, zu ihren Arbeitsplätzen in den Touristenhotels an der Küste zu kommen. Ruckartig fuhr der Bus an und beschleunigte angesichts des strömenden Regens schnell auf eine beachtliche Geschwindigkeit. Der Fahrer schaltete in einen höheren Gang, das Getriebe knirschte. Trotz der schlechten Sicht wurde der Bus permanent von anderen Fahrzeugen überholt. Marcas legte den Arm um die fröstelnde Komtesse. Der Strand, der parallel zur Straße verlief, war wegen des schlechten Wetters kaum zu erkennen.

«Wenn die Palmen nicht wären, könnte man meinen, man wäre in irgendeinem Pariser Vorort. Schwer vorstellbar, dass wir uns gestern noch an einem Traumstrand vergnügt haben. Was machen wir jetzt? Wir haben nichts, wir sind ohne Papiere und fast ohne Geld unterwegs. Außerdem suchen sie uns sicher bereits.»

Wieder warf Marcas einen Blick zurück, um zu sehen, ob ihre Verfolger ihnen bereits auf den Fersen waren, doch im Regen war nichts zu erkennen. Das konnte auch ein Vorteil sein.

«Ich geh mal den Schaffner fragen, wie lange es bis Salvador dauert», sagte Marcas.

«Sprichst du Portugiesisch?»

«Nein, aber ein bisschen Spanisch, und das ist ziemlich ähnlich.»

Er stand auf und versuchte angesichts der chaotischen Fahrweise des Busfahrers das Gleichgewicht nicht zu verlieren. Aurélia de Crécy blickte aus dem Fenster in Richtung Strand. Ein Stück von der Straße entfernt sah sie Strohdachhütten mit Getränkewerbung. Ein Schild zeigte an, dass es in zwei Kilometern zum Badeort Itapoa abging.

Marcas setzte sich wieder neben sie.

«Er hat mir einen Plan von Salvador de Bahia gezeigt. Die Stadt ist ziemlich groß. Der Bus fährt nicht bis ins Zentrum. Er sagt uns Bescheid, wo wir rausmüssen, um in einen anderen Bus umzusteigen.»

«Wir haben doch nur die Handvoll Scheine aus dem Portemonnaie des Wachmanns. Wie viel hast du davon noch?»

Marcas nahm das feuchte Geld und zählte es. Dreiundsechzig Real.

«Das ist wirklich nicht viel», sagte er. «Wir könnten zum französischen Konsulat gehen, aber wahrscheinlich gibt es hier keins. Oder wir gehen zur Polizei, aber angesichts der brasilianischen Beamten, die gestern bei dem Dinner waren, habe ich dazu eher keine Lust.»

Er zog sich die nassen Schuhe und Strümpfe aus, während sich Aurélia de Crécy müde reckte.

«Und wenn du bei deinen Freimaurerbrüdern um Asyl bittest? Logen müsste es hier doch geben.»

«Daran habe ich auch schon gedacht, aber morgens sind sie normalerweise noch geschlossen, und um herauszufinden, wo sie sind, müssten wir auf jeden Fall ein Internetcafé aufsuchen. Mir fällt es schwer, meine Gedanken zu ordnen. Nutzen wir die Busfahrt und versuchen ein wenig zu schlafen. Es dauert noch, bis wir ankommen.»

Die Komtesse schmiegte sich an seine Schulter und schob ihre Hand unter sein feuchtes Hemd.

«Es ist komisch. Ich sterbe fast vor Angst und fühle mich gleichzeitig … unbesiegbar.»

«Das hast du den Ärzten der Kadosh-Loge zu verdanken. Sie haben uns manipuliert. Zumindest ein bisschen.»

«Ja, sie haben uns zu Monstern gemacht. Wie ein menschlicher Roboter. Ich will so nicht bleiben. Das ist ein Albtraum. Guck dir den jungen Süßwarenverkäufer in dem gelben Jogginganzug an, der dort mit seinem Bauchladen auf dem Schoß schräg vor uns sitzt. Wie schwächlich der aussieht, seine Beine sind so dünn, als hätte er Polio gehabt. Der ist sicher noch nicht mal fünfzehn.»

Marcas warf einen Blick auf den Teenager, der gewissenhaft sein Sortiment ordnete.

«Was ist mit ihm?»

«Verstehst du denn nicht? Ich empfinde keinerlei Mitleid für ihn. Ich kenne mich, früher hätte ich mit ihm gefühlt und mich geschämt. Ich hätte mir darüber Gedanken gemacht, wie sehr er wohl darunter leidet, anders zu sein als die anderen. Aber jetzt – nichts. Er ist für mich jemand ganz … Normales. Das ist ein schreckliches Gefühl.»

«Schlaf ein bisschen», sagte Marcas, der ihre Angst gut nachvollziehen konnte, weil es ihm ähnlich ging.

Aurélia de Crécy schloss die Augen. Unaufhörlich peitschte der Regen gegen die Scheiben. Als sie durch Itapoa kamen, wurde der Bus etwas langsamer.

Marcas wusste, dass er nicht schlafen konnte, und blickte stattdessen aus dem Fenster.

Plötzlich bremste der Bus ab, sodass die Fahrgäste in ihren Sitzen nach vorn geschleudert wurden.

Der Bus kam zum Stehen, und die Fahrgäste standen auf, um zu sehen, was los war. Vor dem Bus hatte sich eine kleine Autoschlange gebildet. Fünfzig Meter weiter vorn versperrten Signallichter die Straße.

*«Polícia!»,* rief der Fahrer.

## 117
## Brasilien
## Bundesstaat Bahia
## Auf der Straße

Die Blaulichter der beiden Polizeiwagen beleuchteten in gleichmäßigen Abständen die Schlange der auf der Straße angehaltenen Autos. Zwei Polizisten kontrollierten die Insassen der Wagen, während zwei andere mit der Hand am Schnellfeuergewehr an ihren Fahrzeugen standen. Auf einer der Türen war die Aufschrift *Polícia Militar do Estado da Bahia* zu lesen. Es ging nur langsam voran. Der Bus fuhr wieder an, musste dann aber nach einigen Metern erneut halten. Unweit der Sperre führte eine Betonspur über den breiten Grünstreifen zwischen den Fahrbahnen.

Der alte Schaffner schimpfte vor sich hin und spuckte auf den Boden.

Marcas schätzte, dass ihr Bus in weniger als fünf Minuten dran wäre. Links von ihnen, auf der Gegenfahrbahn, gab es offenbar keine Kontrolle. Er steckte den Kopf aus dem Fenster und sah, wie sich die Polizisten von den Insassen der Fahrzeuge die Papiere geben ließen und die Heckklappen der Autos öffneten.

«Was sollen wir tun?», fragte Aurélia de Crécy unruhig.

«Ich weiß nicht. In Südamerika gibt es oft Polizeisperren. Bei den ganzen Drogenhändlern und Erpressern sind die hier nie arbeitslos. Allerdings sehe ich keine Spürhunde, und sie fertigen die Autos für meinen Geschmack auch ein bisschen zu schnell ab. Sie scheinen etwas Bestimmtes zu suchen. Das gefällt mir ganz und gar nicht.»

Marcas zögerte. Dass die Sperre ein Zufall war, konnte er sich kaum vorstellen. Der Bus rollte wieder an und war nicht mehr weit von den Kontrolleuren entfernt. Nur noch sechs Autos waren vor ihnen. Plötzlich entdeckte der Kommissar hinter einem der Polizeiwagen ein Motorrad, das zuvor von anderen Fahrzeugen verdeckt gewesen war. Den dazugehörigen Fahrer, der Zigarette rauchend die Kontrolle überwachte, erkannte er sofort: Es war einer der Wachmänner aus der Residenz.

«Wir müssen sofort abhauen», zischte Marcas der Komtesse zu. «Komm mit.»

Er griff nach ihrer Hand und hielt dem Schaffner die Hälfte der Geldscheine hin, während er auf die geschlossene Tür im hinteren Teil des Busses zeigte. Der Alte musterte ihn, warf einen Blick auf die Straßensperre und steckte das Geld mit einem breiten zahnlosen Grinsen ein. Dann rief er dem Fahrer etwas zu, der daraufhin die Tür öffnete. Marcas und Aurélia de Crécy schlichen sich zum Heck des Busses. Die übrigen Passagiere beobachteten sie und machten ermutigende Gesten, ebenso wie der Fahrer des Ford hinter ihnen, als sie ausstiegen.

«Nett, diese Brasilianer», stellte die Komtesse fest. «Zumindest keine Denunzianten.»

«Ich habe darauf gehofft, dass die lokale Polizei hier unbeliebt ist. Zum Glück sind wir nicht in der Schweiz», erwiderte Marcas.

Blitzschnell überlegte er, wie sie von hier verschwinden konnten. Es war noch relativ dunkel, lediglich die Scheinwerfer der wartenden Autos spendeten Licht. Das Einfachste wäre, sich an den Hotels entlangzuschleichen, die auf der einen Straßenseite standen, doch dort waren die bewaffneten Polizisten. Und auf der anderen Seite, zwischen den beiden Fahrbahnen, nur wenige Meter von ihnen entfernt, verlief der breite, dichtbewachsene Grünstreifen.

Das Problem war, dass dort riesige Kakteen wuchsen und sie Gefahr liefen, von Kopf bis Fuß zerstochen zu werden. Die Betonspur konnten sie auch nicht erreichen, ohne gesehen zu werden.

«Die einzige Möglichkeit ist das Dickicht», entschied er und deutete auf den Grünstreifen, «aber da müssen wir auf die Kakteen aufpassen. Schütz bloß dein Gesicht.»

Mit dem Rücken an den Bus gelehnt, atmete sie tief ein. «Ist mir egal, solange wir nicht in die Fänge dieser Wahnsinnigen geraten. Die bringen uns um.»

Der Bus setzte sich wieder in Bewegung. Wenn sie jetzt nicht verschwanden, würden sie entdeckt werden. Marcas holte tief Luft und rannte, gefolgt von Aurélia, zu dem Grünstreifen. Fast wäre er in einer Pfütze ausgerutscht, doch mit einem Sprung landete er zwischen zwei großen Kakteen. Zu seiner Überraschung war er unverletzt, und als er sich umblickte, sah er, dass die Komtesse dicht hinter ihm war. Straßenlaternen beleuchteten schwach das Terrain, das bis zur Gegenfahrbahn noch vor ihnen lag: ein durch den Regen angeschwollener breiter Bachlauf.

«Alles klar? Keine Schrammen?»

«Nein, alles okay.»

«Wir müssen durch den Bach und dann rüber über die zweite Fahrbahn zum Strand, um die Absperrung zu umgehen. Bist du bereit?»

«Ja, los geht's, aber es stinkt hier ziemlich widerlich.»

Der Geruch nach fauligem Schlamm stieg von dem Wasserlauf auf. Marcas stieg als Erster hinein und gab dann der Komtesse die Hand. Ihre Füße versanken in weichem Boden, und nach kurzer Zeit standen beide bis zur Taille im Wasser. Sie kamen nur langsam voran, um sie herum war es ziemlich finster. Die Straßenlaternen vor ihnen dienten nur als Orientierungspunkte, und hinter ihnen warfen die kreisenden Lichter der Polizeiwagen blaue Streifen. Endlich erreichten sie das andere Ufer. Mit den Händen krallten sie sich in der feuchten Erde fest und kletterten die Böschung hinauf. Abermals krochen sie durch ein Dickicht aus Palmen und Kakteen, dann endlich standen sie an der zweiten Fahrbahn. Einige wenige Autos rasten mit hellen Scheinwerfern an ihnen vorbei. Jenseits der Fahrbahn waren jetzt wieder die Strohdächer zu sehen. Und auch die Brandung des Ozeans war gut zu hören. Marcas wollte gerade über die Straße laufen, als Aurélia de Crécy nach seiner Hand griff.

«Nicht bewegen, dort drüben steht ein Polizist.»

Zehn Meter von ihnen entfernt blickte ein Mann in Uniform aufs Meer.

«Mist. Wir sitzen fest», zischte der Kommissar verärgert. «Erzähl mir nicht, dass dieser Blödmann um diese Uhrzeit die schöne Aussicht bewundert.»

Marcas platzte fast, denn der Polizist schien vom Ozean ganz hingerissen zu sein. Sie würden entweder warten müssen, bis der Kerl seinen Posten verließ, oder sich ein weiteres Stück durch die Kakteen quälen, um es an einer anderen Stelle zu versuchen.

«Ich bin fix und fertig, und mir ist eiskalt. Ich weiß nicht, ob ich noch weitergehen kann», sagte die Komtesse.

«Vorsicht, sieht so aus, als ob der Kerl sich gleich umdreht. Wir müssen abhauen, sonst sieht er uns. Halt durch.»

Seelenruhig schloss der Mann den Reißverschluss seiner Hose und ging dann über die Straße auf die Betonspur zu. Die beiden warteten, bis er aus ihrem Blickfeld verschwunden war, und hasteten dann in Richtung der Strohdachhütten. Eine breite, wackelige Holztreppe führte direkt zum

Strand, und sie ließen sich in dem nassen Sand auf die Knie fallen. Das Tosen der Brandung war überwältigend. Inzwischen hatte es aufgehört zu regnen.

«Ich muss eine Pause machen», sagte die Komtesse leise. «Ich bin unterzuckert. Das passiert mir manchmal. Ich werde … ohnmächtig, wenn ich nicht schnell was esse.»

«Bleib ganz ruhig hier liegen, ich versuche, etwas zu essen aufzutreiben.»

Aurélia de Crécy streckte sich auf dem Sand aus, während sich Marcas auf den Weg machte. Auch er hatte Hunger und Durst. In der Morgendämmerung konnte er den Eingang zu einer der Hütten ausmachen, aber er war mit einem Vorhängeschloss verschlossen. Daneben standen zwei Sonnenschirmständer. Er nahm einen, rammte ihn in einen Spalt zwischen zwei Latten der Hütte und versuchte ein Brett auszuhebeln. Ein lautes Knacken war zu hören, das die gesamte Hütte erschütterte. Als Marcas das Brett zur Seite gebogen hatte, drang ihm der Geruch von Urin in die Nase.

Durch die entstandene Lücke steckte er erst den Kopf und dann den ganzen Oberkörper und verstand, wo der Geruch herrührte. Hier waren die Toiletten einer Strandbar. Eine Tür führte zu einem schmalen Gang, an dessen Ende man einen mit Spirituosen aller Art ausgestatteten Tresen sehen konnte. Marcas zwängte sich durch das Loch und lief zum Tresen. Aus dem Kühlschrank, der mit Aufklebern von Fußballmannschaften übersät war, nahm er eine Flasche Brahma-Bier und eine Orangenlimonade für Aurélia, außerdem fischte er vom Tresen einige Schokoriegel und steckte alles in eine alte Plastiktüte.

Ein gelbes T-Shirt mit der Brasilienflagge, ein Badetuch mit roten Flecken und ein verwaschenes kakifarbenes

Hemd, die er auf einem Stuhl liegen sah, verschwanden ebenfalls in der Tüte.

Marcas verließ die Hütte auf dem gleichen Weg, den er gekommen war, und schob das Brett sorgfältig wieder an seinen Platz. Dann lief er zurück zur Komtesse, die mit angezogenen Beinen im Sand lag. Er setzte sich neben sie und reichte ihr die Orangenlimonade.

«Trink, und dann trockne dich mit dem Handtuch ab. Und wenn du brav bist, darfst du dieses schicke T-Shirt oder dieses wunderschöne Markenhemd anziehen.»

Er hörte ein metallenes Klicken und spürte etwas Kaltes und Hartes am Kopf. Ein großer Mann stand hinter ihm – und in der Hand hielt er eine Waffe.

## 118
## Brasilien
## Bundesstaat Bahia

Dicht aneinandergedrängt saßen Marcas und Aurélia de Crécy auf der Ladefläche eines Pick-ups und sahen den orangeroten, wolkenverhangenen Himmel über sich hinwegziehen. Fischgeruch umgab sie, doch das war ihnen egal. Der Mann, der sie mit der Waffe bedroht hatte, war kurz davor gewesen, sie an die Polizisten auszuliefern. Er hatte die Strandhütte bewacht und war durch das Knacken der Latte alarmiert worden. Doch sie hatten Glück, der Mann verstand Englisch, und Aurélia hatte ihm weismachen können, dass sie sich verstecken mussten, da die Polizei Geld von ihnen erpressen wollte – in diesem Land nichts Ungewöhnliches. Da sie nicht wie Verbrecher aussahen, hatte er sich besänftigen lassen. Die Komtesse hatte ihm ihr Goldarmband gegeben und ihm eine dicke Belohnung versprochen, wenn er ihnen helfen würde, nach Salvador de Bahia zu kommen.

Der Mann fuhr schnell, er hatte ihnen versichert, er kenne einen Umweg, der sie an der Polizeisperre vorbeiführen würde. Inzwischen war das Meer nicht mehr zu sehen, stattdessen überall Beton. Marcas vermutete, dass sie ins Inland fuhren, allerdings kannte er die Geographie dieser Gegend überhaupt nicht. Sie konnten also überall sein, womöglich sogar auf dem Weg zurück zur Residenz. Mehrfach reckte er den Hals, um zu sehen, ob sie sich bereits wieder in der Höhle des Löwen befanden. In gebrochenem Englisch hatte ihnen der Mann erklärt, dass er sie zu seiner Schwester bringen würde, wo sie sich ausruhen und umziehen könnten. Von dort könnten sie auch mit Frankreich telefonieren.

Der Pick-up wurde langsamer und bog in eine bunt zusammengewürfelte Ansammlung von Häusern ein. Dann fuhr er eine sanfte Steigung hinauf und parkte vor einem zweistöckigen, schwarz angestrichenen Gebäude, dessen Dach mit den verschiedensten Ziegeln gedeckt war. Der Mann half der Komtesse beim Absteigen und führte die beiden ins Haus. Anstatt jedoch in eine der Wohnungen zu gehen, verließen sie das Gebäude durch den Hinterausgang wieder und kamen in einen Hof, der als Küchengarten diente. Von dort ging ein Weg ab, der eine Kurve machte, und schließlich standen sie vor dem Eingang einer alten Villa im Kolonialstil mit frisch verputzter Fassade. Ein bärtiger Mann in einem weißen Hemd saß vor der Freitreppe und rauchte eine dicke Zigarette, aus der Kräuter herausragten, die mit Tabak nicht viel zu tun hatten. An seinem Gürtel hing eine lange Machete. Er musterte die Komtesse ungeniert. Der Fahrer des Pick-ups begrüßte ihn gerade, als sich die Tür öffnete und eine großgewachsene Frau in einem dunkelblauen Kleid und einem Tuch in derselben Farbe im Haar aus dem Haus trat. Sie war ungefähr fünfzig Jahre alt, und ihr Gesicht mit den Mandelaugen und den hervorstehenden Wangenknochen wirkte geliftet. Lange betrachtete sie die Besucher mit ernster Miene. Dann verbeugte sie sich kurz und breitete die Arme aus.

«Ich bin Mae Marta Yemayá. Willkommen in meinem Haus.»

Marcas war überrascht, die Frau französisch sprechen zu hören. Sie betraten einen Raum, in dem sich lediglich ein großer, niedriger Tisch mit Kissen darum befand. Der Fahrer zog sich zurück, seine Schwester bot Aurélia und Marcas an, sich zu setzen. Die beiden ließen sich auf den Kissen nieder. Die Hausherrin tat es ihnen gleich. Eine jüngere Frau, die das gleiche Kleid trug, kam herein und brachte wortlos ein Tablett mit Tee, Tassen und Gebäck. Marcas und die Komtesse nahmen dankend an und tranken gierig. Die Hausherrin griff nach der Hand der Komtesse und betrachtete sie eingehend.

«Ich war mir nicht sicher, ob ich euch einlassen sollte.»

«Aus Angst vor der Polizei?», erkundigte sich der Kommissar überrascht.

«Nein. Ich spüre das Böse in euch. Ihr seid besessen.»

Die beiden Franzosen wagten nicht, sich anzusehen.

«Sie sprechen unsere Sprache sehr gut», lobte Marcas, um das Thema zu wechseln.

«Ich war auf einer französischen Schule und habe als Bibliothekarin für eine kulturelle Stiftung gearbeitet. Aber lenken Sie nicht vom Thema ab. Sie haben eine grausame Prüfung durchlebt. Ich nehme Formen und Stimmen aus einer anderen Welt wahr, denn ich bin auch Candomblé-Priesterin.»

Marcas erinnerte sich an die brasilianische Sängerin, die er auf Anaïs' Party getroffen hatte, und erklärte Aurélia:

«Ich habe vor kurzem einen Schnellkurs in Candomblé bekommen. Das ist eine Religion, die aus dem Glauben der Sklaven und der von den Missionaren verbreiteten katholischen Lehre hervorgegangen ist. Die Anhänger verehren einen Hauptgott sowie diverse Nebengottheiten, denen bestimmte Kräfte und Elemente zugeschrieben werden wie Wasser, Erde, Feuer oder Luft. Die Anhänger vollführen heilige Tänze, und während dieser Tänze ergreifen die Gottheiten von ihren Körpern Besitz.»

Die Komtesse griff nach seiner Hand. Ihr war schwindelig.

«Antoine, mir geht es nicht gut. Das muss die Müdigkeit sein.»

Fast zeitgleich begann sich auch in seinem Kopf alles zu drehen und vor seinen Augen zu verschwimmen. Das Gesicht der Frau entfernte sich und kam dann wieder näher. Ihre Augen funkelten im Halbdunkel. Sie sprach langsam und eintönig, wie in Zeitlupe. Als Marcas neben Aurélia zusammensackte, hörte er die letzten Worte der Frau:

«Wir wissen genau, wer ihr seid. Deshalb müsst ihr sterben.»

## 119
## Brasilien
## Bundesstaat Bahia

Plötzlich sah er es wieder vor sich. Rot wie Blut, erschien es aus dem Nichts. Das Tatzenkreuz der Templer. Schillernd vibrierte es, als wäre es lebendig. Es schien real, es war Realität. Es zog ihn förmlich an sich. Er streckte die Hand aus, um es zu berühren, doch es gelang ihm nicht, obwohl er es unbedingt wollte, als hinge sein Leben davon ab. Gleichzeitig machte ihm das Kreuz Angst. Es wurde immer größer, als würde es ihn verschlingen. Er wich zurück, doch es hatte ihn bereits in den Fängen. Er sank in ein scharlachrotes Meer.

Marcas schrie und fuhr ruckartig aus dem Schlaf hoch. Aurélia de Crécy strich ihm mit der Hand durchs Haar.

«Ich habe etwas Seltsames geträumt. Ich habe ein Kreuz gesehen, das nach mir gegriffen hat. Was ist passiert?»

«Ich glaube, man hat uns etwas in den Tee gemischt. Das Zimmer hier liegt im ersten Stock der Villa.»

In der Ferne waren Trommelschläge zu hören und etwas näher Kindergeschrei.

«Sind das Leute von … Kadosh Kaos?»

«Nein. Ich habe aus dem Fenster geschaut. Wir sind mitten in einem Armenviertel. Die Sonne ist fast untergegangen. Wenn sie zu Kadosh Kaos gehören würden, hätten sie uns längst in die Residenz zurückgebracht. Das Zimmer ist auch nicht versperrt. Sollen wir uns ein wenig umschauen?»

Marcas fühlte sich ausgeruht und stand sofort auf, um der Komtesse zu folgen. Das Zimmer ging auf einen Laubengang hinaus, der zu einem mit Blumen bepflanzten Innenhof hin offen war. Wie die Villa wirkte auch der Hof wie der Kolonialzeit entsprungen. Kinder spielten dort gerade lachend Fangen. Als sie die beiden Fremden sahen, die sich oben über die Brüstung beugten, blieben sie wie angewurzelt stehen und verschwanden schnell durch eine der Türen. Marcas und Aurélia gingen weiter, bis ihnen ein kleines, ungefähr zehn Jahre altes Mädchen entgegenkam, das ein Kleid in demselben Blau trug wie das der Hausherrin. Das Haar trug sie zu Zöpfen geflochten, die ihr bis zur Taille reichten. Ihr ebenholzfarbenes Gesicht war wunderschön, ihre Augen hingegen weiß und leer. Die kleine Blinde lächelte Aurélia an, ohne einen Ton zu sagen und nahm dann ihre Hand, um sie hinter sich herzuziehen, als wollte sie ihr irgendetwas zeigen.

«Gehen wir mit ihr», sagte Marcas. «Wenn ich mich richtig erinnere, nimmt die Kadosh-Loge keine Kinder auf.»

Sie gingen einen engen Korridor entlang und kamen schließlich in einen kleinen Salon mit Trommeln und Streichinstrumenten an der Wand. Die Vorhänge waren zugezogen, der Raum lag im Halbdunkel. Er wurde lediglich von drei Öllampen beleuchtet, die auf einem Tisch standen.

Die Frau, die sie empfangen hatte, saß in einem großen, dunklen Holzsessel. Sie lächelte sie an und wies das Mädchen an, neben ihr Platz zu nehmen. Ihren beiden Gästen bot sie die Stühle an der Wand an.

«Habt ihr gut geschlafen?»

«Ja, aber das Schlafmittel im Tee wäre nicht nötig gewesen», antwortete Marcas.

«Ihr wart einfach zu müde. Eure Verfolger suchen euch übrigens überall. Was habt ihr in der Residenz gemacht?»

«Woher wissen Sie, dass wir dort waren?», erkundigte sich Marcas misstrauisch.

«Glaubt ihr wirklich, dass João euch zufällig am Strand aufgelesen hat? Dass er sich für ein Goldarmband und ein paar Peanuts kaufen lässt? Ihr seid ganz schön naiv. Trotz aller Widrigkeiten behalten wir die Residenz immer im Auge und haben euren Weg seit eurer Flucht verfolgt. Als wir die Hubschrauber gesehen haben, die sie losgeschickt haben, waren wir alarmiert. João und seine Leute haben euch schon beobachtet, als ihr in den Bus gestiegen seid.»

Draußen auf dem Korridor waren Schritte zu hören. Der Fahrer und der Bärtige mit der Machete stellten sich jeweils an eine Seite der Tür, um den Eingang zu bewachen. Zwei dunkelhäutige Männer traten ein. Einen von ihnen erkannte Marcas sofort. Es war der durchtrainierte Kerl, der die Komtesse an der Bushaltestelle angestarrt hatte. Mit verschränkten Armen blickte er nun auf die beiden Franzosen.

«Wer seid ihr?», fragte Marcas.

Die Frau klopfte gereizt auf die Armlehne ihres Sessels. Die Männer traten vor und stellten sich hinter die Komtesse und den Kommissar. Das kleine Mädchen spielte mit einer Flickenpuppe. Sie wackelte mit dem Kopf, als würde sie lautlos einen Abzählreim aufsagen. Der Blick der Priesterin wurde stechender, ihre Stimme strenger.

«Ich bin es, die hier die Fragen stellt. Ich bin Mae Marta Yemayá, in diesem Haus bestimme ich über Leben und Tod. Ihr seid in meinen Augen nichts. Fremde, die im Handumdrehen von dieser Erde verschwinden könnten. Meine Wächter würden euch nur zu gern die Kehle durchschneiden, noch bevor ihr euch von euren Sitzen erhoben habt. Also, ich wiederhole meine Frage: Warum sind die Teufel aus der Residenz hinter euch her? Du, Frau, scheinst mir die aufrichtigere von euch beiden zu sein.»

Aurélia de Crécy griff nach Marcas' Hand.

«Wir sind von ihnen entführt worden, und sie haben uns zu grausamen Dingen gezwungen. Deshalb sind wir geflohen. Wir müssen die Behörden kontaktieren und sie darüber informieren, wie gefährlich sie sind.»

«Die Mächtigen hier sind, wie ihr vielleicht bereits festgestellt habt, niemals auf der Seite der Schwachen. Was genau haben sie mit euch gemacht? Auf jeden Fall haben sie euch schon ihr Siegel aufgedrückt. Das habe ich auf den ersten Blick gesehen.»

Ihre Scharfsinnigkeit beunruhigte den Kommissar. Er hatte das Gefühl, dass man sie besser nicht anlog.

«Sie haben uns mit einem chirurgischen Eingriff manipuliert. Sie bezeichnen es als Ritual ihres spirituellen Ordens. Aber es ist krankhaft.»

Mae Marta lächelte gequält. Sie schien sich ein wenig zu entspannen.

«*Ordem dos Templários* ... Sie richten hier so viel Unheil an. Wir befinden uns nur zehn Kilometer von der Residenz entfernt. Zum zweiten Mal begegnen mir jetzt Weiße, die dort initiiert wurden und irgendwann nicht mehr mitmachen wollten.»

«Das zweite Mal?»

«Ja, vor zwanzig Jahren ist es einem Paar wie euch gelungen, aus der Residenz zu entkommen, und wir haben sie aufgenommen. Es waren Holländer, glaube ich. Sie haben uns entsetzliche Dinge erzählt. Grausame Dinge ... Auch sie sind manipuliert worden.»

«Was ist aus ihnen geworden?», erkundigte sich Aurélia de Crécy.

«Wir haben versucht, sie zu heilen, aber es war vergeblich. Den Mann haben wir eines Morgens erhängt aufgefunden, zwei Wochen nachdem sie hier angekommen waren. Die Frau ist verrückt geworden und zwei Monate später verschwunden. Wir haben sie nie wiedergesehen.»

«Wie lange gibt es den Orden hier schon?»

«Ich werde euch erzählen, wie alles gekommen ist und warum mit ihnen das Böse kam.»

## 120
## Brasilien
## Bundesstaat Bahia

Die Trommeln wurden lauter, als wären sie direkt unter den Fenstern. Marcas und Aurélia de Crécy hatten mittlerweile jegliches Zeitgefühl verloren. Mit starrem Blick setzte sich Mae Marta in ihrem Sessel auf. Das blinde Mädchen sprach nun leise mit ihrer Puppe.

«Die Kleine versteht kein Französisch, und das ist auch gut so. Angefangen hat das Ganze 1970, sechs Jahre nach dem Beginn der Militärdiktatur in unserem Land. Die Militärs waren unbarmherzig und haben das Land förmlich gelähmt. Parteien, Gewerkschaften, Presse, alles war verboten, und wer sich kritisch äußerte, wurde sofort ins Gefängnis gesteckt. Folter, Schutzgelderpressung, brutale Niederschlagung der Opposition.»

Marcas erinnerte sich daran, was er damals als Jugendlicher im Fernsehen gesehen hatte. Die südamerikanischen Diktaturen, die Demos, die Berichte von Amnesty International, der Film *Der unsichtbare Aufstand* von Costa-Gavras …

«Eure Militärs waren wahre Pioniere. Pinochets Staatsstreich in Chile fand erst 1973 statt und Videlas in Argentinien sogar erst 1976.»

«Das gleiche mörderische Gesindel ... Im Frühjahr 1970 hat sich auch die Templerorganisation hier in der Gegend niedergelassen. Sie haben ein riesiges Grundstück von mehreren hundert Hektar erworben. Es waren Ausländer, Italiener, glaube ich, und einige Franzosen. Von Anfang an haben sie sich extrem großzügig gezeigt. Sie haben Ambulanzen aufgebaut und später sogar eine richtige Klinik. Sie haben Schulen gebaut und dafür gesorgt, dass die begabtesten Kinder die Universität besuchen konnten. Sie haben mit den örtlichen katholischen Organisationen Kontakt aufgenommen und sich sogar an der Renovierung unserer Tempel beteiligt, in denen wir Candomblé praktizieren. Die Behörden haben sie machen lassen, zumal die Organisation großzügig die Arbeit der Polizei und der Armee unterstützte und die Taschen der lokalen Machthaber füllte. Doch dann sind seltsame Dinge passiert.»

«Was denn?», fragte Marcas, der spürte, wie die Komtesse nervös seine Hand drückte.

«Ein Jahr nach Ankunft der Templer begann aufzufallen, dass immer wieder Kinder und Bettler verschwanden. Am Anfang hat niemand einen Zusammenhang gesehen. Der Tod gehört für die Leute hier zum Alltag. Es waren die Kinder von in Gefangenschaft sitzenden Oppositionellen, keine Städter, sondern einfache Leute ohne Angehörige, die es überall im Land gab und die die kostenlosen medizinischen Dienste der Ärzte in der Residenz in Anspruch nahmen. Aber irgendwann sind die Einheimischen misstrauisch geworden und haben die Militärpolizei alarmiert, doch diese Schweine haben die Sache schnell unter den Tisch gekehrt. Also haben die Leute sich an uns gewandt.

Schon immer waren wir Anhänger des Candomblé in ganz Brasilien, vor allem aber in Bahia, die einzige Gegenmacht zu den Weißen, die alle Fäden in der Hand hielten. Unsere Götter hatten uns während der Zeremonien bereits gewarnt, die Seelen der Verschwundenen schrien nach Rache. Also haben wir angefangen, das Kommen und Gehen in der Residenz zu beobachten. Das war schwierig, wir mussten mit viel Geduld und List vorgehen, denn zahlreiche hochrangige Militärs kamen regelmäßig hierher, um Urlaub zu machen, und wir wollten auf keinen Fall riskieren, entdeckt zu werden. 1973 ist es einem unserer Leute gelungen, sich als Wachmann in die Residenz einzuschleusen. Grausame Dinge hat er berichtet, als er wieder draußen war. Er hat gesehen, wie Kinder und Kranke in die Klinik eingeliefert wurden und nie wieder herauskamen. Sie blieben eine Zeitlang in einem isolierten Block und verschwanden dann. Er hat uns von Abendveranstaltungen berichtet, zu denen die Weißen per Boot oder im Privatjet anreisten und sich dann mit langen weißen Umhängen in ihrer Kirche versammelten. Sie nannten sich Templer, *Templários*. Und dann gab es dort einen Arzt, einen Portugiesen mit einem weißen Bart, der jeden in Angst und Schrecken versetzte. Wir haben die Menschen davor gewarnt, sich dort behandeln zu lassen, hatten aber nicht viel Erfolg, weil die medizinische Versorgung exzellent und außerdem für die Armen kostenlos war.»

«Warum sind Sie nicht an die Presse gegangen?», fragte Marcas.

«Das haben wir versucht, aber wir konnten nichts ausrichten, dafür verschwanden nicht genug Menschen. Zwanzig Personen pro Jahr sind im Vergleich zu den vierhunderttausend Einwohnern, die in diesem Teil des Landes leben, nicht viel. Und außerdem genoss die Organisation wegen ihrer wohltätigen Aktivitäten ein hohes Ansehen. Sie haben hier den ersten Computertomographen Brasiliens gehabt. Und der Großteil der Bevölkerung, der sich dort ärztlich behandeln ließ, ging keinerlei Risiko ein. Die Entführungen geschahen stets nachts und außerhalb der Klinik.»

«Was ist aus Ihrem Spitzel geworden?»

«Er ist verschwunden. Wir haben ihn nicht wiedergesehen. Danach haben wir noch weitere Versuche unternommen, jemanden einzuschleusen, hatten aber keinen Erfolg mehr. Die Wachleute wurden ausnahmslos aus den Slums von São Paulo oder aus paramilitärischen Banden in Rio rekrutiert. Also haben wir uns organisiert. All unsere Tempel hatten den Auftrag, sie zu beobachten. Da wir einen guten Teil der Stadt und der Region kontrollierten, entging uns nichts, aber wir hatten nicht genug Macht.»

«Und was geschah nach dem Sturz der Diktatur?», erkundigte sich Aurélia de Crécy.

«1985 haben alle geglaubt, dass diese Schweine jetzt endlich bezahlen würden, doch es geschah nicht viel. Sie haben sich das Schweigen der neuen Machthaber erkauft. Trotzdem brachen neue Zeiten an. Ehrliche Polizisten haben angefangen, ihre Nase in deren Angelegenheiten zu stecken, und ein Richter hat sich, von einer Gruppe Journalisten dazu gedrängt, mit der Sache beschäftigt. Es hat eine Durchsuchung der Residenz gegeben, die aber ergebnislos blieb. Danach gab es dort sogar einen Tag der offenen Tür, an dem sich jeder das Anwesen anschauen konnte. Einige Jahre lang hat es dann auch keine Entführungen mehr gegeben. Kein Kind ist mehr von hier verschwunden, und die Obdachlosen am Strand oder auf der Straße waren keinerlei Gefahr ausgesetzt. Die Templer haben in dieser

Zeit enorme Geldsummen zur Verfügung gestellt, um ganze Viertel zu renovieren, mit dem Ergebnis, dass sich die Gerüchte nach und nach von selbst gelegt haben. Wir jedoch haben gewusst, dass sie weitermachten, wenn auch diskreter als zuvor. Unsere Schwestern und Brüder aus entlegeneren Regionen am Amazonas haben uns von Entführungen berichtet, die denen, die wir hier erlebt hatten, auffällig ähnelten.»

«Aber mit Lula haben Sie einen volksnahen Präsidenten. Hat er die Sache denn nicht ernst genommen?»

«Doch, die Regierung hat eine geheime polizeiliche Untersuchung mit handverlesenen Spezialisten veranlasst, die extra aus Brasilia gekommen sind. Nach zwei Monaten ist allerdings alles wieder gestoppt worden, denn diese Schweine haben ihre Leute überall sitzen. Ein Polizist, mit dem wir guten Kontakt hatten, entpuppte sich als Verräter.»

«Aber das muss doch auffallen, eine religiöse Organisation mit derartigen finanziellen Mitteln?», beharrte Marcas.

«Soll das ein Witz sein? Seit zehn Jahren siedeln sich kirchliche Sekten mit Vorliebe in Brasilien an. Sie bauen ihre Kirchen sogar direkt neben Einkaufszentren. Ich erzähle euch das, damit ihr versteht, dass es sinnlos ist, zur Polizei zu gehen. Allerdings …»

Marcas merkte, wie sie zögerte. Sie wirkte plötzlich verändert und sah ihn mit einem eigenartigen Blick an.

«Allerdings seid ihr manipuliert worden und habt keine Ahnung, welches Schicksal euch bevorsteht … João, Manoel, Alonso, Celso!»

Alles ging sehr schnell. Einer der Männer packte Marcas am Hals, während zwei andere sich jeder ein Bein schnappten. Der vierte zückte ein Messer und hielt es der Komtesse an die Kehle. Jegliches Aufbegehren war zwecklos. Je mehr sich der Kommissar wehrte, umso fester schloss sich der Griff um seinen Hals.

«Mein Sohn Celso ist Grappling-Meister und einer der besten Schüler der Familie Gracie. So gefürchtet wie sie ist in Brasilien sonst niemand. Er kann euch in null Komma nichts das Genick brechen. Deshalb rate ich euch, verhaltet euch lieber ruhig.»

Mae Marta erhob sich und nahm etwas von der Wand neben den Fenstern. Marcas konnte zunächst nicht erkennen, was es war, doch als sie wieder auf ihn zukam, rissen Aurélia und er fassungslos die Augen auf. Die Priesterin hielt eine lange Metallzange in der Hand, deren Innenseiten wie eine Schale gewölbt waren. Sie stellte sich vor Marcas.

«Ich habe hier ein Instrument aus dem 17. Jahrhundert. Es wurde von weißen Sklavenhändlern erfunden, um aufsässige Sklaven zu maßregeln. Ich nenne es *suculento do Pascoa*.»

*«Pascoa, Pascoa»*, wiederholten die vier Männer um Mae Marta eifrig im Chor.

Dann kniete sich die Priesterin vor Marcas nieder. Die Männer rissen ihm grob die Beine auseinander. Mae Marta sah ihn eindringlich an.

«Sind französische Männer an derselben Stelle empfindlich wie brasilianische?»

## 121
## Brasilien
## Bundesstaat Bahia

Das kleine blinde Mädchen hatte aufgehört, mit ihrer Flickenpuppe zu spielen, und starrte mit leeren Augen auf die Franzosen. Draußen hatten die Trommeln wieder zu schlagen begonnen, dieses Mal in einem schnelleren, markanteren Rhythmus. Marcas hatte das Gefühl, die Schläge würden sich auf sein Herz übertragen, als er mit Schrecken sah, wie sich die Zange seinem Schritt näherte.

«Lassen Sie ihn. Er hat nichts getan», sagte Aurélia plötzlich seltsam ruhig. Was sie sah, war ihr zutiefst zuwider, doch sie empfand nicht das geringste Mitgefühl, sosehr sie sich auch bemühte. Es war genauso wie bei dem Süßigkeitenverkäufer im Bus oder bei dem blinden Mädchen. Es machte ihr Angst.

Die Priesterin schien vollkommen unnahbar.

«Keine Sorge, *suculento do Pascoa* wird dich nur streicheln.»

«Was?», schrie Marcas, der die Hand der Frau auf seiner Hose spürte, dort, wo sich seine Hoden gerade vor Angst zusammenzogen.

Mae Marta starrte förmlich auf die Stelle, die sie zu verstümmeln gedachte, und berührte kurz mit den Zangenblättern durch die Hose seine Geschlechtsteile. Marcas versuchte abermals, sich zu befreien, doch der Schraubstock um seinen Hals zog sich nur weiter zu. Er wurde panisch.

Sie zog die Zange ein wenig zurück und blickte Marcas in die Augen.

«Den Sklavenhändlern machte es Spaß, die Angst in den Augen unserer Vorfahren zu sehen. Ein kleiner Diebstahl, ein falscher Blick, ein Fluchtversuch – irgendein Vorwand, um dieses Werkzeug zum Einsatz zu bringen, fand sich immer. Bisweilen warteten sie minutenlang, um plötzlich zuzudrücken. Oder sie steigerten den Druck langsam, weil sie darauf aus waren, ihr Opfer immer stärker leiden zu sehen. Die freundlicheren ließen rechtzeitig wieder los. Dann rutschen die Hoden an ihre ursprüngliche Position zurück, und die Männer können nach wie vor Kinder zeugen. Mir gefällt, dass die Angst das Lager gewechselt hat. Dass der Schwarze zum Henker wird und der Weiße leidet ... Ich geb dir eine Kostprobe des *suculento*.»

Der Mann, der Marcas am Hals festhielt, drückte seinen Kopf nach unten, damit er auch optisch nichts von dem Spektakel verpasste. Langsam näherte sich Mae Marta abermals mit der Zange. Der Kommissar war wie gelähmt. Er biss die Zähne zusammen, seine Oberschenkelmuskeln spannten sich und seine Hände verkrampften. Die Angst breitete sich, im ganzen Körper aus. Er schloss die Augen und stellte sich vor, wie seine Hoden von der Zange zerquetscht wurden, inständig darauf hoffend, rechtzeitig das Bewusstsein zu verlieren, bevor der Schmerz nicht mehr auszuhalten wäre.

Doch es geschah nichts.

Er spürte keinen Schmerz, lediglich einen Druck, als wären seine Nerven nahezu taub.

Nach einer Weile öffnete er die Augen. Mae Marta hatte die Zange sinken lassen und sich erhoben. Der Mann, der Marcas fast den Hals zugedrückt hatte, lockerte den Griff, und die beiden anderen ließen seine Beine los.

«Das glaube ich nicht ...», keuchte er. «Sie haben mir nichts getan.»

«Doch, der *suculento do Pascoa* hat deine Hoden leicht

gequetscht, aber du hast nichts gespürt. Ein normaler Mensch hätte vor Schmerzen laut gebrüllt. Du hingegen bist seelenruhig geblieben.»

«Aber warum?»

«Verstehst du denn nicht? Dabei ist es eigentlich ganz einfach. Bei dem Eingriff hat man euch den Schmerz genommen. Genauso ist es dem anderen Paar ergangen, und genau das Gleiche machen sie seit Jahren mit einigen meiner Landsleute, die sie für medizinische Versuche missbrauchen. Es tut mir leid, dass ich euch Angst gemacht habe, aber ich wollte euch unmissverständlich klarmachen, was mit euch geschehen ist ... Auch du, meine Hübsche, bist gefühllos geworden.»

Die vier Männer waren inzwischen zurückgetreten, und Marcas holte tief Luft. Noch nie in seinem Leben hatte er so viel Angst gehabt. Er streckte sich.

«Was bedeutet *suculento de Pascoa*?»

Die Priesterin lächelte.

«So etwas wie ‹Ostergenuss›. Wegen der Eier ... Wir Bahianer mögen bildliche Begriffe. Ich werde euch sagen, warum wir euch helfen werden. Wenn es überhaupt möglich ist.»

Mae Marta hängte das Folterinstrument wieder an seinen Haken und setzte sich. Lachend zog das kleine blinde Mädchen Mae Marta am Rocksaum. Aurélia de Crécy war wieder näher an Marcas gerückt, sie wagten aber nicht, sich anzusehen.

Plötzlich schlug die Komtesse ihr Handgelenk auf den Rand ihres Stuhls. Immer kräftiger hieb sie auf das Holz ein, bis die Haut erst knallrot wurde und dann aufplatzte, dass das Blut lief. Tränen schossen ihr in die Augen.

«Nein, das kann nicht sein ... Das darf nicht wahr sein.»

Ungerührt sah Marcas sie an, unfähig, auch nur das geringste Mitgefühl für seine Freundin zu verspüren, die verrückt zu werden drohte. Er verabscheute sich selbst dafür, während sie ihre blutige Hand betrachtete und zu schluchzen begann.

«Das ist abartig! Diese Schweine!»

«Mae, Mae!»

Der Mann mit dem Bart, der den Eingang bewachte, winkte mit seinem Handy in der Hand und brachte es eilig zu der Priesterin. Er schien aufgeregt und flüsterte ihr etwas ins Ohr. Die Frau blickte die beiden Franzosen mit ernster Miene an.

«Die *Templários* sind ganz hier in der Nähe gesehen worden.»

## 122
## Brasilien
## Salvador de Bahia

Der mit Obstkisten gefüllte Lieferwagen passierte die Polizeiabsperrung und fuhr dann weiter in Richtung Zentrum von Salvador de Bahia. Mae Marta hatte veranlasst, dass ihre Schützlinge an einen sicheren Ort im ehemaligen Kolonialviertel gebracht wurden. Nach einer halben Stunde hatten sie ihr Ziel erreicht.

Schließlich wurde dreimal gegen das Blech geklopft, die Tür am Heck öffnete sich, und der Fahrer half ihnen beim Aussteigen. Die Sonne blendete und brachte die blauen und gelben Fassaden der kleinen Häuser zum Leuchten.

«Hier lang, schnell. Wir haben nicht viel Zeit», rief Mae

Marta. «Ich bin nicht sicher, ob wir nicht doch verfolgt worden sind.»

Sie gingen die Straße hinauf, wo Dutzende Kinder Fußball spielten. Auf den Gehsteigen waren naive Gemälde ausgestellt.

«Wo sind wir?», erkundigte sich die Komtesse.

«In Pelourinho, einem Viertel in der Oberstadt. Man könnte auch sagen: der Montmarte von Salvador de Bahia. In ein bis zwei Stunden wird es hier vor Touristen nur so wimmeln. Wir gehen … in die Kirche.»

Ein Hupen ließ sie zusammenzucken. Im nächsten Moment wurden sie von einem knatternden alten Chevrolet überholt. Der Fahrer machte Mae Marta ein Zeichen, worauf sie zurückwinkte.

«Das ist mein Sohn Carlo. Er ist hier in der Gegend als Lieferant unterwegs.»

Über die Straße Ladeira do Campo Santo gelangten sie zu einem Hügel, auf dem sich eine große Barock-Kirche über die in Sonnenlicht getränkte Stadt erhob.

Im Schatten des Eingangs saß ein junger Mann mit gepflegtem Bart und apfelgrünem Polohemd, der sich mit einem Touristen unterhielt. Ein Tisch stand vor ihm, auf dem eine kleine Rolle mit Eintrittskarten lag.

«Mae!»

«Das ist auch einer meiner Söhne, Gilberto, ein guter Junge. Er ist der jüngste und beendet gerade sein Studium der Kunstgeschichte in São Paulo. Das ist übrigens eine der dreihundertfünfundsechzig Kirchen der Stadt, ein Gotteshaus für jeden Tag des Jahres. *La Igreja do Monte do Carmo*. Die Kirche auf dem Berg Carmo also.»

«Wie viele Söhne haben Sie denn? Wir haben jetzt den Grappling-Meister, den Lieferanten und den Studenten kennengelernt. Gibt es etwa noch mehr?», erkundigte sich die Komtesse, während sie die Kirche betraten.

Beide Seiten des Mittelschiffes waren von barocken Heiligenfiguren gesäumt. Ein Mönch mit Tonsur und roten Wangen hob warnend den Zeigefinger und funkelte die Besucher böse an.

Die Priesterin musste lachen.

«Zwölf, so viele, wie es Sternzeichen gibt. Die Fruchtbarkeitsgöttin war mir freundlich gesinnt. Das kann man von den Vätern meiner Söhne nicht gerade behaupten.»

«Nach deren Anzahl wage ich gar nicht zu fragen ...»

«Genauso viele. Zwölf. Candomblé-Priesterin zu sein hilft in dem Fall ... Hier lang.»

Sie durchquerten den verfallenen Chorbereich der Kirche, in den bereits die Vegetation ihren Weg gefunden hatte. Die Mauern des Chorumgangs waren von der Feuchtigkeit zerfressen, und die Motive des Reliefs waren kaum noch zu erkennen. Von dort ging eine Kapelle ab, in der in einem eckigen Glaskasten eine aus Holz geschnitzte Figur des leidenden Christus ausgestellt war. In seinem Gesicht und auf seinem Körper waren rote Blutstropfen zu sehen.

«Für die Menschen von Bahia ist diese Skulptur eine heilige Reliquie. Sie wurde von einem ehemaligen Sklaven, O Cabra, geschnitzt. Die Blutstropfen sind Rubine. Zwanzig Jahre hat er an diesem Kunstwerk gearbeitet.»

An der Stirnseite des Raumes stieß sie eine hinter einem Vorhang verborgene Tür auf.

«Vorsicht, Stufen, und sie sind sehr rutschig. Der Schriftsteller Jorge Armado war hier und hat in dem Raum, in den wir gleich gehen werden, eine Novelle geschrieben.»

Sie stiegen eine Steintreppe hinab und betraten einen großen Raum mit weiß verputzten Wänden. Durch ein breites Fenster, das in die beeindruckend dicke Mauer gehauen worden war, schien die Sonne. In der Mitte des Raumes standen zwei offene, gepolsterte Särge aus dunklem Holz. Wie auch in Mae Martas Haus hingen religiöse Bilder an den Wänden, diese hier waren jedoch deutlich älter. Auch wenn der Kommissar kein Experte war, so hatte er bei seiner Arbeit in der Zentralstelle für Kunstraub doch genug gelernt, um einschätzen zu können, dass diese Bilder mit den massiven Holzrahmen höchstwahrscheinlich aus dem 18. Jahrhundert stammten. Der Kontrast aus düsterem Hintergrund und den dick aufgetragenen Farben der Roben der abgebildeten Gottheiten verlieh den Werken einen seltsamen Charme.

Mae Marta stemmte die Hände in die Hüften.

«Während der Meister an der Skulptur arbeitete, malten Priesterinnen diese Gemälde zu Ehren der Orixás. Der Christus in der Kapelle ist für jedermann sichtbar, während diese afrikanischen Gottheiten in diesem Raum versteckt werden. Wie bezeichnend für das, was in diesem Land und mit der Mischung zweier Religionen unserer Vorfahren passiert ist. Aber das Wichtigste ist, dass in einigen Nächten, wenn der Mond in einem bestimmten Winkel durch das Fenster in den Raum scheint, die Gesichter auf den Gemälden ihren Ausdruck ändern. Besonders auffällig ist es bei Lansa in dem dunklen Gewand. Wir müssten noch einmal hierherkommen, wenn …»

«Beim nächsten Mal …», unterbrach Marcas sie mit geheimnisvoller Miene, «erleben wir den Mond als Gottheit der Nacht, die eine andere Realität sichtbar macht. Ich habe ein faszinierendes Buch gelesen, in dem es um das Porträt einer Frau ging, das im Mondlicht eine ganz andere Person zum Vorschein brachte, was angeblich damit zusammenhing, dass die Farbe, mit der es gemalt wurde, Blut des Künstlers enthielt.»

«Ja, die Kraft des Mondes», erklärte Mae Marta, «wird bei uns mit der Gottheit Oxum oder dem heiligen Markus in Verbindung gebracht. Aber ich habe euch nicht hierhergebracht, um mit euch über Malerei zu sprechen.»

Sie deutete auf die Mitte des Raums.

«Legt euch in die Särge.»

## 123
## Brasilien
## Salvador de Bahia
## Igreja do Monte do Carmo

Die Zeremonie begann. Schweigend stiegen die Teilnehmer die Stufen hinab und stellten sich um die beiden Franzosen.

Marcas und Aurélia de Crécy standen vor den Särgen und küssten sich lange und innig, als würden sie sich nie wiedersehen. Mae Marta reichte ihnen einen Kristallkelch, der mit einer dunklen Flüssigkeit gefüllt war. Frauen in blau-weißen Gewändern, deren obere Gesichtshälfte unter einer Art metallenem Netz verborgen war, setzten sich um die Särge auf den Boden, während sich zwei Männer in gelben Hosen und Jacken mit einer Trommel zwischen den Beinen am Kopfende postierten. Mae Marta strich sich ihr Haar zurück.

«Dieser Trank wird ungefähr vier Stunden brauchen, bis er sich komplett in eurem Körper verteilt hat. Am Anfang wird es euch sehr schlechtgehen, das will ich euch nicht verschweigen. Aber das bedeutet, dass der Schmerz zurückkehrt. Schreit, so viel ihr wollt. Die hier Anwesenden werden euch mit ihren Gebeten begleiten. Dann werdet ihr Albträume haben, aber die ganze Zeit werdet ihr in eurem Kopf die Trommeln schlagen hören. Das wird eure Verbindung zur Realität sein. Was auch geschieht, konzentriert euch auf die Trommelschläge. Ihr werdet Lansa sehen, die Göttin der Ewigen Nacht. Folgt ihr nicht, sonst seid ihr verloren. Orixá, die sich eurer Seele annimmt, wird euch helfen, sie zu bekämpfen.»

Marcas konnte nur mit Mühe seine Skepsis verbergen.

«Tut mir leid, aber ich glaube nicht an solche esoterischen Praktiken. Wie wollen Sie wissen, dass dieses Ritual wieder rückgängig macht, was die Loge Kadosh uns zugefügt hat?»

«Ich habe euch von dem ausländischen Paar erzählt, das wir aufgenommen haben. Die Frau ist nicht verrückt geworden. Ich habe euch belogen. Seht selbst.»

Sie neigte den Kopf ein wenig und strich ihr schweres Haar zur Seite. An der Schläfe wurde eine braune Beule sichtbar. Marcas und Aurélia de Crécy verstanden.

Die Priesterin richtete sich wieder auf.

«Mein Mann war Holländer, Generalsekretär bei der Botschaft. Ich war frisch mit ihm verheiratet und arbeitete im brasilianischen Informationsministerium. Die Kadosh-Loge hat uns initiiert. Unsere gesellschaftliche Stellung war für sie interessant. Zu Beginn hatten wir das Gefühl, die Welt zu beherrschen, die zukünftige Führungselite dieses Landes zu sein, das es bitter nötig hatte.»

Mae Marta seufzte.

«Als wir jedoch mitbekamen, dass die Militärs der Loge politische Gefangene für deren illegale Versuche lieferten, haben wir die Flucht ergriffen. Wir sind in die ärmsten Favelas geflohen, in die sich nicht einmal die Armee traut. Dort hat uns eine Candomblé-Priesterin, Mae Ovieda, geholfen. Ein junger Arzt, der aus der Favela stammt, was eine absolute Ausnahme ist, hat sich mit traditionellen Heilmitteln beschäftigt und dieses Gegengift gefunden. Bei mir hat es funktioniert.»

Die Priesterin sprach jetzt leiser. Daran zu denken, ging ihr anscheinend nach wie vor sehr nahe.

«Bei meinem Mann nicht.»

«Sie sind sich also nicht sicher, ob das Gegengift wirken wird?», fragte Aurélia de Crécy besorgt.

«Nein, aber mich hat es gerettet. Ich bin daraufhin selbst Priesterin geworden und habe Mae Oviedas Nachfolge angetreten.»

«Aber warum müssen wir uns in einen Sarg legen?», wollte Marcas wissen.

«Können wir nicht zusammenbleiben?», fragte die Komtesse flehend.

«Ihr werdet im Nichts versinken und dann kämpfen, kratzen, beißen und fast tollwütig werden, um den bösen Geist, der euch beherrscht, zu vertreiben. Wenn ihr zusammenbleibt, werdet ihr euch gegenseitig wehtun, denn der Geist des Kreuzes ist unerbittlich. Ich habe es selbst erlebt. Ich kenne seine Anziehungskraft und seine Grausamkeit. Er ist fast genauso mächtig wie unser Ogum. Ihr müsst euch schnell entscheiden, jede Sekunde, die ihr länger wartet, macht die Umkehr der Manipulation schwieriger.»

Aurélia de Crécy und Marcas umarmten sich, so fest sie konnten.

«Ich habe Angst», murmelte sie.

«Wir schaffen das. Gemeinsam.»

Abwechselnd nahmen sie den Kelch und tranken die bittere Flüssigkeit bis zum letzten Tropfen. Marcas musste an den bitteren Trank denken, den die Freimaurer symbolisch bei der Initiation zu sich nahmen. Bevor sie in die Särge stiegen, sahen sie sich ein letztes Mal an. Die beiden Männer schlossen die Deckel. Marcas bemerkte auf beiden Seiten mit einem Gitter versehene Öffnungen, durch die ein wenig Licht und Luft drang.

Die Trommeln begannen zu dröhnen. Langsam, voll und tief. Schreie wurden hörbar, und Marcas sah, wie sich Frauenbeine an der Öffnung vorbeibewegten. Er versuchte sich zu entspannen, doch seine Angst wuchs. Er stürzte in einen bodenlosen Brunnen. Nach einer halben Ewigkeit bildete sich ein Hohlraum in seinem Magen, der sich mit einer unerhörten Wucht zusammenzog.

«Aurélia, hörst du mich?»

Seine Stimme schien zu schwinden, genau wie sein Verstand. Dennoch glaubte er ein leises «Ja» zu hören. Er drehte den Kopf zur Seite und sah durch die kleine vergitterte Öffnung den panischen Blick der Komtesse im Sarg neben sich.

Im nächsten Moment fühlte er, wie sein Bauch mit einem Dolch von oben nach unten aufgeschlitzt wurde. Er fuhr mit dem Oberkörper hoch und stieß dabei mit dem Kopf an den gepolsterten Deckel des Sarges. Der Schmerz in seinem Unterleib strahlte aus wie eine brennende Säure. Aus dem anderen Sarg drang ein Heulen herüber.

Er bekam kaum Luft vor Schmerzen. Endlos schien sich die Zeit zu ziehen, so massiv waren die vom Gift hervorgerufenen Qualen.

Die Frauen tanzten unterdessen um die Särge herum, während Mae Marta wie in Trance und nicht mehr wiederzuerkennen war. Ihr Gesicht wirkte um zehn Jahre jünger, ihre Augen blitzten. Ehrfurchtsvoll sahen die Männer und Frauen sie an. Yemayá hatte von ihr Besitz ergriffen. Sie drehte sich um sich selbst und führte mit den Armen komplizierte Bewegungen aus. Die Trommeln schlugen schneller.

Marcas sah seinen Geist den Sarg verlassen und durch eine ruhige, sternlose Nacht schweben. Das Tatzenkreuz erschien, rot und lebendig. Wieder streckte es seine blutigen Arme aus, als wollte es nach ihm greifen. Er wehrte sich verzweifelt, während die Trommeln immer lauter wurden. Dann hielt das Kreuz inne und ließ von ihm ab.

Die Frauen in den blau-weißen Gewändern tanzten mit immer ruckartigeren Bewegungen und kreischten «Yemayá».

Mae Marta, die aufgehört hatte, sich zu drehen, lag jetzt am Boden. Sie bebte, vollkommen beherrscht vom Geist der Göttin.

Neben dem Kreuz erschien Marcas eine Frau. Sie war atemberaubend schön und trug ein langes schwarzes Kleid, dessen Falten mit den dunklen Schatten verschwammen, die sie umgaben. Ihre grünen Augen blitzten in der Dunkelheit, sie lächelte sanft. Marcas wusste, dass er sich im Delirium befand und dennoch hatte er nur einen Wunsch: sie zu umarmen und sich in ihrem Körper zu verlieren. Wieder waren die Trommeln zu hören, und die Frau wurde plötzlich ernst. Ihr Gesicht wurde zu einer Grimasse, als ein Mann in einer goldenen Rüstung hervorsprang, ein flammendes Schwert in der Hand. Die Bilder folgten schnell aufeinander. Alles, was der Kommissar sah, schien im Chaos zu versinken. An der Stelle des Kopfes der Frau prangte jetzt ein unheimlicher Totenkopf. Marcas fühlte sich hundeelend und so hilflos wie ein Blatt in einem rauschenden Fluss.

## 124
Paris
Innenministerium

Es regnete in Strömen. Es war ein schwerer Regen, der in jede Ritze drang und hinter dem die Büsche und Bäume im Garten des Ministeriums verschwanden. Brasilien war weit weg. Seit mehr als einer halben Stunde warteten sie Seite an Seite auf einer alten Bank mit vergilbten Ledersitzen. Mittlerweile hatten sie zwei Möbelpacker mit Kartons und fünf Sekretärinnen mit Aktenstapeln vorbeigehen sehen, von denen einige gerötete Augen hatten und sich auf dem Weg in eine ungewisse Zukunft zu befinden schienen. Überhaupt liefen die Beamten leise wispernd auf den Gängen der drei Etagen des Ministeriums hin und her.

Marcas nahm Aurélia de Crécys Hand.

«Ich habe das Gefühl, alles, was wir zusammen erlebt haben, verschwimmt in einer Art Traum, so wie der Regen dort draußen alles verwischt.»

Eine weitere Sekretärin stolzierte an ihnen vorüber. Ihre hohen Absätze klapperten auf dem Parkett.

«Sieh sie dir an», setzte Marcas abermals an. «Sie sind alle nur mit sich selbst beschäftigt. Sonst sehen sie niemanden. Und sie wollen nur eins: dass man sie ihrer Illusionen nicht beraubt.»

«Um Himmels willen, Antoine, du wirst doch jetzt wohl nicht den Mut verlieren? Willst du eine Welt, in der diese Wahnsinnigen die Macht übernehmen?»

«Nein, aber die da zum Beispiel», erklärte der Kommissar und nickte in Richtung der Sekretärin, die noch einmal an ihnen vorüberging, ohne sie eines Blickes zu würdigen, ihre ganze Aufmerksamkeit auf ihr eigenes Erscheinungsbild gerichtet. «Ihr ist es vollkommen egal, dass eine geheime Elite unser Land regiert. Solange die Konsumgesellschaft weiterhin ihre Eitelkeit befriedigt ...»

«Du wirst wegen dieser Zicke auf hohen Absätzen doch nicht anfangen zu philosophieren! Diesen Schweinehunden muss endlich das Handwerk gelegt werden, verstehst du mich, in Frankreich und in Brasilien. Und ich hoffe, dass dein Freund in dem Büro hinter dieser Tür da sich nun bald mal bewegt. Hat er uns vergessen?»

Marcas wusste nicht, was er darauf antworten sollte. Erst am Tag zuvor waren sie nach Paris zurückgekehrt, und er hatte um eine dringende Unterredung mit dem leitenden Staatssekretär gebeten, der ihn mit den Ermittlungen betraut hatte.

Vor zwei Tagen waren sie mit Hilfe des gut organisierten Candomblé-Netzwerks von Brasilia aus abgeflogen. Als sie in ihren Särgen wieder zu sich gekommen waren, hatte man sie zunächst zu einem befreundeten Arzt gebracht. Mae Marta hatte sie begleitet und war auch bei den Untersuchungen anwesend gewesen.

Wenn er daran dachte, wurde Marcas schwer ums Herz. Der Mediziner hatte ihr Schmerzempfinden testen sollen. Als der Arzt ihm eine Nadel in den Unterarm gestochen hatte, war dem Kommissar ein lauter Schrei entwichen. Noch nie hatte er sich über Schmerzen so gefreut. Er war fast wie ein alter Freund, den man aus den Augen verloren hatte und der einen plötzlich wiedererkennt und mit offenen Armen empfängt.

Doch die Freude war von kurzer Dauer.

Aurélia de Crécy hatte nämlich nichts gespürt, als der Arzt bei ihr den gleichen Test gemacht hatte. Auch ein zweiter Versuch blieb erfolglos. Marcas hatte ihre Hand genommen, und sie hatte ihn mit Tränen im Gesicht angesehen, als hätte man ihr gerade verkündet, dass sie unter einer unheilbaren Krankheit litt.

Doch Mae Marta hatte ihnen ein wenig Hoffnung gemacht. Marcas erinnerte sich genau an ihre Worte.

«Bei dir, Aurélia, hat das Ritual nicht gewirkt. Also werde ich dir etwas sehr Wertvolles geben.»

Sie hielt ihr einen mit einer Halbkugel besetzten Ring hin. Als sie daraufdrückte, öffnete er sich, und unter der Halbkugel wurde eine winzige Schale sichtbar, die mit einem braunen Pulver gefüllt war.

«Das ist ein Konzentrat des Getränks, das du vorhin getrunken hast. Damit kannst du es zu einem späteren Zeitpunkt noch einmal versuchen, aber ich warne dich, es könnte vielleicht das letzte ...»

Mae Marta wischte sich eine Träne aus dem blassen Gesicht.

«Mein Mann ist beim zweiten Mal gestorben.»

Wortlos hatte Aurélia de Crécy den Ring in Empfang genommen.

Dann war alles sehr schnell gegangen. Die Candomblé-Leute hatten für alles gesorgt, vom Haarfärbemittel bis zu falschen Papieren sowie Tickets für den nächsten Flug Brasilia–Paris Roissy.

«Ich bitte euch, warnt eure Freunde in Frankreich. Nur sie können uns von der Macht der Loge befreien», hatte die Candomblé-Priesterin sie angefleht, bevor sie sie zum Abschied an sich gedrückt hatte.

Und jetzt waren sie also im Innenministerium und warteten darauf, dass man sie gnädig empfangen würde. Marcas fühlte sich müde und ratlos. Er hatte keinerlei Beweise, um ihre unglaublichen Erlebnisse zu belegen.

Endlich wurde die Tür geöffnet, und der leitende Staatssekretär bedeutete ihnen einzutreten. Sein Büro stand voller Kartons. Die beiden Aktenschränke waren leer, als wären Einbrecher am Werk gewesen. Als sie sich gesetzt hatten, sagte der Beamte:

«Ich habe nicht damit gerechnet, Sie wiederzusehen, Marcas. Sie waren ja wie vom Erdboden verschluckt. Aber ich nehme an, Sie werden mir gleich von Ihrem Freund Di Licio erzählen?»

«Ja, und von vielen anderen! Ich bin, oder vielmehr wir sind, einem ... internationalen Komplott auf die Spur gekommen. Es ist unfassbar, aber es ist die Wahrheit.»

Während er nach den passenden Worten suchte, ließ der Kommissar den Blick über die vielen Kartons auf dem Parkettboden streifen.

«Was ist hier los? Ziehen Sie um?»

Der Staatssekretär sah ihn erstaunt an.

«Kommen Sie vom Mond? Darf ich Sie daran erinnern, dass hier Wahlen stattgefunden haben, während Sie sich in der Weltgeschichte herumgetrieben haben?»

Die Komtesse wollte gerade etwas sagen, als der Beamte bereits weiterredete.

«Mit dem Ergebnis, dass mein Minister aus dem Amt entlassen wird. Und damit muss auch ich meinen Platz nach der Amtsübergabe räumen. Ihr Bruder Di Licio ist also eine meiner geringsten Sorgen geworden», erklärte er ihnen missmutig.

«Aber was wir Ihnen zu berichten haben, ist sehr wichtig und könnte nicht nur einzelne Institutionen, sondern die ganze Welt in Gefahr bringen», erwiderte Aurélia de Crécy mit tonloser Stimme.

Der Staatssekretär warf ihr einen Blick zu.

«Nicht *nur einzelne Institutionen, sondern die ganze Welt*, das ist ja allerhand. Haben Sie Beweise?»

«Na ja ...», begann Marcas, aber die Komtesse unterbrach ihn sofort: «Einen Beweis? Und ob ich dir einen Beweis liefern werde, du Idiot!»

Bevor der Kommissar noch reagieren konnte, hatte sie sich eine Schere vom Schreibtisch geschnappt und ritzte sich damit in den Unterarm, ohne mit der Wimper zu zucken. Den Beamten ließ sie dabei nicht aus den Augen, während das Blut aus der Wunde auf die Unterlagen tropfte, die lose auf einer Aktentasche lagen.

«Sind Sie verrückt geworden? Hören Sie auf damit!»

Doch sie drückte die Spitze der Schere zwei Zentimeter von dem ersten Schnitt entfernt abermals in ihren Unterarm.

Ungläubig starrte der Staatssekretär wie in Trance auf den blutenden Unterarm, bis Marcas eingriff:

«Es reicht, Aurélia, ich glaube, der Herr hat genug gesehen. Außerdem hat er bald eh nichts mehr zu sagen. Lass uns gehen.»

Er erhob sich und verband mit dem Kaschmirschal des Staatssekretärs, der über einem Stuhl hing, die Wunde der Komtesse. Währenddessen blickte sie den vor ihr sitzenden Beamten verächtlich an und fuchtelte mit der Schere vor seinem Gesicht herum.

«Ich bin eine von ihnen geworden. Ich könnte dir hier und jetzt die Kehle durchschneiden und zusehen, wie du verblutest, ohne dass es mir das Geringste ausmachen würde. Mitgefühl kenne ich nicht mehr, ich kann töten und dabei lachen. Ich kann sogar ein kleines Kind oder eine hilflose Alte umlegen und gleich danach Sex haben. Verstehst du das? Nein? Wahrscheinlich bist du zu blöd!»

Mit verschrecktem Blick war der scheidende Staatssekretär zurückgewichen.

Marcas zerrte Aurélia in Richtung Tür, wo sie sich noch einmal umdrehte. Ihr Blick war eiskalt.

«Und solche wie mich gibt es auf der Welt tausendfach …»

«Das … das glaube ich Ihnen», antwortete der leitende Staatssekretär mit tonloser Stimme.

Sie verließen das Ministerium. Inzwischen regnete es nur noch leicht.

«Gehen wir ein Stück in Richtung Grand Palais, das wird uns guttun», sagte Marcas, um Aurélia zu besänftigen.

«Was geschieht jetzt?»

«Nichts. Oder vielleicht gibt er die Information noch an seinen Nachfolger weiter, aber spätestens der wird die Sache sofort vergessen.»

«Dann kommen diese Schweine also ungeschoren davon?»

Plötzlich kam eine weiße Limousine neben ihnen zum Stehen. Als Marcas hörte, dass die Tür geöffnet wurde, drehte er sich um. Ein großgewachsener Mann stieg aus dem Fahrzeug und hielt eine Waffe auf sie gerichtet.

«Einsteigen. Schnell.»

Den Insassen auf den weißen Ledersitzen im Fond des Wagens erkannten sie sofort.

## 125
## Paris

Die Limousine fuhr durch den Saint-Cloud-Tunnel. Auf der Rückbank reichte Di Licio seinen Zwangsgästen ein Glas Champagner, während sein Leibwächter sie nicht aus den Augen ließ.

«Ihr habt mich überrascht, ihr beiden. Eure Flucht habe ich mit Überraschung, aber auch mit … Bewunderung zur Kenntnis genommen, das gebe ich gern zu. Wie habt ihr nur Kontakt zu diesen verrückten Candomblé-Leuten aufnehmen können? Das ist mir nach wie vor ein Rätsel und grenzt an Zauberei, schließlich … Aber jetzt stellt sich mir eine ganz andere Frage: Was mache ich mit euch?»

«Das Innenministerium weiß Bescheid. Du hast nur noch eine Gnadenfrist, dann bist du erledigt, Di Licio», behauptete Marcas.

Der Großmeister der Loge Kadosh Kaos trank einen Schluck Champagner, bevor er lächelnd antwortete: «Das hatte ich befürchtet. Ich bin übrigens nur kurz nach Frankreich zurückgekommen, um einige Dinge zu regeln. Mein Landschloss ist zum Beispiel nur noch ein Haufen Schutt und Asche, nachdem an einer ungünstigen Stelle Gas ausgetreten war … Wirklich schade um dieses historische Bauwerk.»

Die Komtesse unterbrach ihn.

«Mich interessiert nur eins: Was genau haben Sie uns angetan?»

Di Licio legte den Ellbogen auf die lederne Armstütze an der Tür.

«An euch ist ein präziser Eingriff vorgenommen worden, bei dem ein bestimmter Bereich im Gehirn ausgeschaltet wird, der für das Schmerzempfinden und die Empathie zuständig ist. Eine Prozedur, die einen unerreichbar und unberührbar für menschliche Schwächen wie Mitleid macht. Professor Cavalcanti hat die Stelle auf Höhe der limbischen Rinde einst lokalisiert und jahrelang mit Versuchskaninchen gearbeitet, um seine Technik zu verfeinern. Einen Menschen, der keine Schmerzen und kein Mitleid empfindet, lässt das Unglück der anderen kalt, das ist der Schlüssel. Er ist von seinen Ketten befreit. Tausende von bedeutenden Menschen in der ganzen Welt haben, wie ihr, die Initiation und die Operation hinter sich gebracht.»

«Das ist Wahnsinn. Das ist die korrupte P2-Loge hoch zehn», rief Marcas.

Di Licio seufzte.

«Da haben wir etwas mit den P2-Brüdern gemein, bei denen war ich früher übrigens Mitglied. Eine bemerkenswerte Zeit. Ihr beide hättet dieser Elite, die sich zum Ziel gesetzt hat, die Welt zu verändern, auch angehören können! Unternehmer, Politiker, Banker, Journalisten, einflussreiche Berater im Hintergrund, Polizisten, Richter, Militärs … All unsere Ritter haben Schlüsselpositionen inne, und ihr Einfluss wird immer größer. Um die Masse der blökenden Lämmer zu bändigen. Wir sind seit langem unter euch.»

Der Wagen fuhr auf nasser Straße in Richtung Versailles.

«Wie konntest du als initiierter Freimaurer nur dein Ideal verraten?», zischte Marcas und sah Di Licio verächtlich an, der daraufhin in höhnisches Gelächter ausbrach und seinen Champagner austrank.

«Die alte Leier vom tugendhaften Freimaurer. Dass ich nicht lache. Kadosh Kaos hat die Freimaurerei mit dem System der strengen Auswahl nach Empfehlung eines Initiierten doch nur nachgeahmt. Glaubst du, deine Logen sind unter ihrer republikanischen Pseudo-Tugendhaftigkeit nicht elitär? Und deine Entscheidungsträger, die sich beim Brudermahl den Bauch vollschlagen, glaubst du, dass sie nur bleiben, um sich zweitklassige Zeichnungen über die Errungenschaften der Sozialversicherung oder den Einfluss der Alchemie auf die Symbolik anzuhören? Wir haben die Logik der Freimaurer nur auf die Spitze getrieben. Wir bieten unseren Rittern direkte Macht. Die Loge Kadosh hat heutzutage mehr Einfluss, als sich die Templer oder auch die Freimaurer je zu erhoffen gewagt hätten.»

«Wirklich? Wären die Templer stolz auf ihr verballhorntes Ideal und darauf, was aus ihrem Erbe geworden ist?», platzte Aurélia de Crécy heraus.

Di Licio begann erneut höhnisch zu lachen.

«Aber meine Liebe. Glaubst du wirklich, dass die ganze Geschichte vom Wiederaufleben der Templer in Brasilien ernst gemeint war? Gemeinsam mit Professor Cavalcanti, der euch persönlich operiert hat, haben wir die Legende Stück für Stück aufgebaut, um all die Einfaltspinsel anzulocken, die sich von den illustren Templern inspiriert fühlen. Die menschliche Eitelkeit ist unermesslich. Den Christusorden hat es tatsächlich in Portugal gegeben, und die Templer hatten wirklich ein Geheimnis, aber damit hört es dann auch schon auf.»

Marcas war sprachlos.

«Aber was ist mit den Gemälden der Großmeister? Und woher habt ihr so viel Geld?»

«Die Bilder sind Kopien von einem Fälscher. Wir mussten unserer Abstammung doch eine gewisse Authentizität verleihen. Die Sonnentempler haben es damals mit anderen Tricks genauso gemacht. Ihr Begründer war übrigens ursprünglich bei uns, aber dann wollte er sein eigenes Ding machen und ist wieder ausgestiegen. Das passiert bei einigen Mitgliedern, der Prozess ist nicht hundertprozentig zuverlässig. Geld findet sich im Übrigen leicht, wenn man Macht zu bieten hat.»

«Aber das Ritual, die Schmerzunempfindlichkeit? Das habt ihr nicht erfinden können.»

«Das ist der einzig historisch authentische Teil der Angelegenheit. 1963 bin ich in den verstaubten Archiven einer Loge in Bahia, die einen Fundus des Christusordens verwahrte, auf das Manuskript eines gewissen Guy d'Aynac gestoßen. Es handelt sich um einen bemerkenswerten Text über das Geheimnis einer muslimischen Sekte namens *Die Assassinen*. Darin beschreibt er einen Teil der Initiation, aber auch Guy d'Aynac und die Seinen waren dem Geheimnis der Operation nicht vollständig auf die Spur gekommen. Wir aber verfügten über ausreichend menschliches Material und konnten so das Rätsel lösen.»

Marcas sah ihn entsetzt an.

«So habe ich Professor Cavalcanti getroffen, einen Bruder, der damals als Arzt in einem Militärgefängnis arbeitete. An Probanden, um die Prozedur, die d'Aynac beschrieben hatte, auszuprobieren, mangelte es uns nicht. Allerdings gab es am Anfang sehr viele Fehlversuche. Doch wir haben die Technik perfektioniert, in wohlhabenderen Schichten rekrutiert und eine fortschreitende Lehre entwickelt, die auf Mord und Emotionslosigkeit basiert. Wir haben sogar Psychotherapeuten, die unsere Lehrlinge begleiten.»

«Wie viele unschuldige Menschen hast du auf dem Gewissen? Den freimaurerischen Hotelier in Südfrankreich zum Beispiel?», wollte Marcas jetzt wissen.

«Ich finde, du bist viel zu neugierig. Genau wie der Großinspektor der Loge, dessen Kopf, den du bei der Initiation in meinem Landschloss in der Hand hattest, übrigens nur mit einer dünnen Wachsschicht überzogen war.»

Marcas spürte abermals Wut und Ekel in sich aufsteigen. Der arme Saragosse.

Die Limousine bremste ab und reihte sich in eine Autoschlange ein, die sich nur im Schritttempo vorwärts bewegte. Zwei Warnleuchten blinkten am Straßenrand. Auf dem Boden lagen Leichen unter einer Plane. Di Licio betrachtete die Szene.

«Mit denen ist es genauso. Du fährst an einem Unfallort vorbei, aber du kennst die Opfer nicht, sie bedeuten dir nichts. Also gibst du wieder Gas, und die Leute verschwinden aus deinem Leben, genauso schnell, wie sie gekommen waren. Und doch ist etwas Unerwartetes geschehen. Etwas vollkommen Unglaubliches.»

Die Limousine fuhr wieder an. Der Regen hatte inzwischen ganz aufgehört. Und in der Ferne sah man einen Sonnenstrahl durch die Wolken dringen.

«Der Eingriff im Gehirn hat noch eine weitere Folge: Eine Schicht, die über dem Bewusstsein liegt, reißt ein, wodurch man fähig wird, Symbole zu fühlen. Das Tatzenkreuz übt sehr viel Macht auf die operierten Personen aus. Es öffnet die Tür zu einem anderen Universum. Immer wieder musste ich das freimaurerische Ritual des Ritters Kadosh lesen, um den Sinn des Satzes zu verstehen: *‹Der Ritter hat die Schwelle zum Tod überschritten und tritt nun in das Heiligtum des Lebens ein.›* Das Kreuz des Tempels hilft, den Tod zu besiegen und ihm ins Gesicht zu sehen. Ich habe es erlebt, es ist eine wahre Pracht. Im Vergleich dazu ist alles andere nichtig.»

«Wie kommt es zu diesen Halluzinationen mit dem Kreuz und dem Totenkopf?», fragte Marcas.

«Das sind keine Halluzinationen. Doktor Yarker, einer unserer Psychotherapeuten, ist davon überzeugt, dass dieses Ritual Kontakt zu dem, was Jung Archetypen nennt, herstellt. Aber die Archetypen von Tod und Macht. Die Todesgöttin gibt es wirklich. Sie nährt unsere Taten und herrscht durch uns. Wir haben unsere Lehre so weit perfektioniert, dass wir Männer und Frauen erschaffen, wie die Menschheit sie noch nicht gekannt hat. Die Elite der Zukunft.»

«Ihr seid eine Monster-Elite!», schrie Aurélia de Crécy und warf sich auf den Leibwächter, der, fasziniert von den Ausführungen seines Chefs, die Waffe hatte sinken lassen. Ein Schuss löste sich. Marcas reagierte schnell, drückte Di Licio gegen die Fahrzeugtür und hielt ihn dort fest. Die Komtesse hatte unterdessen nach der Champagnerflasche gegriffen und schlug dem Leibwächter damit auf den Kopf. Durch den Schuss alarmiert, ließ der Chauffeur das Fenster herunter, das ihn vom Fahrgastraum trennte, war aber so verängstigt, dass er nicht eingriff. Der Leibwächter wehrte sich noch, doch Aurélia de Crécy spürte die Hiebe nicht. Als sie seine Waffe zu fassen bekam, hielt sie sie ihm an die Schläfe und drückte ab. Hirnmasse spritzte gegen die Scheibe. Brüllend wandte sie sich an den Chauffeur: «Fahren Sie an der nächsten Abfahrt raus.»

Das Geräusch des Blinkers war zu hören, und der Wagen bog rechts von der Schnellstraße ab. Die Komtesse richtete die Waffe auf Di Licio.

«Du weißt, wozu ich fähig bin. Und nichts würde mir eine größere Freude bereiten.»

«Nein», ging Marcas dazwischen, «du darfst nicht so werden wie sie.»

«Ich bin bereits wie sie, mein Leben ist nichts mehr wert, ich bin ein Monster.»

«Und Maes Ring? Dir bleibt eine Chance. Vergeude sie nicht.»

Die Limousine fuhr an einem verlassenen Waldstück vorbei.

«Stehen bleiben», wies Marcas den Chauffeur an.

Das Fahrzeug hielt am Waldrand, und der Chauffeur nutzte die Gelegenheit, riss die Fahrertür auf und rannte davon.

«Jetzt bist du allein. Wie fühlst du dich mit der Gewissheit, dass du gleich sterben musst?», flüsterte die Komtesse Di Licio mit säuselnder Stimme ins Ohr.

«Nein, tu es nicht!», brüllte Marcas. «Wir brauchen eine Liste aller Logenmitglieder, und nur er kann sie uns liefern.»

Aurélia de Crécy ließ die Pistole sinken. Di Licio sah sie herablassend an.

«Ich werde euch gar nichts sagen oder geben. Niemals, nicht einmal unter Folter. Ihr wisst, dass ich keinen Schmerz empfinde. Folter würde mir nichts ausmachen. Es ist zu komisch. Gerade in diesem Moment ereignen sich Dinge, von denen ihr nichts ahnt. Bei der aufwendigsten Aktion dieses Jahrhunderts stehen wir kurz vor dem Durchbruch.»

«Folter, das ist doch Schnee von gestern», konterte Marcas aggressiv. «Inzwischen gibt es längst bessere Methoden, um die Wahrheit aus jemandem herauszupressen. Gewisse Abteilungen des Nachrichtendienstes würden einige dieser chemischen Neuentwicklungen nur zu gern an dir ausprobieren.»

Di Licio verzog das Gesicht.

«Wir sind überall, das habe ich dir doch schon gesagt. Wir haben bereits viel Macht, aber wir wollen mehr. Wer sagt dir, dass nicht auch Leute von uns beim Nachrichtendienst sind? Meine Zeit ist jedenfalls abgelaufen.»

Ruckartig riss er die Hand der Komtesse hoch, in der sie die Pistole hielt, und schoss. Der Schuss zerschmetterte seinen Kopf.

Aurélia de Crécy sah den Kommissar ungerührt an, dann stiegen beide aus der Limousine.

«Ich kann nicht weinen. Ich fühle nichts. Weder Hass noch Mitleid für die beiden Toten. Aber ich will nicht leben wie ein Roboter.»

Marcas nahm sie in den Arm, als hätte er Angst, dass sie sonst für immer entschwinden würde. Er hörte sich reden, doch seine Worte widersprachen dem, was er in seinem Innersten glaubte.

«Es gibt das Heilmittel.»

«Daran kann ich sterben …»

Sie suchte einen Hoffnungsschimmer in seinen Augen, aber was sie sah, war nur Mitleid, das Gefühl, das ihr so fremd war.

Sie sahen sich lange an, dann küsste sie ihn. Er spürte Tränen auf den Wangen. «Ich liebe dich», murmelte er. Er wollte sie nicht verlieren. Sie würden einen fähigen Arzt finden, Analysen machen lassen, die Stelle finden, an der das Gehirn manipuliert worden war, und versuchen zu operieren. Die Wissenschaft machte unglaubliche Fortschritte.

Sie löste sich von ihm und lächelte. Die Sonne schien auf die Lichtung, auf der sie standen. Sie trat einen Schritt zurück.

«Ich liebe dich auch …»

Mit Schwung führte sie den Ring an ihre Lippen. Bevor er sie daran hindern konnte, hatte sie das Pulver bereits geschluckt. Ihr Gesicht strahlte fast übernatürlich. Er nahm sie in den Arm, doch in dem Moment sackte sie in sich zusammen.

«Nein … Aurélia!», brüllte Marcas.

Der Kopf der Komtesse kippte nach hinten, und ihre Augen blickten ins Leere.

«Keine Angst, Antoine … eines Tages sind wir wieder vereint … für immer.»

## 126
## Paris
## Wirtschaftsnachrichten

*Montag, 8.39 Uhr*

Der Vorstandsvorsitzende der Stone Corporation Frankreich, Victor Léandre, hat angekündigt, dass er das Unternehmen im Einvernehmen mit den Aktionären verlassen wird. In einer Presseerklärung dankt die Stone Corporation Léandre für seine Arbeit und sein Engagement. Unter seiner Führung hat das Unternehmen seine Position in einem viel umkämpften Marktsegment ausbauen können. Victor Léandre wurde von der Belegschaft sehr geschätzt und wird als junger, dynamischer Firmenchef mit einem Gespür für die Belange seiner Angestellten in die Geschichte des Unternehmens eingehen. Die Ernennung seines Nachfolgers wird für den Abend erwartet. Um Transparenz zu gewährleisten, habe er seine Vorzugsaktien der Stone Corporation zu einem Preis von drei Millionen Euro verkauft, erklärte der scheidende Vorstandsvorsitzende.

*Wirtschaftstelegramm. Radio Plus.*
*Mittwoch, 9.52 Uhr*

Victor Léandre ist gestern zum Präsidenten und Vorstandsvorsitzenden der Omnium-Plus-Gruppe ernannt worden. Omnium Plus ist der zweitgrößte europäische Medienkonzern, zu dem zwei französische Fernsehsender, drei Radiostationen und zwei Nachrichtenseiten im Internet gehören. Außerdem ist der Konzern Minderheitenteilhaber an fünfzehn Printmedien.

Léandre ist Absolvent der Elitehochschule ENA, ist dreiundvierzig Jahre alt und war zuletzt Vorstandsvorsitzender der Stone Corporation Frankreich. Er ist bekannt für seinen untypischen, dynamischen Führungsstil. Innerhalb des Konzerns gibt es Gerüchte über die bevorstehende Umsetzung eines Sozialplans sowie eine Rekapitalisierung der Wertpapiere. Dazu Léandre in einem Exklusivinterview:

*«Guten Tag, Monsieur Léandre. Sie sind zum Vorstandsvorsitzenden eines der größten Medienkonzerne Europas ernannt worden und Sie nehmen Ihre Arbeit bereits morgen auf. Wie gehen Sie an die Herausforderung heran?»*

«Mit Selbstvertrauen und Entschlossenheit. Omnium Plus ist ein wunderbares Unternehmen, das sich aber in der Vergangenheit vielleicht ein wenig zu sehr auf seinen Lorbeeren ausgeruht hat. Meine Hauptaufgabe wird es sein, unsere Leute zu Höchstleistungen anzuspornen. Wie Sie wissen, bilden die Mitarbeiter das wahre Kapital eines Unternehmens.»

*«Bleiben wir bei diesem Thema. Man hört, dass bei der Omnium-Plus-Gruppe ein Sozialplan umgesetzt werden soll, insbesondere in den Redaktionen …?»*

«Das kann ich eindeutig verneinen. Von einem Sozialplan kann nicht die Rede sein. Ich verstehe zwar die Nervosität der Journalisten, deren Berufsbild sich zurzeit stark verändert, aber sie werden sich entsprechend anpassen müssen. Und wir müssen sie von den notwendigen Schritten überzeugen. Gleich zu Beginn habe ich übrigens eine schöne Überraschung für sie.»

*«Können Sie sie unseren Zuhörern verraten?»*

«Ach, es ist nichts Großes. Aber ich möchte mich mit meinen Mitarbeitern gemeinsam über unsere Aufgaben und meine Vision für die Zukunft unterhalten. In drei Wochen werden wir zusammen für ein paar Tage nach … Luxor fliegen. Ich habe Ihnen ja bereits gesagt, dass ich an die Menschen glaube.»

## Epilog
Paris

Endlich würde er die Zügel in der Hand halten und die ultimative Machtposition innehaben. Er hatte so viele Projekte im Kopf, und es gab so viele komplexe Mechanismen umzusetzen, sobald er den Posten in wenigen Minuten übernommen hätte.

Die Absätze der beiden Männer klapperten auf dem frisch gewachsten Parkett. Für seinen Geschmack gingen sie ein wenig zu langsam, aber aus Höflichkeit musste er den Schritt seinem Vorgänger anpassen, der ihn am Eingang empfangen hatte – zum letzten Mal. Er wusste, dass er lernen musste, seinen hitzigen Charakter zu bändigen. Alle predigten ihm das seit Jahren, sogar der Großmeister der Loge.

Die Loge Kadosh Kaos. Sie hatte ihm zu diesem Aufstieg verholfen, mit dem er in seinen kühnsten Träumen nicht gerechnet hatte. Die Nachricht vom Selbstmord Di Licios hatte ihn tief erschüttert, aber er würde sich revanchieren, er würde nicht undankbar sein. Doch jetzt war er niemandem mehr Rechenschaft schuldig. Die anderen hohen Tiere der Loge hatten weit weniger Gewicht als Di Licio. Selbst den Seelenklempner Doktor Yarker konnte er getrost vernachlässigen. Mit ihm würde er sich zu gegebener Zeit befassen. Di Licio hatte vor seinem Tod jegliche Spuren der Existenz der Loge verwischt. Nur er besaß die Namenliste der Kadosh-Kaos-Ritter, deren er sich eines Tages bedienen würde.

Je mehr er sich seinem zukünftigen Büro näherte, desto heiterer wurde er. Die Entscheidung, den Posten bei Omnium-Plus für diese Position aufzugeben, war ihm gar nicht schwergefallen. Er betrachtete das Spiegelbild seines Vorgängers in dem großen Wandspiegel, an dem sie vorbeigingen. Der Kontrast war bemerkenswert. Er fühlte sich plötzlich wie ein Kind, das mit seinem Vater auf dem Weg zum Schuldirektor war. Die Vorstellung war amüsant.

«Mein Lieber, da sind wir», verkündete der Vorgänger. Ehrerbietig öffnete man ihnen die Tür, die sich hinter ihnen wieder schloss. Das Mobiliar war ihm zu altmodisch, er würde das Büro neu einrichten lassen, sobald der Alte weg war.

Sie setzten sich. Wie er es gelernt hatte, schwieg er respektvoll und lauschte dem Vortrag seines Gastgebers aufmerksam, der jetzt sogar ein wenig selbstgefällig klang.

«Ich beglückwünsche Sie zu diesem Posten. Wie es hier Tradition ist, werde ich mit Ihnen kurz die wichtigsten Themen durchgehen, unsere Stellvertreter werden sich darüber im Detail austauschen. Ich bin davon überzeugt, Ihnen ein gut florierendes … *Unternehmen* … zu überlassen. Es ist offensichtlich, dass …»

Léandre genoss die Ironie des Moments. Seinen Humor hatte der Alte noch nicht verloren, nicht übel. Er massierte sich die Schläfe und hörte weiter zu. Die Zeit verging unendlich langsam.

«… und jetzt bleibt mir nur noch, Ihnen alles Gute zu wünschen und Ihnen dieses verschlossene Kuvert mit den Zugangscodes für das Computersystem anzuvertrauen.»

Mit diesen Worten reichte er seinem Nachfolger einen zugeklebten Umschlag, der jedoch versehentlich zu Boden fiel. Léandre bückte sich höflich, um ihn aufzuheben. Dabei blieb er mit dem Handrücken an einem Reißnagel hängen, der aus dem Fuß seines Sessels ragte.

Eine tiefe Schramme wurde sichtbar, aus der Blut tropfte. Sein Vorgänger entschuldigte sich.

«Es tut mir leid, das ist ein Empire-Sessel, von dem ich mich aus nostalgischen Gründen nicht trennen konnte. Er ist nicht mehr sehr gut in Schuss. Sie werden ihn sicher ausrangieren. Wie ich höre, bevorzugen Sie entweder Mittelalterliches oder Modernes? – Ich rufe Ihnen unseren Mitarbeiter vom Sanitätsdienst.»

Léandre hob die Hand und zog ein Taschentuch hervor.

«Keine Sorge, das ist nicht schlimm.»

Ein eigenartiges Lächeln huschte über sein Gesicht.

«Ich spüre gar nichts …»

«Das ist angesichts der Verantwortung, die man in dieser Funktion hat, auch ein Vorteil», scherzte der Alte. «Begleiten Sie mich hinaus?»

«Mit Vergnügen.»

Auf dem Rückweg gingen sie doppelt so schnell wie auf dem Weg hinein. Sie traten auf die Freitreppe hinaus. Der gepflasterte Vorplatz lag in strahlendem Sonnenschein.

Ein Blitzlichtgewitter ging auf sie nieder. Unzählige Kameras waren auf sie gerichtet. Die Leute applaudierten, als Victor Léandre zum letzten Mal die Hand seines Vorgängers auf jener Treppe schüttelte, die schon so viele große Männer hatte kommen und gehen sehen. Dann stieg der Ältere der beiden die Stufen hinab und verschwand in dem schwarzen Wagen, der unten auf ihn wartete, während der neue Hausherr allein zurückblieb.

Am Ende des Platzes, hinter dem schmiedeeisernen Zaun, rief eine begeisterte Menge seinen Namen. Vor den

Absperrungen, an denen die Leute frenetisch die Arme in die Luft rissen, versuchten Sicherheitsbeamte mit schwarzen Sonnenbrillen die ausgelassene Stimmung unter Kontrolle zu behalten.

Der neue Herrscher im Élysée-Palast hob die Hand und grüßte sein Volk mit einem diabolischen Lächeln.

# ANHANG

## Über Kommissar Marcas

Über die Freimaurerei hinaus, die in allen Marcas-Büchern eine Rolle spielt, haben wir von Anfang an auch historische Elemente sowie Elemente des Volksglaubens mit in die Romane einfließen lassen, denen jeweils eine umfassende Recherche vorausging.

In *Das Schattenritual* ging es darum, die wilde, wahre Odyssee der Freimaurer-Archive zu erzählen, die während des Zweiten Weltkriegs von der SS gestohlen worden waren. Darüber hinaus haben wir die Verfolgungen der Großlogen durch die Vichy-Regierung sowie die antisemitische esoterische Thule-Gesellschaft während der Zeit des Nationalsozialismus thematisiert.

In *Die Casanova-Verschwörung* wollten wir eine Geschichte über die Macht von Sekten mit Manipulationsmechanismen schreiben, die auf der Mär einer freimaurerischen Verschwörung basiert. Außerdem wollten wir Aleister Crowley, den diabolischen letzten Magier des vergangenen Jahrhunderts, und seinen extrem gelebten Libertinismus vorstellen.

Im dritten Band, *Die Bruderschaft des Blutes*, bot sich die Gelegenheit, die geheimnisvolle Welt der Alchemie und eine ihrer legendären Figuren, Nicolas Flamel, wiederzuentdecken. In dem Zusammenhang lag die Verbindung zu global operierenden Finanzzirkeln mit einem Bezug zum Edelmetall Gold nahe. Darüber hinaus erhält der Leser einen Einblick in das amerikanische Freimaurertum seit dem Unabhängigkeitskrieg sowie in die freimaurerische Symbolik der Freiheitsstatue und des Eiffelturms. Und Nicht-Maurer bekommen eine Vorstellung davon, wie es in den Tempeln der Pariser Großloge *Grand Orient de France* aussieht.

Es war abzusehen, dass die sagenumwobenen Tempelritter und Übeltäter der obskuren italienischen Loge P2 eines Tages Marcas' Weg kreuzen würden …

## Wahres und Erfundenes

*Im Zeichen der Assassinen* ist ein Roman, und entsprechend ist die Handlung frei erfunden. Dennoch sind viele darin enthaltene Fakten wahr. Allerdings sind die Hintergründe dieses Mal nicht ganz so wichtig wie in den früheren Bänden. Dennoch verweisen wir im Folgenden, wie auch bei Antoine Marcas' früheren Fällen, auf die historischen Hintergründe, die der Geschichte zugrunde liegen. Wer mehr wissen möchte und des Französischen mächtig ist, dem sei die Webseite www.polar-franc-macon.com empfohlen, auf der auch zwei Reiseberichte zu finden sind: ein imaginärer von Jacques Ravenne ins Heilige Land zur Zeit der Templer sowie ein Bericht über eine tatsächliche Reise nach Salvador de Bahia, die Eric Giacometti unternommen hat.

## Tempelritter und Freimaurer

Seit der Zerschlagung des Templerordens gab es Gerüchte über das Fortbestehen einer geheimen Organisation, die die Flamme des aufgelösten Ordens am Leben erhalten sollte. Allerdings gab es keinerlei ernst zu nehmende Beweise für diese Annahme. Dennoch haben die Freimaurer bis heute viele Riten, die auf ein templerisches Erbe hinweisen. Bis vor kurzem haben sie dieses Erbe jedoch als rein symbolisch betrachtet. Neue archäologische Funde in Israel und Schottland lassen die Verbindung jedoch in einem neuen Licht erscheinen.

Im Château Pèlerin, der letzten Festung, die den Templern im Heiligen Land erhalten geblieben war, haben Forscher zahlreiche Grabstätten freigelegt, auf denen Winkelmaß und *Senkblei* zu erkennen waren. Diese Funde weisen darauf hin, dass es auch schon vor der Zerschlagung des Ordens enge Beziehungen zwischen Templern und Maurervereinigungen gab. Darüber hinaus wurden in der Grafschaft Argyll in Schottland mehrere Templergräber entdeckt, die größtenteils aus der Zeit nach der Auflösung des Ordens stammen. Wie im Château Pèlerin sind auch einige dieser Gräber mit maurerischen Symbolen verziert, hier insbesondere mit dem Winkelmaß und dem *Hammer*.

Da Schottland die Wiege der modernen Freimauerei ist, liegt die Frage nach einer möglichen Verbindung nahe.

## Die Sekte der Assassinen

Die Assassinen sind aus einer der zahlreichen islamischen Abspaltungen hervorgegangen, die sich als Nachfolger des Propheten Mohammed sahen. Sie sind durch ihre eigenwilligen Methoden, Macht und religiöse Überzeugungen zu manifestieren, in die Geschichte eingegangen. Die Sekte, die sich zurückgezogen in ihren Festungen in Persien und

Syrien aufhielt, rekrutierte stets nur eine kleine Anzahl an Anhängern. Sie waren berüchtigt für ihren Fanatismus. Im Unterschied zu anderen Strömungen des Islam, die sich auf eine populäre Basis, eine politische Macht und eine Militärhierarchie stützten, setzten die Assassinen auf terroristische, häufig spektakuläre Alleingänge. Traditionell entstand die selbstlose Aufopferung der Assassinen für ihre Sekte durch den rituellen Konsum einer Droge auf Cannabis-Basis. Nach ihrer Kampfausbildung wurden die zukünftigen Assassinen unter Einfluss dieser Droge in paradiesische Gärten geführt, wo junge Mädchen ihnen diverse Freuden bereiteten. Wenn sie erwachten, erklärte man den Initiierten, dass der unendlich gütige Gott ihnen einen Vorgeschmack aufs Paradies gewährt habe, wohin sie zurückkehren dürften, wenn sie ihr Leben für die Sache opferten.

Durch diese Manipulation wurden bis ins 13. Jahrhundert, als die Sekte endgültig ausgerottet wurde, Hunderte fanatische Mörder herangezüchtet.

Die ein wenig in Vergessenheit geratene Sekte der Assassinen hat mit den terroristischen Anschlägen religiöser Fanatiker wieder an Aktualität gewonnen.

## Roger Flor

Unsere Leser können beruhigt sein, der echte Roger Flor wurde zwar verwundet, aber er starb nicht auf dem Hof der Zitadelle!

Unter seinem richtigen Namen Rutger von Blum ist der Ritter nach dem Fall Akkons zu einer Legende und einem Nationalhelden geworden – in Katalonien.

Nachdem er den Templerorden aus nie geklärten Gründen verlassen hatte, wurde er von König Peter III. von Aragón zum Führer eines Söldnerheers ernannt: der gefürchteten Katalanischen Kompanie. Nach siegreichen Gefechten in Spanien und Sizilien beschloss Flor, sich mit seinen Männern in den Dienst des Kaisers von Byzanz zu begeben, der gegen die Türken Krieg führte. Als vielgerühmter unerschrockener Kriegsführer gelang es Roger Flor mehrfach, die Ungläubigen zu besiegen und zurückzudrängen, woraufhin ihm die Hand der Nichte des Kaisers angeboten wurde – ein Werdegang wie in einem höfischen Roman für den ehemaligen Tempelritter, dessen Machthunger schließlich jedoch kein Maß mehr kannte. Nachdem er den Titel Großherzog verliehen bekommen und als unabhängiger Herrscher das von ihm eroberte Gebiet regiert hatte, zog Roger Flor ernsthaft in Erwägung, den Kaiser vom Thron zu vertreiben. Dieses letzte ehrgeizige Vorhaben wurde ihm zum Verhängnis. Am 5. April 1305 wurde er zusammen mit 130 seiner Offiziere während eines Banketts zu seinen Ehren, zu dem er sich unbewaffnet begeben hatte, ermordet.

## Der Christusorden

Das Königreich Portugal sah die Templer als wertvolle Verbündete im Rückeroberungskrieg gegen die Mauren. Anders als Philipp der Schöne, der den Templerorden zerschlagen ließ, hat der portugiesische König Dinis I. die Templer nicht behelligt. Stattdessen ließ er 1318–1319 den Christusorden neu aufbauen. In diesem neuen Orden fanden die Templer Zuflucht und konnten nebenbei dem

Johanniterorden die Stirn bieten. Wie in unserem Roman erwähnt, war der Christusorden auch maßgeblich an der Eroberung der Neuen Welt beteiligt. Er hat Schiffe gebaut und Geographen und Seefahrer ausgebildet. Pedro Alvares Cabral, der Seefahrer, der 1500 an der Spitze von 13 Karavellen Brasilien entdeckte, war Mitglied des Christusordens, genau wie Vasco da Gama. Christoph Kolumbus heiratete die Tochter des damals amtierenden Großmeisters. Das rote Kreuz auf den Segeln seiner Schiffe ist das des Christusordens und damit das Tatzenkreuz der Templer.

## Schmerzunempfindlichkeit

Authentisch ist, dass es Menschen gibt, die weder Schmerzen noch Mitgefühl empfinden. Der Pariser Neurologe Nicolas Danziger arbeitet an einer Studie über den unglaublichen Fall des Alain B., bei dem seit einem Motorradunfall offenbar ein winziger Teil seines Gehirns beschädigt ist. Der Mann lebt normal, spürt jedoch keine Schmerzen. Und wenn man ihm eine Szene zeigt, in denen anderen Menschen fürchterliches Leid angetan wird, kennt er kein Mitgefühl. Die noch laufenden Forschungen Dr. Danzigers weisen darauf hin, dass die beschädigte Stelle sich im limbischen System befindet. Die Tragweite dieser Untersuchung ist immens. Sie könnte zum Beispiel ermöglichen, das Schmerzempfinden bei Operationen oder Behandlungen von Krankheiten vorübergehend auszuschalten. Und vielleicht lässt sich mit den Ergebnissen der Studie auch eines Tages erklären, warum Mörder, Sadisten usw. so gefühllos handeln können.

## Die Kadosh-Ritter

Die Loge Kadosh Kaos, die in diesem Buch vorkommt, ist eine Erfindung, mitsamt der operativen Schädelmanipulation während der Initiation sowie dem Ritus, Unschuldige zu ermorden. Dennoch gibt es bei den Maurern einen Grad des Ritters Kadosh. Es handelt sich um den dreißigsten Grad des Alten Angewandten Schottischen Ritus, einen sogenannten Hochgrad, und er ist mit einem Ritus verbunden, den man dem Ritter Kadosh (hebräisch für heilig) zuschreibt. Wer diesen Grad innehat, hat selbstverständlich nichts mit den Verbrechen unserer Protagonisten gemein und möge uns die Verwendung dieses Namens verzeihen und seine Arbeit genauso fortsetzen wie bisher. Wir haben diesen Grad einfach deshalb ausgewählt, weil er explizit auf die Templer verweist. Mit Ritter Kadosh betrete der Templerorden die maurerische *Bauhütte*, meint dazu Pierre Mollier, der Leiter der Bibliothek und des Museums der französischen Großloge *Grand Orient de France* in seinem bemerkenswerten – allerdings nur auf Französisch erhältlichen – Buch *La Chevalerie maçonnique*. Die Templerlegende tauchte in einem freimaurerischen Ritual zum ersten Mal in einer alten Version des Grads des Ritters Kadosh von 1750 auf. Übrigens ist der erste König Belgiens, Leopold I., einem Dokument des *Grand Orient de Belgique* vom 11. Dezember 1865 zufolge zum Kadosh-Ritter ernannt worden. Es existiert eine große Statue des Herrschers, die ihn mit einer Schärpe zeigt, auf der das Kürzel CKS zu sehen ist, das für diesen Grad steht.

## Die Loge P2

Alle Fakten über die Loge *Propaganda Masonica Due* sind wahr. In dieser Loge, die ursprünglich zwischen den beiden Weltkriegen die Speerspitze des Kampfes gegen Mussolini war, übernahm später ein gewisser Licio Gelli die Führung, selbst ein ehemaliger Faschist. Er initiierte seit Anfang der 60er Jahre mindestens zweitausend Menschen – aus Gründen, die nichts mit dem freimaurerischen Ideal zu tun hatten, sondern schlicht und einfach mit Macht. Die Loge P2 war in alle großen Skandale der 70er und 80er Jahre verwickelt (Banco Ambrosiano, die Gladio-Affäre, die Attentate im Bahnhof von Bologna, den Mord in London an dem «Bankier Gottes» usw.). Schließlich gab es einen parlamentarischen Untersuchungsausschuss zu der Loge P2, und sie wurde aufgelöst. Auf der geheimen Mitglieder-Liste, die bei einer Hausdurchsuchung in Gellis Villa sichergestellt wurde, stand auch der Name Silvio Berlusconis, auch wenn er selbst dementiert hat, dazuzugehören.

Nach einem spektakulären Ausbruch aus dem Gefängnis wurde Licio Gelli in Cannes erneut in einer spektakulären Aktion festgenommen, obwohl er zu dem Zeitpunkt unter dem Schutz der französischen Maurer stand. Er selbst betrachtet sich als Dichter und verfügt noch immer über ein mächtiges Netzwerk aus treuen Unterstützern. Nach wie vor ist er Ehrenpräsident eines französischen Ritus namens *Memphis und Misraim*.

## Brasilien und die Freimaurerei

Selbst wem bekannt ist, dass Simón Bolívar, der Vater der Unabhängigkeit in Südamerika, Freimaurer war, ist nicht unbedingt geläufig, wie sehr die Maurer die Geschichte der einzelnen Länder und besonders Brasiliens mitgeprägt haben. Der erste brasilianische König, Pedro I., war Großmeister des brasilianischen Großorients, und auch seine Nachfolger waren Maurer, darunter José Bonifácio de Andrada, dem Brasilien die Unabhängigkeit zu verdanken hat. Auch eine der prägendsten Verschwörungen des Landes mit den Zielen, einen souveränen Staat zu gründen und die Sklaverei abzuschaffen, ging von Freimaurern aus, darunter José da Silva Xavier. Viele Historiker sind der Ansicht, dass das brasilianische Nationalgefühl in den Logen entstanden ist. Der patriotische National-Slogan «Unabhängigkeit oder Tod» wurde jedenfalls vom Maurer Joaquim Ledo geprägt. 1871 hat der Adelige Rio Branco, der Großmeister des Großorients war, mit dem Gesetz vom sogenannten freien Bauch maßgeblich zur Abschaffung der Sklaverei beigetragen. Das Gesetz besagte, dass kein Kind, das geboren wurde, mehr Sklave wäre, auch wenn die Mutter Sklavin war. Allerdings darf nicht verschwiegen werden, dass sich ein kleiner Teil hochrangiger Freimaurer 1964 auf die Seite der Putschisten geschlagen hat, die dem Land eine zwanzigjährige unerbittliche Diktatur beschert haben.

## Der Candomblé

Die afrobrasilianische Religion, deren Hochburg der Bundesstaat Bahia ist, ging aus dem Glauben der afrikanischen Sklaven hervor, die von den Portugiesen im 18. Jahrhundert massenweise nach Brasilien gebracht wurden, um auf den Zuckerrohrfeldern zu arbeiten. Die Anhänger verehren Gottheiten, die sie Orixás nennen und denen jeweils eine bestimmte Kraft, Farbe und Funktion zugeordnet ist.

Über die Jahrhunderte hat der Candomblé viele Elemente des Christentums übernommen. Historisch gesehen haben die Sklaven diese zunächst verwendet, um ihre Religion überhaupt ausüben zu können, indem sie die Candomblé-Objekte unter einem Altar mit Bildern von katholischen Heiligen versteckten.

## Geheimdienstler und Templer

In den 70er Jahren hat die französische Miliz *Service d'action civique* (SAC), Brutstätte gaullistischer Geheimdienstler, die Führung des *Ordre souverain et militaire du Temple de Jérusalem* (OSMTJ) übernommen. Dieser eigenwilligen Templergruppe, die einen weißen Umhang und ein Schwert am Gürtel trug, gehörten zahlreiche Militärs und französische Polizisten an. Jacques Massie, der Leiter der SAC, der mit seiner Familie ermordet wurde (das Auriol-Massaker), war zum Beispiel Mitglied dieses Ordens. Die Gruppierung wird auch im Zusammenhang mit der Gladio-Affäre und der CIA genannt.

## Bill Clinton, ein Templer

Die DeMolay-Organisation gibt es wirklich, und sie unterhält sogar eine Website, auf der sie junge Männer anwirbt. Dort erfährt man, dass der ehemalige Präsident der Vereinigten Staaten und andere Prominente Mitglieder gewesen seien.

## Empfohlene Websites

Ausführliche Informationen über Freimaurer findet man unter www.internetloge.de.

Zu den Templern ist das Beaucéant-Projekt unter www.templiers.org mit ausführlichen Artikeln und unzähligen Links unumgänglich und umfangreicher als jede andere Webseite zu diesem Thema (französisch und englisch). Die Autoren der Seite weisen darauf hin, dass es sich bei ihrem Projekt nicht um eine Wiederbelebung des Ordens handelt.

## Freimaurerisches Glossar

**Allsehendes Auge:** Allegorisches Symbol des Göttlichen. Lidloses Auge in einem gleichseitigen Dreieck.

**Aufseher:** Erster und Zweiter Aufseher. Sie tagen im *Occident*. Jeder von ihnen leitet eine Kolonne, d. h. eine Gruppe von Freimaurern während der Arbeiten in der *Bauhütte*.

**Bauhütte:** Versammlung der Freimaurer in der *Loge*.

**Bruder:** So nennen sich die Freimaurer untereinander.

**Bruderkette:** Die Kettenbildung ist ein Gedenkritual während der *Tempelarbeit*.

**Bruderkuss:** Rituelle Umarmung unter Brüdern.

**Brudermahl:** Gemeinsam eingenommene Mahlzeit nach der *Tempelarbeit*.

**Erkennungszeichen:** Symbolische Gesten (Zeichen, Worte, Griffe), um sich gegenüber anderen Brüdern als Freimaurer auszuweisen.

**Grade:** Es gibt drei *Grade:* Lehrling, Geselle, Meister.

**Grand Orient de France (GOdF):** Größte französische freimaurerische *Großloge*, undogmatisch. Ca. 46 000 Mitglieder.

**Großer Baumeister:** auch «Allmächtiger Baumeister aller Welten». Symbolischer Begriff für das Schöpfungsprinzip.

**Großloge:** Logenverband. In Frankreich sind die wichtigsten die GOdF *(Grand Orient de France)*, die GLF (*Grande Loge de France*), die GLNF (*Grande Loge Nationale Française*), die GLFF (*Grande Loge Féminine de France*) sowie *Droit humain*.

**Großmeister:** Vorsitzender der *Großloge*.

**Großsekretär:** Ist für die Verwaltung innerhalb der *Großloge* zuständig.

**Hammer:** Das Werkzeug ist ein wichtiges freimaurerisches Symbol für Pflichtbewusstsein, aber auch für Macht.

**Hiram:** Der Legende zufolge war er der Architekt des *Salomonischen Tempels* (an dessen Eingang sich die beiden *Säulen* Jachin und Boas befanden). Er wurde von drei bösen Gesellen umgebracht, die ihm seine Geheimnisse um die Erlangung des Meistergrads entlocken wollten. Sagenhafter Ahne aller Freimaurer. Er wurde auch *Sohn der Witwe* genannt.

**Hochgrad:** Nach dem Meistergrad gibt es weitere *Grade*, die in weiterführenden *Logen*, sogenannten Perfektionslogen, erlangt werden können. Nach dem schottischen Ritus gibt es 33 *Grade*, die allerdings nicht über die ersten drei *Grade* hinausführen, sondern diese vertiefen, wie der 30. Grad, der Rachegrad des Ritters Kadosh.

**Initiation:** Die Aufnahme in eine Loge durch eine rituelle Handlung im Rahmen der *Tempelarbeit*.

**Kubischer Stein:** Auch «Behauener Stein». Symbol des Gesellengrades. Idealbild eines Bausteins, der sich lückenlos in ein Bauwerk einfügt. Freimaurer betrachten sich symbolisch als einen Stein, der im irdischen Leben nicht fertig wird.

**Loge:** Ort der Versammlung und der Arbeit der Freimaurer während der *Tempelarbeit*.

**Meister vom Stuhl:** Freimaurermeister, der von seinesgleichen gewählt wurde, um die *Bauhütte* als Vorsitzender der *Loge* zu leiten. Befindet sich im *Osten*.

**Musivisches Pflaster:** Schachbrettförmiges Viereck in der Mitte der *Loge*.

**Neophyt:** Siehe *Suchender*.

**Occident:** Siehe *Westen*.

**Orient:** Siehe *Osten*.

**Osten:** Der Osten der *Loge*, auch *Orient* genannt. Symbolischer Ort, an dem sich der *Meister vom Stuhl*, der *Redner* und der *Sekretär* während der *Tempelarbeit* befinden.

**Redner:** Einer von zwei *Beamten* im *Orient*.

**Ritus:** Ritual, das die Arbeiten in der *Loge* regelt. Die zwei am häufigsten praktizierten Riten sind der französische und der schottische Ritus (Alter Angewandter Schottischer Ritus).

**Salomonischer Tempel:** Der von König Salomo (965–925 v. Chr.) errichtete jüdische Tempel in Jerusalem. Er wurde zerstört, auf den Ruinen wurde die heutige al-Aqsa-Moschee errichtet. Die Freimaurer adaptierten den Tempel als Symbolgebäude und sehen darin die Vollendung aller Ziele.

**Säulen:** Sie befinden sich am Eingang des *Tempels* und heißen Jachin und Boas. Symbolisch gesehen, tragen sie das Universum.

**Schurz:** Wird um die Taille getragen. Unterscheidet sich je nach *Grad*.

**Senkblei:** Die freimaurerische Symbolik besagt, dass mit dem in das Gewissen gesenkten Blei die Geradheit und Wahrhaftigkeit geprüft wird.

**Sohn der Witwe:** Bezeichnung für Freimaurer. *Hiram* wurde so genannt.

**Sternenzelt:** Symbolische Bezeichnung für die Decke der *Loge*.

**Suchender:** Jemand, der den Wunsch geäußert hat, in die Loge aufgenommen zu werden.

**Tempel:** Bezeichnung der *Loge* während einer *Tempelarbeit*.

**Tempelarbeit:** Versammlung in einer *Loge*.

**Torwächter:** Bewacht während der *Tempelarbeit* die Tür des *Tempels.*

**Unbehauener Stein:** Auch «Rauer Stein». Symbol für den jungen Maurer, der lernen muss, den Stein (sich selbst) zu bearbeiten.

**Vorhof:** Versammlungsort am Eingang des *Tempels.*

**Westen:** Der Westen der *Loge,* auch *Occident* genannt, wo sich der Erste und der Zweite *Aufseher* sowie der *Torwächter* während der *Tempelarbeit* befinden.

**Wilde Loge:** Auch «Winkelloge». Eine sich als Freimaurer bezeichnende *Loge,* die sich einer Kontrolle der Einhaltung freimaurerischer Gesetzgebung durch eine *Großloge* entzieht.

**Winkelmaß:** Siehe *Zirkel.*

**Zeichnung:** In der *Loge* gehaltener ritueller Vortrag.

**Zeremonienmeister:** Das Amt des Logenbeamten, der bei der *Tempelarbeit* für den formellen Ablauf der Zeremonie verantwortlich ist und dem *Meister vom Stuhl* assistiert. Er empfängt und prüft die Teilnehmer und führt sie rituell in die *Loge* ein.

**Zirkel:** Zusammen mit dem *Winkelmaß* eines der beiden symbolischen Hauptwerkzeuge der Freimaurer.

## Danksagung

Mit jedem Buch wird die Liste der Personen, denen wir zu danken haben, länger. Freunde, Leser, Brüder (von Jacques) … Fast jeden Tag erreichen uns persönlich oder per E-Mail von Bekannten oder Unbekannten Kritiken, Vorschläge und Lektüreeindrücke. Ihnen allen sei auf diesem Wege gedankt. Und da wir hier nicht jeden auflisten können, benennen wir seit *Die Casanova-Verschwörung* Figuren in unseren Büchern nach einigen von ihnen.

Liebe Leser und liebe Freunde, wer weiß, vielleicht ist die Reihe eines Tages an euch?

Von Eric geht ein besonderer Dank an Christophe für die Zeit in der Provence, während der er ihn in die wissenschaftlichen Arbeiten seines Freundes Nicolas über Menschen ohne Schmerzempfinden eingeführt hat. Und an Umberto Eco für *Das Foucaultsche Pendel*.

Eric Giacometti
Jacques Ravenne

Paris, Espagnac-Sainte-Eulalie, Salvador de Bahia